Die Braut des Dichters

Die Autorin

Maeve Haran lebt mir ihrem Mann und drei Kindern in London. Ihre Biographie könnte fast einem ihrer Romane entstammen, denn Maeve Haran hat es geschafft, Karriere und Familie unter einen Hut zu bringen, u. a. war sie eine erfolgreiche TV-Produzentin. Dass dies nicht immer ohne Turbulenzen verlief, spiegelt sich in ihren selbstbewusst-frechen Bestsellern wie »Liebling, vergiss die Socken nicht« und zuletzt »Schokoladenküsse«. Inzwischen haben sich ihre Romane allein in Deutschland über drei Millionen mal verkauft, und »Zwei Schwiegermütter und ein Baby« wurde sogar unter dem Titel »Mein Mann und seine Mutter« erfolgreich für das deutsche Fernsehen verfilmt.

Maeve Haran

Die Braut des Dichters

Roman

Aus dem Englischen
von Heike Holtsch

Weltbild

Die englische Originalausgabe erschien 2009 unter dem Titel
The Lady and the Poet
bei Pan Books, an imprint of Pan Macmillan Ltd.

Besuchen Sie uns im Internet:
www.weltbild.de

Übersetzung: Heike Holtsch
Projektleitung: Elisabeth Steppich
Redaktion: Christine Schlitt
Umschlaggestaltung: bürosüd°, München
Umschlagmotiv: AKG Archiv für Kunst und Geschichte, Berlin
Satz: Lydia Kühn
Druck und Bindung: CPI Moravia Books s.r.o., Pohorelice
Printed in the EU
ISBN 978-3-86800-114-3

2013 2012 2011 2010
Die letzte Jahreszahl gibt die aktuelle Ausgabe an.

Für A.G., meinen J.D.

Der Gute Morgen
von John Donne

Ich frag mich nur, was taten du und ich,
Bis wir uns liebten? Warn wir nicht entwöhnt,
Und saugten kindisch Lust wie Ammenmilch?
Schnarchten wir in der Siebenschläferhöhle?
Ja! – was sonst Wonne schien, ist Fantasie:
War mir je eine andre Schönheit lieb,
Begehrt ich und besaß, wars nur ein Traum von dir.

Guten Morgen den Seelen, die erwacht,
Und die einander, frei von Furcht, beschaun;
Denn Liebe hat auf was sie liebt nur acht,
Und macht zum All den allerkleinsten Raum.
Entdecker lass zu neuen Welten eilen,
Karten lass andern Welt um Welten reihen,
Uns lass uns eine Welt besitzen, eine sein.

Mein Bild ist dein, deins ist mein Augenstern,
Und treu das Herz, das in den Augen wohnt.
Wo finden wir zwei bessere Hemisphärn,
Von bitterem Nord und trübem West verschont?
Was immer stirbt, es war ungleich gemischt:
Sind unsere Lieben eins, liebst du und ich
So gleich, dass keiner nachlässt, trifft der Tod uns nicht.

1

Es ist deine Schuld, Miss Elizabeth More!« – In dem großen Bett, das wir miteinander teilten, rüttelte ich meine Schwester wach. Verschlafen und zufrieden lächelte sie mich an. »Wegen deiner dummen Hochzeit müssen wir heute das ganze Haus leer räumen, damit alles schön hergerichtet werden kann.« Ich äffte den hochmütigen Tonfall meiner Großmutter nach. »›Ich werde nicht zulassen, dass der Adel der gesamten Umgebung sich die Nase zuhalten muss, wenn man sich auf meinem Abort erleichtert.‹ Deinetwegen, Beth, wird nun das ganze Haus ausgeräumt, und überall auf dem Fußboden werden Kräuter und frische Binsen ausgestreut.«

»Ob Vater mir wohl verziehen hat, dass ich meine Hochzeit hier feiern möchte und nicht in London, wo Queen Elizabeth ihr beiwohnen könnte?« Beth streckte die Hand aus und strich sanft eine Strähne meiner widerspenstigen, kastanienbraunen Locken zurück unter meine Haube, wo sie einfach nie bleiben wollten.

Ich musste lachen. »Oh, er hat sich recht schnell einverstanden erklärt, als sich Großvater erbot, die Kosten für die Hochzeit selbst zu bestreiten.«

Mein Vater ist zwar ziemlich reich, doch er besitzt die Gabe, vorsichtig mit seinem Geld umzugehen.

Ich betrachtete das hübsche Gesicht meiner Schwester, das ich mein Leben lang jeden Morgen nach dem Aufwachen als Erstes gesehen hatte, und mich überkam eine plötzliche Wehmut. Seit wir unsere Mutter verloren haben, als ich noch ein junges Mädchen war, ist sie es, die ich am meisten in mein Herz geschlossen habe.

Dabei sind wir von so unterschiedlichem Temperament wie

zwei weit voneinander entfernt liegende Kontinente. Ich bin Feuer und Luft, stets bereit, mich aufzulehnen und zu streiten, auch wenn ich eher demütig sein sollte. Meine heiß geliebte Beth dagegen ist Erde und Wasser. Sie ist still wie eine Kapelle zur Stunde der Andacht, und ihre Augen strahlen so hell wie Sonnenlicht auf dem Meer. Sie ist so gütig! Ich gerate durch die kleinste Lappalie in Zorn – wenn das Brot zu unserer täglichen Suppe zu hart ist, ich mich mit der Nadel in den Finger steche oder meine Großmutter wieder einmal herumzetert –, Beth hingegen ist stets freundlich und lächelt. Wenn Frances, die jüngste unserer Schwestern, mich trotz ihres zarten Alters von zehn Jahren mit ihrer Ordentlichkeit und ihren Moralpredigten mal wieder zur Raserei treibt, ist es Beth, die mich stets darauf hinweist, dass nicht ich, sondern Frances das mustergültige Beispiel einer guten, christlichen Ehefrau sei, ich also lieber schweigen solle.

Ihre Vermählung bereitet Beth keine Angst. Sir John, ihr Verlobter, ist behäbig und hochtrabend, und bei der Wahl seiner Frau kommt es ihm eher auf deren Mitgift und Fügsamkeit an als auf ihre Anmut und ihr Wesen, doch Beth kümmert das nicht. Im Gegensatz zu mir versetzt es sie nicht in Zorn, dass man Töchter verkauft und verschachert wie Kühe auf dem Markplatz und dass sich die erste Frage vor einer jeden Verlobung darum dreht, wie hoch die Mitgift ist und welche Vorteile ein solcher Handel bietet. Meine hochwohlgeborene Großmutter hält all das für selbstverständlich. Nicht selbstverständlich ist dagegen die Liebe.

Meine Großmutter behauptet, Liebe würde erkalten und nichts weiter zurücklassen als einen ausgebrannten Kessel, dessen Reinigung anderen überlassen bleibt. Vielleicht wird Beth ja glücklich mit ihrem Ehemann, dem mehr an Falknerei und Jagd gelegen ist als an den Freuden einer jungen Ehe.

Allmählich rührte sich etwas unten im Haus. Es war Sonntag, also gab es kein Morgengebet, sondern wir gingen in die Kirche. Noch bevor sich alle auf den Weg zur Messe begaben, musste die Dienerschaft die Pritschen verstauen, auf denen sie im Hauptgebäude die Nacht verbracht hatten, und Feuer machen. Bald würde das ganze Haus erfüllt sein von reger Betriebsamkeit. Mit fünfzig Dienern und Mägden, ganz zu schweigen von uns fünfen sowie Gästen, denen man ein Bett zum Schlafen anbieten musste, gab es kein Eckchen und keinen Winkel im Haus meines Großvaters, in dem man allein sein konnte.

Nicht einmal im Bett.

Ich dachte an Beths Hochzeit, und einen Augenblick lang fragte ich mich, wie es wohl wäre, mit einem Mann unter die Decken zu schlüpfen, dessen Augen nicht bei dem Gedanken an die Aussteuer und den abgeschlossenen Handel leuchteten, sondern aus Liebe und Verlangen, und war mit einem Mal ganz aufgewühlt. Über das Kopfkissen hinweg sah Beth mich an.

»Was für ein seltsames Lächeln, Ann. Gerade so, als hättest du von einem saftigen Pfirsich aus dem Gewächshaus unseres Großvaters gekostet und der Saft liefe dir noch über das Kinn.«

Ich lachte verlegen über ihre treffende Beschreibung. »Was soll ich nur anfangen, wenn du fort bist, Beth?«

»Du kannst mich oft in Camois besuchen. Es liegt gar nicht weit entfernt. Nicht mehr als einen halben Tagesritt auf deinem kräftigen irischen Pferd.«

»Einen halben Tagesritt? Das klingt wie eine halbe Ewigkeit!«

Ich zog die Vorhänge unseres Bettes zurück, unserer eigenen Welt. Sonnenlicht durchflutete den großen, kalten Raum. Wir können uns glücklich schätzen, dachte ich, ein Zimmer ganz für uns zu haben. Wenn das Haus voll ist, kommt es vor, dass fünf oder sechs Personen hier untergebracht werden, häufig muss man dann das Bett mit Fremden teilen, während sich die Dienerschaft der Besucher ihr Lager auf den Gängen bereitet oder auf dem Boden neben ihren Herren oder Herrinnen schläft.

Das alte Herrenhaus von Loseley, nahe Guildford in der Grafschaft Surrey, wurde von meinem Urgroßvater erbaut, Sir Christopher More. Mein Großvater hat es geerbt. Vielleicht hätte er dort auch weiterhin gewohnt, denn obwohl es dem Haus ein wenig an Luxus mangelte, war es massiv gebaut. Queen Elizabeth jedoch tadelte ihn. Er brauche ein schönes, neues Haus, behauptete sie, wo er sie während ihrer Aufenthalte im Sommer beherbergen könne.

Queen Elizabeth brauchte ihren Untertanen gegenüber ihre Wünsche nicht zweimal zu äußern. Also errichtete mein Großvater, Sir William More, ein neues Haus aus den Steinen der nahe gelegenen Waverley Abbey, eines alten Zisterzienserklosters, das nach der Abspaltung der anglikanischen von der katholischen Kirche dem Verfall preisgegeben war. Da er ein umsichtiger Mann war, überwachte er die Bauarbeiten selbst, deren Kosten sich auf 1640 Pfund, neunzehn Schilling und sieben Pence beliefen, was mein Großvater noch heute anhand seiner Geschäftsbücher belegen kann. Ich glaube allerdings, er bereute seine Großzügigkeit, als die Königin drei Mal zu Besuch kam – mit ihrem gesamten dreihundertköpfigen Gefolge aus Dienern und Höflingen, über hundert Wagenladungen an Besitztümern sowie ihren eigenen Wandbehängen und Möbeln, für den Fall, dass unsere nicht gut genug wären. Wie ich gehört habe, trieben die Besuche der Königin so manchen Edelmann in den Bankrott, denn der Gastgeber musste für sämtliche Speisen aufkommen, für den edlen Wein, auf dem der Hofstaat bestand, für Maskenspiele, die aufgeführt wurden, und für die Musikanten. Jedes Mal, wenn die Königin zu Besuch kam, verlangte sie von meinem Großvater, dass er uns, seine Familie, an einen anderen Ort schickte und die Straßen mit Stroh auslegen ließ, damit die Königin nicht durch das Holpern der Kutsche belästigt wurde. Er möge die gesamte weibliche Dienerschaft fortschicken, so verlangte sie, denn weinerliche Frauenstimmen seien ihr ein Gräuel. Selbst als mein Großvater vorgab, er sei krank, kümmerte das die Königin nicht, sie zog trotzdem ein und ermahnte ihn, Loseley sauberer zu halten als bei ihrem letzten Besuch.

Das Haus ist sehr lang und breit und hat zahlreiche hohe Rauchabzüge. Für die Fassade wurden zweiundzwanzig Wagenladungen Steine aus dem nahe gelegenen Guildford herausgebrochen und dort in zwei Stücke gehauen, die Säulen wurden aus Felsen von Hascome Hill errichtet. Das Gebäude besteht aus drei Stockwerken, im unteren befinden sich die Haupthalle, der Wohnraum, die Bibliothek meines Großvaters, außerdem mehrere Küchen, Speisekammern und die Spülküche. Darüber befinden sich die Schlafzimmer mit Blick auf das hügelige Weideland, im oberen Stockwerk sind Unterkünfte für Dienstboten oder weniger bedeutende Gäste. Das Haus wirkt schlicht gegen die neueren, aufwendigeren Herrenhäuser, die mehr aus Glas als aus Wänden bestehen und von den Neureichen erbaut werden, die unter der Königin zu Wohlstand gekommen sind. Doch mein Großvater sagt, das Haus habe eine ruhige und erhabene Atmosphäre, ganz so, wie es sich für das Domizil eines Edelmannes gehört.

Immer wieder erinnert unsere Großmutter uns daran, wir seien privilegiert, in einem Haus mit schönem Mobiliar zu wohnen, mit warmer Holzvertäfelung an den Wänden, deren Schnitzereien von den besten Bildhauern stammen, und reich verzierten Wandteppichen, die verhindern, dass der Wind durch Risse im Mauerwerk pfeift.

Loseley ist umgeben von einer grünen Parklandschaft, wo Wild auf den Wiesen grast – wenn es nicht zur Jagdbeute meines Bruders Robert wird. Der Küchengarten hinter dem Haus führt zu einem Burggraben und zu einem Teich, in dem Speisefische gehalten werden. Es soll auch einen Geheimgang geben, über den man in die Kellergewölbe gelangt. Als Kinder haben wir danach gesucht, ihn aber nie gefunden.

Beth und ich kleideten uns eilig an, wir halfen uns gegenseitig, unsere Taillen einzuschnüren und die Ärmel unserer Gewänder glatt zu streichen, froh darüber, dass diese aus feiner englischer Wolle waren. Prudence, unsere Kammerzofe, hatte Brot und ein wenig Bier zu unserer morgendlichen Stärkung bereitgestellt. Nach einem letzten, prüfenden Blick in den Spiegel, der über dem Wäscheschrank hing, ging ich nach unten, um meine Großmutter zu suchen.

Ich wohne seit jeher in diesem Haus. Mein Vater, George More, lebt allerdings nicht hier bei uns, was manchen Leuten seltsam vorkommt. Die Wahrheit ist, dass er sich mit seinem Vater, unserem Großvater, nicht sehr gut versteht, denn was den Unterhalt des Hauses betrifft, hat er seine eigenen Vorstellungen. Mein Großvater jedoch ist immer noch der Meinung, er selbst sei der Herr des Hauses. »Das Dumme an den Mores ist, dass sie so verdammt alt werden«, zischte mein Vater einmal leise.

Nach dem Tod unserer Mutter hat er sehr schnell wieder geheiratet und mit dem Geld seiner neuen Frau ein anderes Herrenhaus in der Nähe von Baynard's gebaut. Unseren Bruder Robert, seinen Erben, nahm er mit, uns fünf Mädchen dagegen ließ er hier auf Loseley bei unseren Großeltern, Sir William und Lady Margaret.

Ich liebe meine Großeltern innig, doch diese Entscheidung hat mich tief verletzt. Ich wusste, es hatte in erster Linie mit Constance, der neuen Frau meines Vaters zu tun, einem zänkischen Weibsbild, das eigene Kinder haben wollte, um die Zuneigung unseres Vaters von uns auf diese zu übertragen. »Denn wer will schon einen Haufen Töchter, die die Haupthalle bevölkern?«, hörten wir sie ihre Gäste bei mehr als einer Gelegenheit fragen. Woraufhin meine älteste Schwester Mary, die noch mehr im Element des Feuers zu Hause ist als ich, entgegnete: »Und wer will schon eine Stiefmutter, die so sanft und liebreizend ist wie eine Wildsau?«

Ich muss gestehen, ich habe vor meinem Bett gekniet und zu Gott, unserem Erlöser, gefleht, er möge meiner Stiefmutter nur weibliche Nachkommen schenken. Zu meiner großen, wenn auch pietätlosen Genugtuung, schickte er ihr überhaupt keine. So bleibt mein Bruder Robert der einzige Erbe.

Möglicherweise zur Beruhigung seines schlechten Gewissens und sehr zu Constances Unmut und Missfallen zweigte mein Vater einen Teil seiner Einnahmen aus verschiedenen Pacht- und Mietverhältnissen ab und überließ sie meinem Großvater, einzig und allein zur Erziehung und Ausbildung meiner selbst und meiner vier Schwestern. Mein Großvater ist ein gebildeter Mann, ebenso vertraut mit den Werken Senecas wie mit denen von Aristoteles, und stets bemüht, sein Wissen an uns weiterzugeben, obwohl wir nur dem schwachen Geschlecht angehören.

Wenn ich daran denke, wie unterschiedlich wir darauf reagierten, muss ich unwillkürlich lächeln. Meine Schwester Mary, die Älteste von uns, war eine gelehrige Schülerin. Schnell erlernte sie die französische und die italienische Sprache, obwohl sie mehr Gefallen an den Liebesgedichten der Troubadours fand als an der Geschichte des Römischen Reiches. Meine Schwester Margaret seufzte nur und erklärte, es gebe überhaupt keinen Grund, aus dem eine Frau eine andere Sprache als ihre eigene erlernen müsse. Ihr selbst sei daher wesentlich mehr an den Kenntnissen meiner Großmutter bezüglich des Kräutergartens oder den Kochkünsten der Köchin gelegen. Meine geliebte Schwester Beth gab sich Mühe zuzuhören, doch immer wieder schweiften ihre Gedanken ab zu Sonnenschein und Vogelgezwitscher im Freien. Meine Schwester Frances war noch zu jung für den Unterricht, also übte sie sich eifrig an Stickmustern, wobei sie sich stets die biedersten aussuchte, die zu finden waren.

So blieb nur noch ich. Ich war nicht wie die anderen, interessierte mich für alles auf der Welt, ich blühte auf wie eine verdörrende Pflanze, die plötzlich mit Wasser und Sonnenlicht versorgt wurde. Ich arbeitete so hart daran, etwas zu lernen, dass meine Großmutter mir Einhalt gebieten musste. Ich würde noch mein Augenlicht verlieren oder gar eine Hirnhautentzündung bekommen, warnte sie mich. Ansonsten eine ergebene Ehefrau, schalt meine Großmutter ihren Mann, er habe ein sonderbares, launisches Wesen geschaffen – eine Frau, die gebildeter war, als es ihr gut tat. »Denn welcher Mann«, fragte sie ihn voller Zorn, »will schon eine Frau, die Philosophen zitieren kann, während ihre Dienerschaft faul herumsteht und ihr das Fleisch auf dem Feuer verkohlt?«

Mein Großvater hörte ihr stumm zu, denn wenn sie in Rage gerät, kann meine Großmutter Furcht einflößend sein. Einmal habe ich gehört, wie ein Diener aus der Großen Halle sagte, ihr Gesicht gleiche dem einer aus Granit gemeißelten Statue und ihr strenger Mund ließe ihn an einen General der Armee denken. Doch hinter all dem steckt eine Güte, die sie mit Macht verbergen will. Jedenfalls war es mir seitdem verboten, nach drei Uhr nachmittags zu lernen.

Ich ging hinunter in die Große Halle, einen schönen weitläufigen Saal mit Fenstern, die von der Decke bis zum Boden reichen und Ausblick auf den Park gewähren. Die Fenster aus buntem Glas sind reicht verziert und tragen das Wappen der Mores, sodass die Nachmittagssonne, wenn sie hereinscheint, ein Muster wie aus Rubinen und Smaragden auf den Holzfußboden zeichnet. Meine Lieblingsfensterscheibe ist gerade einmal vier oder fünf Inches lang und zeigt einen Lord und eine Lady, die in der Großen Halle beim Essen sitzen. Es scheint wie eine kleinere Ausgabe unserer eigenen Welt. Sicher musste der Kunsthandwerker, der die Fenster entwarf, bei dem Gedanken lachen, dass es fortan zwei Gesellschaften gäbe, die sich in diesem Saal an zwei Tischen versammeln würden, die Mores und die winzigen Figürchen, die in den Glasscheiben gefangen sind.

Von den vertäfelten Wänden blicken edle Familienporträts auf uns herab. Der Fußboden ist ebenfalls aus Holz und wird jede Woche drei Mal mit frischen Binsen bestreut. Neben einem Gemälde von King Edward, dem jugendlichen König, prasselt munter ein Feuer, und ein riesiger Kronleuchter, dessen Kerzen bereits zu dieser frühen Stunde flackern, hängt vom dunklen Gebälk herab und wirft ein Licht auf die sorgfältig verputzte Decke.

Der Tumult vor dem großen Eingangsportal kündigte uns an, dass mein Vater eingetroffen war und sich bereits ein hitziges Wortgefecht mit meinem Großvater lieferte. Das rief mir ins Gedächtnis zurück, welch guter Gedanke es doch war, dass die beiden nicht unter einem Dach leben mussten.

»Seid gegrüßt, Vater«, empfing ich ihn. Selbst wenn er in Surrey ausreitet, also fünfundzwanzig Meilen vom Sitz des Parlaments entfernt, achtet mein Vater darauf, sich standesgemäß zu kleiden. Sein Wams aus schwarzem Samt ist verziert mit breiten Streifen aus goldenem Zwirn, die maßgeschneiderten Beinkleider sind von gleicher Machart und über all dem trägt er einen breiten schwarzen Hut, den er – wie bei Edelleuten üblich – nicht einmal beim Essen ablegt. Er würde sich natürlich darauf berufen, dass er seinem Rang als Mitglied des Parlaments und seiner Eigenschaft als betriebsamer örtlicher Amtsträger alle Ehre machen müsse.

»Ann. Guten Morgen.« Die durchdringenden grauen Augen leuchteten in seinem ovalen, fein geschnittenen Gesicht, auf dem sich der Hauch eines Schnurrbarts sowie der blasse Schatten eines rötlichen Backenbarts abzeichneten. Mein Vater neigt dazu, Männer mit vollem Bartwuchs schlechtzumachen. Doch ich weiß, insgeheim beneidet er den Träger eines dichten, scharf konturierten Barts, wie etwa den Earl of Essex, der nach wie vor als Ideal des gesamten Zeitalters gilt, obwohl sein Ansehen bei der Königin so wechselhaft ist wie ein Wetterhahn, je nachdem wie es gerade um die auswärtigen Feldzüge bestellt ist. »Sind deine Schwestern auch schon da?«

»Nein, Vater. Ich dachte, wenn sie Euer Pferd hören, werden sie schon erscheinen.«

»Deine Schwester Mary befindet sich sicher noch im Zwiespalt darüber, mit welchem Geschmeide sie uns heute zu blenden gedenkt«, gab mein Vater barsch zurück. »Dabei besitzt ihr Herr Gemahl nicht einen roten Heller. Dieser junge Bursche hat mich schwer enttäuscht! Mag sein, dass er gute Aussichten hat, doch Aussichten können leer sein wie ein schepperndes

Kürbisbanjo, solange sie nicht zu Wohlstand und Ansehen führen. Sämtliche Juwelen, mit denen Mary sich schmückt, sind sicher bereits dreifach beliehen.« Einen Moment lang tat Mary mir leid, denn tatsächlich war sie der Meinung, sie könne uns Landeier mit all ihrem Glanz beeindrucken. Dabei war ihr keineswegs bewusst, dass mein Vater sie derart bloßstellen würde.

Marys Gemahl, Nicholas Throckmorton, entstammt einer guten Familie, doch er hat das Pech, der jüngere Sohn zu sein. Dennoch verfügt er über einflussreiche Verbindungen, denn seine Schwester Bess ist mit Sir Walter Ralegh verheiratet. Da in Zeiten wie diesen jegliches Fortkommen davon abhängt, dass ein mächtiger Mann ein gutes Wort für einen anderen einlegt, sind Verbindungen von unschätzbarem Wert. So hatte Throckmorton es einzig und allein seinen Beziehungen zu verdanken, dass mein Vater schließlich in die Vermählung mit Mary einwilligte. Doch zu Vaters großem Ärger war unserer Familie bislang noch kein Vorteil daraus erwachsen. Und zu allem Überfluss hatte Nicholas auch noch den Fehler begangen, meinen Vater um Geld zu bitten.

Das Bemerkenswerteste an meinem Vater ist seine Körpergröße, besser gesagt, das Fehlen derselben. Wenn er neben meinem Großvater steht, kann man kaum glauben, dass sie Vater und Sohn sind. Mein Vater ist von so niedrigem Wuchs, dass er bei Beerdigungen nie die Rolle eines Sargträgers übernehmen kann, denn der Sarg könnte vorzeitig ins Grab rutschen. Dennoch ist er stets bereit, sich zur Wehr zu setzen, wenn er der Meinung ist, man habe ihn beleidigt. Mein Großvater ist um einiges größer und recht stämmig. Er hat gütige und dabei scharf blickende Augen und trägt einen langen weißen Bart, der ganz nach der derzeitigen Mode in zwei Spitzen ausläuft. Im Gegensatz zu meinem Vater besitzt er die Ruhe des Allmächtigen selbst, was keinesfalls blasphemisch gemeint ist, und verfügt ebenfalls über dessen Geduld, die er im Umgang mit meinem Vater auch häufig nötig hat. Doch mein

Großvater war nicht von jeher derart gelassen. Ich habe gehört, in seiner Jugend soll er ein erbitterter Gegner der Papisten gewesen sein. Viele der Befürworter des Papstes fürchteten ihn aus gutem Grund.

Mittlerweile befanden sich die beiden in einer Debatte darüber, ob man die Große Halle für Beths bevorstehende Vermählung mit Girlanden aus Blumen und roten Beeren schmücken solle.

»Nun ja«, beharrte mein Vater, »es braucht etwas Farbe, um diese riesige, düstere Höhle freundlicher zu gestalten. Würden wir in meinem Haus feiern, könnten wir in der Säulenhalle tafeln. Ich kann einfach nicht glauben, Vater, dass du immer noch auf eine Säulenhalle verzichtest und in dieser Halle gemeinsam mit der Dienerschaft deine Mahlzeiten einnimmst«, sagte er kopfschüttelnd. »Hier herrscht keinerlei Privatsphäre, und nirgends kann man eine Rede halten, geschweige denn eine geistreiche Unterhaltung führen. In Baynard's speisen wir längst nicht mehr in der Großen Halle, sondern in einem behaglichen Speisesaal, der von einem Säulengang umgeben ist, wo man umherwandeln und sich von der hereinscheinenden Sonne wärmen lassen kann.«

Ich merkte, dass mein Großvater sich beherrschen musste, um meinem Vater nicht zu sagen, er solle sich doch auf den Weg zurück in sein geliebtes Baynard's machen und Ruhe geben. »Ich sehe keine Notwendigkeit, die Mahlzeiten getrennt von den Bediensteten einzunehmen«, erklärte er. »Meine Knechte und Mägde gehören zur Familie, und daran wird sich auch nichts ändern. Demnächst wirst du mir noch einreden, mein persönlicher Diener dürfe nicht mehr vor meiner Tür schlafen, um meine Privatsphäre nicht zu stören. Solch ein Haushalt lässt sich doch nicht allein durch drei tägliche Gebete führen. Ich bin der Herr im Haus und lege Wert auf Tradition. Darüber solltest du selbst einmal nachdenken.«

Taktlos wie immer gab mein Vater nichts darauf. »Bequemlichkeit ist heutzutage angebracht, Vater. Wir müssen doch nicht wie wilde Tiere oder arme Bauern leben. Sieh dir nur einmal deine riesigen unbequemen Betten an. Du solltest sie allesamt durch Federmatratzen ersetzen.«

»Vergiss deine Federbetten«, erwiderte mein Großvater, bemüht, seinen Zorn zu beherrschen. »Zur Zeit meines Vaters schlief man auf Strohballen, deckte sich mit Fellen zu und legte sich einen dicken, runden Holzklotz unter den Kopf. Kopfkissen waren nur etwas für Frauen im Kindbett. Wenn man sich nach sieben Jahren Ehe überhaupt eine Matratze leisten konnte, durfte man sich glücklich schätzen. Das war etwas anderes als dein weiches Bett, oder, George?« Er hatte einen wunden Punkt angesprochen, denn mein Vater hatte einen Teil von Constances Vermögen für die Ausstattung des Schlafgemachs verwendet. Großvater konnte sich ein durchtriebenes Lächeln nicht verkneifen und sagte: »Wie ich gehört habe, soll dein Bett – gleich dem der Königin – sogar mit einem vergoldeten Krönchen und sieben Reiherfedern verziert sein. Wie gut, dass die Kleiderordnung nicht für die verschwenderische Ausstattung des Schlafgemachs gilt, oder?«

In der Großen Halle herrschte geschäftiges Treiben. Die Bediensteten schleppten Kleiderbündel, silberne Schalen, Tranchierplatten aus Zinn, Kerzenhalter, das Tafelsilber und einen riesigen türkischen Teppich, der auf der großen Tafel für den Hochzeitsschmaus ausgelegt werden sollte.

»Niemals haben alle Gäste hier Platz«, stellte mein Vater mit einem Hauch Genugtuung fest.

»Also, Vater«, wäre es mir beinahe herausgerutscht, »sollten wir die Hochzeitsfeierlichkeiten dann nicht doch lieber auf Baynard's abhalten?«. Aber ich hielt mich zurück. Mein Vater erwartet von seinen Töchtern Respekt und ich wollte ihn nicht herausfordern und meiner Schwester die Feier verderben.

»Vorsorglich lassen wir draußen im Park fünf Zelte aufstellen«, antwortete mein Großvater knapp. »Ein jedes geschmückt mit bemalten Wandbehängen aus Italien, mit denen auch Great Harry, Henry VIII., seine Zelte auf dem Schlachtfeld ausstaffierte. In einem Zelt werden Musiker aufspielen und in einem anderen Maskenspiele aufgeführt.«

Plötzlich ertönte aus der Spülküche Geschrei, das uns allen vor Augen hielt, wie viel noch zu tun war. Nicht nur sollten die Fußböden und Aborte parfümiert werden, meine Großmutter hatte darüber hinaus verfügt, dass an diesem Tag das große Tischtuch gewaschen werden musste, das für das Hochzeitsbankett benötigt wurde, ebenso wie die Servietten, die sich jeder Gast während des Essens über die Schulter oder den Arm legte.

Miriam, eine der Wäscherinnen, stand neben den großen Waschzubern, die aus halben Fässern bestanden. Sie weinte und rieb sich das Gesicht, denn kurz zuvor hatte meine Großmutter ihr einen Klaps auf die Ohren gegeben. »Das dumme Mädchen hat vergessen, die Nachttöpfe in die Lauge auszulehren«, schalt meine Großmutter und wies auf die Bottiche, in denen die Tischwäsche, gestützt von einem Stock, sorgfältig aufgeschichtet war, damit sie überall nass wurde. »Wie sollen wir ohne Urin diese Flecken auswaschen? Dieses dumme Mädchen! Glaubst du etwa, wir heben den Inhalt der Nachttöpfe nur zum Vergnügen auf, um daran zu schnuppern wie an einem Blumenstrauß?«

Miriam hockte in der Ecke. »Geh und bring mir sofort frischen Urin aus einem der Schlafgemächer. Die nächste Wäsche werde ich selbst überwachen, denn du bist offensichtlich nicht in der Lage dazu. Noch solch eine Unachtsamkeit und ich schicke dich zurück zu dem Bauern, von dem du herkommst. Da kannst du dir das Kreuz beim Ausmachen von Rüben verbiegen und deinen dummen Kopf auf einem Misthaufen zur Ruhe betten, anstatt im Haus eines Edelmannes auf einem sauberen Heuballen zu schlafen!«

Mein Vater, gelangweilt von diesem häuslichen Drama, erspähte meine Schwester Beth, die gerade die Treppe heruntergekommen war, um uns zu helfen.

»Ah, da kommt Elizabeth, die künftige Braut.« Er wandte

sich zu mir um. »Was für ein Jammer, dass du nicht ebenfalls die Schönheit deiner Mutter geerbt hast, Ann, so wie Elizabeth.«

Selbst nach so vielen Jahren ist die Härte meines Vaters noch immer schmerzhaft wie ein Wespenstich. Ich weiß, ich bin nicht so reizvoll wie meine Schwester, aber sind denn Geist und Seele nicht auch von einer gewissen Schönheit?

Meine Schwester war so fröhlich, dass sie gar nicht merkte, wie scharf die Worte meines Vaters klangen. Sie gab ihm einen Kuss. »Ich danke Euch für den Pelz, Vater. Damit werde ich so prächtig aussehen wie eine der vornehmen Damen am Königshof.«

»Die Mores sind ebenso vornehm wie alle anderen bei Hof, Elizabeth, und ehrenwerter als mancher Emporkömmling.«

Soweit ich wusste, war das nur die halbe Wahrheit. Mein Urgroßvater hatte gemeinsam mit meiner Urgroßmutter das Vermögen der Mores erwirtschaftet. Auch er war am Königshof neu gewesen und nicht von Haus aus adelig, doch im Dienst der Krone begann sein Aufstieg. Mittlerweile hatten wir einen guten Ruf, und wenn mein Vater seinen Weg machte, würde unser Ansehen weiterwachsen.

Meine Großmutter kam aus der Spülküche und wischte sich die Hände ab. »George, ich warte schon auf dich. Wirst du vor der Hochzeit noch nach London reisen? Ich bin äußerst verärgert über den Küchenmeister. Er hat nicht daran gedacht, Zucker für den Gewürzwein in Auftrag zu geben. Wie sollen wir ohne Wein einen Toast zur Vermählung ausbringen? Außerdem fehlen uns Korinthen für die Süßspeisen.«

Mein Vater zuckte die Achseln. Wie ein Hund an seinem Knochen hielt er daran fest, sich weiter über die Ehre der Mores auszulassen. »Ich werde erst nächste Woche in die Stadt reisen, da meine Teilnahme an drei Versammlungen erforderlich ist. Doch ich kenne jemanden in Cheapside, der Zucker und Korinthen schicken wird, vorausgesetzt, der Bote wird bezahlt.«

»Ich danke dir, mein Sohn«, sagte meine Großmutter mit einem Kopfnicken. »Ich werde mich an ihn wenden. Robert, der Küchenmeister, behauptet, die Ratten hätten alles zunichte gemacht, aber das kann ebenso gut eine Ausrede für seine schlechte Vorausplanung sein. Jedenfalls hat er jetzt sämtliche süßen Früchte für das Hochzeitsmahl in einem Korb vier Fuß über dem Boden aufgehängt.«

Wie zu Roberts Bestätigung, hörten wir aus der Küche einen lauten Schrei, und eine Ratte huschte an uns vorbei, gefolgt von einer Schar zeternder Küchenjungen, die allesamt kopflos herumliefen wie eine Schar Jungfrauen beim Anblick einer einmarschierenden Armee.

Hastig griff ich nach der hölzernen Schaufel, die dazu gedacht war, die Wäsche in den Zubern zu wenden, und schlug auf die Ratte ein. Ich weiß nicht, wer von uns beiden erstaunter war, die Ratte oder ich. Ich holte aus wie beim Krocketspiel auf Hampton Court und traf sie genau am Kopf. Die Ratte wirbelte durch die Luft und fiel uns mit einem dumpfen Aufprall tot vor die Füße.

»Also Ann!«, protestierte mein Vater. »Du treibst mich immer wieder in die Verzweiflung! Wirst du jemals lernen, dich wie eine Dame von Stand zu benehmen?«

»Soll ich beim Anblick einer Ratte etwa kreischend auf einen Stuhl klettern und darauf warten, dass irgendein Heiliger Georg mich rettet wie die Jungfrau vor dem Drachen? Benimmt sich so eine Dame von Stand? Wenn Ihr darauf anspielt, Vater, dann habt Ihr recht! Aus mir wird nie eine feine Dame.«

Auf der breiten, gewundenen Auffahrt nach Loseley erklang Hufgeklapper. Meine Schwester Mary ritt uns auf ihrer Fuchsstute entgegen, gertenschlank, in adretter Reiterkleidung und mit einer Feder am Hut. Hinter ihr, kräftiger, als ich sie in Erinnerung hatte, ritt meine Schwester Margaret, das fröhlichste Mädchen, das ich kenne. Margaret hatte einfach an allem Freude: an ihrem Gemahl Thomas Grymes, ihrem Haus in Peckham, ihren neuen Wandbehängen, ihrem kleinen Sohn, sogar ihre Hunde hält sie weit und breit für die besten.

»Beth! Ann!«, rief Mary und stieg anmutig aus dem Sattel.

»Beth, hübsch wie eh und je, und kaum alt genug, um schon eine Braut zu sein!« Sie hielt meine Schwester Beth auf Armeslänge von sich entfernt. »Wenn ich mir vorstelle, dass du bald aussiehst wie Margaret. Rund wie ein Fass! Und bis zu deinem vierzigsten Lebensjahr jedes Jahr ein Baby.«

»Meine Schwester ist nur neidisch«, erwiderte Margaret gelassen, obwohl sie tatsächlich von zwei Knechten aus dem Sattel gewuchtet werden musste. »Ich habe es gut getroffen mit meinem Thomas, wohingegen Marys Angetrauter nichts als das Glücksspiel im Kopf hat, wenn er nicht gerade auf der Jagd ist oder sich im Theater und beim Bowling herumtreibt. Er ist doch kaum lang genug zu Hause, um die Kleidung zu wechseln!«

»Mag sein, aber dein Thomas ist ja auch einfältig wie ein Gerichtsschreiber!«

»Still, Mary! Du hattest schon immer eine scharfe Zunge.« Meine Großmutter wies mit dem Kopf auf die Dienstboten, die wie aus dem Nichts erschienen waren, um meine Schwestern in ihrem ehemaligen Zuhause willkommen zu heißen.

Ich konnte nicht umhin, so leise, dass Großmutter es nicht hören konnte, hinzuzufügen: »Im Übrigen gelingt es dir ja recht gut, nicht Jahr für Jahr ein Kind auf die Welt zu bringen, Mary.«

»Das erfordert großes Geschick«, entgegnete Mary augenzwinkernd. »Ich habe meinem Gemahl bereits einen Erben und ersatzweise noch einen zweiten geschenkt. Ich sehe keine Notwendigkeit, auf ewig die Zuchtstute der Throckmortons zu spielen.«

»Ein gewagtes Unterfangen.« Meine Großmutter hatte schärfere Ohren, als ich vermutet hatte. »Da hat meine Küchenkatze mehr Verstand. Sie weiß, dass eine Krankheit sie jederzeit dahinraffen könnte und hinterlässt so viele Nachkommen wie möglich.«

»Kein Grund zur Sorge, Großmutter«, gab Mary zurück. »Zu gegebener Zeit werde auch ich noch ein paar Kätzchen hinterlassen. Vorerst aber gönne ich mir eine Pause von Vermehrung und Ehemann.«

»Dann hab ein wachsames Auge auf den Kater!«, sagte meine Großmutter und schüttelte ihren Wischlappen aus. »Er könnte sich anderweitig umsehen.«

Die restlichen Tage bis zu Beths Vermählung vergingen mit geschäftiger Betriebsamkeit. Meine Großmutter erteilte lautstark Anweisungen, Möbel von einem Raum in den anderen zu schleppen. Es wurden so viele Vorräte gebracht, dass man mehrere Speisekammern damit hätte füllen können. In der Küche standen bald Torten, Zuckerwerk und Marzipan für die Feierlichkeiten zu Ehren meiner Schwester bereit. Die Tischwäsche, nun mit Urin versetzt, hing zum Trocknen auf Sträuchern im Park. Zinnschalen wurden geschrubbt, mit dem scharfkörnigen Sand aus dem nahe gelegenen Bach oder Zinnkraut, das im Garten wuchs. Servierplatten wurden poliert und Teller aus vier Tage altem Roggenbrot geschnitzt, um die Speisen für die Gäste meiner Schwester darauf anzurichten.

Es war Sommer, aber es war so kalt, dass in der Großen Halle Tag und Nacht ein Feuer prasselte, an dessen Glut sich die Dienstboten nachts wärmen konnten. Beth und ich schliefen hinter den Vorhängen unseres großen Bettes, und ich war froh über ihren warmen Körper neben meinem. Voll Ungeduld sah ich erwartungsvoll jedem neuen Morgen entgegen, sie aber schlief wie ein Engel, oftmals mit einem Lächeln auf den Lippen. Sanft berührte ich ihre Wange. Hatte sie wirklich die Gesichtszüge unserer verstorbenen Mutter geerbt, so wie mein Vater gesagt hatte?

Wie anders wäre doch alles, wenn unsere Mutter noch lebte! Mein Vater hätte nicht dieses zänkische Weibsbild geheiratet und wäre mitfühlender, denn unsere Mutter wirkte wie Balsam gegen seine Verbitterung und seinen Zorn. Wir fünf Schwestern würden die Liebe einer Mutter erfahren, und ihr Wissen würde uns für das Leben wappnen. Ich wusste, meine Großmutter hatte ihr Bestes getan, uns die Mutter zu ersetzen, doch sie war so forsch und wurde von den täglichen Notwendigkeiten des Lebens derart in Anspruch genommen, dass ihr kaum Zeit blieb, uns zu bemuttern. Außerdem entsprach es nicht ihrer Natur, jemanden zu verhätscheln. Immerhin hatten Beth, Margaret, Mary und ich unsere Mutter ein wenig gekannt. Die arme Frances dagegen, unsere jüngste Schwester, wuchs ohne sie auf. Sie lebte, dafür hatte unsere Mutter im Kindbett ihr Leben gelassen. Das mochte hart klingen, und ich beschloss in Zukunft nachsichtiger mit Frances zu sein. Heute aber, am Tag von Beths Vermählung, würde ich alles daransetzen, dass meine Schwester nur an schöne Dinge dachte.

Als der erste Lichtstrahl durch die Fenster schien, schlüpfte ich aus dem Bett. Es war ein sonniger Morgen, doch noch wärmte uns die Sonne nicht, denn unser Schlafgemach lag in Richtung Norden. Das galt als das Gesündeste, denn allgemein war man der Auffassung, so könne der Wind keine Krankheiten vom Kontinent hineinwehen. Da der Fußboden mit nichts als Binsen ausgelegt war, bekam ich eiskalte Füße.

Als Beth hörte, dass ich bereits auf war, schlug sie die Augen auf. Für gewöhnlich blieb sie den ganzen Vormittag lang unter ihren behaglichen Decken liegen, und wenn meine Großmutter sie nicht für ihren Müßiggang getadelt hätte, wäre sie erst kurz vor dem Mittagessen aufgestanden.

»In ein paar Stunden bist du Lady Mills«, sagte ich sanft.

»Und keine Jungfrau mehr.«

»Fürchtest du dich?« Mir selbst schien es wie ein großes Abenteuer. »Mary hat gesagt, es könne zur Pflicht oder zum Vergnügen werden. Das hängt ganz von den Fähigkeiten deines Gemahls ab.«

Ich musste an Sir John denken, der nichts anderes im Sinn hatte, als Hirsche zu jagen und sich den Bauch vollzuschlagen. Das verhieß nichts Gutes.

»Margaret hat gesagt, ich solle es mir vorstellen wie das Schmieren eines Leiterwagens. Wenn es erledigt ist, laufen die Räder umso besser.«

Wir lachten über die prosaische Sichtweise unserer Schwester. »Die praktische Meg. Wie poetisch! Bestimmt hat sie Sir Philip Sidneys Gedichte gelesen!«

Nun, da der Tag gekommen war, war mir zum Weinen zumute. Doch ich schluckte meine salzigen Tränen herunter und half Beth beim Anlegen der Hochzeitstracht. Seit unserer Kindheit halfen wir uns gegenseitig bei dem aufwendigen Ritual, sich zu kleiden, wie es sich für eine vornehme Dame gehörte. Zunächst wurde die Wäsche aus Leinen gewechselt. An diesem Tag zog Beth seidene Strümpfe an, die mit Silberfäden vernäht waren. Es folgte der ausladende Reifrock, dann wurde das samtene Mieder geschnürt, das mit kleinen Zuchtperlen besetzt war. Anschließend zog sie die Röcke ihres roten Taftgewands an, dessen Ärmel mit dem Pelz besetzt waren, den mein Vater ihr geschenkt hatte. Dazu trug sie feine Schuhe, die mit weißen und roten Rosetten bestickt waren. Zu guter Letzt brachte ich ihr die gestärkte Halskrause, zart wie ein Spinnennetz. Sie war frisch gestärkt, und ich hatte sie über Nacht an den Vorhängen befestigt, damit sie nicht verknitterte. Vorsichtig legte ich sie Beth an und lächelte beim Anblick ihrer zarten weißen Brüste, die wie zwei weiße Halbmonde aus ihrem Ausschnitt schauten. Nach dem heutigen Tag, wenn Beth eine verheiratete Frau war, würden sie dennoch die Blicke anderer Männer auf sich ziehen.

Mit der Hilfe von Prudence kämmte ich Beth das Haar, das ihr jungfräulich über die Schultern fiel und glänzte wie ein silbern schimmernder Fluss.

Sie war schöner denn je.

Auch ich hatte mir Mühe gegeben, mich hübsch zu machen. Ich trug einen Trägerrock und ein Kleid aus gelber Seide, was, wie ich fand, gut zu meinen braunen Augen und meinem rötlich braunen Haar passte.

Beth drehte sich zu mir um. »Ich wünschte, unsere Mutter könnte heute bei uns sein«, seufzte sie.

Ich schloss meine Schwester so fest in die Arme, dass ich

fühlte, wie ihr Herz gegen meins schlug. »Das wird sie, Beth. Wenn es stimmt, dass die Seele unsterblich ist, wird ihre uns heute begleiten.«

Wir gingen die breite Treppe hinunter. Mein Vater erwartete uns bereits und sagte: »Beth, du siehst wirklich wunderschön aus.« Von Constance, seiner Frau, sah ich keine Spur und hoffte, er habe sie zu Hause bei den anderen Säuen im Schweinestall gelassen.

»Danke, Vater.«

Zu meiner Überraschung wandte er sich auch an mich. »Ich weiß, du bist keine Schönheit, Ann. Aber immerhin hast du die Augen der Poynings geerbt, von warmem Braun wie die glänzenden Kastanien, mit denen kleine Jungen so gerne spielen.«

Obwohl es ein zweifelhaftes Kompliment war, spürte ich einen Kloß im Hals, denn ein Lob von meinem Vater kommt so selten vor wie blühende Rosen im Winter. Und dieses würde ich horten wie ein Eichhörnchen seine Vorräte aus dem Herbst. »Vielen Dank, Vater. Ich bin froh, dass Ihr dieser Ansicht seid.«

Wir machten uns auf den Weg zur Kirche: meine Schwestern Margaret und Mary, mein Bruder Robert, die törichte Frances, mein Vater und Constance, die schließlich doch noch erschienen war – und zwar derart aufgeputzt, dass es den Anschein hatte, sie, und nicht Beth, sei die Braut. Meine Großeltern und die laut schniefende Prudence begleiteten uns, mein Cousin Francis war eigens aus London angereist, leider ohne seine Mutter, meine Tante Elizabeth.

Sir John, der Bräutigam, glich wie immer einem fetten Würstchen, das man in schwarzen Samt gezwängt hatte. Er wartete vor der Kirche auf seine Braut. Ganz nach altem Brauch gaben sich Beth und er dort, gut sichtbar für alle, das Eheversprechen und tauschten die Ringe. Die Zeremonie wurde begleitet vom Jubel der Gäste in der Kirche und der Dienstboten, die sich auf dem Kirchhof so zahlreich versammelt hatten wie eine gläubige Gemeinde am Weihnachtsmorgen.

Anschließend drängten sich alle in der Kirche zusammen, um dem Segen beizuwohnen. Es folgte ein Toast mit dem Gewürzwein, der dank des Händlers aus Cheapside doch noch gesüßt werden konnte. Den Zucker hatte er mit einem berittenen Boten gesandt, zusammen mit seinen besten Wünschen und einer gesalzenen Rechnung.

Nachdem das Ehegelübde gesprochen und der Segen erteilt war, ließ Beth es sich nicht nehmen, mit fester und lieblicher Stimme ein Gebet vorzutragen. »Gewähre mir die Gnade, oh Herr, meinen Gemahl als meinen Gebieter anzuerkennen, ihn zu ehren, ihm zu gehorchen, ihm zur Freude zu gereichen und mich stets von ihm leiten zu lassen. Amen.«

Ich fing Marys Blick auf und sah, dass sie den Kopf schüttelte. »Möge Gott ihr vergeben«, flüsterte sie leise. »Sie weiß noch nicht, dass man einen Ehemann nicht ermutigen sollte.«

Nach dem Ehegelübde wurde der Gewürzwein in sämtlichen Kirchenbänken herumgereicht, anschließend führte mein Großvater die Gäste von der Kirche zur Großen Halle und zu den Zelten, die aufgestellt worden waren, damit alle am Festmahl und den Feierlichkeiten teilnehmen konnten.

Das Essen war so reichhaltig, als würde eine ganze Armee erwartet. Drei Ochsen drehten sich auf riesigen Spießen, und sechs Schafe waren zwei Tage lang in heißer Asche geröstet worden. Pfauen waren mit Fasanen und anderen kleineren Vögeln gefüllt. Ferner gab es Kapaun in Zitronensauce, gebackenes Kaninchen mit eingelegten Gurken, Spinattorte und gedünstete Austern. All das wurde hinuntergespült mit lieblichen Weinen oder Dünnbier, für das Brautpaar gab es eigens gebrauten Zitronenmet. Zum Nachtisch wurden eingeweckte Früchte, Makronen und gebrannte Vanillecreme gereicht.

Die Hauptattraktion jedoch bestand in einer gewaltigen Marzipantorte, verziert mit Blattgold und allerlei Figürchen wie Vögeln und Tieren, einem Netz aus Karamellfäden und den ineinander verschlungenen Wappen der Mores und der Mills. Allein dafür hatte Großmutters Konditor drei Tage, acht Pfund

Mandeln, einen halben Liter Rosenwasser und – zu seiner eigenen Stärkung – eine Gallone Starkbier gebraucht.

Jeden Gast erwarteten ein Paar parfümierter Handschuhe, ein Stück Duftseife, Kräutersäckchen, Rosenwasser, getrocknete Orangenschale, Moschusöl, Zibetparfüm sowie eine Auswahl edler Harze und Jasminöl.

Meine Schwester Mary hatte sich nach der Trauung fortgeschlichen und war in ein Kleid geschlüpft, das die glitzernden Juwelen besser zur Geltung brachte, von denen mein Vater behauptet hatte, sie seien bereits dreifach beliehen, was ihnen ein wenig von ihrem Glanz nahm.

Margaret häufte ihren Teller mit Süßspeisen voll, dann aber überraschte sie uns alle mit einem Tänzchen. Leichtfüßig wie Distelwolle auf einer Sommerwiese schwebte sie mit ihrem Thomas zu einer französischen Gaillarde über das Parkett.

Es war ein rauschendes Fest, selbst die hohen Ansprüche meines Vaters wurden zufriedengestellt. Die Damen trugen Seide und Brokat, manche Kleider waren besetzt mit Granat und Aquamarin, andere mit schweren Gold- und Silberfäden verwoben oder mit farbenprächtiger Stickerei verziert. Die Tanzenden drehten sich zum Klang von Harfen, Flöten und Trommeln, und die Diamanten und Smaragde schimmerten in den kunstvollen Frisuren wie unsere Buntglasfenster im Sonnenlicht.

Mary erschien an meiner Seite und wies verschmitzt auf den Bräutigam. »Hast du gesehen, was Sir John im Ohr trägt?« Unser korpulenter angeheirateter Verwandter mit den samtenen Beinkleidern trug zu allem Überfluss einen dicken Perlenohrring, der ihm sicher das Ohrläppchen zerrissen hätte, wenn ihm die fetten Wangen nicht Halt gegeben hätten. »Der arme Kerl! Er versucht, es Nicks Schwager, Sir Walter Ralegh, gleichzutun. Dabei besitzt er nicht einen Bruchteil von dessen Charme! Ebenso gut könnte man ein Schweineohr mit einer Perle schmücken, der Anblick wäre kaum schlimmer. Sicher bringt er mehr auf die Waage als drei große Säcke Kalk. Heute

Nacht wird Beth, die Ärmste, zermalmt wie ein Korn unter dem Mühlstein!«

»Mary!« Ich versetzte ihr einen Stoß in die Rippen, über denen ihr Mieder derart fest geschnürt war, dass ihre Brüste sich deutlich unter dem hauchdünnen Stoff ihres Kleides abzeichneten. Wäre es Mary erlaubt, sie offen zur Schau zu stellen, wäre sie sicherlich dazu bereit. Einmal hatte ich sie zetern hören – Gottlob nur diskret, sonst wären wir wohl alle im Tower gelandet –, trotz ihrer fünfundsechzig Jahre könne unsere Regentin ihren Busen immer noch präsentieren, schließlich sei sie die jungfräuliche Königin, was allerdings bedeute, dass ihn offensichtlich niemand sehen wolle.

»Psst, Mary! Sir John kommt auf uns zu.« Ich sah, wie der frischgebackene Ehemann sich uns näherte, einen Glanz in den Augen, der einem Schwager nicht unbedingt zustand. »Gottverdammt, ich wünschte, ich hätte nicht zwischen Euch wählen müssen, sondern könnte Euch alle mit in mein Bett nehmen.«

»Dagegen spricht, dass ich bereits einen Ehemann habe«, gab Mary zurück und funkelte ihn böse an. »Meine Schwester Margaret würde sich wohl nur schwerlich von ihrer Marzipantorte losreißen. Und Ann hält Männer ohnehin für bedauernswerte Kreaturen, die sich für nichts weiter als Pferde und Jagdhunde interessieren, so ist es doch, Ann?«

»Sicher seid Ihr stolz, Sir John, dass dieser Tag endlich gekommen ist«, sagte ich, um auf weniger schlüpfriges Terrain zuzusteuern.

»Gewiss«, er stürzte einen weiteren Krug Honigwein hinunter, »in der Tat, heute ist ein ganz besonderer Tag. Erst heute Morgen auf der Jagd habe ich zwei weiße Hirsche erlegt. Ein solches Glück wird einem nicht allzu oft zuteil.«

Ich musste mir das Lachen verkneifen und wich dem Blick meiner Schwester aus.

Was für ein Dummkopf!

Zwei Männer aus seinem Gefolge stolperten aus einem der

übrigen Zelte heraus. »Sir John«, begann der eine lallend, »gerade habe ich ein treffendes Sprichwort gehört: ›Ob Ehefrau, Spaniel oder Walnussbaum, je häufiger man sie schlägt, desto besser gedeihen sie.‹«

Die drei lachten aus vollem Hals. Auch der zweite Dummkopf beschloss, etwas zu diesem Thema beizutragen. »Wie sagte mein Vater noch immer zu meiner Mutter: ›Frauen und Pferde brauchen eine starke Hand.‹«

»Das ist allerdings passend«, gab ich in jungfräulich liebenswürdigem Tonfall zurück. »Und unsere Großmutter pflegt zu sagen: ›Der glücklichste Tag im Leben einer Frau ist der, an dem sie zur Ehefrau wird – der zweitglücklichste ist der, an dem sie zur Witwe wird!‹«

Daraufhin schwankten die Männer davon, auf der Suche nach noch mehr Bier und unterhaltsamerer Gesellschaft.

»Tja, Ann«, stichelte Mary und ergriff meinen Arm, »so wirst du nie einen Ehemann finden.«

Der nächste Morgen dämmerte bereits. Die Fackeln in den Wandleuchtern flackerten und die Kerzen waren nahezu heruntergebrannt. Die Diener in der Großen Halle versuchten, ihr Gähnen zu unterdrücken, die Hunde meines Großvaters legten sich behaglich vor den Kamin. Die Musiker wussten, der Ruf, der ihnen vorauseilen würde, wäre umso besser, je länger sie die Feierlichkeiten in Gang hielten, also stimmten sie eine weitere Weise an.

Bald wäre es Zeit, zu Bett zu gehen. Sir John forderte den Mundschenk auf, seinen Krug ein letztes Mal mit Honigwein zu füllen.

»Her zu mir, Weib!«, rief er und packte Beth ausgelassen und grob am Handgelenk. »Es wird Zeit, dass wir uns hinaufbegeben, jetzt, da wir rechtmäßig vermählt sind.«

Dieser Ankündigung folgte ein riesiger Trommelwirbel, und sämtliche Gäste folgten der errötenden Beth und ihrem Angetrauten durch den Gesellschaftsraum die Treppe hinauf bis zur Tür des Schlafgemachs.

Mary, Margaret und ich bedeuteten sowohl den Gästen als auch dem Bräutigam, draußen zu warten, während wir unserer Schwester beim Auskleiden behilflich waren. Frances vergaß ihre sonst so züchtige Miene, als sie zu hören bekam, dass sie für so etwas noch zu jung sei. Wir kleideten Beth in ihr neues Schlafgewand, dessen Ausschnitt aus feiner Spitze gearbeitet war, und legten sie sanft auf das Bett.

»Ann! Mary!«, beschwor sie uns. »Lasst mich nicht allein!«

Mary setzte sich neben sie auf das riesige Bett und versuchte, sie zu beruhigen. »Keine Sorge. Vielleicht hast du Glück und er hat dem Wein zu sehr zugesprochen, um seinen Pflichten nachzukommen.«

»Hoffen wir lieber, dass sie selbst genug getrunken hat, um nichts mehr davon mitzubekommen!«, fügte Margaret hinzu.

Mary kicherte, doch just in diesem Moment erschien jemand hinter ihr: Sir John im Nachtgewand, geführt von seinen beiden Kumpanen, während seine Familie ihn von der Schwelle aus anfeuerte wie einen Gaul beim Pferderennen.

Ich biss mir auf die Unterlippe. Unter dem feinen Gewebe seines Nachthemds stand das Prunkstück seiner Gliedmaßen erkennbar bereit.

»Du meine Güte!«, flüsterte Margaret. »Offenbar hat der Wein das Feuer eher angefacht als zum Erlöschen gebracht.«

In diesem Augenblick betrat meine Großmutter den Raum und brachte zwei Zinnbecher. »Macht Platz, ich bringe eine Stärkung für den Bräutigam! Ein wenig Wein gemischt mit Milch, Zimt, Zucker und Muskat wird Euch bei Kräften halten!« Sie nahm den Zustand von Sir Johns Standfestigkeit unter dem Leinennachthemd zur Kenntnis und brach in schallendes Gelächter aus. »Es hat den nicht Anschein, als würdet ihr den Trank brauchen. Lassen wir das glückliche Paar allein!«

Ich versuchte, Beths Blick aufzufangen, denn ich wollte ihr mein Mitgefühl darüber zu verstehen geben, dass sie einer solch unwürdigen Scharade ausgesetzt wurde. Derart unzüchtige

Possen waren in den Kreisen des Hochadels längst nicht mehr gefragt. Dass die Londoner Damen und Herren sich solch halbseidenen Bräuchen unterwarfen, schien mir nur schwer vorstellbar. Meine Großmutter hingegen legte Wert auf Tradition und ländliche Gepflogenheiten, und, so erstaunlich es schien, plötzlich wirkte meine Schwester wieder unbeschwert. Sie lächelte sogar, als einer ihrer Strümpfe in die Luft geworfen wurde, um die Hochzeitsnacht einzuläuten.

Auf der Schwelle des Schlafgemachs stand, strahlend wie ein Elf, und auch nicht viel höher gewachsen, mein Vater.

»Begeben wir uns alle wieder nach unten, wo uns weitere Köstlichkeiten erwarten. Wir brauchen nicht Wache zu stehen, um die Laken zu inspizieren, wie es zur Zeit meines Großvaters noch üblich war. Möge Gott den beiden eine fruchtbare Verbindung gewähren.«

Während wir uns auf den Weg nach unten zum wärmenden Feuer begaben, wandte er sich an mich. »Nun bist du an der Reihe, Ann, sonst wird deine Schwester Frances noch vor dir heiraten.«

»Frances ist doch erst zehn Jahre alt, Vater«, rief ich ihm ins Gedächtnis.

»Um so besser. Alt genug für eine Verlobung und jung genug, sich meiner Wahl nicht zu widersetzen.« Er sah mir fest in die Augen. »Im Gegensatz zu einer anderen jungen Dame.«

»Ja, Ann«, raunte Mary mir schelmisch zu, »du willst doch nicht als alte Jungfer enden, oder?«

»Wenn ich andernfalls einen Ehemann wie deinen nehmen müsste, der dich mit Sorgen und Schulden überhäuft, bleibe ich lieber unvermählt!«, flüsterte mir der Teufel ein. Doch da ich wusste, wie sehr Mary unter der Verschwendungssucht ihres Gemahls litt, sagte ich nur: »Gewiss, auch ich wünsche mir einen Ehemann. Schließlich bin ich nicht derart von allen guten Geistern verlassen, dass ich mir die Freuden von Heim und Herd vollkommen zu versagen gedenke. Aber darf ich nicht wenigstens ein Wörtchen dabei mitreden, was für ein Mann es denn sein soll? Oder darf die Wahl nur auf jemanden fallen, der dem Fortkommen der Mores dienlich ist?«

Als ich in dieser Nacht zum Gebet niederkniete, gab ich mir Mühe, meine Gedanken nicht zu den Geschehnissen abschweifen zu lassen, die sich wohl gerade in Beths Brautgemach abspielten.

»O Herr, lieber Gott und Erlöser«, flüsterte ich in vollkommener Dunkelheit, »wenn ich denn jemanden zum Gemahl nehmen muss, lass ihn weder eitel noch verschwenderisch sein und auch nicht einfältig. Denn genau das scheint das Schicksal meiner geliebten Schwestern zu sein.«

2

Der nächste Morgen versprach einen strahlenden Tag, aber der Gedanke an Beths Abreise ließ das goldene Morgenlicht trüber erscheinen, als die dunkelsten Wolken es vermocht hätten. Fortan würde ich nicht mehr jeden Morgen an der Seite meiner geliebten Schwester aufwachen.

Ich musste mein Bett mit Frances teilen, die nicht einen Augenblick lang still liegen konnte. Einzig und allein beim Gebet hielt sie es länger aus als ein Heiliger im Mittelalter. Die Sonne war noch nicht ganz aufgegangen, doch Frances war bereits aus dem Bett geschlüpft und betrachtete ein Gemälde, das mir schon immer missfallen hatte. Es zeigte eine Frau, die einen Finger an die Lippen gelegt hatte, eine Geste von Tugend und Ergebenheit. Der Schlüsselbund an ihrer Taille zeugte von der Fähigkeit, einen Haushalt zu führen. Zu allem Überfluss stand sie auf einer angebundenen Schildkröte, was – wie meine Großmutter mir einmal erklärt hatte – versinnbildlichen sollte, dass sie ebenso wie die Schildkröte niemals umhervagabundieren würde. Dies war die Idealvorstellung einer Frau.

»Ich möchte auch bald heiraten«, seufzte Frances. »Ich sehne mich nach einem Gemahl und einem eigenen Haushalt. Geht es dir nicht ebenso, Ann?«

In der vergangenen Nacht war mir all das durch den Kopf gegangen, und ich war zu der Überzeugung gelangt, dass mir mein künftiger Ehemann Gefühl und Verstand schon zugestehen müsse. Manchmal fragte ich mich, wo in aller Welt ich so jemanden finden sollte.

Meiner Schwester Mary zollte ich Bewunderung für die Leichtigkeit, mit der sie ihren Stand als verheiratete Frau anerkannte, trotz der Verschwendungssucht ihres Gemahls. Sie geht so gelassen mit allem um – dem Haushalt, ihrem Ehemann, den Hunden, der Dienerschaft –, dass ich sie nur beneiden kann. Ihre Anweisungen werden stets auf das Genaueste befolgt, und offenbar findet sie sogar Gefallen am ehrgeizigen Streben der Throckmortons, lässt sich möglicherweise sogar blenden von ihrer Nähe zum Leben am Königshof.

Margaret ist einfach Margaret. Nur wenig älter als ich selbst, ist sie eine bodenständige, treu ergebene Ehefrau, die sich auf Thomas, ihren Fels in der Brandung, verlässt. Nicht allzu weit von London entfernt, aber dennoch weit genug, lässt sie sich durch nichts die Freude am friedlichen Leben in Peckham nehmen.

»Es täte dir gut, wenn Vater endlich einen Ehemann für dich fände, der von seiner Gattin Gehorsam und ergebene Bescheidenheit verlangt«, hielt Frances mir vor. Hinter ihrer Anstandsmiene zeigte sich ein Hauch von Häme.

»Und *dir* täte es gut, wenn Vater beschließe würde, dass Constance und er jemanden brauchen, der sich im Alter um sie kümmert, und dass dir, der jüngsten Tochter die Freuden der Ehe und des Familienlebens versagt bleiben sollen, damit du dieser Pflicht nachkommen kannst.«

Frances erschrak dermaßen, dass sie mir beinahe leidtat. »Du glaubst doch nicht wirklich, dass sie das verlangen würden?«

»Nein. Dafür ist Vater viel zu ehrgeizig. Er möchte uns alle gut verheiraten, schließlich hängt sein eigenes Ansehen davon ab. Wenn wir nicht heiraten oder – schlimmer noch – uns schlecht verheiraten, setzt das die ganze Familie herab, behauptet er jedenfalls. Deshalb hat er einen solchen Zorn auf Marys Ehemann. Bei seinen Verbindungen müsste er es eigentlich schon weit gebracht haben, aber Nick ist mehr an seiner eigenen Zerstreuung als am Fortkommen der Familie interessiert.«

Nachdenklich sah Frances mich an, als sei sie im Besitz einer wertvollen Information, die man mir noch nicht hatte zukommen lassen, ähnlich einer Katze, die als erste einen Leckerbissen erspäht hat.

»Was ist, Frances? Heraus mit der Sprache, oder ich reiße dir dein Häubchen vom Kopf und werfe es aus dem Fenster.«

Unwillkürlich griff Frances sich an den Kopf, als wolle sie die Haube festhalten. »Letztens habe ich gehört, wie Vater sich mit einem älteren Herrn über die Aussichten seines Sohnes unterhalten hat. Dabei ist dein Name gefallen.«

Mein Herz begann zu rasen, und ich fühlte den blechernen Geschmack von Angst in meinem Mund.

»Frances! An der Tür zu lauschen wie ein Dienstbote ist ganz sicher nicht im Sinne Gottes. Du überraschst mich sehr.«

Frances sah mich herausfordernd an. »Verschlungen und unergründlich sind die Wege des Herrn. Ich dachte, es interessiert dich vielleicht, dass über deine Hochzeit verhandelt wird.

Ungeachtet meiner eigenen Worte fragte ich: »Und wie lautet der Name dieses älteren Herrn?«

Sie sah mich aus ihren beunruhigend blassblauen Augen an. »Ich glaube, Vater nannte ihn Manners.«

Ich hatte das Bedürfnis, wegzulaufen, fort von diesem Haus, das mein Großvater erbaut hatte und das Stein für Stein die Ehre und das Ansehen der Familie repräsentierte.

»Beth reist gegen Mittag ab«, rief Frances mir hinterher. »Das hat sie Großmutter gestern Abend gesagt. Du solltest zusehen, dass du bis dahin zurück bist.«

»Das bin ich.«

Ich rannte die Hintertreppe hinab, nicht in den offenen Park vor dem Haus, denn dort schliefen sicher noch die Zecher des vergangenen Abends, sondern zum Wassergraben, wo ein Karpfen träge zwischen hohen Schilfhalmen umherschwamm. Benommen kletterte ich auf die hohe Mauer, die den Küchengarten vom Graben trennte, und lief weiter. Überall um mich herum brachte die Natur zarte Triebe und Knospen hervor, doch ich war erfüllt von nie gekannter Traurigkeit. Auch ich war zart und wartete darauf aufzublühen. Es war ein Segen – oder ein Fluch – denn obwohl ich erst vierzehn Sommer erlebt hatte, wusste ich bereits, was ich *nicht* wollte.

Doch stets hieß es, ich müsse mich gehorsam dem Willen meines Vaters beugen, wie es sich für eine pflichtbewusste Tochter gehört.

Wie zur Bestätigung dessen hörte ich die Stimme meiner Schwester Frances, nicht fromm wie üblich, sondern voll Aufregung und Neid. »Ann! Ann!«, rief sie. »Beth verlässt uns! Und du wirst nach London gehen, um auf das Leben am Königshof vorbereitet zu werden! Unsere Tante hat sich erboten, dich aufzunehmen, und Vater ist einverstanden.«

Ich sprang von der Mauer. London und das Leben am Königshof schienen eine willkommene Gnadenfrist, bevor ich jemanden heiraten sollte, den ich noch gar nicht kannte. Wenn ich tatsächlich nach London geschickt würde, mussten die Hochzeitsverhandlungen zwischen meinem Vater und dem Vater dieses Master Manners gescheitert sein. Vielleicht hatte er eine höhere Mitgift verlangt, als mein Vater zu geben bereit war. Nach all den Tiraden über die Aussteuer und Mitgift meiner Schwestern wusste ich, Verhandlungen über eine Hochzeit konnten länger dauern, als ein Schiff nach Westindien vom Stapel zu lassen. Dabei waren sie ein ebenso gefährliches Unterfangen und endeten häufig nach monatelangen Streitereien in Verbitterung. Wenn ich Glück hatte, war genau das in meinem Fall geschehen.

Außer Atem erreichte ich gemeinsam mit Frances das Haus, wo es vor Dienstboten, reisefertigen Gäste und deren Bediensteten nur so wimmelte. Meine Schwester Beth, ihr Angetrauter und seine Familie trafen Vorbereitungen für die Rückreise zum Herrenhaus in Camois Court. Der Abschiedsschmerz trübte meine Freude über die bevorstehende Reise nach London.

»Ach, meine geliebte Beth«, so fest ich konnte umarmte ich sie. »Ich kann es kaum ertragen, dir Lebewohl zu sagen.«

»Liebste Ann, es ist doch nicht so, als ginge ich als Pionier in ein fernes Land. Es ist nur Sussex, und nicht Amerika! Ich werde dir jede Woche schreiben, das verspreche ich dir.«

»Die Zeit wird im Nu vergehen«, warf meine Großmutter

ein. »Bald wird Beth dich an ihr Kindbett rufen, damit du ihr die Kissen aufschüttelst und die Stirn mit Kamille kühlst.«

Beth errötete leicht.

»Ich bin sicher, den Anfang hat sie bereits gemacht.« Meine Großmutter zwickte Beth in die Wange. »Ein strammer Sohn als Erbe von Sir John.«

Immer ging es nur um Söhne.

Henry VIII. hatte sechs Gemahlinnen gehabt. Nur ein einziger Sohn wurde ihm geboren und diesem waren nur wenige Jahre vergönnt. Unsere Queen Elizabeth dagegen, nur eine Frau, herrschte seit über vierzig Jahren und hatte uns Frieden und Beständigkeit gebracht. Jetzt aber ging das Spielchen von vorne los, denn es gab keinen männlichen Erben, und selbst wenn es Hochverrat war, wurde reichlich spekuliert, wer nach ihrem Tod die Krone an sich reißen würde.

»Leb wohl, meine liebe Ann.« Beth drückte mich an sich. »Bei all der Zerstreuung in London hast du mich sicher bald vergessen. Bald bist du eine vornehme Hofdame und ich nichts weiter als ein Heimchen am Herd.«

Vor dem großen Eingangsportal, über dem das Wappen der Mores in Stein gemeißelt vom Ansehen unserer Familie kündete, blieb ich stehen und sah Beths Kutsche hinterher, bis sie außer Sichtweite war. Dann suchte ich nach meinem Großvater, der sich mehr um mich gekümmert hatte, als mein Vater, und mich sicher besser verstand.

Ich fand ihn in seiner Bibliothek, meinem liebsten Raum im ganzen Haus. Die Wände waren mit bestem englischen Eichenholz vertäfelt, sorgfältig von Londoner Tischlern verarbeitet und reich verziert und vollständig mit Bücherregalen bedeckt. Hier und dort spähten kleine Büsten von Großvaters Lieblingsdichtern heraus, als wollten sie uns auffordern: »Lies mich!« Mein Großvater war überaus stolz auf seine Sammlung, denn nur wenige Menschen besaßen überhaupt eine Bibliothek, und keine davon war so prächtig und gut sortiert wie die seine. Schon als Kind hatte er mich ermuntert, zu lesen, was immer mir beliebte.

Da viele der Bücher in Latein oder Griechisch verfasst waren, war es mir erst nach einigen Jahren des Studiums möglich, dieser Aufforderung nachzukommen. Doch sobald ich dieser Sprachen einigermaßen mächtig war, saß ich oft in einer Ecke auf einer der langen Fensterbänke, vollkommen versunken in die Sagen von Odysseus oder Hektor. Gelegentlich sah ich auf die weite Landschaft hinaus, wenn Nebel über dem Tal lag oder sich ein einsamer Fasan verirrt hatte, der mit seinem närrischen Gekrächze seiner feinen roten und goldenen Federpracht alles andere als Ehre machte.

Über dem Kaminsims waren das Wappen und die Initialen der Königin eingraviert, im Gedenken an ihre zahlreichen Besuche auf Loseley und um uns daran zu erinnern, welch wichtige Rolle innerhalb des großen Ganzen wir spielten.

Mein Großvater saß in seinem Lieblingssessel und hielt ein Nickerchen. Über ihm hing ein Bildnis an der Wand, das ein gewisser Lucas de Heere von ihm gemalt hatte. Großvater hatte ihn in Flandern schätzen gelernt. Meine Schwestern schauderte es vor diesem Gemälde, denn unser Großvater, wie immer in Schwarz gekleidet, war abgebildet neben einem grinsenden Totenschädel, der sein Ebenbild war und der den Betrachter furchterregend ansah.

Großvater jedoch hatte mich als kleines Mädchen, kurz nach dem Tod meiner Mutter, auf den Schoß genommen und liebevoll gelächelt. »Der Tod ist im Leben allgegenwärtig, Ann, deshalb mag ich dieses Bild. Deine Mutter wird immer bei dir sein. Eines Tages wirst du einen Edelmann heiraten und selbst ein paar prächtige Kinder bekommen. Dann wirst du dich an deine Mutter erinnern, nach der du benannt bist, und sie wird vom Himmel, wo sie bei unserem ewigen Vater wohnt, auf deine Kinder herabblicken.«

Seitdem liebte ich das Gemälde, das meine Schwestern so sehr in Angst versetzte, denn es war ein Symbol der Liebe meines Großvaters und meiner verstorbenen Mutter.

Obwohl seine Aufgaben als Amtsrichter von Surrey und

Sussex sowie als Beauftragter seiner Majestät ihn sehr in Anspruch nahmen, hielt mein Großvater zwei Mal am Tag ein Nickerchen – und zwar mit solcher Regelmäßigkeit, dass man seine geliebten Uhren danach hätte stellen können. Manchmal brachte ich ihm einen Krug Bier, damit er nach dem Aufwachen seinen Durst stillen konnte.

So auch heute, woraufhin er mich warmherzig anlächelte. »Guten Tag, Enkelin«, begrüßte er mich. »Hast du dich vom Tanzen der Gaillarden und Couranten erholt?«

»Das habe ich, Großvater. Habt Ihr die Neuigkeit schon vernommen?«

»Dass deine Schwester abgereist ist oder dass du nach London geschickt wirst?«

Ich lachte. Selbstverständlich wusste er es bereits. Großvater wusste alles. In seiner Jugend war er einer der zuverlässigsten Berater der Krone gewesen. Er hatte so viel Zeit bei der Königin verbracht, dass sie ihn, in Anspielung darauf, dass er stets in Schwarz gekleidet war, ihren »schwarzen Gemahl« nannte – sehr zum Leidwesen meiner Großmutter, was sie sich vor Ihrer Majestät allerdings nicht anmerken ließ.

»Dass ich nach London geschickt werde.«

»Es schmerzt ein wenig, dass meine Enkelin vor Freude strahlt, weil sie unserer ländlichen Behausung entfliehen kann, um sich dem Glanz des Königshofs hinzugeben.«

»Ach, Großvater! Ihr wisst doch, mir steht nicht der Sinn nach einem Leben am Königshof. Aber ohne meine geliebte Schwester Beth wird mir etwas auf Loseley fehlen.«

»Ohne dich wird noch mehr fehlen, meine liebe Ann. Übrigens habe ich noch ein Hühnchen mit dir zu rupfen, junge Dame! Ich kann meinen Ovid nicht finden, und den Catullus auch nicht. Da deine Schwestern keinen Lateinlehrer engagiert haben und deine Großmutter nicht dazu übergangen ist, Klassiker zu lesen, anstatt in ihren Kochbüchern nachzuschlagen, wie man Gurken einlegt, kannst wohl nur du dafür verantwortlich sein.«

»Das tut mir leid. Ich werde sie gleich zurück ins Regal stellen.«

»Vielen Dank, Ann«, sagte er und fügte hinzu: »Erzähl deinem Vater lieber nichts von deinen Lesegewohnheiten. Es finden sich gewisse Passagen bei Ovid, die man einer jungen Dame vorenthalten sollte.«

Ich wusste, er meinte die *Ars amatoria,* denn beim heimlichen Lesen war ich tatsächlich errötet. Aber ich tat, als wüsste ich nicht, wovon er sprach.

»Schon beim Gedanken daran, du könntest so etwas bei Ovid gelesen haben, würde deinem Vater der Bissen im Halse stecken bleiben.«

»Selbst die Königin liest Ovid, Großvater, das hat sie schon getan, als sie in meinem Alter war. Mein Cousin Francis hat es mir erzählt. Sein Vater war ihr lateinischer Sekretär, er muss es wissen.«

»Die Königin kann tun und lassen, was immer ihr beliebt. Das gilt jedoch nicht grundsätzlich für ihre Untertanen. Ich hoffe, ich habe richtig daran getan, dir das Lesen schmackhaft zu machen.«

»Selbstverständlich habt Ihr das, Großvater. Wie könnte es von Nachteil sein, zu lesen und zu lernen?«

»Das gilt für Männer. Für Frauen aber, so sagen viele, birgt es durchaus die Gefahr, sie könnten listig werden wie ein Fuchs.«

Ich küsste meinen Großvater auf die Stirn. »Dann werde ich listig sein wie ein Fuchs und mein Wissen vor aller Welt verbergen, außer vor Euch.«

»Ich fürchte, es wird dir den Geschmack an einem einfachen Leben verderben.«

»Und Ehemänner abschrecken?«

»Gott hat die Frauen dazu erkoren, Ehefrauen und Mütter zu sein. Das ist eine bedeutende Aufgabe.«

»Ich weiß, Großvater. Aber vielleicht vertreibt es ja auch Ehemänner, die man nicht will.«

»Deine Großmutter und ich werden dich vermissen.«

Ich nahm seine von Adern durchzogene Hand und küsste sie.

»Wer soll nur die Aufgabe des obersten Rattenfängers übernehmen, wenn du fort bist?«

Mir fiel wieder ein, was Frances über einen möglichen Verehrer gesagt hatte, das war ein kleiner Wermutstropfen. »Großvater …« Er bemerkte mein Zögern und blickte auf.

»Ja, Ann?«

»Kennt Ihr einen Edelmann namens Manners?«

Sein Blick – gleich einem Wiesel, das jeden Moment ein Mäuschen vertilgen will – sagte alles.

»Meine liebe Ann«, antwortete er sanft. Seine Haut, durchscheinend wie Pergament, erinnerte mich an den Totenschädel auf dem Gemälde. »Eines Tages musst du heiraten. Dazu sind Frauen nun einmal berufen.«

Ich ging hinaus, um mir den Ort meiner Kindheit auf ewig einzuprägen. Ich liebte dieses friedliche, schlichte Haus. Doch ich wusste auch, nicht alle hatten es im Leben so leicht wie wir. Ich hatte Scharen umherziehender Bettler gesehen, die von ihrem Land vertrieben worden waren, weil sie eingezäunten Schafherden weichen mussten. Man jagte sie von einem Dorf zum nächsten, manchmal wurden sie mit Stockhieben verscheucht, denn niemand wollte für ihren Unterhalt aufkommen. Manche landeten vor den Gerichtshöfen der Landgüter, deren Vorsitzender mein Großvater war. Ich hatte auch erlebt, dass schlechte Ernten, vier an der Zahl in grausamer Folge, den Dorfbewohnern das Leben schwermachten. Abgemagert, blass und verhärmt hatten sie ihr Überleben den Schweinen zu verdanken, die sie hinter ihren kleinen Cottages hielten.

Das Getreide war so knapp, dass mein Großvater, der Amtsrichter, vom Kronrat die Anweisung erhielt, das Brauen von Starkbier zu untersagen und die Schließung der zahlreichen Schankwirtschaften zu veranlassen – die wohl unbeliebteste Maßnahme, die es je gegeben hatte.

Ich wusste, in England gab es zwei Schichten, was nirgendwo

offensichtlicher war als am Königshof, den ich schon bald besuchen würde. Dennoch konnte ich einen Anflug von Begeisterung nicht unterdrücken. London schien mir nicht nur fünfundzwanzig Meilen entfernt, es kam mir vor wie das andere Ende der Welt.

Mein Leben würde sich ändern, und eigentlich war ich froh darüber. Nun, da Beth verheiratet war, wusste ich noch weniger, was ich mir eigentlich wünschte, geschweige denn, wie meine Wünsche sich erfüllen sollten.

Ein letztes Mal ließ ich seufzend den Blick über die grünen Täler schweifen, über die Hecken aus Schlehen, die sich in ein weißes Blütenmeer verwandelt hatten, als wolle die Natur selbst Hochzeit halten. Loseley war der Ort meiner Kindheit. London mit seinem goldenen Glanz schien mir gleichermaßen unheimlich wie verlockend. Ich fühlte einen Schauer der Begeisterung, aber gleichzeitig erfüllte mich der Gedanke an die Großstadt mit Angst. So widersprüchlich es auch schien, in diesem Moment wünschte ich mir, hierzubleiben und ewig ein Kind zu sein.

Zurück im Haus bat ich Prudence, mir beim Packen zu helfen. Meine Großmutter hatte mir für das Leben in der Stadt ein hübsches Kleid aus laubgrünem Taft und einen Trägerrock von der Farbe polierten Messings gekauft. »Zusammengespart dank der Dienste meiner zuverlässigen Hennen«, gestand sie. Ich wusste, dass ihr dies eine ganz besondere Freude war.

Ob in einem Herrenhaus oder der kleinsten Hütte, die Einnahmen aus dem Verkauf der Hühnereier standen traditionsgemäß der Frau des Hauses zu.

»Du musst dich bei meinen Sussex-Zwerghühnern bedanken. Obwohl dein Großvater fand, sie sähen aus wie volltrunkene Flittchen und würden, selbst wenn es um ihr Leben ginge, nicht ein einziges Ei legen.« Die steinerne Miene meiner Großmutter, von der eines der Milchmädchen einmal gesagt hatte, sie könne Butter ranzig werden lassen, wurde weicher und verwandelte sich in ein stolzes Lächeln. »Gerade haben sie begonnen, nach der Winterpause wieder zu legen.« Sie tätschelte meine Wange.

»Meine dummen Hühner würden sich freuen, wenn sie wüssten, dass sie dazu beigetragen haben, dich schön zu machen. Bei mir ist ohnehin nichts mehr auszurichten, selbst wenn sie ihr Leben lang Eier legten«. Lachend zuckte sie die Achseln.

Ich war gerührt und schloss meine Großmutter in die Arme. »Ich danke Euch, Großmutter. Nicht nur dafür, sondern für alles, was Ihr für mich getan habt.«

Ich warf einen letzten Blick in das Schlafgemach, das ich seit meiner Kindheit mit Beth geteilt hatte. Wir konnten uns beide glücklich schätzen. Für gewöhnlich schickt man Kinder, ungeachtet dessen, in welch ehrenwerte Familie sie hineingeboren werden, bereits in jungen Jahren zur Erziehung in einen anderen Haushalt, um ihnen Respekt beizubringen und den Aufstieg der Familie zu fördern. Ich hatte besonderes Glück gehabt, dass man mir so viel Zeit gelassen hatte und eigentlich viel zu spät zurückforderte, was man in mich investiert hatte.

Ich betrachtete das vertraute Bett mit den grünen und blauen Vorhängen. Dahinter hing ein Wandteppich, der die biblische Ruth auf ihrem Kornfeld zeigte. Würde ich mich in London so fremd fühlen wie Ruth in der Verbannung, oder würde sich die Stadt als eine Welt voller Verheißungen erweisen? Ich leerte die Kleidertruhen, in denen ich meine Gewänder aufbewahrte, und die Schatullen mit meinen wenigen Schmuckstücken. Ohne Beth fühlte ich mich schwermütig in diesem Raum. Nun hatte Frances das Schlafgemach für sich allein und würde es bedeutenden Gästen überlassen, wenn sie über Nacht blieben.

»Schau hier, Ann«, hörte ich Frances und wandte mich um. »Ich habe ein Abschiedsgeschenk für dich. Ich habe es selbst gemacht, und du sollst es mit nach London nehmen.«

Sie gab mir ein Bündel, in Seide gehüllt und mit einer Schleife verschnürt, die ich schon einmal in Frances' Haar gesehen hatte.

Ich öffnete das Bündel und fand eine akkurate Stickerei aus feinsten Stichen und in Farben so leuchtend wie die Fenster einer alten Abtei. Ich drehte die Stickerei um, denn eine gute

Stickarbeit zeigt sich an ihrer Rückseite. Meine glich meist einem Vipernnest, doch bei Frances erwiesen sich beide Seiten als gleichermaßen perfekt.

»Gefällt dir der Text?«, fragte sie eifrig. »Ich habe ihn in einem von Großmutters Büchern über Nadelarbeit gefunden.«

Ich betrachtete die Stickerei und las laut vor:

»Die höchste Schönheit des Geistes ist Tugend;
Die größte Zier der weiblichen Jugend;
Sie ist unser Schutz, der Stern, der uns führt,
Der, wenn die Sinne irren, den Verstand berührt.«

Ich war gerührt, dass sie sich meinetwegen so viel Mühe gemacht hatte, doch auch ein wenig befremdet über die Weisheit, die sie gewählt hatte. Sie schien mir wie die Vorankündigung einer erwachsenen Welt, in der Tugend und Sinnlichkeit in einem ewigen Widerspruch zueinander stehen. Eine Welt, die mir noch unbekannt war. Ein Schauer der Angst durchfuhr mich. War dies eine Lektion, die mir eines Tages bevorstand?

»Ich danke dir, Frances. Ich werde mir diese Moral vor Augen halten, wann immer meine Sinne drohen, mich in die Irre zu führen.«

»Da bin ich aber froh«, antwortete meine fromme kleine Schwester. »Ich habe gehört, der Königshof sei ein äußerst gottloser Ort.«

»Dann werde ich wohl doppelt tugendhaft sein müssen.«

»Du wirst mir fehlen, Ann!«

Ich nahm ihre Hand. Sie sah so ernst aus, die großen dunklen Augen glichen denen eines wachsamen Hundes, der auf die Rückkehr seines Herrn wartet. Es würde hier einsam sein für das letzte Kind, doch andererseits war Frances trotz ihres zarten Alters kaum noch ein Kind.

»Ich weiß, zunächst wird sich das große Bett leer anfühlen. Im Winter waren Beth und ich immer froh, dass wir zu zweit waren. Doch es ist auch ein märchenhafter Ort, deine ganz eigene Welt, ein Schloss, oder ein großes Schiff, mit dem du an die wundersamsten Orte reisen kannst, die du dir vorstellen magst.«

»Ich werde versuchen, in dunklen Nächten daran zu denken. Aber ich sehne mich nicht nach Schiffen oder Schlössern. Am wohlsten fühle ich mich am heimischen Feuer. Du bist die Furchtlose, Ann. Du traust dich, eine Ratte zu töten und Vaters Zorn oder Großmutters Sturheit die Stirn zu bieten, als hätten sie über dich, anders als über uns, keine Macht.«

»Das mag täuschen, denn sie haben Macht über mich. Ich selbst besitze weder ein Haus noch Geld. Alles, was ich habe, ist Willensstärke.« Ich drückte sie einen Moment lang an mich. »Doch ich bin mir nicht sicher, ob das immer von Vorteil ist. Komm, hilf mir, meinen Korb hinunterzubringen. Wir bitten den Kammerherrn, die Truhen nach unten zu tragen.«

Meine Großeltern, Prudence und sämtliche Dienstboten hatten sich in der Großen Halle versammelt, um mir Lebewohl zu sagen. Mein Vater wartete bereits, um mich nach London zu seiner Schwester zu begleiten.

»Auf Wiedersehen, Ann.« Meine Großmutter küsste mich auf die Wange. »Hier noch ein gut gemeinter Rat: Sei züchtig, ruhig und folgsam.«

Mein Großvater stand hinter mir. »Sei wenigstens Ersteres«, sagte er leise. »Dich zu bitten, ruhig und folgsam zu sein, wäre so, als verlange man von den Sternen, nachts nicht mehr vom Himmel herabzuscheinen.«

»Auf Wiedersehen, Großvater.« Trotz der freudigen Erwartung fiel mir der Abschied schwer und machte mir Angst. Mein ganzes junges Leben lang waren meine Großeltern mir ein Fels in der Brandung gewesen, aber fortan musste ich allein mit den Untiefen zurechtkommen, die mich als Frau erwarteten.

3

Es beschämte mich, nie zuvor in London gewesen zu sein. Mein Vater reiste oft dort hin, in seiner Eigenschaft als Mitglied des Parlaments oder um andere offizielle Pflichten wahrzunehmen. Meine Tante, Lady Elizabeth Wolley, die Mutter meines Cousins Francis, verbrachte den größten Teil ihrer Zeit in der Hauptstadt, es sein denn, sie musste die Königin auf eine ihrer Sommerreisen begleiten. Meine Tante war eine von Queen Elizabeths Gesellschaftsdamen gewesen, die in ihrer Bedeutung gleich den Kammerzofen folgten. Die Königin hatte sie stets ihren »süßen Apfel« genannt.

Wir hatten Glück, denn dieses Jahr hatte es wenig geregnet. Sowohl für meinen Vater und mich zu Pferd als auch für die Kutsche mit meinem Gepäck war die Straße von Loseley nach London passierbar, ohne dass wir Gefahr liefen, im Schlamm zu versinken. Im letzten Jahr hatte es Überflutungen gegeben, sodass unsere Nachbarin, Lady Montague, auf dem Weg zur Kirche jeden Tag sechs Paar Ochsen brauchte, um ihre Kutsche aus dem Morast zu ziehen. Als wir nach etwa drei Stunden Hog's Back, eine Anhöhe nicht weit von Guildford, hinaufritten, erstreckte sich das halbe County vor uns, schimmernd wie ein juwelenbesetzter Brautschleier. Nur das Gezwitscher der Vögel unterbrach die Stille, und ab und zu war ein Fluchen des Kutschers zu hören, wenn eins der Räder in der schmalen Spur feststeckte.

Welch ein Unterschied zu dem, was uns erwartete, je näher wir London kamen.

Eine halbe Stunde lang ritten wir durch Southwark, eine raue Gegend südlich der London Bridge, voll von Menschen aus aller Herren Länder, Bärengruben und Theatern. Aus Hunderten verschiedener Werkstätten ertönte Geklapper, und über den Plätzen und Gassen lag der Gestank von Wein, Urin und Speisefett. Überall liefen streunende Hunde und Horden von Kindern herum. Verwahrlost und mit Lumpen bekleidet, die kaum noch ihre Scham bedeckten, schauten sie uns flehend aus großen Augen an, rissen die Arme hoch und riefen: »Habt Ihr eine milde Gabe, Miss?« Wenn wir diese verweigerten, zogen sie Fratzen und taten, als wollten sie uns mit Steinen bewerfen. Ich war schockiert, als ich sah, dass die Alten und Kranken mit nichts als Strohballen auf der Straße lagen, nicht weit vom Unrat der Misthaufen entfernt. Und überall noch mehr Kinder.

»Laufen hier auf den Straßen immer so viele Kinder herum?«, fragte ich den Kutscher. »Haben sie kein Zuhause?«

Der Kutscher lachte. »Diese Kinder sind wie Ungeziefer, Miss. Sie kommen aus der Gosse und breiten sich überall aus. Manchmal glaube ich, wir haben in London mehr Kinder als Ratten und Flöhe.«

Je näher wir London kamen, desto mehr heiterte sich die Miene des Kutschers auf. Er kam aus Cheapside und hatte den ganzen Weg über ein Gesicht wie ein Sargträger aufgesetzt. Als wir aber die London Bridge erreichten, war er schwatzhaft wie eine Bauernmagd.

In der Nähe der Brücke überfiel uns wie aus dem Nichts ein solch überwältigender Gestank, dass ich den Atem anhalten musste. Mit Schweineblut versetzte Tünche hatte mir ebenso wenig ausgemacht wie der Geruch von Mist, den die Bauern auf ihren Feldern ausbrachten. Ich musste immer lachen, wenn Leute aus der Stadt sich dabei die Nase zuhielten. Doch nun musste ich würgen, als hätte ich Keuchhusten.

Nie zuvor hatte ich einen solchen Gestank erlebt: verfault, widerlich und rauchgeschwängert. Als würden Tausende Abtritte überquellen. Meine Nasenlöcher brannten, und mir tränten die Augen. Ich dachte an den Blumengarten und die saftigen Wiesen auf Loseley und fragte mich, wie es an unserem himmlischen Fleckchen Erde so anders riechen konnte als in dieser Hölle.

»Ah«, rief unser Freund, der Kutscher, und sog den Atem so tief ein, als duftete es nach frisch gebackenem Brot. »Der Gestank von London! Endlich zu Hause!«

Wir überquerten die Brücke. Zu beiden Seiten herrschte dichtes Gedrängel. Nicht nur Menschen, auch Kühe und Schafherden strömten dem Stadttor entgegen, das abgesehen von einem weiteren im Süden, abseits des Flusses, das einzige war.

Der Gestank jedoch war nicht das Schlimmste.

Vom ersten Tor am Ende der Brücke grinsten zwanzig Totenschädel auf uns herab, geköpft oder gehängt wegen Hochverrats.

Ich war hin und her gerissen, halb fasziniert, halb abgestoßen. Wie war es möglich, dass wir – eine Nation, die Kunst, Gesang und Poesie hervorgebracht hatte – uns einer derartigen Barbarei schuldig machten?

»Nur zwanzig! Nicht wie zu Zeiten des Vaters Ihrer Majestät«, knurrte unser Kutscher bedauernd. »Früher waren es Hunderte. Als abschreckendes Beispiel, wenn jemand die Waffe gegen die Krone erhob und um andere Edelleute davon zu überzeugen, dass es besser war, die Schwerter in den Scheiden zu lassen.« Verständnislos schüttelte er den Kopf. »Ich habe schon junge Edelmänner gesehen, die zu den Schädeln hinaufzeigten und prahlten ›Das war mein Onkel‹ oder ›Dort hängt mein Schwiegervater‹, als könne man stolz darauf sein, dass ein Verwandter auf dem Pfahl endet!« Er lachte und spuckte aus. »Die sollten sich lieber vorsehen, sonst enden sie noch selbst dort oben. Seitdem der Papst die Königin zur Ketzerin erklärt hat, haben hier selbst die Wände Ohren.«

Schaudernd wandte ich den Blick ab. Auf Loseley waren wir behütet aufgewachsen. Welch bedauernswerte Männer, die für ihre Überzeugungen sterben mussten, um dann auch noch von ihren Nachfahren stolz zur Schau gestellt zu werden. Ich erinnerte mich an das Schicksal unseres Namensvetters Thomas More, mit dem wir durch Heirat weitläufig verwandt sind – eine Tatsache, die mein Vater und mein Großvater lieber vergessen würden. Seine Tochter hatte nicht geprahlt, sondern in aller

Stille sein Haupt vom Pfahl genommen. Sie muss eine tapfere Frau gewesen sein. Würde ich für meinen Vater das Gleiche tun?

Ich sah zu ihm hinüber, schmächtig saß er kerzengerade auf seinem Pferd. Mein Vater verachtete die Befürworter des Papstes, im Parlament wetterte er oft energisch gegen sie. Doch ich hielt ihn eher für einen Pragmatiker als für einen Mann mit Prinzipien. Sein Handeln gründete wohl in erster Linie auf Enttäuschung und Verdruss, weil manche Leute nicht einsehen wollten, was gut für sie war, und nicht auf Grausamkeit oder religiöser Überzeugung. Doch kürzlich hatte er begonnen, selbst eine Abhandlung zur Verteidigung des protestantischen Glaubens zu verfassen, *Eine Bekundung von Gott anhand Seines Werks.* Demnach schien seine Religion ihm mehr zu bedeuten, als ich vermutet hatte.

Die Pferde samt Kutsche durch das Gedränge zu lavieren dauerte seine Zeit. Ich gab mir Mühe, nicht wie eine Bauernmagd große Augen zu machen, als wir mitten auf der Brücke unter einem Haus mit vier vergoldeten Türmchen hindurchritten, die verziert waren mit einer Kuppel und fein geschnitzten Emporen, die in ein paar Fuß Höhe über den Fluss hinausragten. Es sah prächtig aus, wie ein richtiger kleiner Palast. Doch die Vorstellung, auf einer dieser Emporen zu sitzen und einen derart finsteren Ausblick auf die Totenschädel zu haben, schien mir alles andere als verlockend. Vielleicht hatten sich die Londoner an diesen Anblick gewöhnt, ich aber hoffte, dass ich das niemals brauchte. Einen grausamen Tod inmitten dieses geschäftigen Treibens als normal zu betrachten, schien mir wie ein Verlust aller Menschlichkeit.

»Nonsuch House«, erklärte der Kutscher und wies auf das Miniaturschloss. Er war offensichtlich erfreut darüber, jemand so Unbedarften wie mich gefunden zu haben, vor dem er mit seinem umfangreichen Wissen prahlen konnte. »Ein Nachbau von King Henrys ehemaligem Palast, heißt es.«

Wir ließen den Miniaturpalast hinter uns, und nun war die Brücke zu beiden Seiten von hohen Häusern gesäumt, sechs

Stockwerke hoch, von denen sich in den untersten die Läden der Kurzwaren- und Tuchhändler befanden. Staunend sah ich zu, wie die Londoner Hausfrauen sich durch die Menge schoben, vorbei an Kühen, Schafen und Enten. Sie trugen Lederschuhe, offensichtlich mussten sie einen weiten Weg zurücklegen, um in den Geschäften nach Haarbändern und anderen Kleinigkeiten zu stöbern.

»Wohlhabende Kaufleute«, erklärte der Kutscher. »Sie wohnen über ihren Läden. Und auch dazu gibt es eine nette Geschichte.« Er beugte sich zu mir herüber, als ob ich gespannt an seinen Lippen hinge, und zeigte auf ein langes schmales Haus, dessen Vorbau schwindelerregend weit über den Fluss ragte. »Dort wohnte Sir William Hewet, der Lord Mayor – also Oberster Bürgermeister – von London war. Außer einem stattlichen Einkommen von sechstausend Pfund im Jahr hatte er auch eine kleine Tochter. Sie hieß Anne, genau wie Ihr. Eines Tages ließ das Kindermädchen sie vor dem Fenster spielen, und platsch, fiel das kleine Mädchen ins Wasser. Alle dachten, sie sei bereits auf dem Weg zu ihrem Schöpfer, bis auf einen jungen Kerl namens Edward Osborne, der in Sir Williams Diensten stand. Er sprang ihr hinterher und rettete sie. Und wisst Ihr, was dann geschah?«

»Nein«, antwortete ich, »aber Ihr werdet es mir sicher verraten.«

»Ihr Vater gab ihm Anne zur Frau *und* eine beträchtliche Mitgift dazu.«

»Ich an seiner Stelle«, führte ich prosaisch aus, »hätte zunächst das Kindermädchen bestraft. Ich hoffe, die kleine Anne wurde schnell wieder trocken, insbesondere hinter den Ohren, um ihr Ja-Wort zu geben.«

Der Kutscher schien enttäuscht über meine mangelnde Begeisterung.

»Und dann wurde Edward Osborne selbst zum Lord Mayor ernannt«, fügte er lahm hinzu.

»Der Kerl hat ja bessere Geschichten auf Lager als ein Schauspieler«, sagte mein Vater, während er mit seinem Pferd einem schmutzigen Rinnsal mitten auf der Brücke ausweichen musste.

Der Kutscher schien beleidigt. »Bei Gott, das ist die Wahrheit, Verehrtester. Ich komme oft hier vorbei und kenne mich in dieser Gegend bestens aus.«

Durch eine von drei Lücken in der Häuserreihe auf der Brücke schimmerten die weißen Steine des Tower of London. Nebel lag über dem Fluss, auf dem Dutzende kleiner Jollen trieben, wie Fischerboote auf einem See.

Selbst bei hellem Tageslicht hatte der Tower etwas Bedrohliches. Oft genug hatte ich gehört, was man sich über das grausame Schicksal zuflüsterte, das die Männer innerhalb der weißen Mauern erwartete. Die armen Teufel, deren Köpfe nun aufgespießt waren, hatten wohl hier ihre letzten Tage verbracht. Schon der Gedanke daran ließ mich schaudern.

Fast eine Stunde dauerte es, auf der Brücke, die etwa eine Drittel Meile lang war, den Fluss zu überqueren. Dann setzten wir unsere Reise durch die Fish Street und Broad Street fort, vorbei an der Rückseite der Saint Paul's Cathedral, der immer noch der Kirchturm fehlte, seit vor vielen Jahren der Blitz eingeschlagen hatte.

Ich verrenkte mir den Hals, um einen Blick auf Paul's Cross neben der Kathedrale zu erhaschen, wo, wie jedermann wusste, Predigten im Freien abgehalten wurden. Wir ritten weiter durch Ludgate, das westlichste Tor der Londoner Stadtmauer, und über die Fleet Bridge bis zur Fleet Street. Überall drängten sich Straßenhändler und boten ihre Ware feil und versammelten sich Schaulustige, um die Kathedrale zu besichtigen oder zu beten. Und überall noch mehr Kinder, die uns umringten, sodass wir nur langsam vorankamen.

Auf halber Höhe der Fleet Street lichtete sich die Menge. Der Kutscher nutzte die Gelegenheit und hielt an, um die Pferde am dortigen Brunnen zu tränken.

»Leise, Miss, hört«, der Kutscher legte einen Finger an die Lippen, »es ist genau drei Uhr.«

Aus dem Inneren des Brunnens, auf dem oberhalb einer steinernen, mit Glöckchen versehenen Engelschar eine Figur des Heiligen Christopherus stand, war ein Ticken und Summen zu vernehmen. Zu meiner Freude erklang kurz darauf eine liebliche Weise, und wie auf Kommando ertönten von überallher die Kirchenglocken so laut, als stünde man mitten in einem Glockenturm.

»Daran werdet Ihr Euch gewöhnen, mein Fräulein«, sagte der Kutscher. »In London läuten wir bei jeder Gelegenheit die Glocken, zur vollen Stunde, bei Hochzeiten, wenn jemand im Sterben liegt und wenn er schließlich gestorben ist. Der Klang ist unterschiedlich, je nachdem, ob es sich um einen Mann, eine Frau oder ein Kind handelt. Wenn man genau hinhört, erkennt man es.«

»Wie traurig! Kommen Todesfälle in London denn so oft vor, selbst wenn gerade nicht die Pest wütet?« Ich wusste, dass die Pest häufig so viele Opfer forderte, dass alle fünf Jahre kein Platz mehr auf den Friedhöfen war.

»Hier ist der Tod an der Tagesordnung, Miss.« Der Kutscher warf einen Blick zurück in Richtung Ludgate, wo hoch über dem Boden ein Metallkäfig hing, in dem sich ein verwesender Leichnam befand, an dem die Krähen pickten. Ich musste mich abwenden, um nicht zu würgen. »Es heißt, ein Mann kann sich hier glücklich schätzen, wenn er fünfunddreißig Jahre alt wird.« Offensichtlich hielt er das für eine Art Errungenschaft.

»Jetzt reicht es aber, Freundchen!«, mahnte mein Vater. »Du tätest besser daran, deine Geschichten für dich zu behalten, anstatt junge Mädchen damit in Angst und Schrecken zu versetzen. Die Einzigen, die einer Strafe zum Opfer fallen, sind Verbrecher und solche, die sich des Hochverrats an Ihrer Majestät schuldig gemacht haben.«

»Ich bitte um Verzeihung, Verehrtester.« Nachdem die Pferde getränkt waren, kletterte er wieder auf den Kutschbock. »Meine Frau sagt auch, dass ich zu viel plappere.«

Ich führte mein Pferd an die Seite der Kutsche und flüsterte:

»Hört nicht auf meinen Vater. Dank Eurer Geschichten wurde mir die Zeit auf der Reise nicht zu lang.«

Der Kutscher zwinkerte mir zu.

»Schau, Ann«, befahl mein Vater. Als die Fleet Street in die Strand mündete, wirkte mein Vater erstaunlich selbstzufrieden. Die Straßenseite, die nicht mit Schlamm bedeckt, sondern mit Steinen gepflastert war, war von gut besuchten Geschäften gesäumt. »Dort steht York House, wo deine Tante jetzt wohnt.« Er wies auf eine kleine, unscheinbare Tür, die, wie ich erkannte, zu einem stattlichen Haus führte, in bester Lage direkt am Fluss. »Erst kürzlich hat meine Schwester Elizabeth den Eigentümer des Hauses geheiratet. Sir Thomas Egerton, der Lord Keeper, ist der Bewahrer des königlichen Großsiegels, einer der bedeutendsten Männer Englands.«

»Sie ist doch schon fünfundvierzig Jahre alt!«, entfuhr es mir, bevor ich mich besinnen konnte. Ich hatte meine Tante gern, aber nach Beths Hochzeit schien mir die Vorstellung von meiner Tante als junger Braut umso abwegiger.

»Was hat das denn mit dem Alter zu tun?« Mein Vater stieg vom Pferd und übergab die Zügel an einen livrierten Stallknecht.

»Sie ist zwar keine errötende Jungfrau mehr, aber ihr erster Mann, Sir John Wolley, hat ihr ein beträchtliches Vermögen hinterlassen. Sir Thomas Egerton ist Witwer und brauchte eine Frau, die ihm den Haushalt führt. Er bot ihr Ansehen und Stand. So haben beide eine gute Partie gemacht.«

Ohne meinen Kommentar zu einer solchen Vernunftehe abzuwarten, verschwand mein Vater im Inneren des Hauses.

Trotz seiner geringen Körpergröße hat er einen schnelleren Schritt als jeder andere Mensch, den ich kenne. Ich musste mich beeilen, um ihm durch die Zimmerfluten zu folgen, vorbei an riesigen Familienporträts, schweren Wandbehängen, Rüstungen und, wie es in fortschrittlichen Haushalten gerade Mode war, Statuen griechischer Nymphen und Jungfrauen.

Ich war ganz außer Atem, als wir einen wunderschönen, von

Licht durchfluteten Säulengang erreichten, von dem aus man auf den Fluss blicken konnte, der in der Abendsonne glitzerte. »Ann! Mein hübsches Mädchen, Lieblingsnichte, sei willkommen!« Gleich einer Göttin erschien eine Silhouette im Dämmerlicht und schloss mich in die Arme, was bei unseren ausladenden Reifröcken gar nicht so leicht war.

»Meine geliebte Tante!« Ich erwiderte ihre Umarmung mit der gleichen Zuneigung. Sie war immer gut zu mir gewesen, obwohl ihre Dienste für die Königin sie dermaßen in Anspruch nahmen, dass sie nicht einmal Zeit für ihren eigenen Sohn gehabt hatte. Sie hatte ihn zu uns nach Loseley geschickt, wo er gemeinsam mit uns aufwuchs. »Ich bin froh, hier sein zu dürfen.«

Ich musste zugeben, dass meine Tante trotz ihrer fünfundvierzig Jahre schmuck und jugendlich wirkte. Ihre Zähne waren weiß und lückenlos, ihr Rücken gerade und sie bewegte sich voller Elan. Ganz nach der neuesten Mode hatte sie ihr Haar um ein italienisches Drahtband geschlungen, das die Form eines Herzens hatte und mit Perlen besetzt war. Außerdem war ihr Haar immer noch braun, ob von Natur aus oder durch einen kosmetischen Kunstgriff, wusste ich nicht. Doch etwas an ihr hatte sich verändert, seit wir uns das letzte Mal gesehen hatten. Sie strahlte vor Zufriedenheit.

Manche Frauen waren der Ansicht, der Stand einer Witwe, insbesondere einer wohlhabenden, sei das Beste, was einem passieren konnte – weder Vater noch Ehemann, die einen herumkommandierten. Doch das Lächeln meiner Tante verriet eine ganz andere Wahrheit. Sie mochte eine reiche Witwe gewesen sein, doch sie schien so glücklich wie ein junges Mädchen über ihre erneute Heirat, mit dem angesehenen Lord Keeper.

»Es hat mich betrübt, dass ich die Hochzeit deiner Schwester verpasst habe. Du musst mir alles ganz genau erzählen. Deinen Vater zu fragen, hat ohnehin keinen Sinn, denn er wird sich über nichts weiter auslassen als über die Aussichten ihres Gemahls.«

»Und das ganz sicher lang und breit«, ich biss mir vor Lachen auf die Lippen. »Sir John ist nicht gerade schlank.« Ich senkte die Stimme. »Mary hat gesagt, im Ehebett würde es Beth ergehen wie einem Korn unter dem Mühlstein.«

»Ann!« Meine Tante lachte schallend, während mein Vater mir einen strengen Blick zuwarf, der besagte, dass ich schweigen solle.

»Derartiges Gerede ziemt sich nicht«, tadelte er mich in aller Förmlichkeit, »insbesondere, wenn es einem jungen Mädchen über die Lippen kommt. Du bist noch nicht geschult im Umgang mit gesellschaftlichen Regeln. Ich fürchte, es wird keine leichte Aufgabe für meine Schwester, dich anzuleiten.«

Ich machte einen Knicks. »Ich werde mein Bestes geben, alles zu befolgen, was sie mir beibringt, Vater.«

Plötzlich stand eine Gruppe Männer im Raum, allesamt in bodenlange schwarze Gewänder gehüllt, nicht wie üblich, in Wams und Beinkleider, und jeder mit einem großen schwarzen Hut auf dem Kopf. Ich dachte daran, was mein Großvater einmal gesagt hatte, als wir auf Loseley vom Fenster aus einen großen Schwarm schwarzer Vögel beobachteten, die in den Bäumen nisteten. »Ein *Parlament* von Krähen, Ann.«

Genau das waren diese Männer wohl.

»Ann«, riss die Stimme meiner Tante mich aus meinen Gedanken, »das ist mein Gemahl, Sir Thomas Egerton.« Trotz aller Förmlichkeit umspielte ein Lächeln ihre Lippen, das vom Blick des vornehm wirkenden Mannes an ihrer Seite erwidert wurde. Er war größer als die übrigen Männer, seine Haltung aufrechter, beinahe die eines Soldaten, und seine Kleidung prächtiger verziert. Er hielt ein kleines Säckchen aus goldenem Stoff in der Hand, und voller Ehrfurcht vermutete ich, dass es wohl das königliche Siegel von England enthielt, ohne das kein Dokument innerhalb des ganzen Reiches seine Gültigkeit vor dem Gesetz hatte.

Der weiße Bart erinnerte mich zunächst an meinen Großvater, doch bei näherer Betrachtung stellte ich fest, dass der Lord Keeper jünger war, als ich erwartet hatte. Seine Augen blickten klar und ruhig. Ich schwor mir, sollte ich jemals ein Anliegen vor der Sternkammer, dem Obersten Gericht, vorzubringen haben, würde ich es diesem Mann anvertrauen.

»Seid willkommen in meinem Haus, Miss More«, sagte der Lord Keeper und verbeugte sich leicht. »Eure Tante hat mir viel von Eurem lebendigen Wesen erzählt. Ich hoffe, die Gemahlin meines Sohnes und seine drei jungen Töchter werden Euch eine angenehme Gesellschaft sein. Ein junges Gesicht täte ihnen zur Abwechslung ganz gut in diesem Nest voll Rechtsgelehrter.«

Die Krähen brachen in Gelächter aus, als wäre Lord Keeper Egerton der größte Witzbold der Christenheit.

Bisher hatte ich unser Haus auf Loseley für groß gehalten, doch gegen York House schien es, als wolle man ein Cottage mit einem Schloss vergleichen. Ich konnte die Anzahl der Diener des Lord Keeper gar nicht mehr zählen, meiner Schätzung nach waren es beinahe hundert. Darüber hinaus gab es vier Kammerdiener, einen Kaplan, einen Buchhalter, einen Empfangsdiener, einen Heilkundigen und einen Haushofmeister sowie zahlreiche Edelmänner, die in den Diensten des Lord Keeper standen. Am Obersten Gericht befolgten sie seine Weisungen und eilten in seinem Auftrag zwischen Königin und Gerichtshof hin und her.

Dann waren da noch seine Söhne, Sir Thomas der Jüngere und Sir John, der ganz in der Nähe am königlichen Gerichtshof residierte, sich jedoch ebenso oft in York House aufhielt. Zu den jüngeren Leuten im Haus gehörten mein Cousin Francis und seine Verlobte Mary, das Mündel meiner Tante. Sie würde das Herrenhaus Chequers in Buckinghamshire mit in die Ehe bringen.

Francis und ich hatten so viel Zeit miteinander verbracht, dass er mir eher wie ein Bruder denn wie ein Cousin erschien. Ich hatte ihn öfter gesehen als Robert, meinen wirklichen Bruder. Man hatte mir auch von einem jungen Dichter erzählt, der mit Sir Thomas dem Jüngeren befreundet war und vor Kurzem seinen Dienst als Sekretär des Lord Keeper angetreten hatte. Doch bisher war mir Master Donne noch nicht begegnet.

Ich hatte vor, Beth zu schreiben, um ihr vom Leben hier und von der freudigen Überraschung zu berichten, die ich beim Anblick meines neuen Schlafgemachs empfand. Anstatt es auf Loseley mit meiner frommen kleinen Schwester Frances teilen zu müssen, stand mir nun, gleich einem ehrenwürdigen Gast, ein riesiger Raum mit einer wunderbaren Aussicht auf den Fluss zu Verfügung.

An meinem ersten Morgen in York House erwachte ich so aufgeregt wie ein Kind am Weihnachtstag. Ich sah hinaus auf den glitzernden Fluss, der mir zu dieser frühen Tageszeit – noch nicht von Menschenmassen überfüllt und von Gestank vernebelt – wie ein abenteuerlicher Pfad schien. Jeder, der etwas auf sich hielt, nahm den Weg über den Fluss: zu den Palästen von Whitehall und Westminster, flussabwärts nach Greenwich und flussaufwärts nach Hampton Court oder Richmond.

Sorgfältig kleidete ich mich an und ging die Treppe hinunter, um mit meiner Tante das Frühstück einzunehmen. Sie saß in einem kleineren Raum abseits der Großen Halle, ihr Spaniel Spratt lag zu ihren Füßen. Er war nach dem Hund in einem Kinderreim benannt, denn genau wie dieser verschmähte er fettes Fleisch, obwohl er, wenn sich ihm die Gelegenheit bot, durchaus in der Lage war, fröhlich einen ganzen Teller Rinderbrust zu verzehren. So hatte er, im Gegensatz zu den meisten Hunden, keine fettigen Lefzen, daher verwöhnte und verhätschelte meine Tante ihn wie ein kleines Kind. Auch Sir Thomas der Jüngere saß mit seiner Gemahlin Eleanor und den drei kleinen Töchtern bei Tisch.

Die Tage vergingen in angenehmer Routine. Ich spielte mit den Kindern, begleitete meine Tante zu allerlei Erledigungen und machte mich im Haushalt nützlich. Dann aber, etwa drei Wochen nach meiner Ankunft, ging ich, wie üblich für einen kleinen Ausflug gekleidet, hinunter in die Große Halle.

»Ann, mein liebes Mädchen, hast du meine Nachricht denn nicht erhalten?«, fragte meine Tante ein wenig verärgert.

Die Antwort entnahm sie meiner verwunderten Miene.

»Diese dumme Mercy! Heute werden wir beide nach Greenwich zu einer Audienz bei der Königin reisen.«

Mein Herz machte einen Hüpfer. Während ihrer Besuche auf Loseley hatte ich Queen Elizabeth bereits gesehen, doch das war lange her. Ich war noch ein Kind, und man hatte mich dazu angehalten, still zu sein, und eilig außer Reichweite gebracht. Nun aber galt ich als erwachsen und wurde auch so behandelt. Ich würde das hoheitliche Vergnügen und den extravaganten Glanz der bedeutendsten Monarchie der Christenheit auskosten.

»Wenn wir Glück haben, bedenkt Ihre Majestät uns vielleicht mit einem Wort oder einem Lächeln. Halt, ich werde mit dir gehen und selbst die passende Kleidung für dich aussuchen. Der erste Eindruck ist von großer Bedeutung. Die Königin mag schlicht gekleidete Mädchen, und dies ist der erste Schritt, dir einen Platz in ihrer Nähe zu sichern, was ohnehin ein schwieriges Unterfangen ist.«

Ich wusste, die Königin stand im Mittelpunkt unseres Daseins. Jeder einzelne Angehörige unserer Nation richtete sich nach ihren Wünsche und Vorstellungen, denn ein jeder trachtete danach, ein, wenn auch nur winziger, Planet in ihrer Umlaufbahn zu sein.

»Es gibt wohl kaum einen Edelmann im ganzen Land, der sich für seine Tochter nicht einen Platz am Königshof wünschen würde«, sagte meine Tante. »Früher entschied die Rangordnung, wer zu den Glücklichen gehörte, wobei die ältesten Familien bevorzugt wurden, aber die Zeiten haben sich geändert. Viele haben neuerlich den Aufstieg geschafft, und samt und sonders bieten sie Ihrer Majestät ihre schönen neuen Häuser als Sommerresidenzen an. Sie richten Maskenbälle und kostspielige Feierlichkeiten aus und überhäufen sie mit Geschenken und Juwelen. So wurde die Rangfolge von schnöden Werten verdrängt. Die Königin wählt ihre Hofdamen nicht mehr nach Tugend oder Herkunft, sondern weil sie einen langen Feldzug hinter sich gebracht haben, auf dem Ihrer Majestät Beutestücke winken, die sie gleich reifen Äpfeln nur noch zu pflücken braucht.« Als fürchte sie, die stoffbezogene Wandvertäfelung habe Ohren, was im Übrigen durchaus möglich war, senkte meine Tante die Stimme. »Die Königin bedenkt jeden Handel ganz genau. Ihr Vater hinterließ ihr ein gehöriges Maß an Pracht, die Kassen aber waren leer. Doch ich glaube, wir haben ihr ein gutes Angebot gemacht.«

In meiner Unbedarftheit hatte ich gar nicht bedacht, dass selbst bei Hof Gefälligkeiten nur im Austausch gegen Geld oder Geschenke gewährt wurden und dass gefeilscht wurde wie auf dem Markt.

»Bess Throckmorton, die Schwägerin deiner Schwester Mary, erhielt ihren Platz am Königshof nur, weil ihr Bruder Arthur der Königin Juwelen im Wert von fünfzehn Pfund schenkte.«

Ich war überrascht, zu hören, dass selbst meine eigene, wenn auch nur angeheiratete, Verwandtschaft um eine derartige Stellung buhlte. Dass wir so erpicht darauf waren, aufzusteigen, hatte ich nicht vermutet.

»Arthur Throckmorton hielt den Preis für angemessen. Eine Verbindung zum Hof bietet der ganzen Familie die Möglichkeit, in diesem Windschatten aufzusteigen. Ich werde dir meine eigene Kammerzofe schicken, sie soll dir beim Ankleiden behilflich sein. Joan!« Eine stattliche Frau mittleren Alters, deren Schönheit dementsprechend verblasst war, betrat bescheiden den Raum. »Bitte den Kammerdiener, hier einige Haken anzubringen, damit Miss Ann die schönsten ihrer Kleider aufhängen kann, anstatt sie in dieser unsäglichen Truhe aufzubewahren«, sagte meine Tante und wies auf die Vertäfelung neben dem Fenster. Sie nahm eine meiner Halskrausen aus Brüsseler Spitze, fein gearbeitet wie ein Spinnennetz. »Und befestige Miss Anns Halskrausen an den Vorhängen, damit sie nicht so oft geglättet werden müssen. Das spart uns einiges an Wäschestärke.«

Ich musste lächeln, weil sogar meine wohlhabende Tante darauf achtete, die Kosten des Haushalts gering zu halten, ähnlich der Königin, die sich bei ihren Edelleuten einquartierte, um die Kasse des Schatzmeisters zu schonen.

Meine Tante unterzog meine gesamte Garderobe einer kritischen Begutachtung. Zu meinem kastanienbraunen Haar und dem warmen Braunton meiner Augen bevorzugte ich herbstliche Farbtöne. Schimmerndes Gold oder das Grün herbstlicher Blätter ebenso wie das warme Rot-Braun von Zimt, der neuerdings aus Westindien eingeführt wurde. »Recht hübsch«, stellte meine Tante fest, »aber keins davon taugt für den Königshof. Sämtliche Hofdamen müssen sich in Weiß und Silber kleiden«, sagte meine Tante verächtlich und mit abermals gesenkter Stimme. »Ihre Majestät allein muss das Juwel der Krone sein, die Hofdamen sind nichts weiter als Dekoration, der ihren Glanz umso mehr hervorhebt. Jede, die sich in leuchtende Farben kleidet, wird sofort zum Umziehen geschickt.«

»Und wenn sie sich weigert?«

»Wach auf, Nichte. In welcher Welt lebst du denn? Niemand widerspricht der Königin. Sonst findet man sich bald zu Hause im Schoß der Familie wieder. Und das wäre längst nicht das Schlimmste.«

Ich fühlte mich wie ein argloser Fremder in einem fernen Land, in vollkommener Unkenntnis der Sitten und Bräuche. Das Leben am Königshof schien wie die trügerische Treppe, von der ich einmal in einem Märchen gelesen hatte. Wenn man auf eine ohnehin unbegreifliche Frage die falsche Antwort gab, fiel man steil hinunter.

»Ah, dieses hier wird gehen.« Ganz unten in der Kleidertruhe hatte meine Tante das schlichte weiße Kleid entdeckt, das ich zu meiner Konfirmation getragen hatte.

»Aber das ist mir zu eng«, protestierte ich. »Und zu kurz!« Wie eine Zwölfjährige am Tag ihrer Konfirmation gekleidet zu sein entsprach nicht der Vorstellung, die ich mir von meinem Besuch am Königshof gemacht hatte. »Großmutter bat mich, das Kleid einzupacken, jedoch nur für den Fall, dass ich Euch bei der Hausarbeit zur Hand gehen soll.«

»Darin wirst du noch mädchenhafter aussehen und der Königin umso besser gefallen.«

Ich biss mir auf die Lippen. Die Königin war eine alte Frau, allmählich begann ich zu verstehen. Niemand wagte, es auszusprechen, aber offenbar fürchtete sie die Konkurrenz jüngerer Schönheiten.

»Komm her, leg diese schlichte Perlenkette an.« Meine Tante gab mir eine Halskette, die sie mitgebracht hatte, und half mir, sie anzulegen. Ich betrachtete mich im Spiegel, meine Tante stand hinter mir. Ihr liebevoller Blick rief in mir den schmerzhaften Wunsch nach der Mutter wach, die ich kaum gekannt hatte und die so früh im Kindbett gestorben war. Es gab kein Gemälde meiner Mutter, und als sie starb, war ich noch nicht alt genug, dass ich mir ihre Gesichtszüge hätte einprägen können. An ihre Augen jedoch erinnerte ich mich. Von sattem Braun, wie meine eigenen und die meines Bruders Robert, und von festem Blick – für mein zartes Alter von zu festem Blick, behaupteten manche.

Dann jedoch, gerade als wir im Begriff waren, uns auf den Weg zu machen, fiel meiner Tante etwas ein. Sie führte mich durch ihr Schlafgemach und zwei oder drei angrenzende Räume in ihr persönliches Kabinett.

Das Zimmerchen hatte stoffbezogene Wände und war mit nichts weiter als einem Tisch, einem Stuhl und einer Truhe möbliert. Sie öffnete die Truhe, die Wandbehänge enthielt, und entnahm ihr ein samtenes Säckchen.

»Das ist für dich. Ich habe es unter einigen alten Schätzen gefunden und wollte es dir schon längst geben«, sagte sie und reichte mir das Säckchen. Ich öffnete das Schnürband und fand ein silbernes, fein gearbeitetes Medaillon mit Intarsien aus Emaille. Zunächst klemmte der Verschluss und ließ sich nicht öffnen. Dann aber sprang das Schmuckstück auf wie ein Springteufel und das Gesicht, das ich seit meinem vierten Lebensjahr nicht mehr gesehen hatte, blickte mir direkt in die Augen. Meine Mutter!

Tief in mir fühlte ich eine solche Sehnsucht, beinahe zersprang mir das Herz in der Brust. Ich spürte ihre Gegenwart, wie sie sich über meine Schulter beugte und mir zuflüsterte, dass sie mir die Zärtlichkeit einer Mutter hatte schenken wollen, mich in die Arme nehmen, den Zorn meines Vater besänftigen und seine Hilflosigkeit angesichts seiner Töchterschar hatte lindern wollen. Tief bewegt umklammerte ich die Lehne des Stuhls so fest, dass meine Fingerknöchel weiß hervortraten.

Meine Tante beugte sich zu mir hinab und legte mir eine Hand unter das Kinn. »Sie wäre stolz auf dich, Ann. Und nun, lass uns zum Königshof aufbrechen.«

Zu meiner großen Begeisterung reisten wir auf der Barke des Lord Keeper flussabwärts nach Greenwich, standesgemäß begleitet von livrierten Dienstboten. Staunend stellte ich fest, dass der Fluss beinahe so überfüllt war wie die Straßen. Prächtige Barken bahnten sich flussauf- und flussabwärts ihren Weg zu den Palästen der Königin, vorbei an den Gärten am Ufer des Flusses und den privaten Anlegetreppen, die vom Wasser aus zu den stattlichen Herrenhäusern führten, wo Berater und Höflinge der Königin residierten. Winzige Jollen jagten pfeilschnell über den Fluss. Die vornehmen Damen in ihren feinen Kleidern und Halskrausen boten einen komischen Anblick, wenn sie sich von ungehobelten Bootsmännern über das Wasser rudern ließen und es dabei kaum schafften, die breiten Reifröcke in den kleinen Booten unterzubringen.

Wir wurden von einem tief liegenden Boot mit einer vornehm gekleideten Schar von Höflingen überholt, die sich unter einem dunkelroten Baldachin Luft zufächelten. An Deck saß ein Lautenspieler und sang ein trauriges Lied. Meine Tante erklärte mir, dass die Königin und ihre Hofdamen im Sommer des Öfteren auf einer der königlichen Barken über den Fluss schipperten, um in den Genuss der frischen Brise zu kommen.

»Zu Ehren Ihrer Majestät werden die Glocken der Kirche von Lambeth geläutet, wann immer sie auf ihrer Barke vorüberfährt. Das ist auch der Königin selbst bekannt.« Meine Tante musste schmunzeln. »Manchmal lässt sie sich fünf oder sechs Mal an der Kirche vorbeirudern, um die Glocken immer wieder zum

Läuten zu bringen. Einmal klagte der Vikar, dass er ein so häufiges Läuten der Glocken gar nicht bezahlen könnte! Darauf antwortete Ihre Majestät, ihr zu Ehren könne man ruhig einmal etwas ohne Bezahlung tun!«

Überall entlang des Flussufers führten schmale Stiegen steil ins Wasser. Wohlhabende Londoner, die die Dienste eines Bootes benötigten, versammelten sich dort und riefen »Ruderer!« oder »Westwärts, ho!«

Am Südufer passierten wir Southwark, wo es zahlreiche Gruben für die Bären- oder Stierhetze gab, dann schipperten wir weiter in Richtung London Bridge. Dahinter befanden sich die Hafenanlagen. Ich staunte beim Anblick der Ozeanschiffe, die zwischen Brücke und Stadt zu Hunderten Seite an Seite vor Anker lagen und mithilfe raffinierter Flaschenzüge be- oder entladen wurden, bevor die Güter zur Verzollung bereit waren.

Wir näherten uns dem aus gewaltigen weißen Steinen erbauten Tower von London. Mich schauderte beim Anblick des Tors der Verräter, denn ich musste an diejenigen denken, die dort hindurchgegangen waren, in banger Ungewissheit, ob sie je wieder herauskommen würden. Meine Tante rief mir ins Gedächtnis, dass auch die Königin selbst einst unter ihnen gewesen war, und zwar auf Betreiben ihrer Halbschwester Mary. Tapfer war sie durch das Tor gegangen und nur stehen geblieben, um auszurufen: »Hier steht der rechtschaffenste Untertan, der je diese Stufen betreten hat.«

Ich hielt mir vor Augen, dass wir mittlerweile in weniger düsteren Zeiten lebten als unter Bloody Mary. Doch ein oder zwei Meilen hinter der Biegung des Flusses bei Wapping erschauderte ich beim Anblick des Galgens, denn ein Festmahl für die Krähen schaukelte im Wind.

»Der da war immerhin kein Pirat, Miss«, erklärte mir der Bootsführer, der meinem Blick gefolgt war. »Piraten hängt man nämlich in seichtes Wasser und die Flut muss sie dreimal überspülen.«

Ich schwieg und überlegte, worin genau Piraterie bestand.

Bedeutete es, ohne Erlaubnis gelegentlich ein Fass Brandy zu verschiffen, was in Sussex oft genug vorkam, oder handelte es sich um etwas, das nur auf den weit entfernten Weltmeeren vorkam?

Wir folgten dem Fluss, der sich schließlich an dem ruhigen Dörfchen Bermondsey vorbeischlängelte, wo es drei Kornmühlen gab. Noch ein Stückchen weiter, dann würde der Palast von Greenwich in Sicht kommen.

Wie aus dem Nichts frischte der Wind auf. Das Wasser kräuselte sich, es bildeten sich Strudel, und eine Schicht Schlamm wurde an die Oberfläche gespült, sodass wir nass wurden, obwohl wir uns in beträchtlicher Höhe über der Wasseroberfläche befanden.

»Ich beneide die Königin um die Glasfenster auf ihrer Barke«, sagte meine Tante und schüttelte das Flusswasser aus ihren Röcken. »Diese Brühe hier ist so braun wie das Trockenborke-Gebräu meiner Mutter.«

»Als ich ein kleiner Junge war, war es noch um einiges schlimmer«, entgegnete der Bootsführer. »Damals war das Wasser so verschlammt, dass man bei Flut mit der Hand Schellfisch fangen konnte. Die Fische sahen überhaupt nicht, wohin sie schwammen!«

Doch ich dachte nicht weiter an schlammblinden Schellfisch, denn der Palast kam in Sicht. Die mit Blei gedeckten Dächer der hohen Türme funkelten im Licht der tief stehenden Sonne. Der Placentia Palast war der Lieblingspalast der Königin, dort war sie geboren worden.

Der Bootsführer rief einem der Helfer am Flussufer zu, er solle aufpassen, während wir ein großes Schleusentor passierten. Nachdem wir angelegt hatten, stiegen wir ein paar Stufen hinauf, gingen durch einen Garten und kamen schließlich zu einem Innenhof, wo sich eine Menschenmenge gebildet hatte. Einige hatten Petitionen dabei, und alle waren eifrig darum bemüht, zu erwirken, was Monate oder sogar Jahre dauern konnte: eine Audienz bei der Königin.

Das Herz schlug mir bis zum Hals, als wir schließlich mit einer pompösen Zeremonie beim Klang von Trompeten in den riesigen Empfangssaal geführt wurden, in dem sich unter einem Baldachin Queen Elizabeths Thron befand. Die Königin selbst aber war nicht anwesend. Lediglich einige der Hofdamen, prunkvoll gekleidet in Weiß und Silber, wie meine Tante gesagt hatte, versuchten einander an Glanz zu übertreffen.

Meine Tante versetzte mir einen leichten Stoß in die Rippen. »Das sind die Empfangsdamen der Königin, die niedrigsten im Hofstaat, aber glaube mir, selbst diese Position ist hart umkämpft. Wenn eine Kopfschmerzen hat, schlägt sogleich ein Edelmann seine Tochter als Nachfolgerin vor, noch bevor Erstere sich erholen kann.«

Vorbei an den leise schwatzenden Frauen führte sie mich in einen angrenzenden, kleineren Raum, dessen Anblick mir den Atem nahm. Die Wände strahlten in sattem Mitternachtsblau und waren mit allerlei Wiesenblumen verziert, in Dunkelrot, Orange, Purpur und Gold. Ich kam mir vor wie in einem Schmuckkästchen. Auch die Vorhänge waren an Pracht nicht zu überbieten, aus goldenem Stoff mit Efeu und Lilien in Dunkelgrün verziert.

Auch in diesem Raum stand, ebenfalls unter einem Baldachin, ein Thron. Gegenüber saßen mehrere Damen gegen behagliche Kissen gelehnt. Meine Tante nickte ihnen zu. »Das sind die Gesellschaftsdamen der Königin. Bis vor Kurzem war ich eine von ihnen. Das meiste Ansehen genießen die Kammerzofen, sie helfen der Königin beim Ankleiden und kümmern sich um ihre persönlichen Bedürfnisse.«

Augenblicklich kam mir der Gedanke, wie die Königin mitten in der Nacht nach ihrem Nachtstuhl verlangte und eine verschlafende Hofdame sich bemühte, dankbar dafür zu erscheinen, dass sie ihr behilflich sein durfte. Doch ich sprach es nicht aus, denn ich hatte bereits gelernt, dass es besser war, Derartiges für sich zu behalten.

»Warte hier ein Weilchen, Ann. Ich werde sehen, wo Ihre

Majestät sich gerade aufhält und ob sich eine Möglichkeit findet, dass ich dich ihr vorstellen kann.«

Unter wachsamer Beobachtung von vier Augenpaaren und im Bewusstsein, dass meine nicht gerade elegante Kleidung sich in keiner Weise mit dem modebewussten Glanz der Hofdamen messen konnte, wurde ich unsicher. Ich lächelte schüchtern und suchte mir etwas abseits einen Sitz am Fenster. Bald jedoch vergaßen die Damen meine Anwesenheit und nahmen ihre Unterhaltung wieder auf.

»Hast du schon das Neueste von unserem Earl gehört?«, flüsterte eine ihrer Nachbarin zu.

Damit konnte nur einer gemeint sein: der Earl of Essex, schmucker Günstling Ihrer Majestät. Im Lauf ihres Lebens hatten zwei Männer der Königin etwas bedeutet. Robert Dudley, Earl of Leicester, dem mein Vater als junger Mann viele Jahre lang gedient hatte. Ihn hätte sie beinahe geheiratet, aber leider hatte er bereits eine Gemahlin. Und als man diese schließlich tot am Fuße einer Treppe fand, gab es einen derartigen Skandal, dass die Königin von einer Heirat Abstand nahm. Zu ihrem immensen Verdruss heiratete der Earl of Leicester später eine ihrer Hofdamen. Diese wiederum, Lettice Knollys, hatte bereits einen Sohn, Robert Devereux, mittlerweile Earl of Essex. Dreißig Jahre jünger als die Königin selbst, war besagter Robert der Einzige, dem es gelang, sie zum Lachen zu bringen und ihr das Gefühl der Jugend zurückzugeben. Oder aber, sie in Rage zu versetzen. Das wurde jedenfalls behauptet.

Ich beschäftigte mich eingehend damit, meinen Fächer zu öffnen, während die Hofdame der Königin fortfuhr. »Letzte Nacht hat der Earl derart lang mit Ihrer Majestät Karten gespielt, dass draußen schon die Vögel zwitscherten, als er sich in seine Gemächer zurückzog.« Die Dame sprach so leise weiter, dass ich sie kaum noch verstehen konnte.

»Und dabei findet er noch Zeit, mit Elizabeth Brydges ins Bett zu steigen«, flüsterte eine andere. »Und mit Miss Fitton.«

Die Hofdamen kicherten.

»Warum verbietet sie es ihm nicht? Schließlich ist sie die Königin. Sie könnte ihn in den Tower werfen.«

»Dafür bedeutet er ihr zu viel. Obwohl das Gerücht im Umlauf ist, er blicke über die Zeit ihrer Herrschaft hinaus, auf James, den schottischen König.«

Eine der Hofdamen sah sich in steifer Haltung um, sie wirkte beunruhigt wie ein aufgescheuchtes Vögelchen. »Das tun bereits viele, obwohl sie es niemals kundtun würden. Und sie werden es weiter tun, bis sie endlich einen Thronfolger benennt. Aber niemand wagt, es auszusprechen.«

»Das wird sie niemals. Dann müsste sie sich eingestehen, dass ihre lange Regentschaft zu Ende geht. Sie zieht es vor, in der Gegenwart zu leben.«

»Still!«, befahl die älteste der Damen. »Derartige Gespräche gelten als Hochverrat. Am Ende werdet noch ihr anstelle von Mylord Essex im Tower landen!«

Sie blickten sich prüfend um und kamen auf ihr vorheriges Gesprächsthema zurück.

»Weißt du schon das Neueste?«, fragte die erste Dame mit gesenkter Stimme. »Vor zwei Tagen hat die Königin bemerkt, wie der Earl und Lady Mary Howard verliebte Blicke austauschten.«

»Du meine Güte! Besitzt der Mann denn überhaupt keinen Anstand? Was hat Ihre Majestät ihm daraufhin gesagt?«

»Nichts. In den Augen der Königin kann er einfach nichts falsch machen. Die besagte Dame war es, über die sie in Zorn geriet. Lady Mary trug ein Kleid aus feinem Samt, vollkommen mit Goldstaub bedeckt. Die Königin zupfte eigenhändig an dem Stoff herum und verlangte zu wissen, wer in aller Welt einer einfachen Empfangsdame gestattet hatte, solch edles Tuch zu tragen.«

Sämtliche Hofdamen beugten sich vor, voller Neugier auf den Höhepunkt der Geschichte.

»Psst«, mit einem Stoß in die Rippen bedeutete eine der Damen ihrer Nachbarin, zu schweigen. »Da kommt Mary.«

Eine zierliche, adrett gekleidete junge Frau betrat zögernd den Raum. Sie hatte blondes Haar und leuchtend dunkle Augen, eine bemerkenswerte Farbkombination. Als sie die Damen bemerkte, die bei ihrem Erscheinen so plötzlich verstummt waren, nahm sie eine aufrechte Haltung an, ähnlich einer Marionette, deren Fäden gezogen werden, um sie auf die Füße zu stellen. Ihre Haltung veränderte sich von Bescheidenheit zu außerordentlichem Stolz.

Gerade wollte sie etwas sagen, da trat plötzlich eine Gestalt mit roter Perücke aus dem Schlafgemach, mit Juwelen behangen und in einem samtenen Kleid, das über und über mit Gold bestäubt war. Der Ausschnitt war nicht fest verschnürt und gewährte einen Ausblick auf zwei welke, fahle Brüste. Nicht weniger anstößig war der Anblick des Kleids, das ihr nur halb bis über die Waden reichte, sodass ihre Samtstrümpfe zu sehen waren. Nur mit Mühe unterdrückte ich einen Schrei des Entsetzens. Denn es war die Königin!

Glücklicherweise hatte sie für nichts anderes Augen als für ihre tadelhafte Kammerfrau.

»Sieh nur her, Mary Howard!«, schrie sie schrill und aufgebracht. »Trage ich nicht ein hübsches Kleid?« Ihre blassen Augen funkelten wie Splitter unter dem Meißel eines Steinmetzes, ebenso scharf war ihr Blick.

Mit Entsetzen sah ich, dass die anderen Hofdamen aufsprangen. Mir dämmerte, dass es sich um das Kleid handeln musste, von dem die Damen kurz zuvor gesprochen hatten, dessen Pracht Ihre Majestät dermaßen in Rage versetzt hatte. Die Königin trug Lady Marys Kleid, selbstverständlich waren darunter ihre Strümpfe zu sehen, denn sie überragte ihre Rivalin um sechs Inches!

»Sag, Mary Howard, wie steht mir dein Kleid? Da du dich kleidest wie eine Königin, ist es nur recht und billig, dass die Königin dein Kleid trägt. Es ist mir zu kurz, Mary, oder? Was meinst du?« Und ohne der unglücklichen Mary auch nur Zeit für eine Antwort zu lassen, schrie sie zornig: »Nun, Lady Mary, da es mir zu kurz, für dich aber nicht angemessen ist, wird keine von uns es tragen.«

Mit diesen Worten drehte sich die Königin auf dem juwelenbesetzten Absatz um und ging zurück in ihr Schlafgemach, sämtliche Hofdamen in ihrem Schlepptau, abgesehen von Mary natürlich.

Mary ging zu einem der langen Fenster am anderen Ende des Raums. Ich hörte, wie ihr ein Schluchzer entfuhr.

Wie angewurzelt blieb ich zunächst sitzen und wusste nicht, was ich tun sollte. Meine Tante war nirgends zu sehen. Mary schluchzte weiter, so nahm ich schließlich all meinen Mut zusammen, ging zu ihr und legte ihr sanft eine Hand auf die Schulter.

»Ich hätte niemals dieses dumme Kleid tragen dürfen und die honigsüßen Worte des Earl of Essex nicht weiter beachten sollen. Aber er sagte, das Kleid stünde mir so gut. Manchmal frage ich mich, ob er so etwas nur sagt, um sie zu ärgern und ihr zu zeigen, welche Macht er über sie hat.« Sie drehte sich zu mir um. Tränen glänzten in ihren großen Augen.

Mir fiel auf, dass Lady Mary und ich im gleichen Alter waren. Alt genug, so schien es, um das Verlangen eines Mannes wie des Earl of Essex zu entfachen.

»Er ist nichts weiter als eine Schlange, die mich in Versuchung führen soll! Und ich bin darauf hereingefallen. Mein Vater hat mir aufgetragen, einen vornehmen Gemahl zu finden, stattdessen habe ich meinen Ruf ruiniert!« Erst jetzt schien sie mich wirklich wahrzunehmen. »Sie wirken ebenfalls recht jung, Miss …?«

»More. Mein Name ist Ann More.«

»Es ist so schwierig.« Vorsichtig sah sie sich um, denn ihr Ruf war nicht das einzige, was sie verlieren würde, wenn sie jetzt jemand hörte. »Die Königin ist alt, dennoch versammelt sie viele Männer und Frauen um sich, die wesentlich jünger sind. Man hat uns aufgetragen, ihr unsere Aufwartung zu machen. Und wir machen unsere Aufwartung. Und dann warten wir.

Manchmal schweifen unsere Blicke ab, dorthin, wohin sie es nicht sollten.«

»Müßiggang ist aller Laster Anfang?«

Mary Howard musste lachen. »Nicht nur der Anfang. Die Königin gönnt uns kein eigenes Leben, sie beansprucht alles für sich. Sie ist die ›jungfräuliche‹ Königin, also müssen sämtliche Hofdamen ebenfalls Jungfrauen sein. Sogar diejenigen, die längst verheiratet sind! Jeder weiß, dass sie sich weigert, einen Thronfolger zu benennen, obwohl sie bereits weit über sechzig Jahre alt ist. Deshalb sind die jungen Edelmänner so ruhelos. Es hat den Anschein, dass die Königin uns schon immer regiert hat.« Ängstlich fügte sie hinzu: »Gott sei Dank tut sie es noch! Aber man fragt sich natürlich, wer nach ihr kommen wird. Der Earl of Essex vielleicht?«

Ich fragte mich, ob die junge Dame tatsächlich so unschuldig war, wie sie vorgab. Hatte sie dem Earl erlaubt, ihr den Hof zu machen, weil man sich zuflüsterte, er könne möglicherweise eines Tages König werden, wenn Elizabeth das Königreich ohne Erben zurückließ?

Ich sah mich einer Untiefe gegenüber, in Gefahr von einer reißenden Strömung mitgerissen zu werden. Meine Tante hielt es für eine große Ehre, die größte überhaupt, in den Diensten des Königshofs zu stehen. Mir dagegen schien der Hof trotz Glanz und Pomp ein gefährlicher Ort, wie Treibsand, der kaum vom sicheren Ufer zu unterscheiden ist. Die Königin verfolgte ihre Untertanen nicht mit der gleichen Härte für deren Überzeugungen, wie ihre Schwester es getan hatte, doch offenbar gab es andere Verbrechen, derer man sich ebenso schuldig machen konnte.

Zu meiner Erleichterung erschien meine Tante. Eiligen Schrittes verließ sie mit ärgerlich raschelnden Röcken und verdrießlich geschürzten Lippen das königliche Schlafgemach. »Nun, Ann, die Reise war vergebens. Wegen dieses dummen Frauenzimmers …«

Mary Howard, die ihr verweintes Gesicht abgewandt hatte

und aus dem Fenster sah, drehte sich um und hob stolz den Kopf.

»Die Königin ist übler Laune und verteilt Ohrfeigen unter ihren Hofdamen, nur weil sie gefragt haben, ob sie ihr ein wenig beruhigendes Rosenwasser bringen sollen.« Sie zog eine Augenbraue hoch und wandte sich an das Mädchen. »Ich an deiner Stelle würde mich in mein Gemach zurückziehen und meinen Vater bitten, mich so schnell wie möglich abzuholen.«

»Wird die Königin ihr denn nicht verzeihen, wenn Lady Mary sie um Gnade bittet?«, fragte ich.

Meine Tante zuckte die Achseln. »Ihre Majestät ist der Meinung, als Königin könne man es sich nicht leisten, Gnade walten zu lassen. Es sei einfach zu kostspielig und zu gefährlich. Komm, Ann, wir kehren zurück nach York House. Wir werden dich bei anderer Gelegenheit vorstellen, wenn es am Königshof wieder fröhlicher zugeht.« Sie warf einen ärgerlichen Blick auf Lady Mary. »Es kann allerdings Wochen, sogar Monate dauern, bis die Königin bereit ist, eine neue Hofdame aufzunehmen, denn gegenwärtig wünscht sie dank dieser dummen Göre alle in die Hölle.«

Ich lächelt Lady Mary an, um mein Mitgefühl über ihre Misere auszudrücken, doch mir blieb nichts anderes übrig, als meiner Tante zur Anlegestelle zu folgen.

Auf dem Rückweg kreisten meine Gedanken schneller als der Mühlstein unter der London Bridge. Ich spürte den allgegenwärtigen Glanz der Macht Ihrer Majestät, doch ich war gleichermaßen entsetzt, dass eine so mächtige Königin, sich dazu herabließ, ihren Rivalinnen wegen der Liebe zu dem wesentlich jüngeren Earl das Leben schwerzumachen. Schließlich war sie beinahe im Alter meiner Großmutter, und von dieser konnte ich mir beileibe nicht vorstellen, dass sie von jungen Kavalieren belagert würde, die ihre Beinkleider im Schritt mit Moschus beträufelten (ein anstößiger Brauch am Königshof). Geschweige denn, dass sie mit ihnen Karten spielen würde, bis die Vögel in den Bäumen zwitscherten.

In York House herrschte geschäftiges Treiben. Boten verkehrten mit Nachrichten zwischen Westminster, dem Sitz des Obersten Gerichtshofs, und den Beratern der Königin in Whitehall. Der Lord Keeper hatte bei vielen Angelegenheiten seine Finger im Spiel. Er war Mitglied des Kronrats, verhandelte im Parlament und saß dem Obersten Gerichtshof sowie der Sternkammer vor. Darüber hinaus hatte ich gehört, er habe eine Überprüfung von Rechtsgelehrten und Beamten des Obersten Gerichts angeordnet, die halsabschneiderische Gebühren von den Bittstellern verlangt hatten.

Da meine Tante sichergehen wollte, dass sich die Laune der Königin gebessert hatte, dauerte es seine Zeit bis sie mir erneut den Vorschlag unterbreitete, unser Glück bei einer Audienz in Greenwich zu versuchen. Bis dahin hatte ich Muße, nachzudenken und sogar zu beten. Dem Fluss zugewandt kniete ich vor dem Fußende meines großen Bettes und bat Gott den Herrn um seine Führung. Als meine Tante mir antrug, noch einmal nach Greenwich zu reisen, hatte ich mich bereits entschieden. Ich musste meinen ganzen Mut zusammennehmen, um ihr mitzuteilen, was ich zu sagen hatte, denn ich wusste, meine Worte würden sowohl ihr als auch meiner Familie ganz und gar nicht gefallen.

»Ich bedauere es zutiefst, Tante, denn Ihr habt mir so viel Freundlichkeit entgegengebracht, aber ich bin zu der Überzeugung gelangt, dass ich für das Leben am Königshof nicht geeignet bin.«

»Was redest du da für einen Unsinn! Du wirst tun, was man dir angetragen hat!« Nie zuvor hatte ich meine liebe Tante so wütend gesehen, nicht einmal im Fall der unglücklichen Lady Mary. »Deinetwegen haben wir allerhand Umstände in Kauf genommen. Die Hälfte aller Mädchen im Königreich würden sonst was darum geben, an deiner Stelle zu sein!«

»Das würden sie, und ich bin Euch dankbar dafür. Aber es ist keine Welt, deren Luft ich auf ewig atmen könnte. Es liegt mir nicht, ein Blatt vor den Mund zu nehmen, eine Hofdame dagegen sollte diplomatischer sein. Manche Dinge machen mich tief betroffen, niemals könnte ich mich daran gewöhnen, meine Ansichten zu verhehlen. In Greenwich habe ich deutlich gesehen, dass eine Hofdame zwei Gesichter haben muss, wovon sie nur eins der Königin präsentiert. Ich habe gehört, worüber diese Damen wirklich sprechen, und ich dachte mir, wie zerbrechlich doch das Leben bei Hof ist, aufgebaut auf Furcht und Rivalität.«

»Du bist kein kleines Mädchen mehr, Ann.« Der Blick meiner Tante war unerbittlich und eisig wie ein zugefrorener See. »Du bist jetzt eine Frau. Du musst lernen, deine Gefühle im Zaum zu halten und Besonnenheit an den Tag zu legen. Glaubst du etwa, auch ich verspürte nicht manchmal Zorn, Furcht oder Abneigung? Doch ich behalte es für mich. Dir bietet sich eine Gelegenheit, Nichte, und es wird höchste Zeit, dass du sie ergreifst. Werde Hofdame, so wie ich, oder akzeptiere irgendeinen Ehemann, den dein Vater für passend hält.« Die Miene meiner Tante ließ nicht das geringste Mitgefühl erkennen. Kerzengerade stand sie da, und ihre Stimme klang deutlicher tiefer, als sie schonungslos ihre Ansicht vertrat. Sie schien eine ganz andere Frau zu sein als die, die mir das Medaillon meiner Mutter geschenkt hatte. »Ann, denk daran. Die Königin ist die Sonne, die in jeden Winkel unseres Landes scheint, sogar dahinter. Ohne sie gäbe es nichts als Dunkelheit. Man kann die Sonne nicht aussperren oder sie gar zurückweisen.«

»Aber ich bin der Sonne doch nicht verpflichtet wie eine Hohepriesterin, ich muss doch nicht vorgaukeln, sie sei jung und schön und ich sei stets bereit, ihren Befehlen nachzukommen, ganz gleich, ob sie angemessen sind oder nicht …« Ich hatte das Bild der Königin vor Augen, wie sie sich wahnsinnig und halbnackt auf Lady Mary stürzte.

Daraufhin gab mir meine Tante eine Ohrfeige.

Es war so schmerzhaft, dass ich nach Luft rang. Nie zuvor in meinem Leben war ich geschlagen worden, nicht einmal von meinem Vater, wenn er vor Wut raste.

»Du bist anmaßend. Eine solche Entscheidung hast du nicht allein zu treffen. Ich habe mit der Königin gesprochen. Obwohl sie Loyalität über alles stellt und die Hofdamen, die mit ihr vertraut sind, behalten möchte, ist sie bereit, dich als meine Nachfolgerin zu akzeptieren, wenn ich mich in einigen Jahren zurückziehe. Bedenke, welch eine Ehre unserer Familie damit zuteil wird.«

»Ich kann nicht, Tante! Ich wäre eine gewöhnliche Drossel in einem goldenen Käfig, die beim Spreizen ihrer Flügel an die Gitterstäbe stößt, und das, obwohl alle einen Kanarienvogel erwarten.«

»Du bist viel zu versponnen, Ann«. Die Stimme meiner Tante klang schneidend wie ein scharfes Schwert und nicht weniger bedrohlich.

»Tante, bitte …«, hielt ich dagegen.

»Das ist keine Kleinigkeit, Nichte. Die Königin erwartet dich. Der Ruf unserer Familie steht auf dem Spiel, ebenso wie die Zukunft deines Vaters. Man kann der Königin nicht widersprechen, selbst wenn man jung und unschuldig ist. Wenn dir das Leben am Königshof zu heikel ist, musst du lernen, deine Gefühle zu verbergen!«

»Tante, ich bin dafür einfach nicht geschaffen.« Ein guter Engel flüsterte mir das Einzige ein, was sie vielleicht überzeugen konnte. »Sicher würde ich sprechen, wenn ich gar nicht an der Reihe bin, oder etwas falsch machen und Schande über den guten Namen der Mores bringen!«

»So einfach ist es nicht! Untertanen schlagen einem Herrscher keine Bitte ab. Das wäre ein ernsthaftes Vergehen.« Streng und missbilligend sah sie mich an wie ein Raubvogel. »Wenn du dich weigerst, Hofdame der Königin zu werden, bleibt dir nichts anderes übrig, als zu heiraten. Es wird Zeit, dass du dich ein wenig in Demut übst. Ich werde allein an den Hof reisen, und du wirst zu lernen beginnen, wie man einen großen Haushalt führt, denn genau das steht dir nun bevor. Joan, meine Kammerfrau, wird dich anleiten. Du wirst ihre Anweisungen genau befolgen!«

»Es tut mir leid, Tante, dass ich Euch so viel Missfallen bereite.«

»Es handelt sich hier nicht um eine Belanglosigkeit, Ann. Ich fürchte, dein Großvater hat dich zu sehr verwöhnt. Er war streng zu seinen eigenen Kindern, zu deinem Vater, meiner Schwester und mir. Wenn wir es wagten, ihm zu widersprechen, erwarteten uns ein paar Hiebe. Doch mir scheint, er wird senil und sein Verstand ist nicht mehr das, was er einmal war.«

Sie bemerkte, dass ich das Medaillon mit dem Bild meiner Mutter drehte und wendete, riss es mir aus den Händen und schleuderte es zu Boden. »Glaubst du etwa, *sie* wäre stolz auf dich?«

Ich fühlte mich vollkommen verloren und sehnte mich so sehr nach dem Leben auf Loseley zurück, dass mir die Tränen in die Augen stiegen.

Nachdem meine Tante den Raum verlassen hatte, sank ich auf die Knie und hob das geliebte Medaillon auf. »Gerechter Gott«, flehte ich, »der du alles siehst, versichere mir, dass ich nach Deinem Willen handele und dass ich mich nicht von Stolz und Hochmut leiten lasse, sondern von aufrichtiger Demut.«

Die Tür öffnete sich und ich blickte auf, in der Erwartung Joan käme herein. Doch es war meine Schwester Mary. Voll Freude und Dankbarkeit erhob ich mich.

Aber Mary war nicht hier, um mir die Einsamkeit erträglicher zu machen.

Ihrer Miene nach zu urteilen, war sie fast ebenso zornig wie meine Tante. Ihre Stimme klang heiser vor Verdruss.

»Nun, Ann, was soll dieser Unfug? Wie ich gehört habe, erscheint dir der Königshof zu widerwärtig für deinen lammfrommen Geschmack. Mein Schwager Throckmorton musste Ländereien verkaufen, um seiner Schwester dort einen Platz zu sichern. Unsere Tante erzählte mir, dir bietet sich die Gelegenheit, und du weist sie strikt zurück wie eine heiße Bratpfanne, an der du dir deine zarten Hände verbrennen könntest.«

»Es tut mir leid, aber ich kann nicht …«

»*Kann nicht?* Du kannst dich nicht mit einer Stellung zufrieden geben, die für deine ganze Familie von Vorteil wäre? Du weißt genau, wie dringend mein Gemahl und ich auf Zuwendungen und Aufstiegsmöglichkeiten angewiesen sind. Du weißt, dass wir am Rande des Abgrunds stehen, und dennoch handelst du so selbstsüchtig?«

»Es tut mir leid, Mary. Vielleicht finde ich andere Möglichkeiten, euch zu helfen.«

»Das bezweifle ich sehr! Nachdem meine Schwägerin Bess durch ihre Heirat mit Sir Walter Ralegh in Ungnade gefallen ist, haben wir große Hoffnungen in dich gesetzt.«

»Aber Mary, verstehst du denn nicht, dass ich kein Leben möchte, das auf Gedeih und Verderb den Launen der Königin ausgeliefert ist? Wo alle um sie herum nur darauf warten, dass sie stirbt, und dennoch vorgeben, sie sei die strahlende Sonne am Firmament? Wo man bei jeder Verbeugung und jedem Knicks bereits abzuschätzen versucht, wer ihr auf den Thron folgen wird?«

»Ann, so etwas darfst du nicht sagen!« Mary sah sich um, als bestünde die Möglichkeit, dass hinter einem der Wandbehänge ein Spion lauerte.

Ich musste lächeln. »Siehst du, Mary, wie unbesonnen ich bin. Wäre ich nicht vollkommen fehl am Platz bei Hof, wo Verschwiegenheit unerlässlich ist?«

Mary schüttelte den Kopf. Ihre Gesichtszüge entspannten sich und sie breitete die Arme aus. »Aber was möchtest du denn, du ungestümes, unbedarftes Mädchen?«

»Oh, Mary!« Sie war die Älteste von uns, und nach dem Tod meiner Mutter wurde ihr die Mutterrolle übertragen, obwohl sie selbst noch fast ein Kind gewesen war. »Ich weiß es nicht genau.«

»Dann wird man dir einen Ehemann suchen.«

Ich sah hinaus auf den schimmernden Fluss. »Frances sagte, die Suche habe bereits begonnen. Was weißt du über einen Master Manners?«

»Richard Manners? Ein gut aussehender Gentleman, er verfügt über ein recht stattliches Einkommen. Du könntest schlechter dran sein, Ann.«

»Er ist ein Protegé unserer Stiefmutter.«

»Ah. Dann sollten wir uns fragen, was hinter diesem Vorhaben steckt. Constance ist uns More-Mädchen keineswegs in liebevoller Zuneigung und mütterlicher Warmherzigkeit verbunden. Ich werde sehen, was sich herausfinden lässt. Nebenbei bemerkt, viel Glück beim Erlernen der hausfraulichen Fähigkeiten. Wie ich gehört habe, lässt unsere Tante dich zur Strafe die Arbeit der Dienstboten verrichten.«

Ich hatte bereits darüber nachgedacht, welche Strafe mir für meinen dreisten Ungehorsam wohl zuteil werden würde. »Ich danke dir, Mary, dass sich deine Schadenfreude in Grenzen hält. Aber so ist es allemal besser als ein weiterer Tag am Königshof.«

»Ann More«, sagte sie. Ihre Stimme verriet eine raue Zärtlichkeit, als wäre ich ein Kind, das artig einen Knicks macht, nachdem man es beim Naschen erwischt hat. »Du bist wirklich ein ungewöhnliches Mädchen!«

»Ja«, seufzte ich und fühlte mich wie ein Außenseiter. »Was diese Tatsache angeht, sind sich alle einig.«

4

Komm her, Joan!«, befahl meine Tante ihrer Kammerfrau. Nach wie vor war sie wütend auf mich. Es war nun beinahe eine Woche her, dass ich meine Gedanken ausgesprochen hatte, und sie zeigte immer noch keine Anzeichen von Milde. »Kleide Miss Ann in ein einfaches Gewand, denn heute wird sie dir und Mercy bei der Arbeit zur Hand gehen.«

»Ihr müsst Euren feinen Schulterkragen ablegen, Miss«. Ich merkte Joan an, dass sie der Meinung war, ich müsste verrückt geworden sein, da ich eine Stellung am Königshof ablehnte, um stattdessen beim Waschen der schmutzigen Kleider zu helfen. »Und diese hübsch verzierten Ärmel ebenfalls.« Sie schnürte mein grünes Seidenkleid auf und gab mir einen einfachen schlammbraunen Kittel aus hartem, steifem Kammgarn, der sich auf meiner Haut alles andere als schmeichelhaft anfühlte. Meine feinen Strümpfe flogen im hohen Bogen aufs Bett und wurden durch kratzende Wollsocken ersetzt. Anstelle meiner geliebten spitzen Schuhe aus grünem Samt mit schwarzen Verzierungen musste ich ein Paar Galoschen anziehen, die aussahen, als seien sie aus dem Leder verschwitzter, ausrangierter Sättel gemacht.

Mir schien, Joan fand ein wenig zu viel Gefallen an meiner Verwandlung von einer feinen Dame zum Dienstmädchen. Zufrieden betrachtete sie meine neue Bekleidung und zog keck eine Augenbraue hoch. »Und was soll ich mit ihrem Haar machen, Mylady? Kein Dienstmädchen trägt das Haar so wie Miss Ann.«

Im Gegensatz zu den meisten modebewussten Damen zog ich es vor, mein Haar offen zu tragen, aber nicht als wallende Mähne wie die schändliche Lady Rich, die Schwester des Earl of Essex. Ich klemmte mir meine Locken hinter die Ohren, sodass ich den Wind fühlen konnte, wenn ich rannte oder Galopp ritt. Die Häubchen und der französische Kopfputz, den viele Damen trugen, waren mir ein Gräuel, denn darunter spürte man nicht, ob es windstill oder stürmisch war.

Es war Joan ein besonderes Vergnügen, mein Haar so straff nach hinten zu bürsten, dass es gleich einem verborgenen Schatz unter der graubraunen Haube nahezu unsichtbar blieb. Nun sah ich aus wie ein einfaches Dienstmädchen. Sicher hätte mich nicht einmal meine eigene Großmutter erkannt.

»Kommt mit, Miss«, drängte Joan. »Wir müssen der Anweisung Eurer Tante nachkommen und prüfen, wie Euren zarten Händen das Leben als Magd in der Waschküche bekommt.«

Oft genug hatte ich meiner Großmutter zugesehen und wusste, dass selbst vornehmen Damen die niedrigsten Arbeiten nicht erspart blieben. Müßiggang und ein Leben in Saus und Braus waren Sünden, denen man sich nicht hingeben durfte. Die Aufgaben einer Frau im Haushalt dagegen galten als ein heiliges Werk Gottes. Schon der Weg durch die düsteren Gänge von York House, auf denen die Dienstboten hin und her huschten, war eine einschüchternde Erfahrung.

»Da Ihr nun eine von uns seid, solltet Ihr zusehen, dass Ihr Euch mit dem Haushofmeister gut stellt«, riet Joan lachend. »Sonst belegt er Euch noch mit einer Strafe von zwei Pence, wenn Ihr zu spät zum Essen oder zum Gebet erscheint.« Ich fragte mich, wie viel man den Dienstboten überhaupt bezahlte. Sicherlich nicht genug, um derartig hohe Strafen begleichen zu können. »Und wehe Euch, wenn Ihr eine Tür offen lasst, das kostet Euch nämlich drei Pennys. In diesem Haushalt läuft alles wie geschmiert.«

Ich war auch erstaunt darüber, dass es, abgesehen von Joan und Mercy, fast nur männliche Dienstboten gab. Meine Großmutter auf Loseley hatte lieber Frauen um sich herum.

»In London hält man nicht viel von weiblichen Dienstboten«, gab Joan gleichmütig Auskunft. »Männer jedoch können sich ein Vermögen verdienen, wenn sie dem richtigen Herrn dienen.

Dennoch beschließen sie ihr Leben ebenso oft in Armut. ›Junge Diener, alte Bettler‹, so lautet ein Sprichwort.«

Mit ein wenig Unbehagen fiel mir auf, dass ich nie zuvor darüber nachgedacht hatte, was aus denen, die uns bedienten, später wurde. Bisher waren sie mir so selbstverständlich erschienen wie die Bespannung der Wände, nichts weiter als Teil meiner behaglichen Umgebung.

Doch ich hatte keine Zeit, weiter über das Schicksal der Bediensteten nachzudenken, denn Joan verlangte, dass ich sie nach Moor's Fields begleitete, was in einiger Entfernung lag. Dort breiteten die Londoner Waschfrauen ihre Wäsche aus, und man hatte uns nach der Tischwäsche geschickt. Warum sie nicht von den Dienstboten im Haus gewaschen wurde, so wie auf Loseley, war mir ein Rätsel.

»Der Lord Keeper schätzt es nicht, Alltäglichkeiten vor aller Welt auszubreiten«, erklärte Joan würdevoll. »Er sagt, wenn man hier in sämtlichen Sträuchern Tischdecken aufhängen würde, hätte es den Anschein, als betrieben wir eine Wäscherei!«

Obwohl sich die Menschen auf den Straßen drängten wie Flöhe im Fell eines Hundes, hatte ich zu meiner eigenen Überraschung Freude an unserem Ausflug.

In der Kluft eines Dienstmädchen unterwegs zu sein, war etwas ganz anderes, als sich hoch zu Pferd einen Weg durch die Menge zu bahnen und von jedermann angestarrt und bedrängt zu werden. Zu Fuß hatte ich Gelegenheit, sämtliche Eindrücke in mich aufzunehmen, ohne selbst das Ziel der Blicke zu sein: Straßenhändler, die lautstark ihre Ware anpriesen, Wasserverkäufer, die sich mit großen Flaschen auf dem Rücken durch die Menge schlängelten, alte Frauen, die heißen Dorsch verkauften, und verschiedene Kaufleute, die alles Mögliche anboten, von Seilen zur Reparatur des Bettes bis hin zu neuen Stühlen.

Nun, da ich mich inmitten all dieses Trubels befand, schienen mir die Geräusche und Gerüche der Stadt nicht länger bedrohlich, sondern aufregend und exotisch. Es hieß, London sei die lauteste Stadt der Welt: ratternde Kutschen, schreiende Straßenhändler und unaufhörliches Glockengeläut. Einmal hatten wir am Tisch meines Onkels einen Deutschen zu Gast, der behauptete, nie zuvor habe er derart viele Glocken läuten gehört wie in London. Mein Vater erzählte, manchmal liefen die Lehrlinge durch die Stadt, um aus Spaß die Glocken zu läuten und Wetten darauf abzuschließen, wer sie am längsten in Gang hielt.

Am Ende der Strand, genau neben einem Maibaum, sahen wir im Schatten der Bäume ein Milchmädchen, das laut rief: »Milch, ihr hübschen Mädchen.«

Einen Augenblick lang beneidete ich das Mädchen um die Freiheit, sich das Leben nach eigenen Vorstellungen gestalten zu können, ohne sich danach richten zu müssen, was der Familienehre zuträglich wäre. Möglicherweise war ich jedoch zu unbedarft. Die meisten Menschen hatten alle Hände voll zu tun, eine Mahlzeit auf den Tisch zu bringen, und machten sich keine Gedanken über ihre Freiheit. Das Milchmädchen war eine hoch gewachsene, junge Frau, die mir besonders fröhlich erschien.

»Ja, ja«. Joan schien meine Gedanken gelesen zu haben. »Milchmädchen kommen aus ihren Dörfern und brauchen sich nicht vorschreiben lassen, wen sie zu heiraten haben. Gar kein schlechtes Leben für eine Frau! Man munkelt sogar, nicht einmal die Pocken könnten ihnen etwas anhaben. Und das ist noch nicht einmal der Königin gelungen. Eine der Hofdamen, die sie in der schlimmsten Zeit versorgt hat, hat sich sogar bei ihr angesteckt und sieht nun aus wie ein Bimsstein! Lady Sidney, die Ärmste, hat in den letzten vierzig Jahren bei Hof nie wieder ihr Gesicht enthüllt.«

Während ich noch darüber nachdachte, welch unglückliches Schicksal einen ereilen konnte, wenn man den Mächtigen diente, sprach das Milchmädchen Joan lächelnd an. »Möchtet Ihr einmal kosten, Miss?«

»Dazu haben wir keine Zeit, du kleine Dirne!« Joan schob das Mädchen beiseite.

In einem Anflug von Mitgefühl suchte ich in meinem Beutel nach einer Münze und gab sie dem Milchmädchen.

Die junge Frau starrte mir hinterher, was ich zunächst befremdlich fand, doch dann fiel mir ein, wie ich gekleidet war. Ein Dienstmädchen, das einer jungen Frau gleichen Ranges eine milde Gabe anbot? Kein Wunder, dass sie es kaum glauben konnte.

Als wir mit unseren schweren Bündeln aus Tischwäsche nach York House zurückkehrten, sehnte ich mich nach meinem Schlafgemach. Aber Joan gab sich noch nicht zufrieden. »Verstaut die Tischtücher dort in der Truhe. Es wird Zeit, Euch zu zeigen, wie man Betten macht.« Sie musste meine hängenden Schultern bemerkt haben, denn sie lachte und das gar nicht einmal unfreundlich. »Im Haus des Lord Keeper gibt es mehr als zwanzig Schlafgemächer. Aber wir werden Euch die Betten nicht allein lüften lassen.«

Während sie mich an den riesigen Gemälden und den prächtigen Wandbehängen vorbei zu der Eichentreppe führte, rief sie nach Mercy, die uns zur Hand gehen sollte. Der Haushofmeister gab den Bediensteten bereits Anweisungen, für das Mittagsmahl den riesigen Tisch in der Großen Halle aufzuklappen und die Stühle aus ihren Befestigungen zu lösen. Einige Dienstboten eilten mit riesigen Tabletts herbei, andere brachten große Silberkrüge mit Wein und Bier.

Joan brachte uns in das erste der Schlafgemächer, einen großen Raum, der ein wenig meinem eigenen glich. Die Decke war mit Schnitzereien verziert, die Wände mit Tuch bespannt, und auf dem Fußboden, der mit Binsen bestreut war und jede Woche mit Rosmarin parfümiert wurde, lagen hier und dort feinste türkische Teppiche. In der Mitte des Raums stand ein riesiges Bett mit roten Taftvorhängen, die in Gold eingefasst waren.

»Um sicherzugehen, dass keine Feuchtigkeit zurückbleibt, müsst Ihr es so wegziehen.« Joan zog an dem schweren Betttuch aus Brokat, das mit weißem Pelz gefüttert war, und schlug es halb zurück. Ein winziges schwarzes Insekt hüpfte ihr auf den Arm.

»Diese verfluchten Flöhe! Zu dieser Jahreszeit sind sie wirklich eine Plage!«

Mercy setzte sich auf das Bett, das unter ihr nachgab. »Na so etwas, Miss Joan. Dieses Bett hat wohl schon einiges ausgehalten!«

Verschmitzt kniff Joan ein Auge zu und zog eine Federmatratze nach der anderen ab. Dann folgten zwei mit Stroh gefüllte Drillichmatratzen und zu guter Letzt eine aus Binsen geflochtene Matte. Darunter befand sich ein Geflecht aus Seilen, die jeweils über Kreuz durch Löcher in den Bettkanten gezogen worden waren, ähnlich Schnürriemen in einem Schuh. Mein Leben lang hatte ich selbst in genau so einem Bett geschlafen, aber noch nie war mir der Gedanke gekommen, einmal unter die Matratzen zu sehen.

»Zieh du an dem einen Ende, während ich an dem anderen ziehe, Mercy«, befahl Joan. »Wenn die Seile straff gespannt sind, legen wir die Matratzen darauf und das Bett ist wieder fest.« Sie zwinkerte Mercy noch einmal zu. »Bis das nächste Gefecht sie wieder lockert.«

Nach dieser schweißtreibenden Arbeit ging ich zum Fenster, um frische Luft zu schnappen.

Ich sah hinaus, und mein Blick fiel auf einen hochgewachsenen, ganz in Schwarz gekleideten Mann, dessen Gesicht von einem breitkrempigen Hut halb verdeckt wurde. In ein paar Fuß Entfernung lehnte er unterhalb des Fensters gegen die mit Moos bewachsene Wand. Lächelnd schüttelte er den Kopf, als betrachte er ein Bild, das sowohl traurig als auch heiter schien.

Um ihn nicht auf mich aufmerksam zu machen, öffnete ich so leise wie möglich einen der Fensterflügel und lehnte mich hinaus, um mir anzusehen, was ihn derart erheiterte.

Eine warme Brise wehte mir entgegen, und bei dem Gedanken daran, wie kühl es innerhalb der dicken Mauern des Hauses war, fröstelte ich. Dann sah ich, was dem Fremden so ein Vergnügen bereitete: Es waren zwei Vögel, Ringeltauben. Die Henne pickte verdrießlich auf einem schmalen Streifen Gras, während der Hahn um ihre Aufmerksamkeit buhlte. Er hatte sich aufgeplustert, um ihr die prächtigen Regenbogenfarben seines Gefieders vorzuführen, und stolzierte laut krächzend um sie herum, ganz wie ein Galan am Königshof, der seine Angebetete um ihre Gunst bittet.

Sie aber schenkte ihm keinerlei Beachtung. Allmählich verlor der umherstolzierende Vogel die Geduld und wollte sie besteigen, um sie sich zu Willen zu machen. Doch sie war zu flink. Er ließ ein paar Federn, und sie flog hoch zum nächsten Baum.

Der Edelmann schüttelte abermals den Kopf und lachte schallend. »Armes Täubchen«, sagte er, als ob der Vogel seine Worte verstehen könnte. »Es ist immer das Gleiche. Das schöne Geschlecht will nichts von uns wissen – nein, es ist viel grausamer: Die Damen vergnügen sich mit uns, solange es ihnen beliebt, und dann wird man uns leid wie ein paar Handschuhe aus dem vergangenen Jahr, die ihren Duft verloren haben.« Er beugte sich zu der Taube hinab und sprach zu ihr wie zu einem alten Freund. »Aber tröste dich, die Stadt ist voll hübscher Vögelchen. Versuch es bei einer anderen, und bald wird sich diese hier besinnen!«

Mir war gar nicht aufgefallen, dass ich laut gelacht hatte, doch plötzlich sah der Mann zu mir hoch. Um zu vermeiden, dass er mich entdeckte, duckte ich mich schnell, wobei ich mir den Kopf am Fensterbrett stieß.

Wenn ich an diese denkwürdige Begebenheit zurückdenke, kommt mir daher sowohl Gelächter als auch Schmerz in den Sinn.

»Joan«, fragte ich, bemüht, beiläufig zu klingen, »wer ist der Gentleman dort unten im Garten?«

Joan warf das Fenster zu und sah missbilligend hinab. »Gentleman? Das ist Master John Donne, der Sekretär des Lord Keeper.« Ihre Worte klangen sauer wie Essig. »Gewiss, ein gut aussehender Mann, doch man erzählt sich, er sei ein Ketzer und der Verfasser anstößiger Verse.«

Unten im Garten zog Master Donne seinen Hut, als hätte

Joan ihm ein besonderes Kompliment gemacht, während ich mich lächelnd hinter ihr verborgen hielt.

Draußen auf der Strand läutete eine Glocke zur vollen Stunde. »Elf Uhr, Miss Joan«, erinnerte Mercy respektvoll. Sogar unter Dienstboten war die Rangfolge von Bedeutung. »Thomas, der Haushofmeister, hat mir aufgetragen, beim Decken der Tafel zu helfen.«

Joan schnupperte, der Duft nach frischem Gebäck lag in der Luft. Bald würde sich die Große Halle mit hungrigen Menschen füllen. »Geh schon. Ich muss noch Myladys feines Kleid aus der Truhe holen und aufhängen. Miss Ann kann die Arbeit hier allein fertig machen.« Sie wies mit dem Kopf auf das Bett. »Legt einfach die Bettwäsche wieder zurück und zieht die Brokatdecke darüber.«

Nachdem Joan und Mercy sich entfernt hatten, trat ich voller Ungeduld von einem Fuß auf den anderen. Ein Bett zu beziehen, war sicher keine so schwierige Aufgabe, wie Joan mich glauben machen wollte. Ich zog die Bettwäsche glatt, bis kein Fältchen mehr zu sehen war. Es war angenehm, den straff gespannten Stoff unter meinen Händen zu fühlen. Ich schüttelte die Kopfkissen auf und platzierte sie ordentlich am Kopfende des Bettes. Zu guter Letzt zog ich die Seidendecke auf, die mit allerlei exotischen Vögeln reich bestickt war.

Ich hielt das glatte Betttuch an mein Gesicht, es war weich wie meine Katze Perkin, die ich auf Loseley hatte zurücklassen müssen. Plötzlich aber stockte mir der Atem. Jemand stand hinter mir und hatte die Arme um meine Taille gelegt.

Ich wollte mich losreißen, doch ich konnte nicht. Allzu fest wurde ich umschlungen.

»Ich kann mir Besseres auf einem Bett vorstellen, als die Laken glatt zu ziehen«, flüsterte eine Stimme, tief und verheißungsvoll wie die der Schlange im Garten Eden.

Bevor ich schreien konnte, wurde ich herumgewirbelt und fühlte ein Paar Lippen auf meinen eigenen, erst ungestüm, dann sanft und voll.

Tief in meiner weiblichen Seele, in der es bislang so still gewesen war wie in einem Kloster, fühlte ich ein drängendes Verlangen. Ich hätte schreien oder mich wehren sollen. Aber es durchfuhr mich, wenn auch nur für einen kurzen Augenblick, ein Schauer und ich schloss die Augen.

Dann jedoch, wütend auf mich selbst und noch weitaus zorniger auf den Mann, stieß ich ihn mit aller Kraft von mir, sodass er stolpernd zu Boden fiel.

»Es ist alles andere als ehrenhaft, ein Dienstmädchen derart zu überrumpeln, Sir! Habt Ihr keinen Sinn für Anstand, der Euch davon abhält, jemand Unschuldigem nachzustellen, der nicht einmal von gleichem Rang ist?«

Master Donne stand auf. Immerhin hatte er genug Anstand, um eine beschämte Miene aufzusetzen.

»Da habt Ihr allerdings recht!« Heiterkeit mischte sich in seinen leidenschaftlichen Blick. »Aber wer seid Ihr, dass Ihr mich mit solch flammender Anklage in die Schranken weist? Ein Racheengel, den der Allmächtige geschickt hat, um mir den Pfad der Tugend zu weisen?«

Sein belustigter Tonfall stachelte meinen Zorn nur weiter an. »Darüber solltet Ihr nicht scherzen, Sir. Eurer Selbstsucht auch noch Blasphemie hinzuzufügen, wird Euch kaum die Vergebung des Herrn sichern.«

»Und wie kann ich *Eure* Vergebung erlangen?«

»Indem Ihr bedenkt, welche Konsequenzen Eure leidenschaftliche Anwandlung für jemanden hat, der so weit unter Euch steht.«

Meine Tante oder meine Großmutter wären sicher aufgrund derart gar nicht mädchenhafter Offenheit errötet, mir aber trieb der Ärger die Röte auf die Wangen, gemischt mit einem Gefühl der Schuld, weil ich seine Umarmung zunächst erwidert hatte. »Ist es nicht überaus schändlich, jemandem nachzustellen, der seine Stellung verlieren wird, wenn er Eurer Zügellosigkeit nachgibt? Es handelt sich schließlich nicht um eine vornehme Dame, um die Ihr mit Euren gescheiten Versen werbt und weiter keinen Schaden anrichtet. Für wen haltet Ihr Euch, Sir? Für Jupiter, der über Io herfällt?« Ich war so empört, dass mein Verweis auf die Antike ein wenig durcheinander geriet. »In diesem Fall hätte das Mädchen weitaus Schlimmeres zu erwarten, als in eine Wolke verwandelt zu werden.«

Prüfend sah er mich aus seinen grauen Augen an, mit einem Blick, der sowohl Erheiterung als auch Neugier verriet. »Ihr müsst wohl zur Kenntnis nehmen, dass es Jupiter war, der sich in eine Wolke verwandelte. Io wurde leider zu einer Kuh.«

Dummerweise hatte er recht, was mich umso mehr ärgerte.

»Das tut weiter nichts zur Sache. Ihr habt Euch abscheulich verhalten.«

Zu meiner Überraschung zeitigte dieser Vorwurf einen sofortigen Effekt, denn Master Donne stand da wie ein begossener Pudel. Sein Blick verriet aufrichtige Reue. »Ihr seid mir unbekannt, Miss, doch Euer Vorwurf ist mehr als berechtigt. Am Obersten Gerichtshof setze ich mich dafür ein, dass die Schwachen nicht von den Mächtigen ausgenutzt werden, und nun muss ich mir eingestehen, dass ich gegen meinen eigenen Grundsatz gehandelt habe. Ich gelobe, keinen weiteren Fehltritt zu begehen, und sei die Versuchung noch so groß. Aber ich wüsste gern den Namen meiner zufälligen Erlöserin, denn ich vermute, in Wahrheit seid Ihr keins der Dienstmädchen?«

Ich sah ihm in die Augen, nicht mehr ganz sicher, ob seine Reue tatsächlich aufrichtig war. »Das halte ich für überflüssig. Ihr müsst Euch einzig und allein vor Eurem Schöpfer verantworten.«

»Nur, damit ich Euch in meine Gebete einschließen und Euch danken könnte, dass Ihr mich gerade noch rechtzeitig errettet habt, Miss.«

»Der Herr wird schon wissen, wer ich bin.«

Ich raffte die Röcke meines einfachen Kleides zusammen und eilte aus dem Raum. Ich spürte, dass er mir amüsiert hinterher sah. Mir war bewusst, nicht nur er müsse den Herrn um Vergebung bitten. Racheengel hin oder her, ich hatte seine

Umarmung erwidert, und das sah einem Engel gar nicht ähnlich.

Aus Angst, er könne mir folgen, rannte ich die breite Treppe hinunter, vorbei an Zimmerfluten, wo Männer die Feinheiten des Gesetzes erörterten. Als ich die Große Halle erreichte, war mein innerer Aufruhr beinahe verflogen, und ich verspürte nur noch berechtigte Empörung. Der Gedanke daran nahm mich so gefangen, dass ich gar bemerkt hatte, dass mein Vater gerade erschienen war, um mit dem Lord Keeper zu speisen.

»Ann?«, überrascht, die Stimme meines Vaters zu vernehmen, stolperte ich beinahe.

»Vater? Was führt Euch ohne Vorankündigung hierher?«

»Ich habe gute Neuigkeiten für dich. Warum bist du gekleidet wie ein Dienstmädchen? Der Lord Keeper verfügt sicher über genug Dienstboten, um nicht auf deine Hilfe angewiesen zu sein, oder?«

»Das ist eine lange Geschichte. Was gibt es für Neuigkeiten? Geht es um Loseley oder meine Schwestern?« In diesem Augenblick fiel mir auf, wie sehr ich sie vermisste.

»Sie sind alle wohlauf. Mein Vater und meine Mutter lassen dir ihre besten Wünsche ausrichten.«

Mein Vater setzte eine verheißungsvolle Miene auf. »Ann, geh hinauf, kleide dich angemessen und dann komm zu mir in den Garten. Ich habe jemanden mitgebracht, der dich kennenlernen möchte. Sein Name ist Richard Manners.«

5

Ich musste einräumen, Master Manners war anders, als ich ihn mir vorgestellt hatte.

Beths Angetrauter war schwerfällig und Margarets Gatte so vorhersagbar. Marys Gemahl Nick hatte durchaus etwas an sich, aber scheinbar war es genau das, was ihn auf die Kegelbahn, zum Hahnenkampf und zur Bärenhetze trieb – ihn sehr zum Leidwesen meiner Schwester sogar dazu veranlasste, auch noch darauf zu wetten.

Der Garten war zu jeder Jahreszeit ein reizvoller Ort, und nun blühte alles in den prächtigsten Farben.

Vor den glatten dunkelgrünen Efeuranken bot das gelb-grüne Laub eines Holzapfelbaums einen wunderbaren Kontrast. Dahinter stand eine lange Allee aus Birken, von denen jede einzelne glänzte wie Kupfer. Genau dort, wie unter einem strahlenden Torbogen, stand Master Richard Manners.

Ein Garten schien nicht seine gewohnte Umgebung zu sein. Ich mutmaßte, dass er eher auf dem Rücken eines Pferdes zu Hause war, vielleicht sogar mit einem Schwert in der Hand. Lebendige blaue Augen strahlten in einem markanten ovalen Gesicht, das rötlich braune Haar reichte ihm, kürzer als es derzeit in Mode war, bis auf den Kragen. Darüber hinaus fiel noch etwas auf: Fünf oder sechs Fäden aus schwarzer Seide hingen wie ein außergewöhnlicher Ohrring an seinem Ohr.

Ich musste beinahe lachen über derart weiblichen Zierrat. Aber er machte nicht den Eindruck eines höfischen Galans. Sein Aufzug gefiel mir, denn er war edel, ohne mit Gold und Spitze überladen zu sein. Vor allem umgab ihn eine Aura der Entschlossenheit. Auf den ersten Blick würde ich sagen, dass er wie ein Mann wirkte, der stets bekam, was er wollte.

»Miss More«, er verbeugte sich tief und warf in einer dramatischen Geste seinen Umhang zurück. »Endlich lernen wir uns kennen.«

Zu meiner eigenen Überraschung machte ich einen Knicks, dabei hatte ich mir doch vorgenommen, kalt und abweisend zu sein.

»Wie gefällt Euch das Leben in London? Kommt es Euch nach den ruhigen Gefilden von Surrey gelegen? Und was haltet Ihr vom Königshof? Wie ich gehört habe, seid Ihr Ihrer Majestät bereits begegnet.«

»Hier ist es zweifellos anders.« Konnte ich ihm anvertrauen, was ich im Palast von Greenwich erlebt hatte, und meine ehrliche Meinung kundtun, was ich davon hielt? Würde er meine Schilderung erheiternd finden oder sie als Verrat betrachten?

»Der Königshof scheint mir ein umtriebiger Ort.«

»Inwiefern?«

»So viel Rivalität und Gerangel um eine angesehene Stellung.«

»Ihr zieht also ein einfacheres Leben vor? Vieles, so habe ich festgestellt, spricht für das Leben eines englischen Gentleman, der ein beträchtliches Anwesen besitzt – so wie das meine in Leicestershire.« Er kam ein wenig näher, während ich eine Eichel aufhob und sie in meiner Hand drehte. »Aber jeder Gentleman braucht eine Gemahlin.«

Sein Äußeres gefiel mir, und ich war angenehm überrascht, dass er nicht so ein ungehobelter Klotz war wie Sir John, doch angesichts seiner Direktheit wich ich zurück.

»Wie ich gehört habe, seid Ihr ein entfernter Verwandter meiner Stiefmutter Constance.«

Er nickte, offenbar hatte er verstanden, warum ich das Thema gewechselt hatte. »Ja. Meine Mutter und Constance sind Cousinen.«

»Dann hat Eure Mutter mein volles Mitgefühl«, lag es mir auf der Zunge, doch ich hielt mich zurück. Es war kaum vorstellbar, aber vielleicht mochte seine Mutter ihre Cousine.

»Was haltet Ihr von meiner Tante Constance?«, fragte er.

»Eine feine Frau, oder nicht?« Master Manners beobachtete meine Miene und musste plötzlich lächeln. »Oder seid Ihr wie meine Mutter eher der Meinung, dass ihre Cousine Constance sogar einen Heiligen aus der Fassung bringen kann?«

Ich entspannte mich. Mir gefiel sein feinsinniger Humor und dass er ganz ohne Worte durchschaut hatte, was ich von meiner Stiefmutter hielt.

»Betreibt Ihr Landwirtschaft in Leicestershire?« Das klang so weit entfernt, ich hatte nicht einmal eine Vorstellung davon, wo es lag. »Diese Grafschaft ist mir unbekannt, denn, wie ich leider zugeben muss, bin ich noch nicht über die Grenzen des Südens hinausgekommen.«

»Oh, wir im Norden leben in der Tat recht ungezügelt. Wir wohnen in Höhlen und machen mit Keulen Jagd auf wilde Tiere.«

»Tatsächlich?« Seine Stichelei brachte mich zum Lachen. »Das würde meinem Bruder Robert gefallen. Nichts liebt er so sehr wie die Jagd auf Gottes Geschöpfe. Je mehr desto besser.«

»Dann muss ich ihn wohl einmal einladen, mich zu begleiten. Und wie steht es mit Euch? Wovon lässt sich Miss Ann More begeistern? Von der Jagd vermutlich nicht?«

»Ich reite gern aus, aber nicht zur Jagd. Ein Hirsch ist viel zu schön, um getötet zu werden.«

»Ihr enttäuscht mich. Meine Stiefmutter hat mir von Eurem wilden, widerspenstigen Wesen erzählt. Das Erschlagen von Ratten gilt als Eure Lieblingsbeschäftigung.«

Wieder musste ich lachen. »Oh, Ihr müsst wissen, Ratten töte ich nur während der Saison. Außerhalb dieser Zeit wäre es äußerst ungebührlich.«

»Ich bin sicher, die Ratten auf Loseley sind erfreut, das zu hören.«

»Ich lese auch gern.«

»Wie Tante Constance beanstandete, in Latein und Griechisch. Sie sagt, fälschlicherweise halte Euer Großvater Euch für einen Jungen.«

Sein Tonfall verriet, dass er selbst nicht dieser Ansicht war. Ich errötete, eine Angewohnheit, die mir gar nicht gefällt.

»Mein Großvater ist sehr gebildet. Er brauchte einen Schüler, und ich war geeigneter als die anderen. Vielleicht teilt Ihr die allgemeine Auffassung, dass man Frauen nicht ermutigen sollte, etwas zu lernen? Großvater ist der Ansicht, es mache sie listig wie einen Fuchs.«

Master Manners sah mich aus seinen klugen blauen Augen geradewegs an. »Ich hege große Bewunderung für den Fuchs.«

Zu meiner Überraschung sah ich, dass mein Cousin Francis über den Rasen lief und auf uns zukam. Seit meiner Ankunft in London hatte ich ihn noch nicht gesehen, denn er war auf dem Anwesen meiner Tante in Pyrford geblieben, nur wenige Meilen von Loseley entfernt.

»Francis!«, begrüßte ich ihn. Wenn ich allein gewesen wäre, wäre ich ihm um den Hals gefallen. Francis war mir vertrauter als mein Bruder, denn wir waren gemeinsam aufgewachsen, wohingegen mein Bruder bei meinem Vater und meiner Stiefmutter lebte. »Welche Freude! Wann bist du nach London gekommen? Kennst du Master Manners bereits?«

Francis verbeugte sich. Er war nur ein Jahr älter als ich, doch plötzlich wirkte er wie ein Gentleman. »Ich bin heute Morgen aus Pyrford gekommen. Ich soll dir von deiner Tante, meiner Mutter, ausrichten, du möchtest ihr im Haus zur Hand gehen.«

Master Manners lächelte und verbeugte sich. »Ihr Gewinn ist mein Verlust, Miss More.«

»Der Bursche weiß sich zu benehmen«, raunte Francis mir zu, während er sich bei mir einhakte. »Er klingt beinahe wie ein Franzose.«

»Gewiss. Er weiß sich auszudrücken. Außerdem ist er nicht so ein ungehobelter Klotz wie Beths Angetrauter.«

»Oho. Also hat dein Vater bei der Wahl des Verehrers deinen Geschmack wohl recht gut getroffen?«

»Das habe ich nicht gesagt, Francis. Nur, dass er redegewandt ist und über geistreichen Witz verfügt.«

»Und geistreicher Witz ist doch die Eigenschaft, die du am meisten zu schätzen weißt, Ann. Das hast du mehr als einmal gesagt.«

»Solange sie einhergeht mit Aufrichtigkeit.«

»Damit erwartest du natürlich nicht allzu viel«, neckte Francis.

»Warum verlangt meine Tante nach mir?«

»Sie war der Ansicht, du hättest genug Zeit mit dem hochwohlgeborenen Master Manners verbracht. Und es müsse vermieden werden, dass er deiner Gesellschaft überdrüssig wird. Darüber hinaus fürchtete sie wohl, wenn man dich zu lange mit ihm allein ließe, Miss Ann More, könntest du …« Er unterbrach sich und suchte nach den passenden Worten.

»… irgendetwas sagen, wofür Verstand vonnöten ist?«, sagte ich.

»Ann, Ann. Unverblümt wie eh und je!«

»Aber du wandelst doch selbst auf Freiers Füßen, Francis. Wie steht es mit Miss Mary Hawtrey, der Erbin von Chequers in Buckinghamshire?«, neckte ich nun ihn.

Francis seufzte. »Gar nicht schlecht, wenn man bedenkt, dass wir einander bereits in der Wiege versprochen wurden. Mary ist eine liebenswerte junge Frau.« – »Aber ihr liebt euch nicht?«

»Was hat Liebe schon mit Heirat zu tun? Du bist eine solche Romantikerin, Ann! Man könnte meinen, du hättest dich auf Loseley im Grünen in einer Gartenlaube verkrochen, mit Schäfern, die Flöte spielen, und Bauernburschen, die dir tagaus, tagein ewige Liebe schwören.«

»Was ist denn dabei, dass ich nicht Teil eines Handels sein will?«

»Da wirst du wohl aus der Not eine Tugend machen müssen! Du kennst doch das Naturell deines lieben Vaters.«

Ich zuckte die Achseln und sah ein, dass Francis und ich darüber geteilter Meinung waren. Um einen Disput zu vermeiden, wechselte ich das Thema. »Erzähl mir von Master Donne, ist er tatsächlich ein Freidenker, wie alle behaupten?«

»Master Donne? Der Sekretär meines Stiefvaters? Er schreibt gescheite Verse, voll geistreichem Witz und paradoxer Wortspiele. Seine Dichtung macht in den Inns of Court die Runde, den Kammern des Gerichtshofs. Sie handeln von Liebe und der Kunst der Verführung und werden hoch geschätzt, wie ich zumindest vernommen habe.«

»Francis«, sagte ich so bestimmt, als solle er mir einen Laib Brot holen, »bitte bring mir ein paar davon.«

»Ann!« Francis machte ein Gesicht, als hätte ich bekannt gegeben, ganz im Geheimen Papistin zu sein und die Neununddreißig Artikel der anglikanischen Kirche anzuzweifeln. »Das ist nichts für unverdorbene, junge Damen.«

»Umso besser.« Ich biss mir auf die Lippen und setzte eine ernste Miene auf.

»Ann. Das kann ich nicht!«

»Francis, ich habe auch schon viel für dich getan. Wenn du mit deinen hochtrabenden Freunden umhergezogen bist, habe ich gelogen und meiner Tante versichert, du würdest dich deinem Studium widmen. Ich habe dir Wasser gebracht, wenn dir nach einem Zechgelage der Schädel gebrummt hat. Sogar lateinische Sinnsprüche habe ich für dich übersetzt, denn du warst kaum dazu in der Lage, sie von Altgriechisch zu unterscheiden.«

»Ich weiß. Aber …«

»Francis, ich werde es für mich behalten. Warum nur werden Frauen immer von allem, was den Verstand betrifft, ausgeschlossen?«

»Wenn es nur den Verstand beträfe …« Er seufzte. »Ich werde mein Bestes tun. Vorausgesetzt, ich bekomme sie in die Finger.« Wir hatten das Tor von York House erreicht. »Ann, ich hoffe, du treibst kein gefährliches Spiel.«

Streng wie die Göttin der Gerechtigkeit sah ich Francis an. »Es ist gar kein Spiel. Wie ich gehört habe, ist Master Donne ein freizügiger, gottloser Mann.«

»Also ganz nach der Art, die die Damen betört.«

»Francis, du solltest wirklich mehr von uns erwarten. Ich mache mich jetzt auf die Suche nach deiner Mutter. Da ich keine Hofdame werden möchte, ist sie wild entschlossen, mir noch ein paar Lektionen honoriger Hausarbeit zu erteilen.«

Francis prustete vor Lachen. »Meine Mutter hielt sich nie lange genug zu Hause auf, als dass sie selbst davon Kenntnis hätte. Was ihr wohl recht gelegen kam.«

»Ha, aber sie verfügt über ein Heer von Dienstboten, die mich anleiten. Ich glaube, heute geht es um die Geheimnisse der Destille.« – »Besser, es trifft dich als mich.«

»Ja, und genau deshalb brauche ich eine weniger damenhafte Abwechslung. Sonst ertränke ich mich in einem Fass mit Lauge und tauche nie wieder auf.«

Francis lachte. »Wenn ich dich nicht schon mein Leben lang kennen würde und wüsste, wie anstrengend du sein kannst, würde ich selbst um deine Hand anhalten.«

»Tatsächlich«, sagte ich und schubste ihn lachend beiseite, »wir können uns glücklich schätzen, dass unsere Eltern nicht schon längst etwas in der Art vereinbart haben. Dass wir Cousin und Cousine sind, würde sie nicht stören, aber deine Verlobte, Mary, ist wohlhabender als ich.«

»Deine Mitgift ist beträchtlich, genug, um so manchen in Versuchung zu führen.«

»Dann will ich hoffen, dass mir niemals einer von ihnen begegnet!«

»Und worin, glaubst du, besteht die Verlockung für Master Manners? Kommt deine Mitgift ihm gelegen für ein neues Dach seines Herrenhauses? Oder treibt ihn der Wunsch, dich zu zähmen?«

»Francis«, neckte ich ihn, »wie kommt der Kopf eines Mannes von Welt auf so junge Schultern.«

»Liebe also? Die Wurzel allen Übels?«

»Ich dachte, das sei Geld?«

»Geld kann bei Weitem nicht so viel Schaden anrichten. Warum sonst beklagen Dichter die tödlichen Pfeile der Liebe?«

»Francis, nun mach dich davon!« Kopfschüttelnd begab ich mich auf die Suche nach meiner Tante.

Ich stellte fest, dass ich gar nicht wusste, wo in diesem Labyrinth von Zimmerfluten sich die Destille befand. Nach langer Suche und mithilfe des Mundschenks fand ich sie schließlich.

Meine Tante war bereits dort. Sie trug ein einfaches Kleid und war damit beschäftigt, Wasser in ein Gefäß zu gießen, das über einer Flamme hing und in dem bereits eine Flüssigkeit brodelte.

»Ann, komm herein. Uns steht eine nützliche Aufgabe bevor. Gestern hat sich mein Gemahl die Schulter verrenkt, als er vom Pferd stieg. Er verlangt nach Umschlägen aus *Flos unguentorum,* einer Salbe aus den Blüten einer Heilpflanze. Ich werde nachsehen, wo ich das Rezept hingelegt habe.«

Meine Tante stöberte herum und schließlich fand sie es. Das Rezept fiel aus *Geralds Kräuterkunde* heraus, einem Werk, das erst kürzlich von der königlichen Druckerei veröffentlicht worden war und mit Abbildungen von Heilkräutern wie Belladonna, Schwarzem Bilsenkraut oder Herzminze einigen Aufruhr verursacht hatte. Ich sah mir alles an, die Destille faszinierte mich mehr, als ich erwartet hatte. Auf Loseley gab es auch einen solchen Raum, meine Großmutter war sogar bekannt für ihre Heilkräuter, doch das war nichts im Vergleich zu dem, was ich hier sah. Es war ein wunderbarer Ort, an drei Wänden standen Tische, auf denen sich Flaschen jeglicher Größe aneinanderreihten, von übergroßen Karaffen bis hin zu winzigen Phiolen mit Pfropfen, die die kostbarsten Essenzen enthielten. Darüber hingen an hölzernen Leisten Hunderte verschiedener Kräuter, noch mehr davon befanden sich in Flaschen mit destilliertem Wasser.

Das Beste jedoch war der Geruch: ein wenig nach Medizin, dennoch überwältigend würzig und mit einem stechenden Hauch nach Kräutern. Diesen Raum zu betreten schien so, als stolperte man unerwartet in eine Welt der Sinne.

Meine Großmutter hatte mir des Öfteren erzählt, dass jede Dame, die einen großen Haushalt führte, wissen musste, wie man einen Kräutertrank oder eine Medizin herstellte. Deshalb machte sie mich mit den Grundlagen der medizinischen Diagnose bekannt: Gott hatte jeden von uns aus den vier Körpersäften geschaffen – gelbe Galle, schwarze Galle, Blut und Schleim. Gerieten diese Körperflüssigkeiten aus dem Gleichgewicht, waren Krankheit und Schmerz die Folge.

»Ah, hier ist es. Ann, bitte sei so gut und hilf mir.«

Ich eilte zu ihr, dankbar, dass meine Tante – zumindest im Moment – darüber hinwegsah, was ich in meinem Zorn über den Königshof gesagt hatte.

Sie las das Rezept laut vor. »›Heilende Blüten: überaus heilsam bei schmerzenden oder geschwollenen Gliedmaßen‹ – genau das, was wir benötigen – ›und zur Wiederherstellung des Gleichgewichts der Körpersäfte.‹ Es wäre großartig, wenn es den Fluss der schwarzen Galle ein wenig mindern könnte. Normalerweise ist der Lord Keeper ruhig und ausgeglichen, doch diese Verletzung hat seine schwarze Galle und damit seine Wut freigesetzt.« Noch einmal studierte sie das Rezept. »Nun, was benötigen wir? Harz. Ann, das findest du im Regal. Gelbes Wachs, Weihrauch, Fichtenöl, Myrrhe. Nach Weißwein müssen wir den Mundschenk fragen. Aber was ist das?« Ungeduldig wandte sie sich um. »Ein halbes Pfund Schafstalg? Ann, lauf zum Küchenmeister und frag ihn, ob er so etwas vorrätig hat.«

Aber der Küchenmeister hatte keinen Schafstalg. Ein solch widerwärtiges bäuerliches Zeug sei in seiner Küche noch nie verlangt worden, erklärte er herablassend.

»Wie bedauerlich«, sagte meine Tante seufzend. »Heute habe ich keine Gelegenheit mehr, zum Markt zu gehen, aber gleich Morgen werde ich dich zum Schlachthof mitnehmen. Heute Abend haben wir ein großes Bankett vorzubereiten, denn dein Vater bringt gute Neuigkeiten.«

Ich fragte mich, was für Neuigkeiten es wohl sein mochten, die derartige Feierlichkeiten mit sich brachten, und plötzlich zitterten mir vor Angst die Hände. Es konnte doch noch nicht an der Zeit sein, meine Verlobung bekannt zu geben?

Meine Tante warf mir einen verstohlenen Blick zu, aber ich fuhr in aller Ruhe fort, die Zutaten für den Kräuterumschlag, mit dessen Vorbereitung wir bereits begonnen hatten, wieder einzuräumen.

Ich lief hinauf auf mein Schlafgemach, und meine Gedanken überschlugen sich. Master Manners Auftreten war gewandter, als ich erwartet hatte, doch ich wusste so gut wie nichts über ihn. War er freundlich, gottesfürchtig, großzügig und liebevoll? Ich dachte zurück an die Verlobungen meiner Schwestern und versuchte, mich zu erinnern, welche Wahl man ihnen gelassen hatte. Margaret und Beth hatten die Entscheidung meines Vaters ohne Widerspruch akzeptiert. Nur Mary hatte darum gekämpft, ihren Nick heiraten zu dürfen. Und ausgerechnet dieser, so stellte ich mit Bedauern fest, hatte sich als eine Enttäuschung erwiesen, zumindest in den Augen meines Vaters.

Als die Dämmerung hereinbrach, brachte Joan mir eine Kerze. Sie zog die Vorhänge zu und lächelte in sich hinein.

»Warte Joan, ich werde sie selbst zuziehen. Ich sehe so gern, wie die Sonne über dem Fluss untergeht.«

»Welches Kleid werdet Ihr tragen, Miss Ann?«

Ich betrachtete die Kleider, die ich aus Loseley mitgebracht hatte – bezahlt von dem, was meine Großmutter mit ihren Hennen verdient hatte. Seit meinem Besuch am Königshof hatte ich sie kaum getragen, denn meine Tante bestand darauf, dass ich zur Strafe für meine Unnachgiebigkeit das verhasste weiße Kleid anziehen musste. Ich wählte mein Lieblingskleid, aus dickem Baumwollstoff in der Farbe alten Goldes, und hielt es mir vor dem Spiegel an. Durch die großen Fenster schien die Abendsonne auf mein kastanienbraunes Haar.

»Dieses hier.«

Ich wusch mir Hände und Gesicht mit Rosenwasser und stand still, damit Joan mich ankleiden konnte. »Danke Joan, keine Haube. Heute Abend werde ich mein Haar offen tragen.« Mit einem Hornkamm strich sie mir die Locken hinter die Ohren.

»Und welchen Schmuck möchtet Ihr anlegen, Miss Ann?« Sie hielt mir die kleine Schatulle hin, in der ich meine wenigen Schmuckstücke aufbewahrte.

Ich hielt zwei Halsketten in die Höhe, eine dicke Goldkette, an der sechs oder sieben juwelenbesetzte Sterne hingen, und eine andere mit einem einfachen Kreuz, das mit vier großen Granatsplittern verziert war.

Ohne zu zögern entschied ich mich für das Kreuz. »Joan, kannst du bitte den Verschluss schließen?«

Da sie ein paar Inches kleiner war als ich, musste sich Joan auf die Zehenspitzen stellen, war aber immer noch zu klein. Sie kniete sich auf das große Bett und bat mich, mich vornüber zu beugen.

»Geschafft.« Sie fing eine meiner widerspenstigen Locken ein und klemmte sie mir hinter das Ohr. »So hübsch habe ich Euch noch nie gesehen, Miss.«

Anstelle einer Antwort lachte ich nur.

Im Nachhinein weiß ich gar nicht mehr, warum. War ich mir einer seltsamen Kraft bewusst, die mich durchströmte und die ich nie zuvor verspürt hatte?

Ich blieb in meinem Zimmer, bis ich dem Tumult in der Großen Halle entnahm, dass die Gesellschaft vollzählig war. Dann ging ich gemessenen Schrittes die breite Treppe hinab und betrat die Halle von der Seite aus, wo hinter einem mit Schnitzereien verzierten hölzernen Paravent, das Personal geschäftig zwischen Küche und Halle hin und her huschte.

Etwa dreißig Damen und Edelmänner hatten bereits an der langen Tafel Platz genommen. Die Tücher zum Trocknen der Hände hatten sie über Arme oder Schultern gelegt, denn bevor ein neuer Gang Speisen aufgetragen wurde, brachte der Mundschenk kleine Schüsseln mit Wasser zum Händewaschen. Die Damen übertrafen sich gegenseitig an Extravaganz. Sie trugen leuchtend rosafarbene und rubinrote Kleider aus Taft und Seide, in die goldene Fäden verwoben waren, die das Licht der Kerzen einfingen und ein Bild außerordentlicher Pracht boten. Am anderen Ende des Raums spielten Musikanten liebliche Weisen auf Lauten und Trommeln, während das Küchenpersonal eine Platte nach der anderen brachte, überhäuft mit Kapaunen, Pfauen und in Zitrone gekochten Lammkeulen.

Mein Vater bemerkte mich als Erster. Er erhob sich und machte eine Verbeugung. Neben ihm stand lächelnd Master Manners.

»Ann, du kommst spät. Du solltest an die Tafel geführt werden«, beklagte sich meine Tante. »Nun wirst du dir selbst einen Platz suchen müssen.«

Die Gäste erhoben sich, um mir einen Platz an ihrer Seite anzubieten. Ich nahm das Angebot meines Cousins Francis an, denn es schien mir am unverfänglichsten. Nachdem ich meinen Umhang über einen Arm gelegt hatte, nahm ich schließlich neben Francis' Verlobter Mary Platz, die zu meiner Rechten saß.

Francis beugte sich hinüber zu seinem anderen Tischnachbarn. »Master Donne, da Ihr hier in York House lebt, habt Ihr meine Cousine, Miss Ann More, sicher bereits kennengelernt?«

Für den Bruchteil einer Sekunde mischte sich Entsetzen in Master Donnes Lächeln. Er hatte in der feinen Dame, die er vor sich sah, das Dienstmädchen erkannt, das er wenige Stunden zuvor hatte verführen wollen.

Doch so leicht, wie Wasser vom Gefieder eines Schwans abperlt, gewann er die Fassung zurück.

»In der Tat. Erst diesen Nachmittag führten wir eine sonderbare und verhängnisvolle Unterhaltung.«

Francis schaute verwirrt.

»Verhängnisvoll, inwiefern? John, ist das mal wieder eine deiner geistreichen Eingebungen?«

»Ich wollte damit lediglich sagen, dass ich mich der Möglichkeit beraubt habe, von Miss More Anerkennung zu erfahren.«

»Und wie hast du ihr Wohlwollen verspielt?«

»Leider hielt ich sie für ein Dienstmädchen.«

»Herrgott noch mal, John!«, empörte sich Gregory Downhall, ebenfalls Sekretär meines Onkels, der das Gespräch mit angehört hatte. »Ich hoffe doch, du bist ihr nicht zu nahe getreten.«

»Das muss Miss More selbst beurteilen.« Er sah mich aus seinen dunklen Augen herausfordernd an. »Ich habe mich Miss More gegenüber verhalten, wie ich es auch bei einer Gräfin tun würde.«

Einen Augenblick lang war ich versucht, zu lächeln. Doch so einfach konnte ich ihm sein Benehmen nicht durchgehen lassen. Also stand ich auf und sagte: »Dann kann sich eine Frau in diesem Land wohl kaum noch sicher fühlen. Francis, hier liegt ein Missverständnis vor. Es scheint mir angebrachter, dass ich am anderen Ende der Tafel neben meinem Vater Platz nehme.«

Francis und die beiden älteren Damen, die uns gegenübersaßen, schauten verständnislos, doch ich beachtete sie nicht. Unter ihren neugierigen Blicken nahm ich meinen Fächer und begab mich zu meinem Vater, der zwischen dem Lord Keeper und seiner Tischdame saß.

»Es heißt, sie sei ein aufbrausendes Mädchen«, hörte ich eine der alten Schachteln zu der anderen sagen. »Sie braucht einen Ehemann, der ihr Temperament zügelt.«

»Den wird sie schon bald bekommen«, sagte ihre Tischnachbarin und zog wissend eine Augenbraue hoch. »Man kann ihm nur viel Glück wünschen.«

Wenn ich auf eine Reaktion seitens Master Donne gehofft hatte, wurde ich enttäuscht. Als ich mich umsah, begeisterte er mit seinem Charme bereits die beiden schwatzhaften Matronen, die solch unwillkommenes Interesse an meinem künftigen Schicksal gezeigt hatten.

»Komm, Ann«, sagte mein Vater. »Nimm hier neben Master Manners Platz. Nun, wie habt ihr beiden jungen Leute euch bei eurem ersten Treffen verstanden? Ziemlich kratzbürstig, meine Ann, oder, Richard?«

Master Manners lächelte. »Nicht mehr als eine Rose, die Dornen besitzt, um ihre Schönheit vor denen zu schützen, die sie nicht zu schätzen wissen.«

»Oho, ganz der Dichter, Master Manners«, warf der Lord Keeper ein, der am Kopf der Tafel saß. »Sieh dich vor, John!«, sagte er so laut, dass man es auch am anderen Ende des Tisches hören konnte. »Master Manners macht dir Konkurrenz. Vielleicht sollten wir eine Wette darauf abschließen, wer das poetischste Liebessonett schreibt?«

»Die würde ich sicher verlieren, Mylord«, antwortete Master Donne mit aufreizender Gelassenheit, »denn meine bescheidenen Verse sind nicht poetisch, sondern scharfzüngig. Der sanften Töne wegen solltet Ihr Euch an jemand anderen wenden als mich.«

»So ist es, Vater«, stimmte Thomas, der Sohn des Lord Keeper amüsiert zu. »In einem Gedicht meines Freundes John ginge es um den Dorn, nicht um die Rose. Er würde die Dame seiner Wahl in den Finger stechen, sodass sie blutet. Dann würde er sich der Eintracht halber selbst stechen und ihr sagen, sie beide seien Dornen in Christus' Krone und durch den Segen des Himmels vereint, sodass auch ihre Körper eins …«

Die ganze Gesellschaft brach in Gelächter aus, bis auf Master Manners, der Master Donne mit zusammengekniffen Augen ansah, während ich mich mit großem Eifer dem Teller vor mir widmete. »Bergen solche Gedanken nicht einen Hauch von Blasphemie?«, fragte Master Manners ganz ruhig.

Der Lord Keeper lachte. Er ließ sich nicht aufs Glatteis führen. »Mein Sohn hat recht. Johns Verse sind voll von solchen Anspielungen. Am liebsten setzt er seine Geliebte einer Heiligen oder einem Engel gleich. Das ist das Resultat einer katholischen Erziehung, die auch ich genießen durfte. Den Duft nach Weihrauch jedoch hat John längst hinter sich gelassen. Er war klug genug, einzusehen, dass er sich auf einem Irrweg befand.« Ich sah Master Donne an und bemerkte, dass er einen Moment lang den Blick abwandte. »Weder er noch ich selbst sind aus dem Holz eines Märtyrers geschnitzt, oder, John? Für uns ist Schluss mit der Verehrung falscher Götter.«

Doch Master Donne sah stur geradeaus, und ich hörte keine

Spur von Heiterkeit, als er zur Antwort gab: »Ich bekenne mich dazu, dass ich ein Verehrer der Frauen bin, Mylord. Das scheint mir sicherer.«

Abermals brach die ganze Gesellschaft in Gelächter aus, mich aber erzürnte diese Bemerkung aufs Neue. »Bis der Herr Gemahl dir auf die Schliche kommt! Mundschenk! Mehr Wein für meine Gäste«, befahl Sir Thomas. »Füll alle Gläser auf, wir wollen einen Toast ausbringen.«

Es wurde mehr Wein gebracht, während die Dienstboten die Knochen der Pfauen und Kapaune abräumten, die so sauber abgenagt waren, dass es aussah, als hätte sich ein Schwarm Geier darüber hergemacht. Wie versteinert saß ich in banger Erwartung da. Würde dieser Toast meine künftige Bestimmung betreffen, so wie ich es befürchtete? Während der Mahlzeit hatte mein Vater mich unaufhörlich von der Seite angesehen. Ich fragte mich, ob sich die Ursache seiner Selbstzufriedenheit nun offenbaren würde.

Als sich der Lord Keeper erhob, war ich mir meiner Gefühle so unsicher und hätte bestimmt versucht, fortzulaufen, doch ich wurde von einem plötzlichen Schwindel erfasst. »Meine Freunde«, hob er an und füllte seinen Kelch aus dem großen Krug nach. »Lasst uns anstoßen auf die großen Neuigkeiten, von denen ich mir sicher bin, dass Ihr alle daran teilhaben wollt.« Ich hielt den Atem an und sah irgendwo hin, nur nicht zu Master Manners. Zufällig richtete sich mein Blick auf Master Donne und mir schien es, als ob ich eine ungeahnte Anteilnahme entdeckte – wenn nicht sogar einen Anflug von Traurigkeit, als erwarteten wir beide die Nachricht vom Tod eines geliebten Angehörigen.

»Was ich anzukündigen habe, kommt von der Königin selbst. Es betrifft meinen Schwager, George More, und ich kann mir niemanden vorstellen, der es mehr verdient. Da sein Vater, Sir William, ein hohes Alter erreicht hat und nach wie vor keine Anstalten macht, vor seinen Schöpfer zu treten«, die Gesellschaft lachte herzlich, »hat Ihre Majestät in ihrer großen

Weisheit beschlossen, den Sohn noch zu Lebzeiten des Vaters in den Ritterstand zu erheben. Eine ganz besondere Ehre, denn, wie wir alle wissen und wenn man einmal vom Earl of Essex absieht, kommt ein Ritterschlag der Königin so häufig vor wie das Ei eines Phönix. Erhebt Eure Kelche auf den zukünftigen *Sir* George More!«

»Sir George More!«, rief ich voll aufrichtiger Begeisterung, denn die Verlobung war mir erspart geblieben!

»Meinen Glückwunsch, Miss Ann«, gratulierte jemand neben mir. Es war Master Manners. Er machte eine tiefe Verbeugung und gab mir einen Handkuss. »Ihr hattet wohl schon befürchtet, es gäbe einen ganz anderen Grund, auf den heute Abend angestoßen würde.«

Ich blickte auf. Hatte er so leicht meine Gedanken gelesen?

»Ich wünschte, wir alle hätten die Freiheit, unsere Entscheidungen von unseren Träumen abhängig zu machen«, sagte er leise. Ein Gefühl der Wärme für diesen Mann durchströmte mich. Ich fühlte mich großartig. In seinem Lächeln lag Heiterkeit und, wie mir schien, gleichermaßen Bedauern. »Ich kann von mir nur sagen, dass mein Herz und mein Verstand dem gleichen Weg folgen. Ich hoffe Ihr versteht, dass ich mich morgen früh auf den Weg zurück nach Leicestershire machen werde. Ich muss mich nun von Euch verabschieden, Miss More, aber ich hege den Wunsch, dass es nicht allzu lange dauert, bis wir uns wiedersehen.«

Verwirrt sah ich ihm nach.

»Warum wird Master Manners abreisen, Vater?«, fragte ich, nachdem wir wieder Platz genommen hatten.

»Oh, allmählich verliere ich mit diesem Burschen die Geduld. Sein Vater ist nicht zufrieden mit der Höhe deiner Mitgift und hat seinen Sprössling zurückbeordert. Wenn er glaubt, er könne sich die Tochter eines Herzogs oder eines Grafen angeln, viel Glück! Doch ich bezweifle, dass die sich mit einem einfachen Landjunker als Schwiegervater zufriedengeben würde. Jedenfalls nicht ohne eine Truhe voll Münzen.«

Ich beobachtete, wie Master Manners sich von meiner Tante und dem Lord Keeper verabschiedete, und stellte fest, dass einige der Damen – darunter eine, so jung und hübsch wie ein Täubchen – ebenfalls von seinem Rückzug Notiz nahmen. Mir kam der Gedanke, dass er nicht gerade darum gekämpft hatte, meine Hand und mein Herz zu erobern.

Es musste eine weibliche Schwäche sein, denn trotz meiner ursprünglichen Bedenken, fühlte ich einen Stich der Enttäuschung.

Ich wandte mich um und sah mich dem geistreichen, belustigten Blick vom anderen Ende des Tisches ausgesetzt. Doch ich verweigerte ihm die Genugtuung, davon Notiz zu nehmen.

Unterdessen hatte meine Stiefmutter Constance mich entdeckt. Sie war eine gut aussehende Frau von etwa siebenunddreißig Jahren, und dennoch offenbarten ihre Züge einen Verdruss, als habe der Allmächtige ihr nie die Art Leben gewährt, zu dem sie sich berufen fühlte.

»Ann, du hast dich also deiner Tante widersetzt, weil du es als unter deiner Würde betrachtest, der Königin unseres Landes zu dienen?«

Bevor ich etwas zu meiner Verteidigung vortragen konnte, zischte sie leise: »Du hattest schon immer zu viel Stolz, und zu viel Freiheit, ihn auszuleben. Es hätte dir besser getan, bei uns auf Baynard aufzuwachsen. Ich hätte dir ein wenig Demut beigebracht. Stattdessen hat dein Großvater dich verhätschelt. Schon als kleines Mädchen warst du selbstsüchtig und widerspenstig, und so etwas kommt nun dabei heraus.«

»Trotzdem versuchst du, einen Ehemann für mich zu finden, Stiefmutter. Wenn ich ein so hoffnungsloser Fall bin, wundert es mich, dass du dich überhaupt darum kümmerst.«

»Der richtige Ehemann würde dir ein solches Benehmen nicht durchgehen lassen. Er würde dir Demut und Respekt beibringen.«

»Und du glaubst, Master Manners wäre dafür der Richtige?«

Verächtlich sah sie mich an. »Jemand muss es wohl sein, sonst bringst du Schande über deine ganze Familie, Ann More. Ich sehe doch bereits, was in dir aufkeimt.«

Daraufhin drehte sie sich um und setzte die fromme Unschuldsmiene auf, die sie stets vor meinem Vater zur Schau trug.

Wie der Brauch es verlangte, verließen wir nach dem Festmahl die Große Halle, damit die Dienstboten dort ihre Schlafstätten einrichten konnten. Die Süßspeisen wurden im Bankettsaal gereicht, der sich in einem der Türme befand, von denen man einen Ausblick auf die Gärten hatte.

Die Gesellschaft war geschrumpft, denn die alten Frauen hatten sich zur Nachtruhe begeben. Den Lord Keeper hatte man trotz der späten Stunde aufgrund einiger Entscheidungen, die keinen Aufschub duldeten, an den Gerichtshof gerufen. Auch Master Donne war nirgends zu sehen. Möglicherweise war seine Anwesenheit als Sekretär des Lord Keeper bei der Versammlung am Gericht ebenfalls erforderlich.

Meine Tante klopfte mit der Hand auf den Stuhl an ihrer Seite, und ich nahm neben ihr Platz. Ich fand mich in einem Meer aus Kerzenlicht wieder. Beinahe kam ich mir so vor wie eine der Statuen, die früher in den Kirchen standen, bevor die Heiligenbilder als Götzenverehrung verboten wurden.

»Du siehst wunderschön aus heute Abend, Nichte. Wie gefällt dir dein Master Manners? Deine Stiefmutter hat ihn in den höchsten Tönen gelobt.«

»Er scheint recht liebenswürdig.«

»Nicht mehr als liebenswürdig? Er sieht sehr gut aus mit seinen strahlend blauen Augen und dem dichten braunen Haar.«

»Ich hatte nicht genug Zeit, ihn richtig kennenzulernen, Tante. Und darauf kommt es doch bei einer Heirat an?«

»Aber Ann! Kommt es nicht ebenso auf das Aussehen eines Mannes an? Die Zeiten haben sich geändert, seit ich ein kleines Mädchen war.«

»Außerdem reist Master Manners ab. Meine Mitgift entspricht wohl nicht dem, was sein Vater erwartet.«

»Und darüber bist du pikiert.« Sie nahm meine Hand. »Er kommt zurück, dessen bin ich mir sicher. So etwas ist Teil der Verhandlungen. Sein Vater wird ein paar Pachteinnahmen oder Erträge aus Ländereien mehr erhalten, als dein Vater ursprünglich zu geben bereit war, das ist alles. Du wirst einfach noch ein Weilchen bei mir bleiben. Ich werde dich zur tüchtigsten Frau eines Herrenhauses auf Gottes Erde machen. Verheiratet zu sein, ist gar kein schlechter Stand, Ann. Du wirst viel zu tun haben, glücklich sein und eine Schar Kinder bekommen.«

In einem Anflug von Unsicherheit sah ich zur Seite und fing den Blick meines Cousins auf. Nachdem meine Tante aufgestanden war, setzte sich Francis neben mich. »Hier«, er gab mir eine Rolle gestärkten Papiers, »die Verse, um die du mich gebeten hast. Versteck sie gut. Mir liegt nichts daran, den Zorn meiner Mutter auf mich zu ziehen, weil ich ein unschuldiges Seelchen verdorben habe.« Ich vergewisserte mich, dass uns niemand beobachtete, und steckte die Rolle in den Ärmel meines Kleides. Danach schien mir jede Minute wie eine halbe Ewigkeit, bis ich mich in mein Schlafgemach hinaufstehlen konnte.

Als ich endlich allein war, setzte ich mich auf das große Bett und öffnete beim Licht einer Kerze die Papierrolle.

Ich fand zwei Gedichte in gestochener Schrift, ob es die von Master Donne war oder von jemand anderem in Lincoln's Inn, wusste ich nicht. Ich rollte das erste Papier auf. Es trug den Titel *An seine Geliebte: Beim Zubettgehen.*

Komm, Liebste, komm! mein Sinn steht nicht nach Ruhn;
Ja, Untat wärs, hier keine Tat zu tun!
Ein Krieg, in dem der Feind den Feind nur sieht,
Und wird nicht handgemein, macht stehend müd.
Fort mit dem Gurt, wie Himmels Sternrund glänzend,
Und doch weit schönere Welten noch umgrenzend!
Lös ab den Brustschild, glitzernd reich bestickt,
Dass sich verfängt der dreisten Toren Blick.
Entschnür dein Mieder – süßestes Geläut:

Mir kündets, jetzt ist deine Schlafenszeit.
Fort mit dem Stabwerk, denn ich seh voll Neid,
Wie es, dir angeschmiegt, stets aufrecht bleibt.
Gleitend enthüllt dein Kleid ein Zauberreich,
Wie wenn von Maienflur Bergschatten weicht.
Fort mit dem goldnen Haarreif! wahrhaft schön
Ist nur das Haargeschmeide, das dich krönt.
Die Schuh leg ab, und dann, voll Andacht, tritt
Ein in den Liebestempel hier, dies weiche Bett.
In solch weißem Gewand sind Engel einst
Zu Menschen eingekehrt; du, engelsgleich,
Bringst mir Mohammeds Paradies. Zwar gehn
In Weiß auch böse Geister, doch man kennt
Das Engelswunder leicht vom Geisterspuk:
Dies lässt das Fleisch erstarrn, jener das Blut.
Dem Drang der trunkenen Hände gib dich hin,
Vorn, hinten, oben, unten, zwischendrin.
O mein Amerika, mein Neu-Fundland!
Mein Reich, sicher mit einem Mann bemannt!
Mein Diamantenschacht, mein Reichskleinod,
Dich zu entdecken macht mich jubelfroh!
Von dir gefesselt, bin ich wahrhaft frei,
Wo ich dich fasse, soll mein Siegel sein.
Vollkommene Nacktheit – alle Seligkeit,
Leiblos den Seelen, kleiderlos dem Leib,
Ist dein Geschenk! Schmuck, der euch Frauen ziert,
Soll wie Atlantas Ball den Blick verführn,
Dass, wenn Geschmeide Narrenauge reizt,
Den köstlichsten Juwel das Blendwerk schützt.
Wie Bücher, bildgeschmückt, in bunter Pracht,
Sind Fraun für Laienblicke aufgemacht;
Mystische Schriften sind sie, und nur wir,
Die ihre Gnadenwahl prädestiniert,
Sehn sie enthüllt. Dass ich dich ganz erkenn,
Sei mir dein freier Anblick so vergönnt

Wie der Entbinderin. Wirf dein Linnen weit –
Was taugt der Unschuld ein Armsünderkleid?
Sieh, in der Nacktheit geh ich dir voran:
Was brauchst du mehr Bedeckung als den Mann?

Meine jungfräulichen Wangen erröteten, und ich hielt den Atem an. Nichts in meinem bisherigen Leben hatte mich auf einen solchen Moment vorbereitet. Meine Schwestern hatten sich scherzhaft darüber ausgelassen, was im Ehebett geschieht, und manches hatte ich heimlich in der Bibliothek meines Großvaters gelesen. Doch nichts hatte darauf hingedeutet, dass ein Liebesakt so voller Leidenschaft und nachhaltig süßem Verlangen sein könnte, wie diese Verse es beschrieben.

Aber schwang dort nicht auch die gebieterische Stimme eines Herrschers mit? Eine Dame einzunehmen wie ein Königreich, einzig zu seinem Vergnügen?

Ich las das Gedicht noch einmal, und Empörung stieg in mir auf. Wie konnte er nur so anmaßend und vermessen sein!

Übermannt von Gefühlen, die mich zutiefst verwirrten, war mir weniger, als spähte ich heimlich durch ein Schlüsselloch. Vielmehr hatte ich das Gefühl, ich selbst befände mich in diesem Schlafgemach, nackt wie Gott mich schuf, in freudiger Erwartung auf seine Erforschung des eroberten Gebiets.

Ich schleuderte das Gedicht von mir und griff nach dem zweiten, das den einfachen Titel *Eifersucht* trug.

Wo sinnlich Weib den Tod des Gatten sucht,
Wurd dessen Eifersucht gewiss verflucht;
Läg er auf seinem Totenbett zum Sterben,
Geschwolln vom Gift, gezeichnet vom Verderben,
Dir kläng sein Atem, rasselnd, blechern, schwer,
Als wenn's das Spiel von Musikanten wär,
Bereit, die kranke Seele auszuspein,
Wird er bald in der nächsten Hölle sein,
Fast taub von heuchlerischem Wehgeschrei

Und Fragen, wo die dicke Erbschaft sei;
Würdest du weinen, nein, dich wird es freun,
Vorbei die Sklaverei, frei wirst du sein;
Tät er die Eifersucht sich einverleiben
Im Tod, könnt dich das nicht zu Tränen treiben.
Sei dankbar ihm für seine Freundlichkeit,
Zu warnen uns, war er doch stets bereit.
Wir dürfen nicht so offen wie zuvor,
Uns lustig machen über diesen Tor;
Nicht an der Tafel planen beim Besuch
Mit Worten, Gesten, Blicken, Ehebruch.
Noch wie zuvor, wenn nach gutem Essen
Schnarchend und feist im Stuhl er gesessen,
Sein Bett erobern, um darin zu liegen
Und uns in seinem Hause zu vergnügen.
Denn überall dort sehe ich Gefahr,
Weil es doch sein Reich und sein Bistum war.
Wie jeder, der voll Neid den Fürsten schmäht,
Sein Gold prägt und dann in die Ferne geht,
Um dort das gleiche Spiel aufzuführen
Machen wir's auch, nichts wird uns passieren.
Seine Ränke und törichten Wächter
Verhöhnen von dort wir mit Gelächter
Wie ganz London es mit dem Mayor tut
Und den Deutschen, weil sie dem Papst so gut.

Dieses Mal fühlte ich nichts als Wut und Empörung.

Ich war kein Dummkopf und kannte mich in der Kunst gut genug aus, um zu wissen, dass das, was dort beschrieben wurde – dieses Bild eines lüsternen Stelldicheins – möglicherweise niemals stattgefunden hatte. Wahrscheinlich handelte es sich sogar um eine Nachahmung antiker Dichtung. Doch die Worte zeugten derart deutlich von Vertrautheit, Zärtlichkeit und Leidenschaft, dass ich entgegen jeglicher Logik zu dem Schluss kam, genau so müsse es sich zugetragen haben.

War Master John Donne also tatsächlich so unmoralisch, vergnügungssüchtig und skrupellos, wie er sich bei unserer ersten Begegnung gezeigt hatte?

Ich hob die beiden Papierrollen auf und in meiner Empörung zerriss ich sie. Ich wollte sie über einer Kerze verbrennen und in ein Häufchen Asche verwandeln, wie es ihnen gebührte. Doch ohne zu wissen, warum, zögerte ich und verstaute die Papierfetzen in meiner Kleidertruhe.

Als ich neben meinem Bett auf die Knie sank, fiel mein Blick auf die Stickerei, die meine Schwester Frances mir als allgegenwärtige Mahnung mitgegeben hatte:

Die höchste Schönheit des Geistes ist Tugend
Die größte Zier der weiblichen Jugend;
Sie ist unser Schutz, der Stern, der uns führt,
Der, wenn die Sinne irren, den Verstand berührt.

»Frances, ich danke dir«, stieß ich seufzend hervor, während Vernunft und Gottesfurcht zurückkehrten, »für diese Zeilen, die jemand wie Master John Donne niemals schreiben würde.«

6

Am nächsten Morgen bat mich meine Tante, sie zu den Schlachthöfen zu begleiten, um den Schafstalg für die Umschläge zu besorgen, die sie dem Lord Keeper machen wollte.

»Komm, Ann. Eine solche Aufgabe gehört zwar nicht zu meinen täglichen Pflichten«, erklärte sie, »doch es wird eine gute Übung für dich sein, wie man Besorgungen zu machen hat, wenn du selbst einmal einen Haushalt führst.«

Es war ein sonniger Tag, und eine leichte Brise wehte. Da es trocken war und wir nicht Gefahr liefen, unsere Kleider mit dem Schlamm der Straßen zu besudeln, war meine Tante der Ansicht, ein Spaziergang täte unserer Gesundheit gut. Ich freute mich darauf, denn es gab immer etwas zu sehen in dieser gigantischen Stadt mit Hundertausenden von Seelen, die als die geschäftigste der Welt galt.

Der Schlachthof lag in Shambles. Um dorthin zu finden, brauchte man sich nur der Nase nach zu richten: Dutzende von Fleischerläden, die von den Schlachtereien beliefert wurden, verbreiteten den fauligen Gestank verwesenden Tierfleisches. Beide Straßenseiten waren von Läden gesäumt, eine weitere Reihe verlief in der Mitte der Straße. In den Schaufenstern mit ihren zwei Fuß tiefen Auslagen lag das Fleisch bereit, damit wählerische Hausfrauen und die Küchenmeister herrschaftlicher Haushalte es betasten und daran riechen konnten.

Meine Tante wählte den Laden, der am saubersten aussah, und brachte ihre Bitte vor, woraufhin der Fleischer ungläubig fragte: »Schafstalg, Mylady. *Ein halbes Pfund?*« Er lachte so schallend, dass ich schon fürchtete, er werde tot vornüberfallen. Dann wog er einen kleinen weißen Hügel Talg ab, wozu er glockenförmige Bronzegewichte benutzte, die mit einer Art

Hieroglyphen versehen waren. »Den ganzen weiten Weg für ein halbes Pfund Talg? Ist das alles, was Ihr Euch leisten könnt, Ladys? Wenn selbst die feinen Leute sich nicht mehr als ein halbes Pfund Talg gönnen, muss es mit diesem Land ja bergab gehen! Beabsichtigt Ihr, Klöße daraus zu machen?«

Meine Tante ließ sich nicht zu einer Antwort herab, ich hingegen konnte mich nicht zurückhalten. »Aber nein. Es ist für ein *Flos unguentorum.*«

»Floss argumentorum, sagt Ihr?« Der Fleischer äffte meine vornehme Aussprache nach und zwinkerte seinem Gehilfen zu. »Da seid Ihr hier genau richtig!«

»Unguentorum«, korrigierte ich ihn. Ich war ärgerlich darüber, dass man über mich lachte. »Für einen heilenden Umschlag.«

»Warum habt Ihr das nicht gleich gesagt?« Der Fleischer sah uns aus seinem groben, roten Gesicht nun freundlich an und sagte ohne jeglichen Spott: »Solch einen Umschlag könnte ich auch gebrauchen, für mein schmerzendes Knie. Meine Frau schwört darauf.«

»Habt Dank, Sir.«

Meine Tante war bereits hinausgegangen. »Was für eine Dreistigkeit! Den müsste man in seine Schranken weisen. Wie der mit uns geredet hat! Als ob wir Seinesgleichen wären!«

»Ich dachte, das sei hier so üblich.« Allmählich gewöhnte ich mich an die Londoner Sitten. Jeder sprach einen auf der Straße an, empfahl ein Geschäft, wo man einen günstigen Handel abschließen könne, wies den kürzesten Weg, ob man nun gefragt hatte oder nicht, oder erkundigte sich, wo man denn diesen Fächer oder jenen Kleiderstoff gekauft habe. Ganz wie unter alten Freuden.

Und die vielen Kinder! Auf dem Weg durch Southwark waren sie mir bereits aufgefallen, hier aber liefen sie in Scharen herum. Als wir die Cheapside Street entlanggingen, wurden wir von ganzen Horden umringt. Mir schien, in London gab es weitaus mehr Kinder als Erwachsene, die sich um sie kümmerten. Sie kamen mir vor wie ein summender Bienenschwarm, stets bereit, zuzustechen.

Ein kleines verhärmtes Mädchen von fünf oder sechs Jahren mit verkrümmten Beinen und sorgenvollem Gesicht rannte auf uns zu. »Habt Ihr eine Münze, Miss? Seit vorgestern haben wir nichts mehr gegessen.«

Ich griff in den Beutel, der an meinem Gürtel hing, und gab ihr eine Münze.

»Ann, damit ermutigst du sie doch nur!«

»Sie verhungern zu lassen, obwohl ich ein wenig Geld aus meinem Beutel erübrigen kann, wäre doch auch nicht gottgefällig, oder?«

Angesichts meiner offensichtlichen Unbedarftheit warf mir meine Tante einen missbilligenden Blick zu. »Du hast noch einiges über die Welt zu lernen, Nichte. Mehr, als du ahnst.«

»Ich kann nur hoffen, dass ich niemals lerne, mich von Gottes Geschöpfen abzuwenden«, begehrte ich auf. »Warum laufen hier so viele Kinder herum?«

»Die Eltern sind den Pocken oder der Pest zum Opfer gefallen. Kürzlich hat die Königin ein Gesetz erlassen, dass möglichst viele Kinder etwas lernen sollen, damit sie nicht auf ewig bettelnd durch die Straßen ziehen müssen.«

»Ich hoffe, das kommt ihnen zugute.«

Am Kanal vor Mercer's Chapel ließ meine Tante mich einen Moment lang allein. Sie hatte Besorgungen in der Goldsmith's Row zu machen. Ich achtete nicht auf die lautstarken Kommentare, die die Gäste der gegenüberliegenden Conduit Tavern über meine Jugend und meine Erscheinung machten. Stattdessen betrachtete ich die Statue, die mitten auf dem Kanal stand: die Göttin Diana, beinahe lebensgroß und halb nackt, aus Alabaster gemeißelt. Gleich einem Springbrunnen sprudelte Wasser aus ihrer linken Brust. Mir fiel ein, dass Francis erzählt hatte, bevor die Heiligenverehrung verboten wurde, sei die Statue nicht ein Abbild der Diana, sondern das der Jungfrau Maria gewesen.

Ungeachtet der grölenden Menge im Hintergrund musste ich über einen solchen Unsinn laut auflachen, bis mich eine Stimme aus meinen Gedanken riss.

»Euer Lachen klingt lieblicher als das perlende Wasser, das aus Dianas blankem Busen rinnt.«

Ich drehte mich um, und kaum drei Fuß entfernt stand der Sekretär meines Onkels.

Ich erwiderte sein Lächeln nicht, denn ich hatte seine zynischen Gedichte über leichtfertigen Verrat noch bestens in Erinnerung. »Oh, bitte, keine zuckersüßen Worte. Sie wären an mich verschwendet, das versichere ich Euch.«

»Dann werde ich mich ausschließlich an Essig halten«, sagte er mit einer tiefen Verbeugung und zog seinen Hut. »Aber was an dieser bedauernswerten Göttin hat Euch zum Lachen gebracht? Sie ist es gewohnt, verehrt und nicht verlacht zu werden.«

»Vielleicht machte ich mir Gedanken über den Verbleib ihrer Vorgängerin, der Heiligen Jungfrau.«

Sein Lächeln erstarb, und er nahm eine steife Haltung an. Es klang wohl nach Verrat, die Heilige Jungfrau zu erwähnen. Da ich von seiner katholischen Erziehung wusste, dachte er wohl, ich wolle ihm eine Falle stellen.

Doch ich hatte es ernst gemeint. Weil ich meine eigene Mutter verloren hatte, fühlte ich mich der Mutter Gottes besonders verbunden, ganz gleich, wie gefährlich es sein mochte, dies einzugestehen.

Plötzlich herrschte eisige Kälte zwischen uns. Allerdings kam mir das recht gelegen, denn nach wie vor war ich nicht sicher, mit wem ich es zu tun hatte. Als er sich mit der verliebten Taube unterhalten hatte, waren mir sein Humor und seine Ungezwungenheit angenehm aufgefallen. Anschließend jedoch kam er mir gefährlich und heuchlerisch vor: Jemand, der sich einen ehrenwerten Anstrich gibt, im Verborgenen aber nicht davor zurückschreckt, die Hilflosigkeit eines Dienstmädchens oder die Willensschwäche einer verheirateten Frau schamlos auszunutzen.

»Ihr solltet nicht ganz so offen reden«, sagte Master Donne leise und sah sich vorsichtig um, »zumindest nicht in aller Öffentlichkeit. Ihr seid noch jung und neu in der Stadt, aber derartige Aussagen hört man hier gar nicht gern. Die einzige Jungfrau, der gehuldigt wird, ist die Königin.«

So einfach wollte ich ihm das Feld der Tugend nicht überlassen, denn aus seinen Gedichten wusste ich, wie doppelzüngig er sein konnte.

»Ihr braucht mich nicht zu belehren, Master Donne. Denn seid Ihr nicht jemand, der ein öffentliches Amt bekleidet, sich im Verborgenen aber ganz anders gibt und sich darüber hinaus in Versen seiner Taten rühmt?«

Er besaß die Frechheit, vorzugeben, er sei gekränkt. »Solltet Ihr meine Verse gelesen haben, muss ich tatsächlich um Verzeihung bitten. Bei Gott, ich selbst hätte Euch niemals etwas lesen lassen, das aus meiner Feder stammt. Oft genug schon habe ich bereut, dass ich diese Verse schrieb, und nur meine engsten Freunden haben sie zu Gesicht bekommen.«

»Dann dürft Ihr wohl die Hälfte der aufgeputzten Galane von Lincoln's Inn Eure Freunde nennen.«

Beinahe hätte ich noch hinzugefügt, dass es meinen Cousin keine große Mühe gekostet hatte, die Gedichte zu besorgen, es also ganz und gar nicht so schien, als hielte Master Donne sie streng unter Verschluss. Doch daraus hätte er schließen können, dass ich diejenige gewesen war, die um seine Gedichte gebeten hatte, und dafür schämte ich mich bereits genug.

Ich konnte seinem Gesicht die Verwunderung darüber ansehen, wie mir die Verse überhaupt in die Hände gefallen waren.

»Ich hatte das Glück, eine umfangreiche Erziehung genießen zu dürfen, bei der man mich ermunterte, so viel wie möglich zu lesen«, erklärte ich in frostigem Tonfall. »Und ich hatte das Vergnügen, ein breites Spektrum der Literatur zu studieren, sowohl Prosa als auch Poesie.«

»Ah.« Er nickt ernsthaft. »Und wie können sich meine bescheidenen Verse mit dem messen, was Ihr sonst gelesen habt?«

Hätte ich nicht den dringenden Verdacht gehabt, dass er sich über mich lustig machte, wäre meine Antwort höflicher ausgefallen. »Ich gewann den Eindruck, der Verfasser könne nur jemand sein, der nicht zögert, die Schwäche anderer auszunutzen.«

Er wich zurück, als hätte ich ihm einen Schlag versetzt.

»Madam, Euer Urteil ist wirklich scharf. Ich kann Euch versichern, dass die beteiligten Damen mehr als willig waren, ihren Teil beizutragen.«

Zunächst wollte ich nichts darauf erwidern, doch niedere Instinkte bemächtigten sich meiner und brachten mich dazu, den geschliffenen Verstand, dessen ich mich eben gerühmt hatte, unter Beweis zu stellen. Ich wollte ihm zeigen, dass ich nicht die einfache Unschuld vom Land war, für die er mich hielt. »Ihr wolltet wissen, was mir beim Anblick der Statue der Diana durch den Kopf ging?«, sagte ich kühl und distanziert. Denn schließlich war ich weder die lüsterne Gattin irgendeines Händlers noch die willige Tochter eines Vertreters der gleichen Zunft, die einem heimlichen Stelldichein entgegensieht, während Ehemann oder Vater ihren Geschäften nachgehen. »Ich dachte, welch Ironie doch hinter diesem Abbild aus Alabaster steckt.«

»Inwiefern?« Ich sah, dass ich ihn verwirrt hatte.

»Hier steht Diana, splitterfasernackt, den Blicken eines jeden Gassenjungen und Händlers ausgesetzt. Der Sage nach aber zahlte der unglückliche Aktaion für einen kurzen Blick auf ihre Nacktheit einen hohen Preis: Er wurde in einen Hirsch verwandelt und von seinen eigenen Hunden zerfleischt.«

Erstaunt sah er mich an, sein Gesicht halb unter dem breitkrempigen schwarzen Hut verborgen. »Und woher weiß ein Mädchen, das behütet in der Grafschaft Surrey aufgewachsen ist, vom Unglück des armen Aktaion?«

»Es hat den Ovid ihres Großvaters gelesen. Ich sagte doch, ich habe eine umfangreiche Erziehung genossen.«

»In der Übersetzung von Kit Marlowe?«, fragte er mit plötzlichem Eifer. »Welch neue Welt er uns allen durch sein Werk erschlossen hat!«

Nun konnte ich wirklich glänzen. »Nein. Ich habe es im Original gelesen. Mein Großvater erteilte mir Unterricht in Latein.« Ganz gleich, ob es sich gehörte oder nicht, ich genoss es, denn er wirkte verblüfft.

»Miss Ann More, Ihr überrascht mich immer wieder.«

»Und Ihr, Master Donne, seid so leicht zu durchschauen wie ein offenes Buch!«

Ich drehte mich auf dem Absatz um und ging auf die Goldschmiede zu, in der ich meine Tante vermutete.

»Miss More …« Selbstverständlich wollte Master Donne das letzte Wort haben, doch ich war nicht bereit, ihm dieses Vergnügen zu gewähren. »Ihr findet Eure Tante vor dem Geschäft des Tuchhändlers dort. Erst gerade kam sie hier vorbei und hat Euch zugewinkt.«

In den Tagen nach dieser Begegnung traf ich Master Donne weder bei Tisch noch in den verschlungenen Gängen von York House. Entweder ging er mir aus dem Weg oder mein Onkel hatte ihn zwecks weiter entfernt liegender Angelegenheiten auf Reisen geschickt.

Wie auch immer, ich beschloss, nicht mehr an ihn zu denken. Mittlerweile wünschte ich mir sogar, ich hätte Francis nie gebeten, mir seine Gedichte zu beschaffen. Sie hatten etwas an sich, was das Blut in Wallung brachte und selbst mir gottlos erschien. Ich vertrieb diese Gedanken und machte mich im Haushalt meiner Tante nützlich, die mir gegenüber endlich milder gestimmt war. Ich spielte mit den kleinen Töchtern von Sir Thomas dem Jüngeren und unternahm so oft wie möglich Spaziergänge mit meinem Cousin, der mir stets ein unterhaltsamer Gesellschafter war.

So besuchte ich mit Francis einige Wochen später die Gerichtshöfe. Auf meine Bitte hin nahmen wir uns Zeit für ein Gebet in der Templerkirche, wo uns die geheimnisvollen

Schatten aus den längst vergangenen Zeiten der Tempelritter umgaben. Anschließend machten wir uns auf den Weg zur Bibliothek von Lincoln's Inn, neben der altehrwürdigen Halle an der Chancery Lane gelegen, wo Francis nach einem bestimmten Text suchte, den er für seine Studien benötigte.

Seit ich ein kleines Mädchen war und ganz allein in der Bibliothek meines Großvaters gesessen hatte, fühle ich mich an Orten wie diesem besonders wohl. Ich liebte die Stille, die jedoch nicht leer war, sondern gelegentlich vom leisen Umblättern der Seiten oder einem erleichterten Seufzer unterbrochen wurde. Hier, in diesem Raum mit den verzierten Fenstern, der geprägt war von gelehrter Schweigsamkeit, vermittelte mir die Einrichtung aus englischer Eiche ein ganz besonderes Gefühl von Trost. Flackerndes Kerzenlicht warf einen Schatten auf vergilbtes Pergament und jedermann stillte seinen Wissensdurst, während man die Zeit und die Notwendigkeit der Mahlzeiten völlig vergaß. So wie mein Großvater, den ich, als ich erst zehn Jahre alt war, des Öfteren am Ärmel zog und auf die Uhr hinwies.

Ich lächelte beim Gedanken an diese Erinnerung.

»Liegt es an Eurem viel gepriesenen Wissensdurst, dass ihr an einem Ort wie diesem so zufrieden wirkt, Miss More? Würde sich jemand in Eurem Alter nicht am Royal Exchange, der königlichen Börse, mehr zu Hause fühlen? Nicht eher zwischen all den Händlern dort, die hübschen Krimskrams feilbieten, als in diesem verstaubten Raum zwischen altehrwürdigen Gelehrten?«

Überrascht blickte ich auf und erkannte in dem Gentleman, der mir gegenübersaß und seinen Kopf in einem Buch vergraben hatte, das über einen Fuß lang und beinahe ebenso dick war, den Sekretär meines Onkels. Seine eindeutig missbilligenden Worte waren auf die altehrwürdigen Gelehrten um uns herum gemünzt.

Er erhob sich und näherte sich mir in genau dem Augenblick, als Francis hinter einer großen Wand mit Büchern hervorkam.

»John, du kommst gerade recht. Ich suche nach einer Schrift aus der neuen Sammlung von Sir Thomas North, die ich dringend für meine Studien benötige, doch hier hat man mir gesagt, sie sei nicht vorhanden.«

»Den Band, der erst vor zwei Jahren erschien? Er muss hier sein, schließlich ist der Verfasser Mitglied dieser Einrichtung.«

Francis und ich sahen zu, wie sich Master Donne ungeachtet der älteren Gentlemen davonmachte, die aufgrund dieser Störung unwillig mit den Füßen scharrten und Unverständliches murmelten, um kurze Zeit später mit einem schmalen, in Kalbsleder gebundenen Buch wieder zu erscheinen. »Ich vermute, der Bibliothekar besaß die Unverschämtheit, es für sich selbst zurückzulegen. Denn North erweckt die Antike zum Leben wie kein Zweiter.«

»Vielen Dank, John. Und da ich schon das Glück habe, dich hier zu treffen, sag mir doch, welche Übersetzung von Homer du mir empfehlen kannst.«

»Aber Francis«, er schüttelte den Kopf, und nichts in seinem Blick wies auf die scharfen Worte hin, die folgen sollten. »Ein wenig mehr Mühe könntest du dir schon geben! Homer solltest du doch in der ursprünglichen Fassung lesen können, oder? Ich bin sicher, dass Miss More ebenso verfährt?«

Ich sah ihm in die Augen, um zu prüfen, ob er sich auf meine Kosten einen Scherz erlauben wollte. Er aber verzog nur amüsiert das Gesicht und ich wusste nicht, ob er sich über mich lustig machte oder nicht.

Als wir auf den gepflasterten Hof von Lincoln's Inn hinaustraten, hatte es begonnen, zu regnen. Ich wollte so schnell wie möglich nach Hause zurückkehren, um mir im Londoner Schlamm nicht die Röcke zu beschmutzen. »Warum hast du Master Donne nach seiner Meinung zu Homer gefragt?« Beim Vorbeifahren einer Kutsche spritzte das stinkende Wasser einen Fuß hoch in unsere Richtung, und ich drängte mich an meinen Cousin. »Mein Onkel könnte das sicher besser beurteilen!«

»Ich schätze seine Meinung. Für Master Donne ist Lesen so

selbstverständlich wie für andere das Atmen. Du darfst nicht so streng über ihn urteilen, Cousinchen, nur weil du von seinen Gedichten schockiert warst. Du wolltest sie doch unbedingt lesen, weißt du das etwa nicht mehr? Dabei waren sie keineswegs für jemanden wie dich gedacht.« Er sah mich prüfend an. »Nun ja. Ich vermute, auch dich haben sie berührt und das kannst du ihm nicht vergeben.«

Ich ließ den Arm meines Cousins los und richtete mich kerzengerade auf, da die Gefahr vorüber war.

»Was redest du da für einen Unsinn, Francis, und das, obwohl du die Lehre der Moral und die Philosophie studierst.«

»Moral und Philosophie finden sich nicht in Büchern allein, liebste Ann. Wie du vielleicht noch feststellen wirst!«

Ich hätte es niemals zugegeben, aber mit seiner Vermutung lag er gar nicht so falsch. Ich war auf Master Donne tatsächlich wegen der Gefühle wütend, die seine Verse in mir geweckt hatten. Ich hatte einen Blick auf eine verborgene, leidenschaftliche Welt erhascht.

Auf dem Weg zurück nach York House fühlte ich die beginnende Kälte des nahenden Winters. Schon bald würde das Parlament aufgelöst werden, und alle würden sich in Gedanken mit der Weihnachtszeit und den Feierlichkeiten der Zwölften Nacht beschäftigen, an denen alle im Land stets mit Freude teilnahmen, ganz gleich ob arm oder reich. Die Aussicht auf Fröhlichkeit ließ uns den harten Winter überstehen.

Ich war froh, des Nachts meine kalten Füße an einem heißen Ziegelstein wärmen zu können, und zog mir die mit Pelz besetzte Decke bis unter das Kinn, um den kalten Wind abzuhalten, der gelegentlich vom Fluss herüberwehte. Die letzten Winter waren so bitterkalt gewesen, dass sogar die Themse gefroren war. Die Leute sagten, der kommende Winter könne durchaus kalt genug werden für den Frostjahrmarkt – und der fand nur statt, wenn der Fluss so fest zugefroren war, dass seine Oberfläche Ross und Reiter trug und in der Mitte provisorische Schenken aufgebaut werden konnten.

Dann war Vollmond. Ich stand mit Francis im weitläufigen Säulengang von York House und sah hinaus in den Garten. Wir betrachteten die mit Reif bedeckten Bäume, die kahl und überdeutlich im Mondlicht hervorstachen wie geschwärzte Knochen.

Ich war ganz versunken in diesen erhabenen Anblick, als Mercy mit einem kleinen Päckchen erschien. »Das ist für Euch, Miss.«

»Von wem?« Ich fragte mich, ob meine Großmutter von Loseley oder meine geliebte Schwester Beth von Camois Court einen Boten geschickt hatte.

»Ich weiß es nicht, Miss. Der Hausverwalter hat es auf einem Tisch in der Nähe des Hauptportals gefunden. Es ist an Euch adressiert.«

Ich entfernte die Umhüllung aus Stoff und fand ein Bündel Papiere, das locker in eine Lederhülle gebunden war und dessen einzelne Seiten mit verschiedenen Psalmen beschrieben waren.

Um mich zu ärgern, zog Francis eine Notiz aus der Umhüllung, und bevor ich ihn daran hindern konnte, las er sie laut vor: »Als Zeichen meiner großen Reue, da ich Euren scharfen Verstand der Ruchlosigkeit meiner Verse ausgesetzt habe, sende ich Euch als Entschädigung diese Zeilen in der Übersetzung von Mary Sidney, der Countess of Pembroke, deren geistreiches und humorvolles Werk, das nach seiner Fertigstellung der Königin zuteil werden wird, ich zutiefst bewundere.«

Francis sah mich an und brach in Gelächter aus. »Nun, Ann, gegen diese Verse kannst du wirklich keine moralischen Bedenken vorbringen. Eine Übersetzung der Psalme des David – und das auch noch von einer Frau! Master Donne will dir wohl mit heiligem Gedankengut Zerstreuung bieten. Womöglich hast du ihn bekehrt, obwohl ich für meinen Teil nur hoffen kann, das das nicht der Fall ist!«

Ich riss ihm die Notiz aus der Hand.

Doch Francis gab keine Ruhe. »Du bekommst diese Zeilen noch vor Ihrer Majestät zu Gesicht! Hoffentlich bist du dir dieser Ehre bewusst. Ich frage mich, welche Botschaft dir John damit zu übermitteln versucht? Dass er gottesfürchtig sein kann? Oder dass er, entgegen allem Anschein, Geist und Witz einer Frau ebenso zu schätzen weiß wie ihre irdischen Vorzüge?«

Ich gab keine Antwort, denn, genau wie Francis, war ich mir nicht sicher, was Master Donne bezweckte. Dennoch fühlte ich mich geschmeichelt, dass er sich die Mühe gemacht hatte, mir anstelle von Belanglosigkeiten etwas Geistreiches zu schicken. Vielleicht war Master Donne einfach geübt in der subtilen Kunst, zu schmeicheln, und konnte der Versuchung nicht widerstehen, ein so junges und unerfahrenes Mädchen wie mich in seinen Bann zu schlagen.

Ich erinnerte mich daran, was ich beim Lesen seiner Gedichte empfunden hatte, wie tief sie mich berührt hatten und wie sehr ich ihm all das verübelte.

Als ich an diesem Abend allein war, öffnete ich den Umschlag und schlug zufällig Psalm 52 auf. Ich begann die Übersetzung der Countess of Pembroke zu lesen, die an den großen Verführer, Satan, gerichtet war.

Was pochst und trotzest du beim Bösen,
verächtlicher Tyrann?

Heißt das, dein Volk vom Feind erlösen,
was du anjetzt getan?

Dein Herz, das stets auf Unheil sinnet,
macht deine Zunge zum Schwert,
von dem nur Trug und Falschheit rinnet,
das überall verheert.

Der Wahrheit und des Guten Feind,
bist du der Lügen Freund.
Verruchter, sieh, der HERR ist treu
und steht mir immer bei.

Während ich las, merkte ich zu meinem eigenen Entsetzen, dass ein Lächeln meine Lippen umspielte und sich das Bild eines Gesichts vor meinem inneren Auge abzeichnete, das ganz und gar nicht dem des Satans entsprach.

Falls Master Donne die Absicht hegte, mir durch die Tugendhaftigkeit dieser Verse vor Augen zu halten, dass auch er dieser Eigenschaft fähig war, so war sein Vorhaben gründlich misslungen.

Bald darauf erkrankte die Gemahlin von Thomas, dem Sohn des Lord Keeper, an einem Fieber und ich wurde zu sehr davon in Anspruch genommen, mich um die drei kleinen Töchter zu kümmern, als dass ich überhaupt einen Gedanken an Master Donne oder meine eigene Seele hätte verschwenden können.

Ich spielte mit den kleinen Mädchen und hörte mir allerlei Pläne für Feierlichkeiten und Maskenspiele an, die in York House an den Weihnachtstagen bevorstanden. Obwohl ich das Landleben dem in der Stadt immer vorgezogen hatte, sah ich dem Tag, an dem ich London verlassen musste, um die Weihnachtszeit auf Loseley zu verbringen, mit einem traurigen Seufzer entgegen.

Mary hatte entschieden, in Mile End bei den Throckmortons zu bleiben, und Margaret, die wieder einmal ein Kind erwartete, zog es vor, sich auf ihrem friedlichen Landsitz in Peckham zu verkriechen. So versammelte sich nur ein kleines Grüppchen in Surrey, um die Geburt des Erlösers zu feiern.

Die Freude über ein Wiedersehen mit meinen geliebten Großeltern entschädigte mich jedoch für alles. Schon bald war ich eifrig damit beschäftigt, den Armen der Gemeinde die jährliche milde Gabe zukommen zu lassen, was nach den Missernten der letzten Jahre und nach der Auflösung der Klöster umso mehr von Nöten war. Ich selbst war zwar davon überzeugt, dass die Mönche so verdorben waren, wie sie von jedermann dargestellt wurden, die Armen jedoch hatten besonders im tiefsten Winter unter ihrem Verschwinden zu leiden.

Denn sie waren auf deren Almosen und Lebensmittel angewiesen, um nicht im nächsten Graben zu verhungern.

Dank ihrer fleißigen Hennen hatte meine Großmutter mir einen beerenroten Umhang schneidern lassen, der mit Fuchspelz abgesetzt war. Frances hatte mir ein Bildnis meines Katers Perkin gemalt, das mich zum Lachen brachte, da es seinen Ausdruck glückseligen Müßiggangs sehr gut einfing. Großvater schenkte mir einen Band von Chaucer, seinem Lieblingsdichter. Und ich genoss die Freude, die sich auf den Gesichtern meiner Lieben abzeichnete, als sie die Geschenke auspackten, die ich aus London mitgebracht hatte. Ich hatte sie bei meinen Ausflügen in die Stadt gekauft: einen hübschen Vogelkäfig mit einem lebendigen kleinen Finken für Frances, einen vergoldeten Fächer für meine Großmutter, hinter dem sie mit großer Geste für uns posierte, und ein Paar fein gearbeiteter, aber fester, mit Lavendel parfümierter Lederhandschuhe für meinen Großvater.

»Man hat mir versichert, sie seien auch ein Schutz vor dem Bösen.« Zu seiner Erheiterung gab ich die Geschichte zum Besten, die der Handschuhmacher mir in den glühendsten Farben geschildert hatte. »Es heißt, Maria, die Mutter Gottes, habe die Windeln des Jesuskinds zum Trocknen über einen Lavendelstrauch gehängt und dieser habe ihr seinen Duft zum Geschenk gemacht. So bietet nun Lavendel, abgesehen von seinem Wohlgeruch, gleichermaßen heiligen Schutz.«

Nach Weihnachten hatte ich jedoch derart wenig Unterhaltung auf Loseley, dass ich schuldbewusst aufatmete, als meine Tante mich nach York House zurückbeorderte, wo ihr meine guten Dienste fehlten.

»Ohne deine lebhafte Gesellschaft ist uns hier die Zeit recht lang geworden«, begrüßte mich meine Tante und umarmte mich herzlich. Mein Vergehen, eine Stellung am Königshof abzulehnen, schien also vorläufig vergessen. »Nichts als Rechtsgelehrte um mich herum! Ich drohte schon, in einem Meer aus Schwarz zu ertrinken. Also beschloss ich, mich ein wenig aufzuheitern und ein Bankett zu Ehren deines Vaters zu geben, weil er in den Ritterstand erhoben wird. Glaubst du, das würde ihm gefallen?«

Ich konnte mir wenige Dinge vorstellen, die ihm besser gefielen als eine Hundertschaft, die sich zu seinen Ehren und auf Kosten anderer den Bauch vollschlug.

»Ja, Tante, sicherlich bereitete ihm ein solches Fest großes Vergnügen – auch wenn er es in aller Demut und Bescheidenheit von sich weisen würde.«

»Demut und Bescheidenheit? Seitens meines Bruders? Ann, mach die Augen auf und vertreib die winterlichen Spinnweben aus deinem Verstand!«

Also begannen wir mit der Planung des Banketts. Der Ritterschlag meines Vaters sollte in der Fastnachtszeit stattfinden, in der stets ausgelassen gefeiert wurde, bevor die Fastenzeit begann. Ich war glücklich, dass sowohl meine Großeltern als auch meine Schwestern Margaret, Mary und Frances eingeladen waren, um mit uns in York House zu feiern.

Nur Beth würde fehlen, aber zu meiner großen Freude erwartete sie bald ein Kind und wagte nicht, so kurz vor der Niederkunft eine derart weite Reise auf sich zu nehmen.

Und um mir von Beth zu berichten, reiste an einem sonnigen Morgen meine Schwester Mary an.

Begierig, etwas über den Zustand meiner Schwester zu erfahren, lief ich ihr entgegen. Etwas an der Miene meiner Schwester veranlasste mich, sie zu bedrängen, noch bevor sie ihren Umhang abgelegt hatte, den sie gegen die Februarkälte eng um sich geschlungen hatte. »Geht es unserer Schwester gut? Wann wird sie zur Geburt alle Vertrauten um sich scharen?«

»Sir John hat uns gestern in Mile End einen Besuch abgestattet, als er auf dem Weg zur Jagd mit dem Duke of Suffolk war.«

»Brachte er Neuigkeiten von Beth?«, fragte ich eifrig und stellte mir meine liebe Schwester Beth singend beim Nähen winziger Nachthemdchen und Windeln vor. Mutter zu werden passte so viel besser zu ihrem sanften Wesen als zu mir selbst. »Wie geht es ihr?«

Mary reichte ihren Umhang einem der Dienstboten und nahm meine Hand. »Es scheint, sie leidet«, sagte sie sanft. »Sie schickt nach uns, besonders nach dir, Ann, um ihr bei der Niederkunft beizustehen.«

»Steht die denn nicht erst in einigen Wochen bevor?«

»Wie Sir John sagte, mag es noch sechs Wochen dauern. Aber sie möchte dich bei sich haben, sobald du hier abkömmlich bist.«

Das Bild meiner singenden Schwester wich dem einer Beth, die sich schutzlos und verlassen fühlte. Ich beschloss, ungeachtet all der Zerstreuung, die mich hier erwartete, so schnell wie möglich zu ihr zu reisen.

Von all den Prüfungen, die einer Frau in ihrem Leben bevorstehen, ist die Geburt eines Kindes wohl die beängstigendste. Unsere Mutter war gestorben, als sie Frances das Leben schenkte. Die Freude, ihr Neugeborenes in den Armen zu halten, war ihr nicht vergönnt, stattdessen musste sie nur umso schneller vor unseren Schöpfer treten. Ich fragte mich, ob Beth diesen schrecklichen Gedanken vor Augen hatte, in kalten dunklen Nächten, wenn der Verstand sich weigert, tröstliche Wärme und Frieden anzunehmen, sondern abschweift zum kalten Abgrund von Schmerz und Tod.

»Ich werde unsere Tante fragen, wann ich mich auf den Weg machen darf. Wirst du auch kommen, Mary?«

»Ich hoffe es, aber ich weiß es noch nicht.« Seufzend wandte sie den Blick ab. »Ich muss mich um meinen eigenen Haushalt kümmern.«

Erst in diesem Augenblick fiel mir auf, wie verändert sie wirkte, beinahe nur noch ein Schatten ihrer selbst. Sie schien wie verblichenes Pergament, als habe sie ihr lebhaftes Wesen an einem entfernten Ort weggeschlossen.

»Ist es die Sorge um Beth, die dir so viel Kummer bereitet, Schwester?«

Zögernd sah Mary mich an, als sei sie nicht sicher, ob sie antworten sollte oder nicht. »Kannst du ein Geheimnis bewahren, Ann?«

Am verängstigten Klang ihrer Stimme erkannte ich, dass es sich um etwas Bedeutungsvolles handeln musste, und nickte ernsthaft.

»Es geht um meinen Gemahl. Besser gesagt, um seine Schulden. Er tut, als sei alles in bester Ordnung. Aber ich weiß, dass er eine Menge verspielt und sich Geld geliehen hat, und um diese Schulden zu begleichen, musste er sich noch mehr leihen.« Sie ergriff meine Hände und presste sie so fest, dass die Knöchel weiß hervortraten. Nie zuvor hatte ich meine tapfere, furchtlose Schwester derart niedergeschlagen erlebt. »Diese Papiere habe ich in seiner Ankleidekammer gefunden. Ann, die Schulden sind furchtbar hoch!« Ihre sonst so weiche und melodische Stimme klang schrill vor Angst. »Und sieh hier, alles weist auf einen Master Matthew Freeman aus Fairby in der Grafschaft York hin. Was hat das nur zu bedeuten?«

»Ist dir dieser Master Freeman völlig unbekannt?«

Mary schüttelte den Kopf.

»Was sagt Nick zu alldem?«

»Er weigert sich, über Geld zu sprechen. Wenn ich die Angelegenheit erwähne, macht er sich schreiend und tobend davon.«

»Glaubst du, es könnte sich bei diesem Mann vielleicht um einen Geldverleiher handeln?«

Daraufhin begann Mary, leise zu schluchzen. Ich war zutiefst erschüttert, denn nie zuvor hatte ich sie so gesehen, nicht einmal, als unsere Mutter starb. Mary hatte einfach ihr junges Rückgrat aufgerichtet und Frances auf den Arm genommen. Sie war ein Fels in der Brandung gewesen und hatte wesentlich mehr Stärke gezeigt als unser Vater, der sich nach seinem schmerzhaften Verlust auf sein Schlafgemach zurückgezogen und Gott und die Welt verflucht hatte – den Himmel, den Arzt, sogar die kleine Frances selbst. Mary aber, damals erst zwölf

Jahre alt, dünn wie ein Schilfrohr und kaum fünf Fuß groß, kümmerte sich um alles. Mithilfe meiner Großmutter bestellte sie den Priester, schickte nach meiner Tante (auf die die Königin nur widerstrebend bei Hof verzichtete) und spendete meinem Vater Trost, so gut sie es vermochte.

»Die Summe beläuft sich auf zweihundert Pfund!«

Ich rang nach Luft. Das war ein Vermögen!

»Und er besteht auf sofortiger Zahlung. Ann, dieser Gentleman aus dem Norden hat *mir* geschrieben und um ein Treffen gebeten, um zu besprechen, wie man den Verpflichtungen meines Ehemannes nachkommen könnte.«

»Dir? Warum wendet er sich nicht an Nick?«

Abermals schluchzte sie.

»Er ist im Besitz eines Briefes. An einen Gentleman, dessen Bekanntschaft ich gemacht habe. Der Bote, der ihn überbringen sollte, muss mich hintergangen haben.«

»Wer ist dieser Gentleman?«

»Jemand, dem ich mich zugewandt habe, als ich die Sorge, die Nick mir bereitet, nicht länger allein ertragen konnte.«

»Und was hast du ihm in diesem Brief geschrieben?«

»Dinge, die ich jemandem, mit dem ich nicht verheiratet bin, nicht hätte schreiben sollen. Und nun droht Master Freeman, mich bloßzustellen.«

»Aber ist denn nicht Nick derjenige, der einen Fehler begangen hat?«

»Er wird das Ganze herumdrehen und mir vorwerfen, ich hätte die größere Sünde begangen. Ich kenne das Wesen seines Verstands. Ich muss mir den Brief von diesem Master Freeman zurückholen. Aber dennoch – oh, Ann – was geschieht, wenn Nick von meiner Schwäche erfährt?«

Ich war derart aufgebracht, meine starke und tapfere Schwester so niedergeschlagen zu sehen, dass ich einen törichten Vorschlag machte. In einem verzweifelten Versuch, ihren Kummer zu lindern, nachdem sie den unseren so tapfer gemildert hatte, fragte ich: »Wäre es vielleicht hilfreich, wenn ich, die ich mit der ganzen Angelegenheit nichts zu tun habe, diesen Gentleman aufsuchte?«

»Hoffentlich kommt es erst gar nicht so weit! Ich habe noch das mit Amethysten und Smaragden besetzte Halsband. Das werde ich erst einmal verkaufen.«

»Oh, Mary, die Halskette unserer Mutter?«

Mary wandte den Blick ab, eine Träne lief ihr über die Wange und schimmerte im Sonnenlicht, ebenso wie ihr ganzes Gesicht, aber leider nicht vor Freude.

»Besser als in Schmach und Elend zu leben!«

»Gibt es denn niemanden sonst, an den du dich wenden könntest? Wie wäre es mit Vater?

»Vielleicht würde er helfen, aber Constance würde ihn gegen mich aufbringen. Du darfst nicht vergessen, dass ich es war, die auf einer Hochzeit mit Nick bestand. Ich habe Vater mit allem überzeugt, was ich über Nicks Verbindungen und seine Aussichten erzählt habe. Oh, Ann, ich kann mich doch nicht dazu bekennen, dass wir so tief gesunken sind und der Schuldturm uns bereits erwartet! Ich muss eine andere Lösung finden.«

Das konnte ich nicht bestreiten. Wie gern hätte ich ihr meine Hilfe angeboten. Mir fiel der Rest der Einnahmen aus Großmutters Geschäft mit den Hühnereiern ein. Ich griff nach dem Beutel unter meinem Kleid und reichte ihn Mary.

Sie weinte bitterlich. »Ann, ich kann dir doch nicht die paar Pennys nehmen!«

»Bitte, Schwester. Du brauchst sie dringender, und mir fehlt es hier an nichts.«

Mary lächelte traurig und schob den Beutel zu mir zurück. »Die Wahrheit ist, meine kleine Ann, es wäre nur ein Tropfen auf den heißen Stein.« Sie wischte sich die Tränen ab und sah mich von der Seite an. »Übrigens, Schwester, wie ich von unserem Cousin Francis gehört habe, hast du ein Herz erobert.«

Ich erschrak und geriet mehr in Aufruhr, als mir lieb war. »Wenn du auf denjenigen anspielst, den ich im Sinn habe, so ist sein Herz gut abgeschirmt. Ich vermute, es war eher seine Eitelkeit, die ihn veranlasste, Notiz von mir zu nehmen. Er hält mich für ein unbeschriebenes Blatt, auf dem er seine Gedanken zu Papier bringen kann.«

»Dann wird er erstaunt darüber sein, wie viele Seiten bereits beschrieben sind. In dir steckt eine Menge, und du bist voller Widersprüche, Ann.«

Wir gingen hinunter in den Großen Saal, wo mein Vater in der Tracht, die er bei Hof tragen würde, unter dem Beifall meiner Tante für seine Parade probte. Für einen Mann von derart niedrigem Wuchs sah er großartig aus. Ich dachte darüber nach, ob das Geld, das dieser feine Aufzug gekostet hatte, Marys Not hätte lindern können. Das schien jedoch so unwahrscheinlich, als würde ein mit spanischen Schatzkisten beladenes Schiff an den Stufen zu York House vor Anker gehen.

»Was haltet ihr von meinem neuen Aufzug, meine Damen?« Mein Vater machte eine Drehung, damit wir ihn bewundern konnten.«

Ich brachte es nicht übers Herz, ihm zu sagen, dass er mich in meiner gegenwärtigen Stimmung an das Äffchen eines Edelmanns erinnerte, das sich mit fremden Federn schmückt.

»Vater«, sagte ich, »Mary bringt eine Nachricht von Beth. Sie fürchtet, ihre Niederkunft steht eher bevor als erwartet, und Sir John ist auf der Jagd und hat sie allein gelassen. Sie bittet mich, so bald wie nur möglich nach Camois Court zu reisen, um ihr beizustehen.«

Ich wagte es nicht, auszusprechen, welche Sorgen ich mir machte, nach dem, was mit meiner Mutter geschehen war. Denn mein Vater hielt seinen Schmerz stets unter Verschluss und wehrte sich dagegen, dass jemand ihn freiließ.

An diesem Tag benahm er sich wie ein verzogenes Kind. »Beths Niederkunft steht erst in einigen Wochen bevor. Darüber hinaus hat sie außer dir noch weitere Vertraute in ihrer Nähe. Sir Johns Mutter und seine Schwestern sind sicher schon dort. Sie brauchen deine Hilfe nicht.« Er klang verdrießlich und störrisch, was grundsätzlich der Fall war, wenn er gegen heftigen

Widerstand seinen Willen durchsetzen wollte. »Viele Kirchenmänner vertreten die Ansicht, dass all diese Zeremonien ohnehin viel zu weit gehen würden. Reverend Able verwies auf mehr als fünfzig Verwandte, die um ein Kindbett herumstanden und so viel Wein und Kräutertee zu sich nahmen wie eine ganze Armee. So etwas kann ich nicht gutheißen. Derart viele Frauen auf so engem Raum erhöhen die Gefahr einer Infektion, sie sollten sich lieber fernhalten!«

»Sicher habt Ihr recht, Vater«, pflichtete ich ihm besänftigend bei. »Aber Mary sagt, Beth ist ganz allein und hat Angst. Das tut dem Ungeborenen doch sicher nicht gut?«

»Ein Kind zur Welt zu bringen, ist Teil der Natur«, erklärte mein Vater, und am liebsten hätte ich einen Krug nach ihm geworfen. »Tag für Tag schaffen die Tiere auf dem freiem Feld und die einfachen Landfrauen das ganz allein. Beths Furcht ist unbegründet.« Bestürzt sah ich ihn an. War er mittlerweile so verschlossen, dass er sich nicht einmal an den Verlust seiner geliebten Gemahlin erinnerte?«

»Ich würde mich gern auf den Weg machen, Vater, wenn meine Tante mich entbehren kann.«

»Aber *ich* kann dich nicht entbehren, und nun Schluss damit. Ich möchte, dass du dabei bist, wenn ich bei Hof zum Ritter geschlagen werde.« Sein Tonfall klang milder, und er legte mir einen Arm um die Schultern. »Ich möchte, dass du ein neues Kleid bekommst, damit du die Schönste von allen bist. Meine Schwester wird dir helfen, etwas Passendes auszusuchen, das wirst du doch, Elizabeth?«

Meine Augen strahlten beim Gedanken an ein neues Kleid, aber mein Gewissen ließ mir keine Ruhe. Was würde er tun, wenn ich an meiner Meinung festhielt? Mich auf mein Schlafgemach verbannen? Mich in York House einsperren?

»Aber Vater, was wird, wenn es Beth schlechter geht?«

Allmählich verlor mein Vater die Geduld mit mir. »Tochter, Schluss damit! Deine Großeltern und du, ihr kommt mit zum Königshof, wenn ich in den Ritterstand erhoben werde. Das verlangt ganz einfach die Familienehre. Anschließend kannst du dich auf den Weg zu deiner Schwester machen.«

Gern hätte ich weitere Argumente vorgebracht, aber die Vernunft siegte – und der Gedanke an den zimtfarbenen Satinstoff, den ich in einer Auslage der neuen königlichen Börse gesehen hatte. Machten die paar Tage wirklich einen Unterschied?

»Ich darf also gleich am nächsten Morgen zu Beth aufbrechen?«

»Du bist hartnäckig wie ein Floh auf dem Misthaufen, Ann! Dein künftiger Ehemann ist jetzt schon zu bedauern.« Gereizt fügte er hinzu: »Wenn du jemals einen findest.«

Zwei Dinge entschädigten mich für die Sturheit meines Vaters: der zimtfarbene Satin und die Ankunft meiner Großeltern.

Meine Tante hatte mich gebeten, ihnen mein Schlafgemach zur Verfügung zu stellen und selbst solange in einen kleineren Raum umzuziehen, was ich gern zu tun bereit war.

Den Vormittag, an dem die Ankunft meiner Großeltern bevorstand, verbrachte ich an den Stufen zum Fluss in freudiger Erwartung. Ich war so aufgeregt, dass ich trotz der Kälte im Februar am liebsten ins Wasser gehüpft wäre, als ich die sich nähernde Barke sah, die der Lord Keeper nach Southwark geschickt hatte und auf der sich außer meinen Großeltern auch meine Schwester Frances und Prudence, die Kammerfrau meiner Großmutter, befanden.

Prudence stieg als Erste aus und half meiner Großmutter, an Land zu kommen. Voller Selbstzufriedenheit flüsterte sie mir zu: »Stephen, der Kammerherr, raste vor Wut wie ein aufgespießtes Wildschwein, als er erfuhr, dass man mich auf die Reise mitnehmen würde und nicht ihn. Mylady hat noch nie viel von männlichen Bediensteten gehalten, deshalb bin nun ich hier in London.«

Als Nächster stieg Sir William, mein Großvater, aus. Mir fiel auf, dass er, obwohl ich ihn erst kürzlich gesehen hatte, plötzlich deutlich gealtert war. Wenn wir allein wären, so nahm ich mir vor, würde ich meine Großmutter fragen, wie es ihm ging.

»Nun, Ann, lass dich anschauen«, verlangte meine Großmutter. Mit Erleichterung stellte ich fest, dass sie forsch und munter war wie eh und je.

Zu dieser besonderen Gelegenheit trug sie über ihrem üblichen streng schwarzen Gewand eine dicke doppelreihige Silberkette. Zweifellos dazu gedacht, den wohlhabenden Kaufleuten der Stadt und den angereisten Aristokraten in nichts nachzustehen, glich sie mit diesem Schmuckstück jedoch eher dem Lord Mayor von London.

»Was für eine beschwerliche Reise!«, klagte sie. »Zwischen Loseley und Guildford war der Schlamm so tief, dass wir aussteigen und wie die Pilger hintereinander herlaufen mussten.« Ich musste mir ein Lächeln verkneifen. In den Augen meiner Großmutter kam so gut wie nichts ihrem geliebten Loseley gleich. Andernfalls hätte ihr das sicher die Freude am Leben verdorben.«

»Ich habe etwas für dich, Ann.« Sie reichte mir einen Korb, der mit einem karierten Tuch bedeckt war. »Ein wenig Obst aus unserem Gewächshaus.«

Plötzlich bewegte sich das Tuch. Ich schrie auf, denn ich dachte schon, es sei ein Spuk. Doch als ich das Tuch zurückzog, fand ich darunter meinen Kater.

»Ihr habt Perkin mitgebracht!«, rief ich voll Freude.

»Es ist nichts mehr mit ihm anzufangen, seit du weg bist. Er taugt weder für Menschen noch für Tiere. Die Mäuse tanzen ihm auf der Nase herum, und er reibt sich nur ab und zu die Pfoten. Vielleicht kehren beim Anblick der Londoner Ratten seine Lebensgeister zurück. Du siehst gut aus, Ann. Ich dachte, nur auf dem Land haben die Mädchen rosige Wangen, doch du kommst mir vor wie eine aufblühende Rose vor einer grünen Hecke.«

»Das liegt an ihren beiden Verehrern«, sagte Mary augenzwinkernd. Für einen Moment schien sie bei all der Freude über das Wiedersehen mit unseren Großeltern ihren Kummer vergessen zu haben.

»Zwei?« Mein Vater sah sich suchend nach Mary um. Doch die war längst verschwunden, um meinem Großvater, den nach langen Reisen meist seine steifen Glieder quälten, einen bequemen Stuhl zu holen.

»Ann!« Mein Vater ließ nicht locker. »Was hat deine Schwester damit gemeint?«

»Ich habe genau das Richtige für Großvaters Knie«. Hastig machte ich mich davon. »Meine Tante und ich haben es für den Lord Keeper zubereitet. Großmutter wird davon begeistert sein. Ein *Flos unguentorum* aus Kräutern und Schafstalg.«

Auf dem langen Gang blieb ich stehen und holte tief Luft. Beim Gedanken an den Mann, den Mary als einen meiner Verehrer bezeichnete, rauschte mir das Blut in den Ohren.

Wie idiotisch wäre es doch, der Verführungskunst eines Mannes zu erliegen, dessen Zügellosigkeit mir bestens bekannt war.

7

An dem Tag, als mein Vater in den Adelsstand erhoben werden sollte, kleidete ich mich sorgfältig an, obwohl meine Gedanken immer wieder zu der Bemerkung meiner Schwester Mary über mich und Master Donne abschweiften. Mir fiel auch wieder ein, welch bedrückendes Geheimnis sie mir anvertraut hatte, und ich fragte mich, wie es ihr gelingen sollte, das Problem zu lösen und dabei gleichzeitig die Ehre unserer Familie zu wahren.

Lächelnd half Mercy mir beim Anziehen meines neuen zimtfarbenen Satinkleides, dessen Trägerrock mit grünen Efeuranken bestickt war. Neuerdings waren Kleider in Mode, die aussahen, als wären sie von tausend Messerschnitten aufgeschlitzt. Dabei war die farbige Schattierung der unteren Stoffschicht durch die Schlitze hindurch zu sehen, sodass ein aufwendiges Muster entstand. Lächerlich, wie eine Vogelscheuche! Ich dagegen bevorzugte nach wie vor Kleider mit hoch angesetzter Taille, abgeflachtem Brustbereich und fein gewebter Halskrause, in denen man sich leicht fühlt wie Distelwolle – selbst wenn das in Wahrheit keineswegs der Fall war.

»Bring mir mein Schmückkästchen«, bat ich Mercy. »Heute werde ich den Amethystring meiner Mutter tragen.«

Der Ring funkelte in seiner purpurfarbenen Lederschatulle. Ich steckte ihn mir auf den Ringfinger und wickelte die schwarze Seidenkordel, die daran befestigt war, dreimal um mein Handgelenk. Es heißt, vom Ringfinger aus führe ein Band direkt zum Herzen. Wenn meine Mutter noch leben würde, wäre sie durch den Adelstitel meines Vaters bald Lady Anne. Ob ihr das gefallen hätte? Oder hätte sie über solch irdischen Firlefanz gelacht? An diesem Tag machte ich mir zum ersten Mal über den Wert des Rings Gedanken, und darüber, ob ich ihn, auch wenn es mir schwerfiel, meiner Schwester Mary geben sollte.

»Miss Ann«, flüsterte Mercy, während sie mir das Haar bürstete. Der Klang ihrer Stimme riss mich aus meinen Gedanken. »Die Farbe dieses Kleides steht Euch besser, als alles, was ich bis jetzt an Euch gesehen habe.« – »Ja, das stimmt, oder?« Ich lachte und gab mich dem seltenen und gefährlichen Vergnügen der Eitelkeit hin. »Hoffen wir, dass es mir Glück bringt!«

Ich ging hinunter in die Große Halle, um meinen Vater zu suchen. Stattdessen fand ich dort eine Schar schwarz gekleideter Gentlemen vor. Ich erschrak, als ich sah, dass Master Donne unter ihnen war.

Der Lord Keeper, der mir gegenüber zwar stets höflich war, aber bisher kaum bemerkt hatte, dass ich kein sechsjähriges Mädchen mehr war, sah mich erstaunt an. »Miss Ann, Ihr seid das Ebenbild Eurer seligen Mutter. Ich hatte einmal das Vergnügen, auf Loseley ihre Bekanntschaft zu machen. John, stellt unsere kleine Miss am heutigen Tag nicht sogar die Sterne in den Schatten?«

»Und den Mond. Sie ist wahrhaftig schön wie ein Engel.«

Angesichts der Andeutung meiner Schwester am Abend zuvor hielt ich es für besser, bescheiden die Augen niederzuschlagen und zu schweigen. Dennoch ärgerte es mich, dass sich Master Donne bei seinem scharfen Verstand nichts Besseres hatte einfallen lassen als ein solch abgeschmacktes Kompliment.

»Tatsächlich?«, entgegnete ich. »Ich dachte immer, Engel seien recht geistlose Wesen, die strahlend und singend herumstehen und auf die Anweisung des Herrn warten.«

»Geistlos?«, wiederholte er amüsiert. »Gilt das auch für Luzifer, der den Allmächtigen in seiner Herrlichkeit herausforderte? Haltet Ihr ihn ebenfalls für geistlos?«

»Das gilt vor allem für Luzifer.« Ich dachte an den Psalm, den er mir geschickt hatte, und sah ihm fest in die Augen. »Wer so stolz ist wie Luzifer, ist an nichts weiter als der eigenen Person interessiert.«

»Ann!« Master Donnes Gelächter wurde von einer Stimme unterbrochen, die wie ein Peitschenknall klang. Es war die meines Vaters. Ich hatte nicht bemerkt, dass er neben mir stand.

Mein Vater ist für seine Wutausbrüche allgemein bekannt, die wie bei einem Vulkan oft aus heiterem Himmel kommen. »Wie kannst du so über Göttliches sprechen! Ich hoffe, das hat man dir nicht im Hause meiner Schwester beigebracht!«

Ich machte einen Knicks, erleichtert, dass er lediglich wütend über meine unbedachte Äußerung war und nicht darüber, an wen ich sie gerichtet hatte. Als ich aufrecht neben ihm stand, musste ich feststellen, dass ich meinen Vater um beinahe zwei Inches überragte. »Nein, Vater, im Haus meiner Tante und meines Onkels zollt man unserem himmlischen Schöpfer Respekt.«

»Gut. Und nun zolle deinem irdischen Schöpfer Respekt und hol mir den schwarzen Umhang aus meinem Schlafgemach. Auf dem Wasser könnte es kalt werden.«

»Sofort, Vater. Ich hoffe, Ihr erkältet Euch nicht ausgerechnet an diesem Tag. Vielleicht würde eine mit Pelz besetzte Decke Euch noch wärmer halten?« Mit gehörigem Misstrauen vernahm er meinen liebenswürdigen Tonfall und sagte: »Danke Ann. Aber noch bin ich kein Greis!«

Meine Tante begleitete uns bis zum Flussufer und wünschte meinem Vater Glück. »Auf Wiedersehen, Bruder, und richte Ihrer Majestät meine besten Wünsche aus.«

Auch der Lord Keeper war von der Königin nach Greenwich bestellt worden, also fuhren wir auf seiner Barke flussabwärts. Das kleine Boot war recht kippelig, und wir mussten achtgeben, dass das schmutzige Wasser nicht unsere Kleidung bespritzte.

Auf der Fahrt redeten wir nicht viel. Als wir in Richtung Osten fuhren, sah ich mir das Treiben am Flussufer an. Arbeiter errichteten dort emsig wie Ameisen mit einer solchen Geschwindigkeit Gebäude, dass man damit rechnen musste, auf der Rückfahrt eines zu entdecken, das auf der Hinreise noch nicht dort gestanden hatte.

Die Strömung war günstig und nach weniger als einer Stunde erreichten wir den Lieblingspalast der Königin.

Wir legten vor dem großen Schleusentor an, gingen die Stufen hinauf und durchquerten den Garten, bis wir den Innenhof erreichten, wo auch dieses Mal Gedränge herrschte und Petitionen hochgehalten wurden. Alle hatten sich fein gemacht. Manche waren gekommen, um einen Gefallen oder eine Begünstigung zu erbitten oder Ländereien zurückzufordern, Geistliche baten um Pfründe, Schuldner, denen der Verlust ihrer Herrenhäuser drohte, baten um Aufschub, wieder andere forderten Gerechtigkeit.

Schließlich waren wir an der Reihe.

Ich sah mich nach den Hofdamen um und fragte mich, welchen Klatsch und welch unmoralische Geschichten sie sich wohl dieses Mal zu erzählen hatten. Doch sie sahen uns nur schweigend und herablassend an. Jede Einzelne von ihnen hätte den Bittstellern behilflich sein können, doch keine war dazu bereit, es sei denn, sie verspräche sich selbst einen Lohn oder Vorteil davon.

Wie ein mit Edelsteinen besetztes Meer strömte die Menschenmenge weiter, angelockt von Ihrer Majestät. Ich hörte, wie eine der Damen flüsterte: »Ich habe gehört, *er* kommt zur Erhebungszeremonie.«

Ich wusste, wer gemeint war, denn nur ein ›er‹ gehörte zum Hof: der umwerfende und erhabene Earl of Essex.

Als wir uns dem Empfangssaal näherten, überlegte ich, ob die Königin dieses Mal bei besserer Laune wäre. Zweifellos hing auch das von ihrem jugendlichen Bewunderer ab.

Die Pracht war überwältigend. Überall um uns herum standen farbenfroh gekleidete Höflinge, die nur von den noch farbenprächtigeren Wandbehängen überboten wurden. Wertvolle Juwelen glitzerten im flackernden Licht von Tausenden Kerzen. Ich sog den kräftigen Duft von Gewürzen und Kräutersäckchen ein, ein Geruch, der mich für alle Zeiten an den Königshof erinnern würde.

»Ann!« Die schneidende Stimme meines Vaters gefolgt vom Klang der königlichen Fanfaren riss mich aus meinen Gedanken. »Vergiss nicht, wo du dich befindest. Hier kommt Ihre Majestät!«

Und schon stand Queen Elizabeth vor mir.

Sie schien eine vollkommen andere zu sein, majestätisch und würdevoll wie eine Statue, das Gesicht starr vom weißen venezianischen Bleipuder, Lippen und Wangen mit Cochenille rot gefärbt. Ihr Gewand, dieses Mal nicht einer Hofdame entrissen, war das schönste, das ich je gesehen hatte. Es war mit Saphiren und Smaragden besetzt, der tiefe Ausschnitt wurde von dicken Perlen gesäumt und war mit mehr Ringen, Perlenketten und Edelsteinen verziert, als mir je an einer Dame aufgefallen waren. Die Ärmel waren einen ganzen Fuß breit und die Halskrause so riesig, dass sie wie ein geöffneter Fächer in ihrem Nacken emporragte.

Aber es waren ihre Augen, die einen in ihren Bann zogen, blass und wachsam, beinahe wie die der Frösche auf Loseley, die einen aus dem Seerosenteich anstarrten, durchdringend und äußerst bedrohlich. Ich konnte mich des Gedankens nicht erwehren, dass ich um nichts in der Welt mit Lady Mary Howard oder irgendeiner anderen Dame, die in der Gunst der Königin gesunken war, hätte tauschen wollen.

Erst jetzt, als ich Elizabeth am Hof sah, inmitten all der Pracht und ihrer Hofdamen, verstand ich die Bedeutung des Wortes ›Majestät‹. Es umgab die Königin wie ein juwelenbesetzter Umhang, und ich wusste, selbst ohne all diesen Glanz wäre Elizabeth noch immer eine Königin.

Sie blieb vor meinem Vater stehen und berührte leicht seine Schulter.

»Ihr habt mir stets aufrichtig gedient, George More«, sagte sie lächelnd. »Ich habe gehört, im Parlament ergreift Ihr öfter das Wort als jeder andere, jawohl, und Ihr nehmt an mehr Versammlungen teil. Habt Dank dafür, ebenso wie für Eure guten Dienste in der Grafschaft Surrey. Ich verleihe nicht oft einen

Adelstitel, aber ich weiß, mein Freund, auch Euer Vater wird seine Freude daran haben, dass Ihr noch zu seinen Lebzeiten zum Ritter geschlagen werdet.«

Die Gefolgschaft der Königin wartete darauf, dass sie voranschritt, sie aber kam näher an meinen Vater heran und sagte mit einem Anflug von Wehmut: »Ich erinnere mich gut, wie Ihr vor vielen Jahren, als ich noch ein unbedarftes Mädchen war, die Rolle des Boten zwischen mir und dem Earl of Leicester übernahmt.«

Die Falkenaugen der Königin blickten sanfter bei der Erinnerung an ihre erste und größte Liebe.

»Ja, das habe ich, Ma'am«, antwortete mein Vater freundlich. »Einst erwies ich Euch die Gefälligkeit, ihm einen Diamantring zukommen zu lassen, den Ihr zuvor selbst getragen hattet.«

»Ja, so war es.« Einen Moment lang schien sie zurückversetzt in die ungestümen Zeiten ihrer Jugend. »Durch strömenden Regen seid Ihr zu ihm geritten und habt ihm versichert, seine Königin tue es dem Wetter gleich und weine unaufhörlich, bis sie ihn endlich wiedersähe.«

Für einen Augenblick befanden sich beide in einem Sog der Vergangenheit, in einer Zeit, als das Leben für die Königin selbst leichter und um so vieles verheißungsvoller schien.

Ich betrachtete die beiden still und sah meinen Vater auf einmal in einem anderen Licht. Nicht als den aufbrausenden, engstirnigen Mann, zu dem er geworden war, sondern als den galanten Überbringer leidenschaftlicher Liebesbotschaften, der er einmal gewesen war.

Die Königin schritt weiter, und der Hofstaat folgte ihr.

»Und nun schickt sie ihre Diamantringe an den Earl of Essex«, sagte mein Vater leise und traurig. »Hoffen wir, dass er sich als ihrer würdig erweist.«

»Gut gemacht, *Sir* George!« Der Lord Keeper, der nicht von unserer Seite gewichen war, schüttelte meinem Vater die Hand. Ich vermute, er konnte meinen Vater gut verstehen. Manche Männer betrachteten einen Adelstitel gemessen an Gottesfurcht und Ehre lediglich als günstigen Rückenwind. Anderen wiederum, und zu ihnen zählte mein Vater, bedeutete der Ritterschlag wahrhaft viel.

Während der Worte des Lord Keeper teilte sich die Menge plötzlich wie einst das Rote Meer.

Ein vornehm wirkender Mann mit dunklem wallenden Haar, exakt geschnittenem rötlichen Bart und strahlenden Augen, der jedoch für jemanden von seinem Rang erstaunlich nachlässig gekleidet war, schritt an uns vorbei.

»Mein lieber Sir Thomas!« Seine Augen leuchten vor aufrichtiger Zuneigung, als er dem Lord Keeper die Hand schüttelte. Dieser Mann hatte tatsächlich etwas an sich, das die Menschen in seinen Bann zog. Sein Auftreten war derart aufmerksam und direkt, dass man das Gefühl hatte, es gäbe nur ihn und einen selbst auf der Welt.

Aus dem Augenwinkel sah ich, dass die Königin hinter uns ebenfalls stehen geblieben war und darauf wartete, sich in seinem Glanz zu sonnen.

Dann jedoch geschah etwas Seltsames. Er richtete sein Licht nicht auf sie, sondern wandte sich mir zu. »Sagt mir, wer ist dieser strahlend schöne Stern, der so leuchtend an unserem düsteren Firmament aufgegangen ist?«

»Miss Ann More, Mylord«, gab der Lord Keeper Auskunft, in seiner Stimme schwang Besorgnis mit. »Die Tochter von Sir George More, der gerade von Ihrer Majestät zum Ritter geschlagen wurde.«

Ich hätte darauf gewettet, er wusste, dass sie ihn beobachtete, und benahm sich folglich dementsprechend. Wäre ich eine Schiffsplanke in zimtfarbenem Kleid gewesen, er hätte mir sicher das gleiche extravagante Kompliment gemacht.

Die Königin drehte sich auf dem Absatz um, und ich hörte das wütende Rascheln ihrer Röcke, während sie eiligen Schrittes den Saal verließ, gefolgt von ihren Hofdamen.

Ich biss mir auf die Lippen und schwieg, froh, dass ich einer Stellung am Königshof entkommen war, wo ich – unbefangen wie ich war – sicher den Schmeicheleien anderer aufgesessen wäre.

»Komm«, mein Vater nahm mich am Arm, ebenso erleichtert wie ich, dass der Earl weitergegangen war. »Wir kehren zurück nach York House, wo man uns bereits mit einem Festmahl erwartet.«

Als wir auf der Barke wieder allein waren, fragte ich ihn: »Vater, ist es wahr, dass der Earl der Königin auf den Thron folgen könnte, wenn für sie der Tag gekommen ist?«

Mit plötzlicher Besorgnis sah sich mein Vater um. »Ann! So etwas zu sagen, ist Verrat! Außerdem kommt es nicht darauf an, was der Earl selbst sich wünscht, denn es gibt ein Dutzend Anwärter, die den Thron eher verdient hätten als er. Der Wahrscheinlichste – ich bedaure, es sagen zu müssen, da mein eigener Vater sich an ihrer Verfolgung beteiligt hat – ist Marys Sohn, King James of Scotland. Aber die Königin wird niemals einen Thronfolger benennen. Sie weiß genau, wenn sie es täte, würde ihre Sonne untergehen und alle würden sich der neu aufgehenden zuwenden. Elizabeth, zweifellos eine mächtige Königin, stünde am Ende verlassen da. Das ist der Lauf der Dinge.«

Auf dem Fluss wehte ein kalter Wind. Je weiter wir uns von Greenwich entfernten, desto tiefer sank die Sonne und tauchte London in rötliches Licht. An jedem anderen Tag wäre mir dies wie ein großes Naturschauspiel erschienen, etwas, dessen Schönheit man feiern musste, doch nach den Worten meines Vaters erschien es mir, als stünde uns das Ende einer Ära bevor.

Mein Vater nahm meine Hand. »Und, Ann, was hältst du von meiner Erhebung in den Adelsstand? Verstehst du nun, dass du der Spross eines ehrenwerten Stammbaums bist? Drei Generationen zum Ritter geschlagen. Darüber hinaus ist mir zu Ohren gekommen, dass Grymes, der Gemahl deiner Schwester Margaret, demnächst ebenfalls in den Ritterstand erhoben werden soll. Auch wenn der junge Manners sich auf den Kopf stellt, wir müssen einen Ehemann für dich finden, jemanden, dessen Ehre sich mit der unseren vereint.«

Ich wandte den Blick ab und sagte nichts. Auch mein Vater schwieg, während wir weiter flussaufwärts fuhren. Ich hing meinen Gedanken nach und lauschte den rhythmischen Bewegungen der Ruderer. Als die Türme von York House in Sicht kamen, sagte er mit gesenkter Stimme: »Du hast in York House viel Gesellschaft in deinem Alter, oder nicht, Tochter? Francis und seine Verlobte Mary, Sir Thomas der Jüngere und seine Gemahlin?«

»Doch, Vater, es ist wirklich ein geschäftiges Haus.«

»Aber, Ann«, er zögerte und sah mich aus schmalen grauen Augen an, die immer noch leuchteten wie die eines Jungen und so gar nicht denen eines sechzigjährigen Mannes entsprachen. »Es gibt dort jemanden, dessen Gesellschaft du meiden solltest, denn sie wäre nicht schicklich für ein unschuldiges Mädchen. Master John Donne. Dein Onkel hält große Stücke auf ihn, aber ich habe zufällig einige seiner Gedichte gelesen. Sie machen am Gerichtshof die Runde, dort amüsieren sich alle wie unartige Schuljungen. Dabei scheinen sie unzüchtig und, schlimmer noch, satirisch.«

Ich biss mir auf die Lippen und hoffte, er spielte nicht auf *An seine Geliebte: Beim Zubettgehen* an.

»Mir wäre lieber, dein Onkel hätte ihn nicht in seine Dienste genommen. Er steht in einem Ruf, der mir gar nicht behagt.« Kopfschüttelnd fügte er hinzu: »Ihr Frauen seid so leichtgläubige Geschöpfe. Sogar die Königin fällt auf die schönen Worte eines Schmeichlers herein.«

»Ich nicht, Vater.« Ich hob den Kopf und sah ihn mit festem Blick geradewegs an. »Ich bin kein leichtgläubiges Geschöpf, und Schmeicheleien beeindrucken mich nicht.«

Er sah mich prüfend an. »Aus dir wird man einfach nicht schlau, Ann.«

Gott sei Dank, dachte ich, und senkte den Blick. Denn auch ich selbst wurde nicht schlau aus mir. Geschweige denn aus meinen Erwartungen an die Zukunft.

Schließlich hatten wir die Anlegestelle erreicht.

Meine Tante hatte die Dienstboten auf dem Weg vom Fluss zu York House Aufstellung nehmen lassen, unter großem Beifall stiegen wir aus dem Boot.

Mein Vater gab sich beschämt über all den Jubel, doch ich merkte, wie sehr er sich darüber freute.

Nachdem wir die Dienerschaft begrüßt hatten, sah ich, dass meine Großmutter am Eingang zur Großen Halle wartete.

Lächelnd empfing sie ihren Sohn. »Seid gegrüßt, Sir George.«

»Und mein Vater, Sir William? Ist er nicht hier, um an unserer Freude teilzuhaben?« In der Stimme meines Vaters hörte ich Bedauern über die Abwesenheit meines Großvaters. Er wirkte wie ein kleiner Junge, der ein Lob dafür einheimsen will, dass er Pfeil und Bogen geschnitzt hat.

»Er leidet an einem Fieber. Normalerweise ist er von phlegmatischem Gemüt, doch heute ist seine Stirn heiß und trocken wie von roter Galle.« Besorgnis verbarg sich hinter ihrer schroffen Art. »Ann, York House ist umgeben von einem großen Garten und obwohl dir sicher kalt von der Flussfahrt ist, wäre ich dir sehr dankbar, wenn du mir ein wenig Sauerampfer und Portulak pflücken könntest, um die Schmerzen deines Großvaters zu lindern. Die Dienstboten kommen allesamt aus der Stadt, nicht für einen Sack Münzen würden sie Portulak erkennen.«

»Ich gehe sofort, wenn ich ihn finde, bringe ich ihn Euch auf Euer Schlafgemach.«

»Hab Dank, mein Kind. Wenn ihn jemand findet, dann du.«

Ich zog meinen Umhang fester um mich, denn seit die Sonne untergegangen war, wehte ein scharfer Wind.

Wenn hier Kräuter zu finden wären, dann sicher im Irrgarten, der auf der linken Seite des Hauses in der Nähe des Flusses lag. Dort hatte ich des Öfteren den Gärtner und seinen Gehilfen gesehen, allerdings nicht zu dieser späten Stunde.

Im Februar wirkte der Irrgarten trostlos, beinahe kahl, bis auf ein paar niedrige Hecken zur Begrenzung der Beete. Von Sauerampfer war nirgends eine Spur. Ich versuchte, die klirrende

Kälte zu verdrängen, und suchte in jedem einzelnen Beet nach den langen Blättern, die so ähnlich aussehen, wie die des Ampfers, mit denen man Kindern die Haut einreibt, wenn sie an eine Brennnessel geraten sind. Doch kein einziges Pflänzchen hatte die Kälte überlebt. Gerade wollte ich aufgeben, doch dann entdeckte ich eine blasse Pflanze, deren kräftige Ranken sich über den Boden schlängelten. Ich kniete mich hin, um sie mir genauer anzusehen, und bemerkte ein kleines Säckchen mit schwarzen Samen, nicht größer als ein Zahn. Die Pflanze wickelte sich verschlungen um eine andere, deren Ranken noch fester waren. Seite an Seite wuchsen beide am Boden entlang, wie zwei unzertrennliche Freunde.

Sofort hatte ich eine Warnung meiner Großmutter im Ohr. Auf unseren Spaziergängen hatte sie mir erklärt, diese Pflanze sei Wolfsmilch und man müsse aufpassen, dass man sie nicht mit Portulak verwechselte – denn sie sei giftig. Ich brach eine Ranke ab und weißer Saft tropfte heraus, der Beweis, dass es tatsächlich Wolfsmilch war.

Vorsichtig befreite ich den heilenden Portulak von seinem trügerischen Gefährten, als ich nur ein paar Fuß entfernt ein Flüstern hörte. Ich widmete mich ganz meiner Aufgabe und dachte, es müsse sich wohl um Bedienstete meines Onkels handeln, die ungestört ein Schwätzchen halten wollten. Ich hätte mich ihnen nur zwei Schritte nähern müssen, um die Worte trotz aller Heimlichkeit zu verstehen.

Ich steckte den kostbaren Portulak in meinen Ärmel und wollte zum Haus zurückkehren, doch ich saß in der Falle, denn die beiden Flüsterer versperrten mir den Weg. Der einzige Weg aus dem Irrgarten führte durch eine kleine Öffnung, und genau dort standen die beiden. Ich erschrak, als ich feststellte, dass meine ohnehin missliche Lage sich noch verkomplizierte, denn eine der beiden Stimmen war die von Master Donne. Die andere gehörte einer vornehmen Dame von etwa fünfzig Jahren.

»Seht Euch vor, Mutter.« Nie zuvor hatte ich einen solch kalten und verärgerten Tonfall in seiner Stimme gehört. »Vergesst nicht, wo wir uns befinden. Und werft mir nicht vor, ich hätte meine Religion zugunsten meiner Ambitionen verraten! Auch nicht an diesem Ort! Ich habe das Werk von Kardinal Bellarmine studiert, und ich weiß genau, wie ich zu der größten aller Wahrheiten stehe.«

»Warum lebst du dann unter diesen Leuten, John?«, fragte die Frau leise, aber deutlich vernehmbar. »Sie sind gegen uns. Wenn es nach ihnen ginge, würden alle Katholiken verfolgt und in die Verbannung geschickt. Man würde uns mit dem Absatz zertreten wie Kakerlaken, das gilt auch für den Lord Keeper persönlich.«

Als ich die Bedeutung ihrer Unterhaltung erkannte, wünschte ich mich weit weg.

Obwohl er leise sprach, klang Master Donne zornig. »Ich bin kein Verräter. Ich habe meinen Frieden mit Gott gemacht – und mit meinem Land. Ich muss nicht länger wachsam im Verborgenen leben, wo man sich verstellen muss und nur im Flüsterton reden darf, so wie wir in diesem Moment! Ich habe nichts zu fürchten. Und Ihr wisst noch, wie sehr ich mich gefürchtet habe, Mutter, als Ihr mich im Alter von zwölf Jahren in den Tower mitnahmt, um Euren Onkel, den Jesuiten, zu besuchen und durch meine Anwesenheit weniger verdächtig zu erscheinen. Habt Ihr vergessen, wie ich vor den Eisenriegeln am Tor zurückschreckte, ebenso wie vor dem Gestank und dem klagenden, verzweifelten Stöhnen hinter den dicken Mauern? Wie sehr ich das Tageslicht genoss, nachdem wir diesen abscheulichen Ort verlassen hatten?«

Die ruhige Stimme, die ihm antwortete, war die markanteste, die ich je vernommen hatte. Sanft, melodisch und tief klang sie beinahe wie eine Glocke, um die Gläubigen zur Andacht zu rufen – und genau das war wohl auch ihr Zweck. Master Donnes Mutter wollte ihren Sohn in den Schoß der Kirche Roms zurückholen, ungeachtet der Gefahren, die ihm bevorstünden – wie der Galgen oder das Schafott. War es das, was sie unter Mutterliebe verstand?

»Sei still, John! Nicht du warst derjenige, der dafür bezahlen musste, sondern dein Bruder.« Ich zuckte zusammen, als ich hörte, mit welcher Bestimmtheit sie sprach. So klang ein Mann, wenn er das oberste Kommando auf einem Schlachtfeld hatte. Wenn eine Frau so sprach, ermahnte sie zu Tapferkeit und Opferbereitschaft und verurteilte es als feige und unehrenhaft, wenn man dem nicht entsprach. Ich musste an Volumnia denken, von der ich in der Bibliothek meines Großvaters gelesen hatte. Sie war stolz darauf gewesen, ihren Sohn in der Schlacht zu verlieren, denn es bedeutete umso mehr Ehre für Rom.

»Ich werde nicht schweigen!« Master Donnes Stimme klang schneidend in der kalten Abendluft. »Glaubt Ihr etwa, ich hätte nicht mit mir gerungen, geblutet, in vielen durchwachten Nächten, als ich mich an diesem Scheideweg befand? Doch ich habe mich damit arrangiert.«

»Mit deinem Verrat! Lass uns nicht jedes Wort auf die Goldwaage legen, John. All das ist deinen verfluchten Ambitionen geschuldet. Du konntest dein Leben einfach nicht in Ruhe verbringen wie so viele andere, sondern musstest ein öffentliches Amt bekleiden und dafür deinen Gott verleugnen.«

Ich spähte durch ein kleines Loch in der mit Efeu bewachsenen Pendeltür. John Donnes Mutter war eine hochgewachsene, gut aussehende Frau und sie hatte die gleichen dunklen Augen wie er. Sie stand dort in einen schweren schwarzen Umhang gehüllt.

»Schon immer habt Ihr Henry mir gegenüber vorgezogen.« Ich hörte ihm das Leid eines Kindes an, das sich nicht so geliebt fühlt, wie es sich wünscht. »Er war der Jüngste, Euer zarter Spross, ihm galt Eure ganze Fürsorge. Er war der Einzige von uns allen, der sich streng an den Glauben hielt, so wie Ihr selbst.«

»Er war von euch allen der Tapferste. Morgen werde ich nach Antwerpen zurückkehren. Ich hätte niemals herkommen dürfen, es ist zu gefährlich. Lebewohl. Ich bezweifle, dass wir jemals wieder miteinander sprechen werden.«

»Nein! Nein!«, wollte ich schreien. Eine Mutter darf ihren Sohn nicht zurückweisen. Ich wusste, was es bedeutete, die Mutter zu verlieren. Ich kannte den Schmerz, die Sehnsucht, die fehlende liebevolle Zuwendung, die nichts jemals im Leben ersetzen kann.

Master Donnes Mutter aber war durch das Tor gegangen. Ich blieb wie angewurzelt stehen, bewegungslos wie der mit Frost überzogene Baum, gegen den ich lehnte, und lauschte dem Rascheln ihrer Röcke, als sie sich eilends auf den Weg hinunter zum Fluss begab. Ungeachtet der Zweifel, die ich gegen Master Donne hegte, hatte ich das Bedürfnis, ihm Trost zu spenden. Doch das hätte bedeutet, meine Anwesenheit zu offenbaren und einzugestehen, dass ich ein stummer Zeuge dieser überaus gefährlichen Unterhaltung war. Wenn auch nur der leiseste Verdacht aufkäme, Master Donne sei ein Anhänger des Papstes, würde er alles verlieren – seine Lebensgrundlage, seine Ehre, sein gesellschaftliches Ansehen unter Queen Elizabeth. Also verhielt ich mich ruhig und wartete, während er ihr hinterhersah. Und ich dachte an den Schmerz in seinen dunklen Augen.

Noch ein letztes Mal sah er zum Fluss, in die Richtung, in der sie verschwunden war. Aufgebracht, zornig und mit einem Ausdruck der Verzweiflung ging er schließlich mit großen Schritten auf das Haus zu, sodass auch ich mich auf den Rückweg machen konnte.

Mein Mitgefühl mit Master Donne konnte die Aufregung darüber, dass ich am nächsten Tag zu Beth reisen würde, nicht schmälern. Ich rannte zu meiner Großmutter und gab ihr den Portulak, mit dem sie sich sogleich in die Destille begab.

Sobald am nächsten Morgen alle aufgestanden waren, sollte ich mich in Begleitung des Stallmeisters meines Onkels auf die Reise begeben.

Die Morgendämmerung verhieß einen strahlenden, aber kalten Tag, genau das richtige Wetter, um nach Camois Court zu reiten. Auf dem Weg wollten wir nur eine einzige Rast in einem Gasthof einlegen. Meine Großmutter hatte mir großzügig angeboten, dass Prudence mich begleiten könne, da meine Schwester Mary trotz ihrer Sorge, wie nun mit Master Freeman zu verfahren sei, bereits mit Margaret vorausgeritten war.

Schon bald wünschte ich Prudence weit fort. Sie war enttäuscht darüber, dass sie London verlassen musste, nachdem sie gerade erst angekommen war, und ließ sich deshalb ausführlich über jede Kleinigkeit aus, die es unterwegs zu sehen gab, ganz gleich wie unbedeutend diese auch sein mochte. Sie staunte über die gepflasterten Straßen, zeigte sich begeistert, wann immer sie einen Laden, eine Schenke oder eine Bärengrube sah, und erwähnte alle zwei Minuten, wie höflich die Bediensteten des Lord Keeper sich ihr gegenüber verhalten hätten. Ich hingegen war mir sicher, die erlauchten Herren hatten sofort erkannt, dass sie ein einfaches Bauernmädchen war.

Ich gab nichts auf ihr Geschwätz und dachte an Beth. Wie der Brauch es verlangte, hatte sich meine Schwester sechs Wochen vor der erwarteten Niederkunft in ihr Schlafgemach zurückgezogen, umgeben von den feinsten Wandbehängen, die im ganzen Haus zu finden waren und allem, was sie ansonsten gern bei sich hatte. Die Fenster mussten geschlossen bleiben, um auch den kleinsten Luftzug abzuhalten, der allgemein in einer solchen Zeit als schädlich betrachtet wurde. Stattdessen wurden Feuer geschürt – sicher war es heiß wie in der Hölle, ungeachtet dessen, ob es draußen warm oder kalt war.

Wie die meisten Männer machte sich Sir John rar und überließ das Feld den Vertrauten, die Beth um sich geschart hatte. Manche mokierten sich über die Kosten für Wein, Süßspeisen, Konfekt, Marmelade und Marzipan, die bei solchen Gelegenheiten anfielen, so bestimmt auch Sir John.

Andere dagegen übernahmen diese Kosten gern, denn es bedeutete, dass ihre Anwesenheit nicht erforderlich war. Eine Niederkunft war das weiblichste aller Rituale. Ich fragte mich, wer sich bereits an Beths Seite eingefunden hatte, wahrscheinlich Sir Johns Mutter, seine Schwestern und andere weiblichen Verwandte. Darüber hinaus waren sicher eine Hebamme und eine Amme anwesend sowie natürlich meine beiden Schwestern Mary und Margaret. Frances war noch zu jung, um dabei zu sein, worüber sie sich selbstverständlich gründlich ärgerte.

Die Freude über ein Wiedersehen mit meiner geliebten Schwester lenkte mich von der eintönigen Reise ab, denn bald würde ich erfahren, was sie sich für die Zukunft des Babys erhoffte und erträumte.

Für weitere Ablenkung sorgte Prudence.

»Seht nur, Miss Ann«, rief sie aus, als der große Weiher vor dem Londoner Stadtgebiet in Sicht kam. »Schwäne! Ist es wahr, dass sie der Königin gehören und nur diese sie verspeisen darf? Und dass bei jedem großen Festmahl ein Kapaun mit einem Fasan gefüllt wird, und der wiederum mit einer Wachtel, so als hätte der eine den anderen verschluckt?«

Ich rief mir die wenigen großen Bankette ins Gedächtnis, an denen ich teilgenommen hatte, aber an eine derartige Extravaganz konnte ich mich nicht erinnern.

»Der Haushofmeister des Lord Keeper hat gesagt, im Haushalt seiner Lordschaft habe sich vieles verbessert, seit der Eure Tante geheiratet hat. Die verstorbene Lady Egerton war ein wenig nachlässig, was die Führung des Haushalts betrifft. Mylady Elizabeth, Eure Tante, versteht es hingegen, ein großes Haus zu führen.«

»Ich bin sicher, sie wäre erfreut, das zu hören«, antwortete ich und musste mir ein Lächeln verkneifen. Eigentlich hätte ich ihr sagen müssen, sie solle nichts auf derartiges Geschwätz geben, doch es war zu verlockend, einen Blick in die verborgene Welt der Dienstboten zu erhaschen. »Was erzählt man sich denn sonst noch am Tisch des Haushofmeisters, Prudence?«

Sie sah mich vielsagend an und tat, als müsse sie die Zügel kürzer fassen. »Dass es Zeit für Euch wird, zu heiraten, Miss Ann, und dass Euer Vater weniger Zeit im Parlament verbringen und sich lieber darum kümmern sollte, Euch einen Ehemann zu suchen, der Euer Temperament zügelt. Der Heilkundige des Lord Keeper hat Euch mit wehenden Röcken über den Rasen laufen sehen. Ihr seid auch einige Male beobachtet worden, wie Ihr ohne Anstandsdame spazieren gegangen seid.«

»Du meine Güte!« Ich wusste nicht, ob ich lachen oder in Zorn geraten sollte, weil ich derart unter Beobachtung stand. »Ich will hoffen, das ist alles, worüber man sich auf meine Kosten das Maul zerreißt.«

Prudence zögerte und wurde knallrot.

»Nicht ganz, Miss. Man sagt auch, Euer Vater müsse mit Blindheit geschlagen sein, ebenso Euer Onkel, dass man ein unschuldiges Lämmchen wie Euch im selben Stall hält wie den Wolf, der es in Stücke reißen könnte.«

Ich gab meinem Pferd die Sporen und sah nach, ob der Stallmeister meines Onkels unser Gespräch belauschte, doch zu meiner Erleichterung schien er ungerührt wie ein Stein.

Ich ritt voraus und galoppierte über die Grünfläche, die vor uns lag, denn plötzlich verspürte ich das Bedürfnis, mir den kühlenden Wind um die Nase wehen zu lassen. Zum Gegenstand solchen Klatsches zu werden ärgerte mich außerordentlich. Mein Vater wusste bereits von dem Wolf im Schafsstall und – auch wenn ich ein unschuldiges Lämmchen war –, ich war weder schwach noch töricht genug, um mich von jemandem zerreißen zu lassen, weder von einem Wolf noch von sonst irgendwem.

Während wir weiter in Richtung Süden ritten, sagte ich so wenig wie möglich, denn ich wollte Prudence nicht zu noch mehr Klatsch ermuntern. Der sonnige Tag ging in das Rot des Abends über, und bald darauf erschienen die Sterne am Firmament. Schon immer hatte ich den weiten Sternenhimmel geliebt. Ich hatte ihn in London vermisst, einer hell erleuchteten Stadt mit zweihunderttausend Seelen, wo man im Gegensatz zu Loseley Tag und Nacht nie richtig auseinanderhalten konnte.

Ich war müde, und mein Rücken schmerzte von dem langen Ritt im Damensitz, aber die Sterne hielten mich wach. Ich fragte mich, ob die Erde tatsächlich von einem Feuerband umgeben ist, in das Engel ihre Schwerter tauchen und sie damit zum

Leuchten bringen? Und ist es wirklich so, wie die Astrologen behaupten, dass wir nicht nur von Sonne und Mond beeinflusst werden, sondern auch von denjenigen Planeten, in deren Wendekreis wir geboren werden?

Ich war voller Vorfreude, Beth am nächsten Tag wiederzusehen und die Nacht in einem Gasthof zu verbringen, nur in Begleitung von Prudence und dem Stallmeister. Es schien mir wie ein aufregendes Abenteuer, denn noch nie hatte ich unbeaufsichtigt derartige Freiheiten genießen dürfen. Wie schade, dass ich wegen ihres vorlauten Geschwätzes so schlecht auf Prudence zu sprechen war. Ich nahm hastig eine Mahlzeit ein und ging früh zu Bett. Erschöpft schlief ich sofort ein, bis Prudence, fröhlich und beschwipst, zwei Stunden später den Nachttopf umstieß.

Missgestimmt rutschte ich auf die eine Seite des Bettes und machte Prudence Platz, ohne ihr eine der Decken zu überlassen. Nach einer Weile hatte ich jedoch ein Einsehen und gab ihr die Hälfte der Decken. Wenig später schnarchte sie wie eine der Gloucester-Old-Spot-Säue meiner Großmutter.

Am nächsten Tag begegneten uns auf der Straße einige Menschen mit schwarzen Zeichen auf der Stirn, die sie zu verbergen suchten, und mir fiel ein, dass Aschermittwoch war. Zu Zeiten der alten Religion wären alle mit einem Aschekreuz versehen worden und der Priester hätte ermahnt: »Bedenke, Mensch, dass du Staub bist und wieder zum Staub zurückkehren wirst.« Doch mittlerweile galten solch papistische Praktiken als gefährlich. Ich musste an Master Donnes strenge Mutter denken und wunderte mich erneut darüber, dass sie bereit war, durch ihren Besuch in York House seine Zukunft aufs Spiel zu setzen. Hatte er gewusst, dass sie käme und ihn solch einer tödlichen Gefahr aussetzen würde? Mich fröstelte beim Gedanken an unsere Sterblichkeit, und ich trieb mein Pferd an, um noch schneller bei meiner Schwester zu sein.

Endlich kam Camois Court in Sicht. Das Haus war solide und weitläufig gebaut. Die Mauersteine und Holzbalken ließen an warme Betten und heißes Wasser denken. Als ich vom Pferd sprang, machte mein Herz, bei dem Gedanken an ein Wiedersehen mit meiner geliebten Schwester Beth, einen Hüpfer.

Doch als Erstes stürzte meine Schwester Margaret auf mich zu, unförmig, weil auch sie in anderen Umständen war. Sie hatte das Klappern der Hufe gehört und erwartete uns am Hauptportal.

»Ann! Komm schnell. Beth ruft nach dir!«

Im Inneren des Hauses war es dunkel und sonderbar still. Ganz anderes als ich es mir vorgestellt hatte erwartete uns nicht der Geruch nach wärmendem Feuer, brennenden Kerzen und Gewürztrank, ebenfalls waren keine Spuren von überfüllten Zimmern und schwatzenden Frauen in freudiger Erwartung zu erkennen. Unter den strengen Blicken der Vertreterinnen mehrerer Generationen der Mills folgte ich Margaret die breite Treppe hinauf. Auf halbem Weg hörte ich plötzlichen einen Schrei und umklammerte die Hand meiner Schwester.

»Was quält sie? Das Baby wird doch erst in vier Wochen erwartet?«

Beklommen sah Margaret mich an. »Entweder kommt es zu früh oder Beth hat sich verrechnet. Wie auch immer, es ist bereits soweit.«

Aufgeregt stürzten wir in Beths Schlafgemach. In der düsteren Umgebung und zwischen Schwaden dampfender Hitze konnte ich nicht einmal einen Schatten meiner Schwester erkennen. Alles, was ich sah, war ein großes Holzfeuer und überall brennende Pastillen. Die Luft war so rauchgeschwängert, dass es selbst jemandem, der bei so guter Gesundheit war wie ich, beinahe den Atem nahm. Ich musste husten.

»Ann, bist du es? Oh, Gott sei Dank, dass du hier bist. Die Hebamme ist der Meinung, mein Sohn könne es nicht länger erwarten, auf die Welt zu kommen!«

Dann sah ich sie. Kindlich und blass, das feuchte Haar klebte an ihren eingefallenen Wangen, ganz anders als die Beth, die erst vor wenigen Monaten von Loseley fortgegangen war.

Sie stieß einen erneuten Schrei aus und wand sich, als habe sie anstelle eines kleinen Babys lauter giftige Schlangen im Bauch.

»Ganz ruhig, Mylady.« Die Hebamme versuchte, Beth zu beruhigen, und strich ihr mit der Hand, die mir nicht gerade sauber erschien, über die Stirn. Abermals stieß Beth einen Schrei aus.

»Der Kleine hat es eilig«, sagte die Hebamme, bemüht, unbeschwert zu klingen. Doch ich hörte heraus, dass sie in Sorge war. »Aber er liegt noch nicht in der richtigen Position.«

»Dann müssen wir einen Arzt rufen!« Ich sah mich nach Margaret um. »Wo ist Sir John?«

»Auf dem Weg zurück von Lincolnshire.« Meine Schwester Mary tauchte aus der erdrückenden Dunkelheit auf. Sonst so gebieterisch, schien sie nur noch ein Schatten ihrer selbst. »Wir haben einen Knecht nach ihm geschickt, damit er sich beeilt.«

»Es bleibt keine Zeit, auf einen Arzt zu warten, Mylady«, sagte die Hebamme händeringend. Der Schweiß lief ihr in einem Rinnsal vom Gesicht bis in den Ausschnitt.

»Holt trotzdem einen Arzt! Sofort!«

Beth stieß wieder einen Schrei aus, der wie von einem Tier klang, das in der Falle saß.

»Hast du ihr Muttertrank gegeben?«, fragte eine vornehm gekleidete Dame mittleren Alters. Ihr Blick verriet Angst, und ich spürte, wie sich diese Angst im ganzen Raum ausbreitete. Ich erkannte in der Dame Sir Johns Mutter, die ich auf Beths Hochzeit kennengelernt hatte. »Würde ihr das nicht helfen, bei Kräften zu bleiben?«

Ein weiterer Schrei durchschnitt die Luft.

»Der Adlerstein? Wo ist der Adlerstein?«, fragte Mary, die wesentlich mehr im Empfangssaal oder der Großen Halle zu Hause war. »Er hilft doch sicher dabei, das Baby aus dem Mutterleib herauszuziehen?«

Kopflos rannten alle herum, bis ein Stein von etwa vier Inches Länge und rostbrauner Farbe gefunden war. Als man ihn der

Hebamme reichte, hörte ich, wie er rasselte, und sah, dass er hohl war.

Der Stein wurde auf Beths gewölbten Leib gelegt, blieb dort aber nur ein oder zwei Sekunden lang liegen, bis sie sich erneut vor Schmerzen krümmte.

»Du musst ihn festbinden«, riet Margaret. Sie legte ihren Gürtel ab und versuchte, den Stein an Beths Oberschenkel zu verschnüren.

»Mein Sohn!« Offenbar stand Beth kurz vor dem Delirium. »Wo ist mein Sohn!«

Ich setzte mich neben sie aufs Bett und nahm ihre Hand. »Mit Gottes Hilfe wird er bald da sein«, beruhigte ich sie und streichelte ihr schmerzverzerrtes Gesicht. »Hebamme«, rief ich in wachsender Verzweiflung. »Kann man den Kopf des Babys fühlen?«

Die Hebamme griff mit der Hand in Beths intimsten Bereich. »Er liegt seitlich, My Lady, wie eine Wagenladung Heu, die nicht durch eine enge Gasse passt.«

»Du lieber Gott, Frau, gibt es denn nichts, was du für meine Schwester tun kannst?«

»Doch«, antworte sie und bekreuzigte sich. Dann sah sie in die Runde, um festzustellen, ob wir ihre Geste der Blasphemie bemerkt hatten. »Wir können nur hoffen und zu unserem Herrn und Erlöser beten.«

»Ann«, fragte Beth in einem kurzen, ruhigen Moment, »wo ist Mylord? Ich will ihn bei mir haben, wenn unser Sohn geboren wird.«

»Er wird bald hier sein. Er kommt, so schnell er kann.«

In dem Raum war es so düster und stickig, dass sogar ich mich allmählich schwach und krank fühlte und mich mit aller Kraft zusammenreißen musste. Mir fiel auf, dass Beth glühte wie ein Hufeisen über dem Amboss, und dabei immer noch Unterrock und Kleid trug. »Der Unterrock reicht vollkommen«, wies ich die Hebamme an. »Hilf mir, ihr das Kleid auszuziehen.«

Die Hebamme warf mir einen misstrauischen Blick zu, war

aber bereit, mir behilflich zu sein. Wir halfen Beth, aufzustehen, und zogen ihr das schwere Kleid aus, das sie wohl anstandshalber getragen hatte, als sie abermals zu schreien begann und sich auf den Boden warf. Sie kniete sich hin, warf den Kopf zurück und heulte wie ein Hund.

»Bringt sie zum Schweigen!«, schrie Sir Johns Mutter erstickt. »Das ist des Teufels Werk! Sie muss von einem Dämon besessen sein.«

Ich war so wütend, dass ich ihr den Rücken zukehrte. »Das ist nicht das Werk des Teufels. Wisst Ihr nicht, was Gott der Allmächtige in der Schöpfungsgeschichte sagt? ›Unter Schmerzen sollst du gebären.‹ Oder habt Ihr die Schmerzen der Geburt bereits vergessen, Mylady?«

»Du freches Mädchen, du selbst hast doch nie ein Kind zur Welt gebracht!«

»Ann, Ann«, keuchte Beth. Ihre Augen waren vor Angst geweitet und abermals krümmte sie sich vor Schmerzen. »Ich halte das nicht aus! Ich kann nicht mehr!«

»Kannst du das Baby nicht herumdrehen wie der Kuhknecht ein Kalb? Ich habe das bei den Kühen meines Großvaters gesehen, wenn ein Kalb im Mutterleib feststeckte.«

Fünf Augenpaare sahen mich voller Entsetzen an, als hätte ich zu einem teuflischen Ritual aufgerufen.

»Ich habe getan, was ich konnte, Miss, aber das Baby will sich nicht drehen.«

Abermals stieß Beth einen Schrei aus und ihr Körper spannte sich, als müsste er zerreißen.

»Um Himmels willen, gibt es denn keine andere Möglichkeit? Meine Schwester stirbt vor Schmerzen.« Ich wandte mich zu Margaret um, aber meine sanfte, liebe Schwester starrte Beth an, als sei sie bereits ein Geist.

»Mary, Schwester, du hast doch bis jetzt noch jede Krise gemeistert.«

Mary streckte eine Hand aus, als wolle sie den Schmerz, der unsere Schwester peinigte, beiseiteschieben. »Aber nur, wenn es die Große Halle oder die Küche betrifft. Eine Niederkunft ist etwas ganz anderes. Das Kindbett bereitet mir nichts als Angst.«

Ich musste einsehen, dass ich keine Hilfe erwarten konnte.

»Alles liegt nun in Gottes Hand, Miss«, sagte die Hebamme ergeben und rieb sich mit ihrer schmutzigen Hand die Nase. »Gestern war ich bei einer Dame, die Gott zu sich rief, gemeinsam mit ihrem Kind.«

Am liebsten hätte ich geschrien und sie geohrfeigt. »Nein, meine geliebte Beth wird er nicht zu sich rufen.«

Beth richtete sich auf, für einen Moment hatte der Schmerz seinen eisernen Griff gelockert. Das Haar hing ihr in dicken Strähnen im Gesicht, ihre Haut war kreidebleich, doch ihr Blick war plötzlich entschlossen und klar. »Hebamme, ich sorge mich mehr um meinen Sohn als um mich selbst. Gibt es keine Möglichkeit, ihn zu retten, selbst wenn ich dabei sterben muss?«

Das Sprechen hatte sie so sehr angestrengt, dass sie ohnmächtig zurück in die Kissen sank.

Die Hebamme zuckte die Achseln und zog mich beiseite. »Es gibt nur eine einzige Hoffnung.«

Sie öffnete ihre Tasche und mir wurde flau im Magen, als sie mir drei spitze Haken zeigte. »Die könnten Mutter und Kind töten!«

»Das Baby, gewiss. Die Mutter aber könnte überleben.«

Mit stechendem Blick sah sie mich an. Sie wusste, es wäre eine Sünde, und ich war in diesem Raum die Einzige, die eine solche Möglichkeit in Betracht ziehen würde.

Am liebsten wäre ich auf die Knie gefallen, um den Beistand unseres Schöpfers zu erflehen, doch ich kannte die Regeln: Das Baby musste gerettet werden, selbst wenn es die Mutter das Leben kostete.

»Voller Verzweiflung wandte ich mich an Sir Johns Mutter. »Zu diesem Herrenhaus gehört doch ein Bauernhof, Mylady?«

Sie nickte und sah mich an, als hätte ich den Verstand verloren.

»Dann werde ich jetzt versuchen, Euren Kuhknecht zu

finden.« Ich rannte hinaus in die dunkle Nacht, vorbei an einem der Dienstboten, der die Treppe heraufkam, und an Margaret, die auf dem Weg in die Große Halle war, um auf Sir John zu warten.

»Immer noch keine Spur von ihm?«

»Nein.«

Ich versuchte mein Glück in drei Hütten vor den Toren des Herrenhauses, jede einzelne so ärmlich, dass ihre Bewohner nahezu vollständig auf Wärme und Möbel verzichten mussten. Endlich fand ich die Hütte des Kuhknechts. Er saß am Feuer und hatte ein kleines Kind auf dem Schoß, das er mit Brotstücken fütterte, die in Wasser eingeweicht waren. Er war ein hochgewachsener junger Mann mit blondem Haar und freundlichem Lächeln.

»Es tut mir leid, Euch Eurem Zuhause entreißen zu müssen, aber könntet Ihr anstatt bei der Geburt eines Kalbs bei der eines Babys behilflich sein? Das Baby hat sich seitwärts gedreht und die Hebamme kann es nicht bewegen.«

Verwirrt sah der junge Mann mich an. »Mylady, ich weiß nicht …«

Mir fiel ein, dass ich noch einen Rest Geld aus den Einnahmen meiner Großmutter in meinem Taillenbeutel hatte. »Ich könnte ein wenig dafür bezahlen.«

»Geht es um die Gemahlin von Mylord, Miss? Ich habe gehört, ihr steht eine Frühgeburt bevor.«

Ich nickte. Seine Frau versuchte, ihn zurückzuhalten. »Jonathan, das ist eine bedeutende Angelegenheit. Vielleicht wäre es besser …«

»… den Dingen ihren Lauf zu lassen? Gewiss. Zweifellos hast du recht, so wie der Hahn, der dreimal krähte, als Simon Petrus den Herrn verleugnete. Ich jedoch kann das nicht.«

Ich dankte ihm für seine Großmut, denn ich wusste, was für ihn auf dem Spiel stand, falls Beth etwas zustieß, der jungen Frau seines Dienstherrn. Dann zog ich ihn auf den Rücken meines Pferdes und im Galopp ritten wir zum Herrenhaus – von dessen Besitzer immer noch nichts zu sehen war, als wir die Treppe zum Schlafgemach hinaufeilten.

Mittlerweile war Beth bleich wie ein Laken. Sie krümmte sich nicht mehr vor Schmerzen, sondern lag nahezu unbeweglich da.

»Könnt Ihr ihr helfen, Jonathan?«, fragte ich.

Die Hebamme sah uns an, als wären wir von etwas Ansteckendem befallen. Vielleicht war das sogar tatsächlich der Fall, und unsere Hoffnung würde sich ausbreiten.

Beth lag auf dem Rücken. Jonathan redete sanft auf sie ein, wie er es wohl auch bei seinen Kühen tat, während er sie sich langsam hinknien ließ. »Aha. Bei unserem Vieh nennen wir so etwas eine Steißlage.«

»Könnt Ihr das Baby herumdrehen?«

Vorsichtig fing er an, auf Beths Leib zu drücken. Im ganzen Raum wurde es so still, dass nur noch das Knistern des Feuers und Beths Keuchen zu hören waren. Missbilligung hing in der Luft wie beißender Rauch.

In diesen Augenblicken betete ich inbrünstiger als je zuvor.

Ein oder zwei Mal sah Jonathan mich an, zuckte die Achseln und biss sich auf die Lippen, bis sie blutleer waren wie die eines Toten. Doch plötzlich hörte ich einen Schrei der Erleichterung, als zunächst der Kopf des Babys zu sehen war, dann eine Schulter und die nächste und schließlich, mit einer letzten erschöpfenden Anstrengung, die Beine. Jonathan hielt den Kleinen an den Knöcheln und gab ihm einen Klaps, bis ein leises, quiekendes Schreien zu hören war. »Ein Sohn, Mylady.«

»Das ist ein Werk des Teufels«, murmelte die Hebamme. »Eine solche Geburt ist nicht möglich!«

»Es ist ein Werk Gottes«, hörte ich meine eigene Stimme sagen, laut und gebieterisch, obwohl ich gar nicht wusste, woher sie kam. »Hervorgebracht durch die Kraft des Gebets, an dem sich sicher jeder in diesem Raum hier beteiligt hat.« Ich fiel auf die Knie. »Dank sei dir, Herr Jesus Christus, für die Rettung dieses unschuldigen Lebens in dieser Nacht.«

»Amen«, sagten alle, bis auf die Hebamme, die mir einen hasserfüllten Blick zuwarf. Ich beachtete sie nicht und drehte mich um.

»Wie erfreut Sir John sein wird«, sagte ich leise zu Beth, »dass du ihm einen Erben geschenkt hast.«

»Das wird er, oder?« Sie lächelte schwach und schloss die Augen. »Bleib bei mir, Ann.«

Obwohl ich nach all der Angst und der Suche nach dem Kuhknecht hundsmüde war, versuchte ich, neben meiner Schwester wach zu bleiben. Doch es gelang mir nicht, und wenig später fielen auch mir die Augen zu.

Ich hatte einen seltsamen Traum: Ein Wolf machte sich über eine Schafsherde her und zerriss ein Schaf nach dem anderen, bis ich es endlich schaffte, aufzuwachen und dem Ganzen so ein Ende zu bereiten.

Ich richtete mich auf und erinnerte mich daran, wo ich mich befand. Mich fröstelte ein wenig. Ich musste einige Stunden geschlafen haben, denn mittlerweile war es kalt im Raum. Ich stand auf und legte ein paar Holzscheite ins Feuer. Ich blies in die Asche und sah zu, wie die Funken flogen.

Ein plötzliches Geräusch aus dem Bett ließ mich herumfahren. Beth wirkte irgendwie sonderbar. Ihre Hände und Füße waren eiskalt, ihre Stirn dagegen glühte wie ein Brennofen. Da ich kein Vertrauen in die Hebamme hatte, weckte ich den Haushofmeister und bat ihn, einen Arzt holen zu lassen, während ich Beths heiße Stirn mit einem kühlen, feuchten Tuch abtupfte.

Als der Arzt erschien, kündigte die Morgendämmerung bereits einen der strahlendsten und herrlichsten Tage an, die ich je erlebt hatte. Unserem Elend zum Trotz schimmerten die Felder in der Umgebung, als seien sie in Gold getaucht. Nebel zog über den Bäumen auf und ließ die Welt wie ein Traumbild erscheinen. Doch ich wusste auch, dass uns die raue Wirklichkeit schon bald einholen würde.

Der Arzt beugte sich hinunter zu Beth, fühlte ihre Stirn und sah ihr in die Augen, deren Blick entrückt in die Ferne schweifte. »Es ist das Kindbettfieber. Häufig folgt es gleich auf die Geburt. Wie geht es dem Kleinen?«

»Er schläft bei der Amme und ist wohlauf.«

Der Arzt seufzte und sah traurig und hilflos drein. »Immerhin darüber wird sie froh sein. Und Sir John?«

»Auf dem Rückweg von der Jagd in Lincolnshire.«

»Ich hoffe, er beeilt sich.«

Das versetzte mir einen Stich ins Herz. »Könnt Ihr denn gar nichts tun?«

Er schüttelte den Kopf. »Nichts, was Ihr nicht selbst schon getan hättet. Am Mittag werde ich noch einmal nach ihr sehen.«

Als ich zu ihr zurückkehrte, hatte meine Schwester die Augen geöffnet. »Wie macht sich mein Sohn?«

»Gut«, sagte ich lächelnd.

»Darüber bin ich froh. Es ist besser so, er soll leben. Und erzähl mir nicht, ich hätte noch einen haben können. Niemals hätte ich den Verlust verwunden. Komm her, Ann. Zieh die Vorhänge zu, so wie wir es als kleine Mädchen getan haben.«

Ich zog die schweren Vorhänge zu, bis wir in dem großen Bett ganz für uns allein waren, wie so viele Male zuvor.

»Unsere eigene kleine Welt«, flüsterte Beth in der Dunkelheit. Ihr Seufzen brach mir beinahe das Herz. »Sir John ist ein guter Mensch, nicht schlau und humorvoll, aber ein aufrichtiger Mann. Er wird sich um unseren Sohn kümmern.« Sie ergriff meine Hand. »Erst unsere Mutter und nun ich. Wie schade, dass die Männer in unserer Familie ewig unter den Lebenden weilen und die Frauen in der Blüte ihrer Jahre dahinscheiden.«

Ich wollte widersprechen, ihr sagen, dass auch sie ewig leben würde, doch als ich ihren rasselnden Atem hörte, wusste ich, was das bedeutete. Meine Schwester umschloss meine Hand noch fester, als wolle sie sich an mich und das Leben klammern – dann erschlaffte ihr Griff.

Ich hörte ein Schluchzen und stellte fest, dass es mein eigenes war. Mir liefen die Tränen über die Wangen, bis Beths Kopfkissen vollkommen durchnässt war. Ich vergaß alles um mich herum, küsste ihr liebes Gesicht und presste ihren leblosen Körper an meine Brust.

Plötzlich hörte ich unten in der Großen Halle Tumult. Ich sprang auf und lief zur Treppe.

Am Fuß der Treppe stand Sir John. Auf den Schultern trug er, wie das Opfer eines grausamen Rituals, einen weißen Hirsch, verunstaltet nur durch einen winzigen roten Fleck, wo der Pfeil in getroffen hatte. »Wo ist Beth? Wie steht es um meine geliebte Gemahlin?«

Margaret erschien an meiner Seite. Sie war gerade erst aufgestanden und hatte einen Umhang über ihr Unterkleid gezogen. Hilflos sah ich sie an. Dann schüttelte ich den Kopf und wandte den Blick ab. Ich schluchzte auf.

»Ihr habt einen Sohn, Sir. Einen kräftigen Sohn, der Eure Linie fortsetzen wird.« Ich war blind vor Tränen und musste mich am Geländer festhalten, um nicht die Treppe hinabzustürzen.

»Haushofmeister!«, rief Sir John voller Freude. Er legte den Hirsch ab und stampfte mit den Füßen auf, um sich aufzuwärmen. »Bring dieses Stück Wild in die Speisekammer. Und hol ein wenig Wein. Wir wollen einen Toast ausbringen auf meine Gemahlin und meinen Sohn!«

Unterdessen war auch Sir Johns Schwester erschienen. Sie stand oben auf der Treppe und sah schweigend zu ihm hinab, hinter ihr die Mutter. Langsam, so als ob ich durch Treibsand schritt, ging ich die Treppe hinunter, während die Augen aller auf mich gerichtet waren. Sie erwarteten, dass ich Sir John die schreckliche Nachricht überbrachte, doch mein Hals war wie zugeschnürt und mir versagte die Stimme.

8

Als ich am Tag von Beths Begräbnis in der Familienkapelle saß, war mir, als könne ich nie wieder Wärme empfinden. Ich dachte an ihren erkalteten bleichen Körper und daran, dass ihr die Mutterfreuden versagt blieben, obwohl sie doch eigentlich das kräftige Saugen eines Babys an ihrer Brust hätte fühlen sollen. Stattdessen wurde Beth, die früher an meiner Seite Freudensprünge gemacht und gelacht hatte, nun an diesem kalten düsteren Ort begraben, auf ewig verborgen vor dem Sonnenlicht.

»Der Herr gibt, und der Herr nimmt«, sagte Margaret leise und sah mich an. Sie versuchte, mir Trost zu spenden, doch mir war nicht danach, den Herrn zu preisen.

Sir John wollte keine große Totenfeier, weder den klagenden Klang von Trompeten noch Prediger, die ihm vor Augen hielten, dass die Zeit des Menschen auf dieser Erde begrenzt war. Ich war froh darüber, denn ich konnte mich einfach nicht mit Beths Tod abfinden und fühlte nichts als Zorn.

Mein Vater war gerade aus London angereist. Er kniete in gebeugter Haltung, als könne er nicht begreifen, dass zwei Mal das Gleiche geschehen konnte, erst seiner Frau und nun seiner Tochter.

Beinahe glich er einem Kind, wie er dort auf Knien seine Hände anstarrte, und schmerzlich empfand ich plötzlich eine Art mütterlicher Zuneigung zu ihm. Aufbrausend, wie er war, hielt er seine Autorität uns gegenüber für unumstößlich, doch im Grunde seines Herzens war er von Liebe zu uns allen erfüllt.

»Vater, ich werde Euch hinausbegleiten.«

Schwerfällig erhob er sich. »Die Jahre sind nicht spurlos an mir vorübergegangen, Ann. Ich fühle mich wie eine alte Stadt, die geplündert und mit nichts zurückgelassen wurde.«

Langsam gingen wir durch das Mittelschiff der Kapelle zur Tür, wo Sir John mit seiner Mutter und Schwestern stand.

»Auf Wiedersehen, John.« Mein Vater reichte ihm die Hand und Sir John ergriff sie in stummer Trauer. Er wirkte würdevoll, wie man es ihm zuvor niemals zugetraut hätte.

Auch ich wollte ihm die Hand reichen, doch er wandte sich abrupt ab und fragte seine Mutter, ob sie sich bei ihm einhaken wolle. Betroffen, als hätte er mich geohrfeigt, blieb ich zurück.

Gackernd wie eine der Hennen meiner Großmutter kam Margaret auf uns zu. »Wir reisen nun ab und werden über Nacht in Peckham eine Rast einlegen. Mein Gemahl, Sir Thomas, hat bereits ein paar Betten herrichten lassen.«

»Komm, Ann.« Mary hakte sich bei mir unter. »Unsere Tante wird dich in York House vermissen. Sie zählt auf deine Hilfe, und darüber hinaus bietest du ihr ein wenig Zerstreuung. Ist es wahr, dass sie dich, gekleidet wie ein Dienstmädchen, auf die Straßen von London hinausgeschickt hat?«

Ich nickte, den Blick immer noch auf Sir John gerichtet, raste mein Herz vor Aufregung. Hatte er mich absichtlich kränken wollen?

»Mary«, unterbrach ich ihr Geplapper, »warum wollte mir Sir John nicht die Hand geben?«

»Kommt, Vater.« Mary antwortete nicht auf meine Frage und ging an der Seite meines Vaters hinter mir her.

Ich sah, wie er ihr etwas zuflüsterte, und tat, als sei ich versunken in den Anblick eines der Kirchenfenster.

»Sir John gibt zu viel auf das Gerede seiner Mutter.« Obwohl Mary die Stimme gesenkt hatte, verstand ich sie laut und deutlich. »Lady Mills glaubt, es sei Anns Schuld. Gott habe sie bestraft und ihre Schwester von uns genommen, weil Ann sich seinem Willen widersetzen wollte.«

Marys Worte brannten mir in der Seele. Würde meine Schwester noch leben, wenn ich den Kuhknecht nicht zur Hilfe gerufen hätte, oder gründete dieser Verdacht auf Unwissenheit und Vorurteilen?

Den Ritt von Camois Court zurück nach London nahm ich kaum wahr. Nicht einmal das bunte Treiben in London lenkte mich von meinem Schmerz und den Fragen, die mich quälten, ab.

Die Große Halle von York House war voller Menschen, als wir eintrafen. Nach der stillen Trauer in Sussex war es, als öffne man die Tür zu einer Werkstatt, überall herrschte rege Betriebsamkeit. Schwarz gekleidete Männer rannten hin und her, einige mit Handschriften, andere mit Papieren zu den Fällen, die in der Sternkammer am Obersten Gerichtshof verhandelt wurden. Am Königshof mochte man lange spekulieren, wer der alternden Monarchin auf den Thron folgen würde, die Angelegenheiten des Gerichtshofes aber duldeten keinerlei Aufschub.

Mein Vater hatte erzählt, dass sich in Irland ein gefährlicher Aufstand zusammenbraue, schon bald sei man wohl gezwungen, etwas gegen die Rebellen zu unternehmen. Ich konnte mich glücklich schätzen, dass ich nicht zum Hofstaat gehörte. Denn es hieß, aus eben diesem Grund sei die Königin so verdrießlich gestimmt, dass sie regelmäßig Ohrfeigen verteilte und ihre Hofdamen stundenlang warten ließ. Einer ihrer Kammerfrauen hatte sie sogar den Finger gebrochen, weil sie ihre Handschuhe nicht so schnell abgestreift hatte, wie die Königin es verlangte.

Unter den Wartenden in der Halle war auch meine Tante. Mit offenen Armen kam sie auf mich zu. »Ann, mein Liebes, mir bricht es das Herz wegen deiner armen Schwester. Ihr Leben hatte doch gerade erst begonnen. Zwei Ehemänner habe ich schon begraben müssen, aber niemanden in Beths zartem Alter, der mir so lieb und teuer war. Im Kindbett zu sterben, ist der Fluch unseres Geschlechts.«

Nach diesen Worten konnte ich die Trauer, die ich unter Aufbietung all meiner Willenskraft tief in mir begraben hatte, nicht länger zurückhalten. »Ach, liebe Tante, ich …«

Meine Augen füllten sich mit Tränen, und ich dachte an Beths liebliches Gesicht, das ich so lange Zeit jeden Morgen als Erstes gesehen hatte. Sie hatte mich besänftigt, war Balsam für all meine Wunden gewesen, hatte all meine Geheimnisse geteilt, ob glücklich oder traurig. Sie war für immer fort, nie wieder würde sie mich in düsteren Zeiten aufheitern.

Vor lauter Schluchzen konnte ich kaum sprechen. Ungeachtet dessen, ob mich jemand sah, vergrub ich mein Gesicht im feinen Stoff des Gewands meiner Tante, die mich fest in die Arme nahm.

»Ach, Ann, du warst ihr stets die Liebste und Gütigste. Sicher war sie Gott dankbar, denn sie hatte zwar keine Mutter mehr, aber eine Schwester wie dich.«

»Aber als sie am dringendsten Hilfe brauchte, konnte ich nichts für sie tun.«

»Es wäre Hochmut, so zu denken, Ann. Gott allein entscheidet, was geschieht. Und ganz gleich, wie schwer es uns auch fallen mag, uns damit abzufinden, es steht uns Menschen nicht zu, seine Entscheidungen infrage zu stellen.«

Ich wünschte, ich hätte Gottes Willen so einfach akzeptieren können, wie sie es tat. Doch ich war so aufgewühlt, dass ich mit der ganzen Menschheit haderte und die Unwissenheit von Hebammen verfluchte.

Ich weiß nicht, wie lange ich mich an meine Tante klammerte und sie mir immer wieder über das Haar strich, bis ich mich beruhigt hatte.

Sie wischte mir mit ihrem Taschentuch das Gesicht ab und strich mir eine Haarsträhne zurück unter meine Haube.

»Nun, Ann«, sagte sie und wies lächelnd auf einen Mann, der hinter mir stand. »Hier ist jemand, der auf dich gewartet hat und hofft, dass er dich ein wenig trösten kann.«

Ich erschrak zutiefst, hin und her gerissen zwischen meinen Gedanken und der Welt, in der ich mich tatsächlich befand. Ich drehte mich um und sah in die ernsten blauen Augen von Richard Manners.

»Miss Ann, als ich die schreckliche Nachricht vom Tod Eurer Schwester vernahm, bin ich sofort angereist.« Seine Stimme klang beruhigend wie das gleichmäßige Läuten einer Kirchenglocke. »Vielleicht tröstet es Euch, dass sie nun in der liebevollen Obhut unseres allmächtigen Vaters ist.«

»Ja, Ann«, pflichtete der Lord Keeper mit klarer, milder Stimme bei, »doch ich weiß, einem trauernden Herzen ist selbst das nur ein schwacher Trost.«

In ein paar Fuß Entfernung, bemüht, sich an der Seite des Lord Keeper im Hintergrund zu halten, sah ich seinen Sekretär. Verflogen war der Anschein des wortgewandten Schmeichlers, aufrichtiges Mitgefühl lag in seinem Blick.

Ich weiß nicht, welcher Teufel mich ritt, doch ich drehte mich zu ihm um. »Und Ihr, Master Donne, als Dichter macht Ihr Euch doch sicher über solche Dinge Gedanken. Haltet Ihr es für den Akt eines gerechten und gnädigen Gottes, dass meine Schwester in so zartem Alter von uns gegangen ist, obwohl sie das ganze Leben noch vor sich hatte?«

Einen Moment lang schwieg er, in dem Bewusstsein, dass alle Augen auf ihn gerichtet waren.

»Eine einfache Antwort kann ich Euch darauf nicht geben, Miss. Meine drei Schwestern und mein Bruder sind viel zu früh von mir gegangen, und auch ich habe mich lange gequält, um Gerechtigkeit in einem solchen Verlust zu erkennen. Im Allgemeinen heißt es, Schmerz und Tod seien der Preis für unser Bewusstsein – als Söhne und Töchter von Adam und Eva, die im Garten Eden vom Baum der Erkenntnis kosteten.«

»Ich kenne die allgemeine Antwort, Master Donne.« Ich merkte selbst, dass meine Stimme zu hart klang, doch von jemandem wie ihm hatte ich etwas Erhellenderes erwartet.

»Nun, Ann«, warf meine Tante ein. »Du kannst Master Donne nicht um eine Lektion in Philosophie bitten und sie dann derart entschieden zurückweisen.«

»Es tut mir leid, Master Donne. Es ist die Trauer, die mich so schroff klingen lässt.«

Er verbeugte sich. In seinen dunklen Augen lag tiefes Bedauern. Einen Moment lang erkannte ich ein Mitgefühl und ein Verständnis für meinen Kummer, das ich nie erwartet hätte.

»Komm, John«, mein Onkel ergriff seinen Arm, »wir haben heute einiges am Gerichtshof zu erledigen.«

Ich fragte mich, ob er, wenn wir allein gewesen wären, mehr gesagt hätte als die üblichen leeren Floskeln. Doch plötzlich erschrak ich über meine eigenen Gedanken. Gerade erst hatte ich meine Schwester zu Grabe getragen, wie konnte ich da Trost von jemandem annehmen, vor dem alle mich gewarnt hatten?

»Welch schöne Worte von Master Donne.« Richard Manners holte mich zurück in die Gegenwart. »Doch ich habe gehört, dass, als der Bruder – von dem er sprach – in Newgate gehenkt wurde, weil er einem Priester Unterschlupf gewährte, Master Donne nicht zögerte, sich am Erbe seines Bruders zu bereichern.«

»Ich kann nur hoffen, dass *niemand* dazu imstande ist, so etwas zu tun«, antwortete ich mit einer Bestimmtheit, die ich eigentlich nicht empfand. Master Manners Anschuldigung rief mir das Gespräch zwischen Master Donne und seiner Mutter ins Gedächtnis, von dem ich aufrichtig wünschte, ich hätte es niemals mit angehört. Als seine Mutter ihn des Verrats an seiner Religion bezichtigte, hatte sie etwa auch einen Verrat an seinem Bruder um des eigenen Vorteils willen gemeint?

»Kommt, Master Manners, Ihr solltet Euch nicht auf derartige Unterstellungen berufen, denn sie könnten nichts weiter als Klatschgeschichten sein.« Meine Tante milderte ihre Worte durch ein Lächeln. »Und nun, sagt uns, wie geht es Eurem lieben Vater zu Hause in Leicestershire? Auf sein Geheiß hin seid Ihr bei unserem letzten Treffen so eilig abgereist.«

Master Manners lachte herzlich, was bei all unserer Trauer ein wenig merkwürdig klang. Mit seiner heiteren Miene war er wirklich ein gut aussehender Mann. »Mein Vater!« Abermals wandte er sich an mich. »Er ist unberechenbar wie ein Wetterhahn. Ihr könnt Euch glücklich schätzen, dass Euer Vater stets weiß, was er will.«

Ich dachte an meinen Vater, der nur zu gut wusste, was er wollte und keine andere Meinung gelten ließ.

»In Zeiten wie diesen werde ich nicht von Heirat sprechen«, fuhr Master Manners fort, und ich war dankbar für sein Taktgefühl. »Es sei nur so viel gesagt, dass mein Vater – und keineswegs ich – derjenige war, der den Weg zu Euch mit Dornen pflasterte, Miss More.«

Ich lächelte über seine extravagante Wortwahl.

»Seht Ihr, Miss More«, unverhohlene Freude schwang in seinem Tonfall mit, »ich habe Euch zum Lächeln gebracht. Und ich bin dankbar, dass mir diese kleine Gnade zuteil wird.«

»Nun, Master Manners«, meine Tante verscheuchte ihn mit ihrem Fächer, »es wird Zeit, dass Ann und ich unseren hausfraulichen Pflichten nachgehen.«

Master Manners verbeugte sich tief. Er sah mir hinterher, bis ich mit meiner Tante die Große Halle verlassen hatte.

»Ich muss einräumen«, flüsterte meine Tante auf dem Weg zu den Küchen, »ich habe eine Schwäche für gutes Aussehen, doch seine Offenheit in Bezug auf seine Absichten fand ich bei deiner gegenwärtigen Trauer nicht angemessen.« Sie blieb stehen, nahm meine Hand und hielt mich auf Armeslänge von sich entfernt. »Bald werden die Blumen im Garten wieder blühen. Und dir wird es ähnlich gehen. Du bist willkommen, bei uns zu bleiben, solange es dir gefällt, dem Lord Keeper und mir ist es eine Freude. Aber du solltest dir auch Gedanken über deine Zukunft machen, liebe Ann, und über die Freuden der Ehe.«

»Und des Kindbetts?« Abermals überkam mich Trauer beim Gedanken an die bleiche Gestalt, die wir erst kürzlich begraben hatten. »Ist diese Freude es wirklich wert?«

»Ach Ann, trauere, solange du möchtest. Aber eines Tages, und der wird nicht mehr fern sein, sehnst du dich nach den Freuden von Heim und Herd.« Sie sah mich augenzwinkernd an. »Und nach denen des Schlafgemachs.«

Meine Wangen nahmen die Farbe einer der Rosen an, die bald im Garten meines Onkels erblühen würden. »Tante«, ich nahm ihren Arm und zog sie weiter, »ich sollte Euch wohl von zu viel gutem Aussehen fernhalten.«

»Also, Ann! Frech warst du ja schon als Kind! Nun komm, wir wollen dem Küchenmeister seine Anweisungen erteilen. Später kannst du mich zu einem Besuch bei Lady Warwick begleiten, ebenfalls eine Hofdame der Königin.«

Nachdem mit dem Küchenmeister alles besprochen war, brauchte meine Tante mich zunächst nicht. Auf meinem Zimmer versuchte ich, die Geschichte von Abälard und Heloise zu lesen, die ich aus der Bibliothek meines Großvaters mitgebracht hatte. Die Erzählung schicksalhafter Leidenschaft – Heloise liebt ihren Hauslehrer, Peter Abälard, und gibt sich ihm hin, was ihre Brüder derart in Rage versetzt, dass sie ihn entmannen – war allerdings kaum geeignet, mich von meinem Kummer abzulenken. »Meine liebe Ann«, hatte ich die Worte meiner Großmutter im Ohr, die sie so oft zu mir gesagt hatte, als ich noch ein kleines Mädchen war, »gib deinen untätigen Händen etwas zu tun und nähre deinen anspruchsvollen Geist.«

Ich verstaute die Geschichte in meiner Truhe. Vielleicht sollte ich nach Loseley zurückkehren. Denn hier war ich zu jung und unwichtig, um für irgendjemanden von Bedeutung zu sein.

Den Besuch bei Lady Warwick konnte ich mir lebhaft vorstellen. Zwei Stunden lang würde ich in einem zugigen Säulengang sitzen und Klatschgeschichten über das Leben am Königshof zu hören bekommen. Dennoch ging ich mit, aber ich nahm nicht ein einziges Wort wahr.

Während der kalten und nebligen Tage des Vorfrühlings trauerte ich um meine Schwester. Das Wetter schien wie ein Spiegel meines Gefühls von Verlorenheit und Erstarrung. Der scharfe Märzwind vertrieb einen Teil meiner düsteren Gedanken, doch erst als die Sonne wieder kräftiger schien, raffte ich mich auf und suchte Zerstreuung. Für vornehme Unterhaltung war es noch zu früh, doch ich nahm mir vor, mich wenigstens nützlich zu machen. Also begab ich mich auf die Suche nach Joan, der Kammerfrau meiner Tante, um zu fragen, ob ich ihr zur Hand gehen konnte.

Joan, mit ihren Apfelbäckchen und rund wie ein Fass, war das Ideal einer Frau vom Land, dabei hatte sie nie auch nur einen Schritt außerhalb des Londoner Dunstes getan. Lächelnd nahm sie mein Angebot an. »Allmählich langweilen Euch die Gebete, oder?« Sie hielt inne und schien zu überlegen, ob ich ihre Worte falsch auffassen könnte, so kurz nach dem Tod meiner Schwester. »Es tut mir leid, Miss, ich wollte Euch Euren Verlust nicht absprechen. Wir alle waren traurig, als wir vom Schicksal Eurer Schwester gehört haben. Sie soll ein wunderbares Mädchen gewesen sein.«

»Keine Sorge, Joan. Was die Gebete betrifft, hast du recht. Es fällt mir schwer, Gott zu danken, da ich so wütend auf ihn bin.«

»Miss!«

»Ich weiß, so etwas sollte ich nicht sagen. Wobei kann ich dir behilflich sein?«

»Mylady sagt, sie mag gern Äpfel aus Kent, und ich habe gehört, dass es trotz der frühen Jahreszeit welche am Borough Market gibt. Warum sie über den Winter keine auf Pyrford gelagert hat, kann ich mir auch nicht erklären.«

Sie betrachtete mein feines Kleid. »Borough Market liegt in Southwark, Miss, und wir werden uns unter das einfache Landvolk mischen. Ihr solltet über dem feinen Stoff einen Umhang tragen.«

Nachdem wir an den Stufen zu York House mit den Worten »Ostwärts, ho« ein Boot herbeigerufen hatten, überquerten wir den Fluss. Wenig später gingen wir in Southwark an den Stufen zu Paris Garden an Land. Hier schien das Ufer der Themse noch belebter als anderswo, sofern das überhaupt noch möglich war. Wir gingen an einer langen Reihe Häuser entlang, vorbei an Teichen und Theatern, Wassermühlen und verräucherten Werkstätten. Aus den Bärengruben ertönte Geschrei, und mir war unbehaglich beim Gedanken an das arme Tier, das von Hunden gehetzt wurde. Welch grausamer Zeitvertreib! Ich spähte in einen Lustgarten hinein, doch Joan zog mich weiter in Richtung Markt. Dieser lag hinter dem Großen Bierhaus und war erreichbar über eine Treppe, die wieder zum Fluss hinunterführte. Über den Namen musste ich lächeln: Pickle Hering Stairs, die Treppe der eingelegten Heringe. Aus einem Fenster lehnte eine junge, geschminkte Frau und rief: »Morgen, junge Damen, was führt euch in diesen verruchten Teil der Stadt?«

»Miss Ann, dreht Euch nicht um. Es ist allseits bekannt, dass das Haus ein Bordell ist. Die Schenke zum Schloss der Hoffnung, dabei ist es alles andere als ein Schloss, und ich versichere Euch, die Bewohner sind keine Damen. Aber nun ist es nicht mehr weit bis zum Markt.«

Ich hatte es nicht eilig. Ich war so beschäftigt mit all den neuen Eindrücken und Geräuschen, dass ich zum ersten Mal seit Wochen meinen Kummer vergaß. Doch es gab etwas, das meine Freude trübte: die Kinderbanden, die mir zuvor bereits aufgefallen waren. Manche der Kinder waren noch so klein, dass sie offenbar gerade erst Laufen gelernt hatten, andere wurden von ihren Brüdern oder Schwestern, die selbst nicht viel älter schienen, auf dem Arm getragen – alle wirkten erschöpft, verhärmt und hungrig. Ihre leeren Blicke aus großen Augen verfolgten mich, als durchschauten sie meine Verkleidung. Als wüssten sie, dass ich aus einem Herrenhaus kam, wo so viel Überfluss herrschte, dass selbst die Hunde des Hausherrn mehr zu essen bekamen als sie.

»Tja«, bemerkte Joan, »anders als die Äpfel für deine Tante haben diese Früchtchen immer Saison. Mir scheint, je ärmer die Mutter, desto mehr Kinder bringt sie zur Welt. Vermutlich das einzige Vergnügen, was den Armen noch bleibt. Seit den Missernten verlassen sie ihre Dörfer und strömen in Scharen nach London. Oftmals überlassen sie ihre Kinder sich selbst, weil sie sie nicht mehr ernähren können, und hoffen auf das Wohlwollen der Pfarrei.«

»Und hilft die Pfarrei ihnen?«

»Nicht, wenn es sich vermeiden lässt. Lieber schickt man sie fort wie streunende Hunde. Und nun gibt es dieses neue Gesetz, durch das wir alle Steuern zahlen müssen, um ein Armenhaus zu bauen. Aber niemand weiß, ob das eher hilfreich oder hinderlich ist.«

Sie zog ihr Schultertuch fester um sich herum und achtete nicht auf das Geschnatter der zerlumpten Kinder, die ihr mit ausgestreckten Händen hinterherliefen.

»Psst!« Sie stampfte mit dem Fuß auf, und stumm wie immer verschwanden die Kinder wie kleine Trugbilder.

»Achtet gut auf Euren Beutel, Miss. In diesem Teil der Stadt ist nicht alles so unschuldig, wie es scheint.«

Kurz vor dem Borough Market stand ein Milchmädchen im Schatten der Bäume, das Joch mit den Milcheimern auf den Schultern sprach sie mit einem Kunden. Ich blieb stehen, denn sie kam mir von einem meiner vorherigen Ausflüge mit Joan bekannt vor. Es war das junge Mädchen, dem wir schon einmal begegnet waren. Damals hatte ich ganz vergessen, dass ich gekleidet war wie ein Dienstmädchen, und hatte ihr Geld gegeben.

Sie musterte mich eingehend. Als ihr die feine Kleidung unter meinem Umhang auffiel, fragte sie sich wohl, ob sie richtig gesehen hatte. Dann jedoch brach ein großer Tumult aus.

Ein zwölf- oder dreizehnjähriger Junge, hochgewachsen, schlaksig wie der Reiher am Fischteich auf Loseley, schmutzig, abgemagert und zerlumpt, kam um eine Straßenecke gerannt. Als er das Milchmädchen sah, klammerte er sich an sie, als ob der Henker hinter ihm her wäre und nur sie ihm Gnade gewähren könnte.

»Sarah! Bitte! Er ist hinter mir her! Wenn er mich kriegt, bringt er mich um. Ich werde nicht bei ihm bleiben, ich kann es nicht!«

Aus einer Seitenstraße kam ein derb aussehender Mann, und ich sah, wie Sarah und der Junge zusammenzuckten. Der Mann war schlecht gekleidet und verbreite den Gestank des Wirtshauses. Er knurrte wie ein hungriger Bär und tat, als wolle er den Burschen niederschlagen. »Lass den Jungen los!«

Das Milchmädchen warf mir einen solch verzweifelten und

beschwörenden Blick zu, dass ich einen Schritt vorwärts machte und mich zwischen den Jungen und seinen Verfolger stellte.

»Halt!« Unbeirrt blieb ich stehen. »Wer seid Ihr, und warum hat dieser Junge eine solche Angst?«

»Ich bin John Maunsley, Gerber. Und für wen haltet Ihr Euch, dass Ihr Euch zwischen mich und meinen rechtmäßigen Handwerksburschen stellt?«

Würdevoll, wie ich es mir bei meiner Schwester Mary im Umgang mit aufsässigen Dienstboten abgeschaut hatte, blieb ich stehen.

»Ich bin Miss Ann More«, antwortete ich kalt wie der Ostwind, der die jungen Frühlingsblüten schrumpfen lässt. »Tochter von Sir George More, Ritter Ihrer Majestät und stellvertretender Amtsrichter der Grafschaften Surrey und Sussex.«

»Hm«, brummte er und sah mich nach Nennung all dieser Ämter misstrauisch an. Er hielt Abstand, als fürchte er, ich könne einen Haftbefehl unter meinem Umhang hervorziehen. »Und was geht Miss Ann More mein Handwerksbursche Wat an, dem man noch nicht einmal das Wenden der Häute überlassen kann, ohne dass er nach seiner Mutter weint?«

»Ich habe nicht nach meiner Mutter geweint!«, begehrte der junge Wat auf, ein wenig mutiger, nun da er eine Fürsprecherin gefunden hatte. »Ich habe keine Mutter mehr, und niemanden außer meiner Schwester Sarah.« Verzweifelt wandte er sich zu ihr um. »Er lässt mich die härtesten Arbeiten verrichten, die niemand anders erledigen will. Ich muss meine Hände in Flüssigkeiten tauchen, die brennen und mir die Haut verätzen. Seht hier!«

Er streckte die Hände aus, sie waren voller Blasen und offener Wunden, und die Haut löste sich in Fetzen. »Und dann muss ich die Häute in Fässern voll Hundekot wenden, damit sie geschmeidig werden!«

Vor solch einer höllischen Vorstellung schreckte ich zurück. Ich musste tun, was ich konnte, um zu helfen.

»Daran wird er sich schon noch gewöhnen«, grunzte der

Gerber. »Haut lässt sich abhärten, seht Euch nur meine an.« Er streckte die Hände aus. »Zwanzig Jahre Gerberei, und Hände so weich wie die eines Babys.«

»Ihr nähert Euch den Bottichen ja noch nicht einmal!«, beharrte der Junge, nachdem er seinen Mut zurückgewonnen hatte. »Durch dieses neue Gesetz habt ihr genug junge Burschen, nicht mehr als neun oder zehn Jahre alt, die an Eurer Stelle diese Arbeit verrichten. Die Pfarrei schickt sie Euch und stellt weiter keine Fragen!«

»Sie bekommen Kost und Logis.«

»Wir müssen im Keller schlafen, wo wir uns mit den Ratten unterhalten können, und bekommen schimmeliges Brot oder verfaulte Küchenabfälle, die Ihr den Küchenmägden in der Stadt für kleines Geld abkauft!«

Bei der Ausdrucksweise des Jungen musste ich ein Lächeln unterdrücken. Immerhin war es dem Gerber nicht gelungen, seine Fantasie zu zerstören.

»Du lernst ein Handwerk! Das ist es, was das Gesetz von mir verlangt! Ich kenne meine Pflichten.« Sein Versuch, rechtschaffen zu erscheinen, missfiel mir noch mehr als seine Härte, insbesondere, weil er selbst daran zu glauben schien.«

»Komm her! Wenn nicht, rufe ich die Wache.«

»Bitte, Miss …«, warf die Schwester des Jungen ein. »Ich habe Eure Güte bereits erfahren, als Ihr mir einmal eine Münze gegeben habt.« Sie schob den Jungen zu mir herüber. Unter seiner zerrissenen Kleidung konnte ich fühlen, dass er nur noch Haut und Knochen war, und entdeckte einen blauen Fleck auf seiner Nase. Ich sah ihn mir genau an. Er hatte dichtes schwarzes Haar, die Haut war so blass, dass die Adern sich bläulich abzeichneten, doch trotz alledem lag ein Funken überraschender Klugheit in seinem Blick.

»Ich wollte ihn zum Ausliefern der Milch mitnehmen, aber die Pfarrei hat ihn in die Gerberei zurückgeschickt. Er ist flink, Miss, er kann sogar die Schilder in den Läden und auf dem Markt lesen. Und er hat so ein gutes Herz! Nehmt ihn mit, Miss, um unserer seligen Mutter Willen, die im Kindbett gestorben ist. Ich bitte Euch!«

Diese Worte musste ihr ein Engel eingeflüstert haben.

Sofort sah ich meine Schwester Beth vor mir, wie sie kaum erkaltet in ihrem Leichenhemd dalag. Ich dachte auch an die Schuld, die wie eine Bürde auf mir lastete, denn ich fragte mich, ob ich zu ihrem frühen Ende beigetragen hatte. Vielleicht würde es die Last mindern, wenn ich diesem Jungen half.

»Ich nehme ihn mit«, sagte ich, ohne einen Gedanken daran zu verschwenden, ob meine gütige Tante und mein liebenswürdiger Onkel überhaupt einen weiteren Dienstboten brauchten.

»Aber er ist mir als Handwerksbursche zugeteilt und untersteht laut Gesetz mir!« Der Gerber wollte ihn zurückhalten.

»Wie viel würde es Euch kosten, diesen Jungen während seiner Lehrzeit zu beherbergen und zu verköstigen?«

»Nun, ja«, die schmalen Augen des Gerbers weiteten sich, »die Lehre ist zeitlich nicht begrenzt, aber ein paar Jahre würde sie schon dauern, so lange, bis er sich auf sein Handwerk versteht.«

»Nehmen wir einmal an fünf Jahre. Ich erspare Euch die Ausgaben für Kost und Logis.« Wat lachte verächtlich.

»Aber ich verliere seine Arbeitskraft.«

»Drei Münzen. Gleich morgen werde ich Euch drei Goldmünzen zukommen lassen.«

»Und Ihr werdet Euren Vater heraushalten, den stellvertretenden Soundso von Surrey?« Widerwillig betrachtete er Wats geschundene Hände.

»Ich werde ihn heraushalten. Komm her, Wat«. Ich nahm ihn am Arm und zog ihn hinter mir her durch die Menschenmenge, die sich um uns herum versammelt hatte und unseren Handel beobachtete.

»Kann ich Sarah sagen, wo ich zu finden bin?«, fragte Wat.

Ich sah mich nach dem Gerber um, denn ich wollte nicht, dass er mitbekam, wo Wat sich in Zukunft aufhalten würde. »Joan, sag Sarah leise, wo ihr Bruder fortan wohnen wird.«

Widerstrebend bahnte sich Joan einen Weg durch die Menschenmenge und flüsterte Sarah etwas ins Ohr. Das Milchmädchen machte große Augen, erstaunt darüber, wie sehr sich die Lage ihres Bruders auf einen Schlag verbessert hatte.

»Was ist mit den Äpfeln für Mylady?«, fragte Joan mürrisch, als wir in Richtung Fluss zurückeilten. »Und was wird sie dazu sagen, wenn wir diesen Jungen mitbringen?«

»Sagtet Ihr Äpfel, Miss?«, meldete sich Wat zu Wort, die Furcht in seinen blauen Augen war einem fröhlichen Gesichtsausdruck gewichen. »Ich kann Euch zeigen, wo man gute Äpfel bekommt. Die Frau des Gerbers erwartet ein Kind, die Ärmste, könnt Ihr Euch vorstellen, wie sie …?« Er unterbrach sich. »Nein, wahrscheinlich nicht. Jedenfalls hatte sie Hunger auf Cox Orange. Wir durften sie natürlich nicht essen, aber ich wurde losgeschickt, um ein paar Scheffel herbeizuschaffen. Ich kann Euch zeigen, wo man die allerbesten bekommt.«

Er führte uns durch eine enge Gasse. Ängstlich sahen wir uns immer wieder um, ob der Gerber oder sonst ein Schurke uns auflauerte.

Nach einigen Abzweigungen und Biegungen sowie einem Wasserschwall, der aus einem Fenster geschüttet wurde und dem wir nur knapp ausweichen konnten, fanden wir uns plötzlich mitten auf dem Borough Market wieder, gleich neben einem Stand, auf dem sich Obst und Gemüse türmten.

Doch von Äpfeln keine Spur.

»Er verwahrt sie unter dem Marktstand, in Stroh verpackt wegen der Winterkälte«, erklärte uns Wat.

Joan füllte ihren Korb mit Cox Orange, die so gut gelagert waren, dass sie noch einen Hauch herbstlichen Duftes verbreiteten. Auf dem Rückweg zur Anlegestelle gab ich Wat zur Belohnung einen Apfel. Mit großen Augen sah er ihn sich an, als ob es einer von Heras goldenen Äpfeln wäre.

»Vielen Dank, das ist sehr freundlich, Miss.«

Schweigend überquerten wir den Fluss. Ab und zu sah Joan mich missbilligend an, doch dann zuckte sie die Achseln und rückte etwas von Wat ab, als sei er kein verletztes und unterdrücktes Kind, sondern ein Aussätziger.

Als wir die Stufen von York House erreicht hatten, kletterte sie hastig aus dem Boot, zweifellos, um so schnell wie möglich am Tisch des Haushofmeisters den übrigen Dienstboten von Miss Anns Verrücktheit zu erzählen.

»Wo sind wir, Miss?«, fragte Wat vollkommen eingeschüchtert auf dem Weg zu dem prächtigen Herrenhaus mit seinen Türmen und den drei riesigen Fenstern, von denen man aus der Großen Halle in den Garten sehen konnte.

»Das ist York House, es gehört meinem Onkel. Ich bin sicher, meine Tante und er werden in ihrem Haushalt etwas finden, wo du dich nützlich machen kannst, vorausgesetzt, du scheust dich nicht vor harter Arbeit.«

Wat hielt sich dicht hinter mir und drehte sich immer wieder um, als erwarte er, dass wir von Geschrei und Gezeter begleitet würden. Als wir durch das Tor gingen, stellte ich fest, dass wir nicht allein im Garten waren. Zwei Männer standen am Fluss, halb verborgen von einem Apfelbaum unterhielten sie sich und lachten.

Einer war Master John Donne. Als ich so mir nichts, dir nichts erschien, drehte er sich um. »Guten Morgen, Miss More.« Er bemerkte meinen heruntergekommenen Begleiter und sah mich fragend an, doch er sagte nichts. Offenbar nahm er an, ich würde selbst eine Erklärung abliefern. »Das ist Henry Wotton, ein sehr guter Freund von mir.«

Master Wotton verbeugte sich tief. Er war untersetzt, hatte einen lebhaften Blick und bewegte sich flinker, als man es bei seiner Statur erwartet hätte. Sein ordentlich gestutzter rotbrauner Bart schien im gleichen Maße zu sprießen, wie sein Haupthaar sich lichtete. »Miss More, sehr erfreut. Schon lange verehre ich Euren Onkel als aufrechten und ehrenwerten Diener der Königin. Nicht häufig zu finden in Zeiten wie diesen, das kann ich Euch versichern.«

»Vielen Dank, Master Wotton. Er ist ein guter Mann.«

»Master Wotton und ich sind alte Freunde. Wir haben uns an der Universität kennengelernt, er ist der Sekretär des Earl of Essex.«

Ohne mir dessen bewusst zu sein, musste ich lächeln.

»Warum lächelt Ihr, Miss More?«, fragte Master Wotton interessiert.

»Am Königshof habe ich so viel über den Earl und zahlreiche Damen gehört, ich kann mir vorstellen, dass sein Sekretär alle Hände voll zu tun hat, Liebesbriefe zu schreiben.«

Master Wotton lachte schallend. »Der Earl ist ein Mann der Tat. Davon hält er mehr als von Worten.«

»Richtig. Und seine Taten waren es, worüber die Damen sprachen.«

Mir fiel Wat wieder ein, der in den Garten verschwunden war und sich im Schutz der Mauer verborgen hielt. Auf dem Weg nach York House hatte ich überlegt, was meine Tante wohl zu seiner Anwesenheit sagen würde. Dann aber, beim Anblick von Master Donne, kam mir eine glänzende Idee.

»Master Donne, habt Ihr einen Dienstboten?«

Mir war nicht klar, warum, aber Master Donne und sein Freund brachen in Gelächter aus.

»Zurzeit nicht. Lieber schüttele ich selbst mein Wams aus, als dass ich jemanden dafür bezahlen würde, der es nicht richtig macht. Manchmal, so habe ich festgestellt, sind Dienstboten nicht die Mühe wert, die es macht, sie einzustellen.«

»Das liegt daran, dass Euch noch nicht der Richtige begegnet ist. Und zwar dieser Junge hier, namens Wat – hast du auch einen Nachnamen, Wat?«

»Snaresbrook, Miss.«

»Wat Snaresbrook. Wat sucht dringend eine Anstellung. Als Dienstbote würde er sich hervorragend machen.«

Anstatt zu antworten, brach Master Donne in brüllendes Gelächter aus.

»Ihr wendet Euch an den Falschen, Miss More! Ich habe so viele Burschen beschäftigt, dass es für den Rest meines Lebens reicht! Der letzte bediente sich an meiner besten Kleidung und verschwand.«

»Aber Wat ist ehrlich, oder Wat?«

»So ehrlich, wie der Tag lang ist, Miss.« Wat machte eine Verbeugung, die er sich kurz zuvor bei Master Wotton abgeschaut hatte, und setzte ein strahlendes Lächeln auf. »Und vielleicht auch so lange, wie die Nacht dauert, trotz all der schlimmen Dinge, die dann passieren!«

»Gott behüte uns vor einem Burschen, der sich so gewandt auszudrücken weiß!«, murmelte Master Donne kopfschüttelnd.

»Na komm, John, ein Dichter hat doch wohl nichts gegen kluge Worte?«, sagte Master Wotton lächelnd. Sein Freund aber schüttelte abermals den Kopf.

»Miss More, ich lebe hier in York House. Wenn ich eine eigene Unterkunft hätte, dann vielleicht …«

»Ich bin sicher, mein Onkel hat nichts dagegen, wenn ich ihn danach frage. Wat könnte auf einem Strohballen bei Euch auf dem Fußboden schlafen, so wie Prudence häufig bei mir auf Loseley.«

»Heh, heh, nicht so hastig, Miss …«

»Ihr solltet es zumindest in Betracht ziehen. Wat könnte Botengänge für Euch übernehmen, beispielsweise zu den Gerichtshöfen.«

»Und zum Wirtshaus«, ergänzte Wat, »oder zum Bordell.«

»Wat!«, schalt ich und wandte mich wieder an Master Donne. »Neulich habt Ihr gefragt, ob Ihr etwas tun könnt, um meinen Kummer über den Verlust meiner Schwester zu lindern.« Ich wusste, mein Vorhaben grenzte an Erpressung, doch meine Beweggründe waren ehrenhaft. »Die Mutter dieses Jungen starb im Kindbett, genau wie meine Schwester. Ihn aufzunehmen schien mir eine Art Sühne.«

»Die Ihr großzügig mir aufbürden wollt?« Seine Worte mochten hart scheinen, doch sie klangen freundlich.

Er sah sich Wat genauer an. »Um Gottes willen, was ist mit ihm geschehen?« Ohne beim Anblick der offenen Wunden auch nur mit der Wimper zu zucken, nahm er eine Hand des Jungen.

»Er war Lehrling bei einem Gerber, bei dem er die Hände in ätzende Flüssigkeiten tauchen musste.«

»Und dieser Gerber, bei dem er in die Lehre ging, müsste ich fürchten, dass er mir auf die Pelle rückt, um seinen Leibeigenen zurückzufordern?«

Ich biss mir auf die Lippen. »Höchstwahrscheinlich. Doch es wird ihn einschüchtern, zu erfahren, dass der ihm ehemals Anvertraute nun im Haus des Bewahrers des königlichen Großsiegels lebt.«

»Äußerst beruhigend! Ich lege es nicht darauf an, mir von einem wütenden Gerber beißende Flüssigkeiten ins Gesicht schleudern zu lassen.«

»Keine Sorge, Sir«, gab Wat hilfsbereit Auskunft, »Master Maunsley hat selbst zu viel Angst, sich an das Zeug heranzuwagen.«

»Ebenfalls beruhigend.«

»Dann seid Ihr also bereit, ihn als Euren Dienstboten aufzunehmen? Wat, du wirst einen neuen Herrn bekommen«, sagte ich eifrig und ließ Master Donne keine Gelegenheit, seine Meinung zu ändern. »Master John Donne ist der Sekretär meines Onkels, und darüber hinaus einer unserer berühmtesten Dichter.«

»Aber was denn, ich habe kein einziges Wort veröffentlicht.«

»Mein Cousin hat gesagt, Eure Verse finden so weite Verbreitung, dass Ihr es auch gar nicht nötig habt.« Ich wandte mich an Wat. »Ich gehe jetzt mit dem Jungen und lasse ihn säubern, damit er einen respektableren Eindruck macht.«

»Dann wünsche ich Euch viel Glück dabei!«

9

Ich ließ Wat an der Küchentür warten und machte mich auf die Suche nach Joan, die mir helfen sollte, ihn zu säubern. Ich war die Treppe schon halb hinaufgelaufen, als ich von unten aus der Großen Halle einen gellenden Schrei hörte.

Meine Tante hatte die Anwesenheit eines Straßenjungen in ihrem Haushalt bemerkt. An einem Ohr zerrte sie Wat in die Empfangshalle, wo sie ihren Gemahl vermutete.

»Ist dir eigentlich bewusst, zu wessen Haus du dir unbefugt Zutritt verschafft hast, Junge? Mit wer weiß welch böser Absicht. Um uns zu bestehlen und auszurauben, vermutlich.«

»Bitte, Miss, verschont mich! Ich bin nicht gekommen, um Euch auszurauben. Die junge Dame hat mich hergebracht, damit ich eine ehrliche Arbeit annehmen kann.«

Meine Tante drehte sich zu mir um. »Ann? Ist das wahr? Wer ist dieser Junge, und was hast du dir dabei gedacht, ihn, ohne mich zu fragen, mitzubringen?«

»Sein Lehrmeister hat ihn schlecht behandelt, Tante. Seht Euch seine Wunden an, bevor Ihr mich tadelt.« Ich nahm Wats geschundene Hände und hielt sie ihr hin.

»Da sah ich es als meine Pflicht vor Gott, unserem Schöpfer, an, ihn zu retten. Denn ich wusste, Ihr hättet gütig dasselbe getan.«

»Bei den Wunden des Herrn! Hätte ich das?«, sagte sie in scharfem Ton. Doch ich hoffte, sie überzeugen zu können.

»Außerdem wird er Euch nicht zur Last fallen. Master Donne hat sich bereit erklärt, ihn als Laufburschen aufzunehmen.«

»Hat er das?«, fragte mein Cousin, der gerade in der Großen Halle erschienen war, in Begleitung von Master Manners. »Das ist in der Tat großzügig. Du musst äußerst überzeugend gewirkt haben, Ann, denn ich wette, dieser Junge bedeutet ebenso viel Mühe wie Lohn.«

Wat, der aufmerksam zugehört hatte, richtete sich kerzengerade auf.

»Er wird es nicht bedauern, Sir. Ich möchte, dass der Herr bald sagt: ›Ich weiß gar nicht mehr, wie ich zurechtkam, bevor Wat Snaresbrook in meine Dienste trat.‹«

Darüber mussten wir herzlich lachen.

»Es ist wirklich großzügig von Master Donne«, räumte ich ein.

»Überrascht Euch das nicht?«, fragte Richard Manners. »Dass Master Donne so selbstlos handelt, wäre mir neu. Doch ich hoffe, ihr habt richtig daran getan, ihm den Jungen zu überlassen.«

»Was wollt Ihr damit sagen, Master Manners?«

»Einem Gerücht zufolge hatte Master Donne schon einmal Ärger mit einem Laufburschen.«

»Welche Art Ärger?«

Er zuckte die Achseln. »Das weiß ich nicht, aber ich vermute, es endete vor dem Gerichtshof.«

Diese Nachricht brachte mich ein wenig aus der Fassung. Ich hatte gedacht, Master Donne würde sich als wohlwollender Dienstherr erweisen.

»Ihr wisst erstaunlich viel über den Sekretär meines Stiefvaters, Master Manners«, bemerkte Francis und sah ihn von der Seite an.

»Er ist ein Mann, über den viel geredet wird. Wenn ich mich benehmen würde wie Master Donne, wären sicher auch über mich Gerüchte im Umlauf.«

»Also handelt Ihr stets wie ein guter Christ?«, fragte Francis.

»Das will ich doch hoffen«, lautete die fromme Antwort.

Es lag etwas in seinem Tonfall, das mir die Haare zu Berge stehen ließ, und ich sagte: »Zweifellos wird Euch dafür der Lohn des Himmels zuteil.«

Er sah mich durchdringend aus seinen blauen Augen an und

ich blieb wie angewurzelt stehen. Dann sagte er: »Ich hatte gehofft, schon früher belohnt zu werden.«

Es bestand kein Zweifel darüber, was er damit sagen wollte. Nach dieser ungebetenen Vertraulichkeit senkte ich den Blick und machte mich auf die Suche nach Joan, die unter bitteren Beschwerden damit beschäftigt war, Wats Bad zu überwachen. Sie hatte auch schwarze Kleidung mit einem ordentlichen weißen Kragen für ihn gefunden, die einem der Bediensteten zu klein geworden waren. Der Kragen war zu groß, also nahm ich mir eine Schere, um ihn zu kürzen.

»Gebt her, Miss.« Vorsichtig nahm Joan mir die Kleidung aus der Hand. »Ich sehe schon, Nähen ist nicht gerade Eure Stärke.«

»Nein«, lachte ich. »Was Nadelarbeit angeht, war meine Schwester Frances schon immer geschickter als ich, am liebsten fertigt sie irische Stickereien an. Meine Handarbeiten hingegen trieben meine Großmutter in die Verzweiflung. Ich ging lieber reiten oder spielte mit meiner Katze, als die Zeit mit komplizierten Mustern auf Seide oder Baumwollstoff zu vergeuden.«

»Ihr könnt den Fertigkeiten einer Dame also nicht viel abgewinnen?«

»Ich verstehe, dass das Führen eines Haushalts Vergnügen bereiten kann, aber mir liegt es mehr, zu lesen oder auszureiten!«

»Dann solltet Ihr Euch möglichst viele Dienstboten halten, Miss.« Joan war fertig mit der Naht und legte den Kragen über die Jacke.

Mir kam ein Gedanke. »Gefällt dir das Leben als Dienstbote, Joan?«

Joan lachte und schüttelte den Kopf. »Ihr seid schon sonderbar, Miss Ann. Was ist das denn für eine Frage?«

»Mehr als Euch das Leben als Dame gefällt, Miss«, sagte Wat, den wir beinahe vergessen hatten. »Ich wette, Ihr würdet lieber in die Welt hinausziehen wie ein Mann.«

»Pass auf, was du sagst, junger Freund!«, wies Joan ihn zurecht. »Du ahnungsloser Welpe!«

»Im Wirtshaus habe ich von einer Dame gehört, die mit

ihrem Liebsten, einem reichen Herzog, zusammen sein wollte. Also hat sie sich als sein Page verkleidet!«, gab Wat fröhlich zum Besten.

»Ich vermute, du hast zu viel Zeit damit verbracht, dir Theaterstücke anzusehen, wenn du überhaupt genug Geld für den Eintritt hattest!« Joan zog ihm die Jacke an.

»Au!«

Sie richtete den gekürzten Kragen auf und griff nach einem hölzernen Kamm. »Sei ehrlich, hast du Läuse?«

Wat legte den Kopf schief und zog diese Möglichkeit in Betracht. »Nicht mehr. Meine Schwester hat sie mit warmer Milch und Wermut entfernt.«

»Ein tüchtiges Mädchen, diese Sarah.«

»Und so gütig, wie der Tag lang ist. Als meine Mutter starb, hat Sarah mich, unseren Bruder und unsere Schwester davor bewahrt, dass die Pfarrei uns holte.«

Joan zog den Kamm durch sein dunkles Haar.

»Au!«

»Memme!«

Wat stieß sie fort. »Das bin ich nicht!«

»Lass dich ansehen.«

Sie drehte ihn zu uns herum.

Es war erstaunlich. Frisch gebadet und ordentlich gekämmt sah Wat Snaresbrook aus, als habe er in seinem jungen Leben nie etwas anderes als feine Kleidung getragen.

»Komm mit, Wat. Ich bringe dich zu deinem neuen Dienstherrn.«

»Ich komme mit, Miss«, erbot sich Joan zu meiner Überraschung. »Wer weiß, wo er sich in diesem Bienenstock von einem Haushalt gerade aufhält.«

»Vielen Dank, Joan.«

Nach langer Suche fanden wir Master Donne in der Bibliothek des Lord Keeper, vertieft in ein Gesetzbuch.

»Hier ist Euer Bursche, Master Donne, blank poliert glänzt er wie ein neuer Penny.«

Lächelnd musterte Master Donne ihn, dann setzte er eine ernste Miene auf. »Ich will hoffen, dir liegt nichts an seidenen Hosen und samtener Kleidung, Wat!«

Wat verstand nicht recht. »Wolle ist mir gut genug, Sir.«

»Mein letzter Bursche hat sich an meiner besten Satinkleidung und an einer Handvoll goldener Spitze bedient.«

»Aber Master Donne«, fragte ich in unschuldigem Tonfall, »macht Ihr Euch nicht in einem Eurer Gedichte über die flaumbärtigen Galane lustig, die in Satin gehüllt und überladen mit goldener Spitze sind, gleich der, die Euch abhanden gekommen ist?«

Francis hatte mir erzählt, dass ihm dieses Gedicht von Master Donne am besten gefiel.

»Das stimmt, Miss More«, räumte Master Donne ein. Belustigt kniff er die Augen zusammen und sah mich prüfend an. »Mir scheint, Ihr wisst erstaunlich viel über meine bescheidenen Verse.«

»Sie sind in aller Munde. Dieser Bursche, der davonlief – wie war sein Name?«

»Tom Danby.«

»Vielleicht wollte Tom Danby Euch die Blamage ersparen, Euch selbst in Satin zu kleiden und auszusehen wie einer dieser bedauernswerten Galane, die ihr beschreibt.«

Master Donne brach in Gelächter aus. »Welch wohltätiges Unterfangen – abgesehen davon, dass er die gestohlene Kleidung für fünfundzwanzig Pfund in Cheapside verramscht hat und dann auf Nimmerwiedersehen verschwand! Erst kürzlich bin ich mit dreißig Pfund für diese Unbill entschädigt worden.«

Ich muss gestehen, ich war froh, zu hören, dass es mit Master Manners' Geschichte nichts weiter auf sich hatte. Nicht um meiner selbst, sondern um Wats willen, denn ich wollte nicht, dass er bei einem grausamen Dienstherrn unterkam.

Master Donne bemerkte Joan, die schüchtern hinter mir stand, und bat sie, vorzutreten.

»Miss Joan, welche Freude.«

Joan, gestandene vierzig Jahre alt, errötete wie ein junges Mädchen bei der Bekanntgabe ihrer Verlobung. Es konnte doch wohl nicht sein, dass die robuste Joan auf Master Donnes schmeichelnde Worte hereinfiel, so wie es bei der Hälfte aller Kaufmanns- oder Wirtsfrauen den Anschein hatte?

»Da wir gerade vom Gerichtshof sprechen, wie steht es um deinen Fall?«

»Genau davon wollte ich Euch berichten, Sir. Wir haben das Urteil erhalten. Fünfzig Pfund, die gerecht aufgeteilt werden, und keine Zuwendungen mehr unter der Hand, dank Eurer freundlichen Hilfe.«

»Es freut mich, dass ich zu Diensten sein konnte. Der Lord Keeper ist bestrebt, den ungeheuerlichen Gebühren, die von den Hofbeamten verlangt werden, ein Ende zu bereiten. Sie wuchern wie ein Geschwür in unserem System.« Master Donne gab dem Jungen ein Zeichen, und während er mit ihm hinausging, erklärte er ihm: »Komm her, Wat, ich werde dir eine ehrenvolle Aufgabe übertragen.«

»Also, Joan«, fragte ich leise, »worum ging es bei diesem Fall am Gerichtshof, von dem Master Donne sprach? Ich dachte, du hältst Master Donne für einen Wolf, der nur darauf wartet, ein unschuldiges Lamm zu zerreißen.«

»Mein Urteil war möglicherweise ein wenig zu hart«, räumte Joan ein. »Der Fall betraf das Erbe meines Großvaters. Es ging nur um ein kleines Cottage, dessen Ertrag allerdings mehr einbringt, als meine Brüder und ich in unserem ganzen Leben verdienen können. Aber das Gesetz legte uns ständig Steine in den Weg, immer wieder verlangte man von uns Gebühren, Honorare und allerlei Schmiergelder, um die Angelegenheit zu regeln.«

»Also hast du die Sache Master Donne übertragen?« Es überraschte mich, dass Joan diesen Schritt gewagt hatte. »Warum hast du dich nicht an den Lord Keeper oder an meine Tante, deine Dienstherren, gewandt?«

Joan knetete ihre Hände. »Ich wusste nicht, ob sie mir helfen würden, und eines Tages fand Master Donne mich weinend vor.

Ich erzählte ihm alles, und er versprach, sich der Sache anzunehmen. Und nun ist alles zu unseren Gunsten geregelt.«

Diese hilfsbereite Seite an Master Donne berührte mich zutiefst.

Für einen kurzen Augenblick zog ich in Erwägung, ihn hinsichtlich der Schwierigkeiten meiner Schwester Mary mit Master Freeman ins Vertrauen zu ziehen. Denn wie Joan mir gerade bestätigt hatte, hatte er etwas an sich, das mir das Gefühl vermittelte, man könne ihm vertrauen. Aber was würde geschehen, wenn ich mich irrte und er ihre Unbesonnenheit im Parlament oder an den Gerichtshöfen öffentlich verbreitete? Nein, so verlockend es auch schien, die Bürde meiner Sorgen mit jemandem zu teilen, ich musste sie für mich behalten.

»Miss More«, unterbrach der zurückgekehrte Master Donne meine besorgten Gedanken. »In den letzten Wochen habe ich oft daran gedacht, Euch nach Eurer verstorbenen Schwester zu fragen und Euch zu sagen, wie leid es mir tut, dass ich Euch eine so unzulängliche Antwort gab, als Ihr doch so aufgewühlt wart über ihren Tod. Ich kann Euch einen solch großen Schmerz wirklich nachempfinden.«

»Wegen Eures Bruders?«

Überrascht sah er mich an.

»Woher wisst Ihr von meinem Bruder?«

Noch bevor ich die Worte zurückhalten konnte, sagte ich: »Ich habe gehört, wie Ihr mit Eurer Mutter von ihm spracht.«

»Mit meiner Mutter?« Sofort merkte ich, wie verletzlich diese Offenbarung ihn machte und wie sehr es ihn bestürzte, sie aus meinem Mund zu hören.

»Master Donne, ich hatte nie vor, darüber zu sprechen, und ich versichere Euch, das Geheimnis ihres Besuchs ist bei mir sicher aufgehoben.«

Ich sah ihm an, dass er einen Moment lang überlegte, ob er ihren Besuch leugnen sollte. Dann jedoch zuckte er nur seufzend die Achseln, während ich fortfuhr.

»Nur das eine wollte ich Euch noch sagen: Eure Mutter

scheint Euch verloren, doch so ist es nicht. Meine eigene Mutter starb, als ich ein kleines Mädchen von acht Jahren war, ich kenne das Gefühl von Verlust. Aber meine Mutter ist zurückgekehrt, in meinen Gedanken und in meiner Erinnerung.« Unwillkürlich berührte ich mein Medaillon. »Auch Eure Mutter wird zu Euch zurückkehren.«

»Ihr habt sicher recht«, sagte er, doch es lag eine Kälte in seinem Tonfall, als hätte ich eine verborgene Tür geöffnet, die er lieber geschlossen hielt.

»Das habe ich, Master Donne, ich weiß es.«

»Ihr habt eine Weltanschauung, die weit über Euer Alter hinausgeht, Miss More.«

»Ich bin überzeugt, manchen Dingen wohnt eine solch tiefe Traurigkeit inne, dass nicht einmal die Gnade Gottes sie lindern kann.«

»Das ist wahr, aber nur wenige erkennen diese Wahrheit und gehen das Wagnis ein, sich einer solch grausamen Erkenntnis zu stellen.«

»Ich gehöre zu denen, die sich nicht davor scheuen.«

Daraufhin fing er meinen Blick mit einer derartigen Entschlossenheit auf, dass es mir schien, als wären wir einen Augenblick lang durch einen seidenen Faden verbunden – bis dieser zerrissen wurde und wir uns wieder von der lärmenden Betriebsamkeit von York House umgeben sahen.

Ich wandte mich um und machte mich auf die Suche nach Joan. Mir fiel auf, dass die Dienstboten meines Onkels hin und her liefen und das feinste Silber- und Zinngeschirr sowie Krüge mit Bier und Blumen herbeitrugen. Offenbar sollte das abendliche Mahl weitaus feierlicher ausgerichtet werden als üblich.

»Wer wird heute Abend mit meinem Onkel speisen, da so viel Silber aufgetragen wird?«, fragte ich Joan. »Doch nicht Ihre Majestät, denn davon hätte ich sicher gehört?«

»Nein, nicht die Königin, sondern eine andere große Dame. Die Countess of Straven. Ich habe Mercy gebeten, Euch beim

Ankleiden behilflich zu sein. Sämtliche Damen des Hauses werden sich besonders fein machen.«

Ich tat gleichgültig, doch meine Neugier auf einen Gast, für den so viel Aufhebens gemacht wurde, war geweckt.

»Wie ist sie so, die Countess of Straven, eine ehrenwerte Dame wie meine Tante? Ist sie eine Bekannte aus ihrer Zeit am Königshof?«

»Nein, das ist sie nicht.« Joan schüttelte mein laubgrünes Taftkleid aus. »Sie ist eine entfernte Cousine seiner Lordschaft. Euer Onkel kennt sie gut und schätzt sie sehr.« Sie sah mich abschätzend an. »Nach allem, was man hört, hat sie einen sehr guten Ruf.«

»Und vorteilhafterweise einen Earl zum Ehemann«, schnaubte Mercy, die mit einem Krug Wasser erschienen war, um an den aufregenden Vorbereitungen teilzuhaben. »Er verlässt nie seinen Landsitz, habe ich von Thomas, dem Haushofmeister, gehört. Und er hat eine merkwürdige Art zu reden. Seine Worte folgen so langsam aufeinander, dass er eine Woche braucht, um einen Satz zu beenden.«

»Dann muss sie eine geduldige Frau sein.«

»Ihr kommt das alles recht gelegen. Sie führt ihr eigenes Leben, die Glückliche, und ihr Gemahl gibt sich damit zufrieden. Das sagt jedenfalls Thomas, denn sie hat ihm zehntausend Pfund und das Herrenhaus von Bell Episcopi eingebracht.«

»Zehntausend Pfund!« Ich pfiff durch die Zähne. »Ein fürstliches Vermögen!«

Selbst die Königin hatte nicht so viel in ihren Kassen, bei Weitem nicht!

»Aber die Haltung der Komtess ist alles andere als weiblich«, flüsterte Mercy, »es heißt nämlich, sie verbringe mehr Zeit im Kämmerchen mit ihren Büchern als mit der Führung des Haushalts.«

Gerade noch hatte ich mir eingeredet, sie sei mir gleichgültig, doch nun stellte ich fest, dass ich die Schilderung eines solch gelehrten Vorbildes mit großem Interesse vernahm. Also fragte ich: »Und diese gebildete Komtess, sieht sie einigermaßen vernünftig aus, Mercy?«

»Thomas hat sie vor einer Stunde in Empfang genommen, Miss Ann, gemeinsam mit dem Stallmeister und den Saaldienern.« Sie lächelte verschmitzt. »Er sagt, sie ist so schön wie der Morgenstern.«

Mercy und Joan verabschiedeten sich mit einem Knicks, da sie noch andere Aufgaben zu erledigen hatten, und ich warf einen letzten Blick in den Spiegel. Ich biss mir auf die Lippen, damit sie röter erschienen, und rieb mir die Wangen, bis sie leuchteten wie zwei rote Äpfel. Ich wünschte, meine Taille wäre enger geschnürt, damit meine knospenden Brüste besser zur Geltung kämen.

Aber wenn ich Mercy darum gebeten hätte, hätte dies nur ein Lächeln zur Folge gehabt, und natürlich hätte sie den übrigen Dienstboten erzählt, Miss Ann fühle den teuflischen Stachel der Eifersucht.

Auf einmal musste ich an meine geliebte Schwester Beth denken, und ich schämte mich meiner unwürdigen Gedanken. »Lieber Gott, der du unser Erlöser bist, vergib mir«, betete ich eilig. Dann fügte ich hinzu: »Aber mach, dass diese Komtess nicht zu gebildet und nicht allzu schön ist.«

Vielleicht wollte Gott mich strafen, denn mein Stoßgebet wurde nicht erhört. Die Komtess war tatsächlich gebildet und obendrein auch noch schön.

Ich gesellte mich zu meiner Tante, meinem Onkel und den versammelten Gästen in der langen Galerie, von der aus man einen Ausblick auf die vielen Schiffe auf der Themse hatte.

»Guten Abend, Miss Ann.« Joseph, der Mundschenk, reichte mir einen Becher Zitronenmet. »Diese Woche frisch gebraut, noch ganz warm, wenn es Euch beliebt.«

Ich schnupperte an der blassgoldenen Flüssigkeit, die mit Honig und Ingwer gewürzt war. Der starke Duft nach Zitronen und Rosmarin versetzte mich augenblicklich zurück in unser

Gewächshaus auf Loseley, wo am frühen Abend die Gerüche besonders ausgeprägt waren.

»Habt Dank, Mundschenk«, war eine volltönende Stimme zu vernehmen, die, obwohl sie gleichermaßen lieblich klang, eine Horde Straßenhändler übertönt hätte. »Ich werde Euren Met kosten. Zu Hause brauen wir ihn mit unserem eigenen Honig, hier in der Stadt jedoch seid Ihr wohl gezwungen, den Honig käuflich zu erwerben. Ich muss Lady Egerton unbedingt einige Waben als Zeichen meiner Dankbarkeit zukommen lassen.«

Ich drehte mich unauffällig um, denn ich wollte mir nicht anmerken lassen, dass ich ihr großzügiges Angebot vernommen hatte. Zu meinem Leidwesen erblickte ich eine der schönsten Frauen, die mir je begegnet waren. Sie war größer als ich und rank und schlank, ihre blasse Haut schimmerte wie die polierten Perlen an der Halskette meiner Mutter, und ihr Haar hatte die Farbe einer frisch geprägten Messingmünze. Und dann ihre Augen, oh, wie ich diese Augen hasste! Sie strahlten vor Erfahrung und Selbstsicherheit in dem Bewusstsein, dass niemand es an Scharfsinn und Anmut mit Isabella aufnehmen konnte, der Countess of Straven.

Eine Kleinigkeit jedoch verschaffte mir Genugtuung: Zu messingfarbenem Haar hätte ich niemals ein scharlachrotes Gewand mit einem Unterkleid aus weißen Rüschen gewählt. Es erinnerte mich an ein Spiel aus meiner Kindheit, das mit den roten und weißen Steinchen.

Den Herren allerdings schien dieser Lapsus gegen den guten Geschmack völlig entgangen zu sein. Gespannt standen alle um sie herum und beobachteten den neuen Gast, geblendet, als sei mitten in der Nacht die Sonne aufgegangen, um den zarten silbrigen Mondschein zu überstrahlen.

Und wer sich am meisten blenden ließ, war Master Donne.

Die Komtess schenkte ihm ein strahlendes Lächeln.

»Master Donne«, ihre Stimme klang nicht mehr forsch wie die einer Bienen züchtenden Hausfrau, sondern nahm den betörenden Charme einer Kurtisane an, »es ist viel zu lange her, dass ich Euch das letzte Mal gesehen habe. Ich vermute, Ihr schreibt immer noch Gedichte, denn darin tut es Euch niemand gleich. Weder Master Jonson, noch Kit Marlowe, nicht einmal Master Shakespeare.«

Ich erwartete, dass er einer solchen Ungeheuerlichkeit widersprach, zumindest aber über ihre extravagante Beteuerung lächelte. Doch ich unterschätzte die Macht der Schmeichelei aus dem Mund einer feinsinnigen, schönen Frau.

Ärgerlich stürzte ich meinen Zitronenmet hinunter und wartete auf seine Antwort.

Neben mir erschien Joseph mit dem Krug Met und füllte meinen Becher nach. »Junge Miss«, flüsterte er mir ins Ohr, während er mir von der goldenen Flüssigkeit nachschenkte, »hütet Euch vor der trügerischen Süße. Der Wein ist stärker, als es den Anschein hat.«

Ich lachte nur und trank weiter. Trügerische Süße schien an diesem Abend eine passende Beschreibung für weitaus mehr als nur den Wein.

Wir begaben uns zu Tisch. Unser lebhafter Haushalt und die Komtess mit ihrer Gefolgschaft machten mehr als dreißig Personen aus, die an dem langen Holztisch Platz nahmen.

Mylady Straven bekam den Ehrenplatz neben meiner Tante und meinem Onkel. Zwei Stühle weiter saß Master Donne.

Ich selbst fand mich in einigen Fuß Entfernung zwischen den langweiligen Beratern meines Onkels wieder, nahe genug, um ein paar Gesprächsfetzen aufzuschnappen, jedoch zu weit, um jedes Wort verstehen zu können.

Feinste Kerzen standen auf der langen Tafel und tauchten die Gesichter der Versammelten in warmes Licht. Zu Ehren unseres Gastes hatte meine Tante doppelt so viele Lichter aufstellen lassen, als normalerweise üblich war.

»Und Euer Gemahl, Mylady, der geschätzte Earl, was treibt er so?«, erkundigte sich mein Onkel.

»Der versauert auf dem Land«. Ihr Tonfall verriet, dass sie

ebenso wenig für das Landleben übrig hatte wie Master Donne. »Er geht auf die Jagd und schreibt mir lang und breit, wie es um das Anwesen steht und jedem einzelnen Bauern oder Freiherrn ergeht. Ich beantworte seine Briefe allerdings nur in aller Kürze.«

Die Gesellschaft lachte herzlich. »Ihr selbst schreibt wohl lieber Gedichte, Mylady?«, fragte Henry Wotton, Master Donnes alter Freund.

Die Komtess lächelte in aller Bescheidenheit, wofür ich sie noch mehr hasste. Jeden Moment würde sie sicher affektiert einwilligen, eines ihrer Meisterwerke vorzulesen.

»Bloß ein wenig Wortklauberei. Nichts, was mit Master Donnes wunderbaren Zeilen mithalten könnte. *Der Floh* ist geradezu ein kleines Wunder, geschliffen formuliert und voll von geistreichem Witz.« Sie wandte sich ihm zu. »Eins müsst Ihr mir jedoch verraten, Master Donne, woher kommt dieses Misstrauen in mein Geschlecht? Warum seid Ihr so sehr davon überzeugt, Frauen seien wankelmütige Wesen und, anders als ein Mann, keineswegs in der Lage, brennende Leidenschaft und die Macht der Liebe zu empfinden?«

Ich spitzte die Ohren und tat, als sei ich ganz auf den Teller vor mir konzentriert. Doch anstelle von Master Donne antwortete sein Freund.

»Es ist nicht die Schuld der Frauen, dass sie nicht zu der gleichen Liebe fähig sind wie ein Mann, Mylady«, sagte Henry Wotton lächelnd. Bewunderung für ihren übermäßigen Scharfsinn schwang in seiner Stimme mit. »Frauen müssen Heim und Herd den Eingebungen des Herzens vorziehen.«

»Dennoch, Sir, haben Frauen nicht schon ebenso sehr geliebt wie Männer?«, forderte die Komtess ihn heraus. »Cleopatra und Helena, oder Lady Heloise? Liebte sie Abälard etwa nicht, der erst ihr Lehrer und dann ihr Geliebter war, selbst nachdem ihre Familie ihn seiner Männlichkeit beraubte?«

Meine Tante sah zu mir hinüber, empört, dass in Gegenwart eines jungen Mädchens ein derart unpassendes Gespräch geführt wurde. Mir aber war die Erzählung von Abälard und Heloise ja längst bekannt, ich hatte sie sogar mehrfach gelesen.

»Komm, Ann.« Um mich vor weiteren unzüchtigen Themen zu behüten, bedeutete mir meine Tante, aufzustehen. Eilig führte sie mich hinaus in den Säulengang und bedachte die Countess of Straven mit einem missbilligenden Blick.

Erst wollte ich mich dem widersetzen, doch ich wusste, eine solche Reaktion wäre von allen Anwesenden als gar nicht mädchenhaft betrachtet worden. Und wenn ich noch länger in dem Raum geblieben wäre, hätte ich meinen Ärger vielleicht nicht länger hinunterschlucken können. Meinen Ärger darüber, dass er, der sich an einem Tag als tief moralischer Mann präsentierte, im nächsten Moment zum Schoßhündchen einer unverfrorenen Schönheit wurde, die ihn nur dazu benutzte, ihren Scharfsinn zur Schau zu stellen und ihren Gemahl herabzuwürdigen.

»Ich muss mich für das Benehmen der jungen Dame entschuldigen«, sagte meine Tante leise, nachdem sie die Tür geschlossen hatte. »Wenn ihr Vater nicht ein alter Freund des Lord Keeper wäre, würden wir sie gar nicht erst hierherbitten.«

Ich hatte das Bedürfnis, zu sagen, dass die Geschichte von Abälard und Heloise für mich nichts Anstößiges hatte, sondern von aufrichtiger Zuneigung und dauerhafter Leidenschaft zeugte, doch vor lauter Wut hatte es mir die Sprache verschlagen.

»Ich muss zurück zur Festtafel, aber später werde ich ein Wörtchen mit der jungen Dame reden.«

Das Rascheln von Seide verriet uns, dass wir Gesellschaft bekommen hatten.

Wir wandten uns um, und gleich hinter uns stand die Komtess und hielt jemandem die Tür zum Säulengang auf. Niemand Geringerem als Master Donne. »Mylady, ich habe verstanden und komme, um wegen meiner Taktlosigkeit um Verzeihung zu bitten.« Sittsam wie ein Mädchen bei der Erstkommunion machte die Komtess vor uns einen Knicks. »Unschuld sollte stets behütet werden.« Herausfordernd sah sie ihren Begleiter an. »Ist es nicht so, Master Donne?«

»Ich bin froh, dass Ihr das doch nicht vollkommen vergessen habt«, sagte meine Tante in scharfem Ton. »Und nun werde ich mich wieder meinen übrigen Gästen widmen.«

»Keine Sorge, Miss More«, sagte die Komtess leise, nachdem meine Tante gegangen war. »Ihr seid bei uns in Sicherheit. Wir werden Euch nicht weiter verderben, oder, Master Donne?«

Ihr Tonfall klang beschwörend und verführerisch. Ich warf sofort einen prüfenden Blick auf Master Donne und musste feststellen, dass er gar keine Notiz von mir nahm. Gefangen wie eine Fliege im Spinnennetz, galt seine Aufmerksamkeit voll und ganz seiner Begleiterin.

»Ihr wolltet doch etwas erwidern, Miss More, bevor Eure Tante Euch aus meiner obszönen Gegenwart entfernte?«

Ich schwieg, denn ich wollte mich nicht an ihren Spielchen beteiligen.

»Nun gut, da kann Euer Vater Euch auch gleich einen Ehemann suchen, der Euch darin bestärkt, den Mund zu halten. Frauen, die ihre Meinung äußern, sind – abgesehen von der Königin – bei uns ohnehin nicht gut gelitten, ist es nicht so, Master Donne?«

Abermals tauschten die beiden einen Blick gefährlicher Komplizenschaft aus. Und in diesem Augenblick hasste ich ihn. Zuvor an diesem Abend hatte ich so viel gewagt, als ich von seiner Mutter sprach, und er schien dankbar für mein Verständnis. Doch nun, wenige Stunden später, benahm er sich wie das Schoßhündchen der schönen Isabella, die sich für ach so gebildet und unwiderstehlich hielt.

Ich wusste, ich hätte schweigen sollen, doch der Anblick dieses geschminkten Gesichts, das sich ganz auf seine Ausstrahlung verließ, versetzte mich in unerträgliche Wut.

»Wie recht Ihr habt, Mylady.« Ich setzte eine lammfromme Miene auf und schlug die Augen nieder. Und während ich mich anschickte, den Säulengang zu verlassen, fuhr ich fort: »Sicherlich ist mein künftiger Ehemann ebenso großzügig und entgegenkommend wie der Eure.«

10

Am nächsten Morgen erwachte ich später als gewöhnlich. Ich blieb noch einen Moment lang liegen und betrachtete die Sonnenstrahlen, die durch meine Vorhänge schienen. Ich musste daran denken, wie unhöflich ich zu der Countess of Straven gewesen war. Hatte einzig und allein ihre anmaßende Selbstgefälligkeit mich derart in Rage versetzt, oder lag es auch daran, dass sich Master Donne wie ein Pudel benahm, der unbedingt von ihren zarten, blassen Händen getätschelt werden wollte? Er stand in dem Ruf, recht freizügig zu sein, doch ich hatte ihn als einen Mann kennengelernt, der über Scharfsinn und Urteilsvermögen verfügte. Angesichts der charmant säuselnden Komtess aber, fiel er wie die Mauern von Jericho beim Klang von Josuas Trompete.

Mir blieb jedoch keine Zeit für Gedanken über Lady Stravens betörenden Charme, denn unerwartet erschien meine Schwester Mary.

Ich lag noch immer im Bett, als sie mein Schlafgemach betrat. Blass wie ein Gespenst drängte sie mich, mich aufzusetzen, weil sie dringend mit mir reden müsse. Normalerweise legte Mary Wert auf ihre Kleidung. Schon wenn die Sohle eines Schuhs abgelaufen war oder sie einen Fleck von der Größe eines Flohs auf ihrem Kleid entdeckte, hätte sie sich niemals hinausgewagt. Sie schrie ihre Kammerfrau an, wenn die Halskrause nicht frisch gestärkt war oder an einem Sonntag einmal vergessen wurde, diese an den Vorhängen aufzuhängen, damit sie nicht knittert. Nun aber hing hier das Haar offen und ungekämmt herab, und an ihrem Kragen zeigten sich Spuren der Mahlzeit vom Abend zuvor.

»Ann, wach auf! Ich brauche dringend deinen Rat.«

Schlagartig richtete ich mich auf, strich mir das Haar aus dem Gesicht und rieb mir den Schlaf aus den Augen. »Mary, was ist geschehen? Doch hoffentlich nichts mit Vater?«

»Nein, nein. Vater ist in seiner Unterkunft in Charing Cross. Sicher nimmt er gerade ein herzhaftes Frühstück zu sich und macht sich wie üblich bereit, die Mitglieder des Parlaments mit Verordnungen für die Fährleute oder mit den unerhörten Preisen von Kerseywolle zu langweilen.«

Ich schmunzelte, doch als ich Marys verstörten Gesichtsausdruck sah, erstarb mein Lächeln und ich stieg eilig aus dem Bett.

»Mary, Schwester, was führt dich her?« Ich nahm ein Kleid aus meiner Truhe und zog mich hastig an, ohne Joan oder Mercy zur Hilfe zu rufen.

»Wir haben noch mehr Schulden.« Sie ließ sich auf die Bettkante sinken und vergrub das Gesicht in den Händen.

»Gibt es denn niemanden, den du um Hilfe bitten kannst? Könntest du dich nicht mit Nicks Schwager, Sir Walter Ralegh, in Verbindung setzen? Aufgrund seiner Unternehmungen ist er sicher einer der reichsten Männer im ganzen Königreich. Er wäre euch bestimmt in eurer misslichen Lage behilflich.«

Meine Schwester schüttelte den Kopf. »Leider ist er in Ungnade gefallen. Er würde einiges darum geben, wieder dem Kronrat anzugehören, doch er ist immer noch ausgeschlossen. Sein ganzes Vermögen hat er für seine Auslandsexpeditionen und für sein Landhaus ausgegeben.«

»Und das Halsband, das unsere Mutter dir hinterlassen hat?«

Mary biss sich so fest auf die Lippen, dass ich bestürzt einen Tropfen Blut ihr Kinn hinunterrinnen sah. Sie wandte das Gesicht ab. »Bereits verkauft.«

»Oh, Mary. Und was ist mit diesem Gentleman, bei dem ihr so viele Schulden habt?«

»Er hat sich abermals an mich gewandt.« Sie warf einen Brief auf das Bett, geschrieben auf dickem, teurem Papier. Das schwere rote Siegel, verziert mit grimmigen Löwen und Schlössern, zeugte von Wohlstand und Luxus. »Matthew Freeman, *Esquire*«, sprach sie verächtlich seinen Titel aus, als verdiente ihn niemand weniger als er. »Er schreibt, er habe mich einmal gesehen und meine Anmut und Schönheit keineswegs vergessen. Wenn ich bereit wäre, mich mit ihm allein zu treffen, zöge er in Betracht, uns die Schande zu ersparen und meinen kleinen Fehltritt zu vergessen.«

»Du meinst doch nicht etwa …?«

Mit zusammengekniffenen Augen sah Mary mich an, ihre Stimme klang wie ein Hammerschlag. »Mir ist nur eine Währung bekannt, mit der sich solche Schulden vertraulich und ohne finanziellen Aufwand begleichen lassen.«

»Wann sollst du ihn treffen?«

»Morgen Nachmittag. In einem Etablissement, das Schenke zum Schloss der Hoffnung heißt.« Sie lächelte bitter. »Ich wette eine Goldmünze darauf, dass es alles andere ist als ein königliches Schloss.«

»Aber das kenne ich doch! Joan, die Kammerfrau unserer Tante, hat es mir gezeigt, als wir in Southwark waren.« Ich wollte ihre Hand nehmen, doch sie zog sie weg. »Mary, Joan hat gesagt, es ist ein Bordell.«

»Ich hatte es auch nicht für einen Ort religiöser Andacht gehalten.«

»Aber Nick, dein Gemahl, würde so etwas keineswegs billigen?«

Mary ergriff meine Hände und umklammerte sie so fest, dass sie mir beinahe die Knochen brach. »Nick darf niemals etwas davon erfahren. Wenn er auch nur den leisesten Verdacht hegte, würde er sterben oder mich umbringen.«

»Mary, ich flehe dich an, tu nichts Unüberlegtes! Es muss doch andere Wege geben, dieses Unheil abzuwenden.«

»Ich habe sie alle bedacht, aber dies ist die einzige Möglichkeit.«

»Du bist eine der gütigsten Frauen, die ich kenne«, ich zwang sie, mir in die Augen zu sehen, »und eine der tapfersten. Das Ganze ist es nicht wert, dass du dich unglücklich machst.«

»Nein, Ann«, antwortete Mary mit der Schärfe eines geschliffenen Messers. »Ich bin weder gütig noch tapfer. Aber ich weigere mich, alles, was ich habe, zu verlieren und das Erbe meiner Kinder aufs Spiel zu setzen – wegen der Spielsucht meines Ehemannes und eines dummen Briefes, den ich niemals hätte schreiben dürfen.«

»Also wirst du dich Morgen mit dem Mann treffen?«

»Das werde ich, und heute bin ich aus zwei Gründen hier.« Ihre klaren grünen Augen blickten sonderbar ruhig, nun da sie einen Entschluss gefasst hatte.

»Erstens, weil ich mein Vorhaben, nun da ich es dir gegenüber ausgesprochen habe, morgen auch in die Tat umsetzen werde. Zweitens mag ich zwar im Galopp über Zäune springen, ohne einen Gedanken an meine Sicherheit zu verschwenden, aber ich dachte mir, jemand der mir nahesteht sollte wissen, dass ich mich ganz allein zu einem Treffen mit diesem Mann nach Southwark wage.«

Ich merkte, welche Angst Mary hatte, obwohl sie sich äußerlich ruhig gab. »Ich bin froh, dass du mir alles anvertraut hast. Aber ich bitte dich, tu es nicht! Wäre es nicht sogar besser, Vater zu behelligen? Immerhin ist er ein reicher Mann.«

»Und ihm die Schwäche desjenigen Mannes vor Augen zu halten, den ich mir ausgesucht habe? Niemals!« Sie drückte mich kurz an sich. »Männer kämpfen bis aufs Blut und riskieren ihr Leben in der Schlacht. In einem Federbett zu liegen, ganz gleich in wessen widerwärtiger Gesellschaft, ist nichts dagegen. Ich werde weder ein Auge noch eins meiner Gliedmaßen in dieser Schlacht verlieren.«

»Aber vielleicht deine Seele«, lag es mir auf der Zunge, doch ich sagte nichts. Denn noch war ich nicht bereit, einzuräumen, dass es überhaupt so weit kommen würde. Ich musste darüber nachdenken, ob sich irgendeine andere Möglichkeit erschließen würde.

Nachdem Mary fort war, ging ich leise die Hintertreppe in den Garten hinunter. Ich wollte einen Augenblick lang allein sein, um nachzudenken, bevor meine Tante nach mir schicken würde.

Angesichts meiner Sorgen erschien mir das strahlende Wetter mit dem blauen Himmel, unter dem jeder einzelne Vogel in London aus vollem Halse zu singen schien, wie blanker Hohn. Ohne zu überlegen, wohin meine Schritte mich führten, folgte ich dem Pfad hinab zum Fluss.

An wen sollte ich mich wenden, so fragte ich mich. Wen konnte ich um einen weisen und klugen Rat bitten? Meine Tante war so gütig zu mir gewesen, sollte ich mich ihr anvertrauen? Plötzlich fiel mir eine bittere Wahrheit auf, dass es nämlich stets die tapfere Mary selbst gewesen war, an die ich mich in Zeiten der Prüfung am häufigsten gewandt hatte. Nun brauchte sie meine Hilfe, und es gab nichts, was ich für sie tun konnte.

Beth hatte ich bereits verloren. Würde ich es ertragen, dass eine weitere meiner Schwestern von einer Katastrophe heimgesucht würde?

»Miss More …?« Eine leise Stimme riss mich aus meinen Gedanken. Ich sah mich um, und direkt hinter mir stand Master Donne. Erhobenen Hauptes wartete ich auf eine Bemerkung darüber, dass ich am Vorabend so unfreundlich zu Lady Straven gewesen war.

Doch er klang aufrichtig besorgt. »Gibt es etwas, das Euch bekümmert? Verzeiht mir die aufdringliche Frage, doch Ihr starrt auf den Fluss wie jemand, der am liebsten darin versinken würde.«

Sein gütiger Tonfall erstaunte mich, abermals war ich versucht, ihm die ganze Angelegenheit zu erzählen und ihn um Rat zu bitten. Doch was sich am Abend zuvor mit der Komtess abgespielt hatte, ließ mich daran zweifeln, ob ich ihn richtig eingeschätzt hatte. Vielleicht war seine Seele nicht so erleuchtet, wie ich gedacht hatte.

»Ganz und gar nicht«, entgegnete ich also. »Ich habe dem Gezwitscher der Vögel gelauscht und musste an Loseley denken, den Ort meiner Kindheit. Nirgendwo sonst habe ich Vögel so laut singen hören.«

»Lauter gar als das Gurren verliebter Londoner Tauben?«

Ich errötete bei dieser Anspielung auf unsere erste Begegnung und wechselte das Thema, denn ich wollte nicht, dass er bemerkte, wie verlegen ich war.

»Sagt, Master Donne, wie macht sich Wat?«

Master Donne antwortete mit einem Lachen. »Er ist sehr gelehrig, das kann ich Euch versichern. Er weiß schon, zu welcher Zeit ich mein morgendliches Bier zu mir nehme und wie meine Kleidung aufgehängt oder gefaltet wird. Im Palast von Whitehall findet er sich besser zurecht als ein Hund auf der Jagd.« Er sah mich prüfend an. »Miss More, gefällt es Euch auf dem Land so viel besser als in der Umgebung des Königshofs, da Ihr Euch derart nach dem Gezwitscher der Vögel sehnt?«

»So ist es. Und wie steht es mit Euch, Master Donne? Könnt Ihr dem Landleben etwas abgewinnen?«

»Leider nicht. Ich bin in London geboren und aufgewachsen. Für mich klingt das Geschrei der Straßenhändler lieblicher als der Ruf des Kuckucks.«

Trotz meiner Sorgen musste ich lachen.

»So ist es schon besser. Doch Eure fröhlichen braunen Augen scheinen immer noch betrübt. Seid Ihr sicher, dass es nichts gibt, wobei ich meine bescheidenen Dienste anbieten könnte?«

Dieses Mal war die Versuchung, mein Herz auszuschütten, zu groß, und sicherlich hätte ich ihm alles erzählt, wenn nicht am anderen Ende des Gartens eine Gestalt in blass cremefarbenem und goldbesticktem Satin erschienen wäre, mit langem Haar, das ihr – gleich einer griechischen Göttin – offen über die Schultern fiel.

Die Countess of Straven erschien, um ihre Ansprüche geltend zu machen.

Und augenblicklich galt die mitfühlende Aufmerksamkeit meines Begleiters einer anderen.

»Master Donne!« Ihre Stimme, die so eisern Befehle erteilen

konnte, klang lieblich wie der plätschernde Bach in den Auen von Loseley. »Welche Freude, Euch hier anzutreffen! Ich benötige eine klassische Anspielung für ein Gedicht, das ich gerade schreibe. Es erzählt von zwei Mädchen, die um die Liebe eines Mannes wetteifern.« Zu meiner Überraschung warf sie mir einen boshaften Blick zu. »Die eine ist wesentlich vornehmer als die andere und liebt mit unverhohlen lodernder Leidenschaft. Die andere, im Bewusstsein, dass sie seiner nicht wert ist, lässt sich zu unwürdigen und hinterhältigen Machenschaften herab, um sich seine Liebe zu erschleichen. Was haltet Ihr von einer Anspielung auf Atalante, die sich von einem ihrer Verehrer einfangen ließ, weil sie sich nach den goldenen Kugeln bückte, die er ihr listig vor die Füße geworfen hatte?«

Eigentlich hatte ich mich verabschieden und sie ihren Gedichten überlassen wollen, aber die Komtess hatte etwas an sich, dass die sündige Eva in mir zum Vorschein brachte.

»Wie wäre es mit dem Urteil des Paris?«, schlug ich mit zuckersüßer Stimme vor. »Schon des Öfteren habe ich festgestellt, dass selbst kluge Männer sich bei ihrer Wahl von Schönheit blenden lassen, und viel zu spät ihren Irrtum erkennen.«

Noch ehe die Komtess die passende Schlussfolgerung ziehen und sich eine Antwort zurechtlegen konnte, drehte ich mich auf dem Absatz um.

Master Donne jedoch hatte verstanden und sah mir mit dem Anflug eines Lächelns hinterher.

In dieser Nacht machte ich kein Auge zu und wälzte mich von einer Seite auf die andere. Als die Sonne über der mit Nebel verhangenen Themse aufging, hatte ich endlich eine Entscheidung getroffen.

Ich selbst würde mich an Marys Stelle mit Master Freeman treffen.

Ich wusste, damit setzte ich meinen Ruf aufs Spiel, denn wenn man mich entdeckte, wäre das weitaus schlimmer als die Tatsache, dass ich mich geweigert hatte, Hofdame zu werden.

Der Ruf einer jungen Frau war ebenso wichtig wie ihre Mitgift und ihre Herkunft. Und noch bot gerade meine Unschuld mir Schutz. Sollte ich all das wirklich für meine Schwester riskieren?

Aber der Gedanke daran, dass Mary, die stets tapfer gewesen war und sich immer zu helfen gewusst hatte, nun niedergeschlagen und verzweifelt war, beseitigte auch die letzten Zweifel. Auch wenn sie sich töricht verhalten hatte, konnte ich doch nicht zulassen, dass meine Schwester alles verlieren würde.

Wie aber sollte ich mein Vorhaben in die Tat umsetzen?

Plötzlich fiel mir ein, was mir Wat von der vornehmen Dame erzählt hatte, die sich als Page ihres Geliebten ausgegeben hatte. Auch hatte ich von einer ungestümen jungen Frau gehört, die als Mann verkleidet durch das Land ritt. Einmal hatte sie sogar die Kühnheit an den Tag gelegt, an der Straße nach Hertford eine stattliche Kutsche anzuhalten.

Aber was würde geschehen, wenn man mich entlarvte? In Master Shakespeares Theaterstücken durften sich Frauen als Männer ausgeben, doch genau diese Frauen wurden von Männern gespielt, wohingegen wirkliche Frauen nicht einmal wagten, die Bühne zu betreten.

Ich nahm den Amethystring meiner Mutter aus meinem Schmuckkästchen. Darunter lag, eingewickelt in ein Stück Stoff, eine Locke des braunen Haars meiner Schwester Beth. Ich hielt es gegen meine kühle Wange. Ja! Ich würde es tun, für Mary, die schon so viel für mich getan hatte.

Also machte ich mich auf die Suche nach Wat.

Ich hatte ihm einen Gefallen erwiesen und wusste, dass er mir dankbar und treu ergeben war. Er würde mich nicht im Stich lassen, wenn ich seine Hilfe brauchte.

Ich fand ihn in einer Kammer in der Nähe der Küchen, wo er gerade mit einem anderen Jungen Jacks spielte, ein Spiel mit Steinchen und einem kleinen Ball.

»Wat!«, rief ich leise. »Ich brauche deine Hilfe. Schnell, komm mit.«

Achselzuckend sah er seinen Freund an und folgte mir durch die verschlungenen Gänge von York House. »Besitzt du Kleidung zum Wechseln, Wat?«

»Gewiss, meinen besten Sonntagsanzug. Den hat mein Master mir extra gekauft.«

»Du musst ihn mir leihen. Bis heute Abend bekommst du ihn zurück.«

»Warum denn, Miss, wofür braucht Ihr die Kleidung eines Burschen?«

»Mir steht eine Aufgabe bevor, die ich nur im Aufzug eines Mannes erledigen kann.«

»Was ist das für eine Aufgabe, Miss?«, fragte er und sah mich mit seinen klugen blauen Augen besorgt an.

»Das spielt keine Rolle. Denk daran, was für einen Gefallen ich dir getan habe, und behalt deine Meinung für dich.«

Mit der Geschwindigkeit einer Schnecke machte Wat sich kleinlaut davon und kehrte mit einem Stapel ordentlich gefalteter Kleidung zurück. »Ich dachte, das hier könntet Ihr vielleicht auch gebrauchen«, sagte er und gab mir noch einen langen schwarzen Umhang dazu.

»Das ist wirklich nett.« Dankbar nahm ich den Umhang an. »Nun, ab mit dir! Deine Sachen gebe ich dir später zurück.«

»Seid vorsichtig Miss!«, rief er mir hinterher und lief zurück zu seinem Freund.

»Selbstverständlich, Wat«, sagte ich und versuchte, mir einzureden, dass die Aufgabe, die vor mir lag, gar nicht so beängstigend sei, wie ich fürchtete.

Ich schnürte mich so fest ein, dass meine Brüste flach waren wie ein Brett. Dann zog ich das weiße Leinenhemd, das schlichte Wams und die Hosen an und legte zu guter Letzt die Halskrause aus Baumwolle an. Mit einem Schnürriemen band ich mir das Haar hoch und steckte es unter einen breitkrempigen schwarzen Hut, den ich unbemerkt von einem der Garderobenhaken genommen hatte. Einer der Berater meines Onkels würde später seine Kopfbedeckung vermissen und sich auf dem Weg zu irgendeinem wichtigen Minister wohl fragen, ob sein Gedächtnis ihn allmählich im Stich ließ.

Mit einem kurzen Blick in den Spiegel oberhalb der Treppe vergewisserte ich mich, dass ich, wenn ich den Kopf gesenkt hielt, als Mann durchgehen würde. Auf meinem eiligen Weg durch die endlosen Gänge von York House musste ich mich zusammenreißen, um mich nicht nach jedem Schritt umzudrehen. Doch endlich erreichte ich den Fluss. Um nicht entdeckt zu werden, ging ich nach links zur nächstgelegenen Anlegestelle und winkte ein Boot herbei.

Doch bevor ich noch »Ruderer!« rufen konnte, löste sich eine Gestalt aus der Dunkelheit und packte mich fest am Arm.

Es war Master Donne. Seine Augen funkelten vor Zorn.

»Was ist das für eine aberwitzige Verkleidung?«, herrschte er mich an. Ein herannahender Ruderer hatte uns bemerkt, zog kurz den Hut und ruderte wieder davon, um sich jeglichen Ärger zu ersparen.

»Wat hat mir eine abstruse Geschichte erzählt. Dass Ihr Euch seine Kleidung ausleihen wolltet. Und hier finde ich Euch nun tatsächlich darin, ganz allein, auf dem Weg nach Southwark oder an einen anderen verruchten Ort. Habt Ihr vollkommen den Verstand verloren?«

Er zog mich fort. »Sprecht! Bevor ich Euch in die Themse werfe und mich gleich hinterherstürze!«

Trotzig richtete ich mich kerzengerade auf. »Ich kann schwimmen.«

Er nahm keine Notiz von meinem Widerspruch. »Was habt Ihr Euch nur dabei gedacht?«

Instinktiv wollte ich mich mit einer Lüge aus der Affäre ziehen. Was gingen ihn schon unsere privaten Angelegenheiten an? Dann aber, frierend, verängstigt und von der plötzlichen Sorge erfüllt, noch mehr Aufhebens zu verursachen, verließ mich der Mut und ich erzählte ihm alles. »Meine Schwester ist in Schwierigkeiten. Ihr Ehemann hat Spielschulden und ein gewisser Gentleman hat sich seine Schuldscheine angeeignet.

Dann hat dieser Master Freeman auch noch einen Brief in die Finger bekommen, den Mary dummerweise an einen anderen Gentleman geschrieben hat. Er stellte ihr in Aussicht, ihr die Schuldscheine und den Brief zurückzugeben, wenn sie bereit wäre, sich allein mit ihm zu treffen. Da beschloss ich, an ihrer Stelle hinzugehen. Mir wird er nichts antun.«

»Das braucht er auch gar nicht, denn Ihr tut Euch selbst bereits genug an!« Er schleifte mich in eine Gasse zwischen York House und Strand, die glücklicherweise menschenleer war. »Und wo, bitte, hattet Ihr vor, diesen Master Freeman zu treffen?«

Ich wandte den Blick ab und verweigerte eine Antwort.

»Wo?« Er presste mich grob gegen eine Wand.

»In der Schenke zum Schloss der Hoffnung.«

»Bei den Nägeln des Gekreuzigten! Ihr wart auf dem Weg in ein Bordell! Ebenso gut könntet ihr unbekleidet in Whitehall herumlaufen, denn es würde Euch ohnehin niemand mehr für unschuldig halten!«

»Vielen Dank, Master Donne!« Ich versuchte, mich aus seinem Griff herauszuwinden. »Ich erinnere mich nicht, Euch in dieser Angelegenheit um Beistand gebeten zu haben.«

»Den werdet Ihr auch nicht erhalten! Wie habt Ihr Euch vorgestellt, diesen Master Freeman, wenn Ihr ihm tatsächlich gegenübersteht, zu überzeugen, dem Ehemann Eurer Schwester seine Schulden zu erlassen?«

»Durch die Drohung, ihn als gewissenlosen Mann bloßzustellen.«

Master Donne lachte auf und schüttelte den Kopf. »Ich hielt Euch für eine Dame von außergewöhnlicher Umsicht. Insbesondere, wenn man Euer zartes Alter bedenkt. Wart Ihr der Meinung, es sei tapfer, Euch für Eure Schwester zu opfern? Hieltet Ihr Euch für Jeanne d'Arc? Ihr seid nicht mutig, sondern sträflich töricht!« Noch immer funkelten seine dunklen Augen vor Wut. »Wie konntet Ihr auf den wahnwitzigen Gedanken kommen, in dieser Verkleidung könntet Ihr Euch unbehelligt zwischen Dieben und Rabauken bewegen und es mit jemandem aufnehmen, der offenbar ein ganz besonderer Schurke ist? Womöglich hätte er Euch erschlagen oder …«

»Oder schlimmer noch, mich gezwungen, die Schuld meiner Schwester einzulösen?« Ich wusste, er hatte recht und eigentlich sollte ich ihm dankbar sein, doch sein Tonfall hatte etwas an sich, das mein Blut zum Sieden brachte.

»Sehr richtig. Wenn sich allein herumgesprochen hätte, dass Ihr nur dort wart, und man sich darüber lustig gemacht hätte, wäre Euer guter Name dauerhaft beschädigt worden und Euer Wort würde nichts mehr zählen! Welchen Gefallen hättet Ihr Eurer Schwester damit erwiesen?« Ich antwortete nicht und er zwang mich, ihn anzusehen. »Habt Ihr überhaupt darüber nachgedacht, welches Wagnis andere Euretwegen in Kauf nehmen müssen? Wat hätte entlassen werden können, weil er Euch seine Kleidung geborgt hat. Auch ich setze meine Stellung und mein Ansehen aufs Spiel, wenn ich den Lord Keeper nicht augenblicklich über diesen Vorfall in Kenntnis setze, denn das ist das Mindeste, was er von mir erwarten würde. Ihr seid so leichtfertig, ein Bordell besuchen zu wollen und die Sicherheit anderer zu gefährden, also ich weiß …«

Es gelang mir, mich aus seinem Griff zu befreien. »Und das sagt jemand, der in der Abwesenheit eines Earl mit dessen Frau anbändelt! Jemand, der die Ehefrauen braver, ehrenwerter Männer verführt und sich in Gedichten seiner Eroberungen rühmt! Von so jemandem soll ich mir Vorhaltungen über Moral machen lassen?«

»Madam, Ihr überschätzt meine Fähigkeiten!« Seine Augen funkelten vor Zorn über meine Anschuldigung. »Meine Verse sind nichts für jemanden wie Euch – es sei denn, Ihr sehnt Euch so sehr nach den Versuchungen des Fleisches, dass Ihr Euren Cousin gebeten habt, Euch heimlich ein Gedicht zu besorgen …«

Ich schnappte nach Luft. »Haltet Eure Eitelkeit im Zaum, Sir … Oder habt Ihr mir Davids Psalme geschickt, um der unzüchtigen Versuchung entgegenzuwirken? Sollte ich mich mit einem solch züchtigen Werk kasteien, dass darüber hinaus von einer Dame übersetzt wurde? Hattet Ihr Euch das als gutes Vorbild gedacht? An das Ihr Euch selbst allerdings kaum haltet?«

»Miss More, ein Mensch wie ich …«

»Der Mensch wurde nach Gottes Vorbild geschaffen, oder nicht? Verfügt er etwa nicht über die Gabe eines gottgleichen Verstands, um nicht zum Sklaven seiner Leidenschaft zu werden?« Ich wusste, wahrscheinlich ging ich zu weit, doch ich war so aufgebracht, dass ich nicht anders konnte. »Wenn das, was Ihr schreibt, die Wahrheit ist, stehlt Ihr Euch offenbar von einem Schlafgemach zum nächsten, beraubt die Damen ihrer Tugend und habt Euren Spaß.«

Ich merkte, dass ihn das getroffen hatte, und hätte meine anmaßenden Worte womöglich bereut, doch seine Antwort ließ nicht auf sich warten.

»Miss More, die Damen, mit denen ich verkehre, pflegen freiwilligen Umgang mit mir, dessen kann ich Euch versichern. Ihr solltet Euch lieber demütig eingestehen, in welche Gefahr Ihr Euch begeben habt, anstatt mit mir darüber zu streiten, wer von uns beiden sich im Unrecht befindet.«

Kleinlaut schwieg ich für einen Moment. Dann fragte ich: »Master Donne, ist es tatsächlich unumgänglich, dass Ihr meiner Tante und meinem Onkel von dieser Angelegenheit erzählen müsst?«

Sein zorniger Blick wurde ein wenig milder. »Wahrscheinlich nicht. Ich muss Euch zubilligen, man könnte es wohl für mutig halten, dass Ihr ein so ungeheures Wagnis auf Euch nehmen wolltet, um Eure Schwester zu retten.«

»Ein tollkühnes Wagnis«, räumte ich kaum hörbar ein.

Master Donne jedoch sann darüber nach, ob er nicht selbst schon einmal die falsche Entscheidung getroffen hatte. »Ihr habt das Gespräch mit meiner Mutter belauscht und wisst, das mein Bruder Henry ebenfalls unbesonnen gehandelt hat – oder tapfer, wenn man es von seiner Warte aus betrachtet. Er gewährte einem Jesuitenpater Schutz und bekam die Konsequenzen am eigenen Leib zu spüren. Als er in das Gefängnis von Newgate geworfen wurde, flüsterte man sich mancherorts zu, ich hätte nicht genug für ihn getan. Um mein eigenes Fortkommen nicht zu gefährden, hätte ich vermeiden wollen, selbst als Papist zu gelten.«

»Vielleicht hattet ihr einfach mehr Umsicht.«

Er richtet den Blick auf den in der Dunkelheit liegenden Fluss und ich musste mich vorbeugen, um seine Worte zu verstehen. »Oder es fehlte mir an Mut. Mein Bruder starb in Newgate an der Pest.« Er wandte sich wieder mir zu. »Manche behaupten sogar, ich hätte von seinem Tod profitiert und mir seinen Teil des Erbes eingestrichen.«

»Die Menschen sind nicht immer mitfühlend.«

»Nein. Deshalb werde ich dem Lord Keeper nichts von Eurem Vorhaben erzählen, jedoch nur unter einer Bedingung.«

»Etwas in der Art hatte ich schon befürchtet!«

»Es besteht ein gewisser Unterschied zwischen Mann und Frau.«

»Gewiss.« Meine Stimme verriet Belustigung. »Diese Tatsache ist mir bekannt.«

»Ihr dürft Euch nicht länger derart aberwitzigen Vorhaben hingeben und solltet Euch lieber das züchtige Benehmen einer jungen Dame angewöhnen.«

»Züchtiges Benehmen! Wäre ich dann nicht dazu verurteilt, mein Leben mit der Führung eines Haushalts und Nadelarbeit zu fristen?«

Er musste lachen. »Und wenn Haushaltsführung und Nadelarbeit für Euren Gemahl wären? Hieltet Ihr das nicht für ein lohnenswertes Unterfangen?«

»Das käme auf den Gemahl an.«

Er schob mir den Hut aus dem Gesicht, und einen Augenblick lang erwartete ich, er würde meine Lippen mit den seinen berühren. Ich sehnte mich sogar danach!

Aber er tat es nicht. »Schlingt den Umhang fest um Euch und schleicht Euch über die Gasse hinter den Küchen ins Haus. Na los!« Er gab mir einen unsanften Schubs, und stolpernd setzte ich mich in Bewegung. Im Schutz der Dunkelheit schlich ich an der Wand entlang, doch bei genauerem Nachdenken ärgerte ich mich nun umso mehr. Wie konnte er nur so selbstherrlich sein?

Fast schon hatte ich die kleine Tür an der seitlichen Mauer von York House erreicht. Doch wie von einer Lanze getroffen, blieb ich stehen. In der engen Gasse kam mir ein junger, gut gekleideter Gentleman entgegen und pfiff in schiefen Tönen vor sich hin.

Master Manners.

Ich wollte mich auf dem Absatz umdrehen und zurück zum Fluss laufen, doch dafür war es bereits zu spät.

»Miss Ann More, um Gottes willen!«, rief er und machte meine Hoffung zunichte, er habe mich in meiner Verkleidung vielleicht gar nicht erkannt. »Bei allem, was uns heilig ist! Was macht Ihr hier draußen ganz allein, und was hat dieser Aufzug zu bedeuten?«

Angst fuhr mir in die Glieder, er könnte Master Donne gesehen haben oder den Grund meiner Unternehmung erraten. Ich flehte die Mutter Gottes um eine Eingebung an, und sie erhörte mich gnädig und flüsterte mir eine Antwort ein.

»Master Manners, Ihr habt mich erschreckt!« Ich setzte eine überraschte Unschuldsmiene auf. »Kann ich Euch mein Geheimnis anvertrauen? Werdet Ihr mich nicht an meine Tante oder meinen Onkel verraten?«

»Miss More, das kann ich nicht versprechen …«, begann Master Manners in strengem Ton.

»Ich habe den Brüdern und Schwestern unseres neuen Burschen, Wat, einen Besuch abgestattet. Er hat sich mit einer solch traurigen Geschichte an mich gewandt. Sie haben weder Mutter noch Vater. Ihre Schwester Sarah betet jeden Tag zum Allmächtigen, er möge für die Erziehung der Kinder sorgen und ihnen den Weg aus den jämmerlichen Verhältnissen weisen, in die sie hineingeboren wurden.«

Mit ungläubiger Miene hörte Master Manners mir zu.

»Und warum in aller Welt müsst Ihr Euch zu diesem Zweck als Junge verkleiden und Euch ganz allein zu Fuß in die Stadt begeben?«

»Um meine jungfräuliche Unschuld nicht Bemerkungen und aufdringlichen Blicken auszusetzen. Ich bin für diesen Besuch nach Southwark gereist.«

»Nach Southwark? Allein?«

»Master Manners, wir haben eine Königin, die seit nahezu vierzig Jahren über uns herrscht wie ein Mann. Da werde ich doch wohl ohne Begleitung drei Meilen nach London zurücklegen können.«

»Das solltet nicht Ihr beurteilen, Miss More«, entgegnete er ärgerlich. »Derartige Entscheidungen haben diejenigen zu treffen, denen Ihr anvertraut seid. Euer Ehemann zum Beispiel, wenn Ihr einen hättet.«

Ich hob den Kopf.

»Nicht alle würden Euer Wagnis mit derart geneigtem Wohlwollen beurteilen, wie Ihr es gern hättet. Sie könnten glauben, Ihr hättet einen Liebhaber besucht oder wärt in ein unbesonnenes Unterfangen verstrickt.«

»Master Manners«, sagte ich mit einer Stimme so honigsüß wie der Met, den wir zwei Abende zuvor getrunken hatten, »würdet Ihr mir ein unbesonnenes Unterfangen unterstellen, wenn ich im Dienste des Herrn gehandelt hätte? Ich habe diese Kinder im Lesen und Schreiben unterrichtet. Welchen Nutzen hat es, dass Gott mich reichlich mit Bildung gesegnet hat, wenn ich sie nicht den weniger Begünstigten zukommen lassen kann? Erzählt meiner Tante davon, wenn Ihr es für nötig haltet. Ich würde es jedoch vorziehen, ihr zu gegebener Zeit selbst davon zu berichten, und ich wüsste es außerordentlich zu schätzen, wenn Ihr es vorerst unterließet.«

Ich wartete seine Antwort nicht ab. Verwirrt und misstrauisch sah er mir hinterher. Ich hatte ihn auf eine Weise erzürnt, die er offensichtlich nicht benennen konnte.

Es war ein gefährliches Spiel, denn an seinem Blick erkannte ich, dass ihm nun noch mehr daran gelegen war, mich zu vereinnahmen.

Zurück auf meinem Zimmer – das ich glücklicherweise erreichte, ohne von einem der Dienstboten oder einer der Kammerfrauen gesehen zu werden – zog ich die Burschenkleidung aus und schleuderte sie unter mein Kopfkissen.

Als ich nichts mehr über meinem Unterkleid trug, sank ich am Fußende des Bettes auf die Knie und brach vor lauter Zorn, Enttäuschung und Furcht in Tränen aus.

11

Da seid Ihr ja, Miss!« Mercy kam herein, als ich gerade dabei war, den letzten Haken meines nun wieder weiblichen Aufzugs zu schließen. »Eure Tante hat schon vor einiger Zeit nach Euch geschickt, doch obwohl ich überall nach Euch gesucht habe, wart Ihr nirgends zu finden. Und das Verwunderliche war, dass kein Kleid aus Eurer Truhe fehlte.«

»Ich trug ein altes Kleid, das ich vom Land mitgebracht hatte. Es tut mir leid, Mercy, ich war im Garten und habe in meinem Gebetbuch gelesen. Darüber muss ich die Zeit vergessen haben.«

»Fünf Stunden lang?«, fragte sie mit unverhohlenem Misstrauen. »Da dürfte die Rettung Eurer Seele wohl gesichert sein, Miss.«

Beim Gedanken daran, welches Streitgespräch ich mit Master Donne über dieses Thema hätte führen können, musste ich lächeln. Waren Gebete und fromme Worte der sichere Weg zu unserem Seelenheil, so wie manche glaubten? Oder wurden die Glücklichen bereits vor ihrer Geburt von Gott erwählt, sodass es nichts an dem uns vorbestimmten Schicksal änderte, wie häufig man die Nase in ein Gebetbuch steckte oder welch guter Taten man sich rühmen durfte?

»Ich muss mit Wat über eine dringende Angelegenheit sprechen, die seine Familie betrifft. Bitte bestell ihn zu mir.«

Mit verdrießlicher Miene machte Mercy sich auf die Suche nach Wat und überließ mich wieder meinen Gedanken.

Wat erschien ganz gegen seine sonstige Gewohnheit mit der Miene eines Unschuldslamms. Er sagte nichts, bis Mercy, die natürlich neugierig war, sich endlich widerwillig zurückzog. In seinem sonst so verschmitzten, fröhlichen und vor allen Dingen klugen Blick spiegelte sich Unbehagen, denn er wusste nicht, wie ich reagieren würde. »Es tut mir leid, Miss Ann, dass ich Euch an Master Donne verraten habe. Aber ich sah, wie Ihr, gekleidet in meine Sachen, ein Boot anhalten wolltet. Ich konnte Euch doch nicht ganz ohne Begleitung in die wilden Gefilde von Southwark ziehen lassen.«

»Ich bin durchaus in der Lage, selbst für meinen Schutz zu sorgen«, erwiderte ich in strengem Ton. Nach diesem Tadel wirkte der Ausdruck seines jungen Gesichts derart zerknirscht, dass ich hinzufügte: »Aber ich danke dir dennoch, dass du dir Sorgen um mich gemacht hast.«

Er verbeugte sich tief und zog den Hut, ganz wie sein Master oder ein Galan am Königshof. Trotz meiner Verärgerung konnte ich mir das Lachen nicht verkneifen, als ich sah, welch vornehme Gesten er sich angeeignet hatte.

»Ihr habt mich vor dem Gerber gerettet, Miss. Hier, seht Euch meine Hände an.« Er streckte beide Hände aus und zeigte mir seine Handflächen. Sie sahen zart und rosig aus. »Joan hat mir Wollfett von den Schafen ihres Cousins zum Einreiben gegeben.«

Abermals schmunzelte ich, denn Joan hatte kein Wort über diese freundliche Geste verloren. Offenbar brachte Wats heiteres Gemüt in uns allen eine gütige Seite zum Vorschein.

Er machte Anstalten, sich zu verabschieden.

»Eine Sache noch, Wat. Es geht um deine Geschwister.«

»Ja, Miss.«

»Ist es wahr, dass Eure Schwester Sarah sich derzeit nicht um sie kümmern kann?«

Sein schmales Gesichtchen schien plötzlich gealtert, so, als wisse er vor Besorgnis weder aus noch ein. »Sie ist krank, Miss, das Fieber hat sie ereilt.«

Ich nickte. So ein Fieber war etwas Schreckliches, oft traf es auch junge, starke Menschen, und manchmal raffte es sie an nur einem Tag dahin.

Ich griff nach meinem Beutel, in dem nur noch ein paar

Pennys waren. »Geh zu einem Apotheker und besorg etwas, das ihr helfen kann. Dann werden wir zusehen, ob wir deine Geschwister hier unterbringen können.«

Nun stand mir nur noch die winzige Aufgabe bevor, dafür die Zustimmung meiner Tante zu erwirken.

Mir fiel ein, dass wir am nächsten Tag nach Greenwich fahren wollten, um den Kaplan meines Onkels eine Predigt sprechen zu hören. Dann würde ich versuchen, meine Tante zu überzeugen. Ich fragte mich, ob die Königin auch anwesend sein würde, denn eine Predigt konnte die gleiche Begeisterung hervorrufen wie ein Theaterstück oder ein Maskenball – vorausgesetzt sie wurde von jemandem vorgetragen, der redegewandt und geistreich war. Insgeheim waren die Kirchgänger jedoch ebenso gespannt auf die vornehme Kleidung der anderen wie auf das Thema der erlauchten Rede.

Als ich mich am nächsten Morgen ankleidete, überlegte ich, ob auch Master Donne an einer Predigt interessiert war. Ich hätte eine Goldmünze darauf gewettet, dass er lieber genau die Dinge tat, die ein Prediger verdammen würde, anstatt dazusitzen und sich etwas darüber anzuhören. Nun, wir würden sehen.

Noch bevor ich vollständig angezogen war, stürzte meine Schwester Mary herein und strahlte mich an, als hätten wir eine schlimme Krankheit besiegt. »Ann! Ich bin herbeigeeilt, so schnell ich konnte. Vor nicht einmal einer Stunde hat Master Freeman Nick seine Schuldscheine zurückgegeben. Er wird uns nicht mehr belästigen! Du kannst dir gar nicht vorstellen, wie erleichtert ich war, als uns heute Morgen ein Brief von ihm erreichte. Und Nick erst! Er war so überwältigt, dass er auf die Knie fiel und Gott dem Allmächtigen für unsere Erlösung dankte.«

Diese Nachricht versetzte mich in Erstaunen. Warum hatte Master Freeman so plötzlich seine Meinung geändert und meine Schwester und ihren Gemahl aus ihrer Verpflichtung entlassen?

»Schwester, das freut mich aufrichtig für dich! Nun musst du

Nicks Reue so gut wie möglich ausnutzen und sicherstellen, dass er nicht noch einmal sein Geld verspielt.«

»Allerdings.« Sie legte den Arm um mich und einen Moment lang standen wir schweigend da. Überwältigt von der Erleichterung, dass wir beide in Sicherheit waren und keine von uns ihren Ruf ruiniert hatte, sahen wir hinaus auf das rege Treiben auf der Themse: Kleine Fährboote bahnten sich ihren Weg, vorbei an den großen Lastschiffen, die mit Baumaterialien für die wachsende Stadt beladen waren, und vorbei an den bunten, überdachten Barken der Edelleute.

»Hast du auch deinen Brief zurückerhalten?«, fragte ich Mary.

Sie errötete, als habe sie den Gedanken daran längst verdrängt.

»Sieh dich vor, dass du dich nicht noch einmal in eine solch missliche Lage bringst. Kannst du dir erklären, wie es so plötzlich zu dieser gnädigen Anwandlung seitens Master Freeman gekommen ist?«

Nun, da die Last von ihr genommen war, zuckte sie nur die Achseln, als kümmere es sie nicht im Geringsten, wie es zu dieser Wandlung gekommen war. »Francis ist der Sache in aller Diskretion nachgegangen. Ich musste ihn ins Vertrauen ziehen. Schließlich ist er unser Cousin.«

Wir gingen hinunter in den Gesellschaftsraum, wo meine Tante bei einem Glas gesüßten Weins den lieblichen Tönen eines jungen Gesangsquartetts lauschte.

»Ann! Geh dem Lord Keeper lieber aus dem Weg! Er ist vollkommen aufgebracht! Heute Morgen benötigte er Master Donnes Anwesenheit im Kronrat, doch dieser war nirgends zu finden. Nun brüllt der Lord Keeper herum, sein Sekretär sei ein Windhund. Er weigert sich sogar, zur Beruhigung meinen Kamillentee zu trinken!«

Plötzlich kam mir ein Gedanke, der mich vor Scham und Schuldgefühlen erröten ließ. Aus dem Augenwinkel sah ich, dass mein Cousin den Raum betrat und Mary und mir ein Zeichen gab, ihm in aller Diskretion zu folgen.

»Francis!« Auch seine Mutter hatte ihn bemerkt. »Du warst ebenfalls verschwunden. Wo bist du an diesem Morgen gewesen?«

Francis machte eine tiefe Verbeugung und gab ihr einen Kuss auf den Kopf. »Bei der Falkenjagd, in Peckham auf der anderen Seite des Flusses.«

Er tätschelte den kunstvollen Kopfschmuck seiner Mutter und verließ mit uns den Raum.

»Nun, Mary. Nick und du, ihr könnt Euch bei Master Donne für eure zurückgewonnene Freiheit bedanken. Es scheint, er hat diesen Freeman mit der geballten Staatsgewalt des Lord Keeper derart eingeschüchtert, dass dieser Nick seine Schulden erlassen hat.«

»Master Donne?«, wiederholte meine Schwester zutiefst erschrocken. »Was hat er mit unseren Privatangelegenheiten zu tun?« Sie sah mich fragend an.

»Ich habe ihm davon erzählt. Er griff mich auf, als ich den Fluss überqueren wollte, um Master Freeman selbst entgegenzutreten.«

»Ann! Wie konntest du!«

Ich erinnerte mich an Master Donnes tadelnde Worte. Dass ich nicht an diejenigen gedacht hatte, deren Ehre und Existenz ich durch mein Handeln gefährdete. Nun hatte er scheinbar selbst dieses Risiko auf sich genommen.

»Das war wirklich edelmütig«, sinnierte Francis.

»Aber Nick und ich kennen Master Donne doch kaum«, warf Mary ein. »Warum sollte er derart viel aufs Spiel setzen, um uns zu helfen?«

Francis sah mich an und zuckte die Achseln. »Für ein kluges Frauenzimmer denkst du aber ziemlich schwerfällig, Mary. Er hat doch nicht dir und Nick zuliebe seinen guten Ruf aufs Spiel gesetzt ...!«

Mein Atem ging so schnell, als hätte ich gerade im Laufschritt die Strecke von York House bis zum Ufer des Flusses zurückgelegt. Hatte Master Donne einzig und allein aus Edelmut gehandelt oder gab es noch andere Beweggründe, auf die Francis anspielte? Ein solches Wagnis in Kauf zu nehmen setzte ein Mitgefühl voraus, das ich nicht von ihm erwartet hätte. Ein Gefühl von Wärme stieg in mir auf.

»Ich muss zurück zu meiner Mutter.« Francis verbeugte sich zum Abschied. »Sicher wundert sie sich bereits, was wir drei zu besprechen haben.«

Langsam drehte Mary sich zu mir um. »Nimm dich in Acht, Ann. Denk daran, welcher Ruf ihm vorauseilt.«

»Würde so ein skrupelloser Freigeist handeln?«, fragte ich, wütend darüber, wie sie nur so undankbar sein konnte. »Er hat sein Ansehen und seine Existenz für euch aufs Spiel gesetzt. Hätte Master Freeman seine Amtsgewalt infrage gestellt, wäre Master Donne ebenso ruiniert gewesen wie Nick und du!«

»Master Donne!«, wiederholte Mary und nahm den Arm von meiner Schulter. »Nun weiß also auch er von unserer beschämenden Lage! Ann, ich wünschte, du hättest ihn nicht hinzugezogen, denn es geht ihn überhaupt nichts an.«

»Wenn Master Donne nicht eingegriffen hätte, befändet ihr euch in einer weitaus schlimmeren Lage«, entgegnete ich in essigsaurem Tonfall. »Schließlich ist nicht Master Donne derjenige, der hier zur Rechenschaft gezogen werden sollte, sondern dein lieber Nick! Kam sein Kniefall nicht ein wenig spät? Hätte er sich nicht vorher darüber Gedanken machen sollen, welcher Schande und Gefahr er dich aussetzt und dass er das Vermögen der Familie aufs Spiel setzt?«

Mary wandte den Blick ab. »Master Donne mit seinen Gedichten und den dunklen Augen hat dir den Kopf verdreht. Genau so ist es, und es war keineswegs scherzhaft gemeint, als ich sagte, dass du zwei Verehrer hättest. Ich habe gesehen, wie er dich anschaut, wenn er sich unbeobachtet fühlt. Wäre er vornehmer oder wohlhabender und müsste nicht fürchten, dass unser Vater ihn abblitzen lassen würde, hätte er sicher schon längst um deine Hand angehalten.«

»Mary, hör auf damit«, gab ich hitzig zurück, verwirrt darüber, was sie mir einreden wollte und wie ich darauf reagierte. »Ich höre mir das nicht länger an! Master Donne hat einzig und allein aus Edelmut gehandelt. Zufällig weiß ich nämlich, dass er eine Frau liebt, deren Vermögen weitaus größer ist als meins.«

»Dann ist er wohl ein arger Dummkopf, es sei denn, es geht ihm lediglich darum, sie ins Bett zu zerren. Und falls du auf Isabella Straven anspielst, hätte ihr Gemahl nichts dagegen einzuwenden. Offenbar ist dem Earl nicht daran gelegen, selbst mit ihr ins Bett zu steigen, sonst würde er die Zügel wohl kaum derart schleifen lassen!«

Mit diesen Worten ließ sie mich stehen. Meine Gedanken überschlugen sich. Der strahlende Tag und die Erleichterung über Master Freemans Verzicht wurden mit einem Mal von einer dunklen Wolke überschattet, denn das, was Mary gesagt hatte, klang beunruhigend.

Ich lehnte mich über die steinerne Balustrade hinaus über den breiten Fluss. Sicher hatte sie sich getäuscht, was Master Donnes schmachtende Blicke anging.

Ich drehte mich um und sah den Ort, wo ich ihn das erste Mal erblickt hatte, als er den liebeskranken Tauben zusah. Ich erinnerte mich daran, wie seine Lippen die meinen berührt hatten, und spürte eine auflodernde Flamme in mir. Aber selbst wenn ich bereit wäre, mein vorschnelles Urteil über ihn zu revidieren, würde uns gegenseitige Liebe auf ewig versagt bleiben. Je schneller ich das einsah, desto besser. Dennoch, ob ich es mir nun eingestehen wollte oder nicht, sein Edelmut meiner Schwester gegenüber hatte mich tief berührt. Und ich wusste, dass ihm mein Herz zufliegen würde wie ein Vögelchen zu seinem Nest – wenn man es nur freiließe an einem so strahlenden, sonnigen Tag wie diesem.

Bevor wir uns auf den Weg nach Greenwich machten, suchte ich meine Tante in ihrem Kabinett auf. Mercy hatte mir gesagt, dass ich sie dort bei ihrer spirituellen Lektüre finden würde. Als ich das Kämmerchen betrat, ließ sie das Buch hastig verschwinden, und ich fragte mich, ob es tatsächlich spirituellen Inhalts war. Mein fragender Gesichtsausdruck war ihr nicht entgangen, woraufhin sie ein Exemplar der Elfenkönigin, zwischen den Psalmen ihres Gebetbuchs hervorzog. »Du hast mich ertappt, Nichte, denn eigentlich sollte ich meine Gebete aufsagen.« Lächelnd fügte sie hinzu: »Du hast mein ruhiges Dasein mit deiner Anwesenheit belebt, Ann.«

Ich musste lachen, denn meine Tante führte sonst ein so ruhiges Leben wie der Kapitän eines großen Schiffs oder der Befehlshaber einer riesigen Armee.

»Ich hatte nie eine Tochter, doch erst seitdem du hier bist, weiß ich, was mir gefehlt hat.«

»Ich will gern Eure Tochter sein. Aber ich bin mir nicht sicher, ob Ihr mich noch als solche haben möchtet, wenn ich Euch meine Bitte vortrage. Obwohl ich der ehrlichen Überzeugung bin, es handelt sich um einen Dienst im Sinne des Herrn.«

»Warum nur zucke ich bei deinen Worten zusammen wie eine Hexe vor dem Scheiterhaufen, Ann?«

Ich konnte mir ein Lächeln nicht verkneifen. »Vielleicht, weil ich Euch stets mit einem neuen obskuren Vorhaben peinige.«

»Und worin besteht das neueste?«

»Darin, Wats jüngeren Geschwistern Schutz zu gewähren und eine anständige Beschäftigung für sie zu finden.«

Zu meiner Überraschung tat sie mein Anliegen nicht gleich ab, sondern schien es tatsächlich in Erwägung zu ziehen. »Der Kaplan deines Onkels ermahnt mich von Zeit zu Zeit, wohltätiger zu sein. Aber, ehrlich gesagt, fühle ich mich nicht dazu berufen, mich unter den Pöbel zu mischen und ein paar Bettlern die Füße zu waschen.«

Abermals schmunzelte ich. Welch eine Vorstellung! Meine stets prächtig und elegant gekleidete Tante – der es schon zuwider war, ihre samtenen Schuhe mit Schlamm zu beschmutzen – sorgfältig frisiert und mit perlenbesetztem Kopfschmuck inmitten einer Horde Bettler!

»Frag Joan, ob sie eine Aufgabe findet, die die Kinder im Haushalt verrichten können. Aber sieh zu, dass sie den Lord Keeper nicht behelligen. Es gibt bereits genug, worum er sich kümmern muss. Die Königin ist unschlüssig, wen sie zum Oberbefehlshaber im Krieg gegen Irland ernennen soll, und sie lässt ihren Zorn an allen aus. Dein Onkel bemüht sich, ihr mit Rat und Tat zur Seite zu stehen, und bekommt als Dank dafür das meiste ab.

Ich tat, was sie mir empfohlen hatte.

Bald darauf waren wir in Gedanken samt und sonders mit der beunruhigenden Situation in Irland beschäftigt. In York House wurde von nichts anderem mehr gesprochen als über den Aufstand der Iren und den neuesten Skandal um den Earl of Essex. Entrüstet, weil die Königin nicht ihm den Oberbefehl übertragen hatte, habe er das Schwert gegen seine Regentin gezogen und sich anschließend wutschnaubend zu seinem Landsitz in Wanstead davongemacht.

Mein Onkel, der den Earl sehr schätzte, tat sein Bestes, um ihn davon zu überzeugen, seinen Platz im Kronrat wieder einzunehmen. Dafür jedoch war Mylord Essex zu stolz. Stattdessen brüskierte er den Königshof, indem er meinen Onkel in einem Brief die verräterische Frage stellte: Können nicht auch Herrscher sich im Irrtum befinden und ihren Untertanen Unrecht tun?

Es lag eine derartige Besorgnis in der Luft, dass ich bei meiner nächsten Begegnung mit Master Donne die Umstände unseres letzten Treffens vollkommen vergaß. Alle hatten sich vor dem abendlichen Mahl in der Großen Halle versammelt, zu meiner Überraschung war außer Master Donne auch Richard Manners anwesend.

»Wird es nun Krieg gegen Irland geben?«, fragte ich Master Donne, denn ich wusste, wie nah er meinem Onkel stand und wie gut er über Staatsaffären von Bedeutung informiert war. Darüber hinaus war sein Freund, Henry Wotton, der ebenfalls zugegen war, der Sekretär des Earl of Essex.

»Ich fürchte, ja«, antwortete Master Wotton. »Zu häufig erreichen uns Nachrichten, dass die Landgüter englischer Siedler niedergebrannt und geplündert werden.«

»Werdet Ihr in den Krieg ziehen, Master Donne?«, fragte Master Manners – hoffnungsvoll, wie ich vermutete –, »da Ihr Euch doch in Cadiz und auf den Azoren so tapfer geschlagen habt?«

»Für mich ist die Zeit des Kriegshandwerks vorbei, das muss ich wohl Jüngeren überlassen«, antwortete Master Donne und wies auf Thomas, den ansehnlichen Sohn des Lord Keeper. Er saß neben seiner Frau und den drei kleinen Töchtern, von denen die jüngste ihm kaum bis zu den Knien reichte.

Thomas nahm sie auf den Schoß, ließ sie auf seinem Knie reiten und ahmte das Hufgeklapper eines Ponys nach. »Willst du, dass Papa ein Soldat wird, Dorothy, und auf einem edlen Ross im Namen der Königin in die Schlacht zieht?«

Das kleine Mädchen nickte, ohne zu verstehen, wozu sie ihre Zustimmung gegeben hatte – das arme Ding.

»Die Schlachtfelder Irlands sind kein geeigneter Ort für edle Rösser«, erklärte der Lord Keeper. »Sie würden im Sumpf versinken und du mit ihnen. Schlimm genug, dass wir die irischen Rebellen bekämpfen müssen, aber es führt kein Weg daran vorbei. Sonst kommt O'Neill noch auf die Idee, er sei mächtiger als seine Monarchin. Wie steht es mit Euch, Master Manners, werdet Ihr Euch als Freiwilliger in den Dienst Eurer Königin und Eures Landes stellen?«

»Ich verstehe mich nicht aufs Kämpfen«, murmelte Master Manners. »Ich muss mich um mein Anwesen in Leicestershire kümmern. Mein Vater ist alt und gebrechlich, er schafft es nicht mehr.«

»Warum lasst Ihr den armen Gentleman dann so lang allein?«, fragte Master Donne kühl und verächtlich. Ihre Blicke trafen sich, und gegenseitige Abneigung stieg wie heißer Dampf zwischen ihnen empor.

»Aber, aber, meine Herren«, warf mein Onkel ungehalten ein,

»wir sollten die Iren und nicht uns gegenseitig bekämpfen. Der Earl of Essex hat uns bereits genug Unannehmlichkeiten beschert, mehr brauchen wir nun wirklich nicht.«

Master Donne machte eine Verbeugung. »Mylord Keeper, dank der Euch eigenen Umsicht und Eures Weitblicks habt Ihr recht. Master Manners, ich muss Euch Abbitte leisten.« Nach diesen Worten verbeugte er sich abermals, zog den schwarzen Hut und entfernte sich.

Master Manners lächelte, als hätte er einen hart umkämpften Sieg errungen. »Wie schön, dass der Sekretär von seinem hohen Ross herabsteigt. Es wundert mich ohnehin, wie der Sohn eines Eisenhändlers – und ehemaliger Papist obendrein – dazu kommt, sich derart aufzuspielen.«

»Aufgrund seiner eigenen Fähigkeiten vielleicht.« Der sonst so ruhige Tonfall meines Onkels hatte die Schärfe einer gebeizten Zwiebel. »Da Ihr Gast in meinem Haus seid, Master Manners, solltet Ihr Euch ins Gedächtnis rufen, dass ich selbst aus einfachen Verhältnissen stamme, zumindest mütterlicherseits. Ebenso wie Master Donne war auch ich einst Papist. Nicht für das, was ein Mann *war,* sollte man ihm Beachtung schenken, sondern für das, was er ist.«

Hochrot vor Zorn entfernte Master Manners sich.

»Ich weiß, Ann, dein Vater hält große Stücke auf diesen jungen Mann, ich dagegen hege so meine Zweifel. Seht, Master Donne hat seine Pergamentrolle auf dem Tisch liegen lassen. Das kommt davon, wenn zwei junge Hähne im Hühnerstall umherstolzieren und um die Damenwelt wetteifern.«

»Ich werde mich auf die Suche nach Wat, seinem Burschen, machen«, erbot ich mich eifrig. »Er kann ihm die Pergamentrolle zurückgeben.«

»Danke, Ann, du bist ein braves Mädchen«, sagte der Lord Keeper. Dann hob er schnuppernd den Kopf. »Ah, es gibt Spinattorte und anschließend Kapaun in Zitronensauce.« Er machte ein Gesicht wie ein Spürhund. »Hm, und als Nachtisch ein Pudding mit Datteln, Korinthen und Rosinen.«

Verblüfft hörte ich zu. Offenbar verfügte der Lord Keeper über einen so feinen Geruchssinn, dass er sämtliche Köstlichkeiten erschnuppern konnte. Doch dann zog er eine von feiner Hand geschriebene Speisekarte hervor und klopfte mir damit auf die Schulter.

Auf dem Weg von der Großen Halle hinaus in den Garten, wo ich Wat aufstöbern wollte, lächelte ich unentwegt. Innerlich kämpfte ich mit mir. War es rechtens, die Pergamentrolle zu öffnen, bevor ich sie Wat gab? Vielleicht handelte es sich um ein weiteres Gedicht – womöglich ein Lobgesang auf das glänzende Haar, die außergewöhnliche Schönheit und den beneidenswerten Scharfsinn von Isabella, der Countess of Straven. Zu meiner großen Erleichterung jedoch war es lediglich ein Gesetzestext.

Während ich durch den Garten ging, tauchte die tief stehende Sonne London mit all seinen Bewohnern in rötliches Licht. Bald würden die Lotsen mit ihren Fackeln und Windlichtern ihren Dienst antreten und vornehmen Londonern den Weg durch das Gewirr der dunklen und gefährlichen Straßen weisen.

Von Wat war keine Spur zu sehen, also ging ich zu der breiten Eichentreppe, in der Hoffnung, ihn dort zu finden. Oberhalb der Treppe stand Henry Wotton und unterhielt sich mit Francis. Gerade wollte ich fragen, ob die beiden Master Donne gesehen hatten, doch als ich hörte, worüber sie sprachen, versteckte ich mich auf dem unteren Treppenabsatz und lauschte.

»Ist es wahr, dass unser Freund John sich nach meiner Cousine Ann verzehrt?«

»Ich fürchte, so ist es, Francis. Ich habe ihn schon vor den möglichen Konsequenzen gewarnt. ›Sie ist tugendhaft und gebildet‹, sagte ich ihm, ›aber sie ist noch zu jung und viel zu unerfahren für jemanden wie dich, John, selbst, wenn dein Anwesen in der Nähe läge und ihr Vater weniger wohlhabend und angesehen wäre.‹ Weißt du, was er mir geantwortet hat?«

Ich hielt den Atem an.

»Er sagte, sie habe eine reife Seele und verfüge über mehr

Weisheit als manche, die dreimal so alt sind. Sie vergeude ihre Zeit nicht mit Nichtigkeiten, habe düstere Momente erlebt und sich dadurch nicht entmutigen lassen. Sie mache ihn zu einem besseren Menschen und zu einem besseren Dichter.«

»Na ja, er hat schon viele Frauen geliebt.«

»Allerdings. Wir können nur hoffen, dass diese gefährliche Krankheit vorübergeht.«

Die beiden nickten mit dem Kopf wie zwei erfahrene Herren, die hofften, dass sich alles in eine kluge und vernünftige Richtung entwickelte, die mir jedoch das Herz brechen würde.

Ich wartete, bis sie sich entfernt hatten, eilte den Gang entlang und stand schließlich vor Master Donnes Schlafgemach. Hastig sah ich mich um und öffnete die Tür. Nie zuvor hatte ich diese Schwelle übertreten. Wenn meine Tante mich erwischte, würde ich in tiefe Ungnade fallen.

Das Zimmer war recht unspektakulär. Es entsprach keineswegs der Lasterhöhle, die ich mir ausgemalt hatte, mit schweißgetränkten Laken, durchwühlt von einem vorangegangenen nächtlichen Gefecht. Ganz im Gegenteil, es sah überaus ordentlich aus. Die Kopfkissen waren sorgfältig aufgerichtet, die Laken glattgezogen, in einer Ecke stand eine Reihe Stiefel, der Höhe nach geordnet, worüber ich schmunzeln musste. Ich fragte mich, wo er seine Gedichte verfasste, denn ich entdeckte weder Feder noch Pergament, ebenso wenig ein wirkungsvoll aufgeschlagenes Buch, dessen leere Seiten darauf warteten, beschrieben zu werden. Vielleicht trug er seine Verse immer bei sich. Eigentlich wies kaum etwas in diesem Zimmer auf seinen Bewohner hin, bis auf eine Kleinigkeit an der Wand links neben dem Bett, ein wenig höher als in meiner Augenhöhe.

Es war ein Porträt von Master Donne, dunkel und geheimnisvoll. Seine grauen Augen blickten zur Seite, die roten, vollen Lippen ähnelten denen einer Frau. Ich betrachtete das Gemälde und fragte mich, was für ein Mann er eigentlich war. War er fähig, eine Frau aufrichtig und mit zärtlicher Hingabe zu lieben? Oder würde er – wie der verliebte Vogel, dem er bei unserer ersten Begegnung zugesehen hatte – von einem Zweig zum nächsten hüpfen, stets auf der Suche nach einem neuen Nest?

Ich sah mir das Porträt genauer an. An Master Donnes Ärmel war eine Hasenpfote als Glücksbringer befestigt. Das Bild trug die Inschrift »Illumina Tenebras Nostras Domina« – »Erhelle unsere Dunkelheit, Herrin«. Aus meinem Gebetbuch wusste ich, dass sich diese Worte auf das dritte Abendgebet bezogen. In diesem Fall jedoch waren sie wohl kaum an die Mutter Gottes gerichtet, sondern an irgendeine Dame, von der er glaubte, dass er sie abgöttisch liebte. Hatte er ihr das Gemälde geschenkt und hatte sie es ihm zurückgegeben, nachdem die Leidenschaft erkaltet war?

Plötzlich hörte ich ein Geräusch und drehte mich um. Mein Atem ging so schnell, dass ich fürchtete, ohnmächtig zu werden.

12

Keine zwei Schritte hinter mir stand der Porträtierte höchst selbst und lächelte amüsiert.

»Master Donne, ich …« Zum ersten Mal, seit ich denken konnte, musste ich nach Worten suchen. »… ich bin gekommen, um Euch zu danken, weil ihr so freundlich wart, meiner Schwester und meinem Schwager zu helfen …«

»Nicht Eure Schwester oder Euer Schwager waren es, denen ich behilflich sein wollte«, lautete seine knappe Antwort.

»Ihr seid ein großes Wagnis eingegangen. Eins, das ich Euch niemals hätte abverlangen dürfen. Ich danke Euch.«

»Vielleicht könnt Ihr Euren Schwager fortan von seinen schädlichen Angewohnheiten abhalten. Mir scheint, Ihr seid eine aufrichtige junge Dame, möglicherweise aufrichtiger, als Euch selbst guttut. Ihr scheut Euch nicht, zu sagen, was Ihr denkt, und seid von einer Zielstrebigkeit, die Eurem Schwager Respekt einflößen sollte und die selbst mich in Demut versetzt. Sagt Ihm geradeheraus, welcher Gefahr er andere aussetzt.«

»Das werde ich.«

»Darüber hinaus habe auch ich einen Grund, Euch zu danken.«

Mein Atem beschleunigte sich, als ich diese Worte vernahm. Wollte er etwa eingestehen, vor welch lasterhaften Verlockungen ich ihn bewahrt hatte?«

»Wat.«

»Wat?« Verblüfft wiederholte ich den Namen.

»Mein Bursche. Ein Junge von dreizehn Jahren. Dunkles Haar, blaue Augen, ein wenig vorlaut.«

»Ich weiß sehr wohl, wer Wat ist!«

»Ich hatte befürchtet, er könne mir zur Last fallen, doch ich muss zugeben, er ist eine Bereicherung. Er hat wesentlich dazu beigetragen, dass mein Ansehen unter meinesgleichen gestiegen ist. Einige wollten ihn mir bereits abwerben, andere geben sich damit zufrieden, wenn sich ihre Dienstboten so kleiden und geben wie er.«

»Ich verstehe.«

Sein Lächeln wurde breiter. »Dachtet Ihr, es gäbe noch etwas, wofür ich Euch danken sollte? Für die hilfreiche Kritik meiner Gedichte vielleicht? Oder für jungfräuliche Ansichten über einen moralischeren Lebenswandel? Seid versichert, für beides schulde ich Euch Dank.«

»Ich bin sicher, Ihr seid nicht auf den Rat von jemandem angewiesen, der so jung und unerfahren ist wie ich.« Ich gab mir Mühe, mir meinen Ärger nicht anmerken zu lassen. Offenbar spielte er Katz und Maus mit mir.

Trotz der liebevollen Worte, die er gegenüber Master Wotton geäußert hatte, war ihm sicher aufgefallen, wie unbesonnen es wäre, ihnen entsprechende Taten folgen zu lassen. Vielleicht hatte er längst sein Gleichgewicht wiedergefunden.

Dann aber, als ich es am wenigsten erwartete, nahm er meine Hand.

Sachte und behutsam küsste er meine zarte Handfläche, und ohne darauf vorbereitet zu sein, erbebte ich, als sei tief in meinem Inneren ein Vulkan ausgebrochen.

Ich weiß nicht, was dann geschehen wäre. Hätte mein jungfräulicher Anstand das Feuer zu löschen vermocht?

Wie auch immer, ich sollte es nicht herausfinden, denn die Tür öffnete sich und Wat kam herein, um Master Donne mit betretener Miene mitzuteilen, dass der Lord Keeper umgehend seine Dienste benötige.

Ich raffte meine Röcke zusammen, stürmte ohne einen der beiden eines Blickes zu würdigen aus dem Zimmer und lief die breite Treppe hinunter, wo zu meiner Bestürzung Master Manners an einem Eichentisch lehnte. Ich errötete, und er sah mich prüfend an.

»Guten Abend, Master Manners.« Ich hielt mich kerzengerade und versuchte, mich zu beruhigen, schließlich besaß er nicht die teuflische Macht, mir meine Sünden anzusehen. Ich fragte ihn, was mir als Erstes in den Sinn kam: »Habt Ihr meinen Vater gesehen? Ich muss ihn dringend sprechen.«

Er verbeugte sich tief. »Nein, Miss More, Sir George ist mir heute noch nicht begegnet. Wahrscheinlich ist er, wie alle Mitglieder des Parlaments und des Kronrats, mit dem Notstand in Irland beschäftigt.«

»Ach ja, Ihr habt recht. Ich werde einen Laufburschen beauftragen, ihm eine Nachricht zukommen zu lassen.«

»Wenn es Euch beliebt, könnte ich ihm die Nachricht überbringen«, erbot er sich und sah mich so durchdringend an, dass ich den Blick abwenden musste.

»Nein, nicht nötig. So wichtig ist es nun auch wieder nicht. Ich werde später mit ihm sprechen.«

Ich entfernte mich und spürte, dass sein Blick mich verfolgte. Von ganzem Herzen hoffte ich, dass Master Donne nicht ausgerechnet in diesem Augenblick erscheinen würde.

Zum Glück tat er es nicht.

»Ann, da bist du ja.« Die Stimme meiner Tante war mir so willkommen, als habe sie der Himmel geschickt.

»Morgen musst du mir helfen, eine Medizin für Thomas, den Haushofmeister, zu brauen. Er hat sich etwas verrenkt. Was war es noch für ein Kraut, das du für meine Mutter im Garten suchen solltest?«

Als ich am nächsten Morgen den heilenden Kräutersaft erhitzte, schweiften meine Gedanken zu einem ganz anderen Feuer ab, das mich weitaus mehr verwirrte. Wie war es möglich, dass meine Gefühle derart in Aufruhr gerieten? Lag es einzig und allein an der Versuchung des Fleisches, die mir zuvor vollkommen unbekannt gewesen war? Um die Worte auf der Stickerei meiner Schwester Francis zu gebrauchen: Irrten meine Sinne? Verlor ich etwa den Verstand?

»Ann, Vorsicht!«

Die Warnung meiner Tante hätte einer anderen, weitaus größeren Bedrohung gelten können, als ihr bewusst war.

Ich hatte das Gebräu überkochen lassen und mir die Finger verbrüht.

»Ach, wie ungeschickt!«, schalt meine Tante. »Ich gebe mir alle Mühe, meinen Haushofmeister zu kurieren, und nun kommt auch noch eine Verletzung meiner Nichte hinzu!« Sie ließ mich meine Hand in kaltes Wasser tauchen.

»Es tut mir leid, Tante. Hier, der Sud ist fertig.«

Meine Tante nahm mir die Phiole ab, schnupperte an dem Kräutersud und musste husten. »Hervorragend«, sagte sie. »Ich habe festgestellt, dass bei vielen Leiden diejenige Medizin am besten hilft, die am übelsten riecht. Offenbar fühlt sich der Kranke gleich besser, wenn das Gebräu möglichst widerwärtig riecht.«

Sie füllte die Mixtur in kleine Fläschchen ab und verschloss jedes mit einem Pfropfen, während ich mich bemühte, ihr zur Hand zu gehen und nicht an meinen inneren Aufruhr zu denken. Dann jedoch wurden wir von Mercy, der Kammerfrau meiner Tante, gestört.

»Miss Ann! Zwei zerlumpte Kinder fragen nach Euch. Der Haushofmeister wollte sie schon fortschicken. Er fragte, ob ich wüsste, warum Ihr sie herbestellt habt.« Mercy schnaubte verächtlich. »Ich sagte, so wie ich Euch kenne, ladet Ihr noch eine Horde einbeiniger Vagabunden oder ein Rudel streunender Hunde an unsere Tafel ein.«

»Danke, Mercy«, gab ich in erhabenem Tonfall zurück. »Ich werde selbst mit Thomas sprechen.« Ich nahm eins der Fläschchen aus dem Regal. Meine Tante hatte sie sorgfältig mit ihren hübschen, handgeschriebenen Etiketten versehen, die – illustriert mit grün- und goldblättrigen Pflanzen – jedes für sich kleine Kunstwerke darstellten. »Für Thomas, als Gegenmittel für die Unannehmlichkeiten, die ich ihm immer wieder bereite.«

»Ann, warte!« Meine Tante schüttelte den Kopf. »Vergiss

nicht, Thomas zu sagen, dass er die Kinder einfach fortschicken soll, sobald sie ihm zur Last fallen.« – »Gewiss, Tante.«

Ich fand die beiden Kinder, einen Jungen von etwa zehn Jahren und ein kleines Mädchen, unter Thomas' strengen Blicken völlig eingeschüchtert vor. Der Haushofmeister meines Onkels war ein riesiger, etwa sechs Fuß großer Mann, von Kopf bis Fuß schwarz gekleidet, was ihm das Aussehen einer überdimensionalen Krähe verlieh. Staunend betrachteten die Kinder die goldverzierte Decke und die Statuen und fragten sich wohl, ob sie vor den Toren des Himmels oder der Hölle standen.

»Willkommen«, sagte ich und kniete mich hin. »Nun müsst ihr mir eure Namen verraten.«

»Ich bin Stephen«, sagte der Junge, »und das ist meine Schwester Hope.«

»Hope«, wiederholte ich und nahm die kleine Hand des Mädchens, »das ist wirklich ein besonders schöner Name.«

»Die Hebamme hat ihn mir gegeben«, verkündete Hope nicht ganz ohne Stolz. »Nachdem mein Mutter gestorben war, dachte sie, ich könne ihn gebrauchen.«

Hinter uns gab Thomas ein Grunzen von sich.

Im weiteren Verlauf des Tages hörte ich nichts mehr von den Kindern, und ich hielt es für ratsam, lieber nicht danach fragen. Wenn es Schwierigkeiten gäbe, würde man mich ohnehin umgehend rufen.

Also kam ich meinen übrigen Pflichten nach. Ich ging durch den Garten hinunter zum Fluss, um frische Luft zu schnappen und ein paar Heilkräuter für meine Tante zu pflücken. Eine Stunde lang machte ich mich zwischen Wasserdost und Geißblatt zu schaffen. Ich bewunderte die Blüten der Tollkirsche, pflückte Wiesensalbei und ein Sträußchen Fingerkraut – laut meiner Großmutter das beste Mittel gegen nächtliche Schweißausbrüche. Ich musste an Wats Schwester Sarah denken und überlegte, was ihr Fieber lindern könnte. Und dann dachte ich an Beth, der ich nicht hatte helfen können, obwohl ich so viel über heilende Kräuter wusste.

Dann läutete es zum abendlichen Mahl. Ich eilte in mein Zimmer und schlüpfte in das erstbeste Kleid, ohne mir Gedanken zu machen, wie ich darin aussah. Mein Onkel hatte gerade begonnen, das Tischgebet zu sprechen, als ich mit vom Abendwind zerzausten Haaren und geröteten Wangen die Große Halle betrat. Mit gemischten Gefühlen nahm ich zur Kenntnis, dass mein Vater zur Linken des Lord Keeper saß und die Countess of Straven zu seiner Rechten.

Ich spürte Master Donnes Gegenwart und zwang mich, ihn nicht anzusehen, denn ich wollte mir nicht anmerken lassen, welch stürmische Gefühle unsere letzte Begegnung in mir ausgelöst hatte. Ich schaute in die andere Richtung und ging auf Master Manners zu, der mich aufmerksam beobachtete.

Er streckte eine Hand nach einer Strähne meines Haars aus, die sich aus meinem Kopfschmuck gelöst hatte, und fragte: »Seid Ihr heute ausgeritten, Miss More?« Und zu meinem großen Erstaunen fügte er hinzu: »Master Donne, findet Ihr nicht auch, Miss More hat eine so frische Gesichtsfarbe, als wäre sie den ganzen Nachmittag auf der Jagd gewesen?« Hatte er bemerkt, was zwischen Master Donne und mir vorging, und deshalb seine Frage an ihn gerichtet?

»Das kann ich nicht beantworten, Master Manners, ich gehe nicht auf die Jagd«, antwortete Master Donne gelassen.

»Dann entgeht Euch eine Menge. Auf die Jagd zu gehen verleiht dem Leben Würze, so wie Zimt einem gedünsteten Dorsch.«

»Zu gefährlich für meinen Geschmack«, entgegnete Master Donne, »und das Resultat zu blutig.«

»Gefahr weckt unsere Lebensgeister, meint Ihr nicht?«

»Geht Ihr oft auf die Jagd, Master Manners?«, fragte ich, um das Schweigen, das plötzlich eingetreten war, zu unterbrechen.

»Gewiss.« Er sah mich durchdringend an. »Und stets auf Pferden, die ich selbst zugeritten habe, je wilder desto besser.«

Das klang so eindeutig, dass ich in eine andere Richtung sah.

»Mylady Straven«, beeilte ich mich, zu fragen, »geht Ihr auch auf die Jagd?«

»Wann immer sich die Gelegenheit bietet. Die Jagd ist der zweitbeste Zeitvertreib, den ich mir denken kann.«

Die ganze Gesellschaft brach in schallendes Gelächter aus, sodass meine Tante sich genötigt sah, das Gespräch diplomatisch in züchtigere Bahnen zu lenken.

Sie stimmte ein Loblied darauf an, welch tapfere Reiterin die Königin doch sei und dass sie höhere Zäune überspringen könne als der gesamte Hofstaat.

Während des Essens schwieg ich, bis ich plötzlich feststellte, dass aller Augen auf mich gerichtet waren, weil Lady Straven mir eine Frage gestellt hatte.

»Stimmt es«, wiederholte sie, »was der Haushofmeister des Lord Keeper mir erzählt hat? Ihr habt ein paar Gören aus der Gosse aufgelesen und bietet ihnen Unterschlupf?«

»Ja, solange bis ihre ältere Schwester sich erholt hat«, antwortete ich so ruhig wie möglich. »Ihr älterer Bruder, Wat, ist Master Donnes neuer Laufbursche. Er macht sich sehr gut, oder nicht?«

»Ganz hervorragend«, bestätigte Master Donne und verbeugte sich. »Tausendmal besser als sein Vorgänger, obwohl dieser von besserer Herkunft war. Miss More verfügt über eine ausgezeichnete Menschenkenntnis.«

Mir schoss der Gedanke durch den Kopf, dass nicht meine ausgezeichnete Menschenkenntnis dazu geführt hatte, Wat aufzunehmen, sondern vielmehr ein Gefühl der Schuld, selbst von unserem Herrn so begünstigt zu sein. Ehrlich gesagt, war es mir lieber, nicht dauerhaft für seine beiden Geschwister verantwortlich zu sein.

»Mir ist zu Ohren gekommen, dass Ihr zu unbesonnenen Handlungen neigt, Miss More«, bemerkte die Countess of Straven. »Handlungen, die Ihr anschließend bereuen könntet.«

Beklommen sah ich Master Donne an und stellte mir die bange Frage, ob er ausgeplaudert hatte, was bei unserer letzten

Begegnung geschehen war oder – schlimmer noch – dass er mich auf dem Weg nach Southwark erwischt hatte.

Doch seinem gelassenen Blick war nichts zu entnehmen.

Erleichtert atmete ich auf, da es den Anschein hatte, dass an diesem Abend keine weiteren Unstimmigkeiten in der Luft lagen. Aber ich hatte mich zu früh gefreut, denn nun meldete sich mein Vater zu Wort.

»Ich hatte das zweifelhafte Vergnügen, eine Eurer Satiren in die Finger zu bekommen, Master Donne«, bemerkte er missbilligend, zog ein Stück Pergament hervor und las laut vor:

»Soll ich, der niemandes Sklave ist, mich von hochwohlgeborenen Männern und Emporkömmlingen einschüchtern lassen? Und dich, meine Gefährtin, die Wahrheit, den aufgeblasenen Vertretern des Adels ausliefern?«

»Nun, Master Donne, haltet Ihr auch mich für einen dieser ›Emporkömmlinge‹, über die Ihr Euch in Euren Versen so verächtlich äußert?«, fragte mein Vater mit wachsendem Zorn. »Oder wird mir noch mehr der Ehre zuteil und Ihr betrachtet mich als einen Eurer ›aufgeblasenen Vertreter des Adels‹«?

Master Donne machte eine Verbeugung. »Sir George, ich dachte weder an Euch noch an eines der übrigen hart arbeitenden Mitglieder des Parlaments, als ich diese Zeilen niederschrieb, sondern an die faulen Müßiggänger und Intriganten am Hof.«

»Aber obwohl Ihr so viele von uns verunglimpft, wisst Ihr doch bestimmt genau, wie es um die Auswirkungen Eurer Schriften bestellt ist, da die Wahrheit sich schließlich entschieden hat, einzig und allein *Euch* als Gefährtin zur Seite zu stehen.«

Am Tonfall meines Vaters erkannte ich, wie wütend er war. Für ihn war Master Donne – Dichter, Gelehrter und enger Vertrauter des Lord Keeper – nichts weiter als einer jener Emporkömmling, ein unliebsamer Eindringling in die Welt der

Höhergestellten. Seine geistreichen Verse, die allseits geschätzt wurden, betrachtete mein Vater als scharf, unglimpflich und – schlimmer noch – kritisch gegenüber der herrschenden sozialen Ordnung. Die Vermutung, dass darüber hinaus ein gewisses Interesse an meiner Person bestand, fachte seinen Zorn nur noch weiter an.

Am liebsten hätte ich ihm auf seine Kritik laut schreiend geantwortet: »Vater, du irrst dich! Master Donne geht es darum, der wuchernden Korruption die Wurzeln auszureißen, und nicht darum, aufrichtige Edelleute in den Dreck zu ziehen!« Doch ich wusste, die Autorität meines Vaters infrage zu stellen und vor der versammelten Gesellschaft die Stimme zu erheben – was ohnehin nur Männern vorbehalten war –, hätte sowohl mir als auch Master Donne nichts als Schaden bereitet.

»Ich hoffe, dass die Wahrheit tatsächlich meine Gefährtin ist …«, begann Master Donne.

»Die Wahrheit? Was versteht Ihr mit Euren aufrührerischen Versen schon von der Wahrheit?«, ereiferte sich mein Vater. »Die Bischöfe würden am liebsten sämtliche Satiren wie die Euren verbrennen! Da kann ich nur aus vollstem Herzen beipflichten! Wenn es nach mir ginge, wären sie schon längst nichts weiter als ein Häufchen Asche, damit sie gottesfürchtigen Menschen nicht länger den Verstand vergiften!«

Ich sah Master Donne beschwörend an und bat stumm um Verzeihung.

In der Hoffnung, die Unstimmigkeiten aus der Welt zu schaffen, schlug meine Tante vor, die Gesellschaft in eins der Turmzimmer zu verlegen, damit die Dienstboten ihrer Arbeit nachgehen konnten. Zuvor jedoch sollte ich ihr noch ein Fläschchen Medizin für ihren kränkelnden Gemahl holen.

Auf dem Weg durch den langen Gang – inmitten des geschäftigen Treibens der Dienstboten, die Wein, Bier und Tabletts in das Turmzimmer brachten – hörte ich, dass jemand meinen Namen rief.

Die Countess of Straven.

»Miss More, wartet einen Augenblick.« Zu meiner Überraschung nahm sie meine Hand und führte mich in die Nische gleich hinter der Statue von Julius Cäsar. In unseren ausladenden Reifröcken hatten wir kaum Platz, und sie musste sich zu mir herüberlehnen wie ein schwankendes Schiff im Sturm.

Sie sprach leise, und als ich ihre Worte vernahm, wünschte ich, ich wäre Hunderte Meilen weit entfernt. »Es steht Euch ins Gesicht geschrieben, dass Ihr Master Donne verfallen seid. Ich sah, wie Ihr an seinen Lippen hingt, als sei er Euer Lehrmeister und Ihr seine eifrigste Schülerin. Als Euer Vater ihn angriff, wolltet ihr ihn verteidigen wie eine Löwin ihr Junges. Und wer könnte es Euch verdenken? Er ist äußerst redegewandt und scharfsinnig noch dazu.« Sie senkte die Stimme noch ein wenig mehr, sodass ich mich verrenken musste, um sie zu verstehen. »Dennoch, Miss More, denkt einmal nach. Euer Vater begegnet ihm mit unverhohlenem Hass und würde niemals zustimmen, dass Ihr seine Frau werdet. Würdet Ihr dann seine Geliebte sein wollen?«

Ich rang nach Luft, als hätte sie mir eine Ohrfeige verpasst. Wie konnte dieses aufgetakelte, unverfrorene Weibsbild sich anmaßen, mir zu unterstellen, ich sei Master Donnes verruchtem Charme erlegen?

Dann aber, als öffne sich die Tür zu einem Verlies, traf mich die Erkenntnis mit voller Wucht. Ich musste mir eingestehen, dass die Komtess womöglich recht hatte. Empfand ich nicht genau das, was sie mir unterstellte?

Sie lachte anzüglich. »Ich bin sicher, er würde Euch den Gefallen tun und Euch zu seiner Geliebten machen, wie so viele andere zuvor.«

Ärgerlich wandte ich mich ab. Ich musste mich beherrschen, ihr nicht die weiße Haut ihres tief ausgeschnittenen Dekolletes zu zerkratzen.

»Ich sehe, ich bin der holden Unschuld zu nahegetreten, aber Ihr solltet einen Moment lang nachdenken.« In beschwörend leisem Ton sprach sie ungeniert weiter. »Nehmen wir einmal an,

Master Donne sei gleichermaßen für Euch entflammt. Er sei Miss Ann More dermaßen verfallen, dass er ihretwegen alles aufs Spiel setzen würde: sein Fortkommen, seinen Ruf, einfach alles. Wenn Euer Vater sich weigert, eine solche Verbindung abzusegnen, würdet Ihr eine geheime Ehe eingehen und damit Euren guten Namen und seine Zukunft ruinieren? Seht der Wahrheit ins Auge, Ann. Master Donne ist nichts für Euch. Ihr solltet Master Manners heiraten und ein Dutzend blauäugiger Kinder bekommen!«

In diesem Augenblick war ich von glühendem Hass auf die Countess of Straven erfüllt. Sie hatte recht, aber warum sprach sie es aus? War sie selbst an Master Donne interessiert? Oder duldete sie einfach keine Konkurrenz von einem so unerfahrenen Mädchen wie mir?

Ich hatte jedoch keine Zeit, mir darüber Gedanken zu machen, denn plötzlich stand mein Vater hinter mir. Sein sonst eher blasses Gesicht war rot angelaufen und seine Augen funkelten vor Zorn. Wie viel dieses vertraulichen Gesprächs hatte er gehört?

»Vater, ich …«, stammelte ich und wollte seinen Zorn besänftigen.

»Ann, seit du in diesem Haus lebst, ist mir genug über dich zu Ohren gekommen. Du hast dich dem Wunsch deiner Familie widersetzt und wolltest nicht am Königshof leben. Du hast der Königin deinen Dienst verweigert. Die Gesellschaft, in die du dich hier begibst, entspricht nicht dem, was ich mir für dich vorstelle. Deshalb wirst du zu deinem eigenen Schutz morgen nach Loseley zurückreisen. Deine Tante kann auf deine Anwesenheit verzichten. Ich werde deine Großeltern benachrichtigen.«

»Vater, bitte …«, flehte ich und legte eine Hand auf seinen Arm.

»Nein, Ann.« Er schüttelte mich ab, als wäre ich ein Leprakranker, der bei Cripplegate um ein Almosen bittet. »Du hast mehr Freiheiten genossen, als es sich für eine junge Dame geziemt, und dies kommt nun dabei heraus. Morgen wirst du abreisen.«

Betrübt ging ich auf mein Zimmer. Aus dem Augenwinkel sah ich ein Lächeln auf Isabella Stravens hübschen Lippen.

»Viel Glück, Mylady«, sagte ich so leise, dass sie sich vorbeugen musste. »Und viel Vergnügen, denn ich überlasse Euch das Feld. Hoffentlich liest Euer Gemahl keine Gedichte, sonst erfährt er schneller, als Euch lieb ist, wie taktlos Ihr seid.«

Überheblich entgegnete die Komtess: »Meinem Gemahl liegt mehr an der Viehzucht. Er hat nichts übrig für Poesie.«

Unsere Blicke trafen sich. »Dann sollte jemand, der ihm wohlgesonnen ist, ihn vielleicht ein wenig dazu ermutigen.«

Als ich an diesem Abend mein Haar löste, erschien meine Tante in meinem Schlafgemach.

»Ann, mein Kind!« Sie streichelte mir über das Gesicht. »Ich wünschte, du müsstest mich nicht auf diese Weise verlassen. Aber dein Vater hat recht, du musst dir angewöhnen, den Rat anderer zu befolgen. Vergiss nicht, du bist eine schwache, zarte Frau.«

»Betrachtet Ihr Euch auch als schwache, zarte Frau, Tante? Oder gar Ihre Majestät? Oder etwa die Countess of Straven?«

»Aber Ann, du kannst dich doch nicht mit der Königin vergleichen! Vielleicht sind wir tatsächlich nicht so schwach, wie andere uns glauben machen wollen. Doch dann sollten wir lernen, es für uns zu behalten, das gilt auch für dich.«

»Warum?«

»So ist nun einmal der Lauf der Dinge. Es mag dir schwierig scheinen. Ein so offenherziges Mädchen wie du lässt sich nun einmal nicht gern an die Kandare nehmen.«

Mich schauderte bei dem unmenschlichen Gedanken, einer Frau, die ausspricht, was sie denkt, wie einem Pferd ein Stück Metall zwischen die Zähne zu schieben, damit sie den Mund hält.

»Ach, Ann.« Eigentlich war meine Tante eine lebhafte Frau, die nicht viele Worte verlor, nun aber lag eine Zärtlichkeit in ihrer Stimme, die meinen Ärger dahinschmelzen ließ wie Schnee in der Märzsonne. »Auf Loseley musst du dir Gedanken über deine Zukunft machen und lernen, dein Schicksal demütig anzunehmen.«

»Vater hätte mich doch schon längst verheiratet, wenn sich Master Manners' Vater bei den Verhandlungen nicht als derart unnachgiebig in Bezug auf die Höhe meiner Mitgift gezeigt hätte.«

»Er wird einen neuen Bewerber finden.«

Ich senkte den Kopf und begann mein Kleid aufzuschnüren. Meine Tante streifte mir das Kleid über den Kopf und hängte es an einen Haken neben meiner Truhe. »Ann«, sagte sie, »der neue Bewerber, den dein Vater für dich finden wird ...« Für einen Augenblick sah sie mir direkt in die Augen. »Es ist bestimmt nicht Master Donne.«

Schweigend senkte ich den Blick und zog meinen Reifrock aus. War ich wirklich ein so offenes Buch? War es so leicht, meine Gedanken zu lesen?

»Gute Nacht, Nichte. Denk daran, du bist jung und hübsch, und über Scharfsinn verfügst du auch.«

»Sehr zu meinem Nachteil, wie ich bisher feststellen musste. Es sei denn, ich lerne, es für mich zu behalten.«

»Deine ganze Zukunft liegt noch vor dir: ein Gemahl, Kinder und ein schönes Haus, für das du verantwortlich sein wirst.«

»Ich weiß, Tante, und ich danke dir für deine Liebe und für deine Fürsorge.«

Ich warf mich in ihre ausgebreiteten Arme, und meine Tränen durchnässten den Brokatstoff ihres Kleides. Ich fühlte mich der Liebe einer Mutter so nah, wie es mir jemals möglich sein würde.

»Francis wird dich Morgen nach Loseley begleiten. Er geht in Pyrford mit deinem Bruder Robert auf die Jagd.«

Beim Gedanken an Robert musste ich lächeln. Genau wie ich glich er in seinem Aussehen den Poynings: widerspenstiges rotbraunes Haar und braune Augen. Mein Vater hatte Robert nach seinen Vorstellungen erzogen, aber mein Bruder hatte seinen eigenen Kopf und war so voller Elan, dass selbst Vater ihn nicht in die Knie zwingen konnte.

Ich war fast mit dem Packen meiner wenigen Habseligkeiten fertig, als mir Stephen und Hope wieder einfielen. Ich hatte zugesagt, mich ihrer anzunehmen, bis Sarah genesen wäre. Sollte ich sie einfach mit nach Loseley nehmen?

Meinen Großeltern zwei ungebetene Waisenkinder aufzuhalsen, entsprach sicher genau der Unbesonnenheit, die Master Manners mir vorgeworfen hatte.

Ich beschloss, die Kinder mitzunehmen.

Ich ließ Wat rufen. Er sollte seinen Geschwistern Bescheid sagen, sich am nächsten Morgen um zehn Uhr bereitzuhalten. Über ihren Transport konnte ich mir bis dahin noch Gedanken machen.

London war in tiefe Dunkelheit gehüllt, als hätte man einen Umhang über der Stadt ausgebreitet. Gelegentlich blitzten winzige Lichter auf: die Fackeln und Laternen der Lotsen. Es klopfte leise an meine Tür.

Es war Wat. Er war ganz blass vor Müdigkeit, und es tat mir leid, dass nun auch noch ich ihn bemühte. Als er jedoch von der unerwarteten Abwechslung hörte, die seinen Geschwistern bevorstand, funkelten seine Augen abenteuerlustig.

»Sie werden ganz aus dem Häuschen sein, wenn ich ihnen von der bevorstehenden Reise erzähle, Miss. Werdet Ihr London länger fernbleiben?«

»So lange, bis der Zorn meines Vaters verraucht ist. Eine Woche, einen Monat … wer weiß? Mein Vater ist in seiner Wut so unberechenbar, dass es sich nicht voraussagen lässt. Leg dich bald hin, Wat, und schlaf gut.«

Ich versuchte, einzuschlafen, und dachte daran, wie schön das Wiedersehen auf Loseley werden würde. Aber das Gefühl, etwas Wichtiges zurücklassen zu müssen, raubte mir den Schlaf. War es die Liebe meiner Tante, die ich vermissen würde, oder Master Donnes geistreichen Humor? Wie auch immer, sagte ich mir, er mochte zwar meine inneren Werte zu schätzen wissen, doch er hatte keine Skrupel, sich darüber hinwegzusetzen. Ich musste an das Wortgefecht denken, das wir uns in London mitten auf der Straße geliefert hatten, und an die Gespräche in York House. Wie schmerzlich würde ich die Freundschaft, die wir gerade geschlossen hatten, und unsere Streitgespräche vermissen!

Draußen läutete der Nachtwächter und rief: »Zwei Schlag nach Mitternacht unter sternenklarem Himmel!« Als ich seinen Ruf hörte, wurde mir bewusst, dass ich diese Stadt zu lieben gelernt hatte. Wie still würde es mir morgens auf Loseley erscheinen, wo bis auf das Rauschen der Föhren und die ferne Laute eines einsamen Fuchses kein Geräusch zu hören war.

Ich wusste nicht, wie spät es war, als ich endlich einschlief. Mir schien, es sei nur ein Moment vergangen, als Mercy mich weckte und mir ausrichtete, der Lord Keeper bedaure meine frühzeitige Abreise. Er habe nach seiner Kutsche geschickt, die mich nach Surrey bringen sollte und bereits draußen mit vier frisch eingespannten Pferden wartete.

Hastig zog ich mich an. Ich verzichtete auf das Frühstück und schlüpfte in meinen Umhang.

Mit Herzklopfen dachte ich daran, wer wohl erscheinen würde, um mir Lebewohl zu sagen. Doch außer meiner Tante und Mercy befand sich nur Lady Straven in der Großen Halle.

»Richtet meinem Onkel meinen Dank für seine Großzügigkeit aus, Tante.« Ich gab meiner Tante einen Kuss auf die Wange. »Ich werde eine angenehme Reise nach Loseley haben. Lebt wohl, Lady Straven.«

Isabella Straven lächelte katzenhaft. »Miss More, ich bin sicher, dass die Landluft Eurem ruhelosen Geist guttun wird.«

Ich machte einen Knicks und sagte nichts, denn ich wollte mir keine Blöße geben.

Wat war so schlau gewesen, seine Geschwister in der Kutsche zu verstecken und ihnen einzuschärfen, mucksmäuschenstill zu sein.

»Lebt wohl, Miss More. Ich hoffe, Euer erlauchter Großvater

wird mir gestatten, Euch zu besuchen.« Master Manners war erschienen und machte eine so tiefe Verbeugung, dass er mit seinem schwarzen Hut die Pflastersteine streifte.

»Das wird er sicher, obwohl wir auf Loseley ein äußerst ruhiges Leben führen.«

Ich konnte nicht anders, als mich umzusehen, doch keine Spur von Master Donne. Und das, obwohl so viel Aufhebens um sein Interesse an mir gemacht wurde! Vermutlich war er am Gerichtshof oder in Whitehall gemeinsam mit meinem Onkel in Staatsangelegenheiten vertieft. Ich fragte mich, wie es wohl wäre, ein Mann zu sein – etwas zum Wohl des Landes beizutragen und wichtige Entscheidungen, auch über Krieg oder Frieden, zu treffen. Das war sicher von größerer Bedeutung, als einem aufsässigen Mädchen Lebewohl zu sagen.

Master Manners sah mich prüfend an, nichts entging dem scharfen Blick seiner blauen Augen. »Wartet Ihr noch auf jemanden? Jemand, von dem Ihr Euch noch verabschieden möchtet?«

»Nein, nein«, log ich. »Ich hatte nur gehofft, ein Stoffballen, den ich meiner Großmutter mitbringen wollte, würde noch rechtzeitig eintreffen.«

Abermals verbeugte er sich. »Es wäre mir eine Ehre, ihn Euch zu bringen.«

Ich stieg in die Kutsche und winkte meiner Tante ein letztes Mal. Der Kutscher ließ die Peitsche knallen, und die holprige Fahrt ging los.

Die kleine Hope konnte sich nicht länger zusammenreißen. Sie kletterte auf den Sitz und sah aus dem Fenster.

»Du meine Güte!«, rief Lady Straven. »Sitzt dort etwa ein Kind neben Miss More?«

»Mylady«, gab meine Tante in einem gemäßigtem Tonfall zurück, »wenn es um meine Nichte geht, sollte man nicht allzu viele Fragen stellen.«

13

Als das Gebäude aus grauem Stein, in dem ich aufgewachsen war, in Sicht kam, wurde mir bewusst, dass der vertraute Anblick nie zuvor eine derartige Verwirrung in mir ausgelöst hatte. Loseley war mir stets ein sicherer Hafen gewesen, doch der Abschied von London fiel mir schwer. Nach dem Tod meiner Schwester war ich nicht mehr hier gewesen, und abermals fiel mir auf, wie sehr sie mir fehlte. Etwas anderes jedoch machte mir weitaus größere Sorgen. War ich dabei, mein Herz an jemanden zu verlieren, der es gar nicht zu schätzen wusste und es mir brechen würde?

»Sind wir dort, Miss?«, flüsterte Hope, die fast die ganze Zeit geschlafen hatte. Offenbar betrachtete sie im Gegensatz zu mir die Fahrt in einer Kutsche nicht als eine holprige und unbequeme Angelegenheit, sondern als äußerst angenehm und komfortabel.

Würde man mich immer noch so herzlich willkommen heißen, wie ich es mir ausmalte, wenn ich zwei Straßenkinder im Schlepptau hatte? Mein Großvater war nicht so engstirnig wie mein Vater, aber er war ein viel beschäftigter Mann, der Wert darauf legte, seine Ruhe zu haben. Meine Großmutter schien zwar unerschrocken wie Boudicca von Britannien zur Zeit der Römer, aber letzten Endes befolgte sie die Anweisungen meines Großvaters.

Also bedeutete ich den beiden Kindern, still zu sein und in der Kutsche zu warten, während ich meine Großeltern auf ihre Anwesenheit vorbereitete.

»Ann! Meine geliebte Enkelin!« Mein Großvater William hatte die Kutsche als Erster entdeckt und kam mir auf der breiten, imposanten Auffahrt entgegen.

Bevor der Kutscher mir zuvorkommen konnte, öffnete ich hastig die Tür und stieg aus, damit die Kinder nicht vorzeitig entdeckt würden.

»Ohne dich herrschte hier eine Grabesstille.« Liebevoll klopfte er mir auf die Schulter.

»Deine Großmutter nörgelt ohne Unterlass – das Essen sei zu salzig, die Dienstboten zu faul, und ihr schmerzten die Beine. Und erst deine Schwester Frances! So oft, wie dieses Mädchen auf den Knien ist, muss ich mich doch wundern, dass die Kirchenbank noch nicht abgenutzt ist. Und wie strebsam sie ist! Im Morgengrauen, noch bevor der übrige Haushalt erwacht, ist sie schon auf den Beinen. Dann geht es als Erstes in den Hühnerstall, um die Eier, die deine Großmutter liegen lässt, an die Armen zu verteilen. Neulich hat sie sogar den Dienstboten eine Rüge erteilt, weil sie den Eifer vermissen lassen, ihr zur Hand zu gehen. Deine Großmutter ist mit ihrer Weisheit am Ende.«

»Unsere Frances, die ideale Ehefrau für einen Gentleman!«

»Gewiss. Und der Schrecken eines jeden Dienstboten! Lass dich ansehen, mein Mädchen.« Prüfend sah er mir in die Augen. »Trauerst du noch um deine Schwester?«

Ich ließ den Kopf sinken. »Es geht mir wie dem Soldaten, der ein Bein verloren hat – es ist nicht mehr da, doch es schmerzt umso mehr. Ich kann nicht begreifen, dass sich die Welt weiterdreht, eine Jahreszeit auf die nächste folgt und jeden Tag die Sonne aufgeht, und Beth ist nicht mehr da.«

»Ach Ann, mein Herz, mir fehlt sie auch.« Er schloss mich in seine Arme, schon als kleines Mädchen hatte ich mich nirgendwo auf der Welt so sicher gefühlt.

Dann aber schreckte er zurück. Ich drehte mich um und sah Hope, die ihre Neugier nicht länger zügeln konnte. Sie hatte den Vorhang zur Seite gezogen und spähte heraus. »Ann! Wer ist das Kind dort in der Kutsche?«

»Ah.« Ich holte tief Luft. »Großvater, das ist Hope, ihr Bruder ist auch hier. Ich habe es mir zur gottgegebenen Aufgabe gemacht, ihnen Lesen und Schreiben beizubringen, damit sie es leichter im Leben haben und später eine einträgliche Beschäftigung finden.«

Mein Großvater kniff die Augen zusammen und seine Stimme klang weniger freundlich als zuvor. »Wie kannst du dir so etwas erlauben, Ann? Meinst du nicht, dass es in unserer Grafschaft bereits genug Kinder von Vagabunden gibt?«

»Die beiden sind keine Vagabunden! Sie leben bei ihrer Schwester, doch die ist momentan erkrankt. Wenn sie wieder einigermaßen gesundet ist, werden die Kinder zu ihr zurückkehren.«

»Dann sollte lieber die Pfarrei sich ihrer annehmen.«

»Die Pfarrei würde sie voneinander trennen und in verschiedenen Haushalten unterbringen. In London gibt es so viele Kinder, Großvater, um die sich niemand kümmert und die weder Kleidung noch etwas zu essen bekommen. Sie werden behandelt wie Ungeziefer, wie eine Heuschreckenplage, die man am liebsten verscheuchen will. Aber diese Kinder sind lebhaft und klug. Wie ein Schwamm im Meer oder ein ausgetrocknetes Pflänzchen nehmen sie begierig alles in sich auf und wollen eifrig etwas lernen. Da Ihr ebenfalls wissbegierig seid, werdet Ihr sie doch nicht einfach fortschicken?«

»Ann!«, sein Tonfall war schärfer, als ich erwartet hatte, und seine Miene hatte sich verdüstert. »So funktioniert die Welt nun einmal. Den Mores ist viel zuteil geworden – und das haben sie sich verdient. Sie haben sich stets loyal in den Dienst der Krone gestellt. Aber wir sind aus einem bestimmten Holz geschnitzt, und darauf beruht die Größe Englands. Den Armen bessere Aussichten zu eröffnen würde das Land in seinen Grundfesten erschüttern. Das wäre nicht nur vermessen, sondern auch gefährlich.« Er sah hinüber zu den Kindern, die, als sie unsere lauten Stimmen hörten, verängstigt aus der Kutsche spähten. »Ich kann dein eigenmächtiges Vorgehen nicht gutheißen. Du hättest mir diese Bürde nicht aufladen dürfen!«

Ich hoffte, er würde – wie so oft – seinen Tadel durch ein Lächeln mildern, doch an diesem Tag tat er es nicht.

Schroff wie ein Steuereintreiber wandte er sich ab. »Sieh zu, dass du diese Kinder bei den Dienstboten unterbringst, bis wir sie zurückschicken.«

»Ann! Da bist du ja endlich!« Meine Schwester Frances schritt vorsichtig über die breite, steinerne Schwelle. Sie hielt ihre schweren, bestickten Röcke hoch, um sie nicht zu beschmutzen. Bereits als Kinder hatten wir derartige Kleidung getragen, aber Frances war die Einzige gewesen, die dem etwas abgewinnen konnte. Wie meine Schwester Mary des Öfteren behauptete, war Frances schon als Frau und nicht als Kind auf die Welt gekommen. Mit Erstaunen bemerkte sie Stephen und Hope. »Wer sind denn diese Kinder, die da bei dir sind?«, fragte sie und verzog das Gesicht, als seien die beiden von Ungeziefer befallen – was, wie ich vermutete, gar nicht so abwegig war.

»Frances«, ich legte einen Arm und ihre schlanke Taille, »du bist doch ein gottesfürchtiges Mädchen, oder?«

»Ich hoffe, dass, wenn der Herr, unser Erlöser, mir etwas auferlegt, ich nicht zögern werde, seinem Willen entsprechend zu handeln.«

»Hervorragend! Ich bin überzeugt, es ist der Wille des Allmächtigen, dass wir diesen beiden Kindern beistehen und sie durch den Erwerb von Wissen näher an ihn heranführen.«

Abermals betrachtete Frances die Kinder, nun mit plötzlich erwachendem Eifer, als ob sie in einer Vision den Auftrag empfangen hätte, ihnen den Pfad der Frömmigkeit zu ebnen. »Dann will ich alles tun, um meine zu Pflicht erfüllen.«

Erneut öffnete sich die schwere Eichentür und meine Großmutter erschien, gefolgt von Prudence. Frances war mittlerweile aufgefallen, dass sie unfreiwillig zum Opfer meiner ungebührlichen Vorgehensweise geworden war. »Großmutter«, sagte sie mit lieblicher Stimme, um mir eins auszuwischen, »Ann ist zurück aus London – und immer noch kein Ehemann in Sicht!«

Beim Anblick der beiden Kinder wurde meine Großmutter beinahe so ärgerlich wie mein Großvater. »Also Ann, wir haben doch wirklich schon genug Mäuler zu stopfen. Hast du denn gar nicht bedacht, welche Unannehmlichkeiten du anderen in deiner barmherzigen Güte bereitest?«

Ich fühlte mich ein wenig beschämt, denn ihre Aussage hatte etwas Wahres.

»Du hast recht.« Ich reichte Hope die Hand, an der sie sich verzweifelt festklammerte. »Vielleicht sollten sie lieber zu ihrer Schwester nach London zurückkehren, wie Großvater gesagt hat.«

Meine Großmutter klatschte in die Hände. »Wir können ihnen wenigsten etwas zu Essen und zum Anziehen geben. Prudence, nimm die beiden Bälger mit in die Küche. Und sollte der Küchenmeister behaupten, es wäre nichts mehr zu Essen da, erinnere ihn an das Rindfleisch, das Wild und an den Honigkuchen, den ich für Goody Frobisher beiseitegestellt habe. Zum Glück weiß sie nicht, was ihr entgeht.«

Prudence sah nicht begeistert aus, aber mit aus der Not geborenem Instinkt streckte Hope eine Hand aus. Wer hätte es da übers Herz gebracht, sie nicht zu ergreifen?

In der folgenden Nacht teilte ich mir das Bett wieder mit Frances, doch ich hätte alles dafür gegeben, es mir noch ein einziges Mal mit meiner geliebten Schwester Beth teilen zu dürfen.

Draußen war es still wie in einer tief verschneiten Nacht. Ohne dass ich mir dessen vorher bewusst gewesen wäre, hatte ich mich an die nächtlichen Geräusche der Großstadt gewöhnt, und nun fehlten sie mir: Glockengeläut, das laute Gejohle der Männer, die aus den Wirtshäusern kamen, der Ruf des Nachtwächters zu jeder vollen Stunde, rumpelnde Fässer, die über das Straßenpflaster gerollt wurden, Ladenschilder, die im Wind klapperten – und ja, auch das Geschrei der Fährleute, von dem Master Donne gesprochen hatte. Beim Gedanken daran musste ich lächeln.

»Warum lächelst du so verschmitzt«, fragte meine Schwester, die, neben all ihren anderen Vorzügen, offenbar auch noch die Fähigkeit besaß, im Dunkeln sehen zu können. »Mary hat gesagt, dein Master Manners habe seinen Vater immer noch nicht überzeugen können, auf die Bedingungen unseres Vaters einzugehen.«

»Frances«, tadelte ich, »du redest, als würde man um mich feilschen wie um ein Stück Fleisch auf dem Markt von Shambles.«

Meine Schwester drehte sich um und zog sich die Decke bis ans Kinn.

»Wir alle sind nichts weiter als ein Stück Fleisch, Schwester, aber einige aus guter Aufzucht und umso mehr wert. Ich hoffe, mein Preis ist nicht so hoch wie deiner, damit ich nicht auch versauern muss.«

Am nächsten Morgen nahm ich gemeinsam mit meiner Schwester und meiner Großmutter schweren Herzens das Frühstück ein. Ich wusste, Wat konnte nicht für seine Geschwister sorgen, und ohne meine Hilfe sahen sie einer ungewissen Zukunft entgegen. In Frances jedoch fand ich eine unerwartete Verbündete. Sie gab bekannt, dass, bis die Kinder nach London zurückgeschickt würden, sie ihr bei den Hennen zur Hand gehen sollten. Auch wenn meine Großmutter zu stolz sei, es einzugestehen, sagte Frances, fordere es doch seinen Tribut, sich ganz allein darum zu kümmern.

Glücklicherweise nahmen die Angelegenheiten des County meinen Großvater derart in Anspruch, dass er kaum von den Kindern Notiz nahm. Viele seiner Pflichten hatte er meinem Vater übertragen – unter anderem etwa, als Bevollmächtigter der Armee dafür zu sorgen, auch diejenigen, die noch zögerten, für den Krieg nach Irland einzuziehen. Aber während mein Vater in London im Parlament saß, übernahm mein Großvater die Aufgaben selbst, so gut er konnte.

»Niemand will gegen Irland in den Krieg ziehen«, sagte er grollend. »Es winkt kein Schatz oder Ruhm wie in den Schlachten gegen Spanien, stattdessen erwartet einen nichts als Kälte, Hunger und die Angst vor dem Tod in einem Land barbarischer Papisten.«

Warm angezogen, denn trotz der milden Jahreszeit hatte es Nachtfrost gegeben, machte ich mich auf den Weg, um nachzusehen, wie Hope mit den Hennen zurechtkam. Sie war in London geboren und aufgewachsen, und wer weiß, vielleicht schrie sie bereits beim bloßen Anblick der Hühner. Allerdings war sie eher ein stilles Kind, was möglicherweise daher rührte, dass sie sich oft unauffällig unter Tischen und in Nischen hatte versteckt halten müssen. Hinsichtlich der Hennen schien das durchaus hilfreich zu sein. Ich hoffte inständig, sie würde keins der Eier fallen lassen oder gar vergessen, den Käfig zu verschließen, sodass der Fuchs sich sämtliche Hühner holen konnte.

»Die Hühner sind auch meine Freunde«, gestand ich und hielt einer dummen, staksigen Legehenne, die laut meiner Großmutter die beste war, eine Handvoll Getreide hin. »Sie haben dazu beigetragen, dass ich mir ein paar Kleider kaufen konnte, bevor ich nach London ging.«

»Komm, Ann«, sagte meine Großmutter streng. »Wenn das Kind hierbleiben soll, muss es auch arbeiten. Und wo in aller Welt ist überhaupt der Junge?«

Der Küchenmeister hatte Stephen aufgetragen, das Zinngeschirr mit Schachtelhalm aus dem Garten zu reinigen. Schweigsam und ohne Widerworte kam er seiner Aufgabe nach, und zwar so, dass der Küchenmeister zwar zufrieden war, der eigentliche Küchenjunge aber nicht fürchten musste, seine Arbeit zu verlieren, weil ein anderer sie besser ausführte. Stephen, so stellte ich fest, wirkte ebenso wachsam wie seine Schwester. Wenn dem Mundschenk ein schwerer Zinnkrug auf den steinernen Küchenboden fiel, sprang der Junge sofort auf, um zu helfen.

Offenbar sicherten beide Kinder ihr Überleben, indem sie sich still einfügten. Wat dagegen hatte mehr Glück gehabt, denn wie es schien, wusste Master Donne gerade seine laute und humorvolle Art zu schätzen.

Noch war die endgültige Entscheidung über den Verbleib

der Kinder nicht gefallen. Die Pferde hatte man bereits nach London zurückgeschickt. Zu den Mahlzeiten saßen die beiden Geschwister am Küchentisch – bei Sampson Ashley, dem Burschen des Kutschers, John Haite, dem Stallburschen, der für die Pferde von Gästen zuständig war, Marfidy Snipt, dem zweiten Koch, und Solomon, dem Vogelfänger. Ich selbst schnitt das Thema nicht an und war im Haushalt und in der Destille behilflich.

In der folgenden Woche schickte mich meine Großmutter auf den Dachboden, um nach einem Rezept für gebackene Ochsenbrust zu suchen. Zwischen Staub und Spinnweben fand ich die alten Holzkladden, mit denen mein Großvater uns Lesen und Schreiben beigebracht hatte.

Sie sahen noch genau so aus, wie ich sie in Erinnerung hatte. Die Lektionen waren auf Pergament geschrieben und an hölzernen Täfelchen befestigt: ein bebildertes Alphabet, eine Liste der Vokale und Konsonanten sowie der Zahlen von eins bis zehn und schließlich das Vaterunser, das ich – ebenso wie die Kinder in der Schule – auswendig gelernt hatte.

Ganz wie in meiner Erinnerung ließ sich jedes Täfelchen mit einem Lederriemen an unseren Gürteln befestigen, damit wir nicht Gefahr liefen, es zu verlieren und einen Tadel einzustreichen.

Meine fromme Schwester Frances hatte Gefallen daran gefunden, das Alphabet anhand biblischer Szenen zu lernen: A wie Adams Sündenfall, B wie Boas, C wie Christus der Gekreuzigte, H wie Hiob, der trotz harter Prüfungen den Herrn nicht verfluchte, oder S wie Sintflut. Meine übrigen Schwestern und ich hingegen bevorzugten A wie Apfel oder B wie Ball.

Ich fand das Rezept und nahm auch die Holzkladden mit nach unten. Als ich sie meiner Großmutter zeigte, musste sie lachen und hatte nichts dagegen, dass ich die Kinder damit unterrichtete.

Also verbrachte ich die Tage auf Loseley damit, mich als Lehrer zu versuchen. Wobei ich darauf achtete, dass meine beiden Schüler ihre Aufgaben in der Küche und im Hühnerstall nicht vernachlässigten.

Eines Morgens, die Sonne schien und das Gezwitscher der Vögel war so laut, dass wir uns nicht länger im Inneren des Hauses aufhalten wollten, machten wir uns auf den Weg zu den Wiesen hinter dem Park von Loseley.

Als Stephen den plätschernden Bach entdeckte, wollte er, wie alle kleinen Jungen, einen Staudamm bauen. Hope schwatzte fröhlich vor sich hin und unterhielt sich leise mit imaginären Freunden, während ich im hohen Gras unter einem Baum lag.

Ohne es zu merken, schlief ich ein und hatte einen seltsamen Traum.

Ich lag in dem großen Himmelbett, das ich mit meiner Schwester Beth geteilt hatte. Wie so oft hatten wir die Vorhänge zugezogen und schufen uns unsere ganz eigene Welt. Staubkörnchen tanzten in der Sonne, die von draußen hereinschien, und auf dem Fensterbrett summte eine Biene träge vor sich hin.

Aber etwas stimmt nicht. Ich spürte eine große Bedrohung, die ich mir nicht erklären konnte und die mich mit furchtbarer Angst erfüllte. Mir war, als stürzte ich in ein tiefes schwarzes Loch – und gerade als ich vor Angst weder ein noch aus wusste, griff eine Hand nach mir, zog mich zurück ins Licht und ich empfand einen Frieden wie nie zuvor. So musste sich eine Seele am Tag des Jüngsten Gerichts fühlen, wenn sie sich aufschwingt ins ewige Paradies. Ich drehte mich zu meiner Schwester Beth um, doch nicht sie war es, die neben mir lag, sondern jemand, dessen Gesicht ich nicht erkennen konnte.

Als ich erwachte, sah ich, dass sich jemand über mich beugte, gekleidet in feinstes Londoner Tuch. Sein Gesicht konnte ich im grellen Sonnenlicht nicht erkennen. Fast war es so wie in meinem Traum, und ich schnappte nach Luft.

»Miss More, verzeiht, dass ich Euch gestört habe.«

Verwirrt rappelte ich mich auf und schüttelte mich. Befand ich mich immer noch in einem Traum?

»Master Donne! Träume ich, oder seid Ihr wirklich hier auf Loseley?«

»Ich bin tatsächlich hier.«

»Ich hielt Euch für ein himmlisches Wesen, einen Engel, der erschienen ist, um meine verlorene Seele zu retten.«

Er lachte. »Als solchen hat man mich noch nie bezeichnet.« Als er sah, dass ich immer noch zitterte und bebte, wurde er ernst und sagte: »Ich bin sicher, Eure Seele ist keineswegs verloren.«

»Nein.« Abermals schüttelte ich den Kopf, verlegen darüber, dass wir über derart seltsame und vertrauliche Dinge sprachen. »Das hatte ich auch nicht gedacht, aber der Traum schien so wirklich. Ich hatte furchtbare Angst.«

»Träume verschaffen einem unruhigen Geist Erleichterung. Im Krieg habe ich das des Öfteren beobachtet. Beunruhigt Euch tatsächlich etwas?«

Nachdenklich sah ich ihn an. Normalerweise sprachen Mädchen in meinem Alter und von meinem Stand nicht über derart Tiefsinniges, sondern über ihre hausfraulichen Fähigkeiten. Ich aber hatte gerade preisgegeben, dass sich meine Seele in Aufruhr befand. Die meisten Menschen hätten mir daraus einen Vorwurf gemacht. Aber ich konnte mir nicht vorstellen, dass Master Donne so hart über mich urteilen würde. Schließlich war er selbst ein Außenseiter, mir nicht unähnlich – denn, wenngleich an meiner Tugend und Herkunft nichts auszusetzen war, schien ich den Erwartungen anderer einfach nicht zu entsprechen.

»Der Tod meiner Schwester geht mir immer noch sehr nah. Ich tat alles, um ihr zu helfen, und dennoch musste sie sterben.« Das hatte ich noch niemandem erzählt. »Die Hebamme schrieb mir die Schuld zu.«

»Ihr habt Euer Bestes getan, während andere untätig zusahen. Das liegt in Eurer Natur, wie mir bereits aufgefallen ist.« Er lächelte sanft, und in Anspielung auf Master Freeman sagte er: »Selbst wenn es klüger wäre, sich gelegentlich zu zügeln.«

Ich ließ den Kopf sinken. »Ich wünschte, ich wäre anders.«

»Nein, Miss More«, erwiderte er leidenschaftlich, »Eure Seele umgibt Euch mit einem besonderen Glanz, das dürft Ihr Euch nicht nehmen lassen! Denkt nicht mehr an die Hebamme, denn Hebammen fürchten, selbst verantwortlich gemacht zu werden. Hat Eure Schwester vor ihrem Tod noch das Sakrament empfangen?«

Ich nickte.

»Unser Leben auf dieser Erde ist ungewiss, und es steht niemandem zu, mehr zu erbitten.«

Ich schloss die Augen und sagte leise: »Amen.« Zum ersten Mal seit jenem düsteren Tag fühlte ich mich erleichtert. Als ich die Augen öffnete, sah mich Master Donne an, und ich fragte ihn: »Was führt Euch so unerwartet hierher?«

»Ich habe ganz in der Nähe, auf Pyrford, eine Angelegenheit Eurer Tante zu regeln. Es gibt Streit mit ihren Pächtern wegen einer Grenzlinie, und sie möchte die Sache so bald als möglich geklärt haben.«

Er bemerkte die beiden Kinder, die immer noch am Bach spielten. »Wats Geschwister? Sie sehen ihm recht ähnlich.«

Ich nickte. »Ich habe es mir zur Aufgabe gemacht, ihnen Lesen und Schreiben beizubringen.«

»Das ist wirklich edelmütig von Euch.«

Ich beschloss, ihm die Wahrheit zu sagen. »Master Donne, ich brauchte einfach eine Beschäftigung.«

Amüsiert über meine Offenheit lächelte er. »Ich dachte schon, Ihr wäret dem Ruf der Natur gefolgt. Zieht der Kuckuck Euch nicht mehr in seinen Bann?«

»Das klingt ganz nach einem Stadtmenschen. Für den Kuckuck ist es dieses Jahr bereits zu spät. Die Eier sind längst in die Nester anderer Vögel gelegt, wo die Küken, wenn sie geschlüpft sind, ihren Konkurrenten nach dem Leben trachten, damit sie ihnen nicht das Futter streitig machen.«

Er lachte. »Immerhin verschlingen wir in London keine Kinder.«

»Davon werdet Ihr jemanden vom Land nur schwerlich

überzeugen. Ich durfte immerhin eine Erziehung genießen, auch wenn man als Dame auf Loseley nicht viel Gelegenheit hat, davon Gebrauch zu machen.«

»Habt Ihr nicht Zugang zu der Bibliothek Eures Großvaters?«

»Allerdings. Doch ich habe bereits alles gelesen.«

»Alles doch wohl nicht?«

Ich zuckte die Achseln. »Hebräische Schriften überfordern mich, und die Gelehrten erschöpfen mich mit ihrer Logik. Ich kann die Ansicht Senecas einfach nicht teilen …«

Master Donne schüttelte den Kopf. »Darüber wäre er sicher zutiefst betrübt. Da Ihr die Bibliothek Eures Großvaters bereits ausgebeutet habt, könnte ich Euch vielleicht einige Werke empfehlen, literarischer Art vielleicht?«

»Doch wohl nicht *Die Elfenkönigin!*«

»Ich sehe, für Lyrik habt Ihr nicht viel übrig?«

»Chaucers irdischer Zauber bietet mir mehr Anreiz, abgesehen von der Erzählung über Griselda. Sagt, Master Donne, wie kann sich ein Mann jemanden wie sie als Gemahlin wünschen? Immer wieder lässt sie zu, dass er sie schlecht behandelt, bis er sie sogar von dem eigenen Zuhause und ihren geliebten Kindern fernhält. Sie aber ist ihm treu ergeben.«

»Ihr haltet sie also nicht für das Vorbild einer jeden christlich erzogen Dame?« Hinter seiner ernsten Miene verbarg sich die Andeutung eines Lächelns.

»Ganz und gar nicht, Master Donne. Und ich vermute, Ihr ebenfalls nicht – insbesondere, wenn ich mir die christlich erzogenen Damen vor Augen halte, die ich bisher in Eurer Begleitung gesehen habe.«

Er lachte, unternahm aber keinen Versuch, meine Aussage zu bestreiten. Das versetzte mir einen Stich. Bei dem Ruf, der ihm vorauseilte, fragte ich mich, mit wie vielen Frauen er bereits das Vergnügen gehabt hatte.

»Sagt, wie geht es den Bewohnern von York House? Gibt es etwas Neues?«

Seine Miene wurde ernst. »Man spricht über nichts anderes

mehr als den Krieg. Der Earl of Essex muss die Rebellion in Irland niederschlagen. Sir Thomas der Jüngere und mein alter Freund Wotton sind Feuer und Flamme, sie wollen mit ihm in den Krieg ziehen.«

Ich dachte an Sir Thomas' Gemahlin und seine drei kleinen Töchter, in der Hoffnung, Gott möge ihn beschützen. Plötzlich kam mir ein beängstigender Gedanke, und viel zu hastig fragte ich: »Was ist mit Euch? Werdet Ihr ihn ebenfalls begleiten?«

Er sah mich lange prüfend an, so als frage er sich, wie viel mir an seiner Sicherheit gelegen war und warum.

Ich wandte den Blick ab und betrachtete nachdenklich eine Herde langhaariger Rinder, die auf einer entfernten Weide grasten. Ob Master Donne, den ich – wie ich nun erkannte – sowohl begehrte als auch bewunderte, meine Liebe zu schätzen wüsste wie eine kostbare, zerbrechliche Karaffe oder ob er sie leichtfertig auf dem Boden zerschmettern würde?

Nach langem Schweigen antworte er: »In Spanien habe ich genug von Krieg und Tod gesehen, von Soldaten, die mit ihren brennenden Schiffen versanken. Da mein Freund Henry Wotton als Sekretär des Earl of Essex in die Schlacht zieht, werde ich genug über den Fortgang des Krieges erfahren. Darüber hinaus benötigt Euer Onkel meine Dienste am Gerichtshof. Werdet Ihr bald nach London zurückkehren, oder hat Euer Vater andere Pläne mit Euch?«

Überwältigt von solch ungewohnten Tönen sah ich ihn an. Er spielte wohl auf die von meinem Vater geplante Verlobung mit Master Manners an.

Um meine Verwirrung zu verbergen, schüttelte ich mir das Gras aus den Röcken und rief nach Stephen und Hope. »Ich darf meine Pflichten nicht vernachlässigen. Meine Großeltern wären sicher erfreut, Euch eine Erfrischung anzubieten.«

Seine Miene verdüsterte sich. »Nein, vielen Dank. Ich muss meine Reise fortsetzen. Ich hatte mein Ziel schon fast erreicht, als ich den Meilenstein nach Loseley sah und beschloss, Euch meine Aufwartung zu machen.«

Nach diesen Worten wandte er sich um und ging, umgeben von strahlendem Sonnenlicht. Bei dem Gedanken daran, dass die Straße nach Pyrford gute neun Meilen vor Loseley abzweigt, lächelte ich ein wenig triumphierend in mich hinein.

Ich wartete mit den beiden Kindern, bis er sein Pferd eingefangen hatte und wieder im Sattel saß. Als er davonritt, fiel mir auf, wie sehr ich unsere geistreichen Wortgefechte vermisst hatte. Ohne mir dessen bewusst gewesen zu sein, hatte ich ihnen mit wachsendem Vergnügen entgegengesehen.

Mit verschränkten Armen stand meine Großmutter am Hauptportal und erwartete uns bereits.

»Wenn ich richtig gesehen habe, ist dort gerade ein Gentleman fortgeritten, Ann! Wer wagt es, sich unbefugt auf unserem Anwesen herumzutreiben?«

»Niemand von Bedeutung, Großmutter.« Unwillkürlich nahm ich Hope fester an die Hand. Hoffentlich verplapperte sie sich nicht! »Nur ein Reisender, der sich verirrt hatte und die Straße nach Pyrford suchte.«

»Pyrford! Dann ist er aber gehörig vom Weg abgekommen. Pyrford liegt mindestens neun Meilen nordwärts.«

Ich musste lächeln. »Allerdings, Großmutter. Ich kann mir auch nicht erklären, was ihn ausgerechnet hierher geführt hat.«

Der Unterricht der Kinder ging rasch voran.

Schneller als erwartet, lernte Stephen die Buchstaben, und Hope kannte bereits das Vaterunser auswendig. Aber ich konnte nicht verleugnen, dass mir nach Master Donnes Besuch die Tage auf Loseley oft lang wurden. Nur ein paar Meilen von London entfernt, schien es mir, als trennten mich Welten vom lärmenden Treiben der Großstadt.

So war es mir eine willkommene Abwechslung, dass unerwartet meine Schwester Mary erschien, in einem prächtigen roten Kleid mit Schleppe, mit einer Feder am Hut und mit eleganten neuen Handschuhen aus feinstem burgunderfarbenen Ziegenleder. Nach allem, was ich über die Finanzen ihres Gemahls wusste, fragte ich mich, wie sie die Handschuhe bezahlt hatte. Hoffentlich waren sie kein Zeichen dafür, dass Nicks gerade erst gewonnene Erkenntnis bereits wieder hinfällig war.

»Mary!«, rief ich. Mein Herz machte einen Hüpfer, als ich sie genauer ansah: schlank, flink und voller Lebensfreude. Oft kam Mary mir vor wie der geschmeidige Panther, den ich einmal in den Londoner Docks gesehen hatte. Er kam von weither aus Westindien und zerrte an seiner Kette, voll Freiheitsdrang und Abenteuerlust. Meine Schwester war wieder ganz die Alte, und ich liebte sie dafür.

Wir umarmten uns, gingen durch die Große Halle und nickten den Dienstboten zu, die meine extravagante Schwester mit einem Lächeln bedachten. Doch kaum waren wir außer Sichtweite, rannten wir wie einst als kleine Mädchen die breite Treppe hinauf.

»Wie geht es Nick und den Kindern?«

»Allesamt wohlauf. Obwohl Nick unseren Sparmaßnahmen nicht viel abgewinnen kann, insbesondere, weil er auf den Hahnenkampf und das Kegeln verzichten muss. Doch sein Verlust ist meiner Söhne Gewinn, denn nun ist er für eine Partie Krocket oder Wurfringe zu haben. Anstatt sich die Nächte im Wirtshaus oder im Theater um die Ohren zu schlagen, verbringt er sie zu Hause bei seiner werten Gemahlin!«

Der Haussegen war also gerettet, hoffentlich von Dauer!

»Seit Master Freeman ihm seine Schulden erlassen hat, gibt mein Herr und Gebieter sich alle Mühe, mir Vergnügen zu bereiten.« Mary lächelte vielsagend. »Da wir ja nun ständig zu Hause sitzen, anstatt uns auswärtig zu amüsieren, mussten wir uns einen anderen Zeitvertreib einfallen lassen«, sagte sie kokett und tippte sich auf den Bauch.

»Mary! Erwartest du wieder ein Kind? Du wolltest doch nicht die Legehenne der Throckmortons spielen?«

Sie lachte über meine Stichelei. »Wohl wahr, aber diesmal war es mir ein Vergnügen.«

»Wie schön, dann bist du ja gefeit gegen anderweitige Verlockungen.« Züchtig, als wüsste sie gar nicht, wovon ich sprach, wandte sie den Blick ab.

»Dieses Mal wünsche ich mir eine Tochter.« Prüfend sah sie mich an. »Und du Ann, könntest du dich nicht ebenfalls für all das begeistern? Wie steht es mit deinem Master Manners? Wenn er wirklich an dir interessiert wäre, könnte er seinen Vater doch davon überzeugen, endlich einzulenken, oder?«

»Ich habe gehört, sein Vater sei ein störrischer alter Mann und befürchte grundsätzlich, übervorteilt zu werden.«

»Unser Vater ist auch nicht gerade für seine Großzügigkeit bekannt! Ich soll dir übrigens ausrichten, dass er in zwei Tagen zu Besuch kommt. Er schien große Neuigkeiten zu haben, vielleicht hat der alte Geizhals ja doch klein beigegeben.«

Ich starrte aus dem Fenster, denn, was sie gesagt hatte, gefiel mir gar nicht.

»Dein Master Donne hat eine Menge Staub aufgewirbelt. Er hat den Beamten am Gerichtshof ganz schön eingeheizt, denn neuerdings verlangt er für jede Amtshandlung Belege und Nachweise. Vor drei Tagen habe ich abends in York House gespeist und hörte, wie unser Onkel ihm sein Lob aussprach.« Ich musste lachen, als sie die Stimme verstellte und im tiefen, barschen Tonfall unseres Onkels sagte: »Gute Arbeit, Master Donne! Weiter so, Ihr seid ein Ehrenmann und werdet es in meinen Diensten weit bringen.«

»Das freut mich für ihn.«

»Nick sagt, Master Donne hat sich durch sein Vorgehen auch ein paar Feinde gemacht. Aber sein neuer Bursche ist wachsam wie Zerberus.«

Es tat mir gut, das zu hören. »Wie geht es Wat?«

»Master Donne nimmt den Jungen überall mit hin und kleidet ihn genau wie sich selbst. Sie sehen aus wie diese russischen Puppen, in denen immer wieder eine kleinere Version der ersten zu finden ist! Es wird herzlich darüber gelacht, aber keineswegs unfreundlich. Einige Dienstherren haben sich bereits ein Beispiel daran genommen.«

Ich musste lachen. Ob Master Donne wohl davon begeistert war, Schöpfer einer neuen Mode zu sein? »Wie steht es mit Wats Ausbildung?«

»Auch dort tut sich einiges. Wenn Wat drei Jahre bei ihm bleibt, so hat Master Donne versprochen, wird er ihn auf die Gelehrtenschule nach Highgate schicken.«

»Das ist überaus großzügig.« Ich war tief berührt. Welche Wendung Wats Leben wohl nehmen würde, nachdem er so viel lernen durfte? Und all das hatte er Master Donne zu verdanken.

»Manche sind natürlich der Meinung, die beiden geben ein schlechtes Beispiel für andere Laufburschen ab, weil sie das Gleiche fordern könnten.«

»Dann gehen sie doch den Dienstherren mit gutem Beispiel voran!«, gab ich beherzt zurück.

»Wat bat mich, dir eine Nachricht zu übermitteln. Seine Schwester Sarah hat sich vom Fieber erholt.«

Gott sei Dank!

Mary sah mich schweigend an. Nachdenklich legte sie den Kopf auf die Seite.

»Was ist los mit dir, Schwester? Heraus mit der Sprache!«

»Ich weiß nicht, ob ich dir den übrigen Londoner Klatsch erzählen soll. Willst du ihn hören?«

Ich nickte.

»Angeblich wurde Lady Straven derart oft mit Master Donne gesehen, dass ihr Gemahl schließlich Wind davon bekam. Nun will er nach London reisen, um sie zur Rede zu stellen.«

Ihre Worte schnitten mir ins Fleisch wie die beißenden Flüssigkeiten, die Wats Hände verätzt hatten. Dabei war es doch nichts weiter als ein Gerücht. War Master Donne so gefühllos und verblendet, mir die Hand zu küssen und trotzdem mit der Countess of Straven ins Bett zu steigen?

Bevor ich an diesem Abend schlafen ging, nahm ich Hope auf den Schoß und sah hinaus in die Abenddämmerung. Ich dachte daran, dass meine Schwester ein Baby erwartete, und wünschte mir sehnlichst selbst ein Kind, dem ich meine Liebe und Fürsorge schenken konnte. Tränen schossen mir in die Augen und fielen auf Hopes blondes Haar. Ich brauchte nur einzuwilligen, und sobald sein Vater sich ein wenig nachgiebiger zeigte, würde ich Master Manners heiraten, nach Leicestershire ziehen und über kurz oder lang selbst eine Schar Kinder haben.

Warum also konnte ich mich immer noch nicht für ihn entscheiden?

»Nicht weinen, Miss Ann«, sagte Hope leise. »Gott wird Euch geben, was Ihr erbittet, denn Ihr seid ein guter Mensch.«

Ich gab ihr einen Kuss auf den Kopf und sagte: »Dein Wort in Gottes Ohr.«

Wenn ich doch nur wüsste, was ich mir überhaupt von unserem Schöpfer erbat!

Zwei Tage darauf hörte ich lautes Hufgeklapper und Hundegebell. Die Dienstboten eilten geschäftig hin und her, als käme die Königin persönlich in ihrer Staatskarosse vorgefahren, ein sicheres Zeichen dafür, dass mein Vater eingetroffen war.

Einerseits war meinem Vater stets daran gelegen, sein Geld zusammenzuhalten, andererseits jedoch legte er Wert auf einen pompösen Auftritt. Diese widersprüchlichen Bestrebungen miteinander zu vereinbaren gelang ihm, indem er sich Pferde und Kutschen ausborgte und den Dienstboten anderer Haushalte einiges abverlangte, in diesem Fall denen meines Großvaters.

Laut kommandierte er den Stallburschen John Haite herum, der für die Gastpferde verantwortlich war, ebenso wie Henry, den Haushofmeister meiner Großmutter. Moses Petley, den zweiten Hufschmied, wies er an, eines der Pferde umgehend zu beschlagen, ganz so als wäre Loseley bereits in seinem Besitz, obwohl mein Großvater noch äußerst lebendig war.

Mein Vater legte seinen staubigen Umhang ab, bediente sich reichlich an den Wasserkrügen meiner Großmutter und wusch sich Hände und Gesicht. Er ließ Fleisch und Bier auffahren und trug meiner Großmutter auf, uns alle in den Gesellschaftsraum zu bestellen.

Zögernd ging ich die Treppe hinab und fragte mich, was ich tief im Herzen empfand. Was würde ich sagen, wenn mein Vater verkündete, Master Manners' Familie habe eingelenkt und einer Heirat stünde nichts mehr im Weg?

Mein Vater selbst war bester Laune, klopfte allen freundschaftlich auf die Schulter und erteilte hier und dort einen Ratschlag, ganz gleich, ob erwünscht oder nicht.

»Mutter, nehmt hier Platz«, empfahl er aufgeregt meiner Großmutter. Doch sie erklärte ihm, sie sei keineswegs gerade dem Kindbett entstiegen und halte es für vollkommen unnötig, dass er ihr in ihrem eigenen Haus einen Platz zuwies.

Mary sah mich an. Sie unterstand nicht mehr den Anweisungen meines Vaters und durfte selbst Entscheidungen treffen, trotz ihres leichtlebigen Ehemanns. Um diese Freiheit beneidete ich sie, auch wenn meine Schwester nicht immer das Beste daraus gemacht hatte.

Schließlich saßen wir alle auf unseren Plätzen und hatten so viel zur Stärkung vor uns, dass sogar mein Vater zufrieden war. »Ich habe Euch alle hierher bestellt, um etwas Wichtiges anzukündigen.« Sein Blick streifte mich flüchtig und ich schlug bescheiden die Augen nieder. »Es ist mir eine Freude, eine Verlobung bekannt zu geben.«

Das Herz schlug mir bis zum Hals, und das Blut rauschte in meinen Adern.

»Zwischen meiner Tochter …«, er legte eine Pause ein, bis aller Augen in gespannter Erwartung auf mich gerichtet waren, »Frances …«

Alle Anwesenden schnappten nach Luft.

»… und einem gewissen Sir John Oglander of Nunwell von der Isle of Wight, einem ehrenwerten Gentleman.«

»Ich werde eine Lady!« Frances hüpfte im Zimmer umher, in der Stunde ihres Triumphs offensichtlich verlassen von all ihrer Frömmigkeit. »Und bin vor meiner Schwester Ann verlobt!«

»Das entspricht aber ganz und gar nicht den üblichen Gepflogenheiten!«, gab mein Großvater zu bedenken, und warf mir mitfühlend einen beschwichtigenden Blick zu, »Schließlich ist deine ältere Schwester noch niemandem versprochen.«

»Immer diese unsinnigen Gepflogenheiten!«, entgegnete mein Vater ungehalten. »Ich habe genug von diesen Manners und ihrem Wankelmut.« Er erhob seinen Bierkrug. »Auf die künftige Lady Oglander of Nunwell.«

Wir erhobenen unsere Becher.

Voller Mitgefühl sah Mary mich an. Es war überflüssig, auszusprechen, was ohnehin alle dachten: Meine zwölfjährige Schwester war vor mir verlobt!

Ich jedoch war so erleichtert, dass mein Toast auf sie sogar aufrichtig war.

Doch schon bald darauf verebbte meine freudige Anteilnahme.

Schon immer war Frances eine Herausforderung gewesen, doch seit ihrer Verlobung stellte sie die Geduld der Dreifaltigkeit selbst auf eine harte Probe. Dem Küchenmeister und seinen Köchen nötigte sie die besten Rezepte ab, verfolgte meine Großmutter in der Destille auf Schritt und Tritt, um sich deren Wissen über Heilkräuter anzueignen, und trieb Prudence mit unaufhörlichen Fragen darüber in die Verzweiflung, wie Leinenwäsche am weißesten würde. Sie schrieb sogar an unsere Schwester Margaret und bat um Ratschläge zum richtigen Umgang mit Kindermädchen.

Schließlich wurde es meiner Großmutter zu viel. »Schluss damit, Frances! Du bist gerade einmal zwölf Jahre alt und wirst diesen bedauernswerten Gentleman erst in vier Jahren heiraten. Sieh zu, dass du dich wieder deinen Stickereien widmest!«

Vor Frances' großer Neuigkeit war es auf Loseley ein wenig öde gewesen, nun aber glich der Ort dem Fegefeuer. Also fragte ich meinen Vater einige Tage später, ob ich nicht nach York House zurückkehren könne. Ich erinnerte mich daran, dass Master Donne erzählt hatte, der Sohn des Lord Keeper wolle in den Krieg ziehen. Also drängte ich: »Jetzt, da Sir Thomas der Jüngere in den Krieg gegen Irland gezogen ist, ist seine Gemahlin mit den drei kleinen Töchtern allein und bedarf sicher dringend meiner Hilfe. Und Eurer Schwester, meiner Tante, könnte ich ebenfalls nützlich sein.«

Mein Vater, passend gekleidet, um mit meinem Bruder Robert auf die Hirschjagd zu gehen, kniff die Augen zusammen. »Nein, Ann, du wirst nicht zurückgehen nach York House. Woher weißt du überhaupt, dass Sir Thomas in den Krieg gezogen ist? Er ist erst vor drei Tagen abgereist, und das in aller Heimlichkeit.«

Mary sah mich ebenfalls fragend an, und ich errötete schuldbewusst. Nach einer Antwort suchend, die meinen misstrauischen Vater zufriedenstellen würde, fingerte ich an meinem Gürtel herum. Wahrhaftig eine Aufgabe, die eines Herkules würdig wäre! Obwohl Händler und Bittsteller auf Loseley ein und aus gingen und – wenn die Gasthäuser überfüllt waren – auch unverhofft Gäste kamen, war innerhalb der letzten Tage niemand hier gewesen, der mir diese Information hätte zukommen lassen können.

»Nun?« Plötzlich konnte ich mir vorstellen, warum mein Vater als Vorsitzender unzähliger Parlamentsversammlungen so erfolgreich war. Hatte er einen Fisch erst einmal am Haken, ließ er ihn gehörig zappeln.

Mary erkannte meine Not und kam mir endlich zur Hilfe. »Ich habe es erzählt, Vater. Nick erfuhr es durch seinen Schwager, Sir Walter, der über Ländereien in Irland verfügt. Könnte Ann nicht zu uns kommen? Jetzt, da ich wieder ein Kind erwarte, wäre ich froh darüber, sie bei mir zu haben. Sie könnte mir die Stirn kühlen oder den Kräutertee machen, dessen Zubereitung sie von unserer Großmutter gelernt hat, und mir außerdem mit deinen beiden lebhaften Enkeln behilflich sein.«

»Hast du denn keine Kindermädchen?«, fragte unser Vater.

»Keines, das so gut Geschichten vorlesen und erzählen kann wie Ann. Nichts würde die Kinder mehr freuen als ein Besuch ihrer Tante. Sie könnte mich begleiten, wenn ich in die Stadt zurückkehre. Unterwegs könnten wir einen Tag bei Margaret bleiben, die ja ebenfalls wieder ein Kind erwartet.«

»Und ich muss Euch ein Pferd zur Verfügung stellen?«

»Sicher kann Großvater eines seiner Pferde für einen Tag entbehren.«

Zu meiner großen Freude lenkte er endlich ein, ich durfte Mary begeleiten. Frances war nicht begeistert, jemanden zu verlieren, über den sie triumphieren konnte. Doch nachdem ich mich unter Aufbietung all meiner Kraft überwinden konnte, ihr herzlich zur Verlobung zu gratulieren, zeigte sie sich nachsichtig.

»Keine Sorge, Ann, du bist auch bald an der Reihe!«, lautete ihre Antwort, bei der ich ihr am liebsten die Wäschebürste aus Rosshaar an den Kopf geworfen hätte.

Mary half mir dabei, meine Kleider zu packen. Sie stand vor dem Spiegel und probierte meine grüne Halskette an, entzückt, wie gut sie zu ihren Augen passte, als ihr plötzlich ein Gedanke kam.

»Wenn ich dir nicht erzählt habe, dass Sir Thomas der Jüngere in den Krieg gegen Irland zieht, wer war es dann?«

Ich suchte meine Unterkleider zusammen und faltete sie hastig.

»Master Donne hat es mir erzählt.«

»Master Donne! Wann hast du ihn denn gesehen?«

»Er hat mir einen Besuch abgestattet.« Ich schob sie beiseite, um an meine besten Wollstrümpfe heranzukommen. »Mach nicht so ein Gesicht! Er war auf dem Weg nach Pyrford, um eine Angelegenheit auf dem Landsitz unserer Tante zu regeln. Er hat hier kurz eine Rast eingelegt.«

»Wenn er über Loseley nach Pyrford reist, möchte ich nicht sein Reisegefährte sein! Haben unsere Großeltern ihn willkommen geheißen?«

»Für derartige Höflichkeiten hatte er keine Zeit. Die Sache auf Pyrford duldete keinen Aufschub.«

»Also hast du ihn ganz allein unterhalten?«

»Ich habe ihn überhaupt nicht unterhalten. Wir haben lediglich draußen auf der Wiese ein paar Worte gewechselt.«

»Also Ann«, sagte sie in schärferem Tonfall, »hier geht es doch nicht um ein Gedicht mit Nymphen und Schäfern, die faulenzend auf einem grünen Hain liegen. Du wagst ein gefährliches Spiel! Wie kommt Master Donne dazu, dir hier heimlich den Hof zu machen? Denn, wie ich gesehen habe, treibt er sich in London mit Lady Straven herum, und sie ist sicher nicht die Einzige!«

Als ich das hörte, packte mich brennende Wut, aber diese Blöße wollte ich mir im Beisein meiner Schwester nicht geben. Also sagte ich sarkastisch: »Ich frage mich, wie er die Zeit dazu findet. Sagtest du nicht, er sei Tag und Nacht für unseren Onkel unterwegs?«

»Ann, du solltest das Ganze ernster nehmen! Wenn sich herumspricht, dass er hier war, ist dein guter Ruf vollständig ruiniert.«

»So ruiniert wie der Plan, ein Bordell zu besuchen, um mich in deinem Auftrag mit Master Freeman zu treffen?«, fragte ich, verärgert über ihre Scheinheiligkeit. »Stand mein Ruf da nicht ebenso auf dem Spiel?«

Mary wurde blass, als hätte sie plötzlich die morgendliche Übelkeit erfasst. »Du meine Güte, Ann, glaubst du etwa, das wüsste ich nicht? Es war niederträchtig von mir, dich in unsere Schwierigkeiten hineinzuziehen, und es tut mir aufrichtig leid.«

»Dann verlier kein Wort mehr über all das. Letzten Endes bin ich ja nicht zu Schaden gekommen.«

»Es sei denn, Master Donne konnte Euer Treffen nicht für sich behalten. Aber das werden wir herausfinden, sobald wir wieder in London sind. Wenigstens liegt unser Haus recht weit von York House entfernt!« Dann kam ihr ein Gedanke, der eigentlich mir hätte einfallen müssen. »Ach Ann, was wird denn nun aus den beiden Kleinen? Wir können sie nicht mitnehmen, denn so weit reicht selbst die Großzügigkeit meines Gemahls nicht.«

Schuldgefühle überkamen mich. Wie hatte ich diese kleinen Seelen so einfach vergessen können, nachdem ich sie hierher gebracht hatte? Sofort machte ich mich auf die Suche nach den beiden, um herauszufinden, was für alle die beste Lösung wäre. Ich fand Hope in der Spülküche bei Prudence, mit der sie anscheinend durch ein unsichtbares Band verbunden war, denn sie folgte ihr auf Schritt und Tritt. Sie besaß das gleiche strahlende Lächeln wie ihr älterer Bruder Wat und hatte sich bereits mit allen im Haus angefreundet. Stephen dagegen war eine Angelegenheit für sich. Wie ein Pilger zur Fastenzeit schien er stets von Hunger geplagt und stibitzte zum großen Ärger des Küchenmeisters des Öfteren ein paar Bröckchen, die für einen Markpudding einweichen sollten.«

»Wo ist Stephen, der kleine Junge?«, fragte ich den Küchenmeister.

»Euer Großvater hat ihm eine Aufgabe zugewiesen, Miss. Er soll die Bücher in der Bibliothek ordnen.«

Ich ging in die Bibliothek, wo Stephen gerade damit beschäftigt war, die Bücher abzustauben, während mein Großvater über seinen Papieren am Schreibtisch saß.«

Stephen machte seine Sache gar nicht schlecht, doch, als ich eintrat, erschrak er und ließ einen der wertvollen Bände fallen.

»Herrgott, Junge! Pass doch auf!«, schrie mein Großvater. »Ann, ich weiß wirklich nicht, wie du uns diese beiden ungebildeten kleinen Tölpel aufhalsen konntest!«

Stephen, der bis zu diesem Moment offenbar Freude an seiner Beschäftigung gefunden hatte, wirkte verschüchtert. Mit hängenden Armen stand er vor dem Buch, das falsch herum auf dem Boden lag.

Ich hob es auf und setzte den Jungen neben den Kamin, wo er vorerst keinen Schaden anrichten konnte. Ich hob ein altes Pergament auf und gab es ihm zusammen mit einem Stück Kohle in die Hand. »Mal uns doch ein Bild, ich muss mich ein Weilchen mit meinem Großvater unterhalten, und danach nehme ich dich mit hinaus in den Park.«

Ich vergaß den Jungen fürs Erste und ging zu meinem Großvater, um ihm mitzuteilen, dass ich nach London reisen wollte. Er saß in seinem Lieblingssessel, vor ihm auf dem Schreibtisch lag als Briefbeschwerer der Totenkopf, mit dem Lucas de Heere in porträtiert hatte.

Als ich fünf Minuten später hinausgehen wollte, sah ich, dass Stephen in der Zwischenzeit eine Zeichnung von meinem Großvater angefertigt hatte.

Ich nahm ihm das Pergament aus der Hand und sah es mir an. Obwohl das Bild aus groben Strichen bestand, hatte der Junge die Züge meines Großvaters treffend eingefangen, seinen strengen und dennoch sanften Gesichtsausdruck, die beiden Spitzen seines weißen Barts, und vor allem den klaren, wachsamen Blick dieser Augen, die eigentlich zu einem wesentlich jüngeren Mann gepasst hätten.

»Großvater«, sagte ich leise, denn ich wollte ihn nicht noch einmal stören, »Mary hat gesagt, sie kann die Kinder nicht bei sich unterbringen …« Ich holte tief Luft, um meine Bitte vorzubringen.

»Und nun willst du sie hierlassen wie bestellt und nicht abgeholt?«

»Nun, ich …«

Dann hatte ich eine Eingebung. »Seht her, Großvater«, ich zeigte ihm die grobe Skizze, »Stephen hat Euch gut getroffen. Er hat Eure Seele eingefangen und zu Papier gebracht.«

»Ann, bitte keine Blasphemie unter meinem Dach!«

»Das ist keineswegs Blasphemie, es ist die Wahrheit.« Ich wandte mich zu dem verängstigten Jungen um. »Würdest du mir das Bild verkaufen, Stephen? Damit ich es zur Erinnerung an meinen Großvater mit nach London nehmen kann?«

Stephen blieb die Antwort schuldig, denn zu unser beider Überraschung brach der Porträtierte in schallendes Gelächter aus.

»Er hat mich tatsächlich gut getroffen!« Großvater hielt die Zeichnung neben das Bild an der Wand. »Nimm die Zeichnung nicht mit, Ann. Wir werden sie hier neben dem Gemälde von Master de Heere aufhängen.«

Erstaunt sah ich zu, wie mein Großvater Stephens Zeichnung hinter das Gemälde eines der bedeutendsten Hofmaler unserer Zeit klemmte. Stephens unbeholfene, kindliche Zeichnung neben dem Werk eines Meisters! Mein Großvater betrachtete beide und brach erneut in Gelächter aus. »Dieser Geselle ließ mich stundenlang unbeweglich dasitzen, und der Kleine hat mich im Handumdrehen porträtiert. Stephen, dein Bild gefällt mir eindeutig besser!« An mich gewandt fügte er hinzu: »Du kannst die Kinder hierlassen, vorerst zumindest.«

Am nächsten Tag machten wir uns auf den Weg zurück nach London. Wir machten Rast bei meiner Schwester Margaret in Peckham, einem abgelegenen Dörfchen, das zur Pfarrei von Camberwell gehörte, nur wenige Meilen vom Palast der Königin in Greenwich entfernt.

Margaret wurde nicht müde, ihr Loblied auf Peckham zu singen: tiefe Wälder, grüne Haine und blühende Wiesen, und alles nicht mehr als etwa fünf Meilen vom Dunstkreis Londons entfernt! In erster Linie war Peckham als letzte Station der Viehhändler aus Kent bekannt, und durch den berühmten Jahrmarkt aus den Zeiten von King John, der an den südlichen Hängen einmal einen Hirsch erlegt hatte. Mein Schwager Thomas pries das allseits bekannte Gasthaus Rosemary Bush. Dessen Wirt läutete, wann immer er ein Fass Bier anstach, eine Glocke, damit auch ja alle in der Nachbarschaft wussten, wo sie etwas zu Trinken bekamen.

Margarets Haus, erbaut von Thomas' Eltern, war ein solides Gebäude aus Stein. Es war nicht groß, worauf unsere Schwester Mary immer wieder gern zu sprechen kam, aber es stand wie eine unerschütterlich Festung zwischen den beiden Herrenhäusern Camberwell Friern und Camberwell Buckingham.

Da Margarets Gemahl eine Vorliebe für englische Eiche hatte, war – bis auf den Speisesaal – jeder Raum im Haus mit Holz vertäfelt und mit aufgemalten Wappen verziert. Mary flüsterte mir zu, sie sollten den Aufstieg der Familie symbolisieren, dabei sei diese erst seit einer Generation von der Freibauernschaft aufgestiegen, doch ich gab nichts auf ihr Gerede. Im Speisesaal standen eine beeindruckende lange Tafel aus polierten Schiffsplanken und eine Reihe offener Regale voll Zinngeschirr. Der eigentliche Blickfang jedoch befand sich an der hinteren Wand, die über die ganze Breite mit einem Gobelin bespannt war, auf dem Susanna und der Sündenfall der Ältesten abgebildet war.

Geduldig saßen wir in dem großen Saal und warteten darauf, dass das Kindermädchen Margarets Sprösslinge brachte, was Mary in einem kurzen Moment von Margarets und Thomas Abwesenheit als empörend bezeichnete. Ihre eigenen Kinder seien zu Hause stets um sie herum. Plötzlich zeigte Mary auf die Wand und kicherte.

»Ähneln diese lüsternen Alten nicht unserem Schwager Thomas?«

Ich betrachtete den Wandbehang und musste ebenfalls lachen, denn Mary hatte recht. Einer der Ältesten – mit hervorquellenden Augen und lüsternem Gesichtsausdruck – hatte eine verblüffende Ähnlichkeit mit Margarets Gemahl.

»Vielleicht wollte er den Stickern nicht genug bezahlen und sie regelten die Angelegenheit auf ihre Art!«, sagte Mary. Sie kicherte immer noch, als Margaret und Thomas in den Speisesaal zurückkamen.

»Was gibt es zu lachen, Schwestern?«, fragte Margaret. Als wir ihr eine Antwort schuldig blieben, zuckte sie nur mit den Schultern und nötigte uns das Lob ab, ihre Kinder seien die schönsten, klügsten und niedlichsten der Welt.

Anschließend ging Thomas wieder seinen Aufgaben nach, und meine beiden Schwestern unterhielten sich über ihre Schwangerschaften. Mary hoffte, dass die Zeit bis zur Niederkunft schnell vorüberging und ihr Umfang nicht dem einer Kuh auf den Weiden meines Großvaters ähnelte. Die stets gut gelaunte Margaret sagte, sie hätte nichts dagegen, bis in alle Ewigkeit Kinder zu erwarten, und ließ mich fühlen, wie hart ihr Bauch geworden war.

»Fühl einmal! Wie eine Haselnuss im Herbst, oder?«

»Margaret sagt, sie erwartet gern ein Kind, aber den Grund dafür nennt sie uns nicht«, stichelte Mary.

»Und welcher Grund sollte das bitte sein?«, fragte Margaret verständnislos.

»Wenn du ein Kind erwartest, rückt dein Gemahl dir nicht auf die Pelle. Du hast ein dreiviertel Jahr lang Ruhe, und wenn du Glück hast, anschließend noch ein Vierteljahr, bis er dich wieder beehrt!«

»Nicht in meinem Fall«, entgegnete Margaret zu unserer Verblüffung mit einem freimütigen Lächeln. »Fast bis zum Tag der Niederkunft klopft er an meine Zimmertür.«

Selten zuvor hatte ich meine Schwester Mary so entsetzt gesehen. Wir brachen einstimmig in Gelächter aus, und nun versetzte Mary ihrerseits Margaret in Erstaunen, denn sie fragte, ob es noch zu früh sei für einen Krug Bier.

Zwei vergnügliche Tage später setzten wir unsere Reise zu Marys Haus in Mile End fort. Nur einen Katzensprung davon entfernt, unterschied es sich so sehr von Peckham wie ein Stück feines Gebäck von einem Landbrot.

Außerhalb der Stadtmauern Londons am nördlichen Ufer der Themse gelegen, befindet sich Mile End nah genug an der pulsierenden Großstadt, um an ihrem geschäftigen Treiben teilzuhaben.

Unterwegs kamen wir an Hafenbecken und Werften vorbei. Es roch nach Gewürzen, die auf Schiffen aus Fernost kamen und in den Speicherhäusern am Fluss gelagert wurden.

Bei unserer Ankunft stellte ich fest, dass zwei Häuser nicht unterschiedlicher sein könnten. Margaret legt Wert auf Ruhe und Ordnung, bei Mary dagegen herrschte buntes Treiben und das reinste Durcheinander.

Nicks Schwager, Sir Walter Ralegh, hatte einige der exotischen Mitbringsel, die er auf seinen Reisen erworben hatte, im

Haus meiner Schwester und ihres Gemahls hinterlassen. Zur Hochzeit hatte er den beiden Stoffballen aus zinnober- und kirschroter Seide, edelsteinbesetzte Kerzenleuchter und ein paar mit Elefanten und Pfauen bestickte Kissen geschenkt. Das ganze Haus war voll Blumen, nicht frisch, sondern getrocknet, in Blau und Violet. Welch ein Duft! Anstelle von Kräutersäckchen hatte Mary Gefäße mit Blütenblättern und Gewürzen aufgestellt, die regelmäßig mit Öl begossen wurden. Das Außergewöhnlichste jedoch waren die türkischen Teppiche, aus roten und kobaltblauen Fäden gewebt. Normalerweise hätte man solch wunderbare Stücke an die Wand gehängt oder die Festtafel damit geschmückt, bei Mary aber lagen sie auf dem Boden, sodass man darauf herumlaufen konnte!

Das Leben hier war mir vollkommen fremd. Mary stand spät auf, und ihre Dienstboten ebenfalls. Manchmal fragte ich mich, ob der Koch überhaupt noch frische Ware bekäme, wenn er endlich zum Markt schlenderte. Und Marys Gäste, ein nie versiegender Strom, der länger als die Themse schien! Vom Nachmittag bis zum Anbruch der Dunkelheit strömten sie herbei, manche läuteten an der Tür, andere tauchten auf wie plötzlich aufsteigender Nebel. Prächtig gekleidet, als wollten sie zum Königshof, ließen sie sich malerisch überall nieder und verlangten nach Gewürzwein und Granatäpfeln.

In all diesem Trubel spielten Marys Kinder, während die Kindermädchen ein Schläfchen hielten oder, wie ich mit eigenen Augen sehen musste, sich gemeinsam mit den Gästen am Gewürzwein schadlos hielten.

Genau so schnell, wie die Gäste gekommen waren, verschwanden sie auch wieder, meist ins Theater, zur Bärenhetze oder zum Kegeln. Einmal gingen sie sogar zu einer Predigt, was derzeit sehr in Mode war, aber dort lachten und plauderten sie die ganze Zeit.

Wenn Mary, die immerhin ein Kind erwartete, zu erschöpft war, um sie zu begleiten, überredeten sie Nick, mitzukommen. Dann warf er ihr einen flehenden Blick zu, und meine ansonsten so starke Schwester wurde schwach und sagte schließlich: »Geh nur!«

So vergingen mehrere Wochen, die ich zunächst als recht vergnüglich empfand, doch schon bald war ich gelangweilt von der Faulenzerei und machte mir – ganz im Gegensatz zu Mary – Gedanken, wer all das bezahlen sollte.

Aber meine Langeweile war nicht von langer Dauer, denn mit leuchtenden Augen verkündete Mary, unser Cousin Francis habe uns nach York House zu einem Kostümfest eingeladen.

Ich geriet ein wenig aus der Fassung, denn ich wusste, dass ich im Haus meines Onkels und meiner Tante Master Donne wiedersehen würde. Und wenn ich daran dachte, was die Countess of Straven mir unterstellt hatte, fragte ich mich verwirrt, was ich empfinden würde, wenn ich ihn wiedersah.

14

Anstatt zu faulenzen, verbrachte meine Schwester Mary die folgenden Tage lachend und schwatzend mit Vorbereitungen für das Kostümfest. Es sah ihr ähnlich, dass sie sich wagemutig als Aphrodite, die Göttin der Liebe, verkleiden wollte. Hoffentlich hatte Nick nichts dagegen, denn Aphrodite war nicht gerade für ihre Treue bekannt.

Margaret war aus Peckham angereist und würde über Nacht bleiben, da der Weg zu weit war, um nach den Feierlichkeiten sogleich zurückzukehren. Sie wollte den Geldbeutel ihres großzügigen Thomas nicht unnötig mit Ausgaben für Flitterkram belasten, praktisch, wie sie war, nähte sie sich deshalb selbst ein Kostüm. Frances hätte sich – vorausgesetzt, sie wäre eingeladen gewesen – zweifellos für die Tracht eines mittelalterlichen Heiligen entschieden und sich womöglich eigenhändig ein Paar Handfesseln geschmiedet.

»Wie möchtest du dich verkleiden, Schwester?«, fragte Margaret mich, während sie Laubblätter auf eine goldene Seidenschärpe nähte.

Ich schüttelte nur den Kopf. Ich hatte schon eine Idee, aber dafür musste ich jemanden bitten, mir seine Garderobe zu leihen, und ich wollte erst sichergehen, dass die entsprechende Dame nichts dagegen hatte.

Am nächsten Tag ließ ich Wat eine Nachricht zukommen. Da seine Schwester Sarah vollkommen vom Fieber genesen war, ließ ich nachfragen, ob sie mich besuchen käme – sie erschien noch am selben Tag.

»Miss More!« Mit leuchtenden Augen dankte Sarah mir für die Gefälligkeit, die ich ihren Geschwistern erwiesen hatte. Ich war ein wenig beschämt, denn, ehrlich gesagt, hatte ich zunächst

Bedenken gehabt, die Verantwortung für die beiden jüngeren Kinder zu übernehmen.

»Bist du wieder richtig gesund?«, fragte ich.

»Ja, das bin ich.«

Sie war sofort einverstanden mit meiner Idee und versprach, mir alles, was ich brauchte, zu leihen.

Am Tag des Kostümfestes war ich bereits vor meinen Schwestern fertig. Ich wartete draußen, was sie zunächst befremdlich fanden, bis sie den Grund dafür sahen: Ich war als Milchmädchen verkleidet, Sarah hatte mir alles Notwendige geliehen. Ganz in sommerliches Grün gekleidet trug ich eine Haube, die mit einem Bändchen zugeschnürt wurde, und hatte ein Joch mit zwei Eimern über den Schultern. Ich hatte sogar ein Fässchen Milch, das mit Blumen geschmückt war, so konnte ich die Eimer füllen, bevor das Fest begann.

»Du siehst wunderbar aus, Ann!«, sagte Margaret und fügte erstaunt hinzu: »Du hast ja genauso rosige Wangen wie ein Milchmädchen.«

Ich hatte mir die Wangen mit roter Krappwurzel gefärbt, aber das verriet ich natürlich nicht.

Wir fuhren in einem Boot nach York House, vorbei an den geschäftigen Docks am Nordufer der Themse. Am Südufer lagen die grünen Obstgärten von Bermondsey House, einer ehemaligen Abtei, die nun, wie Mary mir erzählte, der Earl of Sussex bewohnte.

Freundlich, wie es seine Art war, nahm unser Cousin Francis uns an den Stufen der Anlegestelle in Empfang. Er war als Pan verkleidet, mit Bart, Ziegenbeinen und einer Rohrflöte. Schon als Kind hatte Francis sich für Feierlichkeiten begeistert.

»Ho, Cousinen! Drei wahrhafte Schönheiten! Mary, deine Anmut lässt wie immer die Sterne am Himmel erblassen, und als Aphrodite erst recht! Niemand wird heute bei deinem Anblick vor Armors Pfeilen sicher sein.« Ohne auf den beträchtlichen Umfang ihres Leibs einzugehen, wandte er sich an Margaret. »Welch Traumbild der Gaben unserer Natur, Cousine

Margaret.« Schließlich richtete er sich lachend an mich. »Du gehst als Milchmädchen! Ein ausgezeichnetes Kostüm, um dich süße Unschuld vom Land richtig zur Geltung zu bringen! So etwas trifft man in diesen rauen Zeiten nur noch selten.«

»Lass dich selbst einmal ansehen, Francis«, neckte Mary ihn. »Ich wusste gar nicht, dass du so behaarte Beine hast!«

Lachend warf er den Kopf in den Nacken. »Ich rieche auch wie ein Ziegenbock. John Egerton hat zu viel Wein getrunken und alles, was er auf dem Teller hatte, über mir ausgeleert!«

Meine Schwestern und ich warfen uns vielsagende Blicke zu. Es versprach ein rauschendes Fest zu werden.

»Ich habe gehört, es soll ein Maskenspiel geben«, verkündete Mary und sah mich an. »Die Countess of Straven hält eine Überraschung für uns bereit.«

»Allerdings«, gab ich zurück, ohne Marys Blick zu erwidern. »Hoffentlich nicht als Salome beim Tanz mit den sieben Schleiern. Francis, führe meine Schwestern schon einmal hinein. Ich muss erst meine Milcheimer auffüllen.«

»Mit richtiger Milch? Ich wusste gar nicht, dass du so viel schauspielerisches Talent hast, Ann. Am Ende wirst *du* uns noch eine Überraschung bereiten!«

Während die anderen schon vorgingen, füllte ich die beiden Milcheimer, und als ich daran dachte, wie Master Donne mich wohl begrüßen würde, begannen meine Hände zu zitterten.

Endlich waren die Eimer voll, und ich folgte den anderen kerzengerade aufgerichtet in die Große Halle. Ich traf meinen Onkel, der als Julius Cäsar verkleidet war und sich mit meinem Vater unterhielt, kostümiert als Knut der Große. Es sah ihm ähnlich, sich als jemand zu verkleiden, dessen Wunsch es gewesen war, selbst die Gezeiten aufzuhalten, und der vorgegeben hatte, er könne es auch!«

Ich füllte einen Becher aus meinen Eimern und rief: »Mylords, Myladys, kostet meine Milch. Frisch von den Kühen, erst heute Morgen gemolken.«

Zunächst herrschte Schweigen, gefolgt von jubelndem Beifall, und bald drängten sich alle um mich, um einen Schluck Milch zu kosten.

Doch nirgends eine Spur von Master Donne.

Dann entdeckte ich ihn.

Als Freibeuter verkleidet, hatte er ein Tuch um sein schwarzes Haar geschlungen und trug ein kurzes Schwert am Gürtel.

Ich musste lächeln, denn er sah alles andere als grimmig oder barbarisch aus. Die wilde Verkleidung ließ ihn eher noch feiner wirken. Die helle Haut, der zarte Schnurrbart und seine schlanken Hände, die auf seinem Gürtel ruhten, erinnerten ganz und gar nicht an einen Freibeuter, sondern an einen Gelehrten, der sich als Pirat verkleidet hatte.

Beherzt wollte ich zu ihm gehen, um ihm einen Schluck Milch anzubieten, da teilten sich die Reihen der Gäste und machten einem ganz besonderen Auftritt Platz. Eine Gestalt erschien, gehüllt in ein griechisches Gewand mit so tiefem Ausschnitt, dass die Brüste fast vollständig zu sehen waren, eine blonde, langhaarige Perücke auf dem Kopf und mit bloßen, goldbereiften Armen.

Verkleidet als die schöne Helena erschien in aller Bescheidenheit Isabella, die Countess of Straven. Sie ergriff Master Donnes Arm, und ihr betörendes Lächeln hätte sicher die ganze Armada zum Kentern gebracht. Ihr Blick umgarnte ihn, als lägen die beiden gemeinsam auf einem Kanapee.

Und in mir, der das Feuer der Liebe bis dahin ebenso unbekannt war wie der Stachel der Eifersucht, stieg das plötzliche Bedürfnis auf, den beiden meine Eimer entgegenzuschleudern oder sie in der Milch zu ertränken.

Doch jemand verhinderte eine solch unbesonnene Tat: Master Manners hatte mich unter den Gästen entdeckt und kam auf mich zu, verkleidet als Schäfer, mit einem hölzernen Stab in der Hand.

»Master Manners«, sagte ich, ein wenig zu laut und noch immer zornrot im Gesicht. Bemüht, so schnell wie möglich die Fassung wiederzugewinnen, dachte ich nicht weiter darüber nach, was ich sagte. »Geht Ihr als Schäfer?«, fragte ich und reichte ihm die Hand. »Als Coridon vielleicht?«

Er lachte, und das Paar, dem ich eigentlich aus dem Weg gehen wollte, drehte sich zu uns um.

»Als Coridon geht er sicher nicht, Miss. Bei all Eurer Klugheit habt Ihr offenbar die Eklogen nicht aufmerksam gelesen. Soweit ich mich erinnere, war Coridon einem Jungen zugetan, und ich versichere Euch, das ist bei diesem Schäfer ganz und gar nicht der Fall.«

Dieser geistreiche Kommentar brachte alle um uns herum zum Lachen. Master Donne warf mir einen Blick zu, der Mitgefühl und Bedauern verriet, die Komtess aber strahlte – für alle nur zu offensichtlich –, weil sie mich bloßgestellt hatte.

»Kommt, Miss«, sagte Master Manners und nahm meine Hand, »wir sollten etwas essen. Ein Schäfer und sein Milchmädchen! Kann man sich ein schöneres Paar vorstellen?«

Doch damit nicht genug, denn um uns herum begannen die Gäste zu klatschen, als er mich beflissen an die Tafel führte. Am liebsten wäre ich im Boden versunken!

Ich war tief verletzt und empört, dennoch bot das Fest mir allerlei Unterhaltung, denn es war das Feierlichste, was ich außerhalb des Könighofs je erlebt hatte. Die lange Tafel in der Großen Halle war mit Efeuranken ausgelegt, die mit echten Juwelen geschmückt und mit Silberfäden verknotet waren. Mitten auf dem Tisch flossen Kaskaden einer dunklen Flüssigkeit an einem stufenförmigen Gebilde hinab, ganz wie ein echter Wasserfall, nur dass er zu meiner großen Verwunderung nicht aus Wasser, sondern aus Wein bestand! Ich staunte über all die Pracht im Haus meines Onkels und fragte mich, wie Francis es geschafft hatte, ihn dazu zu überreden.

Entlang der Tafel hielt ich Ausschau nach Master Donne und seiner Helena, doch ich konnte sie nirgends entdecken.

In jedem Raum spielten Musikanten auf, Madrigalchöre sangen von Schäfern und ihren Liebsten, und Master Manners bat mich um einen Tanz. Neben uns warf meine Schwester

Mary ihrem Nick schmachtende Blicke zu, als sei er der einzige Mann weit und breit. Lächelnd dachte ich, dass dies hoffentlich noch lange so anhalten würde.

»Ihr seid ein hübsches Paar, Ann«, flüsterte Mary, während wir tanzten, »geradezu wie von Gott bestimmt.« Ich verstand natürlich sofort, was sie mir damit sagen wollte: dass nämlich Master Manners, was das Alter und die Herkunft betraf, besser zu mir passte als der zu Ansehen gekommene Sohn eines Eisenhändlers.

Doch ich tat, als hätte ich ihre Andeutung nicht durchschaut.

Als wir an die Tafel zurückkehrten, waren die Speisen bereits aufgetragen, und ungeachtet ihrer kunstvollen Verkleidungen stürzten sich viele der Gäste gierig darauf.

Als der Nachtisch serviert wurde, klatschte jemand in die Hände. Auf einem Podest am Ende des Tisches öffnete sich ein Vorhang und enthüllte eine Berglandschaft mit gefährlich spitzen Gipfeln.

Die Gäste hielten den Atem an, denn inmitten der Berge befand sich die Countess of Straven. Nun gekleidet wie eine Jungfrau, mit langem offenen Haar, die Hände zum Gebet gefaltet. Unterhalb versuchten zwei wilde Tiere die Berge zu erklimmen, Symbole für Lust und Liederlichkeit. Oberhalb hing ein Schild mit der Aufschrift »Triumph der Reinheit über Versuchung und Verführung.«

»Das höre ich aber zum ersten Mal«, raunte ein Gast seinem Nachbarn zu. Um der eitlen Komtess nicht auch noch Beifall klatschen zu müssen, stahl ich mich unauffällig zum hinteren Ende der Großen Halle davon, wo ein Gang zur Speisekammer und in die Küchen führte.

»Miss More!«

Dort stand er, im Halbdunkel, Kerzenlicht fiel auf sein silbernes Schwert und mit dem Kopf wies er auf die Eingangstür.

Ich folgte ihm, und Wut stieg in mir auf.

Für tiefsinnig hatte ich ihn gehalten! Aber wie oberflächlich und treulos hatte er sich gezeigt!

»Nun, Master Donne, wird Mylady Straven nicht beleidigt sein, wenn Ihr ihren Triumph nicht bejubelt?«

Er packte mich am Handgelenk und zog mich tiefer in die Dunkelheit.

»Das habt Ihr bei Eurem großmütigen Wesen nicht nötig.«

»Auch großmütige Wesen sind verletzlich, wenn jemand, den sie verehren, sich niederträchtig verhält. Immerhin hat die schöne Isabella einen Gemahl.«

»Dem lediglich ihr Reichtum wichtig ist und nichts an ihrem Glück liegt.«

»Ich verstehe. Also sucht sie anderweitig Trost.«

»Schon oft habe ich ihr geraten, zu ihm zurückzugehen.«

»Überaus edelmütig! Dann hättet Ihr Gelegenheit – wie drücktet Ihr es noch in einem Eurer Gedichte aus – ›Euch in seinem Haus zu vergnügen‹«?

Noch immer hielt er mein Handgelenk umschlossen, so fest, dass es schmerzte. »Ihr habt eine schlechte Meinung von mir. So etwas würde ich niemals tun.«

»Ehebrecher mit Ehrgefühl? Ich bin zutiefst gerührt!«

Er sah mir in die Augen. »Ich bin nicht stolz auf das Leben, das ich führte, bevor ich Euch begegnet bin. Ja, ich habe viele Frauen gehabt, und vielleicht werde ich mit der ewigen Verdammnis dafür bezahlen. Aber es gibt eine Sünde, derer ich mich niemals schuldig machen würde: Niemals würde ich mich über die Ehre eines Unschuldigen hinwegsetzen.«

»Verzeiht mein mangelndes Mitgefühl.« Ich befreite mich aus seinem Griff und sah, dass meine Handgelenke voll kleiner blauer Flecken waren, die ich am nächsten Tag würde verbergen müssen. »Denn für mich sieht all das ganz anders aus.«

Flammende Röte schoss mir in die Wangen, als ich mich zornig und verwirrt durch die Menschenmasse in der Großen Halle schob. So sehr ich mir auch wünschte, nichts für Master Donne zu empfinden, berührte er mich doch wie noch niemand zuvor.

***

Im Verlauf ihrer Schwangerschaft nahm Mary beträchtlich an Umfang zu, was zum großen Teil an ihrer plötzlichen Vorliebe für Süßspeisen lag.

Mary, die normalerweise gertenschlank war und stets einen spöttischen Kommentar für unsere übergewichtige Schwester Margaret auf den Lippen hatte, schickte mich nun alle naselang in die Küche, um der Köchin Buttergebäck, Apfelcremetorte oder Ähnliches abzunötigen. Einmal empörte sich die Köchin, Mylady habe ihr den gesamten Vorrat an Mandeln weggegessen. Eines Tages musste ich mich selbst auf den Weg zu einer Garküche machen, um Mary ein paar Klöße zu holen.

Doch trotz all dieser Völlerei blieb Marys Energie unerschöpflich. Immer wieder lud sie Freunde ein, die mit ihr Karten spielten, ihr Gedichte vorlasen und sogar Theaterstücke aufführten, damit ihr die öde und beschwerliche Zeit bis zur Niederkunft nicht allzu lang wurde.

Ich war entsetzt darüber, wie man sich in ihren Kreisen benahm. Alle schienen reichlich oberflächlich. Sobald Mary morgens aufstand, war das Haus voller Gäste, die faul herumlagen, Klatschgeschichten austauschten und schwatzten, die sich an Marys Sherry schadlos hielten und dabei stets bereit waren, sich über andere Müßiggänger zu beklagen, ohne selbst vor der eigenen Tür zu kehren.

Einmal musste ich Mary kandierte Früchte holen, auf die sie eine ganze Woche lang Heißhunger hatte. In der Speisekammer traf ich auf ein Paar, das sich jeweils an der Kleidung des anderen zu schaffen machte, doch die beiden lachten nur und zeigten nicht das geringste Schamgefühl.

Dann aber erreichte uns eines Tages eine furchtbare Nachricht: Der junge und arglose Sir Thomas, der ältere Sohn des Lord Keeper und Vater der drei kleinen Mädchen, um die ich mich zeitweilig gekümmert hatte, war auf dem Schlachtfeld in Irland gefallen.

Ich wusste, welch harter Schlag das für meinen Onkel war, und eilte sofort nach York House, um mein Beileid zu bekunden. Als ich die Stufen am Flussufer hinaufging, fragte ich mich, ob Master Donne ebenfalls dort sein würde, denn er war mit Sir Thomas befreundet gewesen. Sollte er mir begegnen, wollte ich auch ihm gegenüber mein Mitgefühl zum Ausdruck bringen. Vergessen waren die Unstimmigkeiten am Abend des Kostümfests, jetzt da wir den eiskalten Hauch des Todes in unserem Nacken spürten.

Mein Onkel sah blass und traurig aus, dennoch musste er sich weiter um die Staatsangelegenheiten kümmern.

»Mein geliebter Sohn Thomas wird morgen mit allen Ehren in der Kathedrale von Chester beigesetzt.« Für einen kurzen Augenblick sah er mich aus seinen gütigen Augen an, und ich erkannte, wie tief getroffen er war. »Wie gern würde ich dabei sein und um ihn trauern, doch Ihre Majestät will mich nicht einmal für diesen kurzen Moment entbehren.«

Ich nickte und dachte darüber nach, welch hohen Preis Queen Elizabeth von denen verlangte, die ihr treu ergeben waren.

»Thomas' Bruder John ist bereits nach Chester gereist, auch Master Donne und einige andere werden an meiner Stelle dort sein.«

»Ich bin sicher, sie werden Euch würdig vertreten«, erwiderte ich traurig. Ich umarmte Sir Thomas' junge Gemahlin, die offenbar unter Schock stand und ebenfalls nicht an der Beerdigung teilnehmen würde, was ohnehin keine Angelegenheit für Frauen war.

Als ich diesen traurigen Ort verließ, auf dem Weg zurück zum frivolen Treiben im Haus meiner Schwester, erspähte ich einen neu ankommenden Gast: die Countess of Straven.

»Ihr verschwendet Eure Zeit, er ist nicht hier«, lag es mir auf der Zunge. Doch ich hob nur den Kopf, lächelte und erkundigte mich nach ihrem Gemahl, der, wie ich gehört hätte, nach London gereist sei.

Mit verkniffenem Gesichtsausdruck sah sie mich an. »Ihr seid nicht auf dem Laufenden, Miss More. Er ist aufs Land zurückgekehrt, denn London entspricht nicht seinem Geschmack. Aber *Ihr* seid wieder hier, und nach wie vor ohne Ehemann.«

»Sollte ich einen finden, werde ich ihm in Liebe und Hochachtung zur Seite stehen und mein Leben nicht meilenweit entfernt verbringen.«

»Wie unbedarft, Miss More. Hundert Meilen sind genau der richtige Abstand zwischen einer Frau und ihrem Gemahl, wie Ihr sicher auch noch feststellen werdet.«

Trotz ihrer Schönheit und all ihrer Erfahrung glaubte ich ihr kein Wort. Wenn ich den Mann meiner Wahl heiraten dürfte, würde ich mein Leben keineswegs Hunderte Meilen von ihm entfernt verbringen. Nein, ich würde ihn fest in meine Arme schließen.

Zurück in Mile End fand ich meine Schwester in gereizter Stimmung. Weder Sessel noch Kanapee waren ihr recht, sie starrte aus dem Fenster, dann wiederum lief sie rastlos wie ein Bär im Käfig herum.

Nick, ihr Gemahl, war mit seiner Weisheit am Ende.

»Hier«, sagte er schließlich und reichte ihr ein Stück Pergament, »vielleicht heitert dich das ein wenig auf. Ein paar gewagte Verse vom Sekretär deines Onkels, die gerade am Gerichtshof die Runde machen. Eigentlich nicht das Richtige für eine Dame, also dachte ich mir, du würdest sie sicher gern lesen.«

Liebevoll tätschelte er ihr das Kinn, um seinen Worten die Schärfe zu nehmen.

Mary rollte das Pergament auf. *»Der Floh.* Nicht gerade ein geeignetes Thema für ein Gedicht.« Sie räusperte sich und las es laut vor:

»Sieh diesen Floh! und sieh zugleich
Wie wenig das, was du mir weigerst, heißt.
Mich biss er erst, nun beißt er dich,
In ihm wird unser beider Blut vermischt.
Gesteh, dass solchen Akt kein Mensch

Sündig, schandbar, und Raub der Unschuld nennt.
Der da genießt, eh er lang freit,
Labt sich, und schwillt vom einen Blut der zwei;
Und uns wär dies missgönnt aus Schicklichkeit?

Doch sacht! halt ein! Drei Leben lass
Dem Floh, der uns vermählt, und mehr als das:
Der Floh bist du, dann ich, zuletzt
Ist er uns Hochzeitstempel, Hochzeitsbett:
Den Eltern, dir, zum Trotz, gepaart
In der Klausur aus lebendem Gagat.
Zwar bist du meinen Mord gewohnt,
Doch Selbstmord lass, und Sakrileg – vor Gott
Drei Todsünden für dreifach grausen Tod.

O rasche Willkür! hast du jetzt
Den Nagel mit der Unschuld Blut benetzt?
Worin denn fehlte dieser Floh
Als in dem Tröpfchen, das er aus dir sog?
Du sagst (und brüstest dich erst recht),
Du fändest weder dich noch mich geschwächt.
Schon wahr – wie eitel Ängste sind!
Nur so viel Ehre, gibst du dich mir hin,
Verfällt, wie dir der Flohtod Leben nimmt.«

Nachdem sie das Gedicht vorgelesen hatte, brach meine Schwester in derartiges Gelächter aus, dass sie einen Schluck Bier zu sich nehmen musste, um sich zu beruhigen. »Ich muss zugeben, er hat Humor, dein Master Donne. Ob er das zu Ehren der schönen Isabella geschrieben hat?«

Ich riss ihr das Pergament aus der Hand. »Er ist nicht *mein* Master Donne. Und die schöne Isabella besitzt keinerlei Jungfräulichkeit, die es zu bewahren gilt. Es sei denn ihr Gemahl ist noch unfähiger, als es ohnehin bereits den Anschein hat.«

In Wahrheit jedoch versetzte mich das, was ich gerade vernommen hatte, in größeren Aufruhr, als ich bereit war, mir einzugestehen. Geistreich und geschliffen formuliert zeugten die Zeilen, geschickt verschleiert, von Erfahrung und Verführungskunst.

Bei allem Respekt vor Gott im Allgemeinen und der Familie im Besonderen, ich geriet in Versuchung, meine eigene Jungfräulichkeit einem glutäugigen Schmeichler preiszugeben!

Doch ich verbarg derartige Gedanken hinter Empörung und Zorn. Ich rannte auf mein Zimmer und konnte mir die schmunzelnden Gesichter meiner Schwester und ihres Gemahls lebhaft vorstellen. Ich schleuderte das Pergament auf den Boden. Flammende Röte schoss mir ins Gesicht, vor Zorn – und Gefühlen, die alles andere als jungfräulich waren.

Nach dem Tod von Sir Thomas dem Jüngeren verbrachten wir ruhige Tage, bis eine neue Nachricht uns erschütterte. Überraschend war der Earl of Essex zeitweilig aus Irland zurückgekehrt, wo der Krieg nicht besonders gut verlief, und in das Schlafgemach der Königin in Nonsuch Palace gestürmt. Ihrer Majestät – im Nachthemd, ohne Perücke und ungeschminkt – blieb keine Zeit für die Vorbereitungen, die sie normalerweise traf, bevor sie sich der Welt präsentierte. Sie hätte ihn sicher schon für weniger hinrichten lassen, und so hielt man bei Hof den Atem an. Doch ausnahmsweise ließ die Königin Gnade walten und wies Mylord lediglich höflich die Tür.

Bei seiner nächsten Rückkehr war sie jedoch ganz anderer Stimmung, denn er hatte ohne ihre Erlaubnis ein Abkommen getroffen. Sie verfügte, der Earl gehöre umgehend in Haft, und zum Leidwesen meines Onkels sollte York House der Ort seiner Verbannung sein.

So geschah es, und plötzlich beherbergte der Lord Keeper einen ungebetenen und nicht gerade willkommenen Gast. Es ging sogar das Gerücht, Master Donne und die Berater des Lord Keeper müssten ihre Gemächer räumen, um sie dem Earl und seinem Gefolge zur Verfügung zu stellen.

Master Donne bekam ich in den folgenden Wochen nicht zu Gesicht, aber wir erfuhren, was in York House vor sich ging. Der Earl, bislang ein guter Freund des Lord Keeper, trieb diesen mit melancholischen Anwandlungen in die Verzweiflung. Zum Wohl des ganzen Landes wünschte mein Onkel inständig, der Earl möge wieder Frieden schließen mit der Königin. Stattdessen ging es mit ihm jedoch steil bergab.

Eines Nachts fürchtete man sogar, ein Fieber könne ihm ein vorzeitiges Ende bereiten. Umgehend wurde Ihre Majestät informiert, und im Schutz der Dunkelheit schipperte sie in der königlichen Barke heimlich nach York House, um dem Earl of Essex ein letztes Mal Lebewohl zu sagen. Daraufhin allerdings erholte er sich wieder, und auch seine Melancholie verflog nach und nach.

In Mile End erreichte uns jedoch eine Nachricht, die uns umso mehr beunruhigte. Es hieß, meine Tante sei erkrankt.

»Vielleicht ist es ja gar nicht so schlimm«, versuchte meine Schwester, uns zu beruhigen. »Mylord Essex hat den ganzen Haushalt auf Trab gehalten, das hat ihr sicher ordentlich zugesetzt.«

Ich beschloss, am nächsten Tag, wenn meine Schwester ihren Mittagsschlaf hielt, in Erfahrung zu bringen, wie es meiner Tante ging.

Es war ein kalter Nachmittag, denn die milden Tage des goldenen Oktober waren vorüber. Mittlerweile war es Mitte November, vor einer Woche hatte das jährliche Fest zum Krönungstag der Königin stattgefunden, das wie immer mit Ritterkämpfen, Maskenspielen und anderen Festlichkeiten begangen worden war. Ich fragte mich, ob die Königin ihren Earl dabei nicht vermisst hatte. War sein Vergehen dieses Mal zu groß, als dass sie ihm hätte vergeben können? Schließlich ging es nicht wie sonst um eine Liebesaffäre, sondern um die Sicherheit des ganzen Königreichs. Möglicherweise jedoch hatten sich die Wogen bei Hof längst geglättet, und Ihre Majestät langweilte sich ohne ihren edlen Ritter. Denn obwohl er um viele Jahre jünger war und ihr im Lauf der Jahre einiges an Schmerz zugefügt hatte, begeisterte er sie doch auch oft genug. War mit über sechzig Jahren Alter irgendein Gefühl vielleicht besser als gar keins? Oder war sie seiner Spielchen endlich überdrüssig? Vielleicht war sie es einfach leid, dass er seine Launen an ihr ausließ und sich darüber hinaus mit ihren Hofdamen vergnügte.

Mit einem Boot fuhr ich nach York House. Trotz der Anwesenheit des Earl schien es dort ruhiger als je zuvor. Mein Onkel war einer dringenden Angelegenheit wegen zu einer Sitzung des Kronrats gerufen worden und hatte einen Großteil seiner Berater und Sekretäre mitgenommen. Umhüllt vom Schatten der Melancholie – und äußerst nachlässig gekleidet – geisterte der Earl of Essex den lieben langen Tag durch den Garten.

Ich bat den Empfangsdiener, meiner Tante auszurichten, dass ich sie besuchen wollte, doch Joan war es, die mir an ihrer Stelle entgegenkam.

»Joan, ich wünsche dir einen guten Tag«, sagte ich zur Begrüßung und dachte an unsere gemeinsamen Ausflüge in die betriebsame Stadt. Ich erinnerte mich auch daran, wie sie mir die Kunst des Bettenmachens beigebracht hatte, und beim Gedanken an die denkwürdige Begegnung, die darauf gefolgt war, musste ich mir ein Lächeln verkneifen.

»Meiner Schwester ist zu Ohren gekommen, unsere Tante sei erkrankt. Wie geht es ihr? Kann ich irgendetwas für sie tun?«

»Mylady ist in ihrem Schlafgemach, sie braucht Ruhe«, sagte Joan und eilte ohne ein weiteres Wort zur Tür.

»Joan, warte doch …« Eigentlich kannte ich sie gut, aber heute schien sie mir auf irgendeine Weise fremd. Sie vermied es, mir in die Augen zu sehen, und huschte fahrig und lautlos umher wie eine Ratte auf der Flucht vor dem Besen. »Woran leidet meine Tante?«

»An einem Fieber. Sie wird geplagt von Schüttelfrost und Gliederschmerzen, als hätte sie die ganze Nacht im Regen gestanden, und über Kopfschmerzen klagt sie auch.«

Meine Tante war stets diejenige gewesen, die andere kurierte, und nun, da es sie selbst getroffen hatte, gab es niemanden, der ihr helfen konnte.

»Hast du schon den Apotheker um Rat gefragt? Und was hält mein Onkel von ihrem Zustand?«

»Sie möchte den Lord Keeper nicht beunruhigen. Er trauert noch immer um seinen Sohn, und Mylady möchte ihm nicht noch mehr Kummer bereiten.«

Das war verständlich, dennoch war ich beunruhigt.

»Richte ihr aus, ich werde morgen wiederkommen und ihr ein paar der Cox Orange mitbringen, die sie so gern isst.«

Joan machte einen Knicks und sagte: »Ich werde es ihr ausrichten.« Aber sie konnte mir immer noch nicht in die Augen sehen.

Auf dem Heimweg machte ich einen Abstecher zur Saint Bride's Church an der Fleet Street und huschte gerade noch vor der Abendmesse hinein. Als ich jung war, konnte man immerhin noch in aller Heimlichkeit eine Kerze anzünden, damit ein Wunsch oder eine Bitte in Erfüllung ging. Mittlerweile aber galt so etwas als fauler Trick gefährlicher Papisten. Also konnte ich nur beten, dass meine Tante bald wieder gesund würde.

Als ich im Haus meiner Schwester ankam, zog eine muntere Schar lärmend von einem Zimmer zum nächsten. Die Dunkelheit war angebrochen und Kerzen und Fackeln warfen ein bunt schimmerndes Licht auf die Gäste, die sich herausgeputzt hatten wie die Sprösslinge des italienischen oder spanischen Hochadels.

»Wie geht es unserer Tante?«, fragte Mary, und ich sah, dass sie viel zu sehr damit beschäftigt war, die Becher ihrer schwatzenden Gäste aufzufüllen.

»Ich konnte ihr keinen Besuch abstatten. Joan, ihre Kammerfrau, sagte, sie brauche Ruhe.«

»Das wird ihr guttun«, sagte Mary zustimmend. »Eine Dame muss sich auch einmal ausruhen, bei allem was solch ein Haushalt ihr abverlangt.«

Ich musste mir ein Lächeln verkneifen, wenn ich mir ansah, was der Haushalt Mary abverlangte.

»Morgen werde ich noch einmal nach ihr sehen. Ich wünschte, unsere Großmutter wäre hier, sie weiß so viel über die heilende Wirkung von Kräutern!«

»Mach dir nicht zu viel Gedanken, Ann. Trink ein Glas Sherry mit uns! Vielleicht könntest du anschließend Francis und Nicholas noch etwas vorlesen? Sie fragen schon seit einer halben Stunde nach dir. Ach, ich glaube, ich bekomme Kopfschmerzen.«

Ich verzichtete auf den Sherry, lieber wollte ich meinen beiden Neffen noch etwas vorlesen. Die beiden waren genügsame und zufriedene Kinder, die Marys mangelnde hausfrauliche Qualitäten offenbar so normal fanden, als ginge es überall derart lasch zu wie in diesem Haus. Ihnen wäre es seltsamer vorgekommen, wenn meine Schwester sie der Obhut eines Kindermädchens überlassen hätte, wie es allerorts üblich war.

Am nächsten Morgen war ich als Erste wach. Noch im Nachthemd ging ich die Treppe hinunter und musste fröstelnd feststellen, dass noch kein Feuer brannte, obwohl es schon beinahe acht Uhr war. In den meisten Häusern brannte seit fünf Uhr der Kamin, hier aber zog ein kalter Luftzug unter der Tür herein. Draußen im Garten war alles mit einer dicken Schicht Raureif bedeckt, es sah beinahe aus, als hätte es geschneit. Ich öffnete die Tür und pflückte ein paar Efeuranken und eine Handvoll Christrosen, damit ich meiner Tante ein winterliches Sträußchen mitbringen konnte. Gerade wollte ich noch einen Zweig Ilex abbrechen, als ich ein lautes Klopfen am Eingangstor vernahm. Ich erschrak und riss mir den Arm so sehr an den Stacheln des Ilex auf, dass der weiße Leinenstoff meines Nachthemdes von Blut befleckt wurde.

Keiner der Dienstboten öffnete das Tor, also tat ich es trotz meines blutenden Arms selbst. Joan stand auf der Schwelle, die Röcke befleckt vom Schmutz der Londoner Straßen.

»Miss Ann, es geht um Eure Tante. Ihr Zustand hat sich verschlimmert, und der Lord Keeper ist nirgends zu erreichen. Vielleicht ist er bei der Königin. Mylady sagt, ich solle niemanden belästigen, sie werde schon wieder auf die Beine kommen.« Verzweifelt, nahezu hysterisch rang Joan die Hände. »Ich wusste nicht, an wen ich mich wenden sollte, Miss, aber dann dachten Mercy und ich an Euch. Ihr liebt Eure Tante doch innig, ebenso wie sie Euch.«

Ich bat Joan herein und führte sie in den Gesellschaftsraum neben dem Empfangssaal, wo sie auf mich warten sollte, bis ich anzogen war. Staunend sah sie sich die exotische Umgebung an und wunderte sich wohl, dass außer mir in diesem Haushalt noch niemand auf den Beinen war.

Hastig schloss ich die Haken meines Mieders und verfluchte diese aufwendige Kleidung. In dem Moment hätte ich Prudence' Hilfe gut gebrauchen können. Als ich endlich fertig war, holte ich eine Serviette aus der Küchentruhe und wickelte sie mir um meinen blutenden Arm. Ich hoffte, sie wäre sauber, doch das war etwas, worauf man sich in diesem Haushalt keineswegs verlassen konnte.

Dann versuchte ich, meine Schwester zu wecken, aber Mary reagierte nicht auf mein Klopfen. Vorsichtig öffnete ich die Tür und fand sie schlafend neben Nick in ihrem großen Bett. Verschlungen wie ein Haarknäuel lagen die beiden da, ihr Nachthemd hatte Mary auf den Fußboden geworfen.

Ich versuchte, die beiden nicht anzusehen, doch gegen meinen Willen wurde mein Blick wie magnetisch von ihnen angezogen. Und nicht Mary und ihr Gemahl waren es, die ich vor mir sah, sondern mich selbst mit jemand ganz anderem.

Ich erschrak über meine Gedanken und rüttelte meine Schwester sanft wach. »Mary«, flüsterte ich, »es geht um unsere Tante. Joan sagt, ihr Zustand habe sich deutlich verschlimmert. Sie wartet unten.«

Endlich öffnete Mary die Augen und richtete sich mühsam auf, was bei ihrem mittlerweile beträchtlichen Umfang gar nicht so leicht war. »Und du bist auf dem Weg zu ihr. Muss ich mitkommen?« Als ihr bewusst wurde, dass sie nackt war, griff sie nach dem Nachthemd.

»Nein, nein, du erwartest doch ein Kind. Ich lasse dir eine Nachricht zukommen, wie es unserer Tante geht.«

Mary sank in die Kissen zurück und schmiegte sich an ihren schlafenden Ehemann, wie zwei Löffel in einer Schublade. »Dann kann ich noch ein wenig schlummern«, murmelte sie schläfrig.

Joan wartete immer noch im Gesellschaftsraum, den Umhang fest um sich geschlungen, als fürchte sie, sie könne sich mit irgendetwas anstecken an diesem seltsamen und offenbar gottlosen Ort.

Ich nahm das Sträußchen, das ich für meine Tante gepflückt hatte, warf rasch meinen Umhang über und zog meine Unterschuhe an – denn wenn es draußen taute, würde alles tief verschlammt sein.

Durch die lauten Straßen liefen wir zum Fluss, um ein Boot anzuhalten. Ich sah mich noch einmal zu Marys Haus um, das wie eine verschlafene Insel inmitten des geschäftigen Treibens lag. Es war wohl mein Schicksal, stets diejenige zu sein, die etwas unternahm.

Unterwegs bat ich Joan, mir das Leiden meiner Tante so genau wie möglich zu schildern. Wie es angefangen hatte und wie lange es bereits dauerte.

Vor drei Tagen, so erfuhr ich, hatte meine Tante Fieber bekommen und über Schüttelfrost und Rückenschmerzen geklagt. Auch Arme und Beine schmerzten ihr wie bei einer plötzlichen Erkältung, und als Joan die Vorhänge aufzog, schrie sie laut, dass Joan sie umbrächte.

»Sie bat um einen Napf und spuckte gründlich hinein«, setzte Joan ihren Bericht fort. »Aber sie wollte niemanden mit ihrer Unpässlichkeit belästigen. Ich machte mir Sorgen, weil sie so schwach war, und schickte nach dem Lord Keeper. Da er nirgends zu finden war, kam ich zu Euch.«

Nachdem sie alles erzählt hatte, schwiegen wir, bis die vertraute Silhouette von York House in Sicht kam. In banger Erwartung lief ich die Treppe hinauf.

Stille herrschte im Zimmer meiner Tante, und nach allem, was Joan mir erzählt hatte, zog ich die Vorhänge nur einen Spalt weit zurück. Doch selbst dieser schwache Sonnenstrahl ließ meine Tante erneut aufschreien.

»Wir müssen sofort einen Arzt holen und den Lord Keeper benachrichtigen, ganz gleich ob er nun bei der Königin ist oder nicht. Eigentlich müsste Ihre Majestät ihren Leibarzt schicken, nach allem, was meine Tante für sie getan hat.«

Ich zog die Vorhänge wieder zu, denn Licht schadet bei einer Krankheit nur. Dann setzte ich mich neben das Bett und flößte der Kranken, so gut ich konnte, einen stärkenden Saft aus Holunderblüten ein.

Gegen Mittag sagte meinte Tante, sie wolle sich im Bett aufsetzen. Froh darüber legte ich ihr ein paar Kissen in den Rücken und ließ sogar einen winzigen Lichtstrahl in das Zimmer herein. Als der Lord Keeper voller Sorge erschien – nachdem er unsere Nachricht erhalten hatte –, ging es meiner Tante schon um einiges besser.

»Aber, aber«, scherzte sie trotz ihrer Schwäche, »was hält meinen Gemahl von seinen dringenden Staatsaffären ab?«

Er nahm ihre Hand und sah sie liebevoll an. »Etwas weitaus Bedeutenderes als Ihre Majestät oder der Gerichtshof jemals sein könnten.«

Lächelnd schüttelte sie den Kopf. »Hüte dich vor solch verräterischen Äußerungen, mein lieber Mann! Die Wände könnten Ohren haben.«

Kaum eine halbe Stunde später kam der Arzt und sagte, das Schlimmste sei wohl überstanden.

Ich setzte mich zu meiner Tante aufs Bett und sie ergriff vorsichtig meinen verletzten Arm. »Hast du dich verletzt, Ann? Der Verband ist ja ganz blutig.«

»Ich habe mir nur an einem Ilexstrauch die Haut aufgeritzt und war selbst überrascht, dass es so stark geblutet hat.«

Ihre Miene verdüsterte sich. »Wie die Dornenkrone unseres Herrn Jesus.«

»Aber nein, eher wie die lustigen Zweige, die wir als Weihnachtsschmuck aufhängen«, erwiderte ich lachend, um sie ein wenig aufzuheitern.

»Das ist dasselbe, Ann, es ist genau dasselbe.«

Ich las ihr noch etwas vor, bis sie eingeschlafen war. Auch ich schlief ein Weilchen, und als ich aufwachte, war es bereits dunkel.

Ich strich die Bettlaken meiner Tante glatt und schlug die Decke sorgfältig ein wenig zurück. Dabei entblößte ich einen ihrer schlanken, blassen Arme. Ich nahm ihre Hand und wollte sie einen Moment lang halten. Da sah ich es und erschrak zutiefst.

In ihrer Handfläche zeigte sich ein flaches, rötliches Mal.

Ich sank auf die Knie und betete zu Gott unserem Erlöser, der, wie sie mir eben noch ins Gedächtnis gerufen hatte, sein Leben für uns gegeben hatte.

»Herr, der du bist im Himmel«, flehte ich inständig, »lass dieses Mal in der Handfläche meiner Tante nicht ein Anzeichen der Pocken sein!«

15

Joan fiel es als Nächster auf. Sie sah mich wissend an, sagte aber nichts. Dann senkte sie den Blick und ging einen Schritt zurück. Die schwatzhafte Mercy hingegen war weniger taktvoll.

Das Schlimmste war, dem Lord Keeper die schlechte Nachricht beizubringen, denn wie ein Schneekönig hatte er sich über die Diagnose des Arztes gefreut.

Zunächst wollte er nicht wahrhaben, dass Grund zur Besorgnis bestand. Also bat ich ihn, noch einmal den Arzt zu rufen, da ich von meiner Großmutter wusste, was ein solcher Hautausschlag zu bedeuten hatte.

Stirnrunzelnd schüttelte der Arzt den Kopf und sagte, es könnten ebenso gut die Windpocken sein. Dann fügte er hinzu: »Wenn der Ausschlag sich lediglich über Bauch und Brust ausbreitet, und nicht über Beine und Gesicht, können wir unserem Schöpfer danken.«

Doch, wie ich befürchtet hatte, blieb meine Tante an Bauch und Brust von den Malen verschont. Uns brach es das Herz, als wir feststellen mussten, dass Beine und Füße ebenso betroffen waren wie ihr Gesicht. Nach drei Tagen zeigten sich dicke Beulen, die sich einen weiteren Tag später in verhärtete Pusteln verwandelten. Sie waren mit einer zähen, trüben Flüssigkeit gefüllt und ließen keinen Zweifel mehr an der tödlichen Bedrohung.

Mein Cousin Francis, beinahe ebenso abgemagert und ausgezehrt wie seine Mutter, flehte sie an, bei ihr bleiben zu dürfen. Doch sie wollte es nicht zulassen. Ihm gehörte die Zukunft, all ihre Hoffnungen lagen auf ihm, und so wurde er zu seiner eigenen Sicherheit nach Pyrford geschickt.

»Auch du musst gehen, Ann«, sagte mein Onkel, dessen

gütiges Gesicht leichenblass geworden war. »Geh mit Francis, sonst setzt du dich der Gefahr einer Ansteckung aus.«

»Wer soll sich dann noch um sie kümmern?«, fragte ich, denn Mercy wagte sich seit Tagen nicht einmal in die Nähe des Zimmers. Selbst Joan, die behauptete, meiner Tante in Liebe verbunden zu sein, betrat deren Schlafgemach nicht mehr, sondern stellte alles, wonach verlangt wurde, nur noch vor die Tür.

»Ich werde für sie da sein«, sagte mein Onkel sanft.

Beschwörend nahm ich seine Hand, denn ich wusste, er liebte meine Tante über alles. Doch auch er war nur noch ein Schatten seiner selbst und von daher sicher keine große Hilfe. Darüber hinaus würde die Königin, der die Pocken nur zu gut in Erinnerung waren, sein Vorhaben niemals billigen. Dann wäre also niemand mehr da, und meine Tante würde von einem fremden Dienstboten gepflegt, den sie nie zuvor gesehen hatte und der sich auf diese Weise den Lebensunterhalt verdiente.

Trotz meiner Jugend und meiner Lebenslust konnte ich sie nicht einfach im Stich lassen.

Mein Onkel wollte zunächst nichts davon hören, doch Gott flüsterte mir die richtigen Worte ein, und so ließ er sich schließlich überzeugen.

Ich trug Joan auf, mir neben dem Bett meiner Tante ein Lager herzurichten. Als sie den Raum verließ, bekreuzigte sie sich, obwohl so etwas eigentlich verboten war. Doch in Zeiten der Prüfung kommt es häufig vor, dass man sich auf den alten Glauben besinnt. Als ich in der Nacht neben dem Krankenbett lag, schien das ganze Haus zu schlafen, bis auf meine geliebte Tante, die sich unter Qualen krümmte und leise vor sich hin murmelte.

Während ich lauschte, stieg kalte Angst in mir auf, doch dann kam mir der 91. Psalm in den Sinn, den mein Großvater so oft zum Abendgebet auf Loseley gesprochen hatte.

Dass du nicht erschrecken müsstest vor dem Grauen des Nachts,
vor den Pfeilen, die des Tages fliegen,

vor der Pestilenz, die im Finstern schleicht,
vor der Seuche, die im Mittag verderbet.

Ob tausend fallen zu deiner Seite
und zehntausend zu deiner Rechten,
so wird es doch dich nicht treffen.

Ich dachte an diese Worte und wünschte mich sehnlichst nach Loseley zurück, in die Sicherheit der tröstenden Arme meiner Großeltern. Aber tief in meinem Inneren wusste ich: Im Moment gehörte ich hierher.

Meine Mutter hatte ich vor langer Zeit verloren. Aber meine Tante, die nun krank neben mir lag, hatte mir alles gegeben, was ich mir von einer Mutter hätte wünschen können. Ich konnte sie nicht im Stich lassen.

Also vertraute ich auf Gott.

Die Nachricht, dass meine Tante erkrankt war, verbreitete sich wie ein Lauffeuer, und bald wusste man in ganz London davon. Der Earl of Essex, ohnehin in den hintersten Winkel des Hauses verbannt, hielt sich fern und sah von Spaziergängen durch den winterlichen Garten ab, um sich nur ja nicht anzustecken.

Die Countess of Straven hingegen kam, um meiner Tante ihre Aufwartung zu machen. Anscheinend musste ich also mein Urteil über sie revidieren, denn es zeugte von Mut, sich nach York House zu wagen, wo zwischen all den feinen Möbeln und vergoldeten Statuen die stetige Gefahr einer tödlichen Ansteckung lauerte.

Man hatte mich gerufen, um sie in Empfang zu nehmen, weil es in dem hart gebeutelten Haushalt niemanden sonst gab, der dieser Aufgabe hätte nachkommen können.

In dem langen Säulengang mit Blick auf den Fluss reichte ich ihr Gebäck und ein wenig Bier. »Mylady, ich danke Euch für Euren Besuch in einem Haus, von dem die meisten sich derzeit lieber fernhalten.«

»Wie ist das möglich?«, fragte sie belustigt, und ich hörte das Rascheln ihrer seidenen Röcke. »Ist der Lord Keeper derart bei Ihrer Majestät in Ungnade gefallen?«

»Nach wie vor steht er hoch in der Gunst der Königin, ich sprach von der Krankheit meiner Tante.«

Der veränderte Ausdruck auf ihrem hübschen Gesicht, als sie schließlich verstand, was ich damit sagen wollte, hätte einem Schauspieler zur Ehre gereicht. Auf ihrer Haut, so seidig und rosig, wie es dank Geld und guter Ernährung nur möglich war, zeichnete sich eine fahle Blässe ab. In diesem Augenblick verstand auch ich: Sie hatte sich außerhalb der Stadt aufgehalten, weit entfernt vom aktuellen Gerede, und nichts von unserer Heimsuchung gewusst.

Im Handumdrehen war sie auf und davon.

Ich raffte meine Röcke zusammen, machte mich auf den Weg zu der breiten Treppe und traf auf Master Donne, der mir entgegeneilte. »Miss More.« Sein Gesicht schien gealtert, nie zuvor hatte ich ihn derart angespannt und besorgt gesehen. Der belustigte Gesichtsausdruck des galanten Dichters war einer düsteren Miene gewichen, die eine dunkle Vorahnung erkennen ließ. »Ich habe von Eurer lieben Tante gehört und komme, um Euch mein Mitgefühl auszusprechen.«

»Habt Dank, Master Donne. Das hatte ich von Mylady Straven auch gedacht«, sagte ich, unfähig meinen Ärger zu verbergen, »doch offenbar war ihr unser Unglück vollkommen neu, denn sie hat sich davongemacht, als hätten wir die Pest im Haus.«

»Hat sie das?« Er befand sich derart in Aufruhr, dass er meine Ironie gar nicht bemerkte. Dann nahm er meine Hand und hielt sie so fest, dass es schmerzte. »Ihr solltet das Gleiche tun, Miss More. Kehrt zu Eurer Schwester nach Mile End zurück, wenn nicht sogar nach Loseley.«

»Master Donne«, entgegnete ich, zog meine Hand zurück und hielt mich so aufrecht, wie ich nur konnte, denn meine neue Bestimmung gab mir Kraft. »Denkt an Euren Bruder, der einsam und geschwächt in Newgate starb. Hättet Ihr ihn etwa nicht gepflegt, wenn Ihr gekonnt hättet?«

Schuldbewusst wandte er den Blick ab und gestand mit hängenden Schultern ein. »Miss More, möge Gott mir vergeben, ich weiß es nicht.«

Ich war dankbar für seine Aufrichtigkeit, dafür, dass er nicht leichtfertig versuchte, einen falschen Eindruck zu erwecken. »So etwas stellt sich für jedermann anders dar, aber ich weiß, dass ich diese Aufgabe weder zurückweisen kann noch will. Ich möchte meiner Tante etwas zurückgeben für all die Liebe, die sie mir schenkte.«

»Seid Ihr sicher, dass sie das überhaupt annehmen kann?« Bedauern schwang in seinen Worten mit. »Eure Schönheit, Ann, gar Euer junges Leben, der Gefahr durch die Pocken aussetzen?«

Nie zuvor hatte er mich Ann genannt.

»Ich war nie schön. Und was zählt Schönheit schon angesichts von Liebe und Tod?«

Er senkte den Kopf und rang mit sich selbst, dann sah er mir in die Augen, als wolle er von dort Kraft schöpfen.

Da standen wir nun, vollkommen allein. Das sonst so geschäftige Treiben der Dienstboten wurde durch das Unheil gedämpft, das über uns hereingebrochen war. Ich streckte eine Hand aus und er presste sie an sein Herz. »Gott schütze Euch, meine süße Ann.«

Nachdem ich mich aus seinem Griff gelöst hatte, ging ich langsam die Treppe hinauf, und wir wussten beide: Ob zum Guten oder Schlechten, diese Berührung würde unser Leben für immer verändern.

Welch grausame Ironie, dass die Krankheit meine Tante genau in der Weihnachtszeit überfiel, denn alle anderen waren von freudiger Erwartung erfüllt. Während ich an ihrem Krankenbett saß, hörte ich fröhliche Nachtschwärmer auf dem Heimweg von den Wirtshäusern an der Strand. Vorweihnachtliches Glockengeläut erklang, und wenn ich mich einmal kurz hinauswagte, stieg mir sogleich der Duft von Weihnachtsgebäck in die Nase, das in den Garküchen gebacken wurde.

In York House herrschte Stille. Früher hatte meine Tante jeden Kaminsims mit Ilexzweigen geschmückt und Efeuranken über sämtlichen Türen, Treppen und Emporen aufgehängt. Kräutersäckchen verströmten in allen Räumen des Hauses ihren Duft, und Musikanten spielten mit Lauten und Trommeln zu festlichen Weisen auf.

In Erinnerung an diese fröhlichen Zeiten holte ich mir aus der Küche eine Orange und eine Handvoll Nelken.

Während ich am Krankenbett meiner Tante saß, spickte ich die Orange mit den Nelken und befestigte sie an einem glänzenden, roten Band, das ich eigentlich für meine Schwester Mary gekauft hatte.

»Tante, erinnert Ihr Euch noch, wie Ihr mir, als ich noch ein junges Mädchen war, beigebracht habt, aus Orangen duftende Dekoration oder Weihnachtsgeschenke zu machen?«

»Ich sehe nichts, Ann, du musst die Vorhänge ein wenig öffnen«, sagte sie mit einer Stimme, von der sie in der letzten Zeit so wenig Gebrauch gemacht hatte, dass sie nur noch ein Krächzen war.

Ich ging zum Fenster, von dem aus man einen Blick auf den breiten Lauf der Themse hatte, und zog die schweren Vorhänge etwa zwei Inches zurück. Ich war dankbar für ein wenig Tageslicht in dem düsteren, stickigen Raum, in dem Räucherkerzen brannten, um den Geruch nach Krankheit zu vertreiben. Die Fenster waren geschlossen, und im Kamin prasselte ein Feuer, wie es bei Krankheiten üblich war.

Als ich mich wieder umdrehte, musste ich mich zusammenreißen, um nicht aufzuschreien: Das Gesicht meiner Tante war über und über mit eiternden Pusteln bedeckt.

Ich fiel neben ihrem Bett auf die Knie, und sogleich stieg mir der Geruch eiternder Wunden in die Nase.

»Habt Ihr große Schmerzen, Tante?« Wie gern hätte ich ihr die Hand gehalten.

»Nicht mehr als unser Erlöser am Kreuz«, entgegnete sie und winkte mich fort, damit ich ihr bloß nicht zu nahe kam.

Plötzlich ertönte fröhliches Glockengeläut.

»Welcher Tag ist heute?«, fragte meine Tante.

In unserer Welt hinter den dicken Vorhängen war die Zeit unmerklich vergangen und so wusste ich es nicht.

Dann klopfte es leise an der Tür, und mein Onkel, der Lord Keeper, trat ein. »Heute ist Weihnachten, ich bringe den Gerstenbrei, den du so gern magst«, sagte er sanft und schien nicht wahrzunehmen, wie entstellt seine Frau war. Er setzte den Becher auf dem Nachttisch ab und legte ihr ein Kissen in den Rücken, als wäre sie ein hübsches junges Mädchen am Morgen nach der Hochzeitsnacht. Dann setzte sich der Lord Keeper auf meinen Stuhl und sagte: »Ich möchte gemeinsam mit dir die Geburt unseres Herrn feiern und ihm für die wunderbaren Zeiten danken, die er uns beiden gewährt hat.«

Er hielt ihr den Becher an die Lippen und sie nahm einen winzigen Schluck.

»Zünde die Kerzen an, Ann«, bat er, »möge ihr Licht unsere Herzen erwärmen.«

Anschließend ließ ich die beiden allein und ging hinunter, um zu sehen, wie der übrige Haushalt Weihnachten ohne uns beging.

An der Tafel in der Großen Halle hatten vierzig Personen Platz. Meine Tante war für ihre Gastfreundschaft stets bekannt gewesen, denn es hatte ihr Freude bereitet, den Gästen etwas Besonderes zu bieten. Als ich noch jung war, hatte sie einmal auf Pyrford die Weihnachtstafel nach dem Muster ihres Irrgartens geschmückt. Die verschlungenen Wege und niedrigen Hecken hatte sie aus den verschiedensten Speisen nachgebildet, aus mehr als zwanzig Platten Kapaun, Rebhuhn, Fasan und Roastbeef, abgerundet mit vergoldetem Marzipan und Süßspeisen. Alles war wie blühende Beete arrangiert, und in der Mitte stand eine Torte in der Form von Pyrford Place mit sämtlichen Giebeln und Wetterhahn.

Heute aber herrschte Stille, denn sowohl Gäste als auch Dienstboten hatten York House verlassen, um die zwölf Weihnachtstage an anderen Orten zu feiern.

Am Montag, dem zwölften Januar im Jahre des Herrn 1600, wurde meine Tante von ihren Qualen erlöst.

Es geschah um die Zeit, wenn die Nacht schier endlos scheint und der Tag noch fern ist. Als ich mich von meinem Lager erhob, um nach ihr zu sehen, lag sie am Fußende des Bettes zusammengerollt. Ihr sonst so sorgfältig gepflegtes Haar bedeckte das Schlachtfeld in ihrem Gesicht, das mir einst so lieb und teuer gewesen war. Sie atmete nicht mehr.

Ich hätte erleichtert sein müssen, dass ihr Leiden vorüber war. Nach all den Qualen war sie endlich erlöst. Aber ich war es nicht. Zunächst fühlte ich eine Art Taubheit, dann aber übermannte mich brennender Schmerz, als hätte man mir mit einer glühenden Klinge das Fleisch versengt. Weder Erhebendes noch Reinigendes hat ein solch bitterer Kummer, er ist nichts als grausam und lässt uns verzweifelt zurück.

Ich überließ den Leichnam meiner Tante ihrem trauernden Gemahl und Francis, ihrem Sohn, und rannte Hals über Kopf auf mein Zimmer.

Aus der Dunkelheit löste sich eine Gestalt und stellte sich mir in Weg.

Es war Master Donne, der im Gegensatz zu den meisten geblieben war, um meinem Onkel zur Seite zu stehen. Scheinbar sah er die Komtess nun in einem anderen Licht. »Liebste Ann, Euer Kummer betrübt mich zutiefst, und ich möchte Euch sagen, dass ich Euch in meine Gebete einschließe.«

»Gebete!« Ich selbst war über meinen zornigen Tonfall erstaunt. »Dafür ist es zu spät! Wie könnte ich Gott dafür danken, dass er alle, die mir lieb und teuer waren, zu sich nahm! Mutter, Schwester, Tante, alle sind fort. Soll ich den Allmächtigen etwa für seine unendliche Güte preisen?«

Am Ende des Ganges wurde eine Tür geöffnet, und hastig zog ich Master Donne in mein Schlafgemach. Bei all meiner Trauer und meinem Zorn kümmerte es mich keinen Deut, welches Gerede ich damit vielleicht heraufbeschwor.

»Sagt, Master Donne, glaubt Ihr, dass wir mit dem ewigen Leben belohnt werden? Dass wir nach dem Jüngsten Gericht zur Rechten des Allmächtigen Vaters sitzen?«

Er lächelte sanft. »Ist das nicht das Vorrecht des auferstanden Christus?«

Es mochte ketzerisch sein, aber ich war aufgebracht wie nie zuvor in meinem Leben. »Der Himmel und die Verheißung ewiger Glückseligkeit kümmern mich nicht mehr. Das Leben in diesem irdischen Paradies ist es, wonach ich mich sehne. Wir sollten es annehmen und mit allen Sinnen genießen, was es uns zu bieten hat.« Ich drehte mich um und betrachtete lange den endlos grauen Lauf des Flusses. Dann wandte ich mich wieder ihm zu. »Könnt Ihr, als Dichter und Gelehrter, mich davon überzeugen, dass die Freuden des Himmels um so vieles erstrebenswerter sind als die auf Erden?«

Jeglicher Ausdruck amüsierten Spotts war aus seinem Gesicht gewichen, gequält sah er mir in die Augen, als könne er wie durch ein Fenster in meine Seele schauen. Dann sagte er, so leise, dass ich ihn kaum verstehen konnte: »Von ganzem Herzen wünsche ich mir, dass Gott mich eines Tages liebevoll in seine Arme schließt und mich auf ewig festhält. Tief in meinem Inneren jedoch, liebste Ann, fürchte ich, dass er mich nach all meinen Sünden an den Klippen der Verdammnis zerschellen lassen wird.«

»Und die Umarmung einer Frau?«, fragte ich und sah ihm fest in die Augen. »Sehnt Ihr Euch nicht danach, dass eine Frau auf ewig liebevoll die Arme um Euch legt?«

»Wenn Ihr es wärt, würde ich voll Freude die Welt um mich herum mit all ihren Verlockungen vergessen.«

Ich ging auf ihn zu, bereit, mich in seinen Armen zu verlieren, getrieben von dem unbändigen Wunsch, dieses furchtbare Gefühl der Taubheit abzulegen und mich – so eigennützig es scheinen mochte – endlich wieder lebendig zu fühlen.

Ihm schien es ebenso zu gehen, denn für einen kurzen Augenblick zog er mich an sich.

Dann aber riss er sich von mir los. »Liebste Ann, Ihr könnt über meinen Körper und meine Seele verfügen. Doch noch bin ich nicht von allen guten Geistern verlassen. Ich werde Eure Unschuld nicht ausnutzen, schon gar nicht in einer Zeit, die so schwer für Euch ist.«

»Da besinnt Ihr Euch ja genau zur richtigen Zeit!« Ich streichelte sein Gesicht und die vollen, beinahe weiblichen Lippen, über die doch Worte von so männlicher Überzeugungskraft kommen konnten. »So umarmt mich, als wäre ich ein Kind, denn nichts fehlt mir so sehr wie ein zärtlicher Trost.«

Ich sah, wie er mit sich kämpfte, bevor er mich beschützend an sich zog.

Ich legte meinen Kopf an seine Brust und wagte kaum, zu atmen. Um uns herum war es vollkommen still. Und während die finstere Nacht in den Tag überging, empfand ich einen Frieden wie zuvor nur in der Bibliothek meines Großvaters.

In dieser tränenreichen Zeit ließ man uns mit unserer Trauer allein. Der Tod seiner geliebten Gemahlin riss bei meinem Onkel kaum verheilte Wunden wieder auf, denn es waren erst fünf Monate vergangen, seit er seinen ältesten Sohn verloren hatte. Der Lord Keeper versank in düsterer Stimmung. Er zog sich auf sein privates Gemach zurück und weigerte sich, auch nur irgendjemanden zu empfangen, ganz gleich von welchem Rang der Betreffende war. Vom Kronrat ebenso wie von der Sternkammer und vom Gerichtshof erreichten uns Nachrichten, seine Anwesenheit sei dringend erforderlich, doch mein Onkel kam keiner dieser Aufforderungen nach.

Sieben Tage verbrachten Master Donne und ich in einem Paradies, das für die Menschheit seit Langem verloren schien. Und wie Adam und Eva vor dem Sündenfall gaben wir uns der Erhabenheit unserer Unschuld hin.

Es war eigenartig, denn obwohl ich mich danach sehnte, seine Haut auf der meinen zu spüren, war schon seine Zuneigung allein eine Erleichterung, wie ein Kind sie wohl empfinden muss, wenn es von der Mutter umsorgt wird.

Zunächst schlief ich lange vor Erschöpfung.

Wie nach einem Betäubungsmittel beruhigten sich meine Sinne, und meine Seele ebenfalls. Jedes Mal, wenn ich kurz die Augen öffnete, saß er an meinem Bett, und mit einem Gefühl der Sicherheit schlief ich sogleich wieder ein.

Als ich endlich gestärkt erwachte, sagte er, ich habe so lange geschlafen, dass die Sonne bereits zwei Mal wieder untergegangen sei. Ich setzte mich auf und verspürte einen Hunger wie nie zuvor.

»Wo soll ich zu dieser späten Stunde noch etwas zu Essen bekommen?«

»In der Garküche an der Straße hinter der Strand«. Kopfschüttelnd notierte er, wonach ich verlangte, und kehrte bald darauf schwer beladen zurück: Hasenpastete, Teigtaschen, die mit kaltem Fleisch gefüllt waren, Birnen und warme Mandeltörtchen. »Wie ich sehe, hat Eure Trauer Euch nicht den Appetit genommen«, sagte er.

Ich warf ein Stück kaltes Fleisch nach ihm, das er mit dem Mund auffing. Ich verschluckte mich vor Lachen, sodass er mir auf den Rücken klopfen musste. Ein Gefühl der Schuld überkam mich, denn wie konnte ich so herzlich lachen, obwohl meine Tante gerade gestorben und mein Onkel in Trauer war. Doch ich wusste, sie selbst würde mir sagen, dass das Leben weitergehen musste.

Und in unserem kleinen Paradies tat es das.

Am nächsten Tag wusch ich ihm das Haar, behutsam, mit warmem Wasser, das ich eigens aus der Küche geholt hatte. Ich trocknete es mit einem ausrangierten Leibchen, bis es ihm in weichen schwarzen Locken auf die Schultern fiel. Um diese Locken, sagte er, würden ihn alle Mädchen weit und breit beneiden, von Cheapside bis zur Chancery Lane.

Er erzählte mir von seiner Mutter, Elizabeth, jener strengen Frau, der er immer noch liebevoll zugetan war. Er sprach auch von seiner Schwester Anne, seinem verstorbenen Bruder Henry und den drei jüngeren Schwestern, die bereits im Kindesalter gestorben waren.

»Was ist mit Eurem Vater?«, fragte ich, als wir auf dem Bett saßen und zusahen, wie die Sonne ein weiteres Mal unterging.

»Er wurde uns genommen, als ich erst vier Jahre alt war, der beste Vater, den ein Junge sich nur vorstellen kann. Ich erinnere mich gut an ihn, und daran, was für ein gütiger Mensch er war. Er selbst übernahm meine Erziehung, nie hätte er zugelassen, dass einer der Dienstboten mich züchtigte.« Er wandte den Blick ab, und zu meiner großen Überraschung stellte ich fest, dass ich nicht die Einzige war, die den Verlust eines Elternteils nicht verwinden konnte. Auch für ihn schien es immer noch schmerzhaft, dass er seinen Vater verloren hatte.

»Dann haben wir trotz aller Gegensätze etwas gemein«, sagte ich leise. »Wir haben beide das Elternteil verloren, das liebevoll und fürsorglich war und uns beschützen wollte.« Ich legte seine Hand an meine Lippen, erstaunt, dass meine Berührung ihn ein wenig erbeben ließ. »Wir sind Seelenverwandte.«

»Tatsächlich?« Er lächelte, doch Bitterkeit schwang in seinem Tonfall mit. »Ein nicht mehr ganz junger Mann von achtundzwanzig Jahren, der sarkastische Gedichte schreibt, dessen Ruf nicht gerade der beste ist und dessen Schicksal obendrein von anderen abhängt? Und ein Mädchen in der Blüte ihrer Jugend, voller Hoffnungen und Erwartungen, das eigentlich einen Mann gleichen Ranges heiraten sollte?«

Ich hörte mir an, was uns seiner Ansicht nach zu trennen schien. Doch als fiele ein Lichtstrahl in einen finsteren Kerker, kam mir plötzlich die Erkenntnis, dass ungeachtet der Gefahren, die unsere Liebe mit sich brachte, er der Einzige war, der mich erlösen konnte. »Dennoch«, sagte ich mit fester Stimme, »mir fehlte etwas ohne Euch. Meine Rechtschaffenheit verlangt nach Eurem Freigeist, und geradlinig, wie ich bin, brauche ich Eure kluge Art. Ihr seid das Prisma, durch das ich diese wunderbare Welt in ihrer Gesamtheit betrachten kann.«

»Und ich erkenne in Euch ein strahlendes Licht, eine Sicherheit, die ich nicht aus mir selbst zu schöpfen vermag. Durch Eure Wahrhaftigkeit verspüre ich den aufrichtigen Wunsch, ein besserer Mensch zu werden.«

»Aber werdet mir ja nicht allzu gut, sonst verliert Ihr genau das, was meine Sinne erwachen ließ.«

Er zog mich an sich und suchte meine Lippen mit seinem Mund. Ich spürte seinen heißen Atem an meinem Hals und seine Hände, die meine weichen Brüste erforschten, bis mir war, als müsste ich vor Verlangen sterben.

Dann aber löste er sich seufzend von mir. »Wenn wir diesen Weg gehen, dann gibt es kein Zurück.« Er ging hinüber zum Fenster und starrte auf den breiten Fluss.

Ich strich meine Kleider glatt und stellte mich neben ihn. »Das Leben geht weiter, ganz gleich was wir tun.«

»Ann, das dürfen wir nicht. In meiner Jugend habe ich viele Frauen geliebt, aber keine musste mir ihre Unschuld opfern.«

Lächelnd schmiegte ich mich an ihn, so wie sich wilder Wein um Efeu rankt. »In *Der Floh* habt Ihr doch eine Dame ihrer Jungfräulichkeit wegen umworben.«

»Das war nichts weiter als ein nettes Gedicht, das gelangweilte Höflinge erheitern sollte.«

Ich sah, dass er sich nicht überzeugen ließ. »Wenn ich Euren Körper nicht haben kann, werde ich zumindest auf Eurem Geist bestehen, den mein Cousin Francis so sehr verehrt. Wollt Ihr mit mir Ovid und Catullus lesen?«

Zärtlich küsste er meine Hand. »Ovid wird uns nur auf Abwege führen. Wir werden Petrarcas Werke über seine Laura lesen, um uns auf eine rein platonische Liebe zu beschränken.«

So lasen wir zu unser beider Vergnügen Petrarca und auch Homer, ich in der Rolle der Schülerin und er in der des Lehrers, abgeschirmt vor den Augen der Welt. Doch wir wussten, dass die Zeit der Zweisamkeit allmählich dem Ende entgegenging.

Nur Mercy hatte unsere dauerhafte Abwesenheit bemerkt. »Seid auf der Hut, Miss«, sagte sie eines Tages, als ich Brot und

Bier holen ging, »heute Morgen hat die Königin dem Lord Keeper mitteilen lassen, er solle seine Pflichten wieder aufnehmen. Sie erklärte, ein öffentliches Amt dürfe nicht unter privaten Angelegenheiten leiden.«

Als ich das hörte, überkam mich Wut. Wie konnte sich Ihre Majestät so verhalten, nach dem Tod einer Frau, die sie »ihren süßen Apfel« genannt hatte! Doch ich verstand, dass Mercy mich warnen wollte und dass mein einträchtiges Zusammensein mit Master Donne, das niemand bemerkt oder gestört hatte, bald vorüber sein würde.

»Seid dankbar, meine geliebte Ann«, sagte Master Donne und küsste mich sanft auf die Augenlieder, »denn wir werden diese wunderbaren Tage für immer in Erinnerung behalten.«

Ich senkte den Blick, um zu verbergen, dass mir Tränen in die Augen stiegen. Was er gesagt hatte, klang so endgültig – dabei hatte für mich doch alles erst begonnen.

Zwei Tage später fand in aller Stille das Begräbnis meiner Tante statt. Sie wurde in einem Sarg aus Blei beigesetzt, um die Gefahr einer Ansteckung zu vermeiden. Die Königin verspürte offenbar Reue, denn sie bot an, die Trauerfeier im Palast von Whitehall abzuhalten. Mein Onkel aber entgegnete – bewusst provokativ, sodass alle in York House den Atem anhielten –, da ein öffentliches Amt nicht unter privaten Angelegenheiten leiden dürfe, ziehe er es vor, sich allein seiner Trauer hinzugeben.

Wir machten uns Gedanken, ob er aufgrund einer solchen Ungeheuerlichkeit in den Tower geworfen würde, doch Ihre Majestät nahm seine Antwort hin. Darüber hinaus versicherte sie ihm, sie werde seinem Wunsch entsprechen und den Earl of Essex, der seit vier Monaten in York House gefangengehalten und verköstigt wurde, in sein eigenes Domizil zurückzuschicken, damit mein Onkel ungestört trauern könne.

Auch mein Vater erschien zur Beerdigung und brachte meine Schwestern Mary und Margaret mit. Mein Großvater, der seiner geliebten Tochter gern die letzte Ehre erwiesen hätte, wurde durch ein Fieber von der Reise abgehalten, und meine Großmutter blieb auf Loseley, damit sie sich um ihn kümmern konnte.

Master Donne hielt sich fern, um die Familie nicht in ihrer Trauer zu stören. Am Morgen der Totenmesse aber fing er mich ab. »Wie gern würde ich nicht nur Eure Freude, sondern auch Euren Kummer teilen. Doch wenn ich in einem solch privaten Kreis erschiene, würde es Anlass zu Spekulationen geben.« Flüchtig hob er meine Hand an seine Lippen.

Offenbar sah man mir das zärtliche Verhältnis zu Master Donne an, denn meine Schwester Mary, die am Hauptportal wartete, wies mich sogleich zurecht.

»Schäm dich, Ann! Wie kannst du nur ein so zufriedenes Gesicht machen, nachdem unsere Tante von uns gegangen ist? Master Donne scheint dich mit einer Zauberformel belegt zu haben.«

»Ich weiß nicht, wovon du sprichst«, entgegnete ich.

»Ann, ich kenne diesen Gesichtsausdruck. Er ist mir bei Damen aufgefallen, die über ihre Leidenschaft den Verstand verloren haben. Wenn das so weitergeht, handelst du dir damit nichts als Schande ein. Du könntest wenigstens einmal an deine Familie denken, und besonders an das Ansehen unseres Vaters.«

»Du tust mir unrecht, Schwester«, gab ich stolz zurück. »Außer aufrichtiger Zuneigung ist nichts zwischen mir und Master Donne.«

Sie zuckte mit den Schultern. »Wenn ich euch in die Augen sehe, scheint aufrichtige Zuneigung mir ein gefährliches Gut.«

Das kleine Grüppchen, das an der Beisetzung teilnahm, wartete draußen. Mein Vater, wegen der Kälte in einen Pelz gehüllt, mein Cousin Francis, der vor Trauer rot geränderte Augen hatte, und neben ihm seine Verlobte, die wie meine Schwester den Namen Mary trug. Einen Schritt entfernt warteten Margaret, ihr Gemahl Thomas mit ernstem Gesicht und natürlich der Lord Keeper.

Etwas weiter abseits stand Master Manners, der unser Gespräch aufmerksam zu verfolgen schien.

Traurig machten wir uns auf den Weg zum Grab. Der Pfarrer mahnte uns, Gott dafür zu danken, dass meine Tante von den Leiden dieser sündigen Welt erlöst war.

»Erde zu Erde«, sprach er und warf eine Handvoll in das klaffende Loch, in das man den Sarg meiner Tante bereits hinabgelassen hatte, »Asche zu Asche, Staub zu Staub, in der Gewissheit der Auferstehung und des ewigen Lebens.«

Während wir am Grab standen, fiel Schnee und mischte sich mit meinen Tränen, und bald war mein Gesicht kalt und taub wie meine Seele. Warum nur mussten alle Menschen, die mir lieb und teuer waren, viel zu früh sterben?

Kaum eine halbe Stunde später, als die Gebete gesprochen waren, war der Boden dick mit Schnee bedeckt. Ganz London war tief verschneit, der übliche Lärm klang gedämpft, und es herrschte eine Stille, als gelte es, meiner Tante Respekt zu zollen. Der Schmutz der Stadt war unter einer strahlend weißen Decke verborgen, so rein, dass es fast wie ein Wunder schien.

»Ein Zeichen dafür, dass ihre Seele nun im Himmel ist«, sagte mein Vater und legte dem Lord Keeper eine Hand auf die Schulter.

Dann umarmte er seinen Neffen. »Pyrford gehört nun dir, Francis, und ich hoffe, wir werden dich dort öfter sehen.«

Ich hätte es wissen müssen, und dennoch erschrak ich, als er sich an mich wandte. »Was ist mit dir, Ann? Am besten kehrst du nach Loseley zurück, denn nun, da deine Tante gestorben ist, besteht keine Notwendigkeit mehr, dem Lord Keeper zur Last zu fallen.«

Mir war, als würde mit diesen Worten mein Schafott erbaut, und wie Zimmermannsnägel trafen sie mich bis ins Herz.

Doch auch wenn es mir schwerfiel, ich musste meinem Vater recht geben. Nach dem Tod meiner Tante bestand für mich keinerlei Veranlassung mehr, in York House – oder überhaupt in London – zu bleiben.

Abgesehen von einem Grund.

»Sie kann wieder zu mir nach Mile End kommen«, bot Mary

an. Und nachdem sie mir einen vielsagenden Blick zugeworfen hatte, fügte sie hinzu: »Ich werde sie bewachen wie eine Gefangene.«

»Warum solltet Ihr sie denn bewachen müssen, Miss Throckmorton?« Wir drehten uns um und begegneten Master Manners' scharfem, forschenden Blick.

Ohne zu zögern, übersprang meine Schwester Mary im Damensitz sechs Fuß hohe Zäune, aber diese Frage brachte ihre Entschlossenheit ins Wanken. Schließlich gewann sie die Fassung zurück und antwortete: »Meine Schwester Ann neigt zu Leichtsinn und Ungestüm – etwa kleinen Jungen, oder besser gesagt ganzen Familien, Unterschlupf zu gewähren, grausame Dienstherren zurechtzuweisen, sich als Junge zu verkleiden ...«

»Wohl wahr«, sagte Master Manners und bedachte mich mit einem prüfenden Blick. »Das klingt mehr nach einem Wildfang oder einem Schauspieler als nach einer vornehmen Dame.«

»Im Eifer des Gefechts vergisst sie gelegentlich, dass sie eine solche ist.«

»Dann braucht sie wohl jemanden, der sie von Zeit zu Zeit daran erinnert.«

Er lächelte, aber trotz seines guten Aussehens lag etwas in seiner Stimme, das mich schaudern ließ – und ich war sicher, dass das nicht am Schnee und an der Kälte lag.

»Ich würde mich freuen, wenn Ihr mich im Haus meines Vaters in Leicestershire besuchen kämet«, sagte er, »um mit eigenen Augen mein Erbe zu sehen.«

»Das vierzig Zimmer hat!«, flüsterte Mary.

»Und einen Pavillon, um draußen zu speisen«, ergänzte Margaret. Offenbar waren meine Schwestern bereits damit beschäftigt, irgendeinen Plan auszuhecken.

Ich gab meinem Vater einen Kuss und zog mich auf mein Schlafgemach zurück. Mir war das Herz so schwer wie der bleierne Sarg meiner Tante, der von sechs kräftigen Männern hatte getragen werden müssen.

An diesem Abend ließ ich Wat eine Nachricht zukommen, in

der ich ihn bat, seinem Herrn ausrichten, er möge so bald als möglich zu mir kommen.

Kurz darauf klopfte es an der Tür, und mein Herz machte einen Hüpfer: Es war Master Donne.

»Ich muss nun von Euch Abschied nehmen, denn ich gehe zurück zu meiner Schwester nach Mile End.«

Obwohl ich betrübt war, schien er erleichtert. »Besser als nach Loseley verbannt zu werden. Mile End liegt nicht allzu weit entfernt. Von dort aus könnt Ihr uns immerhin in York House besuchen.«

»Aber wir werden keine Gelegenheit haben, zu lesen und Gespräche zu führen, so wie wir es in der letzten Woche getan haben. Vorbei ist die Eintracht zweier offener Herzen.«

»Und was ist mit unseren Körpern, Ann?«, brach es plötzlich aus ihm heraus. »Wird es uns auf ewig versagt bleiben, uns unsere Liebe auch durch unser Fleisch zu beweisen?«

Ich dachte daran, wie ich versucht hatte, ihn zu verführen, aber sein Gewissen ihn davon abgehalten hatte, darauf einzugehen. Dann fiel mir eins seiner Gedichte ein. »›Sonst liegt ein großer Fürst gefangen.‹«

Erstaunt fragte er: »Ihr kennt auch dieses Gedicht von mir?«

Ich lachte und zitierte weiter: »›Der Liebe Allgeheimnis wächst aus Seele – Buch ist ihr der Leib.‹«

Plötzlich riss er mich in seine Arme und presste mich an sich. In mir loderte ein Feuer auf, mit dem ich ganz York House hätte in Brand stecken können, und unser beider Zukunft gleich mit.

Als er mich schließlich losließ, war ich einzig und allein von dem Gedanken beseelt, unser beider Leben zu vereinen.

»Ich bin nicht mit Master Manners verlobt, wir sind keineswegs durch eine Absprache aneinander gebunden. Können wir nicht einfach meinen Vater beschwören, uns um der Liebe willen eine Heirat zu gewähren? Er ist zwar aufbrausend, aber grausam ist er nicht.«

Noch während ich es aussprach, hatte ich das Gefühl, meine

Worte lösten sich auf wie Nebel über der Themse im morgendlichen Sonnenlicht, um die bittere Wahrheit zu enthüllen.

»Ach Ann, Euer Vater und seinesgleichen betrachten die Liebe, wie wir sie empfinden, als gefährliche Krankheit, als eine Bedrohung für alles, was ihnen heilig ist. Er wird sich nur einverstanden erklären, wenn er sieht, dass ich Euch etwas bieten kann. Wenn wir uns jetzt an ihn wenden, wird er mir vorwerfen, ich nutzte Eure Unschuld aus. Von ganzem Herzen wünschte ich, es wäre anders, doch es ist das Beste, ihm keinerlei Anlass zur Klage zu geben.«

»Aber wenn wir ihm unsere Bitte nicht vortragen, werde ich Master Manners heiraten müssen, ob ich will oder nicht«, warf ich ein.

»Dann muss ich den Lord Keeper so bald wie möglich davon überzeugen, dass ich es wert bin, aufzusteigen. Wenn er mir den Rücken stärkt und für mich spricht, werde ich das Vertrauen Eures Vaters und Eure Liebe verdienen.«

»Gebe Gott, dass es so ist.«

Wir knieten uns neben das breite Bett, das uns Paradies und heimliche Zuflucht gewesen war, und hielten uns an den Händen. Hätte ein Kreuz über dem Bett gehangen, wie es vor der Zeit des Umbruchs noch üblich war, ich hätte meinen Blick darauf gerichtet. So aber senkte ich nur den Kopf und sagte: »Wenn es Gottes Wille ist, werden wir zusammen sein, das schwöre ich.«

»Ihr seid Gott näher als ich«, erwiderte er, und Verlangen sprach aus seinem Blick. »Ich würde um jeden Preis mit Euch zusammen sein wollen, selbst wenn es mich meine unsterbliche Seele kostete.«

Ich sah ihn liebevoll an. »Dann wollen wir hoffen, dass der Preis nicht ganz so hoch ist.«

Nach den Wochen der Trauer ging das Leben in York House allmählich wieder seinen Gang. Traurig umarmte ich zum Abschied meinen Onkel, meinen Cousin Francis und seine Verlobte, bevor ich mich auf den Weg zu meiner Schwester Mary machte, die an Umfang beträchtlich zugenommen hatte.

Meine Schwester hatte es sich zur Aufgabe gemacht, mich auf Trab zu halten, damit ich gar nicht erst auf die Idee kam, einen Gedanken an Master Donne zu verschwenden. Mal schickte sie mich nach diesem Buch oder jener Medizin, dann wieder nach einem stärkenden Trank des Apothekers oder einer Tinktur des Naturheilkundigen – stets in Begleitung eines Dienstboten, der mich im Auge behalten und aus Master Donnes Blickfeld halten sollte. Ich fühlte mich wie eine Gefangene. Doch die Wochen und Monate verstrichen, wenn auch so langsam, dass Minuten mir wie Stunden erschienen.

Meine einzige Hoffnung legte ich auf Wat, an den bereits niemand mehr dachte. Nachdem ich mich um ihn und seine Geschwister gekümmert hatte, war er mir so liebevoll zugetan, dass er alles für mich tat – und wenn nötig, sogar vorgab, ich hätte ihm gar nichts aufgetragen.

So war er auch derjenige, der mir erzählte, was Master Donne unternahm, um in den Augen des Lord Keeper würdig zu sein, aufzusteigen. Er ging nicht mehr ins Theater, empfing keinerlei Damenbesuch und schrieb keine Gedichte mehr, wie es sonst seine Gewohnheit war. Stattdessen, so erzählte Wat, hielt er die Gerichtsschreiber in Atem, verlangte von den Hofbeamten Belege, damit sie den Bittstellern ja nicht zu viel berechneten. Er schlug sich sowohl mit den Schreibern der Beweisführungsstelle als auch mit denen der Advokaten herum, alles im Zuge der Reformen, die der Lord Keeper vorantreiben wollte. Einmal legte er sich sogar mit dem königlichen Wachswärmer an, weil dieser Geld dafür verlangt hatte, das Wachs für ein zu versiegelndes Dokument zu erhitzten.

Ich aber betrachtete das alles als nicht ganz ungefährlich, denn diejenigen, die sich ihrer Einnahmen aus Bestechungs- und Schmiergeldern beraubt sahen, würden das sicher nicht so einfach hinnehmen.

Mein Onkel, so schien es, verdrängte seine Trauer, indem er

seine Anstrengungen gegen die Korruption der Beamten am Hof verdoppelte, und offenbar erwies sich Master Donne dabei als fähiger Mitstreiter.

Doch so sehr ich die guten Absichten meiner großen Liebe begrüßte, ich machte mir auch Sorgen, er könne zu beschäftigt sein, um mir zu schreiben oder mir einen Besuch abzustatten. Mein einziger Trost bestand darin, dass er – wie beabsichtigt – in der Gunst meines Onkels steigen würde. Dies wiederum würde die Aussicht erhöhen, von meinem Vater akzeptiert zu werden. Doch ich vermisste ihn schmerzhaft. Darüber hinaus ließ sich meine Schwester keine Gelegenheit entgehen, mir Salz in die Wunde zu streuen.

»Vielleicht wird Master Donne ja gar nicht so sehr von seinen Aufgaben in Anspruch genommen, wie du so gutgläubig vermutest«, stichelte sie eines Nachmittags, während sie auf ihrer Tagesliege lag. Ein Anblick, der aufgrund ihres Umfangs an ein gekochtes Ei auf einer Scheibe Brot erinnerte. »Ich habe nämlich gehört, Isabella Straven treibt wieder ihr übliches Spiel. Ihr Gemahl ist vom Pferd gefallen, aber anstatt sich um ihn zu kümmern – wie es sich für eine Ehefrau gehört – ist Mylady nach London gereist, um sich zu amüsieren.«

Ich sagte mir, dass Mary mich sicher nur warnen wollte. Aber musste sie diese Neuigkeit derart auskosten?

Und ich hatte immer noch nichts von ihm gehört.

Anfangs war mein Vertrauen groß, schwand aber mit jedem Tag ein wenig mehr. Meine Schwester behauptete, ich sei bloß eine Eroberung mehr für eine verdorbene Seele, doch ich weigerte mich, ihr überhaupt zuzuhören.

Eines Tages betrachtete ich mich in Marys neuem Spiegel, der teuer gewesen war und von ihren modebewussten Freunden sowohl gelobt als auch heißbegehrt wurde. Mir blickten traurige Augen entgegen, die noch kürzlich vor Freude und Liebe nur so gestrahlt hatten.

Und dennoch konnte ich es einfach nicht glauben. Ich hatte doch die Zärtlichkeit in seinem Blick gesehen, seine liebevolle

Berührung auf meiner Haut gespürt, ebenso wie das Feuer der Leidenschaft, das wir aus praktischen Gründen hatten löschen müssen.

Ich beschloss, ihm weiterhin zu vertrauen.

Das musste ich auch, denn die Tage vergingen, und sein langes Schweigen beunruhigte mich immer mehr.

»Sicher hat er sich das Ganze noch einmal überlegt«, sagte meine Schwester unverblümt, als sie sah, wie ich traurig aus dem Fenster in Richtung Stadt schaute. »Jetzt, da er weiß, dass er dich im Handumdrehen hätte haben können, ist er nur noch an seinem eigenen Fortkommen interessiert. Da wäre es ganz und gar nicht zuträglich, das Vertrauen seines Dienstherrn zu missbrauchen und dessen unschuldiger Nichte nachzustellen. Wahrscheinlich fragt er sich, wie er jemals auf einen derart törichten Gedanken kommen konnte, und ist froh, dass niemand davon erfahren hat.«

Sie sah mich forschend an und packte mich so hart bei den Schultern, dass ich einen blauen Fleck davontrug. Mein Herz zog sich zusammen wie eine Auster in Zitronensaft. »Schlag dir das endlich aus dem Kopf, Schwester! Unser Vater wird euch ohnehin niemals seinen Segen geben.« Sie sah mich noch durchdringender an. »Es ist doch wohl nichts unterwegs? Du hast doch diesen Monat deine Mondzeit gehabt?«

»Hör auf damit, Mary!« Röte stieg mir in die Wangen. »Ich habe keinen Grund, mich darum zu sorgen. Auch wenn du es kaum glauben kannst, wir haben keine fleischliche Sünde begangen.«

»Mit Taten vielleicht nicht, aber im Geiste doch gewiss.«

»Ja … mag sein, in Gedanken, aber wir haben nicht …«, sagte ich und fügte ihn Anlehnung an sein Gedicht lächelnd hinzu: »Gefangen blieb der große Fürst.«

Mary warf den Kopf in den Nacken und brach in so schallendes Gelächter aus, dass ihr umfangreicher Leib bebte wie Apfelgelee. »Da scheint er auch bestens aufgehoben. Richte ihm aus, er möge dort bleiben.«

Liebend gern, aber wann? Allmählich begannen sich Zweifel in mir zu regen.

Noch während Mary und ich einander argwöhnisch ansahen, klopfte es an der Tür. Eigentlich hätte ich es ihrem Haushofmeister oder dem Empfangsdiener überlassen, zu öffnen, doch ich wollte mich ihren verächtlichen Blicken entziehen. Also ging ich selbst.

Auf der Schwelle stand Wat, lächelnd, als hätte er gerade die Fastenzeit hinter sich gebracht. »Miss Ann, ich bringe einen Brief von meinem Herrn und Meister.« Er schien ebenso erleichtert wie ich.

»Ha!«, rief Mary, die mir watschelnd die Treppe hinabgefolgt war. »Zweifellos ist es so, wie ich vermutet habe. Er wird erklären, wie leid es ihm tut, dein Vertrauen enttäuschen zu müssen, doch er sehe keine andere Möglichkeit, als von einer Verbindung mir dir abzusehen – die letzten Endes ohnehin den Verlust deiner Ehre bedeutet hätte.« Sie warf einen Blick auf Wat, und ihr fiel auf, dass sie in seinem Beisein zu viel gesagt hatte. »Und du Junge, scher dich fort. Wir wollen nichts mit dir zu tun haben, und mit deinem Herrn auch nicht!«

Doch das Pergament, das ich in den Händen hielt, sprach eine ganz andere Sprache. Ich schloss die Tür, denn die Frühlingsluft war kalt. Doch nach den langen Wintermonaten gingen schon die ersten knospende Blüten auf, ebenso wie nun mein Herz.

Ich war erleichtert und wollte meiner Schwester beweisen, dass sie sich geirrt hatte, also hielt ich das Pergament hoch und las laut vor, was Master Donne mir geschrieben hatte. »Psst, sei still, Schwester. Es ist ein Gedicht mit dem Titel *Der gute Morgen.*

Ich frag mich nur, was taten du und ich,
Bis wir uns liebten? Warn wir nicht entwöhnt,
Und saugten kindisch Lust wie Ammenmilch?
Schnarchten wir in der Siebenschläferhöhle?

Ja! – was sonst Wonne schien, ist Fantasie:
War mir je eine andre Schönheit lieb,
Begehrt ich und besaß, wars nur ein Traum von dir.

Guten Morgen den Seelen, die erwacht,
Und die einander, frei von Furcht, beschaun;
Denn Liebe hat auf was sie liebt nur acht,
Und macht zum All den allerkleinsten Raum.
Entdecker lass zu neuen Welten eilen,
Karten lass andern Welt um Welten reihen,
Und lass uns, eine Welt, besitzen, eine sein.

Mein Bild ist dein, deins ist mein Augenstern,
Und treu das Herz, das in den Augen wohnt.
Wo finden wir zwei bessere Hemisphärn,
Von bitterem Nord und trübem West verschont?
Was immer stirbt, es war ungleich gemischt;
Sind unsere Lieben eins, liebst du und ich
So gleich, dass keiner nachlässt, trifft der Tod uns nicht.

»Allerdings, das sind schöne Worte«, zischte meine Schwester und raffte ihre Röcke zusammen, »aber ich frage mich, wie viele andere er schon begehrte und besaß und ob er auch die alle noch liebt. Ob Mylady Straven wohl auch dazu gehört?«

Ich hingegen zweifelte nicht länger, denn diese Zeilen klangen so echt wie das Londoner Glockengeläut. Aus seinen Worten sprach freudige Erwartung, gestärkte Hoffnung und eine Zuneigung, die ich nie zuvor in seinen Gedichten hatte entdecken können. Diese Verse waren eindeutig jemandem gewidmet, dem man in aufrichtiger Liebe zugetan war.

Was ich am meisten zu schätzen wusste, war, dass er inmitten dieser Scheinwelt aristokratischen Gebarens – der wir ausgeliefert waren – auf unsere ›treuen Herzen‹ anspielte, von denen auch ich gesprochen hatte.

Ich dachte an meine Großeltern, deren treue Herzen nun

schon so lange im gleichen Takt schlugen, und ich wusste, irgendwann durften Master Donne und ich uns sicher fühlen – ganz gleich, was uns noch bevorstand.

»Ann«, Mary rüttelte mich, »glaubst du etwa, all das Gerede über Liebe wird unseren Vater besänftigen? Ausgerechnet ihn, der Constance allein wegen ihres Vermögens geheiratet hat und nicht davor zurückschreckt, die zwölfjährige Francis mit einem Mann zu verloben, den sie nie gesehen hat?«

Ich hörte gar nicht hin, denn ich wollte mir meine neuerliche Zufriedenheit nicht nehmen lassen. »Master Donne hat mich nicht fallen lassen, um selbst voranzukommen oder sich mit Mylady Straven zu amüsieren, so wie du vermutet hast. Er arbeitet den ganzen Tag lang, um sein Ansehen zu verbessern, damit unser Onkel hinter ihm steht und Vater sich überzeugen lässt, in eine Heirat einzuwilligen.«

»Das ist nichts weiter als ein Traum, Schwester, denn nur da nehmen die Dinge einen so glücklichen Verlauf. Unser Vater verabscheut deine große Liebe aus vielerlei Gründen: kein Vermögen, die falsche Religion und ein gewisser Ruf. Und, als ob das noch nicht genug wäre, fühlt er sich unbehaglich in Master Donnes Gesellschaft, denn dein geliebter Dichter ist für einen einfachen Gentleman vom Land nun einmal entschieden zu klug.«

»Ist dein Nick denn nicht auch ein kluger Mann?«

»Gewiss, aber wohlhabend obendrein, glaubte unser Vater zumindest, und von äußerst angesehener Herkunft. Außerdem ist Vater längst von ihm enttäuscht, es wäre ihm lieber, Nick wäre bodenständig wie Thomas, Margarets Gemahl, oder der arme Sir John Mills, Beths einfältiger Gutsherr, der Chaucer nicht einmal von seinem Nachttopf unterscheiden kann. Und du lässt noch etwas außer Acht.«

»Was könnte das sein?«

»Den Stolz unseres Vaters. Er betrachtet es als sein Recht, einen Gemahl für dich zu wählen, denn das steht ihm als Vater nun einmal zu.«

Ich steckte Master Donnes Gedicht in die Tasche meines Kleides, um es so nah wie möglich bei mir zu tragen. Gleichgültig, was Mary einzuwenden hatte, mein Herz war offen und voller Freude.

Einige Tage darauf wurde ich davon abgehalten, mir über Master Donne Gedanken zu machen, nicht aus mangelnder Treue, sondern aus Sorge um Mary. Bis zu diesem Moment war sie wohlauf und geschäftig gewesen, doch plötzlich wurde ihr sonst so rosiger Teint blass, sie fühlte sich elend und bekam Fieber.

Nachdem ich Beth und meine Tante verloren hatte, war ich so besorgt, dass ich Mary bat, sich ins Bett zu legen oder sich vor dem Kamin auszuruhen. Zwei Wochen lang behandelte ich sie wie ein rohes Ei, dann ging es ihr besser und ich konnte aufatmen.

Einen Vorteil hatte es allerdings, dass Mary nicht ganz einsatzfähig war: Sie bewachte mich nicht mehr mit Argusaugen, was mir die Gelegenheit gab, nach Wat zu schicken und ihm eine Nachricht für Master Donne zukommen zu lassen.

Ich staunte nicht schlecht, als ich Wat in seiner feinen Kleidung den Weg zum Haus meiner Schwester herauflaufen sah. Er wirkte anmutig und selbstsicher wie ein kleiner Gentleman. Man konnte sich gar nicht mehr vorstellen, was für ein Leben er als Lehrling des Gerbers geführt hatte.

»Habt ihr von der Unruhe in York House gehört, Miss?«, fragte er mich sogleich zur Begrüßung. »Ich bin froh, dass mein Herr und ich nicht mehr dort leben.«

»Warum denn, Wat? Was ist geschehen?«

»Der Lord Keeper, Miss. Er trifft Vorbereitungen für eine erneute Heirat, mit der Countess of Derby, der Witwe irgendeines bedeutenden Earl. Nun fürchten alle Dienstboten um ihre Stellung, denn Lady Alice bringt vierzig ihrer eigenen Bediensteten mit.«

Ungläubig schüttelte ich den Kopf. Diese Nachricht versetzte mir einen schmerzhaften Stich. »Wat, das kann doch nicht wahr sein! Erst vor wenigen Monaten haben wir meine geliebte Tante begraben! Der Lord Keeper war zutiefst erschüttert.«

Betrübt zuckte Wat mit den Schultern. »Gewiss. Nun hat er wohl Trost gefunden. Im November wird in York House die Hochzeit stattfinden, nur im engsten Kreis. Aber die Dame scheint den Haushalt bereits unter Kontrolle zu haben.«

Ich war so zornig auf meinen Onkel, dass ich das Bedürfnis hatte, meinen Ärger mit jemandem zu teilen, der ihn nachvollziehen konnte. Pragmatisch wie sie war, würde meine Schwester Mary nur die Achseln zucken und mir sagen, ich solle nicht die Unschuld vom Land spielen. Dies sei nur ein weiterer Beweis dafür, dass eine Heirat nichts weiter war als ein nützliches Arrangement.

»Wat«, flüsterte ich und sah mich vorsichtig um, damit ich sicher war, dass uns niemand belauschte. »Sag deinem Herrn, dass ich ihn sprechen muss. Morgen werde ich ihm in seiner neuen Unterkunft einen Besuch abstatten. In der Nähe des Savoy Hospital, sagtest du?«

Wat sah mich zweifelnd an. Er mochte ein Straßenjunge gewesen sein, aber eins hatte er längst begriffen: Es war nicht üblich, dass hochwohlgeborene Damen die Unterkünfte alleinstehender Herren aufsuchten.

»Aber Miss, habt Ihr bedacht …?«

»Die Adresse, Wat«, drängte ich.

»Er wohnt bei einem Master Haines.«

»Ich werde um fünf Uhr dort sein.«

Alles andere als glücklich machte Wat sich auf den Heimweg.

Ich starrte hinaus auf Marys Garten, wo Statuen von Nymphen ihren verborgenen Geliebten die Arme entgegenstreckten, und ich kam nicht umhin, sie zu beneiden. Andererseits hatte es für sie nie ein wirkliches Paradies auf Erden gegeben, es existierte lediglich in der Fantasie der Bildhauer, die sie geschaffen hatten. Ein Besuch bei Master Donne bedeutete, viel – wenn nicht alles – zu riskieren. Mich selbst kümmerte es zwar nicht, was die Welt über mich dachte, aber meiner Familie war zwangsläufig viel daran gelegen. Schließlich galt es, meinen guten Ruf zu bewahren. Allerdings war ich für meine Schwester bereit gewesen, mein Ansehen aufs Spiel zu setzen. Das mochte unbedacht gewesen sein, aber musste ich nicht ebenso viel riskieren, wenn es um mein eigenes Glück ging, das einer guten Partie wegen geopfert werden sollte?

Würde ich es wagen, Master Donne zu besuchen? Was würde geschehen, wenn man mich entdeckte? Ich fühlte mich von Einsamkeit überwältigt. Wie lang noch musste ich meinen Weg allein gehen? Ein einziger Mensch war mir in meinem kurzen Leben begegnet, der mich verstand und mit dessen Seele ich mich wie durch einen unsichtbaren Faden verbunden fühlte.

Am nächsten Tag zog ich mich unbemerkt an, verbarg mein Gesicht unter einer Kapuze und erklärte Marys Empfangsdiener, ich wolle ein paar Kräuter sammeln, die der Dame des Hauses rasch wieder auf die Beine helfen würden. Er schien erleichtert, mich ausnahmsweise nicht begleiten zu müssen. In jedem anderen Haushalt hätte man mein Verschwinden bemerkt, doch bei Mary ging es eben ein wenig lascher zu.

Leider waren alle Jollen besetzt, so musste ich mein Boot mit einem Fremden teilen und auch noch das Doppelte bezahlen, denn wir fuhren gegen den Strom.

Zum Glück war der Fremde nicht besonders redselig und fragte nicht, was eine vornehme Dame denn so allein unterwegs mache. Tatsächlich räusperte er sich sogar nur, wenn der Bootsmann ein Gespräch anfangen wollte.

Master Donnes Behausung war leicht zu finden, und so klopfte ich schließlich zaghaft an seine Tür. Noch bevor ich dazu kam, sie selbst zu öffnen, hatte er mich schon in seine Arme gerissen. Ich schmiegte mich an ihn und presste mein Herz ganz fest an seine Brust.

»Ann, wie sehr habe ich mich nach Eurer süßen Gesellschaft gesehnt!«

»So ging es mir auch. Aber ich bin in erster Linie gekommen, um zu fragen, ob es wirklich wahr ist, dass der Lord Keeper sich mit dem Gedanken an eine neue Gemahlin tröstet. Ich kann nicht glauben, dass er bereit ist, schon wieder zu heiraten.«

Master Donne lächelte betrübt. »Leider ist es wahr. Und obwohl die Dame schön und vornehm ist, hat sie ihren ganz eigenen Kopf und will ihren Willen durchsetzen, sodass ich mich jetzt schon um seinen Gemütsfrieden sorge.«

»Das geschieht ihm recht!« Ich konnte meinen Ärger nicht zügeln. »Ich wünsche ihm, dass der Geist meiner Tante ihn verfolgt. Wie konnte ich mich nur so in meinem Onkel täuschen! Ich dachte, er sei tief getroffen, dabei teilt er schon bald mit der Nächsten das Bett.«

»Mehr den Tisch als das Bett. Männer brauchen eben Trost, bedeutende Männer ganz besonders.«

»Aber sind denn Männer derart wankelmütig? Das wirft man doch immer den Frauen vor. Habt Ihr nicht selbst einmal geschrieben, es gebe ›kein schön und treues Weib‹?«

Lachend erwiderte er: »Da kannte ich Euch noch nicht.«

Dann wurde er ernst und nahm meine Hand. »Ich sehe, was Ihr über den Lord Keeper gehört habt, verletzt Euch zutiefst.«

»Er hat meine Tante aufrichtig geliebt, dessen bin ich mir sicher. In der schlimmsten Zeit hat er sie selbst gepflegt. Doch wie es scheint, zählt all das nicht mehr. Sie ist tot und begraben, und er denkt bereits an eine neue Heirat.«

»Das ist der Lauf der Dinge.«

»Ist es auch der Lauf der Dinge, dass ich einen Mann heiraten soll, den mein Vater ausgesucht hat – gleichgültig, ob ich will oder nicht?«

Er erschrak, als hätte ich ihm einen Schlag versetzt, denn er wusste, wie recht ich damit hatte.

»So etwas dürft Ihr nicht sagen, Ann.«

Ein Klopfen an der Tür unterbrach unser Gespräch. Es war sein Vermieter, Master Haines, der eine Nachricht brachte.

»Ich muss fort«, seufzte Master Donne. »Trotz der späten Stunde soll ich Mylord zum Kronrat begleiten.«

Ich erhob mich.

»Mit der Kapuze seht Ihr richtig geheimnisvoll aus«, neckte er mich. »Wie eine bedeutende Kurtisane auf dem Weg zu einem Rendezvous.«

Ich legte ihm einen Finger auf die Lippen. »Genug jetzt. Ich muss mich auf den Weg machen. Wartet noch ein Weilchen, bis ich das Ende der Straße erreicht habe.«

»Geheimnisvoll und inkognito«, sagte er lächelnd.

»Ich wünschte, all das wäre nicht nötig!«

Leise begleitete er mich auf die finstere Straße hinaus. Ein Lotse, höchstens acht Jahre alt, löste sich aus der Dunkelheit und erbot sich, mir mit seiner Laterne den Weg zu weisen. Ich nahm das Angebot an, und er führte mich durch dunkle, verwinkelte Gassen vom alten Savoy Hospital weg, dessen Räumlichkeiten nun an Edelleute vermietet wurden. Es ging an den erleuchteten Schwellen der Wirtshäuser und den von Ratten belagerten Behausungen der Armen vorbei und in Richtung der Straße, die hell erleuchtet dahinter lag. Endlich hatten wir die Strand erreicht, und beim vertrauten Anblick der dortigen Gebäude mit ihren Geschäften ließ mein Herzklopfen allmählich nach.

»Wo wollt Ihr hin, Miss?«, fragte der junge Lotse und leuchtete mir mit der Laterne ins Gesicht.

»Zum Fluss, bitte.«

»Ann?«, rief plötzlich jemand hinter mir, empört und vollkommen aufgebracht. »Bist du das wirklich?«

Ich erstarrte, als ob das Jüngste Gericht sein Urteil über meine Sünden gesprochen hätte.

Keine zwei Fuß entfernt, im Licht der Laterne des Lotsen, stand mein Vater, Sir George More.

16

Da die Kapuze mein Gesicht verdeckte, war mein erster Gedanke, eilig zu verschwinden und später vorzugeben, dass er mich verwechselt hätte.

Aber er war mein Vater, mein eigen Fleisch und Blut, er würde mich in jedem Fall erkennen. Durch eine solch dreiste Lüge konnte aus einem kleinen Vergehen schnell ein wirkliches Problem werden.

Also versuchte ich mein Glück mit einer kleineren Schwindelei. »Vater, was tut Ihr hier?«

»Wie kannst du es wagen, mich das zu fragen?« Er war blass vor Zorn. »Warum in Gottes Namen treibst du dich ohne jegliche Begleitung hier herum? Hast du vollkommen den Verstand verloren?«

Verzweifelt suchte ich nach einer Ausrede.

»Keiner der Dienstboten konnte mich begleiten, da alle mit ihren Aufgaben beschäftigt waren. Ich hätte mich niemals allein aus dem Haus gewagt, wenn es nicht so dringend nötig gewesen wäre. Wisst Ihr denn nicht, dass es Mary nicht gut geht?« Das entsprach zwar der Wahrheit, aber derart zu übertreiben, bereitete mir ein schlechtes Gewissen. »Ich habe mir heute schon die Hacken abgelaufen nach einer Medizin für sie und ihr ungeborenes Kind.« Hoffentlich würde meine Schwester mir diese Lüge verzeihen, die sich nur allzu schnell bewahrheiten konnte.

»Und dafür läufst du hier in der Dunkelheit herum, zwei Meilen von Marys Haus entfernt?«

Wäre er in einer Kutsche unterwegs gewesen, hätte er mir sicher eine Ohrfeige gegeben und mich hineingezerrt. »Bei der Dornenkrone des Gekreuzigten! Gibt es in Mile End etwa keinen Apotheker?« Sein argwöhnischer Blick richtete sich auf mich wie der Strahl eines Leuchtturms, nur weitaus bedrohlicher. »Warum kümmert Marys Angetrauter sich nicht darum? Könnte er diese Medizin etwa nicht besorgen? Oder treibt er sich wieder einmal beim Glücksspiel oder im Theater herum?«

Im Hintergrund löste sich die Silhouette eines Mannes aus der Dunkelheit, und ich betete, dass nicht *er* es war!

Als mein Vater sich umwandte, huschte die Gestalt gerade davon. Ganz kurz fiel das Licht der Laterne auf ein Stückchen Spitze und die Umrisse eines großen schwarzen Hutes, was in London jedoch eine durchaus übliche Bekleidung war.

Ich hatte ihn sofort erkannt und bebte vor Angst. Denn mein Vater wäre rasend geworden vor Zorn, wenn er gesehen hätte, wer der Fremde war.

Einen Moment lang blickte er ihm nach, und ich hielt den Atem an. Hatte er Master Donne etwa doch erkannt?

Schließlich sagte er: »Einer meiner eigenen Bediensteten wird dich nach Mile End zurückbegleiten, während ich mir über eine passende Strafe Gedanken mache.«

Erleichtert machte ich einen Knicks. Er hatte mich also nicht durchschaut.

»Habt Dank, Vater. Ich verspreche, mich nie wieder allein hinauszuwagen.«

Er antwortete nur mit einem kurzen Kopfnicken, und ich wollte so schnell wie möglich in das Dunkel der Londoner Nacht eintauchen und mich unter all die gottlosen Vagabunden mischen.

»Tochter?«

»Ja, Vater?«

Es traf mich wie der Hieb einer Axt.

»Du bist viel zu eigensinnig und leichtfertig für dein jungfräuliches Alter, und deine Schwester ist offenbar zu lasch mit dir. Noch heute Nacht werde ich deinem Großvater eine Nachricht zukommen lassen.«

»Aber was wird aus Mary und dem Baby? In drei Wochen steht die Niederkunft bevor …«

»Dann wird sie diese wohl ohne deine Hilfe überstehen müssen.« Seine Worte klangen so hart wie selten zuvor.

»Vater, ich flehe Euch an. Denkt daran, was Beth …«

»Margaret lebt kaum fünf Meilen entfernt, wenn es nötig ist, kann sich auch deine Großmutter auf den Weg machen, um Mary zu Seite zu stehen.«

Eigentlich hätte ich nichts mehr sagen dürfen, denn wenn mein Vater eins hasste, dann war es, dass seine Entscheidungen infrage gestellt wurden. Aber es ließ mir einfach keine Ruhe, ich musste herausfinden, ob er nicht doch etwas gesehen hatte.

»Vater, warum schickt Ihr mich nach Loseley zurück?«

Seine schmächtige Gestalt richtete sich auf. »Weil es sich für dich nicht schickt, dich wie eine Straßenhure in den Straßen von London herumzutreiben.«

Ich war so getroffen, dass ich nach Luft schnappen musste.

»Geh endlich, Ann. Es sei denn, du legst es darauf an, dass ich dich einsperre.«

Während ich in einem Boot nach Mile End saß, schien mir, als hämmerte der eintönige Schlag der Ruder mir das Urteil meiner Verbannung ein.

»Ann! Dem Allmächtigen sei Dank!« Noch bevor ich den Schlüssel herumgedreht hatte, riss meine Schwester Mary die Tür auf und stürzte auf mich zu. »Wo bist du nur so lange gewesen? Ich habe schon Nick losgeschickt, um die Straßen nach dir zu durchkämmen, obwohl er eigentlich ins Rose Theatre wollte!«

In meiner Verzweiflung hatte ich vollkommen vergessen, mir eine Ausrede für meine stundenlange Abwesenheit zurechtzulegen. Aber ich brachte es ohnehin nicht fertig, meine Schwester zu belügen.

»Ich bin unserem Vater begegnet. Ich habe ihm erzählt, ich müsste eine Medizin gegen dein Fieber besorgen.«

»Und, hast du sie bekommen?«, fragte sie vielsagend, denn natürlich hatte sie mich längst durchschaut. »Ich vermute, das hat unser Vater dir nicht abgekauft. Hat er gesehen, mit wem du dich getroffen hast?«

Ich schüttelte nur den Kopf, zu erschöpft und betrübt, um noch etwas zu sagen.

»Dann ist doch alles gut, oder?«

»Wenn die Verbannung nach Loseley etwas Gutes sein soll. Wahrscheinlich darf ich dir nicht einmal bei der Niederkunft beistehen.«

Sie zog mich an ihre Brust, die üppig geworden war, denn schon bald würde daraus die Milch für das Neugeborene fließen. »Ann, liebste Schwester, hör mir zu. Diese Strafe bricht dir sicher das Herz. Ich weiß, wie das ist, denn auch ich geriet in die Versuchung einer verbotenen Liebe. Es war wie ein Sog, stärker und berauschender als alles andere zuvor.«

»Mit wem?«, fragte ich, denn soweit ich wusste hatte es für meine Schwester vor Nick niemanden gegeben.

»War es der Gentleman, dem du diesen Brief geschrieben hast?«

Sie nickte. »Ann, ich weiß, wie schlimm das alles für dich ist, aber die Wahrheit kann schmerzhaft sein. Tief in deinem Inneren weißt du, dass Master Donne nicht der Richtige ist. Unser Vater würde niemals erlauben, dass er um deine Hand anhält. Geh nach Hause zurück. Vergiss deinen Dichter, denn es ist einfach zu riskant. Denk lieber an Richard Manners. Er ist ein gut aussehender Mann mit einem beträchtlichen Vermögen, das sogar noch mehr werden wird, sobald sein Vater nicht mehr ist. Du wirst ein ruhiges Leben in Wohlstand führen und ein paar goldblonde Kinder bekommen, die du lieben wirst und die dich lieben werden – mehr als du es von einem Mann je erwarten könntest.«

»Und du, Mary? Hast du deinen eigenen Rat befolgt? Oder hast du auf die Stimme deines Herzens gehört?«

Mary stieß einen Seufzer aus, der mir sehr nach tiefem

Bedauern klang. »Ob ich das Richtige getan habe? Wo ist mein Gemahl nun? Sicher beim Hahnenkampf oder im Theater, während die Dienstboten auf ihre Bezahlung warten!« Ihr sonst so lebhafter Gesichtsausdruck wich einer gramerfüllten Miene. »Ich bin nicht gerade ein leuchtendes Beispiel für das große Glück.«

»Oh, Mary!« Ich schluchzte auf, obwohl ich tapfer sein wollte. »Ich werde nicht dabei sein, wenn dein Baby kommt.«

Mary streichelte mir das Gesicht. »Du musst an dich selbst denken, Ann. Heirate Richard Manners, und ein Jahr später kannst du dein eigenes Kind in den Armen halten.«

Sie lächelte und dachte wohl, sie könne mich für diesen Gedanken erwärmen. Doch dabei erkannte sie nicht mein innerstes Geheimnis: Ich hatte mein Herz an jemanden verloren, der weder ein Herrenhaus besaß noch aus einer angesehen Familie stammte – und der nichts als das zu erwarten hatte, was seine geistreichen Worte ihm einbringen würden.

Am nächsten Morgen schrieb ich eine Nachricht für Master Donne und bestach den Empfangsdiener meiner Schwester, damit er sie ihm übermittelte. Dann packte ich meine Habseligkeiten zusammen und stieg auf das Pferd, das mein Vater mir aus Loseley hatte schicken lassen.

Ganz anders als die Reise nach London, bei der ich voller Erwartung und Vorfreude gewesen war, schien mir dies wie ein Ritt in die Hoffnungslosigkeit. Jeder Hufschlag rief mir ins Gedächtnis, was ich zurücklassen musste.

Ich konnte mich nicht einmal mehr von Master Donne verabschieden, denn meine Schwester ließ mich nicht aus den Augen. Noch kurz zuvor war sie so verständnisvoll gewesen, nun aber hatte sie sich auf die Seite meines Vaters geschlagen.

Das Einzige, was mich tröstete, war die Freude im Gesicht der kleinen Hope, als ich die lange Auffahrt nach Loseley hinaufritt. Sie saß auf einem Pfosten wie ein kleiner Engel aus Stein und winkte mir mit beiden Armen, bevor sie aus fünf Fuß Höhe auf den Boden sprang, um mir entgegenzulaufen.

Ich hob sie in den Sattel und wir legten die letzten Meter gemeinsam zurück. Ihr Bruder Stephen war im Garten und trug eine von Großmutters Hennen auf dem Arm.

»Sie hat sich ein Bein gebrochen, als sie vor dem Fuchs davonlaufen wollte, der alle anderen Hühner gerissen hat. Ich habe ihr diese Schiene gemacht«, erzählte er stolz. Er zeigte mir ein längliches Stückchen Holz, das er an einem Bein der Henne befestigt hatte, und ich musste mir ein Lächeln verkneifen, denn es sah ein wenig merkwürdig aus. »Nun kann sie weglaufen, wenn der Fuchs wiederkommt.«

Ich fragte mich, wie er meine Großmutter von dieser eigenwilligen Idee hatte überzeugen können, pragmatisch, wie sie war, hätte sie das Huhn sicher zum Suppentopf verurteilt.

Kaum zwei Minuten später erschien meine Großmutter selbst, aber ich fragte sie nicht nach dem Huhn, denn nie zuvor hatte ich sie so ernst gesehen.

»Nun, Ann«, sagte sie und scheuchte die Kinder fort, »ich habe gehört, du bist in Ungnade gefallen, weil du dich nachts ohne Begleitung auf der Straße herumgetrieben hast. Dein Vater sagt, es ist ein Glück, dass du nicht zum Stadtgespräch geworden bist.«

»Es tut mir leid, ich werde mich bessern.«

»Dir wird auch nichts anderes übrig bleiben, denn wir werden dich schärfer bewachen als die Königin von Schottland.« Zum ersten Mal lächelte sie nicht, um ihre Worte zu mildern. »An alledem ist dein Großvater schuld. Dir solche Flausen wie Latein und Griechisch in den Kopf zu setzen! Was hat ein junges Mädchen schon davon? Und was diesen französischen Priester und seine Mutter Oberin angeht, die sich benehmen wie wilde Tiere …«

Ich musste mir das Lachen verkneifen. »Sprecht Ihr von Abälard und Heloise, Großmutter?«

»Die Namen dieser beiden kenne ich nicht, und sie sind mir auch vollkommen gleichgültig. Ich weiß nur eins, sie hatten keinen guten Einfluss auf dich.«

Ich versuchte, ein weniger heikles Thema anzuschneiden. »Immerhin verhält sich wenigstens eine Eurer Enkelinnen pflichtbewusst. Wie geht es meiner Schwester Frances, jetzt da sie verlobt ist?«

»Sprich mich bloß nicht darauf an«, gab meine Großmutter kopfschüttelnd zurück. »Ihr Hochzeitskleid hat sie bereits fertiggestellt, und nun ist sie damit beschäftigt, Laken zu besticken.«

Wir betraten das Haus meiner Kindheit, doch als die breite Eingangstür ins Schloss fiel, fühlte ich mich wie in einem Käfig. Wie ein Schlag traf mich die Erkenntnis, dass ich hier weniger Freiheiten genießen würde als in London, ich würde unter stetiger Beobachtung stehen. Es gab nur einen einzigen Ausweg, und der bestand darin, einen Mann zu heiraten, mit dem sich meine Familie einverstanden erklären würde.

Immerhin schien mein Großvater erfreut, mich wiederzusehen. Ich war ihm stets die liebste seiner Enkelinnen gewesen, und so brachte er es auch jetzt nicht fertig, mich so scharf zu verurteilen, wie alle anderen es taten.

»So, so, Ann«, sagte er sanft, als ich ihn in meinem Lieblingsraum, der Bibliothek, aufsuchte, »du willst also doch dem Wunsch deines Vaters Folge leisten und einen Mann heiraten, den er ausgesucht hat?«

Ich sah hinunter auf meine Hände. »Großvater, den Mann, den *ich* heiraten möchte, habe ich bereits gefunden.«

»Möchte?« Seine Miene verdüsterte sich. »Ann, du bist kein Kind mehr! Du weißt, dass es bei einer Heirat nicht darum geht, was man *möchte.* Es handelt sich um eine Familienangelegenheit, nicht um einen Herzenswunsch. Wenn wir geheiratet hätten, wen wir wollten, wären die Mores immer noch unbedeutende Freibauern mit ein wenig Land und ein paar Kühen. Wie, glaubst du wohl, haben wir es zu Wohlstand und Ansehen gebracht? Indem wir Lobgesänge auf die große Liebe anstimmten? Nein, nein, wir waren bei jeder Heirat auf unseren Vorteil bedacht.«

»Habt Ihr Großmutter etwa nur zu Eurem Vorteil geheiratet?«

»Der Vater deiner Großmutter war ein wohlhabender und angesehener Mann. Für die Mores war es eine gute Partie.«

»Aber Ihr müsst doch auch Zuneigung für sie empfunden haben!« Ich wusste, ich klang zu leidenschaftlich, doch ich konnte einfach nicht anders. »Ihr seid Euch doch liebevoll zugetan und begegnet Euch mit Respekt. Ihr seid das beste Beispiel für eine glückliche Ehe!«

»Liebe und Respekt haben wir nach und nach aufgebaut, mit gutem Willen und Gottes Hilfe. Die Art Liebe, von der du sprichst, hat in einer Ehe nichts zu suchen, Ann.«

Es versetzte mir einen Stich ins Herz, dass nicht einmal mein geliebter Großvater mich verstand.

»Und was soll ich machen, wenn ich Master Manners weder achten noch respektieren kann?«

»Da deine Familie ihn für dich ausgesucht hat, tätest du gut daran, es zu versuchen, denn er kommt bald, um die Verhandlungen wiederaufzunehmen. Wenn du dich nicht fügen willst, wird dein Vater härtere Maßnahmen ergreifen, und im Sinne der Familie kann ich ihm nur beipflichten.«

Er hatte nichts mehr von dem liebevollen Großvater, auf den ich mich stets verlassen konnte. Offenbar waren plötzlich alle gegen mich. Selbst meine Schwester Mary.

Gekränkt von seinen strengen Worten rannte ich hinaus. Ich lief auf mein Zimmer, das ich hier auf Loseley mit meiner Schwester Frances teilen musste, was ich schon fast vergessen hatte.

Ich warf mich aufs Bett und weinte bitterlich. Da war ich nun, fünfundzwanzig Meilen entfernt von dem Mann, den ich liebte, und meine ganze Familie hatte sich gegen mich verschworen.

Darüber hinaus hatte ich immer noch nichts von ihm gehört. Ich wusste, es war nicht leicht, mir eine Nachricht zu schicken, dennoch wartete ich sehnlichst darauf.

Obwohl ich mich dagegen wehrte, fielen mir seine Abschiedsworte von dem Tag ein, als meine Tante beerdigt wurde. Sie hatten so endgültig geklungen! Hatten seine Freunde ihm unsere Liebe ausgeredet, so wie meine Familie es bei mir versuchte?

Am Fußende des Bettes stand Frances mit einem bunten Strauß Blumen in der Hand.

»Ann, ich habe dir im Garten ein Sträußchen gepflückt.« Sie kniete sich neben mich auf den Boden. »Ich habe meinen Verlobten, Sir John Oglander, noch nie gesehen, aber ich glaube, ich werde ihn mögen. Kannst du dein Herz nicht ein wenig für Master Manners öffnen?«

»Das kann ich nicht!« Ich drehte mich, starrte an die Wand und hätte am liebsten erklärt. »Ich habe es längst an jemand anderen verloren.«

Zu meiner großen Erleichterung erschien Master Manners in den folgenden Wochen nicht, und so genoss ich den Sommer. Abgesehen davon, dass ich immer noch nichts von Master Donne gehört hatte.

Ich rief mir alle Erklärungen ins Gedächtnis, die der Grund dafür sein konnten: Seine Aufgaben könnten ihn zu sehr in Anspruch nehmen, es könnte ihm auch unmöglich sein, in Kontakt mit mir zu treten, oder aber er fürchtete, meinen Vater zu verärgern und alle Hoffnungen auf unsere gemeinsame Zukunft zunichte zu machen. Trotz allem, ich verzehrte mich danach, von ihm zu hören, und horchte jedes Mal auf, wenn ein Bote an der schweren Eichentür erschien.

Eines glücklichen Tages im August erhielten wir tatsächlich eine gute Nachricht. Mary hatte ihr Kind zur Welt gebracht, sowohl sie als auch das Baby waren wohlauf. Ich schöpfte Hoffnung, doch vergebens. Mein Vater war nicht bereit, auch nur um einen Inch nachzugeben: keine Besuche bei meiner Schwester, Baby hin oder her.

Also gaben Frances und ich uns mit dem Nähen winziger Leibchen zufrieden. Selbstverständlich sahen die von Frances um einiges besser aus als meine, doch auch ich tat liebevoll jeden Nadelstich.

Schließlich kam der Tag, an dem Master Manners seine offizielle Aufwartung machen wollte. Ich gab mir Mühe, so zu tun, als wäre es nichts Besonderes. Dabei hatten sogar die Kinder davon erfahren und lungerten vor dem Pferdestall herum, als er Ende September eines Morgens in seiner prächtigen Kutsche vorgefahren kam.

Mein Vater hatte darauf bestanden, dass ich mich ganz in Weiß kleidete, gleich einer Jungfrau, die geopfert werden sollte. Er selbst war in London aufgehalten worden und würde erst später eintreffen.

»Master Manners.« Ich machte einen Knicks und schlug sittsam die Augen nieder.

Doch etwas an seinem Gesichtsausdruck ließ mich wieder aufsehen. Er hatte den Blick eines Mannes, der nach langer, schwieriger Jagd seine Beute ins Visier nimmt.

»Guten Morgen, Miss More. Seit Monaten sehe ich mit freudiger Erwartung dem Moment entgegen, da unsere Väter endlich zu einer Einigung kommen«, sagte er und küsste mir die Hand.

Hinter uns kicherten Hope und eine der Mägde.

Master Manners hatte sich gehörig in Schale geworfen, und ich musste zugeben, dass er wirklich ein gut aussehender Mann war, mit seinem vollen rotbraunen Haar, den strahlend blauen Augen und der sonnengebräunten Haut. Für jemanden, der einen Großteil seiner Zeit in London verbrachte, strotzte er nur so vor Kraft.

An der abendlichen Tafel veranstalteten meine Großeltern einiges an Wirbel. Master Manners wurde zu meiner Rechten platziert, an seiner anderen Seite saß mein Großvater. Aufgrund eines wichtigen Beschlusses wurde mein Vater immer noch im Parlament aufgehalten, sodass er erst am nächsten Tag eintreffen würde.

Und immer noch keine Nachricht von Master Donne, mit

der ich mich hätte trösten können, um nicht ganz und gar den Glauben zu verlieren.

Als ich abends im Bett lag, zog ich das Gedicht hervor, das er mir vor so langer Zeit geschickt hatte.

Doch dieses Mal entfaltete es nicht seine magische Wirkung.

Seit sechs Monaten hatte ich nun nichts mehr von ihm gehört. Wie lange konnte ich die flackernde Flamme meiner Liebe noch vor dem Erlöschen bewahren? Wieder einmal fragte ich mich im Dunkel der Nacht, ob ich mich auf dem falschen Weg befand und mein Herz an jemanden verloren hatte, der es nicht zu schätzen wusste.

Ich erwachte vom Trubel, der wie immer mit der Ankunft meines Vaters einherging: hektisches Treiben der Dienstboten, Pferdegewieher und das Geschrei meines Vaters, der – wie viele kleinwüchsige Männer – Wert darauf legte, gebührend behandelt zu werden.

Fieberhaft suchte ich nach einem Ausweg. Ich kam mir vor wie in einem riesigen Irrgarten, aus dem ich – wie Ariadne mit ihrem Faden – nur dank der richtigen Eingebung und passender Hilfsmittel einen Ausweg finden würde.

Widerwillig kleidete ich mich an, denn nie hatte ich weniger Grund gehabt, mich schön zu machen. Also kämmte ich mein widerspenstiges Haar und wünschte, ich wäre meilenwert entfernt.

Kaum hatte ich mich zurechtgemacht, erschien Frances, munter wie ein Korken im Wasser, um mir auszurichten, dass mein Vater mich im Gesellschaftssaal erwarte.

Schon immer hatte ich mich in diesem Raum unbehaglich gefühlt, mit seinen Säulen und Statuen und dem großen weißen Kamin, der in einem Stück aus Kreidefels gemeißelt war. Aus allen Ecken lugten Fratzen hervor, die böse Geister fernhalten sollten. Doch an diesem Tag schien es mir dort besonders unheimlich.

Mein Vater und Master Manners standen vor dem Kamin, wo Holzscheite prasselten und zischten.

Gerade wollte ich eintreten, als ich sah, dass sich die beiden ein Wortgefecht lieferten, also blieb ich lieber auf der Schwelle stehen.

»In London sind mir äußerst beunruhigende Dinge zu Ohren gekommen«, sagte Master Manners.

»Worüber?«

»Über Eure Tochter und den Sekretär des Lord Keeper.«

Ich erschrak und wich zurück, und augenblicklich wurde mir flau im Magen.

»Was für ein Geschwätz musstet ihr Euch dort anhören? Master Manners, ich muss mich doch wundern, dass Ihr auf solch unsinniges Gerede hört.«

»Es wurde mir von einem engen Freund des Sekretärs zugetragen, der es wiederum von ihm persönlich hat.«

Mein Hals war wie zugeschnürt, ich grub meine Fingernägel in die Handballen, sodass ich beinahe blutete.

»Und was genau hat man Euch erzählt?«

»Master Donne und Eure Tochter seien miteinander intim gewesen, und das mehr als nur einmal.«

Mein Vater musste sich auf die Rückenlehne eines Sessels stützen. »Herrgott noch mal! Das ist eine infame Lüge!«

»Wollt Ihr auch wissen, was die Witzbolde am Gerichtshof sich sonst noch erzählen?«

Mir war, als wäre ich aus heiterem Himmel in einen entsetzlichen Alptraum geraten.

»Ist das Eis erst einmal gebrochen, scheint auch für andere der Weg frei.«

Am liebsten wäre ich hineingerannt und hätte Master Manners für seine unflätige Unterstellung eine Ohrfeige gegeben. Doch ich riss mich zusammen, in der Erwartung, mein Vater würde mich verteidigen und ihn auf der Stelle hinauswerfen.

Aber das tat er nicht.

Er sagte nicht ein einziges Wort zu meiner Verteidigung, sondern kam umgehend auf den abzuschließenden Handel zurück.

»Angesichts dieser unseligen Enthüllung bin ich bereit, die Mitgift zu erhöhen. Richtet Eurem Vater aus, er wird die fünfhundert Pfund erhalten, auf die er ohnehin nicht verzichten will. Aber nur unter einer Bedingung: Die Verlobung muss so bald wie möglich bekannt gegeben werden. Meine Tochter neigt zu Unbesonnenheit. Gott weiß, was sie noch anrichtet, bis wir uns einig geworden sind.«

Ich zögerte einen Moment lang, am liebsten wäre ich davongelaufen und hätte mich draußen schluchzend auf den Boden geworfen. Denn hinter dem angeblichen Makel, der mein Ansehen befleckte, offenbarte sich eine schreckliche Erkenntnis.

Master Manners wusste von meiner Liaison, und zwar durch jemanden, dem Master Donne selbst davon erzählt hatte! Hatte er sich tatsächlich gebrüstet, ich hätte ihm meine Unschuld geopfert?«

Andererseits, wie gering musste mein Vertrauen in ihn sein, wenn ich eine derartige Verunglimpfung gleich für bare Münze nahm?

War nicht ich diejenige gewesen, die ihm ihre Jungfräulichkeit hatte opfern wollen? Und hatte er sie nicht zurückgewiesen? Warum also sollte er Gerüchte über meine Unkeuschheit verbreiten?

»Vater!«, rief ich und betrat den Raum. Die beiden Männer schwiegen sofort. »Habt Ihr gar nichts zur Verteidigung Eurer Tochter vorzubringen? Steht nicht schon in der Bibel geschrieben, man könne den Wert einer Frau nicht mit Edelsteinen aufwiegen? Anstatt meine Unschuld zu verteidigen, bietet Ihr Master Manners einen höhere Mitgift für meine angeblich verlorene Ehre an!«

Halbherzig murmelte mein Vater eine Entschuldigung.

»Seht Euch vor, Vater! Oder habt Ihr tatsächlich eine solch geringe Meinung von mir? Ich war mit niemandem intim. Meine Unschuld ist unbefleckt wie am Tag meiner Geburt.«

Ich konnte wohl schwerlich hinzufügen, dass ich Master

Donne meine Jungfräulichkeit zwar angeboten, er sich aber als Ehrenmann gezeigt und sie zurückgewiesen hatte.

Doch so berechtigt mein Ärger auch war, ich bewegte mich auf dünnem Eis, auch wenn ich es mir nur ungern eingestehen wollte.

Denn wie hätte Master Manners überhaupt von Master Donne und mir erfahren, wenn Letzterer nicht selbst darüber gesprochen hatte? Hatte ich mich so sehr in ihm getäuscht? Hatte er mich, wie so viele andere zuvor, nur dazu gebracht, mein Herz an ihn zu verlieren und – schlimmer noch – meine Seele ebenfalls, um seiner Eitelkeit genüge zu tun?

»Ann«, versuchte mein Vater einzulenken, »das ist eine Angelegenheit zwischen Master Manners und mir. Das geht dich nichts an.«

»Das geht mich nichts an?« Ich traute meinen Ohren kaum. »Obwohl Ihr über meine angebliche Schande sprecht, die meine Mitgift in die Höhe treibt?«

»Kommt, Master Manners«, sagte mein Vater von Mann zu Mann, »wir werden unsere Unterhaltung in der Bibliothek fortsetzen.«

Dort verschwanden sie für die nächsten zwei Stunden und verlangten nur gelegentlich nach einer Erfrischung, um für die Verhandlungen bei Kräften zu bleiben. Mir aber sank mit jeder Stunde das Herz ein wenig mehr.

Wann würde ich endlich von ihm hören? Ein schnell gekritzelter Zettel hätte mir doch schon gereicht. Irgendein Zeichen, dass er mich wirklich liebte, damit ich nicht den Mut verlor. Aber nichts – bis auf einen Gedanken, den ich einfach nicht loswurde: dass Master Donne unsere Liebe in den Dreck zog, um sich bei seinen Freunden hervorzutun.

Frances, die mittlerweile bemerkt hatte, dass es bei den Verhandlungen um mehr als die üblichen Absprachen ging, vergaß einen Moment lang Anstand und Frömmigkeit. Sie nahm dem Dienstboten das Tablett aus der Hand und servierte selbst Bier und Gebäck.

»Wie es scheint, ist deine Ehre noch einen Nachschlag von fünfzig Pfund wert«, eröffnete sie mir und stellte das leere Tablett wieder ab, »sowie ein schönes Stück fruchtbares Land und – du wirst lachen – ein Dutzend Schafsböcke. Offenbar beabsichtigt dein künftiger Herr und Gebieter, Schafe zu züchten.«

Als sie sah, wie verletzt ich war, zeigte sie ein wenig Mitgefühl. »Komm, Ann, Richard Manners sieht blendend aus. Ganz im Gegensatz zu diesem Ochsen, den Beth heiraten musste, oder Margarets stämmigem Thomas – vielleicht sogar besser als mein John Oglander, den ich immer noch nicht zu Gesicht bekommen habe. Obwohl Vater sagt, dass wir ihm demnächst einen Besuch abstatten werden. Wir sind eben nur Frauen. Wir müssen gehorsam sein und die Wahl, die unser Vater für uns trifft, akzeptieren.«

»Das hat Mary auch nicht getan. Nick war eindeutig ihre eigene Wahl.«

»Und was hat sie nun davon? Wie oft hat Vater gegenüber Großvater geklagt, was für ein Nichtsnutz Nick doch sei.«

Hinter uns wurde die Tür geöffnet und wir sprangen auf. Mein Vater und Master Manners verließen die Bibliothek, sie nickten und verabschiedeten sich mit einem Handschlag. Zur offiziellen Bekanntgabe der Verlobung fehlte offenbar nur noch, dass Master Manners' Vater den geänderten Bedingungen zustimmte.

Und da diese aufgrund meines liederlichen Wesens für ihn durchaus günstiger waren, würde er seine Zustimmung wohl kaum verweigern.

Abends würde ich zu Gott beten, dass der alte Gentleman an seinen Vorbehalten festhielt, denn nur diese konnten die lieblose Ehe verhindern, die mir sonst bevorstünde.

Wie würde seine Familie mich überhaupt behandeln, eine junge Frau, deren Ansehen zum Gegenstand der Heiratsverhandlungen geworden war? Ich konnte mir lebhaft vorstellen, dass seine Mutter mich ihre Verachtung spüren ließe. Sie würde mich behandeln wie ein Dienstmädchen, das seinen guten Ruf verloren hat und nur geduldet wurde, bis es man es endlich aufgrund eines unbedeutenden Vergehens auf die Straße setzen konnte.

»Master Manners wird uns nun verlassen, Ann. Begleite ihn zu den Stallungen«, befahl mein Vater.

Es gab genug Dienstboten, die dieser Aufgabe hätten nachkommen können.

Aber ich wusste, mein Vater wollte den Beweis erbringen, dass ich mich letzten Endes doch noch als gehorsame Tochter erweisen würde.

Auf dem Weg brachte ich es nicht über mich, mich mit Master Manners zu unterhalten oder angesichts der bevorstehenden Hochzeit auch nur zu lächeln. Als wir die Pferdeställe erreicht hatten, verabschiedete ich mich sogleich mit einem Knicks.

Master Manners hingegen, der die Verhandlungen für sich entschieden hatte, war bester Laune.

»Nun kommt, Miss Ann«, sagte er lächelnd, und seine vorwurfsvolle Miene war wie weggeblasen. »Lasst uns Freundschaft schließen, denn schon bald werden wir mehr als nur Freunde sein. Bedenkt doch, wenn Master Donne es wirklich ernst mit Euch meinte, warum hätte er dann anderen von Eurer Verbindung erzählt. Er musste doch wissen, welchen Schaden er Eurem Ansehen damit zufügen würde.«

Ich wollte mich abwenden, denn er sprach meine schlimmsten Befürchtungen aus.

»Ich bedaure meine harten Worte«, sagte er in unerwartet demütigem Tonfall. »Doch ich bin ein Mann, der eifersüchtig bewahrt, was er als sein Eigen betrachtet.«

Offenbar war er der Ansicht, ich müsse ihn für seine besitzergreifende Art auch noch loben oder mich geschmeichelt fühlen.

Er nahm meine Hand und führte sie an seine Lippen.

»Ich gehöre Euch nicht, Master Manners. Und sollte ich Euch

heiraten, wäre ich noch längst nicht Euer Besitz, denn Gott allein gehören unsere Seelen.«

Er lachte bitter. »Und unsere Körper, Miss Ann? Wer darf Anspruch darauf erheben?«

Ich errötete und wandte mich ab. In seinem Blick lag etwas Forderndes, das mich zurückweichen ließ.

Dann aber, als wäre die Klinge eines Messers nur kurz aufgeblitzt, verschwand dieser Blick, und Master Manners war wieder die Freundlichkeit selbst.

»Lebt wohl, Miss Ann. Ich muss nun zu meinem Vater zurück. Aber ich glaube, wir werden uns bald wiedersehen.«

Ich senkte den Kopf, erleichtert, dass er sich so schnell auf den Heimweg machte.

Doch meine Erleichterung war nicht von langer Dauer, denn sogleich erschien mein Vater, gestiefelt und gespornt für die Rückreise nach Baynard's. Seine Augen blitzten wie Stahl, sein Gesicht hingegen hatte die Farbe saurer Milch angenommen.

»Siehst du nun ein, was für ein verleumderischer Schmeichler dieser Master Donne eigentlich ist? Er posaunt deinen guten Namen in der ganzen Stadt herum und brüstet sich damit wie mit einer Hure aus Cheapside, die für ein Pint Bier zu haben ist!«

»Aber Vater, er ...«

»Verteidige ihn nicht auch noch! Ist Master Manners abgereist? Je eher er mit seinem störrischen Vater spricht, desto besser. Wenn Philip Manners nicht so eifrig dazu beigetragen hätte, die Gegner der anglikanischen Kirche auszurotten, wäre er doch nichts weiter als ein einfacher Freibauer, der Steckrüben erntet! Dabei benimmt er sich, als täte er uns einen Gefallen«, schimpfte mein Vater und verlangte nach seinem Pferd. Trotz seiner geringen Körpergröße bestand mein Vater auf einem besonders großen Pferd, was ihm allerdings ganz gegen seine Absicht das Aussehen eines Spielzeugsoldaten verlieh.

»Auf Wiedersehen, Vater.«

Er gab seinem Pferd die Sporen und rief: »Sag deiner Schwester, wir werden zur Isle of White reisen, um sie mit John Oglander bekannt zu machen. Sie soll sich in drei Tagen bereithalten. Und du auch. Dann siehst du einmal, wie man sich als pflichtbewusste Tochter angesichts einer Verlobung verhält.« Er sah mich verächtlich an. »Master Manners wird ebenfalls dort sein. Es wird höchste Zeit, dass du ihn als deinen künftigen Ehemann betrachtest.«

In dieser Nacht weinte ich in meine Kissen hinein. Nie zuvor waren mir die fünfundzwanzig Meilen nach London weiter und trostloser erschienen.

17

Portsmouth, von wo aus wir zur Isle of Wight hinübersegeln wollten, lag fünfundvierzig Meilen von Loseley entfernt. Im Herbst dauerte die Reise besonders lang, denn die Tage wurden kürzer und wir würden eine Rast einlegen müssen. Dafür hatte mein Großvater das Herrenhaus Cowdray gewählt, wo Freunde von ihm, die Montagues, lebten. Mein Vater jedoch war damit ganz und gar nicht einverstanden.

Bei seinem letzten Besuch hatte die alte Lady Montague ihn gebeten, ihr ein Fass Molke mitzubringen, wonach die ganze Kutsche gestunken hatte. Als er abends an der Tafel neben ihr saß, belehrte sie ihn eine Stunde lang über die Liederlichkeit am Königshof. Anschließend schockierte sie ihn mit einem Bericht über ihre angeschlagene Gesundheit, in dem sie erläuterte, sie habe sich erst kürzlich ›ganz fürchterlich sowohl aus den oberen als auch aus den unteren Körperöffnungen entleeren müssen‹, was ihm schließlich den Appetit auf den Kapaun in Stachelbeersauce verdarb.

»Lieber reite ich die ganze Nacht durch oder zahle ein Dutzend Sovereigns für ein Gasthaus, als dass ich noch einmal im Haus dieser alten Hexe einkehre«, lautete sein letztes Wort.

So verbrachten wir also die Nacht in einem Gasthof in Midhurst, wo wir meinem Vater zufolge gut bewirtet werden würden, anstatt für unsere Unterkunft derart zu bezahlen, dass wir Käse liefern und auch noch Geschwätz ertragen müssten.

Zu meiner Überraschung verlor Master Manners kein Wort über mein angeblich so liederliches Wesen, ganz im Gegenteil, er war überaus liebenswürdig. Immer wieder bot er mir Kissen an und erkundigte sich, ob mir in der Kutsche auch warm genug sei oder ob ich einen Pelz über meine Füße legen wolle. Bei jedem Halt half er mir beim Aussteigen und lief als Erster in den Gasthof hinein, um mir einen Platz am Kamin zu sichern. Frances sagte lächelnd, sie hoffe, dass ihr John doch nur halb so zuvorkommend wäre.

Ich aber hielt beharrlich an meiner Hoffnung fest. Ich hörte zu und sprach selbst nur wenig. Zunächst nahm Master Manners mein Schweigen mit erstaunlicher Gelassenheit hin, doch am Nachmittag, als ich wieder einmal stumm aus dem Fenster starrte, ergriff er plötzlich meine Hand und fluchte: »Bei den Zähnen des Gekreuzigten! Madam, wie könnt Ihr noch einen Gedanken an Master Donne verschwenden, obwohl doch in ganz London bekannt ist, dass er sich mit der Countess of Straven herumtreibt? Betrachtet Ihr das etwa als einen aufrichtigen Liebesbeweis?«

Als ich keine Antwort gab, zuckte er nur mit den Schultern und sagte nichts mehr.

Mein Herz aber fühlte sich an, wie von vergifteten Pfeilen durchbohrt.

Um vier Uhr am Nachmittag erreichten wir Portsmouth, eine Stadt mit engen Gassen zu beiden Seiten der Hauptstraße und zweistöckigen Häusern, in denen sich zum Teil Geschäfte befanden. Überall waren Befestigungsanlagen, und es wimmelte von Soldaten. Noch vor wenigen Jahren, so erzählte mein Vater, hatte eine große Angst vor einer Invasion der spanischen Armada geherrscht. Doch, wie man uns gesagt hatte, war es eine freundliche Stadt, auch wenn sie mehr an Krieg als an Frieden erinnerte.

»Wie nicht anders zu erwarten, gibt es hier viele Schenken und Tavernen«, stellte mein Vater missbilligend fest. Im Parlament wetterte er regelmäßig gegen die Ausbreitung derartiger Einrichtungen, insbesondere, wenn sie überwiegend von Armen besucht wurden. »Ich will hoffen, diese Wirtshäuser werden anständig geführt, sonst muss ich die Angelegenheit einmal dem Hofmeister gegenüber zur Sprache bringen.«

Während wir uns noch umsahen, hatte er schon seine Nase in

eine Spelunke gesteckt, die von Seeleuten und anrüchigen Damen frequentiert wurde. Der Wirt, der sogleich erkannte, dass er einen Vertreter der Obrigkeit vor sich hatte, verbeugte sich tief und beeilte sich zu sagen: »Ehrenwerter Herr, ich habe an den Eintreiber des Quartalsgerichts schon einen Schilling und sechs Pence für meine Schanklizenz entrichtet, und noch einen Schilling an den örtlichen Magistrat. Ich betreibe ein anständiges Lokal, Soldaten und Abtrünnige unseres Glaubens haben hier keinen Zutritt.«

Master Manners lachte. »Fragt sich nur, wen der Kerl dann noch bewirten will. Hier wimmelt es doch von Abtrünnigen. Wie mein Vater gesagt hat, war Portsmouth schon immer eine Hochburg katholischer Priester und Papisten.«

»Tatsächlich? Mich interessiert vielmehr, was Euer Vater zu unserer neuerlichen Abmachung bezüglich meiner Tochter sagt«, schaltete sich mein Vater ein.

»Er zieht Euer Angebot in Betracht.« Master Manners warf mir einen entschuldigenden Blick zu. »Ich wünschte, er würde sich als so verlässlich erweisen wie Ihr, Sir. Denn davon kann ich doch wohl ausgehen?«

»Ich denke schon«, sagte mein Vater. Dann wandte er sich an mich. »Bei allem, was recht ist, Ann, mach ein fröhlicheres Gesicht! Jeder andere hätte längst Abstand genommen, aber dieser junge Mann möchte sich nach wie vor mit dir vermählen!«

»Soll ich ihm für diese Liebenswürdigkeit etwa dankbar sein?«, begehrte ich zornig auf.

»Hüte dich, Ann, sonst denkt Master Manners noch, er brauche ein Knebeleisen für dich, wenn ihr erst einmal verheiratet seid.«

Er warf sich seinen Umhang über die Schulter und machte sich auf den Weg zum Hafen, sehr zur Erleichterung des besorgten Schankwirts. »Ich werde nachsehen, wann unser Schiff ablegt. Frances, komm mit!«

Durch die schlammigen Straßen stiefelten wir zu unserer Kutsche zurück. Master Manners hielt mir galant die Tür auf und half mir beim Einsteigen. »Euer Vater befindet sich im Irrtum, Miss Ann. So etwas würde ich niemals tun. Schließlich habt Ihr mich mit Eurem lebhaften Wesen von Anfang an für Euch eingenommen. Wenn Ihr mir vertrauen würdet, könnten wir einander Liebe und Zufriedenheit schenken.« Mit ernstem Gesichtsausdruck fügte er hinzu: »Ich wünschte, Ihr hättet nicht mit angehört, wie ich mit Eurem Vater verhandelte und welch harter Worte ich mich bediente. Doch, um die Wahrheit zu sagen, ärgerte ich mich an Eurer Stelle, dass der Mann – der Euch angeblich so zugetan ist – Euren guten Ruf so skrupellos beschädigte und sich jetzt in London amüsiert, während Ihr Euch hier nach ihm verzehrt.«

»Ich verzehre mich nach niemandem«, entgegnete ich wütend.

»Ich wünschte, Ihr würdet Euch nach mir verzehren«, sagte er, und bevor ich wusste, wie mir geschah, kniete er auf dem Boden der Kutsche, nahm meinen Fuß und küsste ihn.

Vor lauter Überraschung wusste ich gar nicht, was ich tun sollte.

»Mit diesen zarten Füßen könntet Ihr mir das Herz zertreten«, sagte er versonnen.

»Es liegt mir vollkommen fern, Herzen zu zertreten. Bedenkt nur, welche Schweinerei das hinterlassen würde.«

Zu meiner Verwunderung brach er in Gelächter aus, und auch ich konnte nicht umhin, zu lächeln.

»Na seht nur«, sagte er aufmunternd, »ich habe Euch ein Lächeln entlockt.«

Am frühen Abend stachen wir in See. Der Solent, die Meerenge zwischen dem Festland und der Isle of Wight, war so unruhig, dass ich wünschte, ich hätte schon wieder festen Boden unter den Füßen. Frances hingegen entpuppte sich auch auf dem Wasser als standhaft.

Die kurze Reise näherte sich dem Ende, und wir machten uns gerade bereit, von Bord zu gehen, als eine Sturmböe uns erfasste. Das Schiff neigte sich seitwärts, und zu meinem Entsetzen verlor ich den Halt und wurde quer über das Deck geschleudert, bis eine starke Hand meinen Arm ergriff.

»Habt Dank, Master Manners«, sagte ich, außer Atem und zähneklappernd.

»Hier, nehmt meinen Mantel. Ich möchte Euch doch nicht an die See verlieren«, sagte er und riss die blauen Augen auf. »Bedenkt, welche Freuden uns entgehen würden, wenn Neptun Euch zur Braut nähme.«

Ich errötete und richtete meinen Blick starr auf die Küste.

Endlich näherten wir uns dem Hafen. Ich war dankbar wie selten zuvor, wieder Land zu erblicken. Sir John, der künftige Gemahl meiner Schwester, erwartete uns bereits winkend und hüpfend am windigen Kai. Beinahe hätte er den bunten Blumenstrauß, den er in den Händen hielt, ins Wasser fallen lassen. Nicht unbedingt ein gut aussehender Mann, erinnerte er mich in seinem Überschwang ein wenig an einen Irish Setter, den mein Großvater einmal gehabt hatte. Es war unmöglich gewesen, ihn abzurichten. Doch trotz der Strenge, die Großvater in der Öffentlichkeit an den Tag legte, hatte er ihn insgeheim sehr gern gehabt. Wäre Master Oglander ein Hund gewesen, er hätte sicher bei unserer Ankunft mit dem Schwanz gewedelt.

Sir John war mittelgroß, etwa zwanzig Jahre alt und wirkte, als neige er zu Übergewicht, doch sein erwartungsvoller und offener Gesichtsausdruck machte alles wett, was man als Manko hätte betrachten können.

Als er uns behilflich war, das Schiff zu verlassen, fiel sein Blick zunächst auf mich. Er schien sich zu fragen, ob ich seine Verlobte war. Diese Ungewissheit war jedoch nur von kurzer Dauer, denn Frances ließ jegliche Zurückhaltung außer Acht, drängelte sich an mir vorbei und sagte: »Seid Ihr Sir John? Ich bin Frances, Eure künftige Gemahlin.«

Er machte eine Verbeugung und wirkte ein wenig bestürzt über ihr zartes Alter, dabei musste er gewusst haben, wie jung sie noch war. Doch er überspielte seine Verblüffung, indem er Frances den Blumenstrauß überreichte. »Willkommen auf der

Isle of Wight. Ich hoffe, Ihr werdet diesen Ort, ebenso wie ich, als wahrhaftes Paradies erachten.«

Frances lächelte unbedarft und antwortete: »In Eurer Gegenwart, Sir John, wird jeder Ort zu einem wahrhaften Paradies.«

Master Manners warf mir aufgrund dieser leicht überspannten Worte einen belustigten Blick zu, und ich kicherte hinter meinem Fächer in mich hinein. Da hatten sich offenbar die Richtigen gefunden.

Und so war es auch. Obwohl sich Sir John meiner Schwester gegenüber eher verhielt wie ein wohlwollender Onkel und weniger wie ein künftiger Ehemann. Frances zeigte sich von ihrer besten Seite.

»Mein Haus in Nunwell liegt nicht weit von hier«, sagte Sir John und nahm seinen Pferdeknechten die Zügel ab. »Ich hätte eine Kutsche kommen lassen, doch die Straßen sind zu zerfurcht und voller Schlamm.«

Ich war froh darüber, denn ich hatte schon eine ganze Zeit lang nicht mehr im Sattel gesessen und vermisste das Gefühl von Freiheit. Und so ritt ich los und ließ mir den Wind durchs Haar peitschen, im Nacken meine Haube, die mir vom Kopf geweht war.

Als Master Manners mich eingeholt hatte, fragte er: »Und, was haltet Ihr von dem Verlobten Eurer Schwester?«

»Er scheint ein netter Mann zu sein. Ich glaube, die beiden werden gut miteinander auskommen – vorausgesetzt, er lässt nicht zu, dass Frances die Oberhand gewinnt.

»Und was wünscht Ihr Euch von Eurem Ehemann, Miss Ann?«

Ich war verwirrt, darüber hinaus beunruhigte mich Master Manners' forschender Blick.

»Güte. Respekt. Vielleicht ein wenig Abenteuerlust.«

»Ihr verlangt viel. Was wärt ihr denn bereit, dafür zu geben? Würdet Ihr Euch gehorsam fügen?« Nun musste er selbst lachen, aber es klang wohlwollend. »Ich schätze, ein wenig draufgängerisch dürfte er bei Euch schon sein.«

Bevor ich etwas Passendes darauf erwidern konnte, sprang er mit seinem Pferd über eine Mauer und galoppierte jauchzend davon. Und wie es meine Art war, überlegte ich nicht lange, sondern sprang hinterher und galoppierte ihm den Hügel hinauf nach, bis wir beide oben angekommen waren und auf die anderen hinunterblickten.

Anschließend ritt er neben mir, so nah, dass ich den Schweiß seines Pferdes riechen konnte. »Das Leben hat mehr Abenteuer zu bieten, als im Sattel zu sitzen«, sagte er leise. Dann gab er seinem Pferd die Sporen und schloss zu den anderen auf.

Wenige Meilen hinter Nunwell kam Sir Johns Haus in Sicht, ein schönes dreistöckiges Steingebäude, das aus einem Haupttrakt und zwei Seitenflügeln bestand. Die länglichen, eleganten Fenster strahlten eine Anmut aus, für die ich mich sofort begeisterte – so, wie ich die schlichte Schönheit von Loseley liebte. Nunwell wirkte so einladend, als breite es die Arme aus. Und auch die Größe schien überschaubar.

Für einen kurzen Moment beneidete ich meine Schwester um die Aussicht auf einen liebenswerten Ehemann und ein behagliches Zuhause, und viel mehr noch darum, dass in ihrem Fall alles so eindeutig war, wohingegen meine eigene Lage so verfahren schien.

Während Sir John uns voller Stolz seinen Besitz zeigte, überkam mich das Bedürfnis nach frischer Luft, um mein erhitztes Gemüt ein wenig abzukühlen. Ich ging ans Ende der Gärten, von wo aus man eine wunderbare Aussicht über den Solent hatte.

»Das Haus meines Vaters ist dreimal so groß«, murmelte jemand hinter mir. Master Manners war mir gefolgt. »Er ist schon recht betagt, seine Tage sind wohl gezählt.«

»Master Manners«, wies ich ihn höflich zurecht, »Ihr wollt doch wohl nicht, dass Euer Vater das Zeitliche segnet?«

»Es ist umgeben von einem großen Park, anders als diese winzigen Gärten hier.«

»Mir gefallen diese Gärten. Sie scheinen nicht übermenschlich, sondern so überschaubar, dass man sie ohne allzu großen Aufwand bewirtschaften kann.«

»Wenn Euch der Sinn nach überschaubaren Gärten steht, Miss More«, sagte Master Manners und verbeugte sich galant, »dann sollt Ihr sie bekommen.«

»Ihr könnt sehr überzeugend sein, Sir.«

»Kann ich das?«, fragte er und küsste mir die Hand. »Das will ich auch hoffen!«

Plötzlich vernahmen wir Stimmen. Unser Gastgeber näherte sich, gemeinsam mit seiner Verlobten und meinem Vater, der den beiden huldvoll zulächelte, als wolle er sich selbst für seinen guten Handel loben.

»Ich habe im Sinn, Euch zwanzig Pfund pro Jahr zur Verfügung zu stellen, für Eure Garderobe und andere Notwendigkeiten«, erklärte Sir John meiner entzückten Schwester. »Ich bin kein reicher Mann, aber ich lege mehr Wert darauf, dass etwas Gutes auf die Tafel kommt, als manch anderer auf dieser Insel. Lachs, Honigmelonen, alles, was Euer Herz begehrt.« Er wandte sich an Master Manners. »Gefällt Euch London, Sir? Ich für meinen Teil kann der Stadt nichts abgewinnen. Glücksspiel und Huren überall – die Damen mögen verzeihen –, das hat schon so manchen bettelarm gemacht.«

»Tatsächlich?«, fragte Master Manners mit gespieltem Ernst. »Ich widme mich weitaus lieber der Wissenschaft und der Religion.«

»Wirklich, Sir? Dann hat Gott es wirklich gut mit Euch gemeint. Wenn man als junger Mann nach London geht, braucht man doch eher eine Berufung und eine vernünftige Aufgabe, findet Ihr nicht? Ansonsten ist man sich für eine anständige Arbeit schnell zu schade.«

»Ich wüsste nicht, was ich einer anständigen Arbeit abgewinnen sollte.«

»Meine Rede, Sir, denn *Ihr* seid ein Gentleman.«

»Wollt Ihr etwa nicht, dass unsere Söhne ebenfalls Gentlemen werden?«, fragte Frances alarmiert.

»Aber selbstverständlich. Gentlemen, die einen Beruf erlernen.«

»Ist das nicht ein Widerspruch in sich?«, warf Master Manners ein.

»Ich stimme Sir John zu«, pflichtete mein Vater bei. »Viel zu häufig geben junge Männer ihr Vermögen für falsche Freunde aus.«

»Zehn Pfund können hilfreicher sein als die meisten Freundschaften, pflege ich zu sagen«, erklärte Sir John. Dann wurden wir an die Festtafel gerufen.

»Miss More, ich glaube, Euer Vater hat einen Mann ganz nach seinem Geschmack gefunden«, sagte Master Manners auf dem Weg in den Gesellschaftssaal.

Man servierte uns ein vorzügliches Mahl aus Täubchen, gefolgt von Schweinefleisch und geröstetem Hammel, das mit einem Käse aus der Milch von Sir Johns eigenen Kühen abgerundet wurde. Anschließend wurden wir durch das Innere des Hauses geführt. Zu meiner heimlichen Belustigung wies Sir John eigens auf das Bett hin, in dem er und Frances nächtigen würden – die ausgezeichnete Matratze hob er besonders hervor. Er versäumte auch nicht, meiner Schwester zu versichern, dass ihr selbstverständlich eine Kammerfrau zur Verfügung stünde, die sich um all ihre Bedürfnisse kümmern würde. Irgendwie hatte ich ihn bereits in mein Herz geschlossen.

»Du kannst dich wirklich glücklich schätzen, Frances«, flüsterte ich ihr später zu. »Sir John ist ein guter Mann, dessen bin ich mir sicher.«

»Ich weiß«, antwortete Frances und glühte vor Freude. »Mit ihm werde ich ganz bestimmt glücklich sein.« Sie setzte ein engelhaftes Lächeln auf. »Vor allem in diesem Federbett!«

»Frances!«

»Immerhin feiern wir hier meine Verlobung. Glaubst du etwa, ich wüsste nicht, was im Ehebett geschieht, Schwester? Erinnerst du dich nicht mehr an Beth und ihren Sir John?«

Wir umarmten uns und dachten daran, wie wenig Zeit Beth

danach nur noch vergönnt gewesen war. »Ich glaube, mit meinem Sir John habe ich einen besseren Fang gemacht. Weißt du, Ann …«, sie legte mir einen Arm um die Taille, »du könntest ebenso ein glückliches Zuhause haben wie ich.«

»Mit Master Manners?«

»Wer sonst könnte dir so viel bieten *und* dir das Glück deiner Familie sichern? Denk darüber nach, Ann.«

»Hat unser Vater dich für seine Zwecke eingespannt?«

»Nein, Schwester«, erwiderte sie ernsthaft und besorgt, »ich möchte, dass wir uns gemeinsam auf unser Glück freuen können. Außerdem kannst du doch nicht glauben, dass du dich unserem Vater widersetzen kannst. Das ist ganz einfach unmöglich. Nicht einmal unsere kühne und furchtlose Schwester Mary hätte sich das erlaubt.«

Wir wurden unterbrochen, denn Sir John wollte Frances den Hühnerstall zeigen und uns anschließend zu einer Partie Glecko einladen.

Als wir drei Tage später die Heimreise antraten, sah ich bereits vor mir, was für glückliche Jahre Sir John und Mylady Frances erwarteten. Sie würden dieses schöne Haus zweifellos mit einer Schar Kinder füllen. Frances würde die beste Hausfrau sein, die ein Mann sich nur wünschen konnte, und Sir John ein liebevoller und fürsorglicher Ehemann. Bestimmt würde er sie zur Sparsamkeit anhalten, um sich dann über seine eigenen Regeln hinwegzusetzen, indem er ihr Juwelen oder Silber zum Geschenk machte, wann immer er sich einmal auf Reisen begeben musste.

Seufzend hob ich meine Reisetasche auf – und während wir draußen in der morgendlichen Kälte warteten, versetzte ich Sir John in Erstaunen, denn ich gab ihm zum Abschied einen dicken Kuss.

»Immer dieses verdammte Wetter!«, zeterte mein Vater. »Ich habe bereits Durchfall, das kann ja unterwegs nur noch schlimmer werden.«

Trotz des schlechten Wetters verlief die Rückfahrt auf dem

Schiff wesentlich angenehmer als die Hinfahrt, denn die See war ruhig und grau wie ein stehendes Gewässer. Dennoch war ich erleichtert, als ich wieder festen Boden unter den Füßen hatte.

Portsmouth selbst war noch überfüllter von Soldaten als auf unserer Hinreise. »Die Bewohner der Stadt klagen darüber, dass man die Soldaten einfach bei ihnen einquartiert«, erklärte mein Vater. »In Kriegszeiten ist es besonders schlimm.«

Ich musste an die Feldzüge nach Cadiz und zu den Azoren denken, an denen Master Donne teilgenommen hatte. In seinen Versen hatte er lebhaft beschrieben, wie schmucke junge Männer in goldener Spitze und mit kecken Federn am Hut sich freiwillig gemeldet hatten, um ihre Königin zu verteidigen und ein Vermögen zu machen. Doch wie sie feststellen mussten, war der Krieg ein raues, schmutziges Geschäft. Die meisten kehrten gebrochen und verarmt zurück, die Spitze zerrissen, die Federn erschlafft, standen sie vor einem Schuldenberg.

»Was an diesem ungehobelten Soldatenvolk bringt Euch zum Lächeln?«, fragte Master Manners.

»Dass ich lächelte, war mir gar nicht bewusst.«

Er runzelte die Stirn, und eine argwöhnische Miene überschattete die Züge seines sonst so ansehnlichen Gesichts. »Kommt, ich habe Eurem Vater zugesichert, dass wir wegen seines Durchfalls einen Apotheker aufsuchen, ein wenig außerhalb der Stadt in der Nähe von Saint Mary's Chapel habe ich einen gesehen.

»Das ist sehr freundlich von Euch, aber eigentlich ist das meine Aufgabe.«

»Wie Ihr meint. Ich werde draußen warten. Und seht Euch bloß bei diesen Soldaten vor.«

Nachdem der Apotheker sich höflich meine Bitte angehört hatte, griff er hinter sich ins Regal, wo zahlreiche Gläser und Gefäße standen. Doch zu meiner Überraschung öffnete er keines davon, sondern nahm ein Stückchen Holzkohle, zerkleinerte es in einem Mörser und zerstieß es schließlich mit einem Stößel aus Messing zu einem feinen Pulver. »Einen Aufguss daraus muss er zwei Mal am Tag einnehmen. Der Geschmack ist widerwärtig, als hätte der Teufel selbst diesen Trank gebraut, dafür wird er die Beschwerden schneller lindern als Kamille oder Pfefferminz. Er hilft sogar besser, als Ingwer zu zerkauen, obwohl all diese Mittel auch etwas für sich haben.« Ich dankte dem Apotheker.

Als wir Rast machten, ging mein Vater sogleich zu Bett, dankbar über die Holzkohle, obwohl er zunächst misstrauisch gewesen war. Frances, immer noch strahlend vor Glück, erbot sich, am seinem Bett sitzen zu bleiben – für den Fall, dass er etwas brauchte.

Nachdem ich meinen Umhang auf mein Zimmer gebracht hatte, stellte ich fest, dass Master Manners uns das Essen in einem eigenen Speisezimmer hatte servieren lassen. Der Tisch war bereits einladend gedeckt.

»Ich habe dem Wirt gesagt, wir würden uns selbst bedienen, denn offenbar fehlt es an Personal.«

»Sehr freundlich von Euch«, sagte ich. Gleichzeitig fragte ich mich, warum er es überhaupt für nötig hielt, mich darauf hinzuweisen.

Wir aßen schweigend, und ich lehnte den Wein ab, dem Master Manner selbst ordentlich zusprach, bis der Krug leer war und sich ein bedrohliches Funkeln in seinen Augen zeigte.

Beunruhigt von seinem wilden Blick, erhob ich mich und verabschiedete mich mit der Erklärung, ich sei müde und wolle zu Bett gehen.

»Bestimmt um an Master Donne zu denken«, sagte er lallend. Schon der Name wirkte für ihn offenbar wie ein Funken in einem Fass Schießpulver. »Immer dieser Master Donne!« Nun schien das Fass zu explodieren, denn Master Manners stürzte sich auf mich und presste mich gegen die Wand. »Meine Gesellschaft habt Ihr in London gemieden, aber für Master Donne wart ihr mehr als nur bereit!«

Er stieß mir sein Knie zwischen die Beine und griff mit einer

Hand nach meinen Brüsten. Mit der anderen hielt er mir den Mund zu, als ich versuchte, zu schreien. »Wenn es stimmt, dass Ihr trotz aller Gerüchte noch eine Jungfrau seid, steht allein mir das Vergnügen zu, Euch die Unschuld zu nehmen.« Mit einer Hand unter meinem Kinn presste er meinen Kopf so fest gegen die Wand, dass ich kaum Luft bekam. »Dann werden wir ja sehen, ob Ihr die Wahrheit sagt oder Lügen erzählt wie eine Deptford-Hure.«

Ich verteidigte ich mich auf Ehre und Leben, ich fühlte seinen schweren Atem und sah seinen glasigen Blick. Da verstand ich, dass er mich an Ort und Stelle nehmen wollte wie eine billige Straßendirne. Voller Panik suchte ich nach einem Gegenstand, mit dem ich ihn abwehren konnte, doch ich fand nichts.

Ich versuchte, ihm das Gesicht zu zerkratzen, aber er grinste nur, angefacht durch meinen Widerstand. Doch schließlich gelang es mir, um Hilfe zu schreien.

»Was für ein Unheil nimmt dort drinnen seinen Lauf?«, rief der Wirt deutlich vernehmbar, und ich dankte dem Allmächtigen, als Master Manners seinen Griff endlich lockerte.

»Danke der Nachfrage, Herr Wirt, es ist alles in Ordnung«, rief er spöttisch und begann zu pfeifen, als hätte man uns bei einem Stelldichein erwischt.

Argwöhnisch blickte der Wirt von Master Manners zu mir und fragte: »Kann ich Euch in irgendeiner Weise behilflich sein, Miss?«

»Ich wäre Euch sehr verbunden, wenn Ihr mich nach oben zu meinem Vater begleiten könntet.«

»Gewiss. Und sollte ich auch die Wache rufen?«

Die Wache rufen zu lassen, hätte mein Vater mir niemals verziehen. Ich wusste, er war um mich besorgt, aber der Ruf der Familie war ihm ebenso wichtig. »Nein danke, ich möchte nur zu meinem Vater. Er ist ja gar nicht weit entfernt.«

»Offenbar zu weit, als dass er Euch beistehen könnte«, sagte der Wirt achselzuckend. »Nun kommt, ich bringe Euch selbst hinauf.«

Bevor ich ging, packte Master Manners mich am Arm. »Wir haben noch viel Zeit«, raunte er mir zu, »und nicht jedes Mal wird ein Fremder uns stören.« Er zwickte mich in die Wange, als hätten wir uns prächtig miteinander amüsiert. »Insbesondere, wenn wir verheiratet sind.«

Mir gefror das Blut in den Adern.

Mein beschädigter Ruf mochte manche Männer abhalten, Master Manners jedoch schien dadurch umso mehr angestachelt, mich gefügig zu machen.

»Ann!«, rief mein Vater mit klagender Stimme. »Wo bist du nur gewesen? Setz dich zu mir! Wenn Frances überhaupt einmal still sitzt, schläft sie sogleich ein.«

»Vater«, bat ich, »können wir nicht heute Nacht noch nach Loseley reisen?«

»Hast du den Verstand verloren? Wir würden uns im Dunkeln den Hals brechen. Außerdem habe ich Durchfall und fühle mich völlig ausgelaugt.«

»Dann bleibe ich hier an deinem Bett sitzen, Vater – für den Fall, dass du etwas brauchst, und damit Frances sich schlafen legen kann.«

Frances zuckte mit den Schultern und raffte ihre Stickarbeit zusammen. »Das wäre schön.«

Falls mein Vater sich über mein Angebot wunderte, an seinem Bett sitzen zu bleiben, ließ er es sich nicht anmerken.

Allmählich verebbte der Lärm aus der Gaststube. Ich war nur noch von kalter, nächtlicher Stille umgeben – und von ganzem Herzen, mit all meiner Seele sehnte ich mich nach London und Master Donne.

18

In dieser endlos langen Nacht dachte ich darüber nach, was ich nun tun konnte. Sollte ich meinem Vater erzählen, wie Richard Manners sich mir gegenüber verhalten hatte?

Eigentlich hatte ich erwartet, dass mein Vater mich gar nicht bei sich haben wollte. Doch möglicherweise gab es auch in seinem Leben Momente, in denen er den Trost anderer Menschen dankbar annahm.

Als der Morgen graute, hatte ich eine Entscheidung getroffen. Es wurde immer später hell und immer früher dunkel, in einigen Wochen stand die Weihnachtszeit bevor.

Ich schürte das Feuer, zog mir mein Schultertuch fester um und wartete darauf, dass mein Vater wach wurde.

Nach neun Uhr schließlich wurde es höchste Zeit, die Reise fortzusetzen. Ich war froh, dass wir die nächste Nacht nicht in einem Gasthof, sondern bei Freunden einkehren würden.

Behutsam rüttelte ich meinen Vater. »Vater, Ihr müsst aufstehen. Ich habe Eure Kleidung schon zum Aufwärmen vor dem Feuer ausgelegt.« Ich setzte mich neben ihn auf das riesige Bett, in dem er noch schmächtiger wirkte als gewöhnlich, und sagte zögernd: »Ich habe die ganze Nacht lang nachgedacht und möchte Euch etwas sagen. Als Master Manners und ich gestern Abend allein waren, hat er versucht, mich zu entehren.«

»Also, Ann«, mein Vater setzte sich auf, »was soll dieser Unsinn? Wie hätte er bei all dem Kommen und Gehen in diesem Gasthaus überhaupt Gelegenheit dazu haben sollen?«

Ich verstummte, denn ich wusste, wie unwahrscheinlich meine Geschichte klang. »Ich weiß. Aus eben diesem Grund fühlte ich mich ja sicher in seiner Gegenwart.«

»Hattest du etwa Anlass, daran zu zweifeln?«

»Schon vorher hat er mich einige Male eigenartig angesehen und versucht, mir den Hof zu machen.«

»Genug davon!« Sein Tonfall war kalt und messerscharf. »Was redest du da für ein wirres Zeug? Du kannst dich glücklich schätzen, dass Master Manners sich von dem Geschwätz über Master Donne und dich nicht abschrecken lässt und dich immer noch in Betracht zieht.«

»Gegen eine höhere Mitgift!«

»Still jetzt! Wenn sein Vater unserer Abmachung zustimmt, wirst du Master Manners so bald wie möglich heiraten, meinetwegen lieber heute als morgen. Mit deiner Halsstarrigkeit und deiner vorlauten Art hast du mir schon genug Scherereien bereitet, Ann. Erst weigerst du dich, Hofdame zu werden, dann lässt du dich mit einem Mann ein, der nichts hat außer einem schlechten Ruf. Und nun beschuldigst du auch noch Master Manners, er hätte dich entehren wollen. Wenn dich jemand entehrt hat, dann du selbst! Aber ich werde nicht zulassen, dass du auch noch dem Rest der Familie Schaden zufügst. Und jetzt will ich nichts mehr davon hören. Geh und pack deine Sachen zusammen. Wir machen uns innerhalb der nächsten Stunde auf den Weg. Nun mach schon!«

Ich sprang auf und rannte auf mein Zimmer. Tief in meinem Inneren hatte ich geahnt, dass mein Vater so reagieren würde.

Bevor ich wieder hinunterging, horchte ich, um festzustellen, ob Master Manners anwesend war. Zu meiner Erleichterung erfuhr ich, dass er bereits vorausgeritten war.

Auf dem Rückweg bestritt Frances die Unterhaltung allein, eine Herausforderung, der sie sich mit großem Eifer widmete: Sir John sei der perfekte Ehemann, nicht einmal Adam könne da mithalten. Nunwell sei schöner als alle Paläste der Königin zusammen, der Ausblick vom Irrgarten sei besser als alles, was sie über Italien gehört habe. Und selbstverständlich krähten Sir Johns Hähne lauter als alle anderen.

Ihr Geplapper füllte das Schweigen, das zwischen meinem Vater und mir entstanden war. Er starrte aus dem Fenster und vermied es, mich anzusehen. Ich dagegen wickelte mich in meinen Pelzumhang und zog mich in die hinterste Ecke der Kutsche zurück. Selbst als wir durch das Gerüttel auf der holprigen Straße aneinanderstießen, behandelte er mich wie eine Fremde. Ich musste sämtliche Kraft aufbieten, die mir zur Verfügung stand, um meine Tränen zurückzuhalten, denn ich wollte mir vor ihm keine Blöße geben.

Als die vertraute Silhouette von Loseley in Sicht kam, beugte sich meine Schwester noch einmal zu mir herüber. »Sag, Ann, bist du nicht wenigstens ein kleines bisschen neidisch?«

»Doch Frances, das bin ich.«

Sie lächelte erfreut, denn diese Antwort hatte sie nicht erwartet.

Doch ich hatte ihr verschwiegen, warum das so war. Sie hatte Glück, dass sie sich etwas wünschte, was in ihrer Reichweite lag: einen aufmerksamen Mann, der sein Land und alles, was dazu gehörte, liebte und der auch sie lieben würde.

Der Beginn ihrer Liebe war vielleicht nicht vom Läuten himmlischer Glocken begleitet worden, wie wenn sich zwei Seelenverwandte treffen – so wie ich es für einen kurzen Moment vernommen hatte, bevor es nun offenbar für immer verstummen sollte – doch möglicherweise war so etwas ohnehin ein Hirngespinst. Etwas, das einem nichts als Schmerz zufügte, wie ein Irrlicht im Nebel, das Reisende in die Irre führte und sie im Moor versinken ließ.

Dagegen konnte Frances sich wirklich glücklich schätzen.

Die Tatsache, dass ich eingestanden hatte, neidisch zu sein, schien sie außerordentlich zu freuen.

Doch immerhin blieb mir ein winziger Trost. Mary würde uns besuchen und das Baby mitbringen. Auch sie mochte meine Gefühle nicht billigen, aber immerhin wusste sie, wovon ich sprach, und das tröstete mich ein wenig.

Marys Baby, ein strammer Junge, hatte dunkle Augen und einen dichten schwarzen Haarschopf, ganz wie sein Vater. Ich konnte mir nicht verkneifen, ihr zuzuflüstern: »Welche Erleichterung, dass er eindeutig auf die Throckmortons herauskommt!« Daraufhin versetzte sie mir einen Tritt vor das Schienbein, der sicher einen blauen Fleck hinterlassen würde.

Auch Margaret war gekommen. Die beiden sprudelten über vor Londoner Klatsch, den sie kichernd erzählten, als wir in meinem Schlafgemach endlich unter uns waren. Die eigensinnige neue Frau des Lord Keeper, Alice, Countess of Derby, sorgte für ständigen Aufruhr. Sie hatte sich über ihren Gemahl hinweggesetzt und ihre Tochter mit John, dem verbleibenden, jüngeren Sohn unseres Onkels verheiratet.

Ich horchte auf. Konnte man auch ohne Zustimmung heiraten? Und selbstverständlich kam ich nicht umhin, mich zu fragen, ob Master Donne ebenfalls von all dem Tumult betroffen war.

Mary, der man von all meinen Schwestern am wenigsten vormachen konnte, durchschaute mich sofort. »Master Donne hat alle Hände voll zu tun, die Wogen zwischen den beiden zu glätten. Er versucht, seinen Dienstherrn davon zu überzeugen, dass die Komtess ihn auch aus Zuneigung geheiratet hat, und nicht nur seines Ansehens wegen oder um ihr bei ihren zahlreichen Gesetzesverfahren von Nutzen zu sein.«

»Das ist sicher eine heikle Aufgabe.«

»Sie hat vierzig Dienstboten mitgebracht, deren Kost und Logis den Lord Keeper zu seinem großen Leidwesen sechshundertfünfzig Pfund im Jahr kosten. Darüber hinaus bilden ihre Bediensteten sich ein, sie hätten seinen Leuten etwas zu sagen.«

Es tat mir leid, das zu hören, denn ich dachte daran, wie freundlich Joan, Mercy und Thomas stets gewesen waren. War vielleicht auch Wat betroffen? Doch der lebte ja sicherlich bei Master Donne.

»Mylord Essex ist nach wie vor nicht gut gelitten«, erzählte Mary und genoss eindeutig ihre Rolle als Verkünderin schlechter Nachrichten. »Die Königin hat sein Monopol auf Süßwein nicht erneuert, und nun steht er kurz vor dem Ruin.«

Margaret, die eigentlich nicht zu Klatsch neigte, beugte sich zum Kamin und senkte die Stimme zu einem Flüstern, als bestünde die Gefahr, dass man uns sogar hier – fünfundzwanzig Meilen vom Königshof entfernt – belauschen könnte. »Mein Thomas ist der Meinung, der Earl wird einen Aufstand anzetteln, nun, da er sich seiner regelmäßigen Einnahmen beraubt sieht. Deshalb sollte ich ja auch hierher reisen, für den Fall, dass es in London Aufruhr gibt.«

»Da macht Thomas sich doch sicher zu viel Gedanken?«, fragte ich, plötzlich um Master Donnes Sicherheit besorgt. »Würden dem Earl überhaupt genügend Leute folgen?«

»Er verlässt sich auf bestimmte Gruppen in der Stadt, die gut ausgebildet sind und ihn immer noch für einen Helden halten. Das glaubt er zumindest. Vielen Leuten gefällt es nicht, dass die Königin immer noch keinen Thronfolger benannt hat. Das sorgt für Unruhe und ist schlecht fürs Geschäft, behauptet Thomas.«

Das Bild von Queen Elizabeth mit schief sitzender Perücke und in Lady Marys viel zu kurzem Kleid kam mir wieder in den Sinn. Schon damals hatte sie gewirkt wie eine alte Frau.

»Nick sagt, Essex ist nur eine Bedrohung für sich selbst«, warf Mary ein. »Er sollte sich vorsehen, sonst wird er im Tower einen Kopf kürzer gemacht.«

Der Gedanke ließ mich schaudern. Würde die Königin dem Mann, den sie ungeachtet des Altersunterschieds von dreißig Jahren über einen langen Zeitraum geliebt hatte, so etwas antun?

Mary sah mir an, dass mich bei all den Londoner Klatschgeschichten etwas anderes beunruhigte. »Wie geht es dir? Hat der gut aussehende Master Manners es geschafft, dein Herz zu erobern?«

Nun konnte ich mich nicht länger beherrschen. Ich erzählte meinen beiden Schwestern, dass Master Manners mir die Unschuld hatte rauben wollen, unser Vater aber nichts davon wissen wollte.

Margaret konnte es kaum glauben, aber Mary, die wusste, wozu Männer fähig waren, verstand mich und geriet sogleich in Zorn. »Ich werde sofort mit Vater sprechen. Wie kann er dir so einfach den Mund verbieten? Sieht er denn nicht ein, dass jemand, der sich jetzt schon derartig benimmt, dich nach der Hochzeit noch schlechter behandeln wird? Denn, glaub mir, Männer verändern sich durch eine Heirat nicht. Ganz im Gegenteil, sie gibt ihnen das Recht, zu tun und zu lassen, was ihnen beliebt.« Sie nahm meine Hand. »Komm, wir werden gemeinsam mit Vater reden.«

Wir suchten meinen Vater überall. Mein Großvater sagte, möglicherweise sei er in der Bibliothek. »Dort habe ich ihn in letzter Zeit des Öfteren gesehen, denn, unter uns gesagt, ich glaube, eure Stiefmutter setzt ihm ganz schön zu.«

Doch dort war er nicht. Dann hörte Mary das Baby schreien und ging die Treppe hinauf, um nach ihm zu sehen. Zu meiner Überraschung stillte sie den Kleinen selbst. Gerade wollte ich hinter ihr hergehen, als ich auf einem Tisch in der Bibliothek – gleich vor der Fensterbank, auf der ich so oft gesessen und gelesen hatte – einen Stapel Papiere meines Vaters sah. Größtenteils waren es Pachtverträge oder andere Dokumente im Zusammenhang mit seiner Funktion als Amtsrichter. Doch unter all dem schaute ein besonderes Pergament hervor, gefaltet und versiegelt wie ein Brief, und er war an mich adressiert.

Mein Atem beschleunigte sich und mir wurde beinahe schwarz vor Augen, als ich den Brief vorsichtig unter den übrigen Papieren hervorzog. Denn diese Handschrift würde ich unter unzähligen erkennen. Es war die, mit der die Verse geschrieben worden waren, die mein Cousin Francis mir heimlich besorgt hatte.

Das Herz schlug mir bis zum Hals. Wen hatte mein Vater bestochen, um mir diese Nachricht vorzuenthalten? Und gab es noch mehr Briefe, die ich nicht bekommen hatte?

Ich sah mich um, doch nirgendwo hätte man so einfach etwas verstecken können. Vorsichtig, denn schließlich handelte es sich um Großvaters beste Stücke, suchte ich hinter den Büchern im Regal.

Aber ich fand nichts.

Bis ich das letzte Regalbrett erreichte. Ausgerechnet hinter einem in Kalbsleder gebundenen Band von Ovids *Amores* entdeckte ich drei oder vier weitere Briefe.

Alle von derselben Handschrift an mich adressiert.

Er hatte mich also doch nicht für die Countess of Straven im Stich gelassen.

Außer Atem vor Aufregung verbarg ich die Briefe im Ärmel meines Kleids und eilte die breite Eichentreppe hinauf zu meinem Schlafgemach. Dort brach ich das Siegel des ersten Briefes auf, setzte mich aufs Bett und las.

Meine Liebste,

drei Monate sind seit unserem letzten Treffen verstrichen und Euer Schweigen lässt mir das Herz gefrieren. Mir ist, als wäre ich eine öde Winterlandschaft ohne Hoffnung auf den Frühling, solange ich nicht von Euch selbst höre, dass ich nicht ganz und gar vergessen bin. Vielerlei Gründe habe ich mir vor Augen gehalten, die Euch davon hätten abhalten können, ein paar Zeilen an mich zu richten. Doch all das bietet mir nur einen schwachen Trost, gleich einem Gefangenen, der seine Zelle gekehrt und gereinigt sieht, dem Kerker aber doch nicht entfliehen kann. Ihr könnt über mich verfügen und gebieten, denn Ihr seid mein Schicksal.

J. Donne

Ich sank zurück in die Kissen und hätte singen mögen vor Freude. Er hatte mir die Treue gehalten. Er hatte mich nicht benutzt. Obwohl er sich mein Schweigen nicht erklären konnte, war seine leidenschaftliche Liebe ungebrochen, tief in seinem Herzen empfand er ebenso wie ich.

Ich war sein Schicksal. Und er das meine.

Ich war nur noch von einem einzigen Gedanken beseelt: Ich musste ihm eine Nachricht zukommen lassen, denn nun war ich mir ganz sicher, dass ich Master Manners unmöglich heiraten konnte, ganz gleich welche Konsequenzen meine Weigerung nach sich zog.

All das schrieb ich ihm. Plötzlich überfiel mich die Angst, er könne mein Schweigen als die Bestätigung eines seiner eigenen Verse – »kein schön und treues Weib« – betrachtet und anderweitig Trost gesucht haben.

Doch sogleich sah ich ein, dass ich ihm Unrecht tat.

Ebenso erkannte ich, dass es nur mit einem Brief nicht getan war. Ich musste ihn persönlich sehen, selbst wenn mein Vater mich noch so argwöhnisch betrachtete, nachdem ich mich über Master Manners beklagt hatte. Er wollte mich so bald wie möglich verheiratet sehen und wachte mit Argusaugen über mich.

Also fasste ich im Geheimen einen Plan. London bedeutete nach wie vor eine Gefahr, unter keinen Umständen würde mein Vater mich zu Mary reisen lassen. Und seit York House unter der Herrschaft einer neuen Gebieterin stand, war dort kein Platz mehr für mich.

Meine Lage schien düster und hoffnungslos, doch dann zeigte sich ein Lichtstreif am Horizont. Ich musste mich meinem Vater so unentbehrlich machen, dass er sich einverstanden erklären würde, mich mitzunehmen, wenn er das nächste Mal nach London reiste.

Noch am selben Abend wollte ich beginnen, meinen Plan in die Tat umzusetzen. Doch damit er keinen Verdacht schöpfen konnte, musste ich zunächst meine geliebten Briefe dorthin zurücklegen, wo ich sie gefunden hatte.

Was ich schweren Herzens auch tat. Wie gern hätte ich sie behalten und bei mir getragen, um nicht den Mut zu verlieren. Aber ich würde ihren Inhalt in meinem Herzen bewahren.

Ich drückte dem letzten Brief einen Kuss auf, während meine Tränen auf die Worte fielen, die mir alles bedeuteten.

Nachdem ich die Fassung wiedergewonnen hatte, machte ich

mich auf die Suche nach meinem Vater, um ihm einen Krug Gewürzbier in die Bibliothek zu bringen.

»Hier, Vater«, sagte ich und stellte den Krug neben ihm ab, wie ich es schon so oft für meinen Großvater getan hatte. »Es ist spät, und Ihr habt lange genug über Euren Papieren gesessen.« Tatsächlich hatte er sich in letzter Zeit oft auf Loseley aufgehalten, einerseits um seiner Frau aus dem Weg zu gehen, andererseits um meinen Großvater zu entlasten, denn diesem fiel es immer schwerer, seinen Pflichten nachzukommen. Es war ohnehin kaum zu glauben, dass Großvater mit seinen beinahe achtzig Jahren noch immer Amtsrichter von Sussex und Surrey war.

»Was wird hier gespielt, Ann?«, fragte mein Vater und sah mich argwöhnisch an. »Dir ist doch sonst nicht so sehr an meinem Wohlergehen gelegen!«

»Ihr wirkt erschöpft, Vater, weiter nichts.«

Zu meiner Überraschung nahm er meine Hand. »Ann, ich mag dir manchmal zu hart erscheinen, aber glaub mir, es ist nur zu deinem Besten.« Wohlwollend sah er mich an. »Dein scharfer Verstand lässt dich manches infrage stellen, doch für uns Menschen ist es am besten, wenn wir Gottes Willen befolgen und uns in unser Schicksal fügen.«

Beinahe hätte ich geantwortet, es sei nicht Gottes, sondern sein Wille, dass ich Master Manners heiraten sollte. Aber wahrscheinlich hätte er gar keinen Widerspruch darin gesehen.

Gehorsam schlug ich die Augen nieder. »Ich sehe, wie die Staatsangelegenheiten immer mehr auf Euch lasten, Vater, deshalb würde ich Euch gern mit meinem scharfen Verstand dabei zur Seite stehen. Als Amtsrichter, Bevollmächtigter der Königin und Mitglied des Parlaments habt Ihr eine Vielzahl von Dokumenten zu lesen, und ich weiß, Ihr wollt diese Aufgabe nicht einem Sekretär übertragen.« In Wahrheit beschäftigte mein Vater keinen Sekretär – so wie der Lord Keeper Master Donne und andere –, weil er die Kosten dafür sparen wollte, obwohl er sich durchaus einen hätte leisten können. »Wenn Ihr mich für fähig genug haltet, könnt Ihr mich die Petitionen lesen lassen, um die Spreu vom Weizen zu trennen. Dann könnt Ihr Euch den Angelegenheiten widmen, die Euch mehr am Herzen liegen.«

Er antwortete nicht, was ein gutes Zeichen war. *Wenn* er meinen Vorschlag annahm, musste es ihm so scheinen, als wäre nicht ich, sondern er selbst darauf gekommen. Deshalb überließ ich ihn seinen Überlegungen.

»Gute Nacht, Vater.«

Und so übernahm ich in den folgenden Wochen allmählich die Rolle des Sekretärs und Schreibers meines Vaters. Und ohne je eine Vereinbarung getroffen zu haben, nahm ich ihm immer mehr Arbeit ab.

Ich muss zugeben, mir sagte diese Aufgabe zu. Denn einerseits hielt sie mich davon ab, in düstere Stimmung zu verfallen, und zum anderen stellte sich heraus, dass sie interessanter war, als ich vermutet hatte. Ich wage zu behaupten, dass keine Frau – abgesehen von Ihrer Majestät – in amtlichen Dingen besser Bescheid wusste als ich: über Pferdediebstahl, die Produktion von feinem Wollstoff, die Strafverfolgung Abtrünniger des anglikanischen Glaubens und – das Lieblingsthema meines Vaters – die unselige Ausbreitung von Wirtshäusern.

Meine Großmutter, die nicht so leicht hinters Licht zu führen war, ahnte vermutlich, dass noch mehr hinter meinem pflichtbewussten Bemühen steckte. Doch sie sah mich nur prüfend an und sagte nichts. Überhaupt war sie es, die, was Master Manners betraf, die größte Zurückhaltung an den Tag legte.

Mit jedem weiteren Tag wuchs meine Zuversicht, dass mein Plan aufgehen würde. Wenn Master Manners' Vater nicht in die Abmachung einwilligte, bevor mein Vater nach London reiste, würde er mich vielleicht mitnehmen.

Doch dann geschah etwas, das mich bei all der freudigen Erwartung in meinem jungen Leben vollkommen unvorbereitet traf.

Ich wurde krank.

Zunächst bekam ich Kopfschmerzen und meine Gelenke taten so weh, dass ich mich kaum noch auf den Beinen halten konnte. Mein Hals brannte und ich hatte einen Durst, der mit nichts zu löschen war. Nach sechs Tagen zeigte sich ein Hautausschlag. Voller Besorgnis schickte meine Großmutter nach einem Arzt, und abermals vernahm ich die Worte, die mich trafen wie die Hammerschläge auf einen Sargnagel: Alles hinge davon ab, wo der Ausschlag sich ausbreiten würde.

Ich wusste, was das zu bedeuten hatte.

Es stand zu befürchten, dass ich an der gleichen Krankheit litt, der meine geliebte Tante zum Opfer gefallen war.

19

Von ganzem Herzen bemühte ich mich um Zuversicht, doch tief in meinem Inneren war ich von Angst erfüllt.

Musste ich sterben, bevor mein Leben richtig begonnen hatte? Musste ich wie meine Tante erdulden, dass mein Gesicht schmerzte und zerfiel? Oder würde ich überleben und auf ewig entstellt sein, verhüllt unter einem Schleier wie die treue Kammerzofe der Königin?

Meine Großmutter übernahm meine Pflege. Sie sagte, sie habe ein erfülltes Leben gehabt und würde sich Gottes Willen überlassen.

Wie damals, als meine Tante von ihrem grausamen Schicksal ereilt wurde, war es auf einmal ganz still im Haus. Die Dienstboten sprachen in gedämpftem Ton, und die Pferde schienen gepolsterte Hufe zu haben.

Am siebten Tag breitete sich der Ausschlag über meinen Bauch und meinen Brustkorb aus, meine Beine jedoch blieben verschont.

Am neunten Tag hatten sich Krusten gebildet, die abfielen, während überall neue entstanden.

Ich weinte vor Freude, dass ich dem Schicksal meiner Tante entronnen war. Ich hatte nur die Windpocken.

Übersät von eitrigen Pusteln und Schorf bot ich gewiss keinen schönen Anblick, aber ich dankte dem Allmächtigen, dass ich nicht sterben musste und auch nicht mein Leben lang entstellt wäre. Es war sonderbar, denn durch all das fühlte ich mich in meinem Entschluss bekräftigt.

Am folgenden Abend war meine Großmutter von ihrer einsamen Wache an meinem Krankenbett erlöst, und das ganze Haus atmete auf.

Der Morgen dämmerte bereits, als ich Schritte vor den Vorhängen meines Bettes vernahm. Ich setzte mich auf, denn ich dachte, meine Großmutter wäre gekommen, um mir ein wenig Kamillentee einzuflößen.

»Miss Ann!«, flüsterte eine vertraute Stimme durch die schweren Vorhänge, ein wenig zitternd, offenbar von der eigenen Kühnheit verunsichert.

Ich zog die Vorhänge zurück, wobei ich vollkommen vergessen hatte, welchen Anblick ich bot.

»Wat!«

»Miss Ann, was ist mit Eurem hübschen Gesicht!«

Er fiel auf die Knie und vergrub den Kopf in meinen gestärkten Laken.

Ich musste lachen, was seltsam eingerostet klang. »Keine Sorge, Wat. Was ich überhaupt an Schönheit besaß, ist bald wiederhergestellt. Vorausgesetzt, ich kratze mir nicht diese juckenden Pusteln auf! Es sind nur die Windpocken.«

»Gott sei Dank!« Er gewann seine gewohnte Fröhlichkeit zurück. »Mein Herr und Meister fleht unaufhörlich zu Gott, seit er von Eurer Erkrankung erfahren hat. Er wollte selbst sogleich zu Euch eilen. Doch sein Freund Sir Henry konnte ihn davon überzeugen, dass es alles andere als hilfreich wäre, Euren Vater zu verärgern und Eurem guten Ruf zu schaden. Also hat Master Donne mich geschickt, um Euch ausrichten zu lassen, wie sehr er in Sorge ist.«

»Soll das heißen, du bist für die Welt entbehrlicher als er?« Nun, da ich wusste, dass ich weder sterben musste noch entstellt sein würde, war ich zu einem kleinen Scherz aufgelegt, insbesondere Wat gegenüber, der zu einem richtigen Gentleman geworden war.

Wat grinste. »Master Donne war überzeugt, Euer Vater würde ihn nicht zu Euch lassen. Ich hingegen kann vorgeben, dass ich meine Geschwister besuchen möchte.«

»Du hast aber noch nicht nach ihnen gefragt.«

»Nein, aber ich vermute, sie entwickeln sich prächtig.«

»Sie sind aus härterem Holz geschnitzt als ich und besser gegen Krankheiten gewappnet. Wolltest du das damit sagen?«

»Miss Ann«, Wats Blick verdüsterte sich, »so habe ich das keineswegs gemeint.«

»Ich scherze doch nur, Wat. Und, wie geht es deinem Herrn und Meister?«

»Er leidet sehr, seit Ihr fort musstet. Zunächst erhielt er von Euch keine Antwort auf seine Briefe. Dann ließ Mylady Straven keine Gelegenheit aus, ihm unter die Nase zu reiben, wie gut aussehend und wohlhabend Master Manners doch sei. Sie sei sicher, er werde Euch für sich gewinnen und die Verlobung werde bald bekannt gegeben. Kurz darauf kam dann die Nachricht, Ihr hättet die Pocken, wie Eure Tante.«

»Wie hat er von meiner Krankheit erfahren?«, fragte ich, erstaunt, dass sich mein Zustand offensichtlich bis nach London herumgesprochen hatte.

»Ein Dienstmädchen hat ihm eine Botschaft überbracht, ich glaube, Prudence war ihr Name.«

Verblüfft starrte ich ihn an. Woher wusste Prudence, wo Master Donne zu finden war?

Meine Großmutter! Außer sich vor Sorge hatte sie Master Donne wohl eine Nachricht zukommen lassen. Offenbar hatte sie befürchtet, dass eher ein Begräbnis als eine Hochzeit bevorstünde.

»Ich habe deinem Herrn einen Brief geschrieben und wäre dankbar, wenn du ihn überbringen könntest«, sagte ich und übergab Wat das versiegelte Papier.

»Mit Vergnügen. Ich würde Master Donne gern wieder ein wenig fröhlicher sehen in diesen finsteren Tagen. Der Lord Keeper klagt ohne Unterlass über seine neue Gemahlin, sie zetert herum, und mein Herr bekommt alles mit. Es war nicht gerade leicht in letzter Zeit.« Wats schüchternes Lächeln war rührend. »Insbesondere, da Ihr nicht mehr da seid. Er denkt oft an die ungestörte Zeit mit Euch und erinnert sich gern an Eure vorigen Begegnungen in York House zurück.«

Mir fielen die niederträchtigen Gerüchte ein, von denen Master Manners gesprochen hatte. »Ich hoffe doch, er hat niemandem außer dir davon erzählt.«

»Miss, das würde er niemals tun!« Empört nahm Wat eine aufrechte Haltung an. »Er spricht mit mir nur darüber, weil ich ohnehin davon weiß und Euch ebenfalls sehr gern habe.«

Ich war gerührt.

»Ich danke dir, Wat. Nun nimm den Brief und pass gut darauf auf.«

Er nickte und versteckte ihn in seinem Wams, ganz in der Nähe seines Herzens. Sein junges Gesicht wirkte so ernsthaft, dass ich dachte, Sir Lancelot könnte nicht anders ausgesehen haben, als er Guinevere das erste Mal begegnete.

Ich hingegen, übersät mit nässenden Pusteln, sah Guinevere alles andere als ähnlich. Gab es vielleicht irgendetwas, das ich Wats Herrn und Meister als Zeichen meiner Liebe und Treue schicken konnte? Suchend sah ich mich um, da fiel mir eine verkrustete Pustel aus dem Gesicht und mir kam ein schelmischer Gedanke. Ich wickelte die abgefallene Windpocke in ein Stückchen Seidenstoff. »Richte Master Donne aus, meine Großmutter habe gesagt, wenn er dies an seine Haut halte, werde es ihn beschützen.«

Ich musste lächeln, als ich sah, wie Wat das Gesicht verzog und erklärte: »Die Türken machen das sogar mit den Krusten der Pocken, sagt meine Großmutter.«

An einem Haken neben dem Bett hing das Kleid, das ich vor meiner Krankheit getragen hatte, gleich daneben ein Gurt, an dem Fächer, Handschuhe und eine kleine Schere befestigt waren. Ich schnitt ich mir eine Locke ab.

»Gib ihm die auch noch. Ich weiß ja, dass er eine Vorliebe für Heilige, Engel und Ähnliches hat. Sag ihm, es sei eine Reliquie der Heiligen Ann, die auf wundersame Weise dem Tod, den sie so sehr fürchtete, entronnen ist. Sag ihm, sie lebt und ist voller Vorfreude auf ein Wiedersehen.« Ich lachte vor Erleichterung, Vergnügen und Freude, dass ich tatsächlich noch am Leben war.

»Er kann ja ein Gedicht über ihre Rettung schreiben. Nun mach dich auf den Weg. Und sag ja niemandem, dass du bei mir warst! Du wolltest nur Stephen und Hope besuchen und sie von Eurer Schwester Sarah grüßen! Na los!«

Wat verabschiedete sich grinsend. »Wie ich Master Donne kenne, schreibt er sein Gedicht wahrscheinlich nicht nur über die Locke, sondern auch über die abgefallene Pustel.«

»Meinetwegen kann er über beides schreiben! Nun reicht es mir nicht mehr, am Leben zu bleiben, Master Donne soll mich durch seine Gedichte unsterblich machen.«

»Darauf würde ich mich nicht verlassen, Miss«, sagte Wat achselzuckend. »Er ist der Meinung, seine Gedichte seien bereits nach fünf Minuten vergessen.«

Abermals musste ich lachen. »Sag ihm, er soll ein wenig zuversichtlicher sein. Für zehn Minuten bleiben sie sicher in Erinnerung.«

Als ich aus dem Bett kletterte und nach meinem Kleid griff, fiel mir auf, dass ich seit meiner Krankheit kein einziges Wort mehr von meinem Verehrer, Master Manners, gehört hatte. Ganz wie Mylady Straven schien er Abstand zu halten, um die Gefahr einer Ansteckung zu vermeiden. So viel zu dem Schwur, den wir leisten sollten, in Gesundheit wie in Krankheit zueinander zu stehen.

Es dauerte noch einige Tage, bis die letzte Pustel abgeheilt war und ich mich der Welt wieder zeigen konnte. Die Krankheit selbst war schon unangenehm gewesen, doch das war nichts im Vergleich zu der Angst, die ich ausgestanden hatte. Nun gab mir das Gefühl, noch einmal davongekommen zu sein, doppelt Kraft, um für mein Glück zu kämpfen. Meinen Vater überzeugen zu wollen, wäre ein zweckloses Unterfangen. Also wandte ich mich an meine Großmutter, schließlich hatte sie Master Donne eine Nachricht zukommen lassen.

Ich traf sie bei den Waschzubern an, doch sie war kurz angebunden, als wäre die Wäsche wichtiger als meine lächerlichen Zukunftssorgen. »Ich ließ Master Donne nur benachrichtigen, weil ich dachte, du hättest die Pocken und er wolle vielleicht von dir Abschied nehmen. Ich wollte euch nicht in diesem Leben zusammenbringen, sondern im nächsten.«

»Bitte, Großmutter«, sagte ich mit gesenkter Stimme, »dieses Leben ist es aber, das ich mit ihm verbringen will.«

»Unsinn!« Sie stieß die Holzstange zum Wenden der Wäsche gegen den Waschzuber.

»Er ist nicht für dich bestimmt! Von allen Männern, die zur Wahl stehen, mag dein Vater ihn am allerwenigsten! Ich hätte ihn niemals benachrichtigen dürfen. Und nun geh, ich will nichts mehr davon hören!«

Ich warf Prudence einen Blick zu und sie zuckte machtlos, aber mitfühlend mit den Schultern. Zweifellos hatte sie mehr Mitspracherecht bei der Wahl ihres Ehemannes als ich.

Mir sank der Mut und ich wandte mich ab. Wie es schien, hatte ich auch meine letzte Verbündete verloren.

In meiner Verzweiflung blieb mir nur noch eine Möglichkeit: meinen Großvater davon zu überzeugen, dass er seine Meinung änderte und ein gutes Wort für mich einlegte. Nach allem, was Master Donne im Zuge der Reformen am Gerichtshof geleistet hatte, stand er in der Gunst seines Dienstherrn so hoch wie nie. Also würde zumindest der Lord Keeper unser Anliegen befürworten.

Ich hatte meinen Großvater in letzter Zeit nicht oft gesehen, denn bevor ich krank wurde, war ich zu sehr mit den Angelegenheiten meines Vaters beschäftigt gewesen, mit Forderungen von Glasbläsern, Streitigkeiten um Landgrenzen oder der Instandsetzung der königlichen Landstraße.

Ich ging zur Bibliothek, um dort mit meinem Großvater zu sprechen, als ich ihn mit meinem Vater über eine Sache reden hörte, die auch für mich von großem Interesse war: die heimliche Heirat von Walter Aston mit einer Miss Ann Barnes. Sie hatte vor nicht allzu langer Zeit in London für Aufruhr gesorgt. Damals hatte ich dem keine Beachtung geschenkt, denn noch hatte es ja nichts mit mir zu tun. Aber wie ich nun erfuhr, bestand der eigentliche Skandal darin, dass Walter Aston minderjährig und Erbe eines beträchtlichen Vermögens war, wohingegen Miss Barnes nichts dergleichen vorzuweisen hatte. Ohne Zustimmung seines Vormundes hatten die beiden geheiratet. Die Tatsache, dass es sich bei dem Vormund um den Lord Chief Justice, den obersten Richter Englands, handelte, ließ das ganze Unterfangen noch tollkühner erscheinen.

Ich fühlte mich an meine eigene Lage erinnert – obwohl meine Mitgift bei Weitem nicht dem Vermögen Walter Astons entsprach. Also hörte ich genauer hin. Und wünschte sogleich, ich hätte es nicht getan.

»Was wurde nun aus diesem törichten Paar?«, fragte mein Vater.

»Miss Barnes verbrachte zwölf Monate im Gefängnis am Fleet River«, verkündete mein Großvater im Brustton der Überzeugung, der Gerechtigkeit sei damit Genüge getan. »Auch alle Zeugen kamen hinter Gitter. Die Heirat selbst wurde für ungültig erklärt.«

»So ist es recht«, lobte mein Vater, der mich inzwischen bemerkt hatte. »Nun Ann, weshalb drückst du dich hier herum? Was willst du?«

»Das klingt, als stünde es außer Frage, dass die Heirat annulliert werden musste, Vater. Aber vielleicht hatte Miss Barnes es ja gar nicht auf Walter Astons Vermögen abgesehen, sondern liebte ihn von ganzem Herzen und wollte nur seine Frau werden, ohne einen Pfifferling auf sein Erbe zu geben?«

Beide brachen in Gelächter aus, und mein Vater erklärte mit Bestimmtheit: »Das macht überhaupt keinen Unterschied. Walter Astons Familie hat über seine Heirat zu bestimmen, und nicht Miss Barnes. Allmählich bin ich es leid, Ann, denn ich weiß genau, worauf du hinauswillst.«

Ich hätte mich lieber zurückhalten sollen, um nicht alles zunichte zu machen, was ich in den letzten Wochen erreicht hatte, doch ich musste meinem Ärger Luft machen. »Zum Wohl der Mores würdet Ihr mich also mit einem Mann verheiraten, der mir die Unschuld nehmen wollte? Hauptsache, die Familie profitiert davon!«

Mein Vater gab mir eine Ohrfeige.

»Schluss jetzt! Du selbst hast dir Gewalt antun lassen, aber nicht von ihm, sondern von jemand ganz anderem! Und möglicherweise noch vielen mehr! Dein befleckter Ruf kommt mich bei den Verhandlungen teuer zu stehen. Wie sagte Master Manners noch, wenn das Eis erst einmal gebrochen ist ...«

»George, das reicht ...«, schaltete mein Großvater sich ein und packte meinen Vater am Arm, um ihn daran zu hindern, mich noch einmal zu schlagen – obwohl mich das auch nicht mehr hätte verletzen können als seine Worte. »Sie ist erst seit zwei Tagen von den Windpocken genesen«, fügte er hinzu.

»Welch Glück, das es nicht die französischen Pocken waren, denn es wäre kein Wunder, wenn sie sich die Syphilis eingefangen hätte!« Das Gesicht meines Vaters war hochrot vor Zorn, als drohe er, vor Rage das Bewusstsein zu verlieren. »Ich habe genug von diesem Ungehorsam! Du gehst sofort auf dein Zimmer und wirst dort ohne Mahlzeiten verbleiben, bis du dich besinnst und keine Widerworte mehr gibst. Und das aus freien Stücken!«

Ich wusste nicht mehr ein noch aus vor Wut. Hatte ich nicht meine Unschuld verteidigt? Und war er nicht derjenige gewesen, der nichts davon hatte wissen wollen?

»Warum verbannt Ihr mich nicht gleich in irgendeinen Turm?«, gab ich ebenso kalt mit fester Stimme zurück. Ich war weit davon entfernt, in Tränen auszubrechen, wie man es von einer Frau erwartete, um von meinem Vater Erbarmen zu erflehen – was er ja ohnehin nicht gehabt hätte. »Am besten legt Ihr mir gleich einen eisernen Gürtel an, um mich vor meiner Zügellosigkeit zu bewahren!«

Nach diesen Worten stürmte ich aus der Bibliothek, während mein Großvater mir besorgt hinterher sah, angesichts des Grabens, der sich zwischen meinem Vater und mir auftat.

Doch meine Angst war größer, als ich offenbart hatte. Mein

Vater hatte seinen Stolz, und er würde nicht zögern, mir das Leben zur Hölle zu machen. Jahrhunderte zuvor hätte er mich wahrscheinlich in einem stickigen Verließ einmauern lassen und ungerührt zugehört, wie ich verzweifelt an den Mauern kratzte. Derart barbarische Methoden waren längst überholt, dennoch hatte er die Macht, mir übel zuzusetzen.

Vorausgesetzt, ich würde es zulassen.

In den folgenden Tagen musste ich erfahren, welch hervorragenden Kerkermeister mein Vater abgegeben hätte. Er gestattete mir nicht mehr als trockenes Brot und einen kleinen Krug Bier. Niemand durfte mir Gesellschaft leisten, weder meine Großmutter noch Frances. Letztere durfte aufgrund meines Widerstands sogar nicht mehr in unserem gemeinsamen Bett nächtigen, sondern musste neben meiner Großmutter auf einem Strohballen schlafen. Nicht einmal Prudence durfte zu mir. Bücher waren mir untersagt, darüber hinaus erteilte mein Vater den Dienstboten die Anweisung, sämtliche Briefe oder Nachrichten abzufangen. Als ich ihn fragte, wie ich denn meine Zeit verbringen solle, antwortete er: »Überdenk deine Haltung und bete!«

Eine Woche verging, und dann eine zweite. Allmählich konnte ich nachvollziehen, wie man sich als Gefangener im Tower fühlte, auch wenn mir die Streckbank bislang erspart geblieben war.

Draußen im Park schien die Sonne, eine Lerche erhob sich zwitschernd in die Luft, und der Duft von Blumen und Heckenrosen wehte herein – offenbar alles, um mich noch mehr zu peinigen.

Bei all dem ging es in erster Linie darum, sich durchzusetzen, und offenbar hegte mein Vater keinen Zweifel daran, wem von uns beiden dies gelingen würde.

Also blieb mir nichts anderes übrig, als ihm zu zeigen, dass ich einen stärkeren Willen hatte als er. Die einzige Möglichkeit, dies unter Beweis zu stellen, bestand darin, jegliche Nahrungsaufnahme zu verweigern.

Doch ein solches Unterfangen war ein Akt der Sünde, zeugte von Stolz und Ungehorsam und konnte, wenn man es auf die Spitze trieb, sogar zum Freitod führen. So stark ich mich auch fühlte, die Gefahr, meine Seele der Verdammnis auszuliefern, versetzte mich in Angst. Selbst wenn es mir gelänge, mein Gewissen zu beruhigen, würde ich ein solches Vorhaben überhaupt durchhalten? Oder war es tatsächlich Gottes Wille, dass ich es Master Chaucers geduldiger Griselda nachtat – bereit, alles hinzunehmen, was mein künftiger Gemahl mir antun würde. Denn das kurze Aufflackern seines wilden Blicks hatte mir gezeigt, dass Richard Manners kein Erbarmen kannte.

Gott hatte Hiob die schlimmsten Prüfungen auferlegt, doch ich konnte mir nicht vorstellen, dass es in seinem Sinne war, eine solche Ruchlosigkeit auch noch durch das Sakrament der Ehe abzusegnen.

Schließlich schöpfte ich Kraft, indem ich es nicht als Sünde, sondern als eine Art Sakrament betrachtete, jegliche Nahrung zu verweigern. Ich würde Gott, unserem allmächtigen Vater, ein Opfer bringen – in der Hoffnung, dass er Erbarmen mit mir hatte.

So weigerte ich mich am nächsten Tag, nachdem ich gebetet hatte, das trockene Brot anzunehmen, das mein Vater mir zugestand.

Ich wusste im Voraus, was er darauf sagen würde: »Wenn ihr so richtig der Magen knurrt, wird sie schon zur Besinnung kommen.«

Aber die Liebe sättigt eine Frau mehr, als Brot mit Wasser es vermag, und so hielt ich durch – trotz meiner Angst und dem Gefühl, als schnitte mir ein Messer in den Magen.

Mein Vater gab die Anweisung, frisch gebackene Mandelplätzchen vor die Tür zu stellen, auf dass der Duft mir in die Nase ziehen und mich zum Aufgeben zwingen würde. Doch ich hielt durch, obwohl ich mit jedem Tag schwächer wurde.

Ich wollte nicht sterben. Doch ich war berauscht vom Gefühl des Verzichts und fühlte mich wie erleuchtet von der moralischen Gewissheit, das Richtige zu tun, indem ich mich einer Heirat mit jemandem wie Master Manners verweigerte, die ich nur zum Wohl der Familie eingehen sollte.

Meine Schwestern wurden zu mir geschickt, um mit dem Drehen des Schlüssels im Schloss meiner Tür gleichermaßen mein widerspenstiges Bewusstsein in eine andere Richtung zu lenken. Zunächst erschien Frances mit Bibeltexten, dann Margaret, beleibter denn je, mit Süßspeisen und schließlich Mary.

Beim Anblick meiner eingefallenen Wangen und der trüben Augen, die einmal so strahlend gewesen waren, stockte ihr der Atem. »Ann, du musst sofort mit diesem Wahnsinn aufhören. Einen Mann zu heiraten, den du nicht liebst, ist immer noch besser als der Tod.«

Ich richtete mich in meinem Sessel auf. Jede Bewegung fiel mir von Tag zu Tag schwerer, meine Glieder schmerzten ohne Unterlass. »Nein, Mary. Das werde ich nicht. Lieber will ich elendig zugrunde gehen. Ich habe genug Zeit gehabt, um nachzudenken und zu dieser Entscheidung zu kommen.«

Sie legte mir einen Umhang aus Pelz um die Schultern, denn ich zitterte unaufhörlich, obwohl draußen die Sonne schien und Blumen sprießen ließ. Ich dagegen wurde immer schwächer, doch ich zog eine seltsame Befriedigung daraus, wenn ich mir vor Augen hielt, dass die Natur in voller Blüte stand.

Schließlich kam der Tag, von dem ich mich fragte, ob es mein letzter wäre.

Ich fühlte, dass der Allmächtige bereits die Arme nach mir ausstreckte, doch ich weigerte mich zu glauben, dass mir die Verdammnis blühte.

Auf einmal hörte ich von unten großen Tumult, lautes Stimmengewirr und Türenschlagen, als hätte eine ganze Armee das Haus belagert.

Wie eine alte Frau schlurfte ich mit kleinen Schritten über die Strohmatten und öffnete die Tür.

Unten im großen Durchgang stand mein Vater, mit funkelnden Augen und so kerzengerade, als wolle er einem Orkan trotzen.

Einem Orkan, der in Form meines Großvaters über ihn hereingebrochen war!

»Das ist mein Haus!«, schrie Großvater. »Und ich mache diesen Wahnsinn nicht länger mit! Ihre Schönheit und die Blüte ihrer Jugend hat sie bereits verloren. Willst du das Mädchen lieber tot und begraben sehen, als nachzugeben?« Er war so zornig, dass seine Stimme noch lauter wurde.

»Wenn das so weitergeht, braucht sie kein Brautkleid, sondern ein Leichenhemd!«

Mein Vater blieb ungerührt und antwortete frostig: »Sie untergräbt meine Autorität, und die des Allmächtigen, dessen Gebot es ist, dass Kinder ihren Eltern zu gehorchen haben. Mit ihrem Trotz stellt sie die gesamte Ordnung auf den Kopf. Seht Ihr das denn nicht, Vater?«

»Ich habe dich sechzig Jahre lang in deinem Stolz und deiner unverbesserlichen Sturheit gewähren lassen, aber das sehe ich nicht mehr länger mit an«, entgegnete mein Großvater. »Sie wird diesen Mann nicht heiraten, da sie bereit ist, lieber zu sterben!«

»Dann trägt *sie* also den Sieg davon! Ihr lasst zu, dass die Tochter sich den Anweisungen des Vaters widersetzt?«

»Ann ist alles andere als ein wankelmütiges Wesen. Sie ist eine kluge und gebildete junge Frau, schließlich habe ich sie selbst erzogen!«

»So klug, dass sie ihren guten Namen in den Wind schießt und sich mit einem Freidenker einlässt, der ihre Liaison überall herumposaunt! Ihr könnt wirklich stolz sein auf das, was Ihr sie gelehrt habt!«

»George, sie ist dem Tode nahe. Willst du deine geliebte Tochter so enden sehen?«

Mit einem Mal schien die schmächtige Gestalt meines Vaters unter der Entrüstung meines Großvaters einzuknicken wie ein Strohhalm im Sturm. »Dann lehne ich von nun an jegliche Verantwortung für sie ab. Ich werde Master Manners von unserer Vereinbarung entbinden. Mach mit ihr, was du willst.«

Ich stand noch immer auf der Schwelle meiner Zimmertür und hatte alles mit angehört. Ich fühlte mich wie ein Verurteilter, dem das Schafott erspart blieb, und sank in Ohnmacht.

Als ich wieder zu mir kam, blickte ich in das besorgte Gesicht meiner Großmutter. »Ann, mein Kind! Wir fürchteten schon, Jesus würde dein Bräutigam. Ihm sei Dank, dass du wieder bei uns bist.« Sie winkte Prudence herbei, die mit einer Schale Brühe und eingeweichten Brotstückchen hinter ihr stand. »Dein Vater ist nach Baynard's zurückgekehrt. Er hat dich unserer Fürsorge überlassen und von den Verpflichtungen bezüglich der Heirat entbunden.«

Ich lächelte schwach. »Das habe ich schon gehört. Er lehnt jegliche Verantwortung für mich ab.« Vorsichtig schlürfte ich die Brühe. Jeder einzelne Schluck fiel mir schwer und schien mir dennoch wie göttliches Ambrosia.

»Wird er mich nun den Mann meiner Wahl heiraten lassen?«

»Er überlässt alles deinem Großvater.«

Ich schloss die Augen. Mir fiel ein Stein vom Herzen.

Gleich am nächsten Tag würde ich mit der Planung meiner Zukunft beginnen, und der erste Schritt bestand darin, meinen Großvater von den Tugenden eines gewissen Master John Donne zu überzeugen.

Obwohl ich noch schwach war, schlief ich in dieser Nacht wie ein Baby in den Armen der Mutter.

Nie zuvor hatte die Sonne so hell gestrahlt wie am nächsten Morgen. Der Garten schien mir so frisch, als wäre es der erste Tag auf Erden; Tau lag auf den Blüten und die Vögel zwitscherten fröhlich aus vollem Hals. Ich setzte mich auf eine Bank im Irrgarten, genoss die wärmenden Sonnenstrahlen und schrieb einen Brief an Master Donne.

Er solle sich, sobald der Lord Keeper ihn entbehren könne, in seine feinsten Gewänder hüllen, seinen Scharfsinn aufpolieren und sich auf den Weg nach Loseley begeben – wo ich ihm in der

Zwischenzeit den Weg für eine Unterredung mit meinem Großvater ebnen würde.

In den nächsten Tagen gewann ich allmählich meine Kraft zurück. Mein Gesicht war zwar noch immer gezeichnet – ich sah hager und ausgemergelt aus –, doch dank der neu gewonnenen Zuversicht würde ich bald wiederhergestellt sein.

Zum ersten Mal schien mir das Glück wirklich greifbar. Auch mein Großvater wäre nicht leicht zu überzeugen, doch er wusste um meinen Verstand und hatte selbst erlebt, wie ernst es mir war. Am Abend kniete ich nieder und betete zu unserem himmlischen Vater. »Lieber Gott, der du über alles Sichtbare und Unsichtbare herrschst, erhöre mein Gebet. Auf dass ich mein Leben nach deinem Wille verbringen werde, an der Seite des Mannes, den ich liebe. Amen.«

Am nächsten Morgen erschien Wat mit einer Nachricht. Master Donne versprach, sich auf den Weg zu machen, sobald der Gerichtshof geschlossen hatte, und würde spätestens am Abend eintreffen.

So schnell ich konnte zog ich mich an und rannte die Treppe hinab, um meinen Großvater zu suchen.

Meine Großmutter war im Hühnerstall. Die Dienstboten räumten die Reste der morgendlichen Mahlzeit aus Brot und Bier ab. Also begab ich mich in die Halle.

Der Haushofmeister sagte, mein Großvater sei draußen, um noch ein wenig die Sonne zu genießen, bevor die Horden von Beschwerdeführern und Bittstellern eintrafen, um seinen richterlichen Beistand zu erwirken.

Ich füllte einen kleinen Krug mit Bier, wie ich es seit meiner Kindheit schon so oft getan hatte, und trug ihn hinaus in den Garten.

Zunächst sah ich meinen Großvater nirgends, doch dann entdeckte ich ihn. Er saß in einem alten Holzstuhl unter einem Apfelbaum, der Kopf war ihm auf die Brust gesunken, das Gesicht vorborgen unter seinem großen schwarzen Hut. Ein Gefühl liebevoller Verbundenheit durchströmte mich, als ich zu ihm ging. Er war derjenige, der mich am besten kannte. Er hatte Vertrauen in mein Urteilsvermögen gehabt, und ich war entschlossen, mich dessen als würdig zu erweisen. Ich wollte mein Leben in Liebe und Hingabe verbringen und meinem Schöpfer auf ewig dankbar sein, wenn dieser mir schließlich meinen Herzenswunsch gewährte.

Sanft rüttelte ich meinen Großvater. Dann stellte ich den Bierkrug ab und schüttelte ihn ein wenig fester. Panik stieg in mir auf. Ich brauchte einen langen Moment, um die schreckliche Wahrheit einzusehen.

Master Donne würde ihn nicht um meine Hand bitten können.

Denn mein geliebter Großvater war tot.

20

Sein Tod stürzte mich in tiefe Finsternis. Denn mein Großvater war mir Beschützer und Lehrmeister gewesen, und ich hatte ihn mehr geliebt als meinen eigenen Vater. Nun, da er nicht mehr da war, verließ mich jegliche Entschlossenheit und Willenskraft, die mich den Widerstand gegen meinen Vater hatten aufrechterhalten lassen. Ich war zutiefst verzweifelt.

Der Tod ist Teil des Lebens. Wie oft hatte Großvater mir das gesagt, und wer hatte es mehr zu spüren bekommen als ich? Doch nun, inmitten all der sommerlichen Blüte, fühlte ich mich wie von Nebel umhüllt.

Mir war, als befände ich mich hinter dicken Mauern, die ich möglicherweise selbst errichtet hatte. Geschwächt durch die Zeit des Fastens wurde mir mein Körper immer schwerer, selbst die kleinste Bewegung kostete mich übermenschliche Kraft. Es schien, als habe jemand anders von meinem Geist und meiner Seele Besitz ergriffen.

Ich musste mich von dieser Schwäche befreien, dessen war ich mir immerhin bewusst. Meine Großmutter hatte viel mehr verloren als ich, und sie trug es mit der ihr eigenen Stärke. Sie arbeitete doppelt so viel wie zuvor, war stets in Bewegung und gönnte sich keine Pause, damit sie der Schmerz nicht übermannen konnte. Die einzige Einkehr, die sie sich gestattete, lag im Gebet.

Die ganze Familie kam zur Beerdigung. Alle versuchten, mich aufzuheitern und mich der düsteren Stimmung zu entreißen. Aber niemandem gelang es, den schwarzen Vorhang zu durchdringen. Mary brachte den Kleinen mit, der bereits die ersten Schritte wagte. Margaret setzte mir meinen Kater Perkin auf den Schoß, doch es half alles nichts. Ich hatte dem Leben den

Rücken gekehrt, verbrachte Stunden vor dem Porträt meines Großvaters und wünschte, auch ich könnte die drückende Last meiner Existenz ablegen.

Nur Hope drang gelegentlich zu mir durch. Sie nahm zu meinen Füßen Platz und las mir mit ihrem zarten Stimmchen etwas vor, wie ein Vögelchen, das mitten im Winter zaghaft am leeren Himmel zwitschert.

Meine Großmutter brachte mir Kräutertee aus Augentrost, Nesseln und Johanniskraut, auf dessen Wirkung gegen Verstimmungen man normalerweise vertrauen konnte. Doch allmählich verlor auch sie die Geduld.

Schließlich näherte sich der Sommer dem Ende, und die herbstlichen Tage des September brachen an. Alle gingen wieder ihren Aufgaben nach, bis auf mich. Im ganzen Haus herrschte geschäftiges Treiben, denn mein Vater würde sein lang ersehntes Erbe antreten.

Schon bald wäre Loseley nicht mehr der Ort meiner Kindheit, sondern der Dreh- und Angelpunkt meines ehrgeizigen Vaters, der der Welt zeigen wollte, wie imposant er das Anwesen machen konnte.

Eines Tages – der Himmel war strahlend blau – starrte ich hinaus in den Garten, als meine Großmutter in meinem Schlafgemach erschien. Ihre Miene war versteinert wie nie zuvor.

Zu meiner großen Überraschung nahm sie mich an beiden Händen und zog mich mit Gewalt aus meinem Sessel hoch. »Schließ die Augen«, befahl sie. Wäre es nicht meine eigene Großmutter gewesen, sie hätte mich in Angst und Schrecken versetzt. Doch so erhob ich mich widerstrebend.

»Vertrau mir.« Sie sprach so leise, dass ich Mühe hatte, sie zu verstehen. Plötzlich wurde mir bewusst, dass nicht Ärger der Grund für ihr schroffes Verhalten war, sondern Angst vor dem, was sie mir sagen wollte.

»Ich habe heilende Kräfte. Schon seit meiner Kindheit, obwohl ich es immer für mich behalten habe.« Sie lächelte bitter.

»Die meisten verstehen so etwas nicht, und man darf es nicht zu sehr publik machen, sonst landet man leicht in der Folterkammer oder auf dem Pfahl – insbesondere ein altes Weib wie ich. Zu oft habe ich es schon erlebt. Die Menschen ziehen ihren Nutzen daraus und wenden sich dann gegen einen. Nun, Enkelin, öffne die Augen und sieh mich an.«

Obwohl sie leise sprach, hätte sie mit dieser Stimme einem Herrscher Befehle erteilen können. Auf gleicher Augenhöhe stand sie dicht vor mir. Sie legte mir ihre Hände auf die Schultern, ihre Berührung war leicht und doch so fest, dass mir augenblicklich ein Seufzer der Erleichterung entfuhr.

»Ann More, du bist noch jung, doch du bist schon eine ganz besondere Frau. Klug. Stark. Erfüllt von Licht. Im Lauf der Jahre habe ich viele Damen kennengelernt, aber noch keine wie dich. Als dein Großvater starb, ist dein Licht erloschen. Finsternis durchströmt dich, und deine Seele liegt in Ketten. Diese Ketten werde ich jetzt sprengen.« Mit der Handkante schlug sie mir auf die Handgelenke, und ich hätte schwören können, das Geräusch klirrenden Metalls vernommen zu haben. Ich sah sie an, und kaltes Entsetzen ließ mich erstarren.

»Ann«, sie sprach noch leiser, und ich musste mich vorbeugen, um ihre Worte zu verstehen. »Die Ketten. Sie waren nicht aus Eisen, sondern aus Angst geschmiedet. Doch es gibt keinen Grund, sich zu fürchten. Du glaubst, dein Vater war grausam zu dir, aber er hat nur getan, was er für richtig hielt. Ich habe ihn davon überzeugt, dass das nicht der Fall war. Nächste Woche wird er zu einer Sitzung des Parlaments nach London reisen. Er wird dich mitnehmen und du kannst ihm wieder behilflich sein. Niemals wirst du Richard Manners heiraten. Und jetzt lass die Dunkelheit hinter dir und begrüße das Licht.«

Ich schloss die Augen und fühlte, dass der Raum von blendenden Lichtstrahlen erfüllt war. Und ich erkannte, dass es so war, wie sie gesagt hatte: Das Licht war die ganze Zeit über dort gewesen, ich hatte es nur aus den Augen verloren.

»Ich danke Euch, Großmutter«, sagte ich und umarmte sie, wobei ihr gestärkter Kragen mir in die Wange stach, doch das störte mich nicht im Geringsten.

»Was du mit deiner Freiheit anfängst, geht mich nichts an«, sagte sie. Ich musste daran denken, dass sie Prudence heimlich mit einer Nachricht nach London geschickt hatte. »Ich weiß nur eins«, fuhr sie fort, »dein Vater wird niemals gestatten, dass du jemanden heiratest, der nicht von gleichem Rang ist. Zu gegebener Zeit, Ann, wirst du dein Schicksal in die eigenen Hände nehmen müssen.« Sie hob meinen Kopf, und ich sah in ihr ernstes Gesicht. Sie hatte die Nase eines Habichts und einen strengen Mund, und ihre dunklen, braunen Augen sahen mich nun durchdringend an. »Doch denk daran: Wenn du wählst, wonach du dich sehnst, entscheidest du dich möglicherweise für ein Leben voller Entbehrungen, das du ohne Anerkennung, vielleicht sogar in Armut führen wirst …«

»Und in Zufriedenheit.«

»Entbehrungen und Zufriedenheit gehen üblicherweise nicht Hand in Hand.«

»Dann werde ich sie wohl dazu bringen müssen.«

»Du bist ein außergewöhnliches Mädchen, Ann.«

Ich nahm ihre Hände. »Habt Dank dafür, dass Ihr mir diese Möglichkeit eröffnet.«

»Wer von uns könnte dich schon aufhalten? Ich hatte nicht den geringsten Zweifel daran, dass du dich zu Tode gehungert hättest. Nun, zieh dich an und danke Gott, unserem Erlöser, dass er dich am Leben ließ.«

»Ich danke ihm von ganzem Herzen«, ich hob ihre Hände an meine Lippen und küsste sie – sie waren rau, denn meine Großmutter hatte nie die feine Dame gespielt. »Ebenso wie Euch.«

Dann zog ich mich an. Ich wählte ein gelbes Kleid und einen orangefarbenen Trägerrock, denn mir war nach den warmen Farben der Sonne zumute. Ich kämmte mir das Haar und kniff mich in die Wangen, damit sie rosiger aussahen, dann ging ich zum ersten Mal nach vielen Tagen die Treppe hinab. Im Gesellschaftsraum gaben meine Großmutter und Frances den Dienstboten Anweisungen, einige Dinge zusammenzupacken. Mein Vater wollte schon bald sein Erbe antreten, und meine Großmutter würde in ihr Witwenhaus ziehen, das ganz in der Nähe lag.

»Wann wird Vater das Haus in Besitz nehmen?«, fragte ich.

»Noch heute reist er mit Constance an. Ich werde in das alte Gutshaus ziehen. Frances bleibt hier«, antwortete meine Großmutter.

Ich ging noch einmal durch das ganze Haus, das mir so viel bedeutete, und ich wusste, es würde nie wieder so sein, wie ich es in Erinnerung hatte.

Ich liebte seine massive Schlichtheit, es war ein Teil Englands, und zwar einer der Besten. Von den Wänden blickten die Porträts auf mich herab: mein Großvater, dessen Gemälde wieder an seinem ursprünglichen Platz hing, meine Großmutter, der jugendliche King Edward VI. und die unglückselige Anne Boleyn.

Frances und mein Vater wollten eine Bildergalerie einrichten, eine Reitschule ebenfalls und eine neue Kapelle, damit Gott sich nicht ausgeschlossen fühlte von all dieser ungewohnten Pracht.

Bis zum Nachmittag waren alle mit Vorbereitungen beschäftigt, denn mein Vater und Constance wurden jeden Moment erwartet.

Aufgeregt hatten die Dienstboten zur Begrüßung Aufstellung genommen, vom Haushofmeister bis zum einfachsten Knecht. Spannung lag in der Luft, denn, obwohl alle ihr Leben lang in den Diensten meines Großvaters gestanden hatten, wusste niemand, was die Zukunft bringen würde.

Manche Befürchtungen sollten sich bestätigen. Kaum hatte ich die Große Halle betreten, vernahm ich Constances verdrießliche Stimme. »Wir verfügen auf Baynard's über fünfzig livrierte Bedienstete. Ich weiß gar nicht, was wir mit all den Dienstboten hier anfangen sollen. Außerdem haben wir unseren eigenen Haushofmeister.«

Ebenso wie Frances und unsere Großmutter machte ich einen höflichen Knicks, als meine Stiefmutter das Haus unserer Kindheit in Besitz nahm, doch in meinem Herzen sah es finster aus.

Constance war schon immer korpulent gewesen, doch nun wirkte sie regelrecht plump. Ich bezweifelte, dass sie es überhaupt schaffte, aufs Pferd zu steigen. Und falls sie jemals meinen Vater bestieg, lief er Gefahr, unter ihr zu ersticken.

Sie nahm unsere Begrüßung zur Kenntnis, als wäre sie die Königin persönlich. Eine Frau von Format hätte meiner beinahe achtzigjährigen Großmutter gesagt, dass es in ihrem Alter nicht mehr nötig sei, sich in die Reihe zu stellen und einen Knicks zu machen. Aber das konnte man von Constance nicht erwarten. Als wir uns erhoben hatten und wieder in Reih und Glied standen, flüsterte sie meinem Vater laut und deutlich zu: »Fast hätte ich es vergessen, dass immerhin Frances dir alle Ehre macht.«

Frances lächelte stolz, bis ich ihr einen Tritt versetzte.

Noch bevor die Dienstboten abtreten durften, sah Constance sich um und plante, was sie verändern würde. Was für ein Gefühl musste das für meine Großmutter sein, die seit ihrer Hochzeit auf Loseley gelebt und das Haus mit allem ausgestattet hatte, was ihr lieb und teuer war?

Ich wusste nicht, was sie fühlte, denn würdevoll bewahrte sie die Fassung. Doch als Constance, bewaffnet mit Feder und Pergament, davonrauschte, hörte ich, dass Großmutter ein Seufzer entfuhr.

»Bald habt Ihr Eure Ruhe, in Euren eigenen vier Wänden«, raunte ich ihr zu.

»Ann, sei nicht so kleinlich«, wies Frances mich zurecht. »Unsere Stiefmutter hat doch auch gute Eigenschaften.«

Großmutter und ich lächelten. Später, als Frances beschäftigt war, flüsterte Großmutter mir zu: »Du kannst dich glücklich schätzen, dass du nach London gehst. Denn hier wird sich sicher einiges ändern.«

Endlich kam für mich der Augenblick der Erlösung. Innerhalb der nächsten Stunde würden wir nach London aufbrechen.

Während ich meine Körbe und meine Truhe packte, beschloss ich, mit Constance über Stephen und Hope zu sprechen und ihr zu sagen, dass ich – falls nötig – die Verantwortung für die beiden übernehmen würde.

»Wie willst du die Verantwortung für sie übernehmen, wenn du dich kurz zuvor noch aufgeführt hast, als wärest du einem Tollhaus entlaufen?«, fragte Constance und lachte verächtlich. »Wie willst du überhaupt die Verantwortung für dich selbst tragen? Und wer wird dich heiraten, nachdem du Master Manners zurückgewiesen hast? Dieser anstößige Dichter doch wohl nicht. Den sehen wir ganz bestimmt nicht wieder.«

Ich drehte mich auf dem Absatz um, damit sie nicht sah, wie gekränkt ich war.

Frances lief hinter mir her und wollte irgendetwas sagen, aber Constance rief sie zurück.

Doch nichts mehr konnte mich hier wirklich treffen, denn ich würde wieder nach London gehen. Leider würde ich nicht in York House wohnen, wo die Komtess das Regiment übernommen hatte, aber die Unterkunft meines Vaters in Charing Cross lag nicht weiter als einen Steinwurf davon entfernt – und in nur zehn Gehminuten zu Master Donne.

Der Stallmeister meines Großvaters riss mich aus meinen Gedanken, denn draußen stand die Kutsche bereit, in der mein Vater bereits Platz genommen hatte.

»Wir werden Eure lebhafte Gesellschaft vermissen, Miss«, sagte der Stallmeister.

Ich sah, dass sich hinter seinem Lächeln die Angst vor einer ungewissen Zukunft verbarg.

»Nicht mehr ganz so lebhaft in den letzten Wochen.«

»Ja, das war eine traurige Zeit.«

Er nahm mir den Korb ab und trug ihn vom schattigen Hintereingang zu unserer Kutsche, die vor dem Haus in der Sonne stand.

Ich warf einen letzten Blick auf das Zuhause meiner Familie, das nun kein Ort des Friedens und der Zuflucht mehr war.

»Auf Wiedersehen, mein Kind!« Meine Großmutter begleitete mich nach draußen. »Geh nur nach London, ich wünsche dir viel Glück!« Ich umarmte sie ganz fest, denn ich wusste, mir stand eine unsichere und schwierige Zeit bevor. Doch zum ersten Mal seit vielen Wochen verspürte ich etwas, das mir beinahe fremd geworden war.

Hoffnung.

21

Doch dieses Gefühl galt es, vor meinem Vater zu verbergen. Er verbrachte die Reise nach London in eisigem Schweigen, als wäre ich nicht mehr seine Tochter.

Ich musste feststellen, dass seine Laune der Atmosphäre in der Stadt entsprach, wo es stiller und bedrückender geworden war. Der Krieg in Irland forderte seinen Tribut in Form von höheren Steuern, und obwohl ein neuer Oberbefehlshaber ernannt wurde, war noch kein Ende des dortigen Aufstands abzusehen. Der Earl of Essex, der so lange der Günstling der Königin gewesen war, hatte in Tower Hill ein düsteres Ende gefunden, ganz wie der Gemahl meiner Schwester vorausgesagt hatte. Zu schlimm waren seine Selbstgefälligkeit und sein Verrat gewesen, nicht einmal die Königin hatte ihn noch retten können. Ich fragte mich, wie Lady Mary Howard nun zumute war.

Die Unterkunft meines Vaters in Charing Cross war überraschend geräumig, wenn man in Betracht zog, welch großen Wert er auf Sparsamkeit legte. Es gab zehn Zimmer, darunter mehrere Schlafgemächer, einen Speisesaal, einen Gesellschaftsraum, einen Dienstbotentrakt und einen kleinen Garten. Allerdings hatte man lediglich Aussicht auf weitere Gebäude, die so nah auf der anderen Straßenseite standen, dass ich den Nachbarn die Hand hätte reichen können. Die Zimmer waren groß und sauber, doch die Wände waren mit düsterem Stoff bespannt, der schon bessere Zeiten gesehen hatte. Er hatte einen leichten Grünstich angenommen, der die Anwesenden in ein unvorteilhaftes Licht tauchte, als ob man sie durch einen schlammigen Teich betrachtete, was auch nicht gerade dazu beitrug, unsere finstere Stimmung aufzuhellen.

Mein Vater hatte Körbe voll Petitionen und Eingaben mitgebracht, die er in seiner Eigenschaft als Mitglied des Parlaments, Bevollmächtigter der Königin und Amtsrichter erhalten hatte. Ich ging ihm zur Hand und versuchte, mich so nützlich zu machen wie auf Loseley.

Das war kein leichtes Unterfangen, denn er war kalt und abweisend wie die Steilwand eines Gletschers. Als ich einmal ein Stück Papier aufheben wollte, zog er sogar seinen Arm von einer Stuhllehne zurück, damit ich ihm bloß nicht zu nahe kam.

Gleichwohl las ich alles durch und fasste den Inhalt einer jeden Petition zusammen, um ihm die Arbeit zu erleichtern. Vier gute Schwanenfedern nutzte ich ab, mir brannten die Augen, und meine Finger schmerzten. Dabei fragte ich mich die ganze Zeit, wann ich endlich eine Gelegenheit bekäme, Master Donne über meine Ankunft in Kenntnis zu setzen.

Ich saß im Gesellschaftsraum am wärmenden Feuer, denn draußen war es kalt, und dachte über einen großen Berg Akten nach – mittlerweile wusste ich mehr über Streitigkeiten um Pachtverträge und Landbegrenzungen als mir lieb war –, als der Empfangsdiener meines Vaters mir die Ankunft meiner beiden Schwestern ankündigte.

»Ann«, rief Mary, ihre Augen strahlten und ihr Teint war rosig wie seit Langem nicht mehr, »warum vergräbst du dich hier unter verstaubten Papieren? Es ist so ein schöner Nachmittag, viel zu schade, um in diesem düsteren Raum zu versauern wie ein Schreiberling in seiner muffigen Stube.«

»Ich frage mich, was dich so sehr strahlen lässt«, erwiderte ich, »der Kleine und die überwältigenden Mutterfreuden?«

»Ha!«, war alles, was sie zur Antwort gab.

»Ich bemühe mich, unseren Vater wohlgesonnen zu stimmen. Allein Großmutters Überzeugungskraft habe ich es zu verdanken, dass ich ihn nach London begleiten durfte. Er selbst behandelt mich wie eine Fremde. Ich fürchte, er wird mir niemals vergeben, dass ich Master Manners abgewiesen habe.«

»Es gibt Neuigkeiten, die dich interessieren dürften, Schwesterherz«, verkündete Mary und genoss ihre Rolle als Überbringerin der neuesten Klatschgeschichten.

»Und welche Neuigkeiten könnten das sein?« Ich schürte das Feuer und bat den Empfangsdiener meines Vaters, uns Gewürzbier und Mandelgebäck mit Rosinen zu bringen. Selbst in meiner düsteren Stimmung verfehlte das warme Bier, das den Geruch nach Nelken und Zimt verströmte, seine Wirkung nicht und heiterte mich ein wenig auf.

»Dein Master Donne wurde zum Mitglied des Parlaments ernannt, für Brackley im County Northamptonshire.«

»Wie ist das möglich?« Als Parlamentsmitglied war man sehr hoch angesehen, doch nie zuvor war mir zu Ohren gekommen, dass jemand von Master Donnes Rang dazu ernannt worden war.

»Offenbar hat Frances, die Tochter der Countess of Derby, das Herrenhaus von Brackley in die Familie gebracht«, schaltete sich meine Schwester Margaret ein. »Der Lord Keeper hielt es für sinnvoll, einen Vertrauten im Parlament zu wissen, und hat deinen Master Donne für diesen Posten gewählt.«

Freude stieg in mir auf. Vielleicht sah mein Vater nun endlich ein, wie sehr mein Onkel Master Donne schätzte, und möglicherweise würde sich ein erster feiner Riss in der steinernen Wand seiner Ablehnung zeigen.

»Auch Nick, Marys Gemahl, ist berufen worden.« Margaret schnürte ihr Mieder auf, bevor sie sich über das Gebäck hermachte, und lenkte das Gespräch geschickt in andere Bahnen. »Mein Thomas ebenso.«

»Unser Cousin Francis wird die Gemeinde von Pyrford repräsentieren.«

Ich musste lachen, wenn ich daran dachte, dass Francis wegen eines Sitzes im Parlament die Jagd aufgeben und Nick auf Spiel und Hahnenkampf verzichten musste. Doch das trübte meine Freude nicht. Schließlich waren sie alle Gentlemen von Rang und verfügten über ein Vermögen – von Nick vielleicht einmal abgesehen.

Nun hatte ich endlich einen Grund, Master Donne eine Nachricht zukommen zu lassen. Ich konnte ihm gratulieren, ohne dass jemand Anstoß daran nehmen würde.

Draußen in der engen Gasse kündigte das Gewieher von Pferden die Ankunft einer herrschaftlichen Kutsche an.

»Wer kann das sein, ein Besucher unseres Vaters vielleicht?«

Mary sprang auf und sah uns verschwörerisch aus ihren braunen Augen an. Noch bevor der Empfangsdiener dazu kam, anzukündigen, wer eingetroffen war, rannte sie die Treppe hinunter und ließ Margaret und mich verwirrt zurück.

Verwundert liefen wir zum Fenster und sahen, dass unten auf der gepflasterten Straße ein Gentleman, in blassblaue Seide und goldene Spitze gehüllt, unserer Schwester die Tür der Kutsche aufhielt.

Margaret schnappte nach Luft und biss sich auf die Lippen, denn der Gentleman sah ausgezeichnet aus, hatte aber keinerlei Ähnlichkeit mit unserem Schwager.

»Was, im Namen des Erlösers, ist nur in unserer Familie los?«, ereiferte sie sich. »Adel in der dritten Generation! Aber Mary setzt ihre Ehe aufs Spiel, indem sie sich aufführt, wer weiß wie. Und du, Augapfel unserer Großmutter, hast es geschafft, in sämtlichen Wirtshäusern zum Thema eines jeden Straßenhändlers zu werden!«

Obwohl der Raum gut geheizt war, gefror mir das Herz und meine Hände fühlten sich so kalt an wie ihre Worte. Waren ihr die gleichen Gerüchte über mich zu Ohren gekommen wie Master Manners?

»Ich habe nichts getan, was Anlass zu Gerede geben könnte, Margaret! Was für Gerüchte hast du gehört?«

Margaret zuckte abwehrend mit den breiten Schultern. »Ach, eigentlich gar nichts. Aber ich bin sicher, schon bald ist der Name More in aller Munde. Und das nicht im positiven Sinne! Ich mache mich nun auf den Weg zurück zum heimischen Herd, den ich um nichts in der Welt verlassen würde!«

Bald darauf erschien mein Vater und zeigte sich ein wenig

zugänglicher. Die Abhandlung, die ich für ihn verfasst hatte, hatte großen Anklang bei einigen Mitgliedern des Parlaments gefunden, die er besonders respektierte. »Offenbar habe ich ein untrügliches Gespür für Angelegenheiten bewiesen, die von allgemeinem Interesse sind«, bemerkte er. Dabei ließ er vollkommen außer Acht, dass die Worte, die er im Parlament verkündet hatte, nicht seine eigenen gewesen waren.

Doch es machte mir nichts aus. Immerhin sprach er wieder mit mir.

»Tochter, hast du schon Zeit gefunden, dir über die Belange, die morgen zur Debatte stehen, Gedanken zu machen?«, erkundigte er sich. Mein Vater, im Parlament ohnehin einer der lautstärksten Redner, schien dank meiner Unterstützung noch öfter das Wort zu ergreifen.

»Jawohl, Vater, ich habe schon eine kurze Rede vorbereitet«, antwortete ich und reichte ihm ein paar eng beschriebene Seiten zu den unterschiedlichsten Fragen – etwa zu umherziehenden Vagabunden, der Umsetzung des Armengesetzes oder zum Zustand der königlichen Landstraßen in Sussex, Surrey und Kent.

Was ich unerwähnt ließ, war die Tatsache, dass ich mit freudig klopfendem Herzen eine Gratulation aufgesetzt hatte, die ich am nächsten Morgen, wenn mein Vater beschäftigt wäre, selbst zu überbringen gedachte. Und zwar an einen gewissen John Donne, der als Parlamentsmitglied nun den Titel Esquire führen durfte.

Vor lauter Aufregung und banger Erwartung konnte ich in der folgenden Nacht kaum schlafen. Also stand ich beizeiten auf, um mich, noch bevor sich mein Vater ins Parlament begab, von ihm zu verabschieden. Zu meiner freudigen Überraschung eröffnete er mir dabei eine günstige Gelegenheit, meinen Plan durchzuführen.

»Ach, Ann. Da für morgen keine Rede vorzubereiten ist, könntest du vielleicht die Zeit nutzen und deiner Schwester Mary die Pflaumen bringen, die deine Großmutter aus Loseley geschickt hat? Ich würde sie ihr durch einen Boten zukommen lassen, aber meine Mutter lässt fragen, ob das Baby wohlauf ist, und ich kann mir das alles nicht so genau merken.«

Nach allem, was ich davon mitbekommen hatte, wie Mary mit ihrem Kind umging, konnte sie es offenbar genauso wenig!

»Gern, Vater, es wäre mir ein Vergnügen.«

Um so mehr, da ich auf dem Rückweg an Master Donnes Unterkunft in der Nähe des alten Savoy Hospital vorbeikäme!

Bereit, das Haus zu verlassen, setzte mein Vater seinen Hut auf. »Ach, und Ann …«

»Ja, Vater?«

»Ich danke dir für all die Mühe, die du dir mit meinen Angelegenheiten für das Parlament machst.«

Eine unerwartete Welle der Zuneigung durchströmte mich. Dass mein Vater seine Dankbarkeit ausdrückte, kam nur sehr selten vor.

»Ich bin froh, dass ich Euch bei Eurer Tätigkeit im Dienst der Königin behilflich sein kann.«

Er nickte.

Schon seit Tagen hatte er weder Master Manners noch meine angeblich befleckte Ehre erwähnt. Vielleicht war mein Vater zu dem Schluss gekommen, dass ich auch unverheiratet von Nutzen sein konnte.

Der Anblick der Pflaumen erfüllte mich mit Freude über alles, was schön anzusehen war: Grün und gelb lagen sie in einem Korb, einige gesprenkelt mit Karmesinrot, andere wiederum von dunklem Violett – und alle waren sie von zartem Raureif bedeckt, als hätte Pomona, die Göttin des herbstlichen Obstsegens, den Hauch ihres Atems darüber verströmt.

War es Ketzerei, an eine solche Gottheit zu denken? Ich musste lächeln beim Gedanken an *ihn,* der meine Frage mit Sicherheit verstünde. Als ich den Korb aufhob, entdeckte ich eine Pflaume, die weniger ebenmäßig als die anderen war: Sie war durchzogen von einer dunklen Kerbe. Ich wollte sie bereits wegwerfen, doch ich behielt sie in der Hand. Musste wirklich alles makellos sein, und wäre diese Pflaume nicht ebenso köstlich wie die anderen, obwohl sie weniger schön anzusehen war?

Der Empfangsdiener meines Vaters begleitete mich auf dem Boot nach Mile End. Er war ein schweigsamer Mann, und so konnte ich das bunte Treiben auf einer der belebtesten Wasserstraßen des Abendlandes genießen, in dem Bewusstsein, später jemanden wiederzusehen, den ich so lange vermisst hatte. Lächelnd hielt ich den Saum meines Kleides hoch, damit er nicht nass wurde, und lauschte dem gleichmäßigen Läuten der Kirchenglocken, dem Gehämmer, das aus zahlreichen Werkstätten erklang, und den Rufen der Fährleute, die in Tausenden kleiner Jollen die Stadt in Bewegung hielten. All diese Geräusche waren mir ebenso lieb geworden wie die Stille auf dem Land, denn sie erinnerten mich an jemanden, für den die Luft in London einen süßeren Duft verströmte als jede Rosen- oder Waldmeisterhecke.

Ich fragte mich, ob Mary schon aufgestanden war oder sich, wie gewöhnlich, treiben ließ und – noch im Nachthemd mit einem bestickten Tuch über den Schultern – verschiedene Frisuren ausprobierte.

Wie nicht anders erwartet, teilte ihre Kammerfrau mir mit, die Dame des Hauses läge noch im Bett. »Soll ich sie wecken, während Ihr im Gesellschaftsraum wartet, Miss? Das Feuer im Kamin ist bereits angefacht.«

Ich hätte froh sein können, dass überhaupt schon ein Feuer brannte, doch noch hätte es den Raum ohnehin nicht vollständig erwärmt. Im Zimmer meiner Schwester dagegen, wo Gewürzschalen und vergoldete Kerzen ihren Duft verströmten, wäre es warm und behaglich.

Also beschloss ich, sie zu überraschen und ging selbst hinauf, um sie zu wecken. Dann aber fiel mir der Anblick wieder ein, der sich mir geboten hatte, als sie mit Nick im Bett gelegen hatte, und ich fragte die Kammerfrau, ob der Herr des Hauses zugegen war.

Ihr Achselzucken und die hochgezogene Augenbraue sprachen Bände. Der Herr des Hauses hatte das Schlafgemach seiner Gemahlin in letzter Zeit wohl nicht betreten.

Zu meiner Überraschung war Mary bereits aufgestanden. Sie trug ein neues Kleid, dessen blauer Stoff reich mit roten Blumen verziert war. Mit offenem Haar stand sie vor dem Spiegel und kämpfte – seltsamerweise ohne Hilfe ihrer Kammerfrau – mit dem Verschluss eines Halsbands, das ich nie zuvor gesehen hatte.

Als sie mich erblickte, legte sie es hastig ab und wollte es zwischen den übrigen Schmuckstücken verbergen, die neben der mit Edelsteinen besetzten Haarbürste lagen. Dabei leuchteten ihre Wangen in kräftigerem Rot als die Rosen auf ihrem Kleid.

»Ann! So bald hatte ich dich gar nicht erwartet! Ist unserer Großmutter etwas zugestoßen?« Ich wusste, Mary war in Sorge, nach dem Tod unseres Großvaters könne Großmutter ihm bald folgen. Diese aber war aus härterem Holz geschnitzt.

»Sie ist wohlauf und lässt dir diese Pflaumen aus Loseley schicken.« Ich reichte ihr den Korb, und sie stellte ihn achtlos auf eine Truhe.

»Was für eine hübsche Kette«, sagte ich und zeigte auf das Halsband. »Hat Nick sie dir geschenkt?«

Mit schuldbewusstem Gesichtsausdruck wandte sie sich ab und griff nach dem Samtumhang, der auf ihrem breiten Himmelbett lag. »Findest du nicht auch, dass es heute besonders kalt ist? Du bist doch nicht etwa in diesem leichten Umhang von Charing Cross hierhergekommen?«

»Doch, das bin ich. Denn es ist ein strahlender Tag. Du solltest auch ein bisschen an die frische Luft gehen. Ich mache mich nun wieder auf den Weg, ich habe noch ein paar Besorgungen für unseren Vater zu erledigen.«

»Dann hat er dir also deine Unnachgiebigkeit verziehen?«

»Er sieht ein, dass ich von Nutzen sein kann.«

Sie sah mich argwöhnisch an. »Was für Besorgungen sind

das, und wo genau führen sie dich hin? Nach York House vielleicht, um einen gewissen Gentleman mit dunklen Augen zu treffen?«

Ich errötete. War ich wirklich so leicht zu durchschauen?

»Schwester, muss ich dich schon wieder vor einer Unbesonnenheit warnen? Nicht nur um deiner selbst willen, damit du dich nicht ins Verderben stürzt, sondern der ganzen Familie wegen?«

Zur Antwort hielt ich ihr Halsband hoch und betrachtete eingehend die grünen Edelsteine, die im Licht der Kerzen schimmerten, bedrohlich und betörend zugleich. »Sollte ich dir nicht den gleichen Ratschlag erteilen, Schwester?«

Schweigen erfüllte den Raum. Zu hören war nur das Knistern des Feuers und das Schniefen von Marys Baby, das auf einem Samtkissen vor dem Kamin schlief wie das Schoßhündchen eines imperialen Herrschers.

Mary zuckte mit den Schultern und setzte sich vor den Spiegel. »Ich bin verheiratet und muss lediglich mit meinem Mann zurechtkommen. Bei dir sieht es etwas anders aus.«

»Ich weiß, Mary. Ich werde achtsam sein.«

Sie nahm meine Hand. »Du hast viel für mich riskiert, Schwester.«

»Dann setz dich nicht über all das hinweg.«

Nachdem ich das Haus verlassen hatte, schickte ich den Dienstboten meines Vaters zu einer Besorgung. Ich merkte, dass er widersprechen wollte. Möglicherweise fürchtete er, seine Stellung zu verlieren, wenn meinem Vater zu Ohren kommen sollte, dass ich ohne Begleitung unterwegs gewesen war. Doch ich warf ihm einen so überheblichen Blick zu, dass er nicht wagte, etwas zu sagen.

Endlich allein, ging ich die Stufen zum Fluss hinab, wo ich mich am Geländer festhalten musste. Denn obwohl es gar nicht so kalt war, zitterten mir vor Aufregung die Glieder.

Zwei Meilen flussaufwärts würde mich mein Schicksal erwarten.

Als ich in einem Boot saß, schwankte meine zuversichtliche Stimmung wie die Themse unter meinen Füßen. Konnte ich – als Tochter eines Adelsgeschlechts dreier Generationen – so einfach ohne den Schutz einer von Gott gesegneten Ehe jemandem meine Unschuld darbieten?

»Frye Lane oder die Treppe am Savoy, Miss?«, riss mich der Bootsmann aus meinen beklemmenden Gedanken.

Erstere Anlegestelle wäre ruhiger und weniger frequentiert als die Gegend um das alte Savoy Hospital herum.

»Frye Lane, Ruderer.« Er half mir, von der Jolle auf die glitschigen Stufen zu steigen, und sah mich die ganze Zeit über neugierig an. Zweifellos fragte er sich, warum eine junge Dame ohne jegliche Begleitung unterwegs war. Ich überlegte, ob ich ihm irgendeine Geschichte erzählen sollte, etwa der Empfangsdiener sei erkrankt.

Aber was hätte ich davon gehabt, einen einfachen Bootsmann zu belügen?

In der Frye Lane traf ich keine Menschenseele und schlich mich unerkannt durch die engen Gassen.

Master Donnes Unterkunft befand sich an der Rückseite des mächtigen Gebäudes in einer Reihe schwarzer und weißer Holzhäuser. Ganz in der Nähe eines Torbogens auf dem Weg zur Strand, die ein Stück weiter in die Fleet Street mündete.

Als ich vor dem Haus stand, schickte ich ein Stoßgebet an die Heilige Jungfrau, wohl wissend, dass der Weg, den ich zu gehen bereit war, aus Sünde bestand.

»Habt Ihr Euch verlaufen, Mylady?« fragte jemand hinter mir.

»Nicht ›Mylady‹ …« Ich fuhr herum und erkannte in weniger als zwei Fuß Entfernung Master Donnes Vermieter. »Nennt mich ›Miss‹, das reicht vollkommen aus«, sagte ich, bemüht, so forsch und sicher zu klingen, wie jemand, der wusste, wo er sich befand. »Ich muss Master Donne eine Weisung zustellen.«

»Tatsächlich«, sagte er und verbeugte sich tief. »Recht beliebt bei den Frauen, dieser Master Donne.« Er lächelte salbungsvoll.

»Selbstverständlich kommen alle mit Weisungen, genau wie Ihr.«

»Ist er zu Hause?«

»Jawohl, er hat Besuch von einem Gentleman.«

Wie zur Bestätigung dessen vernahm ich Gelächter, laut und derb, ganz nach der Art, in der Männer über Witze lachen, bei denen es um Frauen geht.

Auf der Schwelle erschien Master Donne, nur in Hosen und Unterhemd. Immer noch lachend klopfte er seinem Besucher auf die Schulter. Dann bemerkte er mich.

Seiner Miene war schwerlich etwas zu entnehmen. Mir schien, er schwankte zwischen Begeisterung und Entsetzen.

»Miss More … Ann, meine Liebste …«, rutschte es ihm heraus, bevor er sich geistesgegenwärtig besinnen konnte.

Sein Besucher lächelte bedeutungsvoll, als sei ihm mein Name durchaus ein Begriff.

Zum ersten Mal schien Master Donne um Worte verlegen. »Mein Freund, Master Davies, ist gerade im Begriff, sich zu verabschieden.«

Zur Bestätigung zwinkerte der Gentleman uns vielsagend zu, sodass ich mich fragen musste, ob er derjenige gewesen war, der die Gerüchte in Umlauf gebracht hatte, die Master Manners zu Ohren gekommen waren.

Nicht gerade ein sehr vielversprechender Beginn für unser Rendezvous.

»Miss More ist gekommen, um Euch eine *Weisung* zu überbringen«, mischte sich Master Haines, der Vermieter, aus dem Hintergrund ein, in unverkennbar anzüglichem Tonfall.

»Wie gut, dass sie mich rechtzeitig erreicht.«

Master Donne setzte eine sachliche Miene auf und beeilte sich, mir Handschuhe und Umhang abzunehmen. »Darf ich Euch zu dieser Unterredung ein wenig Gebäck und Gewürzwein reichen?«

Mit einem beunruhigten Seitenblick auf Master Haines scheuchte er mich in sein Zimmer.

Nachdem er endlich die Tür geschlossen hatte, brach ein Orkan über mich herein.

»Miss More … Ann …«, fragte er unwirsch, »was habt Ihr Euch dabei gedacht, am helllichten Tag hier einfach unangemeldet zu erscheinen, ohne das Gesicht unter einer Kapuze zu verbergen, und Euch noch dazu mit meinem Vermieter zu unterhalten? Er ist nicht gerade für seine Diskretion bekannt. Ich fürchte, nun wird Euer guter Name durch den Dreck gezogen.«

Nach diesen Worten durchzuckte mich ein Zornesblitz wie bei einem Gewitter am Sommerhimmel.

»Mein guter Name! Ihr wagt es, von meinem guten Namen zu sprechen! Dabei hat Master Manners meinem Vater erzählt, Ihr hättet Euch damit gebrüstet, zwischen uns wäre etwas gewesen! Ihr selbst hättet es einem Eurer prahlerischen Freunde anvertraut – diesem augenzwinkernden Master Davies womöglich!«

Ich konnte mich nicht beherrschen, ich musste meinem Ärger Luft einfach Luft machen. »Wisst Ihr eigentlich, welch charmanten Gedanken Master Manners äußerte, nachdem er von unserer wunderbaren und gottbehüteten gemeinsamen Zeit erfuhr?«

Master Donne schüttelte den Kopf.

»Dass wir das nächtliche Lager geteilt hätten, und wenn das Eis erst einmal gebrochen wäre, sei wohl auch für andere der Weg frei.«

»Miss More, Ann, das ist niederträchtiger Rufmord! Ihr wisst selbst, dass es zwischen uns nicht so weit gekommen ist! Obwohl Ihr mich in äußerst große Versuchung führtet, habe ich Eure Unschuld über meine eigenen Wünsche gestellt!«

»Wohl wahr. Aber Ihr wärt nicht der Erste, der sich im Kreis seiner Freunde aufspielt, um Eindruck zu schinden.«

Abermals schüttelte er den Kopf, als würde ihm etwas erstmalig klar. »Ich bin gerührt, da Ihr offenbar eine sehr hohe Meinung von mir habt, Miss.«

Ein Gefühl der Schuld überkam mich, aber wie sonst, wenn nicht durch unbedachtes Gerede seitens Master Donne, hatte Master Manners überhaupt von uns erfahren können?

Und ich war noch lange nicht fertig. »Wollt Ihr auch wissen, was mein lieber Vater zur Verteidigung der Ehre seiner Tochter gesagt hat? Gar nichts! Er unternahm nicht den geringsten Versuch, sich für mich einzusetzen. Ganz im Gegenteil, er legte noch fünfhundert Pfund auf meine Mitgift drauf, um jedweder Schande zu entgehen.«

»Ann, liebste Ann …«

»Ich bin nicht Eure liebste Ann!«

Vor meinem Besuch hatte ich einfach nicht glauben können, dass er in der Stadt mit unserer gemeinsamen Zeit hausieren gegangen war, doch die unverschämte Geste seines Freundes hatte mein Vertrauen in ihn erschüttert.

Ich zog meine Handschuhe an und sagte: »Ich gehe jetzt. Wir Ihr schon sagtet, mein heutiger Besuch war ein Fehler und könnte einen noch größeren Skandal auslösen. Und, um diesen zu verhindern, sollten wir unsere Freundschaft auf der Stelle beenden. Wenn ich mich sofort auf den Weg mache, kann ich rechtzeitig zu Hause sein, bevor mein Vater vom Parlament zurückkehrt. Die Peinlichkeit, vorzugeben, wir hätten uns noch etwas zu sagen, können wir uns sparen.«

»Nein, Miss Ann, so wartet doch. Ich werde als Erster das Haus verlassen und Master Haines irgendeine Erklärung für Euren Besuch liefern, ein Gedicht zur Hochzeit Eurer Schwester auf der Isle of Wight vielleicht.« Hastig streifte er sein Wams über.

Als er die Isle of Wight erwähnte, überflutete mich eine Welle der Erinnerung, eisig wie das Meerwasser ließ sie mich mit einem Gefühl der Taubheit zurück. Und nun ließ auch er mich allein mit meinen Träumen, die in Scherben zu meinen Füßen lagen.

Ein letztes Mal sah ich mich in seinem Zimmer um, das ebenso sauber und ordentlich wie das in York House war. Auf einer Truhe neben dem Bett entdeckte ich ein Stück Fell, es war die Hasenpfote, die ich auf seinem Porträt gesehen hatte.

Master Donne hoffte also immer noch auf das Glück.

Mich hingegen hatte jeglicher Glaube daran verlassen.

In seiner Eile hatte er sein Unterhemd achtlos auf das Bett geworfen. Ich folgte einem plötzlichen Impuls, hob es auf und hielt den feinen weißen Stoff, der noch warm von seinem Körper war, an meine Wange.

Da stand ich nun und atmete den männlichen Moschusduft ein, bis ich hinter mir etwas rascheln hörte, mich umdrehte und feststellen musste, dass der Urheber des Dufts mich beobachtete.

Errötend schnappte ich nach Luft und ließ das Leibchen hastig hinter meinem Rücken verschwinden. Doch er kam auf mich zu, griff hinter mich und nahm es mir aus der Hand.

»Brauchtet Ihr ein Taschentuch, um Euch die Stirn abzutupfen? Ich hätte Euch gern eins zur Verfügung gestellt.« Dann fanden seine Lippen meinen Mund, und ich gab jeden weiteren Versuch auf, meine Gefühle zu verbergen, sondern schmiegte mich schamlos an ihn.

Eine elisabethanische Dame ist ein Schiff, das sich nicht einfach entern lässt, und so lachte und fluchte er zugleich, während er mit den Haken und Ösen meiner zahlreichen Gewänder kämpfte.

Als mein Trägerrock, das Unterkleid und mein mit Spitze besetztes Mieder endlich abgelegt waren, verblieb nur noch mein Leinenhemdchen, das mir von den Schultern glitt und die zarten Knospen darunter entblößte. Ich schloss die Augen, als er meine Brüste aus ihrem gepolsterten Gefängnis befreite und mit sanften Küssen bedeckte.

»›Komm, Liebste‹«, zitierte er aus seinem eigenen Gedicht, das mich schon vor so langer Zeit in Aufruhr versetzt hatte. Herausfordernd sah er mich an und reichte mir die Hand, um mich in die geheime Welt hinter den Vorhängen seines breiten Bettes zu führen.

Ich erbebte und dachte an die Zeilen, die er unausgesprochen ließ:

Dem Drang der trunkenen Hände gib dich hin,
Vorn, hinten, unten, oben, zwischendrin.

Wie sehr hatte ich mich insgeheim danach gesehnt, dass es mein Körper wäre, den seine Hände in diesen Zeilen erforschten.

Und nun sollte es geschehen.

Doch bevor wir uns auf diese schicksalhafte Reise begaben, hielt er inne und nahm meine Hand.

»Nun haben wir uns doch gefunden, du und ich. Nach allen Irrwegen und langer Suche wird es nichts anderes mehr geben, das für uns zählt – weder Reichtum, noch Ansehen oder Begünstigung. All das wird scheinen wie Blech im Vergleich zu Gold.«

Er kniete sich vor mich, und als das letzte Stückchen Leinen zu Boden gefallen war, blieb ich nackt wie Eva im Garten Eden zurück.

Doch ich empfand keine Scham, sondern nichts als Vergnügen, als er meine zarte Haut streichelte und mit den Lippen den Konturen meines Körpers abwärts folgte.

Scharf sog ich den Atem ein. Furcht und Freude kämpften in mir, als ich seine Zunge spürte, zart wie den Flügelschlag eines Schmetterlings und so ungewohnt und fremd, dass ich nicht wusste, was mich erwarten würde, während er sich an meinem Unterleib entlangtastete und hier und dort verharrte, bis das Ziel gefunden war.

Plötzlich durchfuhr mich mit solcher Macht eine gewaltige Explosion, dass ich erbebte und aufschreien musste vor Wonne. Da wusste ich, er hatte recht gehabt. Dieser Augenblick ließ mich alles andere vergessen – meine Familie, die Zukunft, den Glauben, die Sünde. Es gab nur noch ihn und die Liebe, die wir einander entgegenbrachten.

***

Erschöpft lagen wir still nebeneinander, während die Nachmittagssonne allmählich unterging, ein jeder lauschte den Atemzügen des anderen, als wären wir zu einer einzigen Seele verschmolzen.

Doch ein Schatten verdüsterte seine ernste Miene.

»Ist es Traurigkeit, die ich in deinen Augen sehe?«

Er küsste meine Handfläche. »Eine jede Kreatur ist traurig nach der Liebe.«

»Aha«, gab ich fröhlich zurück, denn ich hatte seine Anspielung auf einen Klassiker verstanden und wollte ebenfalls meine Kenntnis unter Beweis stellen. »Hast du nicht einen Gedanken vergessen? Jede Kreatur ist traurig nach der Liebe – abgesehen von einer Frau oder einem Hahn.«

Er musste lachen und schüttelte den Kopf. »Miss Ann More, gelobt sei Eure Existenz. Du bist wirklich ein Mysterium.«

»Tatsächlich?«, fragte ich ihn geradeheraus, während wir in unserem ganz eigenen Paradies nebeneinanderlagen. »Bin ich das neu gefundene Land, das du in deinem skandalösen Gedicht beschreibst? Oder gebührt diese Ehre einer Dame vor meiner Zeit?«

»Nein, Ann«, sagte er überraschend schroff, »du bist auch nicht mein Amerika. Das galt einer anderen.«

Mühsam setzte ich mich auf, schockiert von seinen Worten, die so grausam geklungen hatten.

»Ich wünschte, ich könnte verneinen, dass es andere vor dir gegeben hat. Doch ich will verdammt sein, wenn es nach dir noch eine gibt.« Er führte meine Hand an seine Lippen. »Du bist mein Norden und mein Süden, mein Morgen- und mein Abendland. Du bist mein Magnetstein und mein Kompass, der Fixstern an meinem Firmament. Nie wieder werden wir uns trennen. Davon müssen wir deinen Vater, den Lord Keeper und alle anderen überzeugen.«

Er kniete auf dem Bett, als wären wir in einer Kirche, und zog mich an sich. »Wenn wir in Liebe diesen Knoten binden, wird nichts und niemand ihn lösen können. Weder Krankheit noch ein unbarmherziges Schicksal, nicht einmal der Tod. Wenn ich mich mit dir vermähle, werde ich mein Leben lang keine andere heiraten. Willst auch du mir deine Treue schwören?«

Und innerhalb dieser kleinen, abgeschlossenen Welt war mir, als empfingen wir das Sakrament.

»Ich schwöre.«

Mehr brauchten wir nicht zu sagen, denn unsere Körper besiegelten den feierlichen Bund, bis wir eng umschlungen einschliefen.

Als ich erwachte, war es bereits spät am Nachmittag. Ich hatte ein seltsames Geräusch gehört, ein Vogel, der am Fensterbrett kratzte, ganz so, als ob er Einlass begehrte. Es war eine Ringeltaube, die ungeachtet der Jahreszeit und trotz Ermangelung eines Partners ihr blaugrünes Nackengefieder spreizte, als wollte sie sich den gleichen Freuden hingeben wie wir. Ich erinnerte mich an jene andere Taube und lächelte beim Gedanken an den Tag, als er mir zum ersten Mal begegnet war.

Dann aber fiel mir die Begegnung mit Master Manners in Portsmouth wieder ein.

»Ann, was quält dich? Du siehst aus, als hättest du ein Gespenst gesehen.«

»Das habe ich auch.« Ich ging zurück zum Bett. »Hoffen wir, dass uns kein böser Geist verfolgt.«

Voller Tatendrang sprang er aus dem Bett und zog sich an. »Niemand kann uns mehr etwas anhaben. Unsere Liebe wird uns ein besserer Schutz sein als eine gepanzerte Rüstung.« Er umarmte mich und strich mir das Haar aus dem Gesicht. »Zweifle nicht, meine Ann. Wer kann uns etwas anhaben, wenn wir uns aufrichtig lieben?«

Ich zögerte, denn ich wollte unser zartes Glück nicht trüben, aber ich wusste, ich musste es dennoch tun.

»Master Manners vielleicht. Ich bin ihm nicht vertraglich verpflichtet, das war ich nie, nicht einmal per Handschlag oder Versprechen, was von manchen als bindend erachtet wird. Dem Himmel sei Dank, dass sein Vater so hohe Ansprüche stellt und die Vereinbarungen über eine Heirat nie besiegelt werden konnten. Aber er wird versuchen, uns zu schaden, wo er nur kann.« Ich unterbrach mich, denn es fiel mir schwer, fortzufahren. »Vor einiger Zeit sind wir zur Isle of Wight gereist, um die Verlobung meiner Schwester Frances zu feiern. Master Manners begleitete uns. Mein Vater hatte gehofft, wir würden uns ein wenig besser kennenlernen, uns näherkommen. Auf dem Rückweg legten wir eine Rast in Portsmouth ein. Dort versuchte Master Manners, mich zu entehren, vermutlich, weil er eifersüchtig auf dich war.«

»Ann!« Sein Gesicht wurde zu einer Maske des Zorns. »Warum hast du mir das nicht gesagt? Wo auch immer, ich hätte ihn ausfindig gemacht! Wenn er dir auch nur ein Haar gekrümmt hat …«

»Das hat er nicht. Doch ich weiß nicht, was geschehen wäre, wenn der Wirt nicht dazwischengegangen wäre. John, er ist ein grausamer Mann. Wenn er die Gelegenheit bekommt, wird er dir Schaden zufügen. Uns beiden.«

Er nahm meine Hände und legte sie an seine Brust. »Dann müssen wir so schnell wie möglich heiraten, bevor er Mittel und Wege findet, uns aufzuhalten. Morgen früh werde ich eine Kapelle suchen, wo wir uns unverzüglich trauen lassen können, und jemanden finden, der bereit ist, die Ehe zu schließen.«

Die Furche, die plötzlich auf seiner Stirn erschien, verriet mir, dass dies wohl kein einfaches Unterfangen war. Manche würden es ablehnen, heimlich eine so junge Frau wie mich zu trauen, noch dazu ohne die Zustimmung ihres Vaters und ohne Aufgebot. Zwar waren viele bei der Hochzeit noch jünger als ich, doch hatten sie die Genehmigung der Eltern.

Ich zitterte vor der Tragweite unserer Entscheidung.

Dann aber hellte sich seine Miene auf. »Mein Freund Christopher Brooke! Sein Bruder Samuel ist Priester. Er könnte unsere Trauung vollziehen.«

Er lief zum Schreibpult und notierte etwas auf einem Papier, faltete es und schrieb eine Adresse auf die Rückseite. Er versiegelte den Brief mit einem wächsernen Symbol aus Schlangen, das mir mittlerweile so vertraut war.

Ich sah das Papier in seiner Hand und geriet außer Atem. Unsere Hoffnung auf ein gemeinsames Leben lag unter diesem kleinen Abdruck aus Wachs.

Er bemerkte die Angst in meinen Augen.

»Komm, Ann.« Liebevoll küsste er mir die Hand. »Sei beherzt. Was ist aus dem tapferen jungen Mädchen geworden, das Jagd auf Ratten machte, reiten konnte so schnell wie der Wind und es sogar mit Master Freeman in einem Bordell aufnehmen wollte, wenn ich es nicht davon abgehalten hätte?«

Ich holte tief Luft und raffte all meinen Mut zusammen, für eine Heirat, die seitens meiner Familie und meiner Freunde Empörung hervorrufen würde – nicht aufgrund meines Alters, denn ich war schon fast siebzehn, sondern wegen der mangelnden Zustimmung meines Vaters. Aber ich war bereit, all das in Kauf zu nehmen für die Liebe zu diesem Mann.

Ich richtete mich auf und sah ihm in die Augen.

»Hier ist das tapfere Mädchen, bereit, allen die Stirn zu bieten.«

Als es Zeit wurde, aufzubrechen, sah ich mich besorgt auf der Straße um, für den Fall, dass mein Vater von unserem Vorhaben erfahren hatte und uns aufhalten wollte. Doch ich war mutterseelenallein in der Dunkelheit, und so rannte ich so schnell ich konnte zu einem Bootsanlieger und fuhr den kurzen Weg zurück nach Charing Cross.

Als ich zu Hause eintraf, fand ich meinen Vater in seine Papiere vertieft.

In banger Erwartung blieb ich auf der Schwelle zu seinem Kabinett stehen. Sicher sah man es mir an den Augen an, ein Zeichen der Liebe, meiner verlorenen Unschuld, eine Spur des verzückenden Rausches, den ich erst jüngst erfahren hatte.

Mein Vater aber nahm mich kaum wahr, sondern richtete sein Augenmerk auf eine dringendere Angelegenheit: den Stand der Reparaturarbeiten der königlichen Landstraßen.

»Ann«, murmelte er und sah kurz, »wie geht es deiner Schwester? Waren die Pflaumen deiner Großmutter nach ihrem Geschmack?«

Ich konnte nicht anders, als zu lächeln, immer noch in Aufruhr vom schwindelerregenden Zauber der Liebe. »Sie hat sich sehr darüber gefreut. Die Pflaumen waren ein köstlicher Genuss. Sie hat sie sich sogleich einverleibt, jede einzelne war süß und saftig. Die besten Pflaumen seit dem Garten Eden!«

Verwirrt blickte mein Vater ein wenig länger zu mir auf. »Ann, geht es dir ebenfalls gut? Du scheinst ein wenig durcheinander. Ein Fieber vielleicht?«

»So gut, wie noch nie, Vater. Ich habe Mary gebeten, uns das Körbchen so bald als möglich zurückzubringen.« In Wahrheit hoffte ich, dass Mary den Korb möglichst schnell zurückbringen würde, weil ich mein Geheimnis nicht länger für mich behalten konnte. Ich musste es einfach jemandem erzählen, und Mary war die Einzige, der ich es anvertrauen konnte.

»Das Körbchen?« Nun wirkte er vollkommen verblüfft. »Aber das ist doch nichts wert, ein einfaches Ding aus Schilf vom Fluss …«

»Nicht doch, Vater, meine Großmutter hat es stets in Ehren gehalten. Oft sagte sie, wie sehr sie es zu schätzen wüsste«

Verständnislos schüttelte mein Vater den Kopf. »Ihr Frauen seid doch sonderbare Wesen. Ich hatte gehofft, du könntest einige Dokumente für mich lesen. Ich habe noch sehr viel zu tun.«

»Dann will ich mich sogleich an die Arbeit machen, Vater.«

Ich setzte mich ihm gegenüber auf einen vergoldeten Stuhl, dessen Beine wie Löwentatzen geformt waren, und mein Vater lächelte mich an.

Ich musste den Blick abwenden. Ein Gefühl der Schuld und des Bedauerns überkam mich und zog mir das Herz zusammen. All die Jahre hatte er mich kaum wahrgenommen und war allenfalls über meine Aufsässigkeit in Zorn geraten. Doch genau jetzt, als ich kurz davor stand, mich von seinem Joch zu befreien, wurde er nachsichtiger und behandelte mich so liebevoll, wie ich es mir immer gewünscht hatte.

Aber für jede Frau kommt der Moment, in dem sie sich zwischen Vater und Ehemann entscheiden muss.

Und ich würde mich für den Gemahl entscheiden.

Es gelang mir, Mary eine Nachricht zukommen zu lassen, doch ich war nicht sicher, ob sie mich besuchen käme. Sie konnte eine geradezu provokante Trägheit und Selbstsucht an den Tag legen. Möglicherweise dachte sie auch, ich hätte sie herbestellt, um sie noch einmal zurechtzuweisen.

In der Nacht tat ich kein Auge zu. Was geschehen war, hallte in mir nach wie der Klang einer Harfe, deren Saiten bei der leisesten Berührung in Schwingung versetzt wurden. Den Menschen, die mir lieb und teuer waren, konnte ich meine Pläne nicht offenbaren – weder meinem Vater noch Margaret oder meiner Großmutter. Nicht einmal meinem Cousin Francis, der an allem, was im Laufe der Jahre in meinem Leben geschehen war, Anteil genommen hatte. Mary war die Einzige, der ich mich anvertrauen konnte, insbesondere da sie selbst in etwas Ähnliches verwickelt zu sein schien.

Also hielt ich mich in der Nähe des Fensters auf, damit mir nur ja kein Besucher entging.

»Ann, was machst du da?«, fragte mein Vater. »Schon seit einer halben Stunde stehst du vor dem Fenster herum. Ich möchte, dass du dir diese Dokumente über diverse Monopolstellungen ansiehst. Viele im Parlament sind erzürnt, weil Ihre Majestät Monopole verteilt wie Süßigkeiten. Offenbar gibt es neuerdings für alles ein Monopol, angefangen bei Wein aus Malmsey bis hin zu Salz, und alles zum Wohl einiger Begünstigter und auf Kosten der anderen.«

»Ich werde es sogleich erledigen, Vater.« In dem Moment ertönte Hufgeklapper, und eine schlanke Dame in roter Reiterkluft ritt auf einer Rotschimmelstute über den Hof vor unserem Haus. Sie trug eine Reiherfeder an ihrem kecken samtenen Hut, dessen Schleier ihr Gesicht bedeckte, vor ihr im Sattel saß ein kleines Kind. »Schaut, Vater, da kommt Mary, sie hat den kleinen Nick mitgebracht.«

Mein Vater sah aus dem Fenster. »Das sehe ich, doch von dem Körbchen, an dem du so sehr hängst, fehlt jede Spur.«

»Sie wird es wohl von einem Dienstboten bringen lassen.«

»Warum macht sie sich dann die Mühe, selbst hierher zu reiten?«

Ich ging nicht weiter auf seine logischen Schlussfolgerungen ein und rannte die Treppe hinunter, um Mary und den Kleinen zu begrüßen.

In der engen dunklen Eingangshalle fiel ich ihr um den Hals, während der Empfangsdiener meines Vaters Nick an die Hand nahm und in die Küche brachte, wo die Köchin ein paar Leckerbissen in einer Schale aus Porzellan eigens für ihn bereithielt.

Mein Herz schlug lauter als die Glocken von Saint Clement Danes, und ich zerrte Mary in unseren kleinen Gesellschaftsraum. »Schwester, wir gehen das Wagnis ein. Er sucht bereits nach einem Pfarrer, der unsere Trauung abhalten kann.«

Mary umarmte mich nicht, sie lächelte nicht einmal, sondern zuckte nur mit den Schultern. Offenbar betrachtete sie mich als einen hoffnungslosen Fall, für den sie nicht ihren Atem verschwenden wollte.

Also saßen wir bei Honigmakronen da und hielten ein gezwungenes Gespräch über Margarets Baby und Marys Pläne für die Weihnachtszeit in Gang.

Schließlich erhob sie sich. »Tut mir leid, Ann, aber ich habe einen weiteren Besuch zu machen.« Beim Anblick ihres feinen Kleides konnte ich mir denken, bei wem.

»Auf Wiedersehen, Schwester, und pass auf dich auf.«

Nach einem Moment des Schweigens erwiderte sie: »Ich könnte dir das Gleiche sagen. Mein Gemahl hat mir so viel Leid zugefügt, sämtliche Rücklagen hat er verspielt. Warum sollte er nicht wenigstens ein Zehntel von dem ertragen, was ich tapfer und ohne zu klagen hingenommen habe?«

»Für Frauen sieht die Welt ganz anders aus als für Männer, Mary.«

»Gewiss, und für die Reichen gelten andere Gesetze als für den Rest der Welt, obwohl du dich darüber hinwegsetzen willst, Ann. Denk darüber nach, bevor du dich endgültig entscheidest.«

»Mary, Reichtum bedeutet mir nichts. So gut solltest du mich eigentlich kennen.«

Mary zuckte abermals die Achseln.

»Weil du immer in Wohlstand gelebt hast. Du hast dir nie Sorgen darum machen müssen, wovon die feinen Stoffe und rassigen Pferde bezahlt werden sollen. Du bist in der Kutsche und der Barke des Lord Keeper gereist. Du hast nicht die geringste Ahnung, wie es ist, arm zu sein oder sich einschränken zu müssen und nicht zu wissen, wie man die hungrigen Mäuler stopfen soll.«

Das konnte ich nicht abstreiten, doch ich ließ mich nicht entmutigen. Immerhin war ich jung und voller Tatendrang. »Schwester, du hast recht. Aber die Liebe wird mir Kraft geben.«

»Die Liebe? Beim Blut des Gekreuzigten! Die Liebe macht uns nicht stark, sondern schwach. Auf Wiedersehen, Ann.«

Sie läutete ein Glöckchen, und kurz darauf erschien Nick, in der Hand ein Stück gebratenen Fisch, das in eine Serviette eingewickelt war. »Auf Wiedersehen, Mary.«

Mit einer Hand an ihrem Rockzipfel ging der Kleine hinter ihr her, in der anderen Hand den Fisch. Seine dunklen Augen erinnerten mich plötzlich an seinen Vater, und ich rief Mary hinterher: »Vergiss nicht, Mary, was auch du zu verlieren hast. Möglicherweise mehr als ich.«

»Was sind wir nur für ein trauriges Paar«, sagte sie kopfschüttelnd, »Gott sei Dank, dass es noch Margaret und Frances gibt.«

»Wir beide sind aus anderem Stoff gemacht.«

»Genau, und ich würde niemals Seide gegen Leinen eintauschen. Es heißt, Seide sei sowohl fest als auch weich.« Sie nahm Nick an die Hand und stieg die Stufen vor dem Haus hinab.

»Mag sein«, rief ich ihr hinterher, »aber Leinen hält besser.«

Ich las sämtliche Eingaben, die meinem Vater zum leidigen Thema der Monopole zugegangen waren. Zunächst hatten Monopole der Königin die Möglichkeit eröffnet, gewissen Leuten, die hoch in ihrer Gunst standen, Vorteile zu verschaffen, indem sie ihnen regelmäßige Einnahmen sicherten – sei es nun aus dem Geschäft mit Salz oder mit Spielkarten. Doch nach und nach hatte die Königin immer mehr Monopole erteilt: zum Teil, um jemandem eine Ehre zu erweisen, aber auch gegen Bezahlung, um für die Kriege, die unter ihr geführt wurden, die Staatskasse aufzufüllen. Mittlerweile schien es, als bestünde sogar auf die Luft, die wir atmeten, ein Monopol. Doch nun sah sich die Königin einer neuen Situation gegenüber, denn im Parlament wagte man es erstmalig, ihr zu widersprechen. Es war sogar ein Gesetzesentwurf vorbereitet worden, der ihre Handlungsfreiheit einschränken sollte. Selbst jene, die sich Ihrer Majestät gegenüber stets loyal verhalten hatten, verlangten eine Rechtfertigung.

Am nächsten Tag sollte ein Komitee zusammenkommen, um zu entscheiden, wie weiter zu verfahren sei.

Mein Vater – von Natur aus eher moderat und skeptisch gegenüber jeglicher Veränderung, was seine Kleidung, die seit vierzig Jahren aus der Mode war, bezeugte – war ausnahmsweise Feuer und Flamme. »Diese Monopole nehmen Überhand wie eine schlimme Krankheit, seit jeher habe ich so etwas zutiefst verabscheut«, verkündete er. »Genau das werde ich Ihrer Majestät auch sagen.«

Widerstand war ein Prinzip, das Queen Elizabeth vollkommen neu war. Sogleich kam mir Lady Mary Howard in den Sinn. Ich dachte daran, wie es ihr ergangen war, als sie der Königin in Liebesdingen in die Quere kam, nicht zu vergessen der Earl of Essex, der im Tower hingerichtet worden war.

Also wies ich meinen Vater behutsam – als handelte es sich

lediglich um ein winziges Detail – darauf hin, wie er sein Anliegen vorbringen konnte, ohne im wahrsten Sinne des Wortes dabei den Kopf zu verlieren. »Vielleicht solltet Ihr die erhitzten Gemüter erst einmal zu Wort kommen lassen und anschließend Ihrer Majestät Euren Dank erweisen, dass sie die Güte besaß, sich die Sachlage anzuhören. Vergesst nicht, wessen Tochter sie ist.« Ebenso wie ihr Vater, Henry VIII., war auch die Königin keineswegs bereit, sich in die Führung des Königreichs hineinreden zu lassen.

Ich war froh über diese Ablenkung, denn ich hatte noch nichts über den Fortschritt meiner Heiratspläne gehört.

Ob mein Vater sich an meinen Ratschlag gehalten hatte, sollte ich erst erfahren, als er am folgenden Tag aus Whitehall zurückkehrte, zutiefst beeindruckt von der Königin.

»Als wir im Empfangssaal vor ihr auf die Knie fielen, versicherte uns Ihre erlauchte Majestät, kein Juwel, so wertvoll es auch sein möge, bedeute ihr mehr als wir, ihre Untertanen«, berichtete er mit Tränen in den Augen. »Ann, sie versprach, zahlreiche der schlimmsten Monopole zu widerrufen. Ich tat, was du mir geraten hattest, und erwies ihr meinen ergebenen Dank. Daraufhin schenkte sie mir ein besonderes Lächeln und sagte, dass mein Vater und ich ihr stets weise Ratgeber gewesen seien. Unseresgleichen sei unter den jüngeren Männern schwerlich zu finden!«

Ich vernahm all das mit Erstaunen. Die Königin, die mittlerweile so alt war, dass sie sämtliche Berater und Verbündete überlebt hatte, und – wie ich selbst hatte mit ansehen müssen – zu äußerst sonderbarem Verhalten neigte, schaffte es immer noch, ihre Untertanen zu Tränen der Dankbarkeit zu rühren.

Das war wirkliche Macht.

»Ich habe beschlossen, ein Festmahl für die Mitglieder des Parlaments zu geben, um den Ausgang der Ereignisse gebührend zu feiern – ach, und Ann, du sollst die Gastgeberin an meiner Seite sein!«

»Gratuliere, Vater, das ist wirklich ein weiser Entschluss!«

Ich machte einen Knicks, als wäre mein Vater selbst von königlichem Geblüt. Die meisten Väter hätten dies schmunzelnd als nett gemeinten Scherz aufgefasst, nicht jedoch meiner. Ich sah ihm an, wie geschmeichelt er sich von meiner Geste töchterlichen Respekts fühlte.

»Du bist ein gutes Kind, Ann, ein Gewinn für die Mores, wenn du dich besonnen verhältst.«

Mir schoss der Gedanke durch den Kopf, was er wohl sagen würde, wenn er wüsste, wo ich erst kürzlich den Nachmittag verbracht hatte.

Im Bett eines gewissen John Donne.

Ich beschloss, mich so nützlich wie möglich zu machen und meinen Pflichten gewissenhaft nachzukommen, während ich meine Flucht plante. »Möchtet Ihr einen kleinen Krug Bier, Vater, oder lieber etwas Stärkeres?« Seine Antwort bestand in einem Niesen, was ich als Aufforderung betrachtete, ihm ein heißes Bad bringen zu lassen, das vor dem Kamin seines Schlafgemachs aufgebaut wurde. So konnte er anschließend gleich zu Bett gehen, mit einem heißen Ziegelstein und einem wärmenden Gewürzbier, das ihn tief und fest schlafen lassen würde.

Schon immer hatte diese Medizin eine magische Wirkung entfaltet.

Am nächsten Abend gaben wir ein Festmahl für zwanzig Mitglieder des Parlaments, unter ihnen Marys Nick und Margarets Thomas, die seit Kurzem ebenfalls berufen waren. Da auch Master Donne nun dem Parlament angehörte, ließ mein Vater sich dazu herab, ihm ebenfalls eine Einladung zukommen zu lassen.

Das Festmahl bestand aus geröstetem Schwan, gebratenem Pfau, Forellenpasteten und geschmortem Hasenbraten. Doch bevor es aufgetragen wurde, schenkte ich den Gästen selbst Wein ein – eine Gepflogenheit, die mein Vater lieber von seiner Tochter ausgeführt sah als von einem Mundschenk. Für jeden Gast hatte ich ein Lächeln und ein paar nette Worte bereit, und hielt dabei doch nur Ausschau nach einem Einzigen.

Ich ging zu meinem Schwager Nick, der sich in einer Ecke herumdrückte.

»Ein wenig Wein, Nick? Warum hältst du dich hier vor allen anderen versteckt?«

Ich stellte den Weinkrug ab, und sofort griff er danach und füllte seinen Kelch bis zum Rand. »Es ist so ruhig bei uns geworden, seit du fort bist, Ann«, sagte er. Mit einem Mal jedoch änderte sich seine Stimmung. Er kniff die Augen zusammen, was seinem sonst so gut aussehenden Gesicht den Ausdruck eines Wolfes verlieh. Musste ich nun um meine Schwester Mary fürchten? »Alles, was deine Schwester besitzt, gehört mir«, zischte er in scharfem Ton. »Das sollte sie nicht vergessen. Vielleicht solltest du sie bei Gelegenheit einmal daran erinnern.«

Die Drohung in seinen bitteren Worten war nicht zu überhören, von dem sonst so charmanten Gentleman erblickte ich keine Spur.

Ein wenig verängstigt schreckte ich zurück. Frauen waren vollkommen von ihren Männern abhängig. Sollte Nick meine Schwester tatsächlich hinauswerfen, was würde dann aus ihr werden? Und was würde mein Vater tun, wenn er von meinen Plänen erfuhr? Mir eine Tracht Prügel verabreichen? Mich einsperren, wie es durchaus üblich war, mit Constance als Kerkermeister? Diese Rolle hätte ihr gefallen, daran bestand kein Zweifel.

Endlich sah ich Master Donne, der gemeinsam mit dem Lord Keeper erschien. Unsere Blicke trafen sich für einen winzigen Augenblick, dann wandte ich mich wieder den anderen Gäste zu.

Der Lord Keeper hatte Alice, seine neue Frau, mitgebracht.

»Ah, Ann, wie frisch und hübsch du aussiehst in deinem grünen Kleid«, sagte mein Onkel zur Begrüßung. »Wie eine Frühlingsbrise zwischen all dem grellen Prunk kurz vor der Weihnachtszeit.«

Ich machte einen Knicks und bemerkte den griesgrämigen Gesichtsausdruck seiner Frau, die ein rubinrotes, goldbesticktes

Kleid trug, das mit mehr Edelsteinen besetzt war als die Gewänder der Königin. Womöglich hatte mein Onkel auch noch dafür bezahlen müssen. Sie sah nicht schlecht aus, vorausgesetzt man hatte etwas für überladene Flagschiffe übrig, doch jegliche Schönheit wurde gemindert durch eine tiefe Furche der Unzufriedenheit zu beiden Seiten ihres cochenilleroten Mundes.

»Habt Dank, Onkel.«

Komtess Alice beäugte den Pfauenbraten, der mit aufgefächerten Federn auf der Festtafel stand.

»Wie exotisch!«

»Jawohl, Mylady«, sagte ich mit einem zustimmenden Lächeln. »Wie bei einem Festmahl von Königin Kleopatra.«

Zunächst sah sie mich verwirrt an, dann lachte sie laut auf. »Ich habe bereits vernommen, wie gebildet Ihr seid, Miss More. Euer Vater soll jedoch der Ansicht sein, es habe Euch nichts als Ärger eingebracht, und wünschte, er hätte nicht auch noch dafür bezahlt.« Sie bedachte ihren Gemahl mit einem eisigen Blick und fügte in anzüglichem Tonfall hinzu: »Kleopatra konnte sich glücklich schätzen, mit einem Liebhaber wie Markus Antonius!«

Mein Onkel erstarrte nach dieser vorsätzlichen Beleidigung, und ich erkannte, wie schlimm es um die beiden stand.

Hastig verabschiedete ich mich mit einem Knicks, um der gespannten Atmosphäre so schnell wie möglich zu entfliehen. Außerdem brannte ich darauf, wenigsten ein paar Worte mit Master Donne zu wechseln.

Schließlich entdeckte ich ihn, er stand in einer Nische abseits der Haupthalle. Ich winkte ihm zu, doch dann sah ich, dass er in ein ernstes Gespräch mit einem Gentleman vertieft war.

»Wer ist der Mann, mit dem Master Donne sich dort unterhält?«, fragte ich den Lord Keeper.

»Ein guter Freund von ihm, Sir Henry Goodyer.«

Ich stellte den Weinkrug ab und drängte mich durch die Menschenmenge. Doch Master Donnes Worte ließen mich innehalten.

»Henry, ich bitte dich«, flüsterte er beschwörend, »werde unser Trauzeuge. Es gibt nicht viele Menschen, an die wir uns wenden können.«

»So sehr ich diese Ehre auch zu schätzen weiß, wie soll ich das machen, da ich doch diese Heirat einfach nicht befürworten kann? Es wird dein Ende sein, John, und all deine Hoffnungen und Erwartungen zunichte machen.«

»Nein, mein Freund.« Er klang so zuversichtlich und sicher, dass mir das Herz aufging. »Es wird die Erfüllung all dessen sein.«

Dann bemerkte er mich und sah mich einen Moment lang mit einem Blick voller Leidenschaft an. Doch um nicht zu viel preiszugeben, machte ich mich eilig davon.

Für den Rest des Abends sah ich ihn nicht mehr, bis die Gäste sich verabschiedeten und ich ihnen bei der Suche nach Mänteln und Umhängen behilflich war.

»Mein Freund Samuel ist bereit, uns zu helfen«, flüsterte Master Donne mir zu. »Ich werde schnellstmöglich Savoy Chapel aufsuchen, nur wenige Minuten von meiner Unterkunft entfernt. Der Küster soll ein umgänglicher Mann sein. Gegen eine Gebühr, versteht sich.«

»Möge Gott uns beistehen.«

22

Nach jenem Abend sah und hörte ich zwei Wochen nichts von Master Donne. Aber ich war mir unserer Liebe so sicher, dass ich mir keine Sorgen machte.

Der November war vergangen, und auch die erste Dezemberwoche ging vorbei. Bald würde sich das Parlament auflösen, und mein Vater hatte geplant, nach Loseley zu reisen, um sich ein Bild von den Umbaumaßnahmen zu machen.

War es möglich, dass alle Freunde von Master Donne der gleichen Meinung waren wie Sir Henry Goodyer und keiner bereit wäre, uns zu helfen?

Der Gedanke nahm mir fast allen Mut, und ich musste mich an einem Pfosten meines Bettes festhalten, um nicht ohnmächtig zu werden. Ich hatte mich mit Leib und Seele hingegeben. Konnte es sein, dass uns dennoch eine Heirat versagt blieb? Als es an der Tür klopfte, gewann ich die Fassung wieder. Prudence, die von meiner Großmutter geschickt worden war, um ein Auge auf mich zu haben, stand mit verschränkten Armen auf dem oberen Treppenabsatz und sah mich missmutig an. »Dieser Junge, Wat, wartet unten, Miss. Er fragt, ob er Euch privat sprechen kann. Ich habe ihn in den kleinen Gesellschaftsraum geschickt.«

Wat erwartete mich am Ende des Raums, seine Mütze in der Hand. Prudence bedachte ihn flüchtig mit einem abschätzenden Blick, und ich erschrak ein wenig, als ich feststellte, dass er kein Kind mehr war. Er hatte sich zu einem gut aussehenden Jüngling entwickelt, schon männlich genug, um bewundernde Blicke der Damen auf sich zu ziehen. Ich ging auf ihn zu, und er zog einen Brief hervor, der ein wohlbekanntes rotes Siegel trug. »Von meinem Herrn und Meister. Er bittet

Euch, ihn sogleich zu lesen, damit ich Eure Antwort überbringen kann.«

Mein Herz machte einen Hüpfer und schlug so heftig wie der riesige Blasebalg, mit dem auf Loseley das Feuer angefacht wurde.

Hastig öffnete ich den Brief und zerriss in meiner Aufregung beinahe das Pergament. Mein Atem raste und meine Hände wurden schweißnass.

Der Küster von Savoy Chapel war bereit, uns die Kapelle zur Verfügung zu stellen. Übermorgen sollte die Trauung stattfinden, ganz in der Nähe von Master Donnes Unterkunft. Sein Freund Samuel Brooke, ein geweihter Priester, hatte sich einverstanden erklärt, die Trauung zu vollziehen, und Samuels Bruder Christopher war bereit, unser Trauzeuge zu sein.

Tränen stiegen mir in die Augen, als ich daran dachte, dass die Zeremonie so bescheiden und im Verborgenen stattfinden würde. Wann immer ich mir als kleines Mädchen meine Hochzeit vorgestellt hatte, war es mein Vater gewesen, der mich an den Altar führte und dem Bräutigam übergab.

Entschlossen wischte ich mir die Tränen ab. Mit dieser Hochzeit würden wir uns über die Konventionen hinwegsetzen, über die schönen Bräuche, aber auch über die Regel, dass die Braut nicht entscheiden durfte, mit wem sie den Rest ihres Lebens verbringen wollte.

Denn ich hatte meine eigene Wahl getroffen. Und er war derjenige, nach dem ich mich immer gesehnt hatte.

Vorausschauend wie immer, hatte Wat gleich Tinte und Feder mitgebracht.

Meine Antwort bestand nur aus wenigen Worten: Ich werde bereit sein. Möge Gott unseren Bund segnen.

Dann kam mir der sonderbare Gedanke in den Sinn, dass der morgige Tag der letzte wäre, an dem ich mich noch als Mädchen bezeichnen konnte.

So ungeduldig ich unserer Hochzeit auch entgegensah, ich konnte mich eines Gefühls von Schwermut nicht erwehren, denn weder Mutter noch Vater und auch keine Schwester würden teilhaben am wichtigsten Tag meines jungen Lebens.

»Warte noch, Wat …«, rief ich, denn mir war noch etwas eingefallen. »Kannst du meiner Schwester Mary einen Brief überbringen?«

Am nächsten Tag gelang es mir kaum, mich unter Prudences wachsamen Blicken davonzustehlen. Ich wollte verschiedene Kleider anprobieren und sehen, welche Frisur einer Braut angemessen wäre. Doch sie war überall, als ob sie etwas ahnte und nicht wagte, mich aus den Augen zu lassen.

Schließlich sagte ich ihr, ich bräuchte aus dem Garten ein paar Kräuter für meinen Vater, und huschte unbemerkt davon.

Nach einem unerwarteten Schneegestöber in der Nacht war der Tag kalt, doch die Sonne schien. Im Garten wuchs kaum noch etwas, doch ich fand, was ich brauchte. Nachdem ich mich versichert hatte, dass ich unbeobachtet war, flocht ich ein Kränzchen aus Efeu mit schwarz glänzenden Beeren und umwickelte es mit grünem Frauenmantel. Eine Nieswurzranke in Violet oder zartem Rosa hätte meinen Kopfschmuck abgerundet, aber ich konnte nichts Derartiges im Garten finden.

Ich lehnte mich an einen steinernen Blumenkübel und dachte daran, wie meine Schwester Beth geheiratet hatte, mit einem Festmahl und einer ausgelassenen Feier. Wie anders würde meine Hochzeit dagegen sein! Und dennoch, was hatte die Zukunft Beth gebracht? Einen grobschlächtigen Gemahl und einen viel zu frühen Tod.

Auf dem Weg zurück zum Haus fiel mir ein bunter Farbfleck auf. An den kahlen Zweigen eines Schottischen Zaunrosenstrauchs fand ich eine einsame Blüte, als wollte sie sich den Gesetzen der Natur widersetzen und wäre einzig und allein zu meinem großen Tag erblüht.

»Ich danke dir, Beth«, sagte ich, holte tief Luft und brach die Rose ab, »dieses soll dein Hochzeitsgeschenk für mich sein.«

Bevor ich mich am Abend schlafen legte, stellte ich die Rose in ein Glas Wasser neben mein Bett. Ich fühlte mich zerrissen von Sehnsucht und Furcht, und hier im Haus meines Vaters war alles verlaufen wie an jedem anderen Tag. Er hatte von verschiedenen Kommitees erzählt und dass er eine Nachricht von Constance erhalten habe: Die Steinmetze kämen anscheinend weniger schnell voran als geplant, wofür sie die Zimmerleute verantwortlich machte, die einfach nicht fertig wurden und ihrerseits wiederum den Steinmetzen die Schuld gaben.

Er ahnte nicht, dass seine Tochter im Begriff war, heimlich den Bund einer verbotenen Ehe zu schließen.

Ich kniete mich neben mein Bett, so wie ich es als Kind getan hatte, und bat den Allmächtigen um Beistand.

»Lieber Gott, der du alles weißt. Der du siehst, wie tief und aufrichtig meine Liebe ist, vergib mir, dass ich meinen Vater enttäuschen muss. Hilf mir, ihm zu zeigen, dass ich nicht anders kann, denn die Liebe ist doch eine deiner gesegneten Gaben. Hilf mir, eine liebende Ehefrau zu sein und, wenn mir die Gnade zuteil wird, eine liebevolle und fürsorgliche Mutter zu werden. Amen.«

Am nächsten Morgen schickte ich Prudence fort und schüttelte den trübsinnigen Gedanken ab, dass niemand mir beim Ankleiden behilflich wäre. Keine aufgeregt schwatzenden Schwestern, kein Gesang, kein Gelächter und auch kein Hochzeitskelch mit Gewürzwein, der die Runde machen würde, um uns an diesem kalten Tag zu wärmen.

Ich wählte das Kleid, das mein Onkel so gelobt hatte, in jugendlich frischem Grün, wie von jungen Trieben, die ihre ersten Blätter entfalten. Darüber zog ich einen kupferroten Trägerrock, der gut zu meinem rotbraunen Haar passte und zu dem warmen Braunton meiner Augen, von denen mein Vater in glücklicheren Zeiten einmal gesagt hatte, sie hätten die Farbe von Kastanien.

Würde er mir jemals verzeihen, was heute geschehen sollte?

Ich war bereit. Das Blumenkränzchen verbarg ich im Ärmel meines Kleides, denn ich konnte wohl schwerlich mit Blumen im Haar das Haus verlassen. Zu guter Letzt legte ich das Halsband meiner Mutter an und zog meinen schwarzen Umhang über.

Zum Glück waren alle Dienstboten meines Vaters beschäftigt, als ich die engen Stufen hinabstieg. Bis auf eine Person.

Prudence stand hinter der großen Eingangstür und hielt sie mir auf. Dann gab sie mir ein Päckchen in die Hand, sagte, »Viel Glück, Miss Ann«, und rannte zurück in die Küche.

An diesem Tag verzichtete ich darauf, ein Boot zu nehmen, damit mein Kleid nicht nass wurde. Also wandte ich mich nach rechts und ging durch das Gewirr der engen Gassen, die von Charing Cross zum Savoy Hospital führten, das – einst von John of Gaunt, dem Ersten Duke of Lancaster erbaut – nun Unterkunft für die Wohlhabenden war. Die Kapelle lag nur einen Steinwurf entfernt.

Nachdem ich hinter der ersten Ecke außer Sichtweite war, öffnete ich das Päckchen und musste den Atem anhalten. Prudence hatte mir ein kleines Sträußchen aus Christrosen mitgegeben, die mit einem grünen Band zusammengehalten wurden.

Ein richtiger Brautstrauß.

Nachdem ich die Kapelle gefunden hatte, ging ich, wie vereinbart, zum Hintereingang. Als ich im blassen Licht der Wintersonne zwischen den frostbedeckten Grabsteinen meine Schritte mit Bedacht wählte, hatte ich eher das Bild einer Beerdigung als das einer Hochzeit vor Augen.

Zu meinem Erstaunen fand ich mich in der Kapelle hinter dem Altar wieder, anstatt – wie sonst üblich – davor, geradewegs so, als hätte ich eine Bühne betreten.

Ein kleines Grüppchen von Menschen drehte sich um und alle Blicke richteten sich auf mich. Ein Mann im Talar eines Priesters, es musste Samuel Brooke sein, lächelte mich an und reichte mir die Hand. Doch die Atmosphäre war weniger von Feierlichkeit, sondern viel mehr von Beklommenheit geprägt.

Die Kapelle war wesentlich größer, als sie von außen erschien. Sie wurde beleuchtet von einer einzigen Kerze im Mittelschiff, darum herum lag alles in vollkommener Dunkelheit, aus der sich mein Bräutigam löste – ganz in schwarzen Samt gekleidet und nur sein Kragen besetzt mit goldener Spitze.

»Ann, meine Liebste, ich kann kaum glauben, dass der Tag nun endlich gekommen ist«, sagte er und küsste mir die Hand.

»Ich auch nicht«, flüsterte ich, überwältigt von Furcht und Liebe zugleich.

Hinter uns erschien ein schmieriger alter Küster, mit Fettflecken am Kragen. Er rieb sich die Hände und sah sich suchend um.

Zweifellos würde er sich für unsere Hochzeit ein ziemlich hübsches Sümmchen einstreichen. Offenbar war dies eine freie Kapelle, die im Gegensatz zu anderen Kirchen nicht dem kanonischen Recht unterlag. Leute wie dieser Küster machten ein einträgliches Geschäft daraus. »Wer wird hier die Trauung abhalten?«

»Ich«, sagte Samuel Brooke und trat einen Schritt vor.

»Dann solltet Ihr Euch ein wenig beeilen. Nach Euch kommt noch eine Gesellschaft. Geheime Ehen stehen derzeit so hoch im Kurs wie Maskenspiele in den Weihnachtstagen.«

Ich zwang mich bei dem Wort »geheim« nicht zu schaudern, denn irgendwie hatte es etwas Verstohlenes.

»Hoffentlich ist der Bräutigam dieses Mal schon alt genug, dass er seinen Namen schreiben kann«, sagte der Küster und lachte über seinen eigenen Witz. »Ich empfehle mich nun und lasse Euch zur Trauung allein. Das Gebetbuch liegt auf dem Altar.«

»Ich brauche kein Gebetbuch«, entgegnete Samuel knapp, bemüht, dem Ereignis die entsprechende Feierlichkeit zu verleihen. »Die Liturgie einer Eheschließung ist mir durchaus bekannt.«

»Gott segne Euch. Bleibt nur noch die Frage der Bezahlung zu klären.«

Der Bräutigam zog ein Päckchen unter dem samtenen Umhang hervor und reichte es dem Küster.

Als er merkte, wie unbehaglich mir dabei zumute war, berührte er beruhigend meine Hand.

»Komm, Christopher, du wirst die Braut übergeben.«

Wir nahmen unsere Positionen ein. Überrascht erkannte ich in einer der Kirchenbänke sitzend Johns Freund Sir Henry Goodyer, der gegen unsere Vermählung gewesen war. Er saß so still da, dass ich ihn zunächst gar nicht bemerkt hatte. Und noch ein Freund war anwesend, der mir jedoch unbekannt war.

Wir versammelten uns vor dem Altar – beseelt von dem Wunsch, dass die Zeremonie vollzogen wäre, bevor jemand sie verhindern konnte.

Doch plötzlich umwehte uns ein kühler Luftzug. Alle hielten den Atem an und drehten sich angstvoll um. Wer platzte so einfach in die Zeremonie herein – mein Vater, oder gar Master Manners? Wollte jemand unsere Eheschließung verhindern, noch bevor sie begonnen hatte?

23

Weder mein Vater noch Master Manners hatten die Kapelle betreten. Es war eine Frau, die ihr Gesicht unter der Kapuze eines schwarzen Umhangs verbarg.

Sie ging auf den Altar zu und warf die Kapuze in den Nacken. Da erkannte ich meine Schwester Mary, im knallroten Reiterdress, als wollte sie zur Jagd. Vor Freude und Erleichterung hätte ich beinahe laut gelacht.

Alle sahen sie verwundert an, bis sie erklärte: »Ich habe erzählt, ich wolle Hirsche jagen – oder wäre es Euch lieber gewesen, wenn ich gesagt hätte, dass ich auf dem Weg zur geheimen Hochzeit meiner Schwester bin?«

Ich lief ihr durch das Mittelschiff der Kapelle entgegen und fiel ihr um den Hals. Tränen der Freude rannen mir die Wangen hinunter, denn nun würde doch jemand aus meiner Familie an dem bedeutendsten Ereignis meines jungen Lebens teilhaben.

»Nein, Schwester, das wäre uns nicht lieber gewesen. Aber ein Haus Gottes betritt man eigentlich nicht in Reiterkluft.«

»Sind wir nun vollzählig?«, fragte Hochwürden Samuel Brooke. Ich sah, dass er noch beunruhigter war als zuvor und die Zeremonie so schnell wie möglich vollziehen wollte. »Oder werden noch weitere Überraschungsgäste erwartet?«

Ich wechselte einen Blick mit meiner Schwester. »Nein, wohl kaum.«

»Dann lasst uns beginnen. Liebe und teure Freunde, wir haben uns hier vor Gott versammelt, um diesen Mann …«, er wies auf John, der lächelte und mich liebevoll ansah, »und diese Frau im heiligen Stand der Ehe zu vereinen.«

Um uns herum hallte das Echo seiner Worte in der Stille

nach, die weder von Musik noch Gesang oder dem aufgeregten Gemurmel einer Hochzeitsgesellschaft unterbrochen wurde. Samuel Brooke sprach die wohlbekannte Liturgie der Eheschließung und rief uns ins Gedächtnis, dass das Sakrament der Ehe für Mann und Frau ein Symbol des heiligen Bundes im Angesicht Jesu Christi und seiner Kirche sei, um Sünde und Unzucht zu entsagen, sich gegenseitigen Trost zu spenden und stets zueinanderzustehen.

Ich musste an meine geliebten Großeltern denken, deren Bund so viele Jahre überdauert hatte, bis er schließlich vom Tod aufgehoben wurde. Ich hoffte, auch unsere Ehe würde so lange halten.

»Und so möge jeder, der einen Grund gegen diese Ehe vorzubringen hat, nun das Wort ergreifen oder auf ewig schweigen.«

Gespannt hielten alle den Atem an, als wollten sie sich gegen eine weitere Unterbrechung wappnen.

Doch es kam keine.

Der Priester wies zunächst auf John und dann auf mich. »Möget ihr nun beide ehrlich bekennen, so wie am Tag des Jüngsten Gerichts, wenn offenbart wird, was jeder im Herzen verbirgt, ob es einen Hinderungsgrund gibt, der gegen eure rechtmäßige Vermählung spricht.«

Ich musste an Master Manners denken, und ein kalter Schauer lief mir den Rücken hinunter. Zum Glück waren wir nie offiziell verlobt gewesen, denn so etwas galt durchaus als Hinderungsgrund.

Endlich kam der ersehnte Augenblick, der uns auf ewig miteinander verbinden sollte.

»John Donne, willst du diese Frau zu deiner Gemahlin nehmen und mit ihr in den heiligen Stand der Ehe im Sinne Gottes eintreten?«

Im Schein der flackernden Kerze betrachtete ich das Gesicht, das ich so sehr liebte. Mit zärtlicher Hingabe sah er mich an, bereit, mich leidenschaftlich zu beschützen, und wären Seelen zu Worten fähig, hätte seine sicher schon jetzt die Antwort gegeben. »Willst du sie lieben und ihr zur Freude gereichen, sie ehren und zu ihr stehen, in Krankheit wie in Gesundheit? Und allen anderen entsagen, um ihr die zu Treue halten, euer beider Leben lang?«

Beinahe musste ich bei dem Gedanken lächeln, dass Master John Donne, der in zahlreichen Gedichten die Freuden des Fleisches gepriesen hatte, sich einer einzigen Frau verschreiben wollte. Doch als ich seinen ernsthaften Gesichtsausdruck sah, bewahrte auch ich mir meinen feierlichen Blick.

»Ich will.«

Nun wandte Samuel sich an mich.

»Ann More, willst du diesen Mann zu deinem Gemahl nehmen und mit ihm in den heiligen Stand der Ehe im Sinne Gottes eintreten? Willst du ihm gehorchen und ihm dienen …«, über Johns Schulter hinweg sah ich, wie meine Schwester Mary sich bei diesen Worten auf die Lippen biss, »… ihn lieben und ihm zur Freude gereichen, ihn ehren und zu ihm stehen, in Krankheit und Gesundheit? Und allen anderen entsagen, um ihm die Treue zu halten, euer beider Leben lang?«

»Ich will.«

»Wer wird die Braut dem Bräutigam übergeben?«

Samuels Bruder Christopher trat vor.

Er bat John, meine rechte Hand in die seine zu nehmen und die Worte nachzusprechen, die ich schon so oft gehört hatte. Doch mir schien, als hörte ich sie hier und jetzt zum ersten Mal.

»Ich, John Donne, nehme dich, Ann More, zu meiner rechtmäßig angetrauten Gemahlin, jetzt und für immer, in guten wie in schlechten Zeiten, in Reichtum und in Armut, in Krankheit und in Gesundheit, um dich zu lieben, zu achten und zu ehren, bis der Tod uns scheidet, nach dem Willen Gottes. Ich gelobe dir meine ewige Treue.«

Er löste unsere Hände voneinander und bat mich, Johns Hand in meine rechte Hand zu nehmen. »Ich, Ann More, nehme dich, John Donne, zu meinem rechtmäßig angetrauten

Gemahl, jetzt und für immer, in guten wie in schlechten Zeiten, in Reichtum und in Armut, in Krankheit und in Gesundheit, um dich zu lieben, zu achten und in Gehorsam zu ehren, bis der Tod uns scheidet, nach dem Willen Gottes. Ich gelobe dir meine ewige Treue.«

»Wer hat den Ring?«

Christopher übergab ihn, und John nahm feierlich meine linke Hand, wobei er mir die ganze Zeit in die Augen sah. Er streifte mir den Ring über und gelobte noch einmal: »Mit diesem Ring nehme ich dich zur Frau. Mein Körper und all meine irdischen Güter sollen einzig und allein dir gehören. Im Namen des Vaters, und des Sohnes, und des Heiligen Geistes. Amen.«

Vor Freude und Erleichterung wagte ich kaum, zu atmen, als Samuel unser beider Hände nahm und feierlich verkündete: »Was Gott verbunden hat, das darf der Mensch nicht trennen.«

Er erklärte uns zu Mann und Frau, und John nahm den schwarzen Hut ab und küsste mich.

Es war nicht die Art Hochzeit, von der ich immer geträumt hatte, mit Glockengeläut und einem rauschenden Fest. Trotzdem jauchzte mein Herz vor Freude. Denn John Donne war der Mann, nach dem ich mich sehnte, den ich mir selbst ausgesucht hatte und mit Leib und Seele liebte.

»So, Ann«, sagte Mary und schloss mich in die Arme, »nun ist dein Wunsch in Erfüllung gegangen. Ich wünsche dir, dass du ewig glücklich bist!«

Ich drückte sie an mich.

»Niemand kann ewig glücklich sein jenseits des Paradieses. Aber eins weiß ich bestimmt: Ohne ihn würde ich mich fühlen wie eine Drossel ohne Nest.«

»Der einzige Wermutstropfen besteht darin, dass du es noch unserem Vater beibringen musst.«

Ich seufzte. »Allerdings, das ist wahr. Aber daran will ich jetzt noch nicht denken. Wir haben beschlossen, ich kehre heute nach Hause zurück, um den Weg zu ebnen, damit der Schlag ein wenig abgefedert wird, dadurch dass ich eine aufopferungsvolle Tochter bin.«

»So wie ich unseren Vater kenne, wirst du, um diesen Schlag abzufedern, eher eine Wagenladung Heu als Polster brauchen. Also, was wollen wir jetzt tun? Uns ohne einen Toast auf eure Gesundheit und die Zukunft verabschieden? Beths Hochzeit hatte zu viel an alten Sitten und Bräuchen, aber mir scheint, deine hat nicht genug davon …«

Nun meldete sich Henry Goodyer zu Wort, der wie eine Unheil verkündende Eule in der Kirchenbank gesessen hatte und mir nicht sonderlich sympathisch war. Doch plötzlich erwachte er aus seinem Schweigen. »Ich habe einen Raum über der Angel Tavern bestellt, keine zwei Schritte von hier entfernt. Dem Wirt gegenüber ließ ich nichts von einer Hochzeit verlauten, denn John war sehr an Diskretion gelegen. Offiziell feiern wir meine Rückkehr von einer langen Seereise.«

»Die hoffentlich erfolgreich war, sodass Ihr nun mit Schätzen und reicher Beute beladen seid«, sagte meine Schwester lachend, und die Feder an ihrem Hut wippte keck auf und ab.

Sir Henry lächelte. »Das war sie tatsächlich. Gute Speisen und Wein für diesen feierlichen Anlass sind jedenfalls gesichert.«

Als wir schließlich alle sieben um einen Eichentisch herum in der Taverne saßen, erhob mein frischgebackener Ehemann seinen Kelch auf mich. »Ein Toast auf meine geliebte Gemahlin, Mistress Ann Donne, die einzige Frau auf Gottes Erden, die mich dazu gebracht hat, zu heiraten.«

»Jawohl«, raunte sein Freund Christopher ihm scherzhaft zu, »es gab ja auch genug, denen das nicht gelungen ist.«

Ich erhob mich und brachte selbst einen Toast aus. »Auf meinen teuren Gemahl, John Donne. Lieber will ich die Letzte als die Erste sein.«

»Das walte Gott!«, sagten alle im Chor.

»Es wird also keine Prozession zum Schlafgemach geben, so wie bei Beth?«, fragte Mary, und ihre Augen schimmerten gefährlich vom Wein. »Ach, ich vergaß, dass du von dieser Frucht bereits gekostet hast.«

Ich errötete und sagte nichts. »Wir haben noch unser Leben lang Zeit dafür. Ich muss zeitig nach Charing Cross zurück, bevor Vater sich fragt, was mich aufgehalten hat.«

Ich versuchte, unbeschwert zu klingen, doch der Abschiedsschmerz lastete wie ein Stein auf meinem Herzen, denn eigentlich wäre doch heute meine Hochzeitsnacht.

Während ich auf eine Gelegenheit wartete, wenigstens einen Augenblick lang mit meinem Gemahl ungestört zu sein, legte mir Sir Henry, mit dem ich bisher noch nicht viel gesprochen hatte, sachte eine Hand auf meinen Arm. »Mistress More?« Er musste lachen. »Vielmehr muss ich ja nun sagen, Mistress Donne …«

Zum ersten Mal meinen neuen Namen zu hören klang mir in den eigenen Ohren fremd.

»Ich wollte Euch nur sagen, dass es mir aufrichtig leid tut, was ich gesagt habe, als Ihr an jenem Abend zu uns gestoßen seid. Meine Worte müssen reichlich grob geklungen haben.«

»Ihr wart in Sorge, Euer Freund könne eine törichte Handlung begehen, indem er mich heiratet«, stellte ich schnörkellos fest.

»Gewiss«, räumte er ein und strich sich lächelnd über den dunklen Bart.

»Doch dann rief ich mir ins Gedächtnis, was für eine gescheite und gebildete junge Dame Ihr seid. Ihr habt Verständnis für einen Menschen von so einfühlsamem und scharfsinnigem Wesen wie Master John Donne, und so kam ich nicht umhin, meine Meinung zu ändern.«

»Ich habe allen Grund, ihm dankbar zu sein. Er hat mich aus einem Schlaf erweckt, der bereits mein ganzes Leben lang währte.«

»Mistress Donne, Ann … ich musste ebenfalls einsehen, dass nicht *er* derjenige war, der mit dieser Heirat ein Wagnis einging, *ihr* wart bereit, alles aufs Spiel zu setzen.«

»Zwei Seelen, ein Gedanke. Ist es nicht das, wofür die Ehe geschaffen wurde?«

Er lachte und sagte: »Wenn das so ist, habe ich nicht gerade viele glückliche Ehen gesehen.«

»Dann wird unsere ein leuchtendes Vorbild sein.«

»Mistress Donne, Ihr verfügt über mehr Weisheit, als Euer zartes Alter vermuten lässt, möglicherweise sogar über mehr als John.«

»Mein Großvater sagte, er erkenne in mir eine alte Seele. Tatsächlich fühle ich mich manchmal älter als die Menschen um mich herum, selbst wenn sie zwanzig Jahre vor mir die Bühne der Welt betraten.«

»Ihr werdet Mut beweisen müssen in den Tagen, die vor Euch liegen, wenn Sir George die Wahrheit erfährt.«

»Allerdings.« Diese Tatsache ließ sich nicht abstreiten.

»Sollte es jemals etwas geben, das ich tun kann, zögert nicht, Euch an mich zu wenden.«

Ich sah ein, dass ich meine schlechte Meinung über mein Gegenüber revidieren musste. »Sir Henry, Ihr seid John ein guter Freund.«

»Und Ihr seid ihm eine gute Frau, Mistress Donne.«

Der Zeitpunkt war gekommen, an dem ich von meinem Gemahl Abschied nehmen musste.

Er stand mitten in dem überfüllten Raum, den Blick fest auf mich gerichtet, als wolle er mich durch die Kraft seiner Gedanken zurückhalten.

»Ich muss nun gehen, mein geliebter Mann.«

»Ich weiß, süße Frau, auch wenn ich von ganzem Herzen wünschte, es wäre anders«, er senkte die Stimme, denn die folgenden Worte waren einzig und allein für mich bestimmt, »und ich könnte dich in meinen Armen halten, unerreichbar für den Rest der Welt – Dienstherren, deinen Vater, und alle anderen. Ich würde dir das seidene Kleid abstreifen und ganz von dir Besitz ergreifen.«

Sehnliches Verlangen stieg in mir auf, als drohe, tief in mir ein Vulkan auszubrechen. Von nun an würde unser Leben ein anderes sein.

»Schon bald werden wir wieder zusammen sein, als Mann und Frau, nach dem Willen Gottes.«

Ich löste die Rose aus meinem Brautkranz und legte sie ihm in die Hand. »Diesen Glauben müssen wir bewahren, ungeachtet des steinigen Wegs, der vor uns liegt.«

»Das werde ich, denn du bist mein Schicksal, Ann.«

»So wie du das meine.«

Ich küsste ihn auf die Stirn. »Bewahre mich dort, in deinen Gedanken, und in deinem Herzen. Der Augenblick ist nicht mehr fern, bis ich auch im Schlafgemach wieder bei dir bin.«

Er zog mich an sich und ich spürte seine Lippen auf den meinen. »Für mich kann es gar nicht bald genug sein.«

Ich sah, dass der Abschied ihm ebenso schwerfiel wie mir. »Lass mich einfach mit dir gehen«, bat er mich unversehens. »Wir werden deinen Vater aufsuchen und ihm reinen Wein einschenken. Wir werden ihm sagen, dass seit dem ersten Augenblick ein Bund zwischen uns bestand, an dem wir geloben, festzuhalten, so wie es sich für Mann und Frau gehört.«

»Er wird es nicht als ein Gelöbnis betrachten, sondern vielmehr der Ansicht sein, du hättest meine Jugend und meine Unschuld zu deinem Vorteil genutzt. Ich muss ihm beweisen, dass es nicht so ist. Lass mich zunächst in einem günstigen Moment mit ihm sprechen.«

»Wenn das so ist, Lebewohl, meine Geliebte, möge Gott uns bald wieder zusammenbringen.«

»Warte bis übermorgen, dann entsende Wat. Ich werde einen Brief für ihn bereithalten, um dir mitzuteilen, wie die Dinge stehen. Lebewohl, mein John.«

Tränen stiegen mir in die Augen, und ich wandte mich vom Kerzenlicht ab, um sie vor ihm zu verbergen. Mein Freund, Ratgeber, Geliebter und Dichter. Er belebte meinen Geist, meine Seele und meinen Körper wie niemand zuvor. Und hinter der Fassade des weltgewandten Gentleman voll geistreichem Witz hatte ich die gleiche Traurigkeit und Einsamkeit erkannt, die mir selbst innewohnte. Wir hatten beide in jungen Jahren ein geliebtes Elternteil verloren, und nun hatte das Schicksal uns zusammengeführt, auf dass wir uns gegenseitig unseren Schmerz linderten.

Ihn jetzt verlassen zu müssen, so kurz nachdem der ewige Bund unserer Herzen geschlossen war, schien mir, als würde man einer Mutter ihr Kind entreißen – in einer Zeit, da sie es am meisten braucht.

Doch es ging nicht anders, und ich musste stark sein. Denn obwohl wir vor Gott Mann und Frau waren, zählte das in den Augen meines Vaters noch lange nicht.

24

Als ich auf die Straße hinaustrat und gerade meine Röcke zusammenraffte, um loszulaufen, vernahm ich eine spöttische Stimme und blieb wie angewurzelt stehen. »Miss More, was führt Euch denn ohne Begleitung hierhin?«

Es war die Countess of Straven, hoch zu Ross, im Schlepptau ihr Gefolge mit reichlich Gepäck.

»Ich habe meiner Schwester einen Besuch abgestattet.«

»Ah. Die gute Mary. Wie ich vernommen habe, hat sie selbst ein paar kleine Aufwartungen gemacht. Für einen Besuch bei Eurer Schwester habt Ihr Euch aber reichlich aufgeputzt.« Forschend sah sie mich an.

Ich griff mir an den Kopf und stieß sogleich auf die Ursache ihres Spotts. Wie hatte ich nur vergessen können, den Brautkranz abzunehmen? Hastig streifte ich unter dem Schutz meines Umhangs den Ehering ab, auch wenn mir beinahe das Herz dabei brach.

Fieberhaft suchte ich nach einer Ausrede. »Meine Schwester plant ein Maskenspiel an dem Abend vor dem Dreikönigstag und hat mich zu Persephone bestimmt, um einen Hauch von Frühling in die winterliche Welt zu bringen.«

»Tatsächlich? Wenn Ihr Persephone sein sollt, wer mimt dann Hades, Euren finsteren Gefährten? Darf ich raten?«

Ich achtete nicht auf ihren spöttischen Tonfall. »Auf Wiedersehen, Mylady. Ich muss mich auf den Weg nach Hause machen, bevor mein Vater sich Sorgen macht.«

»Dazu hat er ohnehin schon Grund genug, nach allem, was zu vernehmen ist.«

Ich kehrte ihr den Rücken und rannte los, ganz sicher, dass ihre Blicke mich verfolgten.

Sie war eine unbequeme Widersacherin, und würde es umso mehr sein, wenn sie herausfand, dass *ich* bekommen hatte, was sie sich hatte nehmen wollen.

Vollkommen außer Atem kam ich schließlich im Haus meines Vaters an.

»Ann, wo bist du denn stundenlang gewesen? Seit dem Essen habe ich nach dir gesucht. Deine Kammerfrau, dieses dumme Mädchen, hatte nicht die leiseste Ahnung, wo du sein könntest. Ist das da etwa Laub in deinem Haar?«

Er klang so verärgert, dass ich ihn irgendwie besänftigen musste. Ich hatte gehofft, er wäre so beschäftigt gewesen, dass er gar nicht dazu kam, mich zu vermissen.

»Es tut mir leid, Vater, die Zeit ist so schnell verflogen«, sagte ich und dachte mir, die Ausrede, die ich der Komtess aufgetischt hatte, sei so gut wie jede andere. »Mary plant ein Maskenspiel. Deshalb trage ich mein grünes Kleid und Efeu im Haar, denn ich soll die Rolle der Persephone übernehmen.«

»Aha.« Er schien meine Geschichte geschluckt zu haben, denn – wie immer, wenn es nicht um ihn ging – legte er ein gewisses Desinteresse an den Tag. »Dann wirst du ihr leider absagen müssen. Wir werden Weihnachten auf Loseley verbringen. Deshalb habe ich so dringend auf dich gewartet. Gleich morgen werden wir abreisen. Die neue Gemäldegalerie ist fertig und ich muss selbst anwesend sein, damit jedes Bild den richtigen Platz erhält. Also geh und pack deine Sachen zusammen.«

Ich hatte gewusst, wir wollten Weihnachten auf Loseley verbringen, dennoch traf es mich wie ein Schlag, dass unsere Abreise schon so unmittelbar bevorstand. Für wie lange würde ich von meinem Gemahl getrennt sein? Und würde es sich als eine Illusion erweisen, dass die Reaktion meines Vaters auf meine Heirat davon abhängig wäre, wie und wann ich ihm diese Neuigkeit eröffnete?

Schweren Herzens packte ich meine Habseligkeiten in ein paar Kisten und Körbe und ging zu meinem Vater, um ihm zu sagen, dass ich reisefertig sei.

Er beobachtete lächelnd, wie ich die Kerzen im Gesellschaftsraum anzündete. »Dieses Grün steht dir wirklich gut, Ann. Du könntest tatsächlich Persephone sein, die aus der Unterwelt aufsteigt und das Licht des neuen Jahres bringt.«

Zu meiner Überraschung machte er mir einen großzügigen Vorschlag. »Dir liegt sicher viel an dem Maskenspiel deiner Schwester Mary? Vielleicht kommen wir ja irgendwie ohne dich aus.«

»Nein, lasst nur, Vater«, antwortete ich hastig, um nicht in meine eigene Falle zu stolpern. Schließlich existierte dieses Maskenspiel lediglich in meiner Fantasie. Lieber wollte ich in seiner Nähe bleiben und auf den richtigen Moment warten, um ihm meine Neuigkeit mitzuteilen. »Ich komme gern mit Euch nach Loseley.«

»Dann werden wir dort schöne Weihnachtstage verbringen.«

Da er gerade guter Laune war, spielte ich mit dem Gedanken, ihm sogleich alles zu sagen. Ich war verheiratet, daran ließ sich nichts mehr ändern, und ihm blieb nichts anderes übrig, als sich damit abzufinden.

Doch ich bekam keine Gelegenheit dazu, denn der Empfangsdiener kündigte einen Besuch des Lord Keeper an. »Beim Blut des Gekreuzigten, George, du ahnst ja nicht, wer mir gerade begegnet ist! Miss Barnes, die heimlich diesen jungen Aston geehelicht hatte, um an sein Vermögen zu kommen, spazierte dreist auf der Straße herum. Sie hatte einen anderen Jüngling bei sich, küsste ihn und streichelte sein flaumbehaartes Kinn. Dabei ist sie gerade erst aus dem Gefängnis am Fleet River entlassen worden, nach einem Jahr Haft. Sie sieht aus wie eine alte Frau!«

Ich bekam weiche Knie und jegliche Farbe wich mir aus dem Gesicht. Diese Frau hatte mit einem Jahr Gefängnis für ihre geheime Ehe bezahlen müssen. Würde mir das Gleiche blühen, wenn bekannt würde, dass Master Donne und ich uns ebenfalls heimlich vermählt hatten?

Der Lord Keeper sah, wie blass ich geworden war. »Bist du krank, Ann? Du siehst aus, als hättest du einen Geist gesehen?«

»Aber nein. Nur ein wenig schwach vor Hunger, weiter nichts. Ich habe den ganzen Tag lang für ein Maskenspiel geprobt.«

»Ihre Schwester möchte, dass sie die Persephone spielt«, erklärte mein Vater mit einem Anflug von Stolz.

»In jungen Jahren habe ich auch gern bei solchen Aufführungen mitgespielt, allerdings eher in der Rolle des Herkules als in der einer griechischen Göttin.«

Während mein Vater und der Lord Keeper etwas besprachen, was das Parlament betraf, schrieb ich eine Nachricht an meine Schwester, um sie darüber aufzuklären, warum sie ab sofort ein Maskenspiel vorbereitete.

Am nächsten Tag würde ich einige Stunden mit meinem Vater in der Kutsche verbringen, vielleicht eröffnete sich dann eine Möglichkeit, mit ihm über meine Situation zu sprechen.

Am Morgen war es regnerisch und kalt. Ein eisiger Ostwind wehte, bei dem mein Vater sich erkältete, worüber er in ziemlich schlechte Stimmung geriet. »Nun wird mich wohl über Weihnachten dieser furchtbare Husten plagen«, klagte er.

Als ich mich erbot, ihm einen Kräutertee oder einen Umschlag aus Gänseschmalz zu bereiten, bellte er mich an, das helfe nun auch nichts mehr, schließlich sei das Kind bereits in den Brunnen gefallen. Also sagte ich nichts mehr und wartete ab.

Der einzige, unerwartete Lichtblick war, dass Mary und Nick sich für die Weihnachtstage angekündigt hatten. Dieses Jahr hatte Mary uns gegenüber den hochherrschaftlichen Throckmortons den Vorzug gegeben. Margaret und ihr Gemahl waren schon des Öfteren dabei gewesen, denn Peckham lag nicht allzu weit entfernt, außerdem war in diesem Jahr auch Sir John Oglander, Frances' Verlobter, eingeladen.

Jedoch musste ich mich noch eine Woche lang gedulden, bis Mary mit Kind und Kegel sowie einer ganzen Wagenladung Gepäck anreiste. Ich hatte mich gefragt, ob Nick es nicht doch vorziehen würde, in der Stadt zu bleiben, wo er sich seinem üblichen Vergnügen hingeben konnte, anstatt auf dem Land

Däumchen zu drehen. Doch er erschien gemeinsam mit Mary und den Kindern, und das in bester Laune.

»Ist unser kleiner Nick nicht ordentlich gewachsen, seit du ihn das letzte Mal gesehen hast, Ann?«, fragte er mich voll väterlichen Stolzes. Mary errötete, denn es war noch gar nicht so lange her, dass ich Klein Nick gesehen hatte – und zwar, als sie ihn der Unauffälligkeit halber zu einem Rendezvous mitgenommen hatte.

»Nun mach bloß nicht ein solch überlegenes Gesicht«, wies Mary mich mürrisch zurecht, nachdem wir den anderen endlich unter dem Vorwand entkommen waren, wir müssten noch Efeuranken und Ilexzweige als Schmuck für die Große Halle pflücken. »Im Vergleich zu deinem Vergehen ist meins nichts weiter als ein Tropfen in den riesigen Ozean. Aber da auf Loseley Frieden und Eintracht herrscht, vermute ich, du hast unserem Vater noch nicht gesagt, dass du mittlerweile verheiratet bist?«

Ich schüttelte den Kopf.

»Ja, ja, ich hatte auch nichts anderes erwartet. Dann kannst du uns allen zu Liebe auch damit warten, bis das Weihnachtsfest vorüber ist. Nick und ich, wir haben uns versöhnt, und ich wäre dankbar für eine paar ruhige Tage, bevor der nächste Sturm ausbricht.«

Die beiden schienen sich tatsächlich wieder gut zu verstehen, und so fragte ich: »Wie ist es zu Eurer Versöhnung gekommen. Du hast ihm doch nicht alles erzählt? Oder hat er es selbst herausgefunden?«

Sie schüttelte den Kopf und setzte ihr spöttisches Lächeln auf. »Weder noch. Und ich habe auch nicht vor, es ihm zu sagen. Schon gar nicht jetzt, da ihm eine große Erbschaft von seinem Onkel Francis winkt, dem das Herrenhaus von Beddington und einige andere Anwesen gehören. Er braucht nur seinen Namen in Carew zu ändern und ein anständiges Leben zu führen, dann ist er ein reicher Mann!«

»Und du wirst eine reiche Frau sein?«

Mary zuckte mit den Schultern. »Ich werde keine reiche Frau

sein, denn alles wird Nick gehören. Ich werde eine Frau sein, die mit einem reichen Mann verheiratet ist.« Ihr raues Lachen ließ die Wände beben. »Immer noch besser, als die arme Frau eines armen Mannes zu sein und einen reichen Vater zu haben, der jegliche Hilfe verweigert.«

»Mary, ich freue mich aufrichtig für dich«, sagte ich und meinte es auch.

»Hoffentlich behält er dann wenigstens sein Vermögen. Ein Narr und sein Geld sind bald geschieden, so heißt es doch.«

»Ja, aber Nick ist kein Narr. Und das hier könnte seine große Chance sein.«

Ich sah, wie der strahlende Himmel sich in den Augen meiner Schwester spiegelte, und ich freute mich für sie.

»Er sagt, er möchte ein neues Kapitel aufschlagen, und dieses Mal glaube ich ihm. Schon seit einem Monat ist er nicht mehr bei der Bärenhetze oder auf der Kegelbahn gewesen. Er bleibt sogar lieber zu Hause, als Karten zu spielen. So hatte ich gar keine Gelegenheit, mich mit dem anderen Gentleman zu treffen.«

Auch wenn sie es nicht zugeben wollte, Mary schien froh, dass sie ihren Gemahl zurückhatte. Offenbar hatte sie sich mit ihrer Affäre auch von ihren Sorgen ablenken wollen.

Wir brachten Constance unsere Ausbeute an Efeu und roten Beeren, doch sie schickte uns damit zu den Dienstboten und erklärte, sie für ihren Teil habe das Haus bereits geschmückt.

Und tatsächlich, Constances weihnachtliche Dekoration legte die Vermutung nahe, die Königin persönlich käme auf eine Stippvisite. Jedes einzelne Gemälde der neuen Galerie war mit vergoldeten Beeren geschmückt, deren natürliches Rot offenbar nicht gut genug gewesen war. Ein Schwall roten Tafts kombiniert mit Goldstoff wogte über dem riesigen Kamin in der Großen Halle, und Girlanden desselben Materials waren über sämtliche Balken und Geländer im ganzen Haus drapiert. Man konnte den Eindruck gewinnen, man befände sich in einem weihnachtlichen Bordell. Es hätte nur gefehlt, dass leicht bekleidete Damen von zweifelhaftem Ruf die Treppe herunterkamen, wie jene im Schloss der Hoffnung.

Obwohl ich meine Familie um mich hatte, konnte ich mich nicht richtig freuen. Ich saß vor den großen Fenstern und starrte auf die Zufahrt hinaus, für den Fall, dass eine Nachricht aus London käme.

Kurz vor dem Weihnachtstag sah ich endlich, dass Wat auf das Eingangstor zuritt.

In Sekundenschnelle sprang ich auf und rannte ihm lachend entgegen. Doch ich blieb wie angewurzelt stehen, als ich sah, was für ein betrübtes Gesicht er machte.

Ich führte ihn zum Hintereingang bei den Küchen und brachte ihm etwas zu Essen, damit er sich stärken konnte. »Wie geht es deinem Herrn, Wat? Ist er wohlauf?«

Wat schüttelte den Kopf. »Er leidet sehr unter Eurer Abwesenheit und auch unter den Streitigkeiten des Lord Keeper und der Komtess. Jegliche Freude ist von ihm gewichen. Ein oder zwei Mal ist er am Gerichtshof gewesen, er arbeitet nach wie vor hart für seinen Dienstherrn, doch ich habe ihn schon seit Langem nicht mehr lächeln sehen. Ich wünschte, Ihr könntet ihm beistehen, Miss!«

Ich sah mich vorsichtig um, um sicherzugehen, dass uns niemand hören konnte.

»Das werde ich, Wat, sobald ich kann.« Ich vermisste ihn schmerzlich, und das Herz wurde mir schwer. »Richte ihm aus, dass mein Vater guter Stimmung ist und ich nur noch auf einen geeigneten Moment warte, der sicher bald kommen wird.«

»Ich werde es ihm übermitteln.«

»Und gib ihm das hier.« Ich gab Wat einen Kuss auf die Wange, woraufhin er die Farbe der Tomaten im Gewächshaus meines Vaters annahm.

»Ich will hoffen, dass er das nicht falsch versteht, Miss«, sagte er schließlich mit einem Grinsen.

»Also, Wat!« Ich musste herzhaft lachen und mir wurde schon ein wenig leichter ums Herz. »Ein paar Wahrheiten gibt es in diesem Leben, aber dass mein John an Männern interessiert ist, ist ganz bestimmt keine davon.«

Meinen Vater bei guter Laune und obendrein allein anzutreffen, war so wahrscheinlich wie die Perle in einer Auster. Entweder er war allein und schlechter Laune, oder er befand sich in Gesellschaft. Und in diesen zwölf Weihnachtstagen hatten wir auf Loseley mehr Gesellschaft als je zuvor. Nun, da das Haus der stolze Besitz meines Vaters war, wollte er es offenbar jedem einzelnen Bewohner im ganzen County vorführen, vorausgesetzt, dass derjenige von höherem Rang als die Freibauern war – und gelegentlich führte er es ausnahmsweise auch denen vor. Der Küchenmeister musste reihenweise Schafe und Ochsen schlachten, und ich begann, mich zu fragen, ob auf Loseley noch irgendetwas lebendig bliebe, das Muh oder Mäh sagen konnte.

Dann fragte mein Vater auch noch, was denn nun aus dem von meiner Schwester geplanten Maskenspiel geworden sei. Um mich herauszureden, antwortete ich, es solle hier auf Loseley stattfinden. Als der Abend vor dem Dreikönigstag schließlich gekommen war, hatte ich ihm immer noch nichts gesagt. Doch ich nahm mir fest vor, all meinen Mut zusammenzunehmen, ganz gleich wie es um seine Stimmung bestellt wäre. Im Haus war es in den vergangen Tagen etwas ruhiger geworden, und ich hegte die Hoffnung, dass mein Vater keine weiteren Maßnahmen zu unserer Unterhaltung geplant hatte.

An diesem Tag schien er recht guter Laune zu sein. Er hatte sich lobend über Frances' Stickarbeit geäußert und gesagt, Sir John Oglander könne sich glücklich schätzen. Darüber hinaus hatte er Constance für die Auswahl der Speisenfolge gelobt und Marys Gemahl sogar eine Partie Backgammon angeboten, die er dann auch gewann – wobei ich nicht sicher war, ob Nick ihm diese Ehre nicht freiwillig zugestanden hatte.

Also beschloss ich, dass es an diesem Abend so weit sein sollte. Nach dem Festmahl, wenn er satt und zufrieden wäre – im günstigsten Fall sogar ein wenig benommen vom Wein – und im

Kreise seiner Lieben säße, wollte ich ihn um ein vertrauliches Gespräch bitten. Was ich ihm zu eröffnen hatte, würde ihm nicht gefallen, doch immerhin hätte er die Möglichkeit, erst einmal darüber zu schlafen. Ich wiederum hätte meine Schwestern in der Nähe, als Schutz gegen seinen Zorn.

Also kleidete ich mich mit besonderer Sorgfalt und legte all den Schmuck an, den meine Mutter mir vererbt hatte – einerseits, um mir Mut zu machen, andererseits, um ihn an sie zu erinnern. Denn, nachdem er sie bereits verloren hatte, wollte er mich doch sicher nicht auch noch verlieren, indem er mich auf ewig verbannte.

Ich wählte das Kleid, das ihm so gut an mir gefiel, und in der Hoffnung auf göttlichen Beistand legte ich das kleine goldene Kreuz an, das meine Großmutter mir einmal geschenkt hatte.

Als ich zögernd die breite Treppe hinabschritt, bereit, mir endlich ein Herz zu fassen, begegnete mir William, der für das leibliche Wohl meines Vaters verantwortlich war. »William«, sprach ich den betagten Gentleman lächelnd an, »ich habe etwas Wichtiges mit meinem Vater zu besprechen. Könntet Ihr so gut sein, dafür zu sorgen, dass sein Glas am heutigen Abend immer gut gefüllt ist? Ich möchte ihn nämlich um einen Gefallen bitten und bin mir sicher, dass er mit Bacchus' Hilfe ein wenig umgänglicher sein wird.«

»Seid Ihr das, Miss Ann? Dann will ich tun, was ich kann, um Euch behilflich zu sein. Doch bedenkt, Euer Vater ist kein großer Trinker vor dem Herrn, wenngleich er stets Sorge trägt, dass die Gläser der anderen gefüllt sind.«

»Tut einfach Euer Bestes!«

»Das werde ich, Miss«, sagte er augenzwinkernd. »Viel Erfolg!«

Was mich ein wenig aufheiterte, war der Besuch von Sir John Oglander, der in London bei seinem Bruder gewesen war und uns an diesem Abend seine Aufwartung machen wollte.

Er erschien in der ein wenig seltsam anmutenden Aufmachung eines indischen Prinzen, auf dem Kopf einen Turban aus gelber Seide, den ein befreundeter Kaufmann ihm geschickt hatte. »Wusstet Ihr eigentlich, Miss More, dass die Sikhs, die auf jenem riesigen Kontinent eine solche Kopfbedeckung tragen, sich niemals das Haar schneiden, sodass es ihnen schließlich bis zu den Füßen reicht? Stellt Euch das einmal vor!« Er zeigte auf seine eigenen schütter werdenden Locken. »Wenn ich mir vorstelle, dass es bei mir nur schwerlich für sechs Inches reicht!«

»Kommt ganz drauf an, an welcher Stelle, John«, bemerkte mein Schwager Nick lachend.

Sir John sah ihn verwundert an. Er schien verwirrt und wohl auch ein wenig verletzt, da Nick sich auf seine Kosten einen Scherz erlaubt hatte, den er nicht verstand.

Der gutmütige Sir John wollte dies überspielen, doch in seiner Unbedarftheit ritt er sich nur noch tiefer hinein, als er uns zu erklären versuchte, dass sein Bruder Tuchhändler sei. »Martin betreibt ein Gewerbe in Cheapside, dort bringt er leichte Damenware an den Mann. Wenn bei Euch diesbezüglich Bedarf besteht, Miss Ann, so kann ich ihn Euch nur wärmstens empfehlen.«

»Haltet Ihr es nicht auch für sinnvoll, Miss Ann, dass ein Gentleman einer Beschäftigung nachgeht, um nicht die Bodenhaftung zu verlieren?«, fuhr er ernsthaft fort, wobei ihm das allgemeine Gekicher entging.

Ich sah mir die wohlgenährten Gesichter in der versammelten Runde an, wo ein jeder allein bei diesem Festmahl mehr verspeiste, als manch anderem in einem ganzen Monat zur Verfügung stand. Über den Gedanken, sich den Lebensunterhalt zu verdienen, konnten sie nur lachen. Ich musste auch an meinen heimlich angetrauten Gemahl denken, dessen Vater Eisenhändler gewesen war. Er mochte darin noch so gut gewesen sein, aber über einen solch einfachen Beruf hätte man hier sicher die Nase gerümpft.

»Eine ehrliche Arbeit würde auch dir nicht schaden, Nick«,

sagte ich. Mein Schwager, der gerade seinen Becher zum Mund führen wollte, hielt inne und sah mich erstaunt an.

»Jetzt wird unsere Ann auch noch zur Hüterin der Moral.«

»Mein Gemahl, ich muss ihr recht geben«, stand meine Schwester Mary mir bei, wenngleich ihr Tonfall spöttisch klang. »Eine Woche Arbeit bei einem Tuchhändler, in der du dich nach der Uhr richten müsstest und keine Zeit hättest, zum Hahnenkampf oder ins Globe Theatre zu gehen, könnte dir wirklich nicht schaden.«

»Mary, beim Blut des Gekreuzigten!« Nick knallte seinen Becher auf den Tisch und verschüttete beinahe seinen Wein.

Inmitten des Tumultes lehnte sich Sir John näher zu mir heran und fragte: »Wart Ihr in letzter Zeit auch einmal in der Stadt?«

»Das war ich, Sir John. Mein Vater und ich haben eine Unterkunft in Charing Cross.«

»Dann wart Ihr es tatsächlich! Hatte ich's mir doch gedacht! Ich habe Euch nämlich auf dem Weg von Covent Garden aus einer Kapelle in der Nähe des Savoy Hospital herauskommen sehen. Und ich sagte noch, ›Martin, schau, da ist Miss More, Sir Georges Tochter, die Schwester meiner Verlobten.‹ Ich wollte schon zu Euch gehen, um meinen Gruß zu entrichten, doch Ihr wart in ein Gespräch mit einer Dame zu Pferd vertieft.«

Mir brach der Schweiß aus, und mein Hals war wie zugeschnürt, sodass ich kaum zu antworten wagte.

Noch bevor ich mir etwas einfallen lassen konnte, ergriff mein Vater an meiner Stelle das Wort. »Sir John, Ihr habt mein Interesse geweckt«, sagte er und hielt den Atem an, als tue sich eine modernde Gruft vor ihm auf. »Ich kann mich nämlich nicht entsinnen, Ann, dass du einen Grund gehabt hättest, einen so verrufenen Ort wie Savoy Chapel aufzusuchen.« Sein Blick durchbohrte mich bis ins Innerste. »Abgesehen von einer geheimen Heirat, die dein Vater dir ausdrücklich untersagt hatte.«

25

Willst du gar nicht antworten, Ann?«, verlangte mein Vater zu wissen, und sein Gesicht glich einer der bösen Geisterfratzen, die in den Kamin auf Loseley gemeißelt waren. »Heraus mit der Sprache! Hast du es tatsächlich gewagt, etwas Derartiges zu tun? Sollte das der Fall sein, werde ich diese Ehe umgehend annullieren lassen!«

Ich schwieg, und er erhob die Hand, als wolle er mich schlagen. Sir John, der Ärmste, erschrak zutiefst über die Konsequenzen seiner unbedarften Frage, während Mary aufsprang und sich schützend vor mich stellte.

»Wenn das die liebevolle Zuwendung ist, die Ihr gedenkt, Euren Töchtern zukommen zu lassen, Sir, dann braucht Ihr Euch nicht zu wundern, dass sie anderweitig Schutz suchen!«

»Du bist doch auch nicht viel besser!« Mein Vater wollte Mary beiseite schieben, so grob, dass Nick eingreifen musste.

»Du solltest deine Frau besser unter Kontrolle haben!«, zischte mein Vater seinem Schwiegersohn zu. »Sie macht dir nämlich alles andere als Ehre.«

Nick zerrte Mary fort, während sie weiter zeterte. »Wir leben in einem christlichen Land, Vater. Möge Jesus Christus, unser Herr, sich Eurer Seele erbarmen.«

»Tochter, kehr vor deiner eigenen Tür. Deine Schwester aber wird Gottes Beistand nötig haben, wenn auch nur ein Bruchteil dieser Geschichte der Wahrheit entspricht und sie mit sämtlichen Gesetzen der Kirche und allen guten Sitten gebrochen hat. Da sei Gott vor, dass eine geheime Ehe, die ohne mein Wissen und meine Zustimmung geschlossen wurde, Bestand hätte.«

Plötzlich rauschte es in meinen Ohren, als befände ich mich

unter einem Wasserfall. Mir war, als drohte ich zu ertrinken, und ich schnappte nach Luft.

»Seht Vater, was Ihr mit Euren Drohungen angerichtet habt. Ann ist einer Ohnmacht nahe.«

»So schwächlich ist deine Schwester nun wirklich nicht, auf diesen weibischen Trick falle ich nicht herein!« Ironisch hob er mein Kinn, als wolle er die Geste eines Liebenden parodieren. »Da du offenbar nichts abzustreiten hast, wirst du augenblicklich auf dein Zimmer gehen. Dort bleibst du vorerst, und wage es bloß nicht, mit jemandem zu reden, auch nicht mit deinen Schwestern. Unterdessen werde ich der Sache nachgehen. Geh schon!«

Unter den erstaunten Blicken der Dienstboten rannte ich die Treppe hinauf. Mein Hals war wie zugeschnürt, und mein Herz raste, dass es mir in der Brust schmerzte. Was hätte ich auch anderes von meinem Vater erwarten können als einen solchen Wutanfall? Unterschiedlicher als er und mein frisch angetrauter Gemahl konnten zwei Männer wohl gar nicht sein. Mein Vater – engstirnig und stets darum bemüht, alles beim Alten zu belassen – war fest davon überzeugt, jeder habe nur einen bestimmten Platz im Leben, ganz gleich, ob man gesellschaftlich hoch- oder niedriggestellt war. Was sollte er schon anderes tun, als einem Mann wie John zu misstrauen, dem Sohn eines Eisenwarenhändlers, gescheit und ambitioniert, mit scharfem Verstand und von berüchtigtem Ruf. Einem Mann, der sich anmaßte, zu glauben, das Ansehen eines jeden hinge von dessen Verdiensten ab?

Ich wartete gar nicht erst ab, bis mein Vater käme, um mich einzuschließen, sondern drehte den schweren Eisenschlüssel selbst im Schloss herum.

Bitterlich weinend warf ich mich aufs Bett. Doch das sollte nicht lange währen, denn ich war kein weinerliches Kind mehr, dem nichts anderes als sein durchnässtes Kopfkissen bleibt. Stattdessen überlegte ich, was ich tun konnte. Irgendwie musste ich John mitteilen, dass mein Vater – dank dem Namensvetter meines Gemahls, dem unbedarften Sir John – nun über alles im Bilde war. Unsere einzige Hoffnung bestand weiterhin darin, meinen Vater davon zu überzeugen, dass unsere Liebe aufrichtig war und John es verdiente, sein Schwiegersohn zu sein.

Diese Aufgabe gestaltete sich so schwierig, als wolle ein Gläubiger des Morgenlands seine Reise nach Mekka von Loseley aus antreten. Doch eine andere Möglichkeit gab es nicht. Vielleicht würde ja auch Johns Dienstherr, der Lord Keeper, sich für ihn verbürgen. Jedenfalls würde mein Vater am kommenden Morgen nach London reisen und dort einen regelrechten Aufstand anzetteln.

Mir wurde klar, dass ich vor ihm dort sein musste, um meinen Gemahl vor dem aufziehenden Sturm zu warnen.

Plötzlich klopfte es leise an der Tür, zu leise, als dass es mein Vater hätte sein können.

Von meinen Schwestern würde nur Mary es wagen, sich über die Anweisung unseres Vaters hinwegzusetzen.

Und tatsächlich war sie es. Ich schloss auf und zog sie in mein Zimmer herein.

»Was willst du nun machen?«, flüsterte sie. »Unser Vater tobt wie ein Geizhals, dem der Geldbeutel abhanden gekommen ist. Nick und Thomas versuchen, ihn zu beruhigen, aber er gerät immer mehr in Rage. Nicks verschwenderischer Lebenswandel ist vollkommen vergessen, angesichts des bösen Wolfs, der sein Lämmchen bedroht.«

»Herrgott noch Mal, ich bin doch keine weinerliche Jungfrau. Nur zu gern habe ich mit ihm das Bett geteilt.«

»Das wird unseren Vater nicht gerade besänftigen. Ihm wäre lieber, Master Donne hätte dir die Ehre genommen, als dass du sie ihm freiwillig geopfert hättest.«

»Mary, ich muss meinen Gemahl sehen und ihn vor Vater warnen!«

»Es ist sechs Uhr abends, mitten im Winter. Bist du verrückt geworden?«

»Ich kenne den Weg, und sogar du gestehst mir zu, dass ich

besser reite als ein Mann. Du musst mir Proviant und Wasser besorgen, alles andere kannst du mir überlassen. Vater wird morgen nach London reisen, du kannst ihm doch sagen, ich wolle mit niemandem sprechen und auch nichts essen.« Bei dem Gedanken daran musste ich lächeln. »Das wird er schon glauben, denn er hat es ja schon einmal erlebt.«

»Ann, das kann ich nicht! Was ist, wenn dir etwas zustößt.«

»Wenn ich John nicht sehen kann, ist mein Leben ohnehin vorbei. Ich muss ihn warnen, damit er vorbereitet ist.«

»Dann schick ihm eine Nachricht.«

»Nein, ich muss ihn selbst sehen. Um Kraft für alles zu schöpfen, was uns noch bevorsteht.«

»Das ist das letzte Mal, dass ich dir helfe, Ann.«

»Du hast schon so viel für mich getan.« Ich klammerte mich an sie, als wäre sie der letzte Baum auf Erden. »Ich danke dir, Schwester.«

Eine Stunde später brachte sie mir einfache, warme Kleidung und ein Päckchen Proviant, den sie unauffällig aus der Küche stibitzt hatte. »Viel Glück, und komm so schnell wie möglich zurück! Ich kann die anderen nicht ewig von deiner Tür fernhalten.«

Es war bereits neun Uhr, als ich mich aus meinem Schlafgemach stahl. Ich schloss die Tür ab und versteckte den Schlüssel hinter dem dicken Vorhang an einem Treppenabsatz.

Ich wusste genau, welches Pferd ich nehmen musste. Schnell sattelte ich die beste Fuchsstute, schließlich hatte ich den Stallknecht Tausende Male dabei beobachtet.

Ich öffnete die Stalltür und führte die Stute hinaus. Glücklicherweise war Vollmond und die Nacht sternenklar, und so war es beinahe taghell. Ich warf noch einen Blick zurück über die Schulter, um sicherzugehen, dass niemand mich gesehen hatte, und galoppierte davon.

Gott war mir offenbar gut gesonnen, denn still und einsam erstreckte sich die durchfurchte Straße vor mir wie ein ruhig vor sich hinfließender Fluss.

Meine Stute Tess und ich waren alte Freunde und gut aufeinander abgestimmt. Nur ein einziges Mal scheute sie, als uns ein Fuchs in die Quere kam, doch ich redete leise auf sie ein und beruhigte mich so auch selbst ein wenig.

Ich weiß nicht, woher ich die Kraft nahm, aber Stunde um Stunde hielt ich durch. Nur einmal legte ich eine Rast ein, um Tess zu tränken und ihr ein wenig Hafer zu geben, den ich aus dem Stall mitgenommen hatte. Gegen drei Uhr morgens erreichten wir die Umgebung von London, lange bevor die große, geschäftige Stadt zum Leben erwachen würde. Ich verbarg mein Gesicht unter der Kapuze des geborgten Umhangs und mischte mich unter den langsam einsetzenden Strom aus Kutschen, Pferden und schnatternden Gänsen, die die London Bridge überquerten. Es schien mir gar nicht so lange her, seit ich das letzte Mal mit meinem Vater hier entlanggeritten war, doch das lag bereits über zwei Jahre zurück. Zwei Jahre, in denen ich von einem jungen Mädchen zur Frau geworden war, zu einer verheirateten Frau sogar, auch wenn ich die Freuden einer Ehe noch nicht hatte unbeschwert genießen können.

Bereute ich es tief in meinem Inneren, dass ich einen so bedeutenden Schritt gewagt hatte? Einen Schritt, der in meinem Fall obendrein mit solcher Gefahr verbunden war, dass ich mich nicht einmal denen, die mich liebten, hatte anvertrauen können.

Versunken in meine Gedanken hatte ich gar nicht bemerkt, dass mir die Kapuze vom Kopf geweht war und ich nicht mehr unerkannt durch den grauen, nebligen Morgen ritt. »Ho, Miss!« Ein lüsterner Grobian griff nach meinen Zügeln und zerrte der armen Tess am Kopf herum. »Was macht ein hübsches Mädchen wie Ihr ganz allein in London? Wenn Ihr ein Abenteuer sucht, ich bin bereit.« Sein fauliger Atem schlug mir entgegen, als er versuchte, mich aus dem Sattel zu ziehen. »Bei mir könnt Ihr ein Abenteuer erleben, und einiges mehr …«

Ich gab Tess die Sporen, und sie trabte vorwärts und zog den Mann hinter sich her.

»Lasst das Mädchen in Ruhe!«, rief eine schmuddelige Frau, die auf den Pflastersteinen saß und ihre armselige Ware feilbot. »Was Frauen betrifft, bist du sowieso nicht zu gebrauchen, Jeb Smith, schon gar nicht für so junge und hübsche wie die da!«

Als der Mann seinen Namen hörte, drehte er sich um und lockerte einen Moment lang seinen Griff. Für mich lange genug, um durch die schimpfende Menge zu reiten, nun wieder mit gesenktem Kopf und tief unter der Kapuze verborgen. Unter Spucken und Gezeter machte man mir schließlich Platz, bis ich endlich den Fluss überquert hatte.

Mein Herz raste, als ich mich nach links wandte und auf die Unterkunft meines Mannes zuritt. Ich wagte gar nicht, daran zu denken, was ich machen sollte, falls er nicht zu Hause war.

Zu meiner Erleichterung traf ich auf Wat, der vor der Tür wie ein treuer Hund auf einem Strohballen schlief.

»Guten Morgen, Wat.« Vorsichtig rüttelte ich ihn wach. »Wie geht es deinem Herrn? Schläft er noch?«

Wat setzte sich auf und sah mich besorgt an. »Es geht ihm gar nicht gut, Mistress. Die ganze Nacht lang läuft er in seinem Zimmer umher, er findet einfach keinen Schlaf. Letzte Nacht habe ich ihn laut beten gehört. Er flehte Gott um Vergebung an, im Glauben, er habe Unrecht getan – besonders Euch gegenüber, weil er Euch trotz Eurer Jugend und Unschuld geheiratet hat.«

»Pst, Wat.« Wenn mein Gemahl tatsächlich derart geschwächt und verzweifelt war, kam mir die Aufgabe zu, ihn für das Gefecht, das uns bevorstand, zu stärken. »Geh, hol Brot und Bier und stell es vor die Tür«, sagte ich und gab Wat ein paar Münzen. »Unterdessen werde ich sehen, ob ich deinem Herrn und Meister ein wenig Mut machen kann.«

Er machte eine Verbeugung und küsste mir die Hand. »Mistress Ann, Euch hat der Himmel geschickt.«

Ich machte ein leicht betretenes Gesicht, denn ich konnte mir kaum vorstellen, dass Gott mir seinen Segen gab, angesichts der

Maßnahmen, die ich ergreifen wollte, um meinen Gemahl ein wenig aufzuheitern. Doch ich sagte nur: »Nun geh schon.«

Vorsichtig öffnete ich die Tür.

Er lag auf dem Rücken und schlief, einen Arm hinter dem Kopf, und sein dunkles Haar fiel über das Kissen. Leise zog ich die geborgte Kleidung aus, schlüpfte – ein wenig zitternd vor Kälte – ins Bett und schmiegte mich an ihn.

Er erwachte und sah mich verwundert an. »Ann? Bist du es wirklich? Oder ist es ein Trugbild, das mich verhöhnen soll?«

»Wat glaubte, mich habe der Himmel geschickt«, sagte ich scherzhaft.

Er lachte, und als er bemerkte, dass ich vollkommen nackt war, sah er mich mit einem Blick voller Verlangen an. »Gestern habe ich gebetet, dass ich kein Unrecht beging und dich selbstsüchtig auf den Pfad meines Begehrens führte.«

»John! Mein Gemahl. Ich mag noch jung sein, und doch weiß ich schon, was ich selbst begehre. Dies ist es. Du bist es.«

Dann verschwamm alles um uns herum.

Alles, bis ich nur noch ihn spürte, seine Haut auf meiner Haut, seinen Mund auf meinem Mund, in einem wahrhaft geheimnisvollen Bund aus Körper und Seele, geschlossen aus Liebe und Verlangen. Im reinen Feuer unserer Leidenschaft lösten sich alle Zweifel auf, denn ganz gleich, was uns bevorstand, ich wusste, wir würden reich belohnt.

Nun aber mussten wir handeln, bevor noch andere als Master Manners ihn weiter verleumden würden.

»Du musst umgehend mit meinem Vater über unsere Vermählung sprechen, ehe alles noch schlimmer wird. Ich hatte gedacht, ich könne selbst mit ihm reden, doch ich bin zu der Überzeugung gelangt, dass du mit ihm sprechen musst – und zwar als Ehrenmann, nicht demütig oder schuldbewusst. Biete ihm einfach aufrichtig die Stirn!«

Er küsste mich, aber als ich seinen traurigen Gesichtsausdruck sah, hätte ich ihn am liebsten geschüttelt. Was immer auch geschehen sollte, er durfte seine Entschlossenheit nicht verlieren. »Ich kann mir kaum vorstellen, dass es von Bedeutung ist, in welcher Form ich ihm die Nachricht überbringe. Er wird mich ohnehin nicht als deinen rechtmäßigen Ehemann anerkennen.«

»Dann musst du ihn eben überzeugen! Wohin ist der unwiderstehliche Zauber, den deine Mitstreiter so sehr an dir rühmen?«

»Der steckt in meinen Gedichten.«

»Dann zaubere ihn auf dein Gesicht und in deine Worte hinein. Begeistere ihn! Zeig ihm, welch hohes Ansehen du bei deinesgleichen und auch bei deinen Dienstherren genießt!«

»Ach, Ann, ich wünschte, ich hätte etwas von deinem jugendlichen Optimismus!«

Ich warf das Kopfkissen nach ihm. »Hör auf damit! Rede nicht so, als wärst du ein alter Mann. Du bist gerade einmal neunundzwanzig Jahre alt!« Tageslicht schien bereits durch die Fenster, es wurde Zeit für mich, die Heimreise anzutreten. Denn wenn auffiel, dass ich bei ihm war, würde alles nur noch schlimmer werden.

Ich sprang aus dem Bett und kleidete mich eilig an, angespornt von der Kälte auf meiner nackten Haut. Unser nun rechtmäßiges Zuhause schien mir noch einladender als je zuvor.

»Lebewohl, mein Gemahl. Versprich, dass du bald nachkommst. Ich bin davon überzeugt, dass es am besten ist, wenn mein Vater aus deinem Mund von unserer Vermählung erfährt. Nicht durch irgendwelche missgünstigen und verräterischen Schlangen, denen unser Glück vollkommen gleichgültig ist und die dich am liebsten am Boden sähen. Auf bald.«

Vorsichtig weckte ich Wat, der vor der Tür wieder eingeschlafen war, um auch ihm Lebewohl zu sagen. Umsichtig wie immer hatte er meine Stute bereits gefüttert und getränkt, sodass wir für den langen Ritt bereit waren.

Und führwahr, es war ein langer Ritt. Wat hatte mir geraten, den Fluss auf einer Fähre zu überqueren. Zunächst scheute Tess, als sie das kleine Boot betrat, doch dann hielt sie still und hob stolz den Kopf. Als wir das südliche Ufer der Themse erreichten, hatten wir mindestens eine halbe Stunde gespart. Da ich bestens mit Brot und einer kleinen Flasche Bier ausgerüstet war, legten wir auf dem Weg über die eintönig graue Straße nur eine einzige Rast ein und erreichten gegen zehn Uhr Guildford – die Stadt, die mein Vater im Parlament vertrat. Um unerkannt zu bleiben, galoppierte ich mit gesenktem Kopf durch die Stadt und das umliegende Land, bis ich einen abgelegenen Zugang zu unserem Anwesen ereichte. Kurz vor dem Haus stieg ich ab, denn es war mir zu riskant, Tess zurück zu den Stallungen zu bringen. So band ich sie an einem Baum fest, um sie später abzuholen, wenn alle beim Mittagsmahl sitzen würden.

Nun brauchte ich mich nur noch unbemerkt ins Haus zu schleichen und zu beten, dass meine Abwesenheit dank der vortrefflichen Schauspielkunst meiner Schwester Mary nicht bemerkt worden war.

Wie ein Mäuschen huschte ich durch die Seitentür und schlich mich an den Küchen vorbei. Ich verwünschte meinen Vater für sein heiß geliebtes Zeremoniell. Hätten fünf Dienstboten anstelle von fünfzig es nicht auch getan? Und jedes Mal, wenn ich mich in einem dunklen Winkel verstecken musste, hörte ich die Stimmen und das Gelächter der Gäste meines Vaters. Ich brauchte volle zwanzig Minuten, bis ich in Sicherheit war und mich endlich wieder in meinem Schlafgemach befand. Ich zog mir die verschwitzte Kleidung aus und schlüpfte hastig in etwas Angemessenes, gerade als die Glocke zum Essen erklang. Aber da ich nach wie vor auf mein Zimmer verbannt war, würde ich natürlich nicht daran teilnehmen.

Doch ich sollte eine Überraschung erleben, denn plötzlich klopfte es an der Tür und Frances stand auf der Schwelle, lächelnd, als habe sie eine Botschaft des Allmächtigen zu verkünden. »Vater hat keinen weiteren Beweis für deine heimliche Vermählung gefunden. Er lässt ausrichten, dass du mit uns zu Mittag essen darfst.«

Mein Herz schlug wie ein Blasebalg. Denn im Gegensatz zu meinem Vater war mir die Wahrheit bekannt.

Und dann lobte meine Stiefmutter Constance auch noch überrascht mein frisches Aussehen und meine strahlenden Augen.

»Und diese roten Wangen, erstaunlich für jemanden, der auf seinem Zimmer eingesperrt war«, fügte meine Schwester Mary hinzu, zog eine ihrer dunklen Augenbrauen hoch und sah mich mit einem Seitenblick an.

»Ann«, sagte mein Vater, wobei er ungewohnt demütig klang – so unerwartet demütig, dass es mich schmerzte. »Setz dich. Ich muss dich um Verzeihung bitten. Ich habe dem Lord Keeper in dieser Angelegenheit eine Nachricht zukommen lassen, und er hat alles dementiert.«

Das versetzte mir einen Stich ins Herz. So konnte ich mein Geheimnis doch unmöglich länger bewahren? »Vater, sagt nicht so etwas, denn ich bin diejenige, die demütig um Verzeihung bitten muss.« Ich gab mir einen Ruck und wollte ihm die Wahrheit sagen. »Ihr müsst nämlich wissen …«

»Ann, willst du dir mein Wohlwollen gleich wieder verspielen? Setz dich endlich!«

Mir blieb nichts anderes mehr übrig, als auf meinen Gemahl zu warten und darauf, dass das Damoklesschwert auf mich herniederfiel. Was drei Tage später geschehen sollte, wenn auch in anderer Form, als ich erwartet hatte.

26

In Erwartung des kommenden Sturms, der jeden Moment über uns hereinbrechen konnte, flehte ich Morgen für Morgen den Allmächtigen um Hilfe an und prüfte mein Gewissen, ob wir angesichts unserer Sünde seines Beistands überhaupt würdig wären. Nach dem Gebet setzte ich mich auf die Fensterbank und sah in sehnlicher Erwartung der Ankunft meines Gemahls entgegen.

Am dritten Tag schlug mir plötzlich das Herz bis zum Hals, als sich ein schwarz gekleideter Reiter dem Holztor von Loseley näherte.

Aber nicht *er* war es! Enttäuscht musste ich feststellen, dass es sich lediglich um einen entfernten Nachbarn handelte, wenn auch keinen geringeren als den Earl of Northumberland, aufgrund seines obskuren Interesses für Alchemie und Astronomie auch Wizard Earl genannt. Doch warum kam er ohne Gefolge?

Dann aber hielt ich die Luft an, denn augenblicklich wurde mir klar, aus welchem Grund ein so bedeutender Mann allein und ohne Ankündigung meinen Vater aufsuchte. Der Earl war nämlich sehr gut mit meinem Ehemann bekannt. Hatte John, der natürlich wusste, wie leicht mein Vater sich von hochrangigen Persönlichkeiten beeindrucken ließ, den Earl of Northumberland gebeten, sich für uns einzusetzen?

Im selben Moment erkannte ich, welch fatalem Irrtum er damit erlegen war.

Denn mein Vater hasste es, eingeschüchtert zu werden. Und nun kam ein Mann von eindeutig höherem Rang, um ihm etwas mitzuteilen, das er selbst offiziell als Erster hätte erfahren müssen: dass seine Tochter heimlich jemanden geheiratet hatte, den er verabscheute!

Ich beobachtete, wie Seine Lordschaft Northumberland durch das Eingangstor marschierte, und wartete angespannt auf einen Schrei oder das Geräusch von Glas, das mit Sicherheit zu Bruch gehen würde, sobald mein Vater von der verhängnisvollen Entwicklung Kenntnis erhielte.

Doch es blieb ungewohnt ruhig. Möglicherweise bildete ich es mir in meiner bangen Erwartung nur ein, aber mir schien, als herrschte im ganzen Haus eine Grabesstille und als hielten selbst die geschäftigen Dienstboten inne und den Atem an. Nicht einmal die Pferde im Stall oder die Rebhühner samt ihrer Brut gaben einen Laut von sich.

Ich wartete.

Dann aber stürmte tränenüberströmt meine Schwester Frances herein.

»Ann! Sag, dass es nicht wahr ist!«

Ohne eine Antwort abzuwarten, rannte sie sogleich wieder davon, wohl um die Nachricht meines Vergehens weiterzuverbreiten. Mein Vater erwarte mich augenblicklich unten in der Halle, rief sie mir auf dem Weg noch zu.

Ich warf den Kopf in den Nacken, holte tief Luft und straffte die Schultern, als stünde mir eine Schlacht bevor.

Der Moment der Wahrheit war gekommen, und ich würde ihn nicht leichtfertig verstreichen lassen.

In der Großen Halle war es eisig kalt, bis auf ein Feuer im Kamin, vor dem wie eine steinerne Statue mein Vater stand. Die versammelten Ahnen blickten von den Wänden auf ihn herab, mit Gesichtern ebenso zornig wie seins. Meine drei Schwestern hatten zu beiden Seiten Aufstellung genommen.

Er hielt einen Brief in der Hand, auf dem ein wächsernes Siegel mit ineinander verschlungenen Schlangen prangte, geschrieben in der geschwungenen, gestochenen Schrift, die mir so vertraut war.

Sein Gesicht war aschfahl. »Dann ist es also wahr, dass du dich mit ihm vermählt und mich wieder und wieder belogen hast?«

Ich nahm ebenfalls die Haltung einer Statue ein und verharrte schweigend, denn auch ich hatte meinen Stolz.

»Schon seit deinem ersten Besuch in York House nahm diese Angelegenheit ihren Lauf, wie dein … ›*Gemahl*‹ mir hier unterbreitet.« Er spuckte das Wort »Gemahl« aus, als wäre es eine tödliche Beleidigung, die er keinesfalls schlucken konnte. »Dort sollt Ihr Euch einander versprochen haben.«

Ich nickte.

»Würdest du mir noch einmal ins Gedächtnis rufen, wie alt du damals warst?«

»Vierzehn.«

»Und konnte dieser Mann hier, dein *Gemahl,* denn dabei etwas anderes im Sinn haben, als sich ein unschuldiges Mädchen gefügig zu machen?«

Mein Blick traf den meines Vaters, warmes Braun gegenüber eisigem Grau. »Er hat mich nicht gefügig gemacht. Schon bei unserer ersten Begegnung hatte ich mein Herz an ihn verloren und wollte keinen anderen mehr, obwohl ich mir dessen zunächst nicht bewusst war. Eigentlich war ich diejenige, die ihn für sich gewann.«

Nun konnte er seinen Zorn nicht länger zurückhalten. Ohne ein Wort zu sagen, kam er auf mich zu und gab mir eine Ohrfeige, so fest, dass ich taumelte und beinahe zu Boden ging.

Aus dem Hintergrund stürzte Mary auf uns zu.

»Willst du dir auch eine Ohrfeige einfangen? Geh nach Hause zu deinem verschwenderischen Ehemann und sei froh, dass deine Vergehen hier nicht zur Debatte stehen, denn ich werde dich nicht länger bei mir aufnehmen.« Nun wandte er sich an die unglückliche Frances. »Dich auch nicht!«, und gleich darauf schrie er Margaret an: »Und ebenso wenig dich!« Allein die Vorstellung, Margaret könne ihren Thomas hintergehen, schien nahezu absurd. Doch scheinbar nicht in den Augen meines aufgebrachten Vaters, der unerbittlich wie der Erzengel Michael vor uns stand, als gelte es, Luzifer samt Gefolge in die Hölle zu verbannen.

»›Als sie sich während der vergangenen Amtszeit des Parlaments wieder in London aufhielt, fand ich Mittel und Wege, sie zwei oder drei Mal zu treffen‹«, las mein Vater laut vor und wedelte mit dem Brief in meine Richtung. »›Wir waren beide bereit, uns einander zu verpflichten, wobei uns bewusst war, was wir zu verlieren hatten …‹ Wie wäre es, sich zur Abwechslung einmal deinem Vater und deiner Familie zu verpflichten?« Nun wandte er sich an den Earl und zog auch ihn in seinen allumfassenden Ärger hinein. »Was hat solch ein Freidenker schon zu verlieren? Im Vergleich zu einem unschuldigen Mädchen! Das ist doch nichts als ein Versuch, sich von all den Anschuldigen reinzuwaschen, von denen er weiß, dass sie kommen werden.«

»Das ist es nicht, Vater«, warf ich ein. »Wir haben tatsächlich beide etwas zu verlieren. Unser beider Seelen sind in Liebe zu einer verschmolzen.«

»Ha, das ist mal wieder dieser dichterische Unsinn, mit dem er dich verhext hat. Zwei Seelen in einer! Zwei Seelen und eine Mitgift vielleicht, denn ich bin mir sicher, er hat es eher auf dein Vermögen abgesehen als auf deine unsterbliche Seele. Die kann er nämlich getrost Gott überlassen.«

Er richtete sein Augenmerk wieder auf den Brief. »Eigentlich müsste ich ihm dankbar sein, denn hier erklärt er mir, er habe mich nicht früher über diese unsägliche Heirat aufklären wollen, weil ich keine hohe Meinung von ihm hätte. Scharfsinnig bemerkt, mein Herr! Warum wohl halte ich nicht viel von einem mittellosen Papisten, obszönen Dichter und Verführer, der in meine Familie einheiraten will, um seine eigenen Aussichten zu verbessern?«

»Vater«, warf Mary ein, »das ist ungerecht!«

»Was für eine Rolle spielst du überhaupt in dieser Posse, Mary? Vermutlich eine größere, als du zugeben willst. Dein Mann steht doch selbst mit den Papisten auf gutem Fuß. Hat Ann sich diesem Ganoven etwa an den Hals geworfen, während sie unter deinem Dach wohnte? Vielleicht hast du die beiden auch noch mit Gewürzbier versorgt und ihnen die Kissen aufgeschüttelt?«

Mary war schlau genug, nichts darauf zu sagen, was meinen Vater nur noch mehr anzustacheln schien. »Raus hier! Geh zurück zu deinem willensschwachen Ehemann. Verschwinde!«

»Auf keinen Fall werde ich Ann hier schutzlos bei Euch zurücklassen, solange Ihr derart aufgebracht seid!«

»Ach ja, richtig«, schrie mein Vater mit immer schriller werdender Stimme, »da wird ihr Gemahl wohl deine Besorgnis teilen, er fürchtet doch tatsächlich, dass ich meinen Ärger an ihr auslassen könnte.« Vor Angst, er könne mich noch einmal schlagen, wich ich zurück. »Aber keine Sorge, Tochter, denn ich werde sie mit nach London nehmen. Dann kann sie ihrem Onkel, dem Lord Keeper, ins Gesicht sagen, dass sie, während seine Frau an den Pocken starb, mit seinem Sekretär ins Bett gestiegen ist …«

»Vater, so etwas dürft Ihr nicht sagen …«, rief ich verzweifelt über diese herzlose Behauptung.

»Willst du es etwa abstreiten?«

»Allerdings, Vater! Ich habe meine Tante wie meine verstorbene Mutter geliebt. Als sie mir auf so grausame Weise genommen wurde, suchte ich Trost bei Master Donne, aber es ist nichts Ungebührliches zwischen uns geschehen. Er hat es sogar abgelehnt, weil …«

»Was denn, du hättest also freiwillig deine Röcke gehoben?«

Mein Vater gab mir keine Gelegenheit, mich zu verteidigen. »Hör dir das an, einen letzten Affront habe ich hier noch, in diesen erlesenen Zeilen von Master Donne. Er hofft, dass ich seinen Dienstherrn, den Lord Keeper, nicht damit behelligen werde, da das sowohl für ihn als auch für dich das Ende sei. Als ob es nicht schon reichte, im Hause seines Herrn dessen Nichte zu verführen! Aber ich habe mir schon etwas einfallen lassen.«

Mein Vater lächelte eisig, was noch bedrohlicher als sein Wutausbruch schien. »Wenn er so sehr um seine Stellung fürchtet, werde ich eben dafür sorgen, dass er sie verliert. Jawohl, ich sorge dafür, dass er entlassen wird.« Verächtlich sah er mich an, er kannte kein Erbarmen. »Warte es nur ab, Ann, ich werde diese Heirat für null und nichtig erklären lassen. Noch kannst du dich Mistress Ann Donne nennen, aber nicht mehr lange!«

Er drückte mir den Brief in die zitternden Hände. »Hier lies selbst, was dein Ehemann geschrieben hat – zu feige, um persönlich zu erscheinen, für mehr als ein paar Zeilen fehlte ihm wohl der Mut!«

Ich rannte auf mein Zimmer, und noch während ich die Treppe hinaufstolperte, versuchte ich, den Brief zu lesen, obwohl ich nahezu blind vor Tränen war. Mir war sofort klar gewesen, dass mein sonst so kluger und scharfsinniger Gemahl einen Fehler begangen hatte, indem er meinem Vater schriftlich mitteilte, dass wir vermählt waren. Wäre er persönlich erschienen, hätte er meinen Vater für sich gewinnen und vernünftig mit ihm reden können, um ihn von seinen ehrenhaften Absichten zu überzeugen. So aber klangen seine Worte nach einer dreisten Herausforderung, die meinen Vater vor vollendete Tatsachen stellte. War es meinem Vater tatsächlich möglich, seine Drohung in die Tat umzusetzen und die Ehe annullieren zu lassen?

Ich raffte ein Bündel Kleidung zusammen und packte sie in einen Korb. Mir war gleichgültig, welche Auswahl ich traf, denn was spielte das jetzt noch für eine Rolle, da ich, obwohl ich verheiratet war, meinen Gemahl nicht einmal sehen durfte?

Obwohl wir London zu Pferd wesentlich schneller erreicht hätten, ließ mein Vater die Kutsche vorfahren und nahm ein paar livrierte Dienstboten mit. Ich fragte mich, ob ich in London bereits zum Stadtgespräch geworden war und die Hofdamen sich gehässig über mein Verderben ausließen. Doch was kümmerte es mich? Ihre Lebensweise war mir ohnehin verhasst – verhätschelt und doch an die Kette gelegt, als Sklavinnen der alternden Königin. Meinen Vater jedoch kümmerte all das außerordentlich. Also würden wir in einer prächtigen Kutsche vorfahren, wie es sich für Sir George More of Loseley gehörte,

Ritter der Königin, Amtsrichter von Surrey und Sussex, Kämmerer des königlichen Schatzamtes.

Die Reise verbrachten wir in eisigem Schweigen. Keiner der Dienstboten hatte uns verabschiedet, und die Pferdeknechte, die uns begleiteten, würdigten mich keines Blickes, abgesehen vom gelegentlichen Starren auf den roten Fleck an meiner Wange.

Ich hätte meine Kapuze aufsetzen können, aber ich tat es nicht. Sollten ruhig alle, mein Vater inbegriffen, das glänzende Resultat seiner Erziehungsmethoden sehen!

Mary hatte mir nachgewinkt, und zum ersten Mal hatten ihr die Worte gefehlt. Ich wusste, sie fürchtete um meine Sicherheit und um die Zukunft meiner Ehe. Ich hingegen fühlte nichts als kalte Wut, und ich war fest entschlossen, ich würde mich von meinem Vater nicht brechen lassen.

Als wir York House erreicht hatten und ich aus der Kutsche stieg, überwältigten mich schmerzliche Erinnerungen. Hier hatte alles begonnen: die liebeskranken Tauben, die Zeit inniger Zweisamkeit, unsere leidenschaftliche Liebe, die uns vor dem vergangenen Weihnachtsfest einen geheimen Bund hatte eingehen lassen, der uns zu Mann und Frau machte. Doch wie lange würde dieser noch währen?

Der für die Gastpferde zuständige Stallmeister nahm uns ein wenig erstaunt in Empfang. Während er die Pferde ausspannte, erklärte mein Vater, dass er den Lord Keeper unverzüglich sprechen müsse.

York House war von ausgelassenem Gelächter erfüllt, und Musikanten spielten auf ihren Lauten liebliche Weisen, während die Komtess, ihre Töchter und ein paar andere Damen – allesamt aufgeputzt und in die kostbarsten Stoffe gehüllt – an der abendlichen Tafel saßen.

Mein Onkel, normalerweise von heiterem Gemüt, sah aus, als sei er den ganzen Tag auf den Beinen gewesen, ohne die Aussicht auf ein paar stille Stunden am häuslichen Kamin.

»Was ist so dringend, Schwager, dass du mich von der abendlichen Tafel fernhältst? Leider hast du nicht gerade den günstigsten Tag gewählt, mir von deinen Schwierigkeiten zu berichten. Meine Gemahlin bewirtet ihre neuesten Bekanntschaften vom Königshof mit einem gerösteten und vergoldeten Schwan, obwohl ich sie bereits des Öfteren gebeten habe, derart unappetitliche Extravaganzen zu unterlassen.«

»Ich bin überzeugt, dass du gern bereit sein wirst, mir ein wenig deiner kostbaren Zeit zu opfern, wenn du erfährst, um welche Angelegenheit es geht. Denn auch deine Ehre könnte davon betroffen sein.«

Seufzend rieb sich der Lord Keeper das ermüdete Gesicht. »Also, erzähl es mir.«

»Es geht um meine Tochter Ann und deinen Sekretär.«

»Doch nicht um Gregory Downhall?« Ein verstohlenes Lächeln erschien auf dem hageren Gesicht des Lord Keeper, das seit seiner erneuten Heirat noch eingefallener als zuvor und von Sorgenfalten durchzogen war. »Ich möchte doch annehmen, er ist ein wenig zu alt und verschroben, um das Herz eines jungen Mädchens höher schlagen zu lassen.«

»Nein.« Die Stimme meines Vaters nahm einen schrillen Tonfall an, sodass ein paar der Feiernden zu uns herübersahen. »Nicht Gregory Downhall, sondern Master John Donne. Und er ließ nicht nur ihr Herz höher schlagen, nein, er hat sie verführt und ist mit ihr ins Bett gestiegen, genau vor deiner Nase, während meine Schwester, deine Gemahlin, von den Pocken gezeichnet im Sterben lag!«

Lord Keeper Sir Thomas Egerton erbleichte. Er suchte Halt an einem Stuhl und sein Gesicht nahm einen wächsernen Ausdruck an.

»Es kommt noch schlimmer, denn …«

»Was könnte schlimmer sein als ein solcher Verrat?«, verlangte der Lord Keeper mit starrem Blick zu wissen. »Was könnte schlimmer sein, als das großmütige Vertrauen meiner geliebten Frau zu missbrauchen? Ann erwartet doch nicht gar etwa ein Kind?«

Mein Vater warf mir einen giftigen Blick zu. »Das bleibt uns zunächst erspart. Aber vor drei Wochen hat er sich in Savoy Chapel, einer freien Kapelle, heimlich mit ihr vermählt, gegen kanonisches Recht und alle Regeln von Anstand und Ehre.«

Als Beweis drückte mein Vater dem Lord Keeper den Brief in die Hand.

Alles Blut wich mir aus dem Gesicht und rauschte in meinen Ohren. Ich war der Ohnmacht nahe, aber ich musste stark bleiben. Also zwang ich mich, zu sprechen.

»Onkel, Mylord, so war es nicht! Keineswegs haben wir deine geliebte Frau hintergangen! Vom ersten Augenblick an, vor drei Jahren, fühlten wir uns zueinander hingezogen. Doch wir gaben uns nicht einfach dem Verlangen hin, sondern warteten geduldig, ob das Pflänzchen erblühen oder vorzeitig verwelken würde. Trotz aller Widrigkeiten, wie des Respekts vor Euch, heimlicher Treffen, des Unterschieds an Jahren und Ansehen, erwies sich unsere Liebe als stark und gesegnet. So beschlossen wir erst vor wenigen Wochen, den heiligen Bund einzugehen.«

»Untersteh dich, es einen heiligen Bund zu nennen«, mischte mein Vater sich ein. »Diese Verbindung ist nicht gesegnet, sie ist verflucht! Und vollkommen absurd!« Er packte den Lord Keeper am bestickten Kragen. »Master Donne muss dafür bezahlen! Er hat dein ehrwürdiges Vertrauen missbraucht. Du musst ihn von seinen Aufgaben entbinden! Man sollte ihn ins Fleet-Gefängnis stecken und den Schlüssel wegwerfen.«

»Beruhige dich, George. Schon immer hast du dich zu sehr aufgeregt.« Betrübt wandte er sich an mich. »Dennoch, Ann, wenn er tatsächlich gegen mein Vertrauen und das Gesetz gehandelt hat, bleibt keine Wahl: Master Donne steht ein Aufenthalt im Fleet-Gefängnis bevor.«

27

Ich war nicht dabei, als man ihn ins Fleet-Gefängnis brachte. Dank der Fürsprache des Lord Keeper blieb es ihm erspart, vor aller Augen aus dem Gerichtshof abgeführt zu werden. Er wurde in aller Stille von seiner Unterkunft abgeholt.

Wat erzählte mir später, dass er hoch erhobenen Hauptes ging und höflich zu den Wachen war. Doch ich konnte nur an den Schmerz und die Furcht denken, die er empfunden haben musste, denn es war kaum acht Jahre her, dass sein Bruder Henry im Newgate-Gefängnis an der Pest gestorben war.

Als ich von seiner Haft erfuhr, bat ich meinen Vater um Erbarmen.

»Wie könnt Ihr etwas Derartiges mit Eurem Gewissen vereinbaren, obwohl Ihr doch wisst, dass der Kerker ihn schwächen, gar umbringen wird?«

Mein Vater wusste sehr wohl, wie berüchtigt das Fleet-Gefängnis war, weil es in der Nähe der Bezirke lag, wo die Pest besonders häufig wütete.

»Erzähl du mir lieber nichts von Gewissen!« Der Zorn meines Vaters traf mich wie ein Peitschenhieb. »Die ganze Zeit hast du die süße Unschuld gespielt, während du wie eine Dirne zu ihm ins Bett gekrochen bist.«

»Aber er ist mein Mann. Kann ich ihm nicht wenigstens etwas zu essen und saubere Kleidung bringen, an diesem furchterregenden Ort?«

»Nein!« Ich dachte, er würde mich abermals schlagen. Doch ohne mit der Wimper zu zucken, blieb ich auf gleicher Augenhöhe vor ihm stehen – genauer gesagt ein wenig höher, denn ich war um ein paar Inches größer als er. »Er ist nicht dein Mann, solange ihn der Erzbischof von Canterbury nicht persönlich vor dem Hochkommissariat dazu erklärt. Aber da ich die Annullierung der Ehe beantragt habe, wird das niemals geschehen!«

»Sagt das nicht.« Ich versuchte, meine Tränen zurückzuhalten. »Vor Gott ist er mein Gemahl, und niemand kann sich einem göttlichen Sakrament widersetzen, nicht einmal Ihr.«

Er lachte spöttisch. »Du bist sein Schicksal, hat er dem Lord Keeper erzählt. Bevor er dich traf, sei sein Leben nur ein Traum gewesen. Nun, jetzt ist es zu einem Alptraum geworden. Und falls er überhaupt jemals freikommt, wird es mit seinem Aufstieg vorbei sein. Der Lord Keeper hat ihn nämlich aus seinen Diensten entlassen.«

»Ich höre mir diese gehässigen Reden nicht an. Er liebt mich, und ich liebe ihn. Ich gebe nichts um Aufstieg, ebenso wenig wie John.«

Abermals lachte er, voller Hohn. »Jedem ist daran gelegen, aufzusteigen, deinem Mann noch mehr als manch anderem. Glaubst du wirklich, ihr seid so stark? Wovon wollt ihr denn leben, von Luft und Liebe vielleicht?«

»Ja, wenn es sein muss!«

Obwohl es mich schmerzte, wagte ich nicht, meinen Gemahl im Fleet-Gefängnis zu besuchen, denn ich wusste, das würde ihm nur noch mehr Zorn seitens meines Vaters eintragen. Doch ich ließ Wat eine Nachricht zukommen und bat ihn, John wenigstens mit dem Nötigsten zu versorgen.

Was dieser später erzählte, brach mir beinahe das Herz.

Mein Mann saß in einem feuchtkalten, beengten Kerker, nicht weit von Shambles entfernt, wo ich einst mit meiner Tante den Schafstalg gegen die Beschwerden meines Onkels geholt hatte. Seine Zelle lag neben dem verschmutzen Fleet River, der voll vom Abfall der Kürschner und Fleischer war und wo einem der Gestank aus den Gerbereien beinahe den Atem nahm.

Für dieses »Privileg«, so erklärte Wat, musste er auch noch bezahlen: drei Pfund, sechs Schilling und acht Pence für die Haft, und zwanzig Pence extra, um an die frische Luft zu kommen und auf dem Gefängnishof herumzulaufen.

»Er ist nicht allein, Mistress, seine Freunde besuchen ihn. Außerdem wird er dem Lord Keeper und Eurem Vater schreiben, in der Hoffnung, dass zumindest einer der beiden Gnade walten lässt. Und Euch, Mistress, soll ich dies hier überbringen.«

Er reichte mir ein Pergament, beschrieben in der vertrauten, geliebten Handschrift.

Mein Gemahl bat mich, nicht den Mut zu verlieren, er sei sicher, letzten Endes würde unsere Liebe über alle Widrigkeiten triumphieren.

Doch der Nachsatz war es, der mir Tränen in die Augen stiegen ließ, denn unter seine Zeilen hatte er die schwermütige Botschaft geschrieben: *John Donne, Ann Donne, Undone.*

John Donne, Ann Donne, Annulliert? Ich schwor mir, das würde ich nicht zulassen.

Sechs Tage waren seit der Inhaftierung meines Gemahls vergangen und ich rechnete stündlich mit der Nachricht, dass er einer grässlichen Krankheit oder seinem Kummer erlegen war.

Mein Vater erhielt einen zweiten Brief, der demütig und nicht so herausfordernd wie der erste formuliert war.

Ich schöpfte wieder Hoffnung. »Was werdet Ihr antworten?«

»Dass sein Schicksal nicht in meinen Händen liegt, sondern in denen des Lord Keeper.«

Musste ich ihn daran erinnern, dass er selbst, und nicht der Lord Keeper, es gewesen war, der eine Woche zuvor auf Johns Inhaftierung bestanden hatte? Der Lord Keeper hatte meinen Vater sogar gebeten, es noch einmal zu überdenken, aber dieser hatte nichts davon wissen wollen. Master Donne sollte ins Gefängnis kommen und seine Existenzgrundlage zerstört werden. Und nun hatte mein Vater die Stirn, seine Hände in Unschuld zu waschen!

In diesem Moment reiste völlig unerwartet meine Großmutter aus Surrey an, nur in Begleitung eines Pferdeknechts. Um den Hals trug sie die schwere silberne Doppelkette, die ihr das Aussehen des Bürgermeisters von London verlieh.

Mein Vater hatte bereits zu Abend gegessen, denn er hatte einen langen, anstrengenden Tag im Parlament hinter sich gebracht. Die Dienstboten waren schon dabei, die Tafel abzuräumen, als Großmutter mit der Reitpeitsche in der Hand hereinstolzierte, ganz wie meine Schwester Mary am Tag meiner Hochzeit in die Kapelle. Doch im Gegensatz zu Marys schlanker, eleganter Erscheinung wirkte meine couragierte Großmutter eher wie ein Schlachtross.

»Nun, George«, donnerte sie und nahm sich nicht einmal Zeit, den Umhang abzulegen, »ich komme, um mit dir über diesen Unsinn zu reden, Master Donne ins Gefängnis werfen zu lassen.«

Mein Vater sprang aus seinem vergoldeten Sessel auf. »Mylady, Mutter, Ihr habt ja keine Ahnung, was vorgefallen ist.«

»Ich bin im Bilde. Ich weiß, dass dieser Mann Ann geheiratet hat.«

»Ganz richtig. Und zwar heimlich, ohne meine Zustimmung. Er hat sämtliche Regeln der Kirche gebrochen, außerdem ist sie minderjährig.«

»Tausende vermählen sich gegen die Regeln der Kirche. Allen voran der Lord Keeper, obwohl er es bereits bitter bereut. Aber er hat es nicht anders verdient, da er dieses zänkische Weibsbild so kurz, nachdem meine geliebte Tochter zu Grabe getragen war, geheiratet hat.«

»Mutter, Ihr dürft nicht vergessen, dass Ann erst vierzehn war, als diese verhängnisvolle Liaison begann. Dieser gewissenlose Freidenker hat ihr die Unschuld geraubt.«

»Ann schwört, dass nichts zwischen ihnen gewesen ist, bis sie fast siebzehn war. Das Gesetzt erlaubt eine Heirat schon mit zwölf. Du selbst hast ihre Schwester Frances in diesem Alter bereits verlobt, ohne dass sie überhaupt gewusst hätte, mit wem.«

Verärgert wandte er sich ab. »Hier aber liegen die Dinge anders. Sie haben sich heimlich getroffen. Und Verbindungen unterhalten.«

»Und über wie viele Jahre haben diese heimliche Treffen stattgefunden?« – »Über drei Jahre.«

»Drei Jahre lang, immer wieder getrennt, einmal über zwölf Monate lang, und dennoch sind sie das Wagnis einer heimlichen Ehe eingegangen, obwohl sie sich denken konnten, dass sie bei dir in Ungnade fallen würden. Ist das nicht Liebesbeweis genug?«

»Sie ist noch ein Kind, was weiß sie schon von solchen Dingen? Sie hat sich einen Mann ausgesucht, von dem einige vermuten, dass er es lediglich auf ihre Mitgift und ihren Rang abgesehen hat. Einen Mann, der berüchtigt ist, aus einer Papistenfamilie stammt und nicht die besten Aussichten hat. Wollt Ihr, dass ich einer solchen Verbindung zustimme?«

»Ann ist doch kein Baby mehr, sie ist erwachsen – was dir offenbar entgangen ist. Sie hat ihre Wahl getroffen und gegen alle Widrigkeiten Standhaftigkeit bewiesen. Sie war sogar bereit, sich zu Tode zu hungern, um dich davon zu überzeugen. Ist dir noch nie aufgefallen, wie sie strahlt, wenn Master Donnes Name fällt?«

»Für solchen Weiberkram habe ich keine Zeit.«

»Du weigerst dich, ihr, die über lange Zeit auf die Probe gestellt wurde, eine eigene Entscheidung zuzugestehen. Stattdessen willst du sie mit einem Mann vermählen, der sie entehren wollte und ihr sicher noch Schlimmeres antun würde, wenn sie erst einmal verheirat wären. Und alles nur deiner Ambitionen bezüglich der Familie wegen?«

»Mutter, ich …«

Mein Vater schien in die Enge getrieben, als fiele ihm einfach nichts mehr ein.

Großmutter legte ihm eine Hand auf die Schulter. »George, du bist ein äußerst aufbrausender Mann, aber du liebst deine Tochter, oder nicht?«

»Wie kann ich sie dann jemandem überlassen, der ihre Unschuld ausgenutzt hat und über den in ganz London Gerüchte kursieren?«

»Sollte dir das Leben deiner Tochter nicht wichtiger sein als irgendwelches Geschwätz, das über kurz oder lang in Rauch aufgehen wird? Außerdem sind die Würfel ohnehin gefallen. Sie ist verheiratet, ob es dir nun passt oder nicht.«

»Darüber ist das letzte Wort noch nicht gesprochen.«

»Mein Sohn, er hat eine Petition für eine Anhörung eingereicht, und es heißt, dass er Recht bekommen wird.«

Als er das vernahm, sackte mein Vater in sich zusammen und ließ die Schultern hängen wie ein alter Mann. »Was ist das nur für eine Welt, wo die Erlaubnis eines Vaters nichts mehr zählt und ein Mädchen von zehn oder zwölf Jahren sich vermählen kann, mit wem es ihr beliebt?«

»Die Welt verändert sich, mein Sohn.«

»Ich liebe ihn, Vater«, sagte ich leise. »Er ist mein rechtmäßig angetrauter Ehemann, der in einem stinkenden Gefängnis dahinvegetiert, Seite an Seite mit dem Tod und der Pest!«

Er wandte sich ab, doch ich sah, dass er mit sich kämpfte, hin und her gerissen zwischen seinem Stolz, seinem Zorn und der Liebe, die er für mich empfand.

Meine Großmutter, bereit, jeden Vorteil zu nutzen, polterte weiter.

»Wenn diesem Unsinn nicht ein Ende bereitet wird, werde ich nie wieder nach Surrey zurückkehren.« Ihre Habichtsnase warf einen unheilvollen Schatten, sie schien auf einmal doppelt so lang wie gewöhnlich zu sein, und um ihre Lippen hatte sie einen furchterregend, grimmigen Zug. »Wenn du wieder einmal auf deiner Sturheit bestehst, George, werde ich mich nicht vom Fleck rühren wie dieser Eichensockel dort.« Sie wies auf das massive Holzfundament des Treppengeländers. »Und mit nichts wirst du mich aus deinem Haus vertreiben. Du hast die Wahl.«

Abgesehen von Gott war meine Großmutter mein engster Verbündeter, und als ich ihr an diesem Abend dabei behilflich war, ihre Truhe auszupacken, dankte ich ihr dafür.

»Ich will hoffen, dass dein Vater sich besinnt. Er ist nun einmal ein starrsinniger Mann, der sich zu viel Gedanken darüber macht, was die Allgemeinheit denkt.«

»Mylady, Großmutter, Gott segne Euch, dass Ihr gekommen seid, um für mich Partei zu ergreifen.«

»Ann, das eine sollst du wissen. Auch ich war zunächst gegen diese Heirat, doch das Leben hat mich gelehrt, dass es sinnlos ist, sich über verschüttete Milch Gedanken zu machen. Was geschehen ist, ist geschehen, und hoffentlich wirst du unter Beweis stellen, dass es das Richtige ist.«

»Das werde ich, Großmutter, sobald ich die Gelegenheit dazu bekomme.«

28

Am nächsten Morgen schlich ich mich aus dem Haus, noch bevor alle anderen erwacht waren. Ich machte mich auf den Weg zur Saint Bride's Church, um dafür zu beten, dass mein Gemahl aus seinem entsetzlichen Verließ freigelassen würde. Immer wieder musste ich an das grausame Schicksal denken, das seinen Bruder Henry in Newgate ereilt hatte, und malte mir in den düstersten Farben aus, ihm könne das Gleiche geschehen. Wenn es mir an diesem Tag nicht gelänge, meinen Vater umzustimmen, würde ich das Fleet-Gefängnis selbst aufsuchen, ungeachtet jeglicher Gefahr.

Sogar zu dieser frühen Stunde glich der Kirchhof eher einem Marktplatz als einem Ort der inneren Einkehr. Händler boten ihre Ware feil, und auf einer Seite der Kirche hielt eine Taverne für die Vertreter verschiedener Zünfte Bier bereit, und das im Angesicht Gottes! Auf der anderen Seite befand sich eine Druckerei, wo lautstark Pamphlete und Bekanntmachungen hergestellt wurden, unter den Augen der debattierenden Schreiber.

Ich zog mir die Kapuze tief ins Gesicht und stahl mich an all dem Trubel vorbei, um die Kirche durch den hinteren Eingang zu betreten. Die Morgenandacht war bereits halb vorüber, doch der vertraute Klang betender Stimmen spendete mir ein wenig Trost.

Mit gesenktem Kopf kniete ich nieder und bat Gott, sich unserer zu erbarmen. Ich wusste, wir hatten gegen das Gebot der Keuschheit verstoßen. Aber war es denn auch eine Sünde, dass wir aus aufrichtiger Liebe einen heiligen Bund eingegangen waren, in der Hoffnung auf eine glückliche Ehe?

Ich weiß nicht, wie lange ich dort kniete, bis die Kälte mir in die Glieder fuhr und mir die Finger taub wurden. Als ich aufblickte, war die Messe längst beendet und ich fand die Kirche verlassen vor.

In diesem Moment der tödlichen Stille kam mir ein furchtbarer Gedanke in den Sinn.

»Herr, vergib uns«, sagte ich laut und hörte den Widerhall meiner eigenen Stimme. »Wenn uns wirklich eine Strafe für unsere Sünde blüht, lass nur mich sie erfahren. Befreie meinen Gemahl aus seiner Zelle, bevor eine Krankheit ihn dahinrafft, dann werde ich mich meinem Vater nicht länger widersetzen. Auch wenn das heißt, dass mir der Mann, den ich am meisten liebe, auf Erden bis zum nächsten Leben versagt bleibt. Amen.«

Draußen blendete mich das Sonnenlicht, und auf dem Weg zurück nach Charing Cross hielt ich mich möglichst im Schatten. Mir kam der Gedanke, dass, da mein Vater offenbar nicht bereit war, etwas für uns zu tun, ich mich vielleicht direkt an den Lord Keeper wenden sollte.

Noch bevor er sich an den Gerichtshof begab, traf ich ihn an, nachdem er selbst seine Morgengebete beendet hatte. Seit er die Countess of Derby geheiratet hatte, war sein gütiges Gesicht von sorgenvollen und verdrießlichen Falten durchzogen. Es hieß, sie bereite ihm immer wieder Ärger, ganz gleich wie geringfügig der Anlass war, und die Streitereien der beiden seien bis hinunter zur Strand zu vernehmen. Ganz anders, als in den Zeiten friedlicher Eintracht, die er mit meiner Tante verbracht hatte.

»Was kann ich an diesem kalten Morgen für dich tun, Nichte?«, fragte er und schüttelte sorgenvoll den Kopf. »Als wenn ich es nicht schon wüsste, zweifellos geht es um Master Donne.« Er zeigte mir einen Brief. »Erst gerade habe ich dieses Schreiben von ihm erhalten.«

»Dann lasst mich meine Bitte der seinen hinzufügen. Mylord, Onkel, Ihr wisst doch, sein Bruder starb in Newgate an der Pest.«

»Ein solches Schicksal kann jeden ereilen«, sagte er achselzuckend.

»Onkel, so hört doch. Wenn ich ihn davor bewahren kann, werde ich auf diese Ehe verzichten.«

Er sah, wie schwer mir diese Worte gefallen waren, doch er blickte stur geradeaus und schwieg.

»Bedeutet dir Master Donne so viel, dass du für diese Liebe auf alles verzichten würdest – deine Familie, deinen Rang, sogar auf deinen guten Namen?« Er wandte sich ab und sah hinaus auf den kalten grauen Strom der Themse. »Liebe kann sich als Täuschung erweisen, Ann.«

Ich fragte mich, ob er dabei an seine zänkische neue Gemahlin dachte.

»Unsere Liebe ist keine Täuschung«, sagte ich schlicht. »Auch Ihr werdet Euch sicher daran erinnern, Mylord, dass Liebe der größte Trost und die beste Freude auf Erden sein kann.«

»Wohl wahr«, sagte er mit einem tiefen Seufzer. »Ich werde Master Donne freilassen.«

Ich schnappte nach Luft, unfähig meine Freude zu verbergen.

»Aber, Nichte, es ist mir unmöglich, ihn wieder in seinem Amt einzusetzen.«

Ich biss mir auf die Lippen, denn ich wusste, wie hart das John treffen würde und wie schwierig es für ihn wäre, eine andere Anstellung zu finden. Wir würden einer Zukunft voller Entbehrungen entgegensehen.

Doch das war mir gleichgültig.

Er würde freigelassen, und dafür dankte ich Gott.

»Bedenke, Ann, ich werde seine Freilassung veranlassen, aber mehr kann ich nicht tun. Sir George ist nun einmal dein Vater, und ich werde mich nicht in die Belange seiner Familie einmischen. Ich kann diese Heirat nicht bestätigen.«

»Dennoch ist es ein Schritt in unsere gemeinsame Zukunft. Er wird frei sein, mehr verlange ich nicht.«

Seine Miene entspannte sich zu einem weisen Lächeln. »Ah, der jugendliche Optimismus. Auch ich weiß Master Donnes Fähigkeiten durchaus zu schätzen, obwohl ihm bei all seinen Ambitionen gelegentlich der Weitblick fehlt. Ich hätte dir einen anderen Ehemann gewünscht, doch ich sehe ein, dass auch dieser seine Vorzüge hat. Doch vor euch liegt ein steiniger Weg, wenn ihr ihn überhaupt gemeinsam beschreiten dürft.«

»Wir werden uns haben und einander leiten und beschützen, das reicht. Ich danke Euch!«

»Dann geh, ich wünsche dir viel Glück. Noch heute werde ich ihn zu seiner Unterkunft zurückbringen lassen. Alles weitere hängt von deinem Vater ab – und von der Entscheidung, die bei der Anhörung getroffen wird.«

Draußen herrschte mittlerweile scheußliches Wetter. Der stinkende Schlamm beschmutzte den Saum meines Kleides, und meine besten roten Schuhe waren im Nu ruiniert. Doch mir war leicht ums Herz, denn noch an diesem Tag wäre mein Liebster frei! Noch mochte ein harter Weg vor uns liegen, bis wir wieder vereint waren, aber nun schien es immerhin möglich.

Ich hielt es für besser, meinem Vater nicht zu sagen, dass ich hinter seinem Rücken mit dem Lord Keeper gesprochen hatte.

Als Wat mit der guten Nachricht kam, tat ich ebenso erstaunt wie erfreut.

Wat strahlte wie ein Honigkuchenpferd als er verkündete: »Ich soll Euch von meinem Herrn und Meister ausrichten, dass er sich wieder in seiner Unterkunft befindet. Das ist eine solche Wendung zum Guten, dass man sich wirklich nicht beklagen kann!« Er fiel auf die Knie und ergriff meine Hände. »Oh, Mistress Ann, ich fürchtete ernsthaft um ihn, so schnell ging es an diesem schrecklichen Ort mit ihm bergab. Dem Herrn sei Dank, dass er wieder frei ist.«

Den ganzen Tag lang spielte ich die pflichtbewusste Tochter. Dabei konnte ich es kaum erwarten, ihn endlich wiederzusehen. Doch ich wusste, wenn ich meinen Vater für uns gewinnen wollte, musste ich Geduld bewahren, so schwer es mir auch fallen mochte. Also trug ich Wat auf, meinem Gemahl auszurichten, dass wir nun, da Gott uns gnädig gewesen war, sicher bald wieder glücklich vereint wären.

Mein Vater kehrte überraschend früh vom Parlament zurück

und fragte, ob meine Großmutter und ich in Whitehall ein wenig frische Luft schnappen wollten.

In den Gärten von Whitehall wehte ein erstes zartes Frühlingslüftchen. Obwohl es aberwitzig schien, denn ich wusste, er war in seiner Unterkunft, hielt ich überall Ausschau nach meinem Gemahl. Viele der Gentlemen hier waren gekleidet wie er, mit Spitzenkragen und schwarzem Hut, doch so sehr ich mich auch nach ihm sehnte, er war nicht unter ihnen.

Neben den Gärten befand sich ein kleiner Friedhof, wo wir überraschend die Countess of Derby, die neue Frau des Lord Keeper, trafen, versunken in den Anblick der Grabsteine.

»Sir George!«, begrüßte sie uns wie lang verschollene Verwandte. »Welche Freude, Euch zu sehen! Ich bin wirklich froh über die Freilassung von Master Donne. Er ist ein Mann mit unzähligen Talenten. Ich habe mir bereits überlegt, für die Hochzeit meiner Tochter ein paar Verse bei ihm in Auftrag zu geben.«

Mein Vater, bis zu diesem Augenblick in vollkommener Unkenntnis der neuesten Entwicklung, schien wie vom Blitz getroffen.

»Ist Euch schon einmal der Gedanke gekommen, Sir George, dass Master Donnes Gedichte uns überleben könnten?«, sinnierte die Komtess. »Und dass die kommenden Generationen vielleicht *sein* Grabmal aufsuchen werden?«

Meinem Vater hatte es die Sprache verschlagen. Er wetterte nicht einmal dagegen, dass der Lord Keeper Master Donnes Freilassung veranlasst hatte.

Meine Großmutter stieß mich unauffällig an. »Deinem Vater ist wohl gerade der Gedanke gekommen, dass er sich mit Master Donne als Schwiegersohn vielleicht eher unsterblich machen könnte als durch monatelanges Herunterleiern des Vaterunsers.«

Was die Stimmung endgültig umschlagen ließ, war das Gerücht, dass unsere Ehe für gültig erklärt werden sollte. Mary berichtete bei einem ihrer Besuche, nun, da wir bald rechtmäßig verheiratet wären, hieße es überall, mein Vater habe übertrieben gehandelt und sich selbst keinen Gefallen damit getan. Als mein Vater davon hörte, bat er den Lord Keeper, meinen Gemahl wieder in seine Dienste zu nehmen.

Was mich betraf, so wagte ich kaum zu hoffen und spielte weiter die pflichtbewusste Tochter, still und gehorsam wie meine Schwester Frances. Und ich betete.

Ostern war früh in diesem Jahr. Ich stellte fest, dass der Kreuzweg genau meiner trüben Stimmung entsprach. Meine Großmutter wurde allmählich ungeduldig, denn sie wollte zu ihren Hühnern zurück, die sie in der Obhut von Hope und Stephen gelassen hatte. »Wird er denn niemals nachgeben? Will er lieber stur wie ein alter Schulmeister an Regeln festhalten, die andere längst aufgegeben haben?«

Am 22. April schließlich rief mein Vater mich in sein Kabinett. Er sah von seinen Papieren auf und sagte: »Tochter, unten ist jemand, der dich sprechen möchte.«

Vorsichtig, damit mir nicht noch schwindeliger wurde, als mir ohnehin schon war, stieg ich die steile Treppe hinab in die kleine Bibliothek meines Vaters. Dort wartete ein Besucher, dessen Gesicht unter einem großen schwarzen Hut verborgen war.

Als er meine Schritte hörte, wandte er sich um.

Und da stand er, nach all den Monaten der Trennung, mit sehnsüchtig erwartungsfrohem Lächeln: mein Mann.

29

Nach der langen, kummervollen und unsicheren Zeit, in der ich sogar hatte fürchten müssen, dass John in einem finsteren Verließ sein Leben lassen würde, hatte ich in den Momenten, da Mut und Kraft mich zu verlassen drohten, stets an diesen glorreichen Augenblick gedacht.

Nun aber fühlte ich mich ein wenig befangen.

Wir hatten so viele Konventionen außer Acht gelassen. Wir hatten Menschen verärgert, die uns nahe standen, und einen Skandal und Gerede heraufbeschworen, und alles um unserer Liebe willen.

Würde es sich lohnen?

Was wäre, wenn ich ihm nicht mehr genügte, wenn er den Chancen nachtrauerte, die er verspielt hatte, oder zukünftige Entbehrungen fürchtete?

Da stand er nun vor mir, und das Gesicht, das ich so sehr liebte, sah sorgenvoll aus. Das goldverzierte Wams hatte er sich für diesen besonderen Anlass geliehen, fort war das schwarze, das mir so vertraut gewesen war.

Und ich fand einfach keine Worte.

Ich war sogar erleichtert, als mein Vater den Raum betrat. Wie es seine Art war, stolzierte er herein und hatte nicht einmal ein Lächeln, geschweige denn gute Wünsche für uns übrig.

»Nun, Master Donne, da habt Ihr Eure Ann. Seid so gut und setzt mich über Eure Lage in Kenntnis, sobald Ihr eine Unterkunft gefunden habt, denn ich vermute, Ihr selbst besitzt kein Eigentum.«

Nicht einmal jetzt, nachdem wir so viel durchgemacht hatten, kam mein Vater umhin, uns Salz in die Wunde zu streuen. Großmut war noch nie seine Stärke gewesen, insbesondere, wenn er eine Niederlage erlitten hatte. Er würde alles tun, um uns unsere Freude zu trüben.

Mir gab er die Hand, als wäre ich nichts weiter als ein Dienstbote, der den Haushalt verließ.

»Lebwohl, Ann. Habe ich es nicht gut getroffen mit meinen Töchtern? Mary ist mit einem vornehmen Verschwender verheiratet und du mit einem Dichter, der nicht einen Penny besitzt!«

Ich schüttelte ihm die Hand, obwohl ich sie lieber fortgeschlagen hätte.

»Lebt wohl, Vater. Es tut mir leid, dass ich nicht die Tochter bin, die Ihr Euch gewünscht habt. Aber immerhin habt Ihr Margaret gut verheiratet, und auch Frances wird Euch alle Ehre machen. Vielleicht spricht sie sogar noch mit Euch, wenn Ihr alt und grau seid.«

Mit diesen Worten drehte ich mich um und verließ den Raum. Ich hatte noch nicht einmal meine Sachen für mein neues Leben gepackt, doch ich hielt es keine Sekunde länger aus in diesem engstirnigen und beengten Haushalt. Meine Großmutter konnte mir alles nachschicken, was ich brauchte.

Und da stand sie und wartete in der Eingangshalle, ein Ausdruck liebevoller Traurigkeit milderte ihre strengen Züge. »Achte nicht weiter auf deinen Vater. Er verwechselt Liebe mit blindem Gehorsam. Noch kann er sich nicht damit abfinden, doch seine Sturheit wird nachlassen, wenn er all das Gute hört, von dem ich weiß, dass es eines Tages über Master Donne gesagt wird.«

»Vielleicht wird er einlenken, aber ich bin nicht sicher, dass ich es dann noch kann.«

Sie drückte mir einen Beutel mit Münzen in die Hand. »Ein Hochzeitsgeschenk von meinen braven Hennen. Sie wünschen dir alles erdenkliche Glück.«

Auf einmal war mein Hals wie zugeschnürt, und Tränen stiegen mir in die Augen.

Da erschien Prudence hinter mir, mit einem Korb, der ein

paar meiner Habseligkeiten enthielt. Aus ihrer Schürzentasche förderte sie ein kleines Päckchen zutage und überreichte es mir ein wenig beschämt. »Für Euer neues Zuhause. Es ist nichts Besonderes, Mistress. Ein Kissenbezug, den ich mit Euren Initialen und denen Eures Gemahls bestickt habe.« Ich sah auf die Buchstaben »A M« auf scharlachroter Seide hinunter, für ewig verschlungen mit »J D«. In dem Moment wurde ich mir meines neuen Lebens bewusst.

»Ich danke dir, Prudence. Du bist mir stets eine gute Freundin gewesen.«

Tränen liefen ihr über das Gesicht, denn es war ungewöhnlich, dass ein Dienstmädchen etwas Nettes von ihren Dienstherren zu hören bekam.

»Ich danke Euch, Mistress. Wir werden Euch schmerzlich vermissen.«

Dann standen wir draußen, auf der mit Schlamm bedeckten Straße. Ich war dankbar, dass mein Gemahl für unsere Abreise eine Kutsche bestellt hatte, obwohl wir es uns eigentlich nicht leisten konnten. Doch ich wollte so schnell wie möglich fort von dem Haus in Charing Cross und von meinem Vater.

Erst jetzt kam mir ein Gedanke, und ich fragte John: »Wo werden wir denn überhaupt wohnen?« Ich hatte bereits ein Schreckensbild vor Augen, wie wir mit unseren paar Habseligkeiten auf der Straße saßen.

»Wird Master Haines erlauben, dass du deine Unterkunft mit deiner Frau teilst?«

Er schüttelte den Kopf.

»Dein Cousin Francis hat uns angeboten, in seinem Haus in Pyrford zu wohnen. Es liegt nicht weit von Loseley und deiner Großmutter entfernt und Francis sagte, es stünden einige Räume leer. Ich habe dort Ruhe zum Schreiben und kann ihm bei seinen Angelegenheiten und allem, was auf dem Anwesen zu tun ist, behilflich sein. Vielleicht wollte er nur höflich sein, doch er sagte, wir wären Mary und ihm eine große Hilfe.«

»Mein armer John.« Ich berührte sanft sein Gesicht. »Wo dir

das Landleben doch so verhasst ist und es dir wie die Wurzel aller Langeweile und allen Übels erscheint.«

»Das war vor deiner Zeit. Nun werde ich fröhlich über Wiesen und Auen wandern, Kühe mit geflochtenen Wildblumen schmücken und Verse als Loblied auf gute Landhühner schreiben.«

Ich musste lachen, erleichtert, dass seine Gesellschaft mir nach wie vor angenehm war. »Mach dich nicht über Landhühner lustig«, sagte ich und ließ die Münzen in meinem Beutel klimpern. »Es könnte sein, dass sie uns die Fahrt in dieser Kutsche bezahlen! Fahren wir jetzt gleich nach Pyrford?«

Er lehnte sich gelassen zurück und lächelte geheimnisvoll. »Erst morgen. Heute ist unsere heiß ersehnte Hochzeitsnacht.«

»Und wo werden wir sie verbringen, diese heiß ersehnte Nacht?«

»Abwarten, du wirst es schon sehen.«

Ich sah aus dem Fenster. Wir fuhren die belebte Strand entlang, die in die Fleet Street mündete, und dann in Richtung Ludgate Hill. Ich merkte, wie er schauderte, als wir in die Nähe des Fleet-Gefängnisses kamen, und wie froh er war, als die Kutsche in Richtung Smithfield fuhr. Schließlich hielten wir vor dem Rising Sunne, einem ruhigen Gasthof in Cloth Fair, gleich neben der Kirche Saint Bartholomew the Great.

Ich war ein wenig enttäuscht, dass wir unsere erste Nacht als vermähltes Paar an einem so bescheidenen und abgelegenen Ort verbringen sollten, doch ich sagte mir, es war ein Glück, dass wir überhaupt zusammen waren.

Der Wirt sah ordentlich aus und führte uns die Treppe hinauf zu unserem Zimmer. Als er die Tür öffnete, schnappte ich laut nach Luft, denn das Zimmer war eins der schönsten, die ich je gesehen hatte. Vom Fußboden bis zu Decke mit Holz vertäfelt, und wohin ich auch sah, waren türkische Teppiche in leuchtenden Schattierungen aus Indigoblau und Purpurrot – und das nicht nur an den Wänden, sondern auch auf dem

Boden. Die Vorhänge bestanden aus schweren rostbraunen und grünen Seidenschwaden, sie waren aufgezogen und wurden von dicken verknoteten Seilen gehalten, wie in einem Theater.

Überall fanden sich fremd anmutende Kostbarkeiten. Eine Pfeife war gegen einen silbernen Kerzenhalter gelehnt, der den Duft von Weihrauch und anderen Kräutern verströmte. Eine drehbare Kugel zeigte die alte und auch die neue Welt. Um das Bett herum hingen kleine Laternen aus buntem Glas, deren silberne Halter die Form von Sternen hatten, sodass der ganze Raum in strahlend buntes Licht getaucht war.

Der Blickfang aber war das riesige Himmelbett mit Vorhängen aus reich verziertem Brokat und weichen samtenen Decken, die mit Hermelin und Weißfuchs eingefasst waren.

Er beobachtete, wie ich mich umsah und ein wenig scheu den Blick abwandte.

»Das Zimmer gehört einem Seefahrer, der es nur zwischen seinen Reisen bewohnt.«

»Nie zuvor habe ich so etwas gesehen.« Ich wurde schwatzhaft, denn ich wollte den Moment hinauszögern, den Augenblick, in dem wir wahrhaft zu Mann und Frau wurden. Ich griff nach einer riesigen Muschel von leuchtend blau schimmernder Farbe.

»Aus Westindien. Dieser Raum ist voll mit solchen Schätzen.«

Plötzlich fiel mein Blick auf etwas Vertrautes, das auf dem Bett lag.

Ich lächelte und jegliche Furcht fiel von mir ab: Es war mein weißes Leinennachthemd.

»Deine Kammerfrau Prudence hat Wat damit beauftragt, es bereitzulegen.«

»Aber Master Donne, wenn ich mich richtig erinnere, schreibt Ihr doch in Euren Versen, so ein Kleidungsstück sei vollkommen überflüssig. Bedarf es nicht vollkommener Nacktheit, um alle Seligkeit zu genießen?«

Er lachte und nahm meine Hände.

»Ob es je eine Frau wie dich gegeben hat, Ann?«

»Nein, nie. Und falls doch, bin ich sicher, du wärst ihr längst begegnet, denn es scheint, du hast jede Dame in London ihrer Kleider entledigt. Wobei ich nicht sicher bin, ob man überhaupt alle als Damen bezeichnen kann.«

»Das hör sich einer an, ganz schön dreist für ein so junges Mädchen. Sir George kann froh sein, dass er dich los ist. Kein Wunder, dass er schließlich doch nachgegeben hat.«

Mein Lachen erstarb, denn ich musste an all die Angst und die Einsamkeit der letzten drei Jahre denken. »Nein, John, so einfach hat er mich nicht freigegeben. Ich musste mir jeden Schritt erkämpfen.«

»Meine süße Ann, das weiß ich doch. Und nach allem, was du errungen hast, steht dir mit mir nun ein Leben in Bescheidenheit bevor.«

»Nein, so etwas darfst du nicht sagen. Von diesem Augenblick an sind wir auf ewig verbunden. Wie könnte unser Leben da bescheiden sein? Im Gegenteil, es wird uns reich beschenken.«

Er zog mich an sich und trug mich zum Bett.

»Du hast recht«, sagte er lachend, »dieses züchtige Kleidungsstück werden wir wohl nicht brauchen.« Er ließ mein Nachthemd auf den Boden fallen und sah mich an. Seine grauen Augen schienen noch dunkler als sonst. »Komm, wir wollen dich endlich von diesem Gurt und diesem Brustschild befreien.« Und so schnürten wir einander die Kleidung auf und lagen schließlich Seite an Seite, ein jeder für den anderen ein »Neu-Fundland«, wie er es in seinen Versen beschrieben hatte.

Ich ließ meine Hand abwärts gleiten, bis ich fand, was ich suchte, und flüsterte: »Mein Mann.«

Er sah mir in die Augen und antwortete leise: »Meine Frau.«

Jene Nacht war die erste, die wir ganz allein für uns hatten, in der niemand uns sah oder stören konnte. Und während wir die Freude am Körper des anderen genossen, verging die Zeit wie im Flug. Als ich erwachte, fielen die Sonnenstrahlen auf die Staubkörnchen, die unser Bett umtanzten.

»Achte nicht auf die Sonne«, sagte mein Mann. »Letzte Nacht sind wir nicht zu Bett gegangen, weil es dunkel wurde, also warum sollten wir nun aufstehen, weil es hell wird?«

So verbrachten wir noch eine äußerst vergnügliche Stunde, bis Wat und der Wirt gegen die Tür hämmerten, denn die Pferde standen schon bereit, um uns nach Pyrford zu meinem Cousin zu bringen.

Es war schon spät, als wir ankamen, beide lächelnd in Gedanken an die vergangene Nacht. Francis mit seiner jungen Frau Mary im Arm und die Kinder, die mit den Hunden spielten, erwarteten uns bereits vor dem Herrenhaus.

Die ganze Zeit über, während der wir dort wohnten, gab Francis uns stets das Gefühl, willkommen zu sein. Und obwohl unsere Mittel tatsächlich begrenzt waren, erlebten wir auf Pyrford eine glückliche Zeit. Im folgenden Jahr starb die Königin – nach so vielen Jahren auf dem Thron, dass manche gar keinen anderen Monarchen gekannt hatten. Ihr Tod leitete gleichermaßen das Ende einer Ära ein.

Der König von Schottland übernahm die Regentschaft, und alle kämpften um Ansehen und Rang. Ich freute mich aufrichtig, als Francis zum Ritter geschlagen wurde, ebenso wie die Ehemänner meiner Schwestern Mary und Margaret und mein Bruder Robert.

Marys verschwenderischer Nick erbte tatsächlich ein riesiges Vermögen, er wurde ein ehrbarer Bürger und ließ das Spielen sein. Mein Vater wurde noch mehr Ehre zuteil, als man ihn zum Schatzmeister des Prince of Wales ernannte. Obwohl mein Gemahl sie um ihren Aufstieg beneidete und gelegentlich seufzte, wenn er daran dachte, was er aufgegeben hatte, freute auch er sich für sie.

Als der neue König, James I., samt Gefolge zu einer Sommerreise aufbrach, verbrachte er die erste Nacht hier auf Pyrford. Die beiden folgenden Nächte kehrte er bei meinem Vater auf Loseley ein, wo die Umbaumaßnahmen gerade noch rechtzeitig abgeschlossen wurden. Es gab ein schönes neues Zimmer, dessen Decke zu Ehren des Königs bemalt war.

Im selben Jahr kam unsere geliebte Tochter auf die Welt.

Wir führen hier ein beschauliches Leben. Mein Gemahl widmet sich seinen gelehrten Studien und schreibt Briefe an seine zahlreichen Freunde zu den unterschiedlichsten Themen. Gelegentlich versuchen sie, ihn zu überzeugen, in die Stadt und an den Hof zurückzukehren, doch er sagt stets, er würde dem das ländliche Leben von nun an für alle Zeit vorziehen. Seinem alten Freund Henry Wotton hat er sogar geschrieben, Gott sei ihm hier besonders nah. Aber vielleicht wollte er mir damit auch nur eine Freude machen.

Das Wichtigste aber ist, dass wir uns haben.

Der Sonnenaufgang

Geschäftiger alter Narr, lästige Sonne,
Was musst du denn
Durch Fenster und Bettvorhang nach uns spähn?
Geht Liebeszeit nach deinem Stundenplane?
Pedantischer, dreister Wicht, geh, scheuch
Schul- und Lehrjungen aus dem Haus,
Hof-Jägern meld des Königs Ausritt gleich,
Die Landameisen treib zur Ernte aus!
Liebe kennt keine Jahreszeit: sie bleibt –
Noch Mond, Tag, Stunden – bloße Fetzen Zeit.

Allmächtig sei dein Strahl und hehr?
Das glaubst nur du!
Nacht schwärzt dich aus, schließ ich die Augen zu –
Nur dass ich ihren Anblick dann verlier.
Und blendete ihr Aug nicht deins,
Sieh hin! und morgen spät sag mir,
Ob beider Indien Gold und Spezerein
An ihrem Platz noch liegen oder hier.

Frag nach den größten Herrschern, die du kennst,
Und hör: Dies Bett war ihre Residenz.

Ich alle Herrscher, alle Reiche sie –
Nichts sonst hält stand.
Die Fürsten äffen uns; Titel und Tand,
Hiermit verglichen, Reichtum, Alchimie.
Du Sonne bist nur halb so froh
Wie wir, des Weltalls Inbegriff;
Alter braucht Ruhe. Ist dein A und O
Die Welt wärmen? Wärm uns, und du bist quitt.
Schein hier für uns, so scheinst du aller Welt;
Der Raum die Kreisbahn, Brennpunkt sei dies Bett.

Nachwort

Der Preis für unser Zusammensein ist so derart hoch, dass uns nie der Gedanke kam, aneinander zu zweifeln«, schrieb John Donne im Jahr 1614, zwölf Jahre, nachdem er Ann geheiratet hatte.

Die Ehe, die zwölf Kinder hervorbrachte, hielt fünfzehn Jahre lang und endete erst, als Ann nach einer Totgeburt an einem »starken Fieber« im Alter von nur dreiunddreißig Jahren starb. John Donne ging keine neue Ehe ein, was zu der damaligen Zeit sehr ungewöhnlich war. Er schrieb:

Entrichtet hat sie endgültig Tribut
An die Natur, für unser beider Liebesflut,
Da meine Liebe in den Himmel aufgefahren,
Will ich mich ganz für Himmlisches bewahren.

Finanziell hatten die beiden es nicht leicht. Nachdem die Ehe für gültig erklärt wurde, übergab Sir George More seine Tochter zwar widerstrebend ihrem Ehemann, verweigerte aber jahrelang die Mitgift. Die beiden kamen über die Runden, dank einer Erbschaft von Anns Tante, die Lord Keeper Egerton ihnen sogleich überließ. Im Gegensatz zu Anns Vater war der Lord Keeper offenbar eher bereit, zu verzeihen, dass die beiden kanonisches Recht gebrochen und gegen gesellschaftliche Regeln verstoßen hatten – auch wenn er Donne nicht wieder in seine Dienste nahm. Glücklicherweise bot Anns Cousin, Francis Wolley, dem Ehepaar an, auf Pyrford in der Nähe von Loseley in Surrey zu wohnen.

Einige von John Donnes bewegendsten Gedichten wurden mit ziemlicher Sicherheit von Ann inspiriert, Gedichte die anders klingen als die kühnen, lasziven, teils Frauen verachtenden Verse seiner Jugend. Die Gedichte, bei denen er offenbar an Ann dachte, sind ebenfalls geistreich, sinnlich, provokativ, voll raffinierter Anspielungen auf erotisches Vergnügen, doch sie sind auch geprägt von einem Gefühl dafür, Erfahrungen mit einem anderen Menschen zu teilen, und von daher weniger ichbezogen.

Einzig und allein mit Ann scheint Donne die ersehnte Vereinigung von Körper und Seele erreicht zu haben.

Laut Donnes Biograf Izaak Walton erklärt sich dies zum Teil dadurch, dass Ann, im Gegensatz zu den meisten ihrer Zeitgenossinnen, sehr wissbegierig war und über eine vielschichtige Bildung verfügte.

Während er mit Ann verheiratet war, schrieb John Donne das Gedicht *Ein Abschied: Mit dem Verbot, zu trauern.* Hier findet sich eine der großartigsten Metaphern liebevoller Verbundenheit überhaupt, die sowohl die wechselseitige Abhängigkeit der Liebenden als auch die Einzigartigkeit des Einzelnen erkennen lässt. Er benutzt das Bild eines »Doppelkompass«: wenn der eine sich bewegt, folgt der andere, bis beide aufeinander ausgerichtet sind.

Bist du mir so, dann zieh ich gleich
Dem zweiten Fuß die schräge Bahn
Dein Festsein rundet meinen Kreis
Und endet mich, wo ich begann.

John Donne war ambitioniert und intelligent, und zweifellos wird ihm das Leben abseits von London und dem Königshof enttäuschend vorgekommen sein. Doch aus eben dieser Enttäuschung heraus schuf er seine unverwechselbar aufwühlende Dichtung. Gelegentlich sehnte er sich nach sozialem Aufstieg und männlicher Gesellschaft, doch die außergewöhnliche Liebe und Fürsorge für Ann bleiben stets klar ersichtlich. Es war keine märchenhafte Romanze, die einfach zu einem glücklichen Ende führte, aber ihr gemeinsames Leben war geprägt von aufrichtiger Zuneigung und tiefer Verbundenheit.

Zum Entsetzen mancher ließ er sich im Jahr 1615 zum Priester weihen und verschrieb sich nach Anns frühem Tod ganz dem »Himmlischen«. Schließlich wurde er Dekan von Saint Paul's Cathedral, aus dieser Zeit stammt die Zeile aus der bekanntesten Predigt in englischer Sprache: »No man is an island«, »Niemand ist eine Insel«. Er versöhnte sich auch mit Anns Vater.

Leider blieben weder Briefe noch ein Porträt von Ann erhalten.

Häufig wird darauf hingewiesen, was John Donne für Ann aufgeben musste, doch nur selten wird gewürdigt, was sie, deren sozialer und finanzieller Status weit höher war als der seine, bereitwillig für ihre Liebe zu ihm aufgab.

Die Braut des Dichters basiert sowohl auf Tatsachen als auch auf Fantasie und schildert die außergewöhnliche, kaum bekannte Geschichte einer Liebe, mit dem Versuch, ein Bild – mein Bild – von Ann zu zeichnen, das in den Geschichtsbüchern fehlt.

Danksagungen

Schon mein ganzes Leben lang begeistere ich mich für John Donne, doch nur dank der hilfreichen und tatkräftigen Unterstützung meiner Agentin, Judith Murray, und meiner Verlegerin, Imogen Taylor, entstand aus dieser Begeisterung ein Buch.

Mein Dank geht ebenfalls an das Surrey History Centre, ein beispielhaftes Vorbild für den Erhalt von Dokumenten dieser Region, an die Surrey Archaeological Society für die Originalvorlage von *George More's Other House,* an das Personal von Loseley, insbesondere Nicola Cheriton-Sutton, und natürlich an die Eigentümer, die Familie More-Moyneux. Ich danke M. Thomas Hester für die aufschlussreiche Einführung in *John Donne's Marriage Letters,* Patricia de Vekey für den zündenden Funken, Valerie Clayton, die mich drei Jahre lang antrieb, das Buch fertigzustellen, Professor Neil Rhodes, Direktor der Postgraduate Studies an der School of English der University of St. Andrews, der mich auf die Oxford-Authors-Ausgabe von John Donnes Werk aufmerksam machte, die von John Carey herausgegeben wurde und den Versuch unternimmt, die nicht datierten Gedichte chronologisch zu ordnen, und natürlich an John Carey selbst für sein Werk *John Donne: Life, Mind and Art.*

Mit größtem Vergnügen hörte ich Donnes Liebesgedichte, von Richard Burton in erotischen oder rauen Tönen (manchmal auch beides) gelesen, und die herrliche musikalische Sammlung *O Sweet Woods,* auf der Donnes Liebeslieder und Sonette zum Klang der Lauten von Dowland und anderen vertont wurden, was Donne selbst höchstwahrscheinlich gar nicht gefallen hätte.

Mein Dank geht auch an meine Familie, die irgendwann genug davon hatte, dass ich bei jeder Gelegenheit Donne zitierte, und an meine Freundin Carol Kelly für das Geschenk der Stickarbeit aus dem siebzehnten Jahrhundert, die in dem Roman verarbeitet wurde.

Folgende Werke waren besonders hilfreich, um diese faszinierende Epoche wieder aufleben zu lassen: John Oglander: *The Commonplace Book of Sir John Oglander;* R.C. Bald: *John Donne: A Life* (Oxford University Press 1970); Hilary Spurling: *Elinor Fettiplace's Receipt Book* (Penguin 1986); Izaak Walton: *The Life of Dr Donne Late Dean of St Paul's,* London (verfasst 1640, Ausgabe OUP 1946); G.R. Elton: *England Under the Tudors* (Routledge 1977); Lytton Strachery: *Elizabeth and Essex: A Tragic History* (Chatto 1930); Anna Beer: *Bess: The Life of Lady Ralegh* (Robinson 2004); Henry Shelley: *The Inns and Taverns of Old London* (Wildside Press); Alison Sim: *The Tudor Housewife* (Sutton 2005); D.J.H. Clifford: *The Diaries of Lady Anne Clifford* (Sutton 2003); Joyce Youings: *Sixteenth-Century England* (Pelican 1984); James Shapiro: *1959* (Faber 2005); Liza Picard: *Elizabeth's London* (Phoenix 2003); Derek Parker: *John Donne an His World* (Thames & Hudson 1975); Anne Sommerset: *Ladies in Waiting for Tudors to the Present Day* (Weidenfeld 1984); John Stubbs: *Donne: The Reformed Soul* (Viking 2006); M. Thomas Hester: *John Donne's Desire of More* (Delaware 1996); A.L. Rowse: *The England of Elizabeth* (Macmillan 1951); Malcolm Airs: *The Tudor and Jacobean Country House* (Bramley Books 1995); M. Thomas Hester, Robert Parker Sorlien & Dennis Flynn: *John Donne's Marriage Letters,* in: The Folger Shakespeare Library (Folger Library 2005).